U0093138

風雲時代

風雲時代 風雲時代 風雲時代 風雲時代 風雲時代 風雲時代 風雲時代
時代 風雲時代 風雲時代 風雲時代 風雲時代 風雲時代 風雲時代 風雲
風雲時代 風雲時代 風雲時代 風雲時代 風雲時代 風雲時代 風雲時代
時代 風雲時代 風雲時代 風雲時代 風雲時代 風雲時代 風雲時代 風雲
風雲時代 風雲時代 風雲時代 風雲時代 風雲時代 風雲時代 風雲時代
時代 風雲時代 風雲時代 風雲時代 風雲時代 風雲時代 風雲時代 風雲
風雲時代 風雲時代 風雲時代 風雲時代 風雲時代 風雲時代 風雲時代
時代 風雲時代 風雲時代 風雲時代 風雲時代 風雲時代 風雲時代 風雲
風雲時代 風雲時代 風雲時代 風雲時代 風雲時代 風雲時代 風雲時代
時代 風雲時代 風雲時代 風雲時代 風雲時代 風雲時代 風雲時代 風雲
風雲時代 風雲時代 風雲時代 風雲時代 風雲時代 風雲時代 風雲時代
時代 風雲時代 風雲時代 風雲時代 風雲時代 風雲時代 風雲時代 風雲
風雲時代 風雲時代 風雲時代 風雲時代 風雲時代 風雲時代 風雲時代
時代 風雲時代 風雲時代 風雲時代 風雲時代 風雲時代 風雲時代 風雲
風雲時代 風雲時代 風雲時代 風雲時代 風雲時代 風雲時代 風雲時代
時代 風雲時代 風雲時代 風雲時代 風雲時代 風雲時代 風雲時代 風雲
風雲時代 風雲時代 風雲時代 風雲時代 風雲時代 風雲時代 風雲時代
時代 風雲時代 風雲時代 風雲時代 風雲時代 風雲時代 風雲時代 風雲
風雲時代 風雲時代 風雲時代 風雲時代 風雲時代 風雲時代 風雲時代
時代 風雲時代 風雲時代 風雲時代 風雲時代 風雲時代 風雲時代 風雲
風雲時代 風雲時代 風雲時代 風雲時代 風雲時代 風雲時代 風雲時代
時代 風雲時代 風雲時代 風雲時代 風雲時代 風雲時代 風雲時代 風雲
風雲時代 風雲時代 風雲時代 風雲時代 風雲時代 風雲時代 風雲時代
時代 風雲時代 風雲時代 風雲時代 風雲時代 風雲時代 風雲時代 風雲
風雲時代 風雲時代 風雲時代 風雲時代 風雲時代 風雲時代 風雲時代
時代 風雲時代 風雲時代 風雲時代 風雲時代 風雲時代 風雲時代 風雲
風雲時代 風雲時代 風雲時代 風雲時代 風雲時代 風雲時代 風雲時代
時代 風雲時代 風雲時代 風雲時代 風雲時代 風雲時代 風雲時代 風雲
風雲時代 風雲時代 風雲時代 風雲時代 風雲時代 風雲時代 風雲時代
時代 風雲時代 風雲時代 風雲時代 風雲時代 風雲時代 風雲時代 風雲
風雲時代 風雲時代 風雲時代 風雲時代 風雲時代 風雲時代 風雲時代
時代 風雲時代 風雲時代 風雲時代 風雲時代 風雲時代 風雲時代 風雲
風雲時代 風雲時代 風雲時代 風雲時代 風雲時代 風雲時代 風雲時代
時代 風雲時代 風雲時代 風雲時代 風雲時代 風雲時代 風雲時代 風雲
風雲時代 風雲時代 風雲時代 風雲時代 風雲時代 風雲時代 風雲時代
時代 風雲時代 風雲時代 風雲時代 風雲時代 風雲時代 風雲時代 風雲
風雲時代 風雲時代 風雲時代 風雲時代 風雲時代 風雲時代 風雲時代
時代 風雲時代 風雲時代 風雲時代 風雲時代 風雲時代 風雲時代 風雲
風雲時代 風雲時代 風雲時代 風雲時代 風雲時代 風雲時代 風雲時代
時代 風雲時代 風雲時代 風雲時代 風雲時代 風雲時代 風雲時代 風雲
風雲時代 風雲時代 風雲時代 風雲時代 風雲時代 風雲時代 風雲時代
時代 風雲時代 風雲時代 風雲時代 風雲時代 風雲時代 風雲時代 風雲
風雲時代 風雲時代 風雲時代 風雲時代 風雲時代 風雲時代 風雲時代

全新譯校 經典新版世界名著 6

Uncle Tom's Cabin

湯姆叔叔的小屋

〔美〕斯托夫人 著

王岩 譯

經典新版　世界名著

閱讀經典名著確實是不一樣的宴饗。人們對於經典名著，不會只說「我讀過」，而是說「我又讀了」。事實上，我每次去讀它，都會讀出新的東西，新的精神。

——當代義大利名作家、後設小說大師卡爾維諾（Italo Calvino）

真正的光明，絕不是永遠沒有黑暗的時候，只是永不被黑暗掩沒罷了。真正的英雄，絕不是永遠沒有卑下的情欲，只是永不被卑下的情欲所征服罷了。閱讀經典名著，永遠可以使人自我昇華，不陷於猥瑣。

——法國名作家、諾貝爾文學獎得主羅曼羅蘭（Romain Rolland）

閱讀文學經典、世界名著，能夠滋潤現代人的心靈，使人對世事、愛情與人性重新有一番體悟。

——美國現代名作家、諾貝爾文學獎得主海明威（Ernest Hemingway）

台灣曾出版的世界名著與文學經典可謂汗牛充棟，然而，細察譯文品質與內容，大多是三十至五十年代大陸譯者的手筆，其行文用語的方式與風格，早已與當代讀者的閱讀習慣、閱讀趣味脫節，以致不再能喚起讀者的關注。這一套「經典新版　世界名著」是全新譯本，行文清晰、流暢、優雅，用語力求充分符合當代人的品味。故而，是「後真相時代」中尋求心靈滋養者最適切的選擇。

譯者序

王岩

《湯姆叔叔的小屋》是美國作家哈利特·比切·斯托於一八五二年發表的一部反奴隸制長篇小說。全書圍繞著一位歷經苦難的黑奴——湯姆叔叔的故事展開，描述了他與他身邊的人的經歷。這部傷感小說深刻地揭露了蓄奴制度的罪惡，並認爲基督徒的愛可以戰勝由奴役人類同胞所產生的種種傷害。小說中關於非裔美國人與美國奴隸制度的觀點曾產生過意義深遠的影響，對當時反對蓄奴制度的政治鬥爭起到了巨大的推動作用，並在某種程度上推動了美國南北戰爭的爆發。

小說開始於肯塔基州農場主亞瑟·謝爾比正面臨著將因欠債而失去田地的困境。儘管他和他的妻子艾米麗·謝爾比對待他們的奴隸十分友善，但謝爾比還是決定把幾名奴隸賣給奴隸販子來籌集他急需的資金。被賣掉的奴隸有兩個，一個是湯姆叔叔，他是有著妻子兒女的中年男子；另一個是艾米麗的女僕伊麗莎的兒子。艾米麗並不同意這個主意，因爲她曾經對其女僕承諾說，她的兒子絕對不會被賣掉；而艾米麗的兒子喬治·謝爾比也不願意讓湯姆離開，因爲他已經把湯姆視爲自己的良師益友。

伊麗莎在逃亡途中，偶然遇見了比她先一步逃走的丈夫喬治·哈利斯，他們決定逃亡加拿大。然而，他們卻被一個名叫湯姆·洛科的奴隸獵人盯上了。最後，洛科與他的同夥誘捕了伊麗莎和她的家人，這導致了喬治被迫向洛科開槍。在乘船南下的途中，湯姆被賣給一位善良的奴隸主——聖克萊爾先生。回到新奧爾良後，聖克萊爾與他的堂姐奧菲利亞因對奴隸制的見解不同而產生了爭論，奧菲利亞反對奴隸制度，但卻對黑人持有偏見；聖克萊爾剛認爲自己對黑人沒有偏見，即使他自己是一個奴隸主。為了向他的堂姐說明她關於黑人的觀點是錯誤的，聖克萊爾買了一名黑人女孩托蒲賽，並請奧菲利亞去教育她。

在湯姆與聖克萊爾一同生活了兩年後，聖克萊爾心愛的女兒——伊娃得了重病。在死之前，她在一場夢境中夢見了天堂，她把這場夢告訴了她身邊的人。由於伊娃的死和她的夢境，其他的人決定改變自己的生活；奧菲利亞決定拋棄自己從前對黑人的偏見，托蒲賽則說她將努力完善自己，而聖克萊爾則許諾將給湯姆自由。

在聖克萊爾履行他的諾言之前，他卻因為介入一場爭鬥而被人用帶刀刺死。因為聖克萊爾的妻子拒絕履行丈夫生前的承諾，在一場拍賣會中，湯姆被賣給了一名兇惡的農場主西蒙・雷格里。勒格里將湯姆帶到了路易斯安那州的鄉下。湯姆在這裡認識了勒格里的其他奴隸，其中包括艾米麗。當湯姆拒絕服從勒格里的命令去鞭打他的奴隸同伴時，勒格里開始對他心生厭惡。湯姆遭受了殘暴的鞭笞，勒格里決心要壓垮湯姆對上帝的信仰。但湯姆拒絕停止對《聖經》的閱讀，並盡全力安慰其他奴隸。

在這個時候，湯姆・洛科回到了故事中。在被貴格會教徒治癒後，洛科發生了改變。喬治和伊麗莎在逃到加拿大後獲得了自由。而在路易斯安那州，由於堅信上帝的信仰，湯姆叔叔在種植園中遭受主人勒格里殘酷的折磨。當他將被擊垮時，他經歷了兩次夢境——一次是遇到了耶穌，而另一次則是遇到了伊娃——這使得他決意保留自己對基督的信仰直至死亡。他鼓勵女奴凱西逃跑，並讓她帶上艾米麗。當湯姆拒絕告訴勒格里凱西和艾米麗逃亡何方時，勒格里命令他的監工殺死湯姆。在他垂死時，湯姆寬恕了兩位監工野蠻毆打他的行為。受其品格的感召，這兩人都皈依了基督徒。在湯姆臨死前，喬治・謝爾比出現了，他要買回湯姆的自由，但這已經太遲了。

在乘船通往自由的路上，凱西和艾米麗遇見了喬治·哈里斯的姐姐，並與她一同前往加拿大。一次偶然的機會，凱西發現伊麗莎便是她失散已久的女兒，她們終於重逢了，去了法國，並最終抵達了賴比瑞亞——一個收容美國前黑奴的非洲國家。在那裡，她們又見到了凱西失散已久的兒子。喬治·謝爾比回到了肯塔基州的農場，釋放了他的全部奴隸，並告訴他們，要銘記湯姆的犧牲以及他對基督真義的信仰。

《湯姆叔叔的小屋》全書都貫穿一個主題：揭露了奴隸制度的罪惡與不道德。當斯托夫人在她的文字裡寫入次要的主題——譬如母親的道德權威以及由基督教徒提供拯救的可能性時——她都會強調這些主題與奴隸制的恐怖之間的聯繫。幾乎在小說的每一頁，斯托夫人都在積極闡述著「奴隸制度不道德」這一主題，有些時候，她甚至會改變敘述故事的口吻，來向人們「佈道」奴隸制的破壞天性（譬如，在載著湯姆前往南方州的輪船上，有一名白人女性這樣說道：「奴隸制的最可怕之處在於對感情和親情的踐踏——比如拆散人家的骨肉。」）通過對黑奴制度拆散他人家庭的描繪，斯托夫人用文字展現了奴隸制度的罪惡。「在自由的土地上，逃亡者們安全了」。

斯托夫人認為母性是「所有美國人生活中的道德與倫理模範」，並相信，只有女性才擁有將美國從奴隸制的惡魔手中拯救出來的道德權威；這便是《湯姆叔叔的小屋》中表達出的另一個主題：女性的道德力量與聖潔。在書中，這種角色的例子有伊麗莎——一個是帶著兒子逃亡的黑奴，還有小伊娃——她被視為一名「理想的基督徒」，以及其他一些女性。正是通過這樣的角色，斯托夫人表明了這一觀點：女性能夠拯救她們身邊的人，哪怕是最不道義的人。但後來的評論者也提到，斯托夫人筆下的女性角色一般都以家庭主婦的老套形象出現，而不是現實中的女性。此外，斯托夫人的小說「重申了女性所發揮影響的重要性」，為隨後幾十年裡女權主義運動道路的鋪平做出了貢獻。

斯托夫人的清教徒宗教信仰顯露於小說的結尾，並顯露在所有的主題中；她對基督教的本性進行了探索，並認爲基督教神學與奴隸制度有著無法調和的矛盾。當伊娃死後，湯姆懇求摯愛她的聖克萊爾「回望耶穌」時；當湯姆死後，喬治．謝爾比用「做一個基督徒多好啊」來稱頌他時，這一主題都得到了極大的彰顯。因爲在《湯姆叔叔的小屋》這部小說中，基督教的主題占有很大的成分，又由於斯托夫人在小說中頻繁地直接發出對宗教信仰的感慨，這本小說還常被認爲帶有「布道書的形式」。

原版序

正如書名所示，這個故事發生在一個素爲文雅的上流社會所不齒的種族之中；這個來自異域的民族，他們的祖先生長在熱帶的烈日之下，從本土帶來了異於專橫跋扈的盎格魯・撒克遜人[1]的性格，並將其留傳給了後代子孫，這使得他們長期以來，一直受到後者的誤解和蔑視。幸而，一個美好的新時代正在誕生；當代文學、詩歌和藝術的主旨，和基督教「仁愛爲懷」的偉大宗旨日趨和諧一致。詩人、畫家和藝術家們都在尋找和褒揚生活中常見的仁愛行爲；小說，散發著一種感化和威懾的力量；它對於弘揚基督教的博愛精神極爲有利。

仁義之臂伸向四面八方，發掘不平、伸張正義、撫慰貧苦；把卑賤、受壓迫、被遺忘者的際遇公之於世，以求得到世人的關注和同情。在這場廣泛的運動中，人們終於記起了不幸的非洲人；他們在人類早期的蒙昧時代，曾開創了世界文明，促進了人類進步；但是，幾百年來，卻在那些信奉基督教的文明人腳下當奴隸，流血流汗，徒勞地乞求憐憫。

現在，作爲他們的征服者和惡東家的那個優勝民族，終於對他們產生了惻隱之心；人們認識到：對於世界各國而言，保護弱小要比欺凌弱小高尚得多。感謝上帝，奴隸貿易終於在世界上消失了。

本書旨在激發人們對那些和我們生活在一起的非洲人的同情；揭露了他們在奴隸制下遭遇到的種種不平和痛苦——在這個極端殘暴不仁的制度下，一些深切同情黑奴的人，爲他們做的一切努力，都遭到破壞和取締。在此，作者誠懇地說明：對於那些並非出於本意，而被牽扯到奴隸制法

1. 此處指盎格魯・撒克遜人。

律關係中並因此苦惱的人們，作者不抱有任何敵意。作者的切身經驗證明：有些思想高尚、心地仁慈的人也被捲入到這一制度中；當然，他們很清楚：本書所描述的奴隸制的罪惡，遠不及難以言狀的全部真相的一半。

北方各州的人們，也許會覺得我的描寫過於誇張；但在南方各州，卻有不少人可以爲其真實性作證。關於作者對本書中的事實真相，到底有多少切身體驗，我將在一個合適的時期公之於眾。

當一個文明且信奉基督的社會在非洲海岸興起，並擁有了自己的法律、語言和文學之時，在非洲人心中，奴隸交易所的場景，也許會變成以色列人心中對埃及的回憶[2]——成爲感謝上蒼恩賜的緣由！儘管政客們勾心鬥角，人們被利欲狂瀾沖得暈頭轉向，但是，人類自由這一偉大事業卻始終掌握在上帝手中。關於上帝，有人這樣說：

祂絕不會懈怠，也不會灰心，
直到人間充滿正義。
祂會解救向他呼吁的貧苦者。
還有苦命和孤苦無依的人。
祂會從陰謀和暴力中救贖他們的靈魂，
在祂心中，
他們的鮮血一直都無比珍貴。

2.見《舊約．出埃及記》，以色列人曾是埃及人的奴隸，後來在他們的領袖摩西的率領下，離開了埃及獲得自由。此處借指奴隸制的廢除。

目錄

Contents

chapter 1

向讀者介紹一位好心人

二月的一個下午，天氣微涼。黃昏快要降臨時，在肯塔基州P城的一間雅致而考究的客廳中，兩位紳士正小酌一番，同時還在熱烈交談。身邊沒有一個僕人，他們表情嚴肅，似乎在商議著什麼，椅子也靠得很近。

爲了便於閱讀，我們暫且把這兩人稱作「紳士」。不過若以更嚴肅的目光衡量一番，其中一位似乎還不能劃爲「紳士」一類。他五短身材，體型壯碩，長相過於平凡，帶有一副出身低賤，卻妄想攀龍附鳳的洋洋得意、裝模作樣之態。他的衣著打扮講究過頭，一件顏色庸俗刺眼的花背心、一條點綴著豔麗黃點子的藍色圍巾，加上一條俗不可耐的領帶，這些裝扮倒是和他的整體氣質異常協調。他那戴滿戒指的手大而粗糙，身上掛著一條分量很足的金錶鏈，錶鏈上有一些奇形怪狀、顏色繁複的圖章，談話的時候，他似乎刻意把錶鏈上的那堆圖章甩得叮噹作響。他的言辭完完全全在踐踏默里氏語法[1]，而且他的話語裡還常常帶著光怪陸離的粗俗詞彙，即使我們盡力把現場情景描述得更加活靈活現，不過如實記錄的難度不小。

形成鮮明對比的是，他的同伴謝爾比先生很有紳士風度，房間的佈置與整體格調顯示出家境富裕，生活安逸。如前所述，兩位先生正嚴肅地商討一些事。

1. 默里氏（一七四五—一八二六），美國著名語法學家。

「依我看就這麼辦吧。」謝爾比先生說。

「我不能這樣子做生意——絕對不可以，謝爾比先生。」對方毅然回絕，邊說邊舉高酒杯仔細審視著。

「哎呀，海利，湯姆可不是個普通的黑奴，他絕對值得你花這麼多的錢——他辦事穩當、踏實能幹，把我的農莊管理得可是有聲有色。」

「你指的是黑鬼的『踏實』嗎?」海利回應道，給自己倒了一杯白蘭地。

「當然不是，我說的是真的，湯姆確實仁義、穩重、明理。四年前的一次野營布道會上他就入了教，我堅信他對上帝絕對忠誠，那以後我就完全信任他，把一切託付他——錢、房產、馬匹——而且允許他四處走動，我覺得他什麼事都處理得挺好。」

「謝爾比，有人認爲沒有虔誠的黑鬼，」海利邊說邊隨意地揮了揮手，「然而我信，我上次運往奧爾良的那批黑鬼中有一個傢伙——確實是，聽那傢伙禱告，還真像模像樣呢！他很溫和沉穩，賣出了個好價錢，我從別人手裡撿了個大便宜，那個人爲了償清債務急於把他出手，結果我從他身上淨賺六百塊。的確，我認爲宗教在黑鬼身上大有用處——假使他真信的話。」

「是呀，湯姆是個虔誠的教徒，」謝爾比插話道，「因而，去年秋天我讓他一個人去辛辛那提辦事，我對他說：『湯姆，我信任你，因爲你是個誠實的基督徒——我明白你不會騙人。』我知道他準會回來的。完全沒錯，湯姆回來了，還把五百美元帶回來。有些不懷好意的人對他說：『湯姆，你爲什麼不乾脆逃到加拿大?』『哦，我不能辜負主人的信任。』有人把這件事告訴我。你得清楚，我一點兒都不想賣湯姆。你該讓他抵掉我的所有債務，海利，假如你還算有良心，就一定會這麼做。」

「唉，生意人的那點良知我還是有的——不過也真就一丁點兒。你知道的，足夠我起誓用就行，」黑奴販子調侃道，「而且，只要合情合理，我當然也會盡力幫助朋友。不過你得明白，這事兒真的不好辦，我也挺為難的。」黑奴販子假裝深沉地長嘆一聲，又自己加了一些白蘭地。

「行，海利，你究竟想怎樣才能答應呢？」在一陣尷尬的沉默後，謝爾比先生問道。

「除了湯姆，你能再給我搭個男孩或女孩嗎？」

「唉，我確實找不出多餘的人了，說實在的，要不是情況這麼糟糕，我絕對捨不得把黑奴賣掉。無論哪個奴隸我都不願意賣，這是肯定的。」

正說著門開了，一個四五歲左右，乖巧伶俐、討人喜歡的混血小男孩進來了。他的長相出奇的漂亮可愛。圓圓的臉蛋上有兩個淺淺的酒窩；頭上有著絲一般光滑柔亮的黑色鬈髮。他好奇地朝屋裡張望著，一雙忽閃的大眼睛從濃密的長睫毛下向外看。他有一種清澈而純真的可愛，這在一件剪裁精妙得體的簇新紅黃格子罩衫的襯托下更突出，在自信中夾雜著幾分害羞，說明他習慣於主人的恩寵與對這種恩寵的感激。

「嗨，吉姆．克羅！[2]」謝爾比先生吹了聲口哨，把一把葡萄乾扔給他，「快撿起來，手腳俐落點！」

小孩使出他全身的力氣蹦過去撿這意外的獎賞，他的主人被他逗得哈哈大笑。

「到我這來，吉姆．克羅。」主人發話了。孩子走到他跟前，他溫柔地拍拍男孩滿是鬈髮的小腦袋，撫弄一下他的小下巴。

2. 吉姆．克羅，原是對黑人的蔑稱，此處是戲稱。

「來，吉姆，給這位先生表演一下你的絕活，讓他見識一下你是多麼能歌善舞。」

孩子的嗓音清脆動聽，唱的是一首很受黑人歡迎的激烈愉悅的曲子。演唱時，他手舞足蹈，踩著音樂的節拍，不時做滑稽的動作。

「精彩！」海利邊說邊扔了幾瓣橘子給孩子。

「現在，吉姆，你表演一下卡德喬大爺關節疼時走路的動作。」主人又有了指令。

剛才還手腳敏捷的孩子馬上變成了殘疾人。他佝僂著身子，拄著主人的手杖，在客廳裡艱難地蹣跚行走，還皺著那張天真的臉，學著老人的樣子不停地亂吐唾沫。

兩位紳士哄堂大笑。

「好了，小吉姆，」主人又發話了，「讓我們瞧瞧老羅賓斯長老領唱讚美詩的模樣。」

孩子拉長了圓嘟嘟的小臉，神色凝重，用威嚴沉穩的鼻音開始唱讚美詩。

「不錯，幹得好！真是個好傢伙！」海利猛地拍了一下謝爾比的肩膀，「小傢伙不錯，加上這個小機靈鬼，你的債就算全部抵消了。我說話算話，難道還有別的更好、更公平的交易嗎。」

這時，有人推開了門，一個二十五歲上下的第二代混血女人走了進來。

一看便知這個女人是那個小傢伙的母親，一模一樣的長睫毛，如出一轍的明亮烏黑的眼珠，相同的波浪一樣的纖細鬈髮，以及帶著淡淡紅暈的棕褐色臉龐。當她察覺到自己的身體正被奴隸販子肆無忌憚的貪婪目光打量時，臉色更紅了。她的衣著極其合身，完美地展示出她的苗條曲線——她纖美的手與小巧精緻的腳踝也沒能逃過奴隸販子銳利的眼睛。此人一眼就能打量清楚一個美麗柔順的女奴的所有優點。

「有事嗎，伊麗莎？」當她停下腳步猶豫地望著主人時，謝爾比問道。

「對不起，先生，我在找哈利。」小男孩蹦到母親那兒，給母親展示藏在罩衣下的戰利品。

「嗯，你帶他出去吧。」謝爾比先生說，女奴急急地抱起孩子出去。

「上帝，老天作證，」奴隸販子轉身對他稱讚，「這是一等一的好貨色！把這個女人賣到奧爾良去，無論何時你都能大賺一筆。當年我可親眼見過有人花一千多塊買個女奴，遠沒有這個女人漂亮。」

「我不想把她當搖錢樹，」謝爾比先生冷冷地拒絕，爲了換個話題，他又開了一瓶酒，並徵詢同伴對這酒的看法。

「很棒，先生——一流貨色！」奴隸販子交口稱讚。接著他回過頭，熟稔地拍了拍謝爾比的肩，補充道：「如何，這個女奴你要賣什麼價？——多少錢你儘管開——你究竟想以什麼價格賣？」

「海利先生，不能賣她，」謝爾比說，「即使你按她的重量付金子，我妻子也不會讓她走。」

「哎呀！女人一向很小氣，因爲她們沒有經商頭腦。我覺得倘若你告訴她們一個人值那麼多的金子，並能買到很多錶、服飾、首飾，她們就會更改主意了。」

「我說過了，海利，不賣就不賣，你可以打消這個主意了。」謝爾比斬釘截鐵地說。

「好的，不過那個小男孩你可要給我，」奴隸販子答道，「你要明白，爲了他，我已經做了很大的讓步了。」

「你要這個男孩有什麼用呢？」謝爾比問。

「哦，我有一個朋友專門從事這項買賣——他想買一批長相俊美，貨色好的小男孩，養大後再送到市場上賣，給那些肯出大價錢的老爺們做侍者什麼的。這些人家用漂亮男孩開門、跑腿，在豪宅裡可是好陪襯——可以為他們臉上增光，所以漂亮男孩可以賣個好價錢。這小傢伙又機靈又懂音樂，絕對是難得的可造之才呀。」

「我還是不想賣他，」謝爾比先生沉思過後說，「說實話，先生，我是個心腸軟的人，不願意把孩子從母親身邊帶走，先生。」

「啊，是嗎？——哎喲！是的——你確實心腸很軟，這點我完全明白。有時候和女人打交道的確很麻煩，我很怕看見那些痛哭哀求的場面，讓人很不愉快。不過談買賣時，我一向盡力阻止這種不愉快，先生。倘若你想辦法讓這女人離開一天或一周，事情肯定就能夠神不知鬼不覺地辦好——在她回來前我們把孩子帶走，然後讓你太太買個耳環，或一件漂亮衣服，或者其他的小玩意兒來補償她，不就萬事大吉了嗎？」

「似乎很麻煩。」

「上帝保佑，我們會成功的。黑奴不像白人，只要你處理得當，事情過去後他們就會死心的。」海利假裝推誠相見地說，「常言道，做奴隸買賣要心黑，我可不這麼認為。我做這門生意的方法不同於其他人。我曾目睹一位同行從一個女奴的懷中搶走她的孩子並強行賣給別人，那女人從此一直瘋瘋癲癲，又哭又鬧，這種做生意的方法是下下之策，把貨物也給毀了，搞到最後，有些女奴根本賣不出去。有一次在奧爾良，我就親眼目睹一個非常漂亮的少婦就是這樣被毀掉的。買她的那個傢伙不肯買她的孩子，結果這把她給惹火了，使起性子來，死死抱住孩子，吵吵鬧鬧不肯罷休，那樣子讓人非常害怕。現在回想起這件事，我還心有餘悸呢。最後孩子被搶走了，她也被關起來，整天胡言亂語，瘋瘋癲癲，一周後就死掉了。那一千元等於打了水漂。

先生，仁義的方法其實是最好的，這是我的經驗之談。」

然後奴隸販子雙手交叉於胸前，靠在椅背上，一副公正善良的姿態，儼然自比威爾伯福斯第[3]二了。

這個觀點讓這位紳士頗感興趣，因爲當謝爾比先生沉思著剝橘子時，海利又開始說話了，裝出猶豫的樣子，可是似乎是真理的力量迫使他不得不多說幾句。

「一個人誇耀自己不太好，不過我還是想說，因爲那都是事實。我肯定人們都覺得我賣出去的黑奴全是好貨色——至少別人是這麼告訴我的，一批如此，一百批也如此——貨色都是上等的——強壯而體面，而且同行中，我損失的黑奴是最少的。我相信這些全是由於我方法得當，先生，而人道主義方針是我管理經營的精髓。」

謝爾比先生不知道還能說什麼，因而只好說：「是嗎？」

「但我的經營之道一直爲人所譏笑，還飽受責備，沒有人認同我的主張，但我不會因此而改變我的經營之道的。先生，正是因爲我的堅持，現在我終於憑藉它而發了大財。確實，先生，可以說它的確行之有效。」奴隸販子被自己的玩笑話逗樂了。

這些關於人道和慈善的高論有趣且別出心裁，以至於謝爾比先生也禁不住陪著奴隸販子笑了起來。

各位讀者，讀到此處，你或許也在發笑吧。當今世界，關於人道和慈善的高論層出不窮，慈善家們的奇談怪論則更是數不勝數了。

3. 威爾伯福斯（William Wilberforce，一七五九—一八三三），英國政治家、社會改革家，在一八〇七年廢奴貿易和相關制度中做過貢獻。

在謝爾比先生的笑聲鼓勵下，奴隸販子又接著說了下去：

「你說奇怪不奇怪，我很難讓人接受我的觀點。就拿那捷斯的湯姆．洛科來說吧，他是我過去的合夥人。這個人辦事精明老道，不過他對待黑人就像個魔鬼──你明白他不過是按原則辦事，因為朋友中，你再也找不到比他心腸更好的了。他一貫如此。我常常勸他：『嗨，湯姆，』我說，『你的女奴們又哭又鬧時，對她們動拳腳、敲她們的腦袋，毒打她們有什麼用？這樣做只能證明你是個愚蠢的人，』我說，『若是自然的感情得不到宣洩，那她們會尋找其他方式的。而且，老兄，不讓她們藉由哭鬧發洩，她們就會面容憔悴不堪，垂頭喪氣，甚至還會變得異常難看──特別是那些混血女人──調養好她們太傷神了。』我說，『你為什麼不能哄著她們、好好跟她們說話呢？聽我的沒錯，湯姆。這比你毒打她們行得通，而且更划算。』不過湯姆聽不進去，毀掉不少女奴，雖然他心腸好，做事公道，但我只能和他分開來做生意了。」

「你覺得自己的人道方法比湯姆的更有效果嗎？」謝爾比先生問。

「的確如此，先生，你得承認。做生意時，我都會盡量避免不愉快的場面發生的。比如賣小孩時，我把女人支走。女人看不到這種場面，就不會發生不愉快的事情，等到生米煮成熟飯，她們也只好認命了。白人自兒時起受到的教育就是全家聚在一起，共享天倫之樂，但黑人卻不比我們白人，你知道，受過一定教育的黑人他們沒有享受這種快樂的奢望，因此這一切變得更容易。」

「恐怕我的黑奴不是好好調教就行的。」謝爾比先生說。

「嗯，你們肯塔基人把那幫黑鬼慣壞了，你們心腸好，但是這可不是真正的仁慈。黑奴生下來就註定要四處漂泊，今天賣給湯姆老兄，明天會被賣給狄克老兄，後天不知道會被賣給哪位老兄呢，所以，讓他有思想和期待並好好教養他不是真仁慈，因為以後迎接他的將是更多的痛苦和磨難。恕我冒昧，我的黑奴到了種植園著魔似的狂歡歌唱，而你的黑奴肯定會垂頭喪氣。你瞭解的，謝爾比先生，人人都理所當然地相信自己是對的，我覺得我對那些黑奴已經夠好了。」

「你可真容易滿足，做什麼事情都挺安心的。」謝爾比先生不以為然地聳了一下肩，帶著一種厭惡感。

雙方沉默了片刻，心中在想著各自的心事，海利說，「你看這事怎麼辦呢？」

「讓我考慮一下，和妻子商量商量，」謝爾比先生說，「在此期間，海利，倘若你真想讓事情如你想像中的那樣悄悄進行的話，可千萬不能走漏一點兒風聲，不然這事會很快傳到我的那些僕人的耳朵裡，我敢發誓，若是那些僕人知道了這件事，無論帶走我家的哪一個都很難辦到了。」

「好，一言為定，我不會走漏風聲的。不過，我希望儘快敲定這樁買賣。」說完，他便起身穿上大衣。

「可以，你今晚六七點之間來，我會給你回音的。」謝爾比先生說，奴隸販子鞠躬告辭。

「看看他那得意忘形的嘴臉，我真恨不得一腳把他踢到台階下去。」房門關上後，謝爾比先生自言自語道，「瞧他那張小人嘴臉。不過他知道他在我這撿了個大便宜。假如之前有誰讓我將湯姆賣給奴隸販子，我會說，『你的僕人是狗嗎，能隨便賣嗎？』然而現在只好賣掉他了。還有伊麗莎的孩子！我知道會因此和妻子爭執，她絕對不會同意賣掉哈利，但沉重的債務使我落到了這種境地。哎！那傢伙是看準了我受困的機會下手呢。」

蓄奴制最和平的州非肯塔基州莫屬。這兒的農活很輕鬆，全然不似南方一些地區農忙時那樣緊張得令人喘不過氣來，這裡黑奴的勞動強度更合理。

人的本性是脆弱的，因此當看到可以謀得暴利，同時只有依靠犧牲那些無依無靠的人的利益而別無選擇時，人就會因脆弱的本性而生出一副狠毒的心腸。但肯塔基州的莊園主滿足於這種平和的經營方式，所以能抵抗這種人性的脆弱。

只要到肯塔基州的一些莊園去走一走，看一看，就會親身體會到男女主人的和善與寬容以及僕人們對主人的愛戴與擁護，你可能會幻想，這簡直是帶有傳奇色彩的家族社會，充滿著詩情畫意；不過在這傳奇之上籠罩著一個不祥的陰影——法律。

只要法律寫明，所有這些活生生的、充滿豐富感情的人只不過是某個主人的附屬品——只要他們的主人生意上遇到挫折，生活中遭到不幸或不慎命喪黃泉路，他們便隨時會因爲生活失去保障而慘遭無窮的磨難，即使在奴隸制最完善的地方，過上美滿的生活對黑人也是極不容易的。

謝爾比先生是個普通人，和善親切，對周圍的人也寬容以待，在他的莊園中，黑奴們過著舒適的生活，所需的物品從來沒有短缺過。但他卻把自己的財物隨意用於投機買賣，並沉溺於其中難以自拔。此時，他的借據大量流到了海利手中。謝爾比先生和海利進行的談話也正是基於這種情況。

正巧，路過客廳門口的伊麗莎無意中聽到了兩人間的談話，知道主人正和一名奴隸販子討論買賣奴隸的事。

她真想在路過客廳時多聽一會兒兩人間的談話，但女主人的召喚使她不得不匆匆離開。然而她依稀聽到奴隸販子似乎想買自己的孩子——她聽錯了嗎?她的心臟猛烈地跳動著，越想越害怕，下意識地把孩子緊緊抱在懷裡，小傢伙抬頭驚訝地望著母親。

「親愛的伊麗莎，你今天怎麼啦，身體不舒服嗎?」

伊麗莎打翻了放洗臉水的大水罐，碰倒了針線台，最後在女主人讓她拿綢衫時，卻心不在焉地把一件長睡袍遞給了她。看見她心神不定，女主人關切地問道。

伊麗莎驚呆了。「對不起，太太！」她抬起眼連忙道歉，淚水不由自主地往下流，隨後她坐下來開始哭泣。

「怎麼啦，伊麗莎，孩子！你到底怎麼啦？」女主人問道。

「啊，太太，」伊麗莎說，「太太，老爺和一個奴隸販子在客廳談話，我聽到了。」

「咳，傻女孩，他們談話又能怎樣呢？」

「哦，太太，你覺得我的哈利會被老爺賣掉嗎？」這個可憐的母親撲在椅子裡痛哭，身體直抽搐。

「賣他?!不會的，你這個傻女孩！你知道這件事絕不可能，老爺從不和南方來的奴隸販子做買賣，也絕沒有打算賣掉你們任何一個人，只要你們規規矩矩。怎麼，你這傻孩子，誰會買走哈利呢？你以為全世界都像你一樣愛他嗎？你這個傻瓜，行啦，開心點，把我的衣服扣好，將我後邊的頭髮盤上，就按你那天剛學會的好看髮式編吧，以後別在門外偷聽。」

「嗯，不過，太太，您肯定不會答應——把——把——」

「別瞎說，孩子！我絕對不會答應。你幹嘛說這些呢？我寧願賣自己的孩子也不會賣哈利的。但是，伊麗莎，你太溺愛小傢伙了，無論誰把頭伸到我家，你就認定他準備買你最心愛的哈利，這樣誰還敢來我家？」

女主人的自信讓伊麗莎放心了，她迅速地給女主人梳好頭髮，一面幹活一面覺得自己太多疑。

謝爾比太太不論智慧還是品德，都堪稱是一位上等人。她不僅具有肯塔基州婦女那寬宏大度的天性、高尚的道德以及宗教式的操守，而且她還將這些特點融入到實際工作中。她的丈夫從來沒有表明自己具體的宗教信仰，但對於她對宗教的虔誠非常敬重。同時，對她的觀點和想法有時還有幾分敬畏。

謝爾比先生總是聽任自己的太太由著自己的心願去做善事，比如，盡力使僕人們生活得舒適一些，使他們受教育，即使他不參與太太這些善行，但他從來沒有阻攔過她。

事實上，儘管他不相信聖人多做善事可以超度別人，不過，他認爲或許他妻子的虔誠和善行可以使夫妻兩人一起上天堂。

和奴隸販子商議後，他最頭疼的就是如何把自己的安排告訴太太。

由於謝爾比夫人對丈夫欠債的情形一無所知，因而她並不相信伊麗莎所擔心的事是真的。之後由於全心爲招呼客人做準備，並沒有考慮這件事，就把此事忘得一乾二淨了。

chapter 2

母親

伊麗莎從小是由女主人帶大的，女主人一直寵愛和嬌慣著她。

來南方旅行的人一定留意到第一代、第二代混血女人那文雅的氣質、柔和的嗓音和進退得體的舉止。這種渾然天成的風度，還常和驚人的美貌結合，差不多每個第二代混血女人都有賞心悅目的長相。

文中提到的伊麗莎並非是作者想像的，而是依據作者幾年前在肯塔基州遇到的一位混血女孩的記憶所寫。在女主人的照顧下，她沒有遭受任何誘惑，她的美貌也沒有給她招致禍患，平安長大成人。她和一位第一代混血男孩結了婚，他是附近莊園的一名黑奴，叫喬治·哈里斯，聰明能幹。

莊園主人送他去麻袋廠幹活，他聰明能幹並發明了一台淨麻器，成爲這個工廠的最好雇工。儘管他是個沒受多少教育的奴隸，但他在機械方面的超常天賦比起發明軋棉機的惠特尼毫不遜色。

在眾人看來，這個青年人英俊、受人歡迎，然而法律卻將他視爲物品，成爲一個淺薄、狹隘、自私的主人的所有物。一聽說喬治因發明了洗麻機器而一舉成名，這位主人就急忙騎馬趕到工廠來，看看他的所有物到底幹了什麼。雇主熱情款待他，祝賀他擁有一名珍貴的奴隸。

喬治侍候他在工廠四處參觀，展示各種機器。喬治興高采烈地說著，表達流利，身形挺拔俊朗，把他的主人襯托如此渺小。

他的奴隸怎能有權發明機器大出風頭，還和一群紳士走在一起呢？他必須遏止這種行爲，並帶他回莊園鋤草墾地。

「看你回去後還憑什麼這樣神氣？」主人於是要求領走喬治的工資並帶他回到莊園，這個決定使工廠主和工人們都感到詫異。

「帶他走？」工廠主抗議道：「你這樣做會不會太突然了？」

「突然又怎樣，難道哈里斯不是我的嗎？」

「但我們願意多付給您錢，以作爲對您的補償，這樣行嗎？先生。」

「我不缺錢！除非我心甘情願，否則我不會把我的奴僕雇出去。」

「可是他的確很適合幹這份工作啊！」

「可能吧，不過以前我給他分配的工作，他可從來沒讓我滿意。」

「但你要想想，他發明了機器。」一位工人不合時宜地插了一句話。

「是呀，發明了一種節省勞力的機器！我確定他發明了這個；但是不能允許一個黑奴常幹這事，你們每個人不都是一部可以節省勞力的機器嗎？他必須回去。」

喬治的命運就這樣被他的所有者決定了，這番話讓喬治呆若木雞，他自知無法和這個人的勢力相抗衡。一股怒火騰地從胸中升起，熱血沸騰，呼吸變得急促起來，一道燃燒的光芒從他黑色的大眼睛中射出。幸而工廠主碰了碰他的胳膊耐心勸他，暫時壓制了他胸中的怒火。

「別亂來，你先跟他走，我們會設法幫你的。」工廠主小聲勸喬治。

兩人的談話沒有逃過那個壞蛋的眼睛，雖然他並沒有聽清楚他們的談話，但他大致猜到了兩人談話的內容，於是他更堅決地要保有手中對喬治的所有權。

喬治被帶回去後，幹著莊園最重最苦的活兒，他始終隱忍著對主人的不敬之詞，但那怒火沖天的眼睛，憂鬱的神情都表明了他的心不甘情不願，這種不願變成物品的無聲反抗不可遏制。

喬治在工廠時認識了伊麗莎，那是段開心的時光，後來他們結婚了。

在那期間，因為雇主的信任和器重，喬治可以自由出入，而謝爾比夫人十分贊成這樁婚事。和其他女人一樣，她熱衷於當媒人，撮合了這門在她眼中萬分般配的親事，因此，喬治和伊麗莎也無上榮幸地被允許在女主人的客廳中舉行婚禮。

女主人親自為新娘插上了香橙花，而且為她披上了婚紗，使得新娘嬌豔無比。大廳中糕點、美酒一應俱全，戴著白手套的客人們一面對新娘的美貌讚不絕口，一面也不時稱讚女主人的大方和對僕人的恩寵。

婚後一兩年，夫妻二人生活美滿幸福，還常常見面。除了兩個夭折的孩子外，他們沒什麼不愉快的事。而兩個早死的孩子使得伊麗莎極度悲傷，女主人對她軟語相勸，並讓她用理智和宗教控制自己的情感。

小哈利出世後，伊麗莎把滿腔母愛都傾注在這個小傢伙身上，之前的傷痛也得以彌補，心也逐漸平靜。自此，她感到幸福無比，直到喬治被混蛋的主人粗野地從好心的雇主那兒帶走，並失去以往的自由為止。

在喬治離開半個月後，工廠主估計哈里斯已經消氣了，於是就履行諾言拜訪了哈里斯的主人，想方設法勸他讓喬治回到自己的工廠幹活。

「別白費心思了，」主人頑固地說，「我知道自己在做什麼。」

「我當然不會干預你，我只是想提醒你應該從自身利益出發，同意你的奴隸回我的工廠幹活。」

「我完全明白。那天我帶他走時，你們竊竊私語，我可是注意到了。先生，喬治屬於我，在這個自由的國家，我讓他幹什麼他就得幹什麼，事情就是這樣的簡單。」

最後的希望破滅了，喬治面對的將是無盡的勞作和沉悶的生活，而那狠心的主人所給予他的令他痛苦不堪的折磨和屈辱，他也只有默默地忍受。

一位熟稔法律的智者曾說過這樣的話，處置一個人最殘酷的方法莫過於對他施以絞刑。這句話不對，還有一種處置人的方法比這種懲罰更爲殘酷。

chapter 3 丈夫與父親

謝爾比夫人出門訪友了，伊麗莎無精打采地站在門廊裡，呆呆地望著遠去的馬車。忽然，有人拍了一下她的肩。她回過頭，迷人的眸子霎時光彩奪目，臉上綻放出美麗的笑容。

「真是你嗎？喬治，你把我嚇了一跳。我真是太高興了！太太出門拜訪朋友去了，晚上前不會回來。我們快到我那個小房間吧，我們可以有一段愉快的時光。」

她邊說邊將丈夫拉到門廊對面那個小房間，平時，她總在那兒做針線活，這樣她可以聽見女主人的呼喚。

「你能來我真高興，快來看一看我們的孩子，喬治，你爲什麼不高興呢？」

孩子緊緊地抓住母親的長裙，看起來非常羞澀，眼睛從鬈髮後邊偷看他父親。「他長得真漂亮！」伊麗莎撫摸著他的鬈髮，吻了吻他。

「我只希望自己沒有出世，也沒有生下這個孩子。」喬治沉痛地說。

聽完這句話，伊麗莎既驚訝又恐懼，她哭著把頭靠在丈夫寬闊的肩膀上。

「好了，伊麗莎，我真不該讓你如此傷心，你真是太可憐了！」他動情地說，「如果當時你沒有認識我，那你就不會這樣不幸了。」

「喲，喬治！你爲什麼要這麼說？發生什麼不幸的事了？現在我們的生活不是很快樂嗎？」

「嗯，的確快樂。」喬治說著，把孩子抱到他腿上，目不轉睛地盯著他那明亮的雙眼，疼愛地撫摸著他那柔軟的鬈髮。

「他真像你，伊麗莎，你是世界上最漂亮的女人，也是最善良的女人。你瞧，哈利長得和你多像，要是當初我們沒遇見該多好！」

「咳，喬治，你爲什麼這麼說呢？」

「我們除了痛苦以外，還擁有什麼呢！我的命就像黃連一樣苦，我的生命即將被折磨到盡頭。我已經這麼苦，爲什麼還要將你一同拖入深淵呢？我們盡力工作，盡力學習，一心想做有用的人，但這有什麼用呢？這樣活著有什麼意思，真不如死了算了。」

「哦，夠了，喬治，這樣想真是罪孽！我知道你不能回工廠幹活心裡很不好過，你的主人太狠心，不過請你忍忍，說不定——」

「忍耐，難道我還不夠忍耐嗎？」沒等她說完，他就打斷她說道，「自從他無緣無故把我從那個待我好的人的工廠帶回以後，我說過什麼嗎？我把自己掙的錢全都上交給他了——而且那個工廠的人，哪一個不誇我的活做得好。」

「這件事的確太可怕了，」伊麗莎說，「但他終究是你的主人啊。」

「主人！是誰賦予他當我的主人的？我一直在思考這個問題——他是人，我也是人，他憑什麼騎在我頭上？我比他有能力，經營管理也比他強，我認字比他多，字寫得比他好——這些都是我自學的，不是他教的——儘管他對我是那樣的殘忍，但我還是學會了這些本領。可是他憑什麼不讓我發揮我的才能？——將我從我可以做得比他好的工作上弄走，叫我去幹又髒又累的活兒？他總是這樣，他說要馴服我，讓我卑躬屈膝，藉此凌辱我，他說要我屈服，他是故意的！」

「哦，喬治！你嚇著我了，我從沒聽你說過這樣的話，我明白你非常生氣，我能理解，可是，為了我和哈利，你千萬不能做可怕的事啊！」

「我從來都是三思而後行，我一直忍耐著，可是現在看來情況越來越糟，我已經快到極限了——他不放過任何一個侮辱我、折磨我的機會。我早些幹好活，以便擠出點兒時間讀書，靜下來學點東西，但他看我幹的越多，派給我的活兒越多。他說即使我什麼都沒說，然而卻一肚子鬼，他要把我身上的鬼抓出來，總有一天我會以他追悔莫及的方式爆發，不信的話走著瞧！」

「親愛的，那我們該怎麼辦呢？」伊麗莎難過地問道。

「昨天，」喬治說道，「我正往車上運石頭，湯姆少爺站在馬車跟前拿鞭子不停地抽，馬受驚了，我溫和地勸他別抽了，但他卻不聽我的話。我再三勸他，他就回頭把我抽了一頓。我抓住他的手阻止他，他便大喊大叫，用力踢我，跑去告訴他爸爸說我打他。主人聽了非常生氣，暴怒地衝過來，聲稱要教訓我一頓，讓我明白他是主人。他把我綁在樹上，用柳條狠勁抽了我幾下，而他的兒子也按照父親的吩咐使勁抽打我，直到他感到累了時為止。我一定要出這口氣，否則我誓不為人。」

他的神色陰鬱，雙眸中充滿憤怒之火，這讓他的妻子感到恐懼。

「我只想搞明白是誰賦予他做主人的權利的！」他說。

「唉，」伊麗莎淒切地說，「我總認為應該服從主人，否則，就不能算是真正的基督徒。」

「你這樣想當然有道理，他們把你當成自己的孩子，給你吃穿，寵著你，讓你受到良好的教育，他們還算有人性，把你當成他們家裡人。但我的主人呢？他常對我拳腳相加；對我最好的就是把我晾一邊不理我。他們收留了我，但我也為此付出了超過百倍的代價償還了，難道我還欠他們什麼嗎?我現在決定不再忍耐下去了。」他狠狠地睜大眼睛,握緊拳頭發誓。

伊麗莎不斷發抖,一言不發。她從未看過丈夫如此憤怒,在這麼強烈的感情面前,她的道德準則蒼白無力,就如同一株風中的蘆葦。

「你送我的那隻可憐的小狗卡洛,你還記得嗎?」喬治又說,「牠是我唯一的安慰。晚上和我一起睡,白天跟著我,看我的時候,就像懂得我的心思一樣。唉,那天我正拿撿到的一點兒剩飯餵牠時,主人發現了,責怪我不該用他的食物餵狗,說倘若所有的黑鬼都養狗的話,他就破產了,硬逼我在卡洛的脖子上綁塊石頭將牠沉到水塘裡去。」

「啊,喬治,你沒這麼做吧?」

「我沒有那樣做,但主人把牠扔進去了,他和湯姆用石頭不斷朝快溺死的小狗扔,可憐的傢伙!牠傷心地望著我,似乎奇怪我爲什麼不救牠。因爲我自己不肯去將狗淹死,又被主人毒打一頓。我不在乎,我遲早會讓主人明白鞭子是馴服不了我的,有一天,我會讓他爲此付出代價的,他就等著瞧吧。」

「你打算怎麼辦?哦,喬治,別去幹什麼可怕的事,只要我們對上帝虔誠,多做善事,上帝會幫助我們的。」

「我不是基督徒,伊麗莎,我和你不同,我心中滿是怨恨。我不相信上帝,爲什麼祂會允許這樣的事情發生呢?」

「哦,喬治,我們一定要相信上帝。太太常說,當我們無路可走時,上帝也正在想辦法解救我們呢。」

「坐在沙發裡、乘著馬車的人說這話當然輕鬆,可若是他們處在我的位子,就肯定不會這麼說了。我也希望自己能夠行善，可我心中的怒火難以平息，假如你是我，同樣會忍不下去的——若我把所有真相都告訴你，你會受不了的。」

「還有其他的事嗎？」

「哦，最近老爺一直嚷嚷，說他讓我和農莊外的人結婚真是太蠢了，他憎恨謝爾比先生，因爲他傲慢，看不起他，在他面前不可一世，說我的傲慢是跟你學的；他說以後不准我來找你，我只能在他的莊園裡結婚。一開始他還只是說說，然而昨天他明確要求我娶米娜爲妻，假如我拒絕，就將我賣到河的下游去[4]。」

「爲什麼——我們不是結過婚了嗎？我們不是也像白種人一樣由牧師證婚了嗎？」伊麗莎天真地說。

「難道你不知道奴隸不能結婚嗎？這個國家沒有奴隸結婚這條法律，如果他們決心分開我們，我是沒辦法留下你的，所以我才希望自己從沒出生過——希望自己從未見過你；那樣對我們兩個人可能更好，——要是可憐的哈利沒出生，對他也好，一切總會降臨到他頭上的！」

「啊，可我的主人很好心啊！」

「確實，但誰又能預見將來的事呢？——他也會死——這樣的話，哈利還是會被賣掉，賣給一個陌生人。他是那樣聰明漂亮，但這有什麼值得自豪的呢？我告訴你，伊麗莎，孩子越是機靈得討人喜歡，那你的痛苦就會越深，你會因爲他太值錢而失去他的。」

丈夫的話沉重地打在伊麗莎的心頭，奴隸販子的身影再次浮現在她眼前，她面色蒼白，呼吸

4.此處的河指密西西比河，下游即更南部，那裡，奴隸的遭遇更為悲慘。

變得急促起來，好像受到了一記猛擊似的。她慌張地朝外看去，孩子對大人們嚴肅的交談沒興趣而跑到別處，在門廊裡得意地騎著謝爾比先生的手杖跑來跑去。她本想告訴丈夫自己心中所擔心的事，但最後還是忍住了。

「不！他已經承受了太多了，可憐的人！」她心想，「不，我不能再讓他擔心了，何況那未必是真的，太太從不騙我。」

「好，親愛的伊麗莎，就這樣吧，」丈夫悲慘地說，「你一定要挺住，再見，我要走了。」

「走，喬治！你要去哪兒？」

「加拿大，」他直起身子說，「等我安頓好以後，會回來贖你們的，這是我們所擁有的唯一希望。你的主人心腸好，我想他會允許我把你和孩子都買走的。我會做到的，願上帝保佑。」

「啊，太可怕啦！要是你被抓了呢？」

「不會發生這種事的，伊麗莎。如果得不到自由，我寧可死，也不會讓他們把我抓回去的。」

「你可不要做傻事啊！」

「我沒必要做傻事，他們會很快殺死我的，但他們休想讓我活著被賣到下游去！」

「啊，喬治，你一定注意安全！爲了我別做壞事，也別做傻事，也不要殺死人。你受到太大的誘惑，可是不要——你要走——但要小心地走，願上帝保佑你。」

「好吧，伊麗莎，你聽聽我的打算。主人突然決定派我給住在一英里外的西姆斯先生送一封信。我想他知道我會到這兒來告訴你這件事的，他會非常高興我這樣做，因爲這會激怒『謝爾比家的人』，他總愛這麼稱呼他們。我要趕回莊園，好像什麼也沒有發生，我回去後會若無其事，服從他們。我已經準備了一切——有人會幫我，大概一禮拜後的某一天，我會出現在失蹤名單中。爲我禱告吧，伊麗莎，或許上帝會聽見你的祈禱。」

「哦，喬治，請相信上帝吧，為自己祈禱，這樣你就不會做壞事了。」

「好的，再見。」喬治說，他握緊了她的手，深情地凝視著她。

他們站在那兒默默對視，然後相互又叮囑了一番，言語哽咽，悲悲切切——他們是那樣的捨不得分離，就像蜘蛛網一樣難以割斷。——這對夫妻便這樣分別了。

chapter 4

湯姆叔叔小屋之夜

湯姆叔叔的小屋是一間木製的小房子，緊挨著「大宅」，黑人通常這樣稱呼主人的屋子。木屋前有一塊整齊的小菜園，在他精心的照料下，每年夏季，草莓、木莓以及各種各樣的水果蔬菜長勢喜人。房子正面的牆上，爬滿了紅色的牽牛花和當地的多花玫瑰，它們交織纏繞，連園子前面堆著的園木都快被覆蓋了。夏天到來時，萬壽菊、矮牽牛花、紫茉莉等各種鮮花在園子裡競相開放，讓克洛大嬸感到無比歡樂和驕傲。

讓我們到屋裡參觀一番吧。大宅裡的晚餐已結束，作爲廚師的克洛大嬸把晚餐做好送上，整理碗筷等雜活由其他僕人處理，她就返回自己的小窩給她的老頭做飯了。因此，毫無疑問，在爐子邊忙碌的人一定是克洛大嬸。她正忙著在鍋裡燉什麼東西，一會兒又若有所思地揭開烤爐的蓋子，頓時一股食物的香氣撲面而來，一看就是在燒好吃的東西。

她圓圓的臉龐兒黝黑發亮，就像塗了一層蛋清似的，還頗類似她烤的小甜餅。她的頭上戴著一個漿得筆挺的無簷帽，一張豐滿的臉上，常掛著一絲滿意的笑容。而我們必須承認，對於附近首屈一指的廚師來說，臉上帶著洋洋自得的神氣也是一件很自然的事。

克洛大嬸似乎生來就有廚師的天賦。穀倉邊院裡的雞、鴨和火雞在看到她走近時，無不神色慘澹，顯然在爲自己的末日而憂心忡忡。克洛大嬸確實熱衷於將家禽捆紮、塡配料以及燒烤等，這些特長當然使那些敏感的家禽深感不安。

她會做各式各樣的餅，如玉米餅、薄餅、小甜餅、鬆餅以及其他名目眾多的餅，這些足以讓那些缺乏經驗的廚子覺得不可思議。

招待客人、準備酒席，會喚起她無窮的活力；對她而言，沒有什麼比看到門廊裡的一堆旅行箱更讓她興奮了。因爲這時，她又能大展廚藝，再創輝煌了。

此時，克洛大嬸正仔細端詳著烤箱裡的食物。我們暫且讓她陶醉於自己的快樂，不打擾她，趁此機會，我們再認真看一遍她住的小屋吧。

小屋一角放著一張床，整齊鋪著一條白床單。床邊有一塊不小的地毯。這塊地毯昭示了克洛在莊園裡的上層身分。地毯、床和這個小角落，都被給予了足夠的重視，而且盡可能不讓那些淘氣的小傢伙們胡鬧。事實上，這個角落是屋子的客廳。屋子的另一角有一張更爲簡陋的床，顯然強調實用性。壁爐上方的牆上裝飾著幾幅《聖經》的插圖，還掛著一張華盛頓將軍的畫像，若是將軍能親眼瞧見的話，其技法和色彩肯定會讓他目瞪口呆。

屋角的一張長凳上坐著兩個鬈髮男孩，他們都有閃光的黑眼睛和圓潤光滑的臉蛋，眼下他們正忙著教小妹妹學走路。和其他的小孩一樣，這個小傢伙站著沒走幾步路，就晃晃悠悠地跌倒了。她的不斷失敗博得了熱烈的喝彩，好像是在觀看絕妙的表演似的。

壁爐前有一張桌子，桌腿像患了風濕病似的放不平穩，桌上鋪著一張桌布，上面擺放著一套茶杯托盤，圖案十分華麗。這種跡象預示著要開晚飯了。桌子旁坐著謝爾比先生最出色的奴僕湯姆。他是我們的主角人物，有必要重點介紹一下。

他是個身材魁梧，胸膛結實，十分強壯的黑人，皮膚黝黑有光澤。五官是典型的非洲人輪廓，他表情凝重嚴肅，又流露出善良和仁慈的品質。他的神態顯示出自尊和坦誠，兼有謙遜和質樸的氣質。

此刻他正一絲不苟地在面前的石板上抄寫一些字母，十三歲的小少爺喬治正在指導著他。喬治是個聰明伶俐的小孩，看起來很有老師的威嚴氣度。

「不是那樣寫法，湯姆叔叔，不是那樣寫法，」看到湯姆把g的尾巴拐到相反方向，喬治喊道，「看，你那樣就寫成q了。」

「啊，是嗎？」湯姆回答著，懷著崇敬和羨慕的目光看著小老師輕鬆地寫了很多g和q，然後他用粗大的手指握住筆，重新練習起來。

「白人做事真是靈巧。」克洛大嬸說。她驕傲地看著小少爺，停頓了一下，又了一小塊臘肉往鐵烤盤上抹油。「你瞧他寫字多好看！他還認識許多字，每晚讀書給我們聽，真是太有趣了。」

「不過，克洛大嬸，我現在覺得很餓了，你鍋裡的餅快烙好了嗎？」喬治喊道。

「馬上好，喬治少爺，」她掀開鍋蓋裡看了看，「黃黃的，顏色棒極了。讓我負責這事吧。那天，太太讓莎莉試著去烙餅，我說，『算了，她會把好好的糧食都糟蹋了，餅烙得坑坑窪窪，就像我的鞋子一樣難看，我看她還是別再烙了。』」

在對莎莉的烙餅品頭論足一番後，克洛大嬸揭開鍋蓋，一張烤得精緻的油餅映入眼簾，這樣的成品放在城裡的糕點店也一點都不遜色。它顯然是待客的主食。這時，克洛大嬸在飯桌旁張羅起來。

「嗨，摩西，彼得！讓開點，你們這些小鬼，一邊待著，梅里克，小寶貝，媽媽馬上弄東西給寶寶吃。喬治少爺，請拿走這些書，和我老頭坐下，我馬上把香腸和剛做好的烙餅端過來。」

「他們想讓我回大宅子吃晚飯，但我知道哪兒能找到好吃的飯菜。」喬治說。

「寶貝，你知道就好。」克洛大嬸說著，把剛出鍋冒著熱氣的烙餅放在喬治盤裡，「你曉得我會把最好吃的留給你。你就獨自在這兒享用吧，想吃多少都有。」說完，她玩笑似的用指頭碰了喬治一下，然後又立即回到灶台旁了。

「開飯囉！」在克洛大嬸快忙完時，喬治邊喊邊在烙餅上揮動起刀子。

「上帝啊，喬治少爺，」克洛大嬸趕緊拉住喬治認真地說，「別用這把大刀切烙餅！那樣會壓碎餅上的配料。用這把薄刀吧，我把它磨快了，專用切餅的。看，輕輕一下就把餅切開了。趕快吃吧，沒有什麼東西比這個更好吃了。」

「湯姆．林肯說，」喬治嘴裡塞得滿滿的說，「他家的吉妮廚師的飯比你做得好。」

「林肯家的人手藝一點也不高！」克洛大嬸面帶鄙夷地說，「我是指和我們家比的話，他們還算過得去，不過他們的氣度、風範卻遠不如我們。你能想像林肯先生與我家老爺相比嗎？還有林肯夫人，她進門時哪有我家太太的派頭？去他的吧，別提林肯家的人了！」克洛大嬸搖著頭，擺出一副自己見多識廣的架勢。

「啊，不過我聽你說過吉妮是個好廚師呀！」喬治說。

「我說過，」克洛大嬸說，「她的家常飯做得還不錯，玉米麵包也還過得去，馬鈴薯和玉米糕點也煮得很有火候，但現在她做飯不怎麼好，以前吉妮做的玉米糕還可以，但論到高檔食品，她會什麼？她做的肉餡餅外觀還不錯，但那叫什麼餅皮？她會做又鬆又軟、入口即化的糕點嗎？我見過吉妮在瑪麗小姐的婚禮上準備的餡餅。你知道，我和吉妮是好朋友，我不會說她的壞話，可是，喬治少爺，我要是做了一堆那樣的餅，我會一星期都睡不好覺的，那些餡餅的確不怎麼樣啊！」

「我想吉妮會覺得它們挺好的呢。」

「她當然會這麼想，不是嗎？她還向我賣弄過自己的好廚藝呢，你知道嗎？問題就在於吉妮不知道自己的手藝到底怎樣，她的主人沒品味，當然沒法指點她了。所以不是吉妮的錯。啊，喬治少爺，你多走運啊！」克洛大嬸嘆了口氣，眼睛深情地眨著。

「克洛大嬸，我知道我吃的餡餅和布丁是最美味的，」喬治說，「不信你可以去問問湯姆・林肯，我是不是每次都向他誇耀我在家中的好口福。」

小主人的幾句俏皮話逗得克洛大嬸哈哈大笑，她仰面躺在椅子上，笑得眼淚順著那張光亮的臉嘩啦啦直流。她拿手拍著喬治，又用手指捅他，叫他到一邊去，不然最後他會讓她笑死的。她一邊說著這悲慘的預言，一邊還在不斷地笑著，越笑越起勁，讓喬治覺得自己或許真是個危險人物，他今後要小心說話，再也不能胡言亂語了。

「你真是這樣跟湯姆說的嗎？上帝，小孩子真是什麼話都敢說！你對湯姆吹噓一番了，對嗎？喬治少爺，你這樣做不怕別人笑話我們嗎？」

「是的，」喬治說，「我對他說：『湯姆，你該親眼見識一下克洛大嬸做的餡餅，真正道地呢！』」

「唉，可惜湯姆看不到。」克洛大嬸說。看來，湯姆對餡餅的無知在她那善良的心中打下了深深的烙印。「喬治少爺，你有空時請他來我家吃飯吧，那樣你絕對有面子。可是，喬治少爺，我們的一切福分都是上帝賜予的，你得牢記這點，因此不要爲吃到美味的餡餅而自視高人一等啊。」克洛大嬸嚴肅地告誡說。

「嗯，我已經約他下周到家裡來了，」喬治說，「克洛大嬸，你要拿出看家本領，我們要讓他吃完飯後半個月還回味無窮，怎麼樣？」

「當然要這樣，」克洛大嬸十分高興，「你看著吧，上帝，想想上次辦的宴席，多麼氣派啊！那次諾克斯將軍來時我準備的雞肉餡餅你還有印象嗎？我和太太爲了餅皮差點吵了起來，我真不懂太太們在想什麼，你身負重任忙得要命，但她們卻要插上一腳，在你身邊轉來轉去。那天太太一會兒要求我這樣做，一會兒又命令我那樣，我沒辦法只好頂撞太太了。我說，看看你漂亮白皙的雙手，太太，修長的手指上戴滿了金戒指，就像那沾滿露水的潔白的百合花一樣；再瞧瞧我這雙粗糙的黑手，你難道不覺得你在客廳招呼，我做餡餅是天經地義地的嗎？啊，喬治少爺，那天我太放肆了。」

「那媽媽怎麼說呢？」喬治問。

「怎麼說？她笑咪咪地說，『嗯，克洛大嬸，我覺得你說得對。』接著她就離開廚房到客廳去招呼了。我是那樣莽撞無禮，她本該敲我腦殼的。不過怎麼說呢，有夫人在我旁邊，我在廚房就幹不了活了。」

「記得所有人都說，那頓飯太好吃了。」喬治說。

「是嗎？那天我不是躲在餐廳門後，我不是親眼目睹將軍遞了三次盤子添餡餅嗎？而且他說，『謝爾比夫人，你家有個手藝一流的廚師啊！』我當時聽了都快樂瘋了。」

「將軍是個美食家，」克洛大嬸挺直了腰桿，不無得意地說道：「他是個好人！出生於維吉妮亞一個最上等家庭，和我一樣在行。喬治少爺，餡餅種類繁多，各有特點。你明白嗎？可不是人人都像將軍那樣品得出各種的味道。他知道那些餡餅的區別，從他的談話中，我能聽出他知道。」

這時，喬治少爺吃得已經達到一個小孩子所能承受的極限（在特別的狀況下，一個小孩子才會吃得達到這種程度）。直到此刻，他才發現屋子一角那幾個滿頭鬈髮和眼珠烏黑發亮的小傢伙盯著小少爺吃餅盯了半天，他們的口水早就流了一地了。

「喂，摩西，彼得，」喬治將一塊塊烙餅掰開扔給他們，「你們也想吃烙餅，是不是呀？克洛，你多烙幾張餅分給他們吧。」

當克洛大嬸烙好一大堆餅後，喬治和湯姆已經在壁爐邊找到一個舒適的位置坐下。她把孩子放在自己腿上，自己一邊吃餅一邊把餅餵給孩子，同時還把烙餅分給摩西和彼得吃。這兩個小傢伙似乎更熱衷於一邊吃一邊到桌子底下打滾，還常常拽拽母親懷裡小妹妹的腳趾頭。

「到一邊去玩，快，」孩子們打打鬧鬧顯得很吵時，母親朝桌底下踢了一腳。「難道你們沒看到白人少爺在家裡做客嗎？安靜點，都給我老老實實一邊待著，可以嗎？要是誰敢不聽話，等客人一走，看我怎麼收拾你們。」

這種恐嚇之中的深意耐人尋味，不過有一點我們可以肯定：這可怕的警告並沒有起到太大作用，孩子們也並沒被嚇唬住。

「咳！」湯姆叔叔說，「他們總是這麼頑皮打鬧，沒個規矩，不給他們點顏色看看，他們就不會老實。」

這時，兩個小傢伙從桌下鑽出來，手上、臉上滿是糖漿，猛親著母親懷中的妹妹。

「走開，」母親把那兩個毛茸茸的小腦袋使勁推開，「你們以後不許這樣胡鬧，快去打點水把自己洗乾淨。」說完，她給了他們一人一巴掌，孩子們不哭反笑，大聲叫著跳著向門外跑去了。

「哪裡還有這麼頑皮的孩子呀？」克洛大嬸有些自豪地說，一面拿出一條為這種意外事件準備的舊毛巾，從破茶壺中倒出一點水打濕毛巾，擦乾淨小傢伙臉上和手上的糖漿。擦完後，把她遞到湯姆叔叔懷裡，忙著收拾餐桌去了。

小傢伙不時拉扯著湯姆叔叔的鼻頭，抓著他的臉，並把胖乎乎的小手伸到湯姆叔叔的鬈髮裡，摸他的頭髮似乎給了她極大的快樂。

「她很有活力吧？」湯姆叔叔說著，把她舉起來仔細打量一番；接著，他把孩子放在寬寬的肩上，和她一起又蹦又舞，喬治少爺在她跟前揮著手帕，摩西和彼得這時回來了，尾隨妹妹後頭像熊一樣大叫，直鬧得克洛大嬸說他們吵得她「腦袋要搬家了」，這對小傢伙才停下來。

按克洛大嬸的解釋，這個要她掉腦袋的「外科手術」在小屋裡幾乎天天上演。她的喊聲沒起多大作用，孩子們繼續歡快玩耍著，大家都唱著、跳著、翻滾著，玩累了才徹底安靜下來。

「行啦，希望你們不再鬧了，」克洛大嬸從大木床下拽出一張簡陋有腳輪的小床，「過來，摩西，彼得，你們趕緊上床，我們馬上要開禱告會了。」

「啊，媽媽，我們也要看禱告會，那比睡覺有意思。」

「哦，克洛大嬸，把小床放回去，帶他們一塊兒去吧！」喬治少爺果斷地說，同時推了一下小床。

少爺的話讓克洛大嬸覺得風光體面，於是她高興地把小床推了進去，說，「好吧，這可能對他們有幫助。」

這時，房間裡的人都聚在了一起，討論著等會兒會場的安排和佈置事宜。

「我可沒辦法一下子弄那麼多椅子。」克洛大嬸說。每週的禱告會在湯姆叔叔家舉行已經成爲慣例，椅子短缺也時常發生，不過大家覺得這次的椅子數量應該能夠保證。

「上次那張舊椅子的腿被老彼得叔叔壓斷了。」摩西說。
「得了吧！我看是你惡作劇把椅子腿拆了嫁禍給我。」
「嗯，只要挨著牆，那椅子還是能站穩的。」摩西說道。
「不能讓彼得叔叔坐那張椅子，因為他唱歌時喜歡挪地方。那天晚上，他幾乎把椅子從屋子這頭挪到那頭去了。」彼得說。
「上帝！就讓他坐吧，」摩西說，「然後他就會唱『聖徒和罪人們，來吧，聽我講。』接著他就摔在地上。」摩西惟妙惟肖地學著老彼得的鼻音和他倒地的樣子，向人們展示著一場有預謀的惡作劇。
「咳，你不能規矩點嗎，難道你不害臊嗎？」克洛大嬸說。
然而喬治少爺卻和搗蛋鬼一起哈哈大笑，並高聲表揚他是個「好傢伙」，如此一來，母親的教訓再次失靈了。
「哎，老伴，你趕緊將那兩只大桶搬進來。」克洛大嬸叫道。
「媽媽的木桶就像喬治少爺讀的《聖經》裡提到的寡婦的罈子[5]一樣，百試百靈。」摩西側過臉，對彼得說。
「我知道上周有一只桶塌了，」彼得說，「大家剛唱到一半時，全都摔到地上。這可不算有求必應，不是嗎？」
在摩西和彼得聊天時，湯姆叔叔把兩只大空桶滾進屋子裡來。為了防止它來回滾動，桶的兩

5.《聖經．列王記上》敘述的一個寡婦的故事。

邊都用大石塊卡住，桶上架了木板，又放了幾只翻過來的盆和水桶在地上，還安置了幾把破椅子，一切都準備就緒。

「喬治少爺朗讀得很棒，我肯定他樂意為我們讀《聖經》，」克洛大嬸說，「這一定會更有趣。」

喬治馬上答應下來，受器重出風頭的事，沒有哪個孩子會拒絕的。

一會兒，小屋裡就擠滿了人，上至八十歲的老者，下至十五六歲的青年。他們閒話家常，聊些無傷大雅的話題，諸如「莎莉大媽的紅頭巾從哪兒來的」，「太太做好新衣服後，就把那件有點花的外衣送給莉齊[6]啦」，「謝爾比老爺計畫買匹栗色馬駒，這會給莊園添不少風采啦」之類。有些住附近得到主人同意的僕人也來到這裡聚會，帶來了很多精彩的新聞，都是莊園發生的一些事。在這裡，各種小道消息層出不窮，和上流社會的集會如出一轍。

不一會兒，開始唱詩了，在座者都很高興。那與生俱來清脆嘹亮的好嗓音並沒有被鼻音所掩蓋，歌曲大都是附近教堂常聽到的著名的聖歌，有些是從野外布道會上聽來的較粗獷熱烈的曲子。其中一首歌的合唱，大家唱得很起勁，歌詞大意如下：

在戰場犧牲，
在戰場犧牲，
天國榮譽永在我心。

6. 莉齊是伊麗莎的愛稱。

另一首大家尤爲喜愛的歌，經常重複出現下面的話：

啊，我要前往天國——你是否願與我同行？
你可看見天使在向我召喚，催我前去？
你可看見那金色的城市和那永恆的世界？

還有些詩歌常提到「約旦河岸」、「迦南田園」和「新耶路撒冷」[7]，黑人們生來感情豐富，富於聯想，他們經常讓自己沉浸於讚美詩和觸動人心的妙語中。當他們唱歌時，或歡笑，或哭泣，或拍手，或欣然握手，那情景就好像他們已經抵達約旦河彼岸似的[8]。

接著是各種布道，或者相互述說經驗，和唱詩聲交融匯合。一位德高望重、白髮蒼蒼的老婦，站起來扶著拐杖說：

「孩子們，我感到欣慰我還能再看見你們，聽到你們的唱詩和禱告，因爲我不知道哪天上帝就會來召喚我了。我早就把行李收拾好，做好萬全準備等待踏上天國之路。孩子們，我想對你們說，」她舉起拐杖用力敲打著地板，「天國是如此讓人嚮往，那是一個極其美妙、充滿神奇的地方啊！」

老婦人激動不已，老淚橫流。於是大家便唱道：

7.「約旦河岸」、「迦南田園」和「新耶路撒冷」均是《聖經》中的地名，在聖經裡都是古代以色列人嚮往的天堂。
8. 指上帝賜給以色列人的家園，象徵自己的土地。

啊，迦南，光明的迦南，
我是那樣熱切地嚮往著你。

喬治少爺在大家的懇求下誦讀了《啓示錄》的最後幾章。他的誦讀總是被大家的讚美之辭打斷。「主啊！」「多優美的朗誦啊！」「真神奇！」「會有那樣一天嗎？」喬治是個聰明的孩子，又得到母親在宗教方面的教導，大家對他的認可使他時不時在嚴肅的誦讀中加進自己的理解，這更加得到年輕人的敬佩和老者的祝福。大家公認「任何一個牧師講的都不如喬治好。」「真是令人驚奇！」

在這樣的宗教聚會上，湯姆是大家的「領導」。他有很好的組織能力，品行高尚，再加上他的胸襟和教養遠勝過其他人，因此大家都把他當作自己的牧師一樣來愛戴。

他念的禱詞生動感人，帶著孩童般的親切誠懇，加上常常引用《聖經》的語言，使得他的禱告更加別具特色，這是其他禱告不能超越的。他對經書瞭若指掌，經書彷彿和他融爲一體，他的祈禱可以不加思索就脫口而出。借用一位老黑奴的話，湯姆的祈禱就如天堂的福音一樣，所以他禱告時的聲音常被周圍聽眾們虔誠的應對聲所淹沒。

當湯姆叔叔的小屋內一派祥和之時，主人謝爾比先生家呈現出的卻是截然不同的景象。

奴隸販子和謝爾比先生坐在餐廳裡的那張桌子旁，桌上放著一些契約和書寫用具。

謝爾比先生忙著數那一捆捆鈔票，數完後，他把鈔票推到奴隸販子面前，奴隸販子同樣點了一遍。

「錢數沒錯，現在可以在協議書上簽字了。」奴隸販子說。

謝爾比先生拿起契約來，不情願地簽了字，就像做著某件不愉快的事那樣匆忙簽完。然後他把契約和鈔票一起放在奴隸販子海利面前。

海利從一個破破爛爛的提包裡取出一張羊皮紙借據，看了看，把它遞給謝爾比先生，謝爾比先生急忙把文件接了過去。

「好，終於完事了！」奴隸販子邊說邊站起身來。

「完事了！」謝爾比先生若有所思地說，接著深吸了一口氣，再次說道，「完事了！」

「看來你對這筆生意不大滿意啊。」奴隸販子說。

「海利，」謝爾比先生鄭重地說，「你要答應我在不清楚買主的身分前不賣掉湯姆。你要以名譽起誓。」

「你剛才不是已經這麼做了嗎？」奴隸販子說。

「你清楚我是被逼無奈。」謝爾比先生傲慢地說。

「那你也要明白我或許也會有別無選擇的時候，」奴隸販子說，「不過，你不用擔心，我不會虐待他，我會盡可能給他找個好主人。如果有什麼事情值得我對上帝表示感謝，那就是我從不是個狠心腸的人。」

儘管奴隸販子一再重申他的人道主義原則，謝爾比先生還是半信半疑，但最好的安慰也僅此而已了。然後他默默地打發走這個奴隸販子，點燃一支雪茄獨自抽起來。

chapter 5

活財產易主時的感受

謝爾比先生和太太回到臥房，他躺在一把安樂椅上，精神不佳，隨手流覽傍晚送來的幾份郵件，謝爾比太太站在梳妝鏡前梳理著伊麗莎為她編的頭髮。早前她留意到伊麗莎今天面色蒼白，雙眸也失去了昔日光彩，就打發她回去休息，晚上不必替她卸妝了。這時，她想起了上午時和伊麗莎的交談，於是轉身問丈夫說：

「對了，亞瑟，今天你邀請來用餐的那個沒有教養的傢伙是誰？」

「他是海利，」謝爾比回答道，不安地在椅子裡轉動了一下，眼睛死盯著一封信說。

「海利？他是幹什麼的？他來我們家有什麼事？」

「噢，他和我有點生意往來，上次去納齊茲時，我和他有過一筆交易。」謝爾比先生說。

「於是他就利用這個來我們家拜訪、吃飯，一點兒也不客氣？」

「嗯，是我請他來的，有點帳目上的事要和他算。」謝爾比回答說。

「他是個奴隸販子，對嗎？」謝爾比夫人敏銳地察覺到丈夫態度有點不自然，問道。

「怎麼，親愛的，你怎麼會這樣想呢？」謝爾比先生抬頭問道。

「沒什麼，晚飯後伊麗莎跑到這來，擔心得不得了，又哭又激動地說你和一個奴隸販子在說話，她聽到那個人要買她兒子，那個小機靈鬼。」

「哦，是嗎？」謝爾比先生的眼睛又回到那封信上，有好幾分鐘他似乎十分專注在信上，完全沒意識到自己把信紙拿顛倒了。

「這事早晚會傳出去，」他心裡想，「不如現在就說了算了。」

「我對伊麗莎說，」謝爾比夫人一邊繼續梳頭髮一邊說，「她那樣擔心太傻了，你根本就不會與那樣的人打交道，而且我知道你從沒考慮過賣掉他們中的任何一個，至少你不會把他們賣給那樣一個人。」

「哦，艾米麗，」她的丈夫說，「我也一直這麼想這麼說的，然而事實是，我的生意出問題了，不得不賣黑奴來還債。我是迫不得已的。」

「賣給那個沒教養的傢伙？絕不會！謝爾比，你是開玩笑的，是嗎？」

「很遺憾，這是事實，」謝爾比先生說，「我已經把湯姆賣給他了。」

「什麼？你說你賣掉了湯姆？他從小就跟著你，他是那麼的善良忠實啊，謝爾比！你還向他保證過要還他自由之身呢。關於這一點，我們已經講了不下百遍了。唉，我現在相信沒有什麼事是不會發生的了，我現在甚至也相信你會賣掉小哈利，可憐的伊麗莎唯一的孩子！」謝爾比夫人既傷心又憤怒地叫道。

「唉，既然你早晚要知道，那我告訴你，我已經同意賣掉湯姆和哈利了，這樣的事別人天天都在做，我不懂爲何我要爲此受到責備，好像我是一個魔鬼。」

「可是爲什麼單單是他們呢？」謝爾比夫人說，「假如你非得賣僕人不可，莊園裡還有那麼多黑奴，爲什麼偏要賣掉他們倆呢？」

「因爲他們兩個能賣到高價——這就是原因。你要是願意，我可以選別人賣，那傢伙願意在伊麗莎身上出更高的價錢，假如這麼做會讓你更好受的話。」謝爾比先生說。

「這個混蛋！」謝爾比夫人咬牙切齒地說。

「是啊，因爲我考慮到你的感情，所以我沒有答應他。你也該稱讚我幾句吧。」

「親愛的，」謝爾比夫人盡力使自己平心靜氣地說，「原諒我。我太急躁了。我被嚇到了，完全沒有一點心理準備——但是請你允許我爲這些不幸的人們求個情吧。湯姆雖然說是一個黑人，然而他是個品行高潔、忠實誠懇的人。我敢打包票，謝爾比，只要需要他時，他會爲你犧牲自己的生命。」

「我明白——我也完全知道——但是說這些又有什麼意義呢？——我也是迫不得已才走這條路的啊。」

「爲什麼不省著點過日子呢？我可以過苦日子。哦，謝爾比，我一直都在努力——一個女基督徒所能做得非常誠摯的努力我都盡力達到——盡我所能幫助這些善良孤苦的可憐人。這些年來，我一直關心他們，保護他們，教育他們，試著瞭解他們的憂愁與歡樂；如果我們爲了一點蠅頭小利而把像湯姆這樣忠誠可靠的人賣掉的話，我還怎麼能抬得起頭來呢？我告誡他們務必信守家庭、父母和子女、丈夫和妻子的責任，現在我怎麼能公開承認什麼骨肉親情，人倫道德都可以棄之不顧，而只關注錢呢？

「我曾和伊麗莎聊起她的孩子——作爲一位基督徒母親，肩負著照顧他、爲他禱告、按照基督教的方式撫養他成人的責任。可是現在，你把他奪走，將他賣給一個如此褻瀆上帝的人，僅僅爲了幾個錢，我還能說什麼呢？我對她說過，一個人的靈魂比世界上所有的金錢都貴重，如果她發現我們賣了她的小哈利，她還怎麼相信我？把孩子賣掉，也許就意味著毀掉了孩子的靈魂和肉體啊！」

「非常抱歉這件事讓你這麼難受，艾米麗——真的很抱歉，」謝爾比先生說，「雖然我不是完全理解你的心情，但是現在，我要嚴肅地告訴你，一切都無法挽回了——我這麼做也是走投無路。我本來不想告訴你這些，坦白地講，不賣掉他們，我們會傾家蕩產，我已別無選擇。海利手上有我的借據，假如我不馬上還清債務，他就會從我們身邊拿走一切。我四處奔走借錢，差點就去乞討了，但還是需要加上他們兩個才能還清借款，所以我只有忍痛割愛了。海利看上了那孩子，除非答應他的要求，否則他不同意了結此事。我在他的掌握中，只好照辦。你不希望賣掉他們，但這總比賣掉我們所有的奴隸好吧。」

謝爾比夫人驚呆了，完全沒有反應。最後她轉向梳粧臺，雙手掩著臉龐，發出了一聲長長的嘆息。

「這是上帝對奴隸制的詛咒！——它是萬惡之源，是最惡毒的詛咒——對主人是詛咒，對奴隸也是詛咒！我還相信自己可以在這萬惡的制度下發現一些美好的事物呢，我太天真了！這種保護蓄奴制的法律簡直是一種罪過——我一直以來都相信這點——我懂事起就一直有這種感覺——成為基督徒後更加堅信，之前我還單純地認為我可以憑著仁愛、關懷和教導，使我的奴隸境況好於獲得自由之身，真是太傻了。」

「噢，太太，你怎麼越來越像一名廢奴主義者了？」

「廢奴主義者！假使他們和我一樣熟悉奴隸制度，他們才可以這樣說！我們可不需要他們指點，你清楚我從不認為奴隸制是對的，我從來不想擁有奴隸。」

「嗯，你這點和很多明智的人不同，」謝爾比先生說，「你記得那個星期天B先生的布道嗎？」

「我不想聽那種布道，我也不希望在我們的教堂裡再聽他布道了。也許牧師對邪惡也無能為力，也許他們也像我們一樣對此束手無策，但他們還在為此狡辯呢！——這實在和我的常識背道而馳。我猜你也覺得上次布道不怎麼樣吧。」

「噢，」謝爾比先生說，「有時牧師比我們這些可憐的罪人更是有過之而無不及，我們這些凡人對有些事必須視而不見，習慣那些不正確的事情；不過當婦女對牧師坦白一切，而牧師在涉及貞節或者道德的事情上說得更過火時，我們的確對他們沒好感，不過在當下，親愛的，我相信你理解這件事真是迫不得已，理解我已經盡全力做最合理的事情了。」

「哦，是啊！」謝爾比夫人連忙說，一邊漫不經心地撫摸她那塊金錶——「我沒有貴重的首飾，」她若有所思地說，「這塊錶一點兒用都沒有嗎？——當時買可是很貴的，只要能把伊麗莎的孩子救回來，我甘願奉獻我的一切。」

「十分抱歉，艾米麗，」謝爾比先生說，「沒想到這事對你影響這樣大，但是一切都晚了，事實是，艾米麗，我已經簽下契約並且契約在海利手中了。你應當感謝一切不算太糟，這傢伙擁有生殺大權，但現在我擺脫他了。如果你和我一樣瞭解他，你一定會慶幸我們逃離了厄運。」

「他真有這樣難纏嗎？」

「哦，說實話他並不兇狠，不過他是個很無情無義的人——除了買賣和利潤，他別無愛好，頭腦冷靜，做事果斷，鐵石心腸，像死神一般無情。只要有錢賺，他甚至會賣掉自己的母親，雖然他對這個老婦人並無惡意。」

「這樣的無恥之徒卻擁有慈善、忠誠的湯姆和伊麗莎的孩子哈利！」

「唉，親愛的，其實這事情我也沒法應付，我甚至不願再去想它，但海利希望儘快了結此事，明天就來領人。我無法面對湯姆，打算早上騎馬出門，你明天最好也帶上伊麗莎，坐馬車離開這兒，趁她不在時把事情給辦了吧。」

「啊，不，」謝爾比夫人說，「我絕不充當這筆殘忍的買賣的幫凶。我想去看看老湯姆，在他處於不幸之時，但願上帝保佑他！我要讓他們知道，無論如何，他們的女主人是同情他們的，並將始終站在他們一邊；至於伊麗莎，我真不敢再想下去了，請上帝饒恕！我們究竟做了什麼孽，爲什麼如此殘酷的事情會降臨在我們頭上？」

謝爾比夫婦沒料到有人偷聽到他們的談話。

他們的房間緊挨著一個大壁櫥，上面有扇門和過道相通，謝爾比夫人吩咐伊麗莎回房睡覺時，伊麗莎心中很不平靜，於是藏進壁櫥，貼近門縫聽見了他們所有的談話。

他們說完話以後，一切轉入沉寂，伊麗莎站起身，偷偷溜出儲藏室。

她面色蒼白，渾身發抖，兩眼無神，雙唇緊閉，與平日溫柔害羞的她判若兩人。她躡手躡腳穿過過道，在女主人的房門前停留了片刻，舉起雙手默默禱告，接著轉身溜回自己的房間。

她的房間整齊而安靜，和女主人的臥室在同一層樓。屋內窗明几淨，非常舒適，她常坐在那兒唱著歌兒做針線活；屋內的小書架上排放著很多書和聖誕節時收到的小玩意，還有她放在壁櫥和衣櫃中樸素的衣服——總之，這兒是她的家，對她來說是那麼溫馨、快樂的地方。

她的兒子躺在床上熟睡著，小圓臉周圍全是濃密的鬈髮，紅紅的嘴巴半張著，小胖手露在被子外邊，臉上帶著陽光般的微笑。

「可憐的小傢伙！可憐的孩子！」伊麗莎說，「他們把你賣掉了！但是媽媽一定會救你的！」

沒有一滴淚水灑在枕頭上，在這絕境裡，心中的淚水已不復存在了——心只在流血，無聲地向外流。她取出紙筆，在上面寫道：

「太太，親愛的太太！不要認爲我忘恩負義——無論如何請別質疑我的品格——今晚你與主人的談話我都聽見了，我要盡全力救我的孩子，我想你會原諒我的，上帝會因爲你的仁慈而保佑回報你。」

她匆匆忙忙摺好信，然後打開衣櫃，爲孩子準備了一包衣服，然後用手帕把包袱牢牢地繫在腰間。出於母親對孩子的愛，她甚至沒有忘記在小包裡放進一兩件孩子心愛的玩具，並特意帶了一隻鸚鵡在她喊醒孩子時用來哄他。

要弄醒這個睡熟的小傢伙真有些費事，經過一番折騰，孩子終於坐起身來，並趁媽媽戴帽子、繫圍巾的空隙逗弄著那隻鸚鵡。

「你要去哪兒啊，媽媽？」當她拿著他的小外衣和帽子向他走來時，孩子問。媽媽走到床前，鄭重其事地望著孩子，他馬上意識到發生了什麼大事。

「噓，哈利，」她說，「別大聲講話，不然他們會聽到。有個壞蛋要來抓小哈利，在晚上把他帶到非常遠的地方去，不過媽媽會保護哈利的——媽媽要給哈利戴上帽子，穿上衣服，帶他逃走，這樣壞蛋就抓不到他了。」

她一面說一面給孩子穿戴整齊，接著抱起兒子，輕聲叮囑他千萬別出聲。打開通往外邊門廊的屋門，悄無聲息地溜了出去。

這是個星光點點的寒冷晚上，母親用披巾把兒子裹得嚴嚴實實，由於害怕，孩子一聲也沒吭，只是緊摟住媽媽的脖子。

睡在門外的紐芬蘭犬布魯諾在她靠近時，站起來低吠了一聲。她溫柔叫著牠的名字，他們是老玩伴了，牠搖搖尾巴準備跟她一起走，不過顯然在牠簡單的思維裡也搞不懂主人爲什麼要不合時宜的在半夜出門。

在牠簡單的頭腦中，也隱約感到主人的這次出行顯得有點冒失和不妥，這使牠很爲難，所以一面跟著伊麗莎走，一面不時地停下腳步，若有所思地望望她，再望望宅子，幾次反覆之後，終於放下心來，才跟著她跑出去，一會兒工夫，他們來到湯姆叔叔小屋的窗前，伊麗莎停下來，輕敲玻璃。

湯姆叔叔家的禱告會由於唱讚美詩之故，到深夜才散場，湯姆叔叔後來唱了幾首頗長的讚美詩，因此，儘管已經到深夜十二點多，他和他親愛的妻子還沒入睡。

「上帝呀，是誰在敲窗子？」克洛大嬸驚起後，猛地拉開窗簾。「咦，是莉齊嗎？穿上衣服，老頭子，快點兒！——老布魯諾也跟來了，到底是怎麼一回事？我去開門。」

隨後門砰一下開了，湯姆趕緊點起蠟燭，照亮了逃亡者憔悴的臉和恐懼的大眼睛。

「上帝保佑你！怎麼回事，莉齊？看起來你好像病了，你怎麼這麼晚匆匆跑到這兒來了？」

「我必須得逃走——湯姆叔叔，克洛大嬸——帶著孩子一起——主人把他賣掉了。」

「賣了？」兩人異口同聲地說，還驚愕地抬起手。

「是的，把他賣了！」伊麗莎篤定地說，「晚上我藏在太太房間旁的壁櫥裡，偷聽到老爺和太太的談話，說把我的哈利和湯姆叔叔都賣給奴隸販子了，今天早晨，等老爺騎馬出去後，奴隸販子就來領人了。」

伊麗莎說話時，湯姆舉著雙手呆站在那兒，一臉的茫然。當他反應過來時，一下子倒在他那把舊椅子上，頭深深地埋進膝蓋裡。

「我的上帝！」克洛大嬸說，「噢！這不是真的！他做錯了什麼，老爺要把他賣了？」

「他沒犯錯——老爺也不願意賣，太太——她一直那麼好心，我聽到她為我們求情，不過老爺說她的求情毫無用處，他欠那個人的錢，這人控制了他，要是他不償清債務，他就只有賣掉莊園和所有的僕人。是的，我聽他說，要不只賣掉兩個，要不就賣掉一切，沒有別的選擇，那人逼得他很緊。老爺說他非常抱歉，不過，噢，太太真是位了不起的基督徒，她的心腸真是太好了，你們真該聽聽她說的話。我這樣離開她真是罪過，不過也沒有法子。她說：『一個人的靈魂比整個世界都高貴，而這個孩子擁有靈魂，倘若我任由他被賣走，天知道以後會發生什麼事！』我想我所做的是正確的，但如果我做錯了，也請上帝饒恕我，因為我必須如此做！」

「哦，老頭，」克洛大嬸說，「你有通行證為什麼不一起逃呢？難道你願意被帶到下游一輩子做牛做馬嗎？在那裡，黑人只有死路一條，要麼累死，要麼餓死，我這輩子寧可死也不去那兒。現在還有時間，你和莉齊一起逃吧。快，我幫你收拾一下。」

湯姆慢慢地抬起頭來，神色傷感但平靜地環顧四周，說：

「不，我不走，讓伊麗莎走吧——她有權那麼做！我不會阻止她——讓她留下是不合人情的。不過你聽到她的話了，要是不賣掉我，就得賣掉一切，那我寧願被賣掉，我和別人一樣可以承受的。」他說著，哽咽著，寬闊的胸膛震顫不止。

「我沒有對不起老爺，我是個可靠的人——一直都是。我一向聽天由命，也沒有用我的通行證去騙過人。我從不違背諾言，今後也絕不會。還是把我賣掉吧，否則主人會一無所有。克洛，不要怪老爺，他會照顧你還有可憐的——」

說到這兒，他實在控制不住，把頭朝著擠滿鬈髮孩子的那張簡陋的矮腳推床上，靠在椅背上捂住臉大哭起來。

沙啞而痛苦的哭聲使椅子不停地顫動，大顆大顆的淚珠從指縫中滑落在地板上。當埋葬你的第一個孩子時，先生，你就是這樣哭泣的，太太，我現在的淚水和你聽到奄奄一息的嬰兒哭時的淚水是多麼相似啊。因爲，先生，你是人，他也是人。太太，雖然你滿身高貴，但你同樣也是一個人呀。面對生活的困苦和人生的災難，人們的感受是那樣的相同。

「還有，」伊麗莎站在門前說，「下午我和我的丈夫見過了，那時我還不知道會發生這樣的事。他已經被殘酷的主人逼得無路可走，他告訴我他想逃走。要是方便，麻煩你們帶個信兒給他，告訴他我走的原因，還有是怎樣走的，告訴他我也準備到加拿大去。一定告訴他我愛他，告訴他若是我再也見不到他，」——她轉過身，背對著他們站了片刻，接著聲音嘶啞地說，「對他說，讓他多做好事，爭取和我在天堂相見吧。」

「把布魯諾叫到屋裡去吧，」她又加了一句，「把牠關起來，可憐的狗！別讓牠跟著我。」

在最後的叮囑與淚水，簡短的道別與祝福之後，她抱起驚恐的孩子，悄悄地離開了。

chapter 6 發現逃跑

由於晚上的長談，謝爾比夫婦都沒法一下子入睡，因此醒得要比以往晚些。

「伊麗莎今天出什麼事了？」謝爾比夫人說。她拉了多次鈴，但一直沒有看到伊麗莎過來。

謝爾比先生站在鏡子前磨刮鬍子刀，突然門被推開了，一個黑人男孩端著一盆熱水走了進來。

「安迪，」女主人喊道，「去伊麗莎房間提醒她，我已經拉過三次鈴叫她了。可憐的孩子！」她長嘆一聲，自言自語道。

安迪眨眼之間就回來了，眼睛大大地睜著。

「夫人，出事了！莉齊的抽屜全開著，東西滿屋子都是。她肯定是逃走了。」

謝爾比先生和夫人同時反應過來，謝爾比先生大喊：「她早就起疑心，所以就逃走了。」

「謝天謝地，我但願這是真的。」謝爾比夫人說。

「夫人，你想得太簡單了，她要是逃走了，我可就完了，海利本來就清楚我不情願賣掉那個孩子，如此一來，他會覺得他們逃跑是得到了我的默許，這大大不利於我的聲譽。」

話一出口，謝爾比先生趕緊離開房間跑出去查看。

一刻鐘之後，四處一片呼喊聲，人們奔跑著喊叫著，開門聲關門聲連綿不絕，不同膚色的面孔出現在不同的地方。此時，只有一個人知道一些線索，不過她選擇了沉默，那就是克洛大嬸，她一句話也不說，只是埋頭苦幹，一心一意做著早餐用的餅，以往興高采烈的臉上見不到一絲笑容，周圍的騷動場面對她而言好像不存在一樣，也沒有看到什麼似的。

不一會兒，大約十幾個淘氣鬼像一群烏鴉似的棲息到欄杆上，每一個都祈求著第一個把這件倒楣事向那個陌生的老爺報告。

「我敢說他要是知道一定得發瘋。」安迪說。

「他會狠狠地罵一頓的。」小黑傑克說。

「他的確會，」曼迪說，「昨天晚餐時，我就聽到他在商量這筆買賣，那時候我正好躲在夫人放罐子的屋子裡，我聽得清清楚楚。」曼迪神氣活現地說，擺出一副智者的派頭。

之前他就像一隻小黑貓，從未仔細思考他聽見的每一個詞的意思呢。然而需要特別注意的是，他那時的確躲在那個放罐子的房間，不過大部分時間他都在睡覺。

當海利穿著帶馬刺的靴子騎著馬出現在農莊時，僕人們搶著告訴他這件「倒楣事」，和那些小淘氣鬼預料的一樣，他的確十分生氣並破口大罵。這刺激得那些小鬼情緒更加高漲，他們敏捷地避讓著海利亂揮的馬鞭，在門前草地上歡呼著打滾，一邊笑做一團，一面盡情地大聲嚷嚷。

「你們千萬別落到我手裡，到時有你們好看的！」海利咬牙切齒地低聲詛咒。

「不過你可逮不著我們。」看著海利走遠，完全聽不到他說話了，安迪得意洋洋地說，還跟在奴隸販子後面接連不斷地做著鬼臉。

「我說謝爾比，這可太不像話了，」海利衝進客廳高聲說，「那女人居然帶著她的孩子逃跑了。」

「海利先生，我太太還在旁邊呢。」謝爾比先生說。

「夫人，恕我失禮，」海利陰沉著臉說，「不過我不得不提醒你，這事感覺有點蹊蹺。這是真的嗎，先生？」

「先生，」謝爾比先生說，「你要是和我談買賣，那你一定要按上流社會的規矩。安迪，把海利先生的帽子和馬鞭接過去放好。先生，請坐。儘管很遺憾，但我還是要告訴你，那個女人偷聽了我們的談話，要不就是有人走漏了風聲，她被嚇得逃走了。」

「我一直指望著我們能公平交易呢！」海利說。

「先生，」謝爾比先生突然回過頭對海利說，「你這是什麼意思？假使有人對我的人品有所懷疑，我僅僅只有一個答覆給他。」

奴隸販子被嚇了一跳，小聲地說：「若是一個人只想公平交易，沒想到卻被人騙了，誰能不生氣呢？」

「海利先生，」謝爾比先生說，「倘若不是由於我認爲你對這筆生意的失望還有點有道理，我根本不可能容忍你這種粗魯無禮的莽撞行爲。我們都要面子，因此，我絕對不能容忍別人在我跟前指桑罵槐，好像我是這件不公平的事情的同謀似的。但我還是會給你幫助，給你提供人力和馬匹等幫助，以便幫你追回自己的財產。簡言之，海利先生，」他突然一改剛才那種嚴肅的口吻，以一種從容的語調對客人說，「對你而言，你現在最好保持冷靜，我們一起吃個早飯，之後再看看到底該怎麼做。」

正在此刻，謝爾比夫人突然站起來說，她早上約了朋友，因此沒法和客人共進早餐了。她吩咐一位有教養的混血女人來伺候客人喝咖啡吃早點，然後她就離開了。

「你的夫人似乎不大喜歡你卑下的僕人啊。」海利勉強裝著自然的樣子。

「我可不喜歡別人隨便對我妻子品頭論足。」謝爾比先生冷冷地說。

「抱歉，剛才只是一句玩笑話。」海利臉上的笑容有點掛不住了。

「有些玩笑在我看來一點兒也不可笑！」謝爾比先生語氣中沒有絲毫熱情。

「我已經在那些合約上簽了字，他立馬就變臉了。難怪從昨天開始又傲慢起來了，真是個自大的傢伙。」海利小聲嘀咕著。

農莊中黑人都在議論湯姆被賣掉的話題，恐怕總統下臺也難以引起這麼大的轟動。田間地頭，人們停下手頭所有工作，不斷討論著此事帶來的影響。伊麗莎母子的逃跑，是農莊裡從來沒發生過的大事，大大刺激了人們的八卦細胞。

黑山姆（由於他比所有人都要黑幾分，所以才得到了這個綽號）認真思量此事的前因後果。他很有想法，常常可以一針見血指出要害，也不損害自身的利益。即使和華盛頓的所有的愛國白人相比，他也毫不遜色。

「塞翁失馬，焉知非福，這就是真理。」山姆裝模作樣地說，還使勁提了提褲子，他手藝不錯，聰明地用一顆釘子代替了背帶上遺失的鈕扣，以此來證明自己在機械方面的天才，這使他相當得意。

「的確，塞翁失馬，焉知非福，」他再次自言自語，「好了，湯姆走了，他的位置肯定得找個黑人來頂上，那麼這個位置為什麼不能是我管呢？湯姆每天騎著馬到處閒逛，把靴子擦得黑亮黑亮的，還揣著一張通行證，威風得不得了，他以為他是什麼人？換成山姆為什麼就不行呢？我倒想試一試。」

「喂，山姆，老爺讓你去把比爾和傑里帶來。」安迪的話阻止了山姆的自語。

「嗨，年輕人，怎麼了？」

「你難道不知道莉齊帶著小哈利逃跑了嗎？」

「你別來教訓我！」山姆極度輕蔑地說，「這事我早你八百年就知道啦，我可不是你這種毛頭小子。」

「反正主人讓你把比爾和傑里套好，還吩咐咱倆和海利先生一起去追伊麗莎。」

「太好了，我的好運來了！」山姆說，「過了這麼久，我山姆終於等到出頭的機會了，我要叫主人知道山姆有多能幹。」

「不過，山姆，」安迪說，「你可得好好考慮，太太一點兒也不想把伊麗莎抓回來，你千萬別做蠢事。」

「嗨！」山姆睜大眼睛問道，「你從哪裡聽來的？」

「今天早晨我給老爺拿刮鬍子水時，她親口說的。她吩咐我去問問爲什麼莉齊沒給她梳頭，我告訴她莉齊跑了時，她站起身說『謝天謝地！』而老爺則是大發雷霆，他說：『太太，你說什麼傻話啊！』不過老爺一向聽太太的話，這點毫無疑問。我覺得，你最好站在太太這邊，對你沒壞處。」

黑山姆聽後抓了一下腦袋，雖然裡面沒有什麼深奧的智慧，但依舊有著政治家與生俱來的特別需要的睿智的觀點，就是知道自己應該站在哪一邊。

他站定了，認真考慮了一下，習慣性地提提褲子，這似乎是他解決一切難題的重大法寶。

「這世上的事真讓人難以琢磨啊！」他最後總結。

山姆說起話來活像哲學家，他總是愛強調「這」字，彷彿他經歷過各種各樣的世界，在深思熟慮後得出了自己的結論。

「唉，我還想著太太會不會讓我們搜遍天下也要找到莉齊母子呢！」山姆沉思著說。

「本該這樣，」安迪說，「你這黑鬼，這麼顯而易見的事你難道看不出嗎？太太不願意讓海利抓到莉齊的乖孩子，這才是關鍵。」

「唉！」山姆以一種奇怪的語調感嘆著，只有常常聽慣了它的人才能明白其中的深義。

「我再告訴你一些情況，」安迪說，「我想你最好趕緊牽著馬過來，因爲我聽說太太在找你，而你卻在這兒傻站了老半天了。」

聽完這話，山姆才認真幹起活來。

不一會兒，他就騎馬朝大宅子走來。比爾和傑里一路跟著他快跑，在牠們還沒想到要停下之前，他就已飛快地翻身下馬。他旋風般把馬繫到馬樁前面，海利騎來的小馬駒膽怯地向後退，想掙脫韁繩，不停地蹦跳著。

「嗨！」山姆大聲說，「嚇到了，是嗎？」他黝黑的臉孔閃過一絲惡作劇的光芒，「我來收拾你。」

宅子旁邊有一棵大山毛櫸樹，濃蔭密佈，地上到處可見尖小的三角形櫸樹果子。山姆撿起一個樹果，走到小馬身旁，撫摸著牠的背，看上去要使牠安靜下來。

他假裝調整馬鞍，趁機熟練地把尖小的樹果塞在馬鞍下。只要稍微用力壓一下馬鞍，小馬駒那敏感的神經就會感到刺痛，而且不留痕跡。

「好了，」山姆齜牙咧嘴得意地說，「我幫你收拾好了。」

正在這時，謝爾比夫人出現在陽臺上向他招手，就像去聖．詹姆士宮[9]或華盛頓謀求一個空缺職位似的，山姆懷著大獻殷勤的心情走過去。

「山姆，你還在磨蹭什麼？我找安迪催過你幾次了。」

「夫人，上帝知道！」安迪說，「馬不是那麼容易就能抓住的，牠們都跑到南邊牧場上去了，上帝清楚那是個多麼遠的地方。」

「山姆，我已經提醒你很多回了，千萬別講『我的天哪』和『上帝知道』之類的話了，這樣說，讓人聽著很有罪惡感！」

「上帝知道，對不起太太，我忘了，以後我再也不說這種話了。」

「瞧，你剛才又說了。」

「是嗎？上帝，我真的再也不說了。」

「山姆，注意點。」

「太太，我得喘口氣，我一定打起精神來，有個好開頭。」

「好的，山姆，你帶海利先生一起上路。傑里腿有點跛，你要照顧好馬，別讓牠跑得太快了！」謝爾比夫人說最後一句時壓低了聲音，還特意加重語氣。

「太太你放心，我會留意的！」山姆意味深長地翻了翻眼皮說，「上帝知道！嗨，我總是不長記性！」他猛地屏住氣，做了個奇特的揮手動作，他的滑稽樣使女主人大笑起來。「太太，我會照顧好傑里的！」

9. 指英國皇宮。

「安迪，」山姆再次來到山毛櫸樹下，「等會兒那位先生上馬時如果被摔下來，我是不會感到吃驚的。你知道，馬有時候會變得很不好管教！」他充滿暗示地捅了一下安迪的腰。

「哎！」安迪立刻會意，答應了一聲。

「安迪，你知道太太只是想拖延時間，這點只要稍微懂點眼色的人就能看出來。讓我幫他一把吧。喂，把馬韁繩解開，讓牠們跑到樹林那邊去，我看海利怎麼立即出發去抓人。」

安迪咧嘴笑了。

「你看，」山姆說，「安迪，等一下海利老爺的馬要是不聽話使性子的話，我們一定過去幫忙——當然，我們得幫他。」山姆和安迪得意地把頭向後一仰，低聲大笑著，快活得手舞足蹈。

就在高興時，海利突然出現在門廊上。

連著喝了幾杯好咖啡，他終於獲得了短暫的平靜，心情很不錯。山姆和安迪摘了幾片大棕櫚葉——平日裡這東西可是他們的帽子，接著飛快地跑到馬樁邊，準備好好來「幫助」海利。

山姆的棕櫚葉帽子在他靈巧的手下有型有款，他仔細把葉子弄得有邊有檐，葉梗根根向上直立，一眼看去使他顯得桀驁不馴，簡直可以和斐濟[10]酋長的帽子相媲美。安迪的帽檐脫落了，他把帽子往頭上一扣，頗爲自得地轉身說，「誰說我沒有帽子？」

「哎，孩子們，」海利說，「打起精神來，我們不能再浪費時間了。」

「好的，老爺！」說著，山姆把韁繩遞到海利手裡，穩穩地替他把著馬鐙，安迪則在一旁解開那兩匹馬。

10. 太平洋的一個島國。

海利一碰馬鞍，那小馬就突然向上一跳，把主人狠狠地甩出好幾英尺遠，海利十分狼狽地倒在了草地上。山姆衝著馬大喊，伸手想拽住韁繩，一不留神讓棕櫚葉劃傷了馬的眼睛，使得牠更加狂亂暴躁。

牠猛然把山姆掀翻在地，粗聲喘了幾口氣，隨後跑到更遠處的草地上。安迪十分配合地鬆開了比爾和傑里的韁繩，這兩匹小馬也歡快地隨著那匹驚馬奔跑，緊隨其後的是追著他們的安迪。草地上完全亂了套，山姆和安迪追趕著小馬，狗也在狂吠著，麥克、曼迪、法尼和一群小孩子都跳出來湊熱鬧，他們興奮地跑著、拍著手，使勁叫個不停。

海利的馬是匹活潑、迅捷的白馬，看起來牠似乎很陶醉於這種混亂的狀態。牠不停地在一塊方圓半英里的草地上撒歡，而這塊草地朝四方蔓延傾斜著。

小白馬陶醉於讓人追趕牠的快感中，只要大家一接近牠，牠就惡作劇地打著響鼻快活地跑到通向森林的小徑上。山姆想等到最恰當的時機逮住這匹淘氣的馬，因此，他看起來一點也不著急，——但他還是表現英勇，只要那匹馬有被抓住的危險，他便把棕櫚葉伸到牠的面前，就像獅子王[11]理查在激烈戰鬥的陣前揮舞著武器。

他高喊著「攔住牠！快逮住牠！抓住牠！」表現出一種勢在必得的決心，頃刻間，又會把事情搞得一團糟。

海利不時奔跑著，嘴裡在不停地詛咒著，氣得直跺腳。謝爾比先生站在陽臺上扯著嗓子發號施令，顯然白費工夫。謝爾比夫人坐在臥室裡，好像瞭解到混亂的原因，所以她一會兒放聲大笑

11. 英王查理一世的稱號。

著，一會兒驚訝讚嘆。

快到十二點時，山姆才騎著傑里回來，旁邊跟著海利那匹馬。那匹馬渾身是汗，眼睛不時眨動著，大張著鼻孔，野性還尚未完全平復。

「抓到了！」山姆得意洋洋地大叫，「要是我不在，還不知道牠們要瘋到何時呢。不過我有法子制服牠們。」

「哼！」海利咆哮著，「要是你不在，也不會有這麼多意外了。」

「上帝知道，」山姆很是誠懇地說，「我拼著老命在趕牠們，你看我身上都是汗。」

「別廢話了，算了！」海利說，「太亂來了，你讓我白白浪費了三個小時。現在別再添亂了，我們出發吧。」

「老爺！」山姆頗爲不滿地嚷著，「你就可憐一下我們這些人和馬兒吧，大夥兒還沒喘過氣來呢，這趟跑下來我們都累得不行，馬也渾身臭汗。咳，你不覺得我們吃完飯再出發是個好主意嗎？你的馬也需要沖洗一下，瞧這一身的爛泥！還有，傑里的腿不太方便，我想太太是不會同意我們這樣出發的。老爺，上帝知道，我們就歇一小會兒，莉齊走不了多遠，我們肯定能追上她。」

這番話著實取悅了站在門廊邊的謝爾比夫人，她決定親自出馬調解糾紛。她優雅地走到大家前面，客氣地關注了一下海利的意外事故，並禮貌地挽留他吃午飯，並說廚房的飯菜一會兒就能端上桌。

仔細考慮了一番後，海利不太情願地來到客廳，走在他後面的山姆詭秘地眨了眨眼，接著哼著小曲把馬牽到馬廄去了。

「你看他那副嘴臉，安迪？看到了嗎？」山姆一面把馬拴到木樁上一面說，「噢，上帝！他那指指點點、不停咒罵的樣子真像在舉行祈禱會。難道我會聽不到？罵吧，老混蛋（我對自己說）：你馬上要抓到那匹馬嗎？還是你自己去把牠抓回來？安迪，我一直都記著他那副嘴臉。」山姆和安迪靠著馬廄，大聲說笑著。

「你該瞧瞧我把馬牽回來時他那抓狂的樣子，老天，他真想一刀殺了我，要是他手上有刀的話。我呢，也只好裝出謙卑和無辜的樣子站在那裡。」

「是的，我看到了，」安迪說，「你真是個惡作劇的高手。」

「沒什麼的，」山姆說，「你注意到太太在窗前盯著我們了嗎？她笑得很開心呢。」

「我相信她在笑，只是我當時忙於奔跑，所以沒看見。」安迪說。

「你要知道，」山姆邊說著邊認真地沖洗著海利的馬。「我早養成了觀察的習慣，安迪，這是必須的。你閱歷少，我建議你一定要培養這種習慣。安迪，把馬的後腿抬起來，你要知道，是否具有這種習慣對黑人是很重要的，我今天早晨不就先察看了風向嗎？我看透了太太的心思，雖然她沒明確說出來。艾迪，這就叫察言觀色。這點就是本領啊。大家能力有高低，不過好好培養肯定不會錯。」

「我想，要不是我幫你『察言觀色』，你今天早晨是不會把事辦得那麼漂亮的。」安迪說。

「安迪，」山姆說，「你是個聰明伶俐的好孩子，這點我十分確定，我尊重你的意見。我當然會從你那取經，這不丟人，即使最聰明的人也有犯錯誤的時候，因此，我們別看不起他人。好了，不說這些了，我們到大宅去吧，太太一定為我們準備了許多好吃的犒勞我們。」

chapter 7 母親的抗爭

當伊麗莎離開湯姆叔叔的小屋時，她的淒慘和孤單是無人能及的。丈夫的痛苦和危險，孩子差點被搶走，自己離開了唯一的家，失去了她愛戴和尊敬的女主人的寵愛，也遠離了她親愛的朋友們和熟悉的一切——她從小生長的地方，她曾在下邊嬉戲遊玩過的大樹，以及和丈夫一同走過的、晚上常去散步的小樹林——在星光璀璨的夜空下，這一切好像都在指責她，並且質問她假如離開這唯一的家，她將去哪兒？這些都糾結在她的心中，讓她對自己的逃離有一種既難以割捨又無奈無助的感覺。

可是打敗這一切的是深深的母愛，在這千鈞一髮的危險時刻，這種母愛頃刻間就爆發了。她的兒子其實已經可以跟著她走路了，平常的時候，她會緊緊地拉著他的手讓他自己走，可是現在一想到孩子會離開她的懷抱，被賣到一個陌生的地方便令她直打冷戰。她哆嗦著把孩子緊摟在懷裡，用最快的速度往前逃去。

因爲地面結了冰，她跑起來吱吱作響，這種打破了寂靜的響聲嚇得她哆嗦不止；抖動的樹葉和搖曳的影子也會把她嚇得面色蒼白，令她加快步伐。但是她幾乎感覺不到懷中孩子的重量，抱著他就像抱著一片羽毛一樣。她心中對自己莫名的大力氣感到驚奇，每一次驚嚇都沒有使她退縮，反而好像增加了促使她向前奔跑的超凡力量。而她的嘴唇裡常常不自覺地發出喊叫聲，不時地祈禱著——「親愛的上帝，請幫幫我！親愛的上帝，請一定要救救我們！」

這就是母愛的力量啊，假如你是一個母親，假如一個禽獸不如的奴隸販子要在第二天早晨把你的「哈利」或者你的「威利」從你身旁帶走，假如你親眼看到了這個畜生，而且知道賣身契約已簽好字交給了奴隸販子，而無助的你只能在天亮之前僅剩幾個小時的時間內，來實行讓孩子脫離魔掌的計畫，你能夠走多快？抱著你可愛純潔的孩子，他那睏倦的小腦袋搭在你的肩膀上，嬌嫩的小胳膊信任地環住你的脖子——那麼你能夠在這越來越短暫的時間裡，跑多遠？

孩子終於睡著了。剛開始的時候，不安與懼怕讓孩子無法入睡，但是後來每次他要說話都會被媽媽慌忙制止，並且安撫他說，只要他乖乖地不說話，就一定不會被奴隸販子抓走，因此他便安靜地摟著她，只有在很睏時才問媽媽：

「媽媽，我可以閉上眼睛，是嗎？」

「是的，寶貝，你睡吧。」

「可是，假如我真的睡了，媽媽，你不會叫他搶走我吧？」

「當然不會！上帝也會幫我們！」伊麗莎說，但是她的臉色變得更加慘白，黑珍珠般的眼睛中閃爍出耀眼的光芒。

「媽媽，你保證？」

「嗯，我保證！」母親堅定地說。

當這幾個字說出來的時候，聲音使她自己都震驚了，因爲這似乎來自她身體之外的一種精神。孩子睏了，他把頭靠在母親的肩膀上，不一會兒就睡熟了。感受著孩子兩條小小的胳膊觸到身上的溫暖，孩子輕柔的呼吸碰到脖子的快樂，這一切都讓她體內注滿了力氣，也激勵著她堅強走下去的信念。她覺得，孩子身體的每一次晃動與觸碰都像電流一般的力量快速貫穿到她的整個身體內部。精神的力量多麼的偉大，它主宰著肉體，使人們的肌體和神經在某一段時間內變得異常堅強，也就是說，不但可以讓肌肉更加有力，甚至可以讓柔弱的人們變成不可戰勝的強者。

她繼續向前走著，走過了一座座莊園、一片片樹林和一塊塊林地，她和這些地方擦身而過，卻仍舊不住地朝前走，一步都不敢停歇，一分鐘都不敢停。

當她抱著孩子走出了這些熟悉的地方，當第二天溫暖的陽光普照大地的時候，她已經把平時熟悉的景物遠遠地拋在身後，走在了一條寬廣的大路上。

因爲以前女主人經常帶她一起到俄亥俄河附近的小T村去做客，所以她對這周圍的道路非常熟悉。昨天晚上她慌忙間製訂出來的逃走計畫也基本上是往那邊走，但是等過了俄亥俄河以後，就只能聽天由命了。

這個時候，大路上開始有了車馬的聲音，她以固有的警覺時刻處在緊張狀態中。但是猶如天助，她忽然意識到慌亂的腳步和不安的神色可能會讓人們注意到她，並進行評論和猜疑，爲了讓人們瞧不出她有任何破綻，她決定像常人一樣，把孩子從懷中放下，把他的衣帽整理好，鎮定地向前快速行走著。

臨走之前，她放了幾塊糕點和蘋果在包裹中，現在它們派上了用場，她可以拿這些食物催促孩子快走。這個方法很有效，她將蘋果扔在前方幾碼遠的地方，孩子就會邁著小腿，努力向前跑去。因而，她不停地利用這個聰明的辦法，帶著他走過一段又一段的路。

很快，他們便來到了一片樹林邊。樹林很茂密，清清的溪水也在旁邊嘩嘩地流著。這時候孩子才告訴媽媽他又餓又渴。於是，她就帶著孩子一起翻過籬笆，挑了一塊從外面大路上看不到他們的巨石坐下。

她打開小包，拿出早飯遞給孩子，自己卻不吃。孩子看到媽媽不吃東西，感到很疑惑，於是他用力摟住媽媽的脖子，使勁向媽媽嘴裡塞著可口的糕餅，但是讓他不解的是，媽媽的喉嚨好像被東西完全堵住了，這些糕點幾乎讓她喘不過氣來。

「不要，我的孩子，親愛的哈利，你還沒有脫離危險，媽媽怎麼會吃得下東西呢！你吃飽了咱們就繼續趕路吧，我們一直到了河對面再休息！」

不一會兒，她和孩子就重新邁開腳步踏上了征程，她也再次控制住自己的情緒，強作從容向前走去。

她離那片熟悉的地區已經越來越遠了，她心裡想，在這裡應該不會遇到認識她的人，即使碰到熟人，因爲謝爾比家待人和藹，這一點會保護他們，不至於讓人有絲毫的懷疑。況且她的膚色相當白，如果不細看，看不出她是黑人；孩子的膚色也很白，這有助於他蒙混過關而不引起人的懷疑，所以她可以安心而輕鬆地前行。

正是因此，中午的時候她選了一家乾淨的農舍停下來稍作休息，並爲孩子和自己買了一些午飯以補充體力。由於這個地方已經離家很遠了，也比較安全，她一直緊繃著的神經系統漸漸鬆懈下來，直到這時，她才感覺到饑餓和勞累。

這家的女主人很善良，對待他們態度非常溫和，也非常喜歡跟他們聊天。她似乎很高興，今天終於來了一個可以和自己聊得來的人，沒怎麼問就很輕易相信了伊麗莎的謊言。

「我得再走上一段路才能到朋友家，然後會待上一星期左右。」——其實，伊麗莎多麼希望自己編的謊話都是真的呀。

在太陽快落山的一個小時前，她終於來到俄亥俄河邊的T村。這個時候的她很疲倦，酸痛的腳也折磨著她，可是她仍然十分勇敢樂觀。

首先映入她眼簾的是俄亥俄河，它就像約旦河一樣無情地把自己和自由之地迦南隔離開來。正是初春季節，由於化雪，河水暴漲，水流湍急，河面上大塊大塊的浮冰在並不清澈的水裡漂著，偶爾也會互相撞擊。由於肯塔基州一邊的河岸形狀獨特，陸地嵌入水中很長一部分，這樣的地形導致大量的冰塊被滯留在此，因而經過這個彎處的窄小河道幾乎全是冰塊，一塊連著一塊，成爲一個碩大的冰塊，把整個河面都蓋上，幾乎一直延伸到河對岸。

伊麗莎思索了一下，馬上意識到這種狀況對她有些不利，因爲現在肯定不會有渡船了。隨後她看到岸邊有一個小客棧，便決定去打探一下情況。

女老闆站在火爐前，正在忙著準備晚飯，伊麗莎略帶哀愁的銀鈴般的聲音一下子吸引了她的注意，她停下手中的活，手中還握著一把叉子。

「怎麼了？有事嗎？」她問。

「請問這裡有可以去B村的渡船嗎？小船也可以。」她問道。

「現在哪還有船啊！所有的船都停駛了。」女主人回答道。

也許是伊麗莎驚慌又迫切的樣子打動了她，她關心地問道：「是不是有人生病了，你才想要過河？我看你很著急。」

「是的，我的兒子生了很嚴重的病，」伊麗莎說，「我昨天晚上才得知這個壞消息，所以今天帶著他走了這麼遠的路，就是希望能儘快坐船到B村。」

「啊，這真是不巧，」那個女人嘆道，同時她作爲女人所特有的母性和憐憫之心油然而生，

「太不幸了，我不能不爲你擔心啊。」

說完，她走到窗前，向一間小黑屋大聲喊道，「索爾！」一個圍著圍裙，兩手很髒的男人出現在門口。

「喂，索爾，」女主人說，「今晚是不是有人想把那幾隻大木桶運到河對岸去？」

「是的，假如不是很危險，他說他想試試。」男人說。

「附近有人今晚剛好想運些東西過河，晚飯的時候會到這兒來做客，要不你坐下來等等他吧。這孩子真可愛啊。」女人接著說，同時遞給孩子一塊蛋糕。但是孩子由於今天太累了，精疲力竭地哭著。

「可憐的小傢伙！他還不習慣走路，我又老是催著讓他趕緊走。」伊麗莎說道。

「唉，讓他來屋裡睡一會兒吧。」女人說著，就打開旁邊一個小屋的門，給伊麗莎指了指裡邊那張看起來很舒適的床。伊麗莎把孩子輕輕放到床上，坐在孩子身邊直至他完全睡著。

此刻的她雖然很累，卻沒有休息的心情，只要一想到孩子還處在危險之中，她就像被火煎熬著似的，催著她向前趕路。她的目光是那樣地充滿渴望，一直注視著那條把她和自由之地隔開的急流。

現在讓我們暫時離開他們，去看看後面追兵的情況吧。

儘管謝爾比夫人說午飯會立刻準備好，但是就像人們經常看見的那樣，人們很快就發現，一個人發號施令是辦不成事情的。因此，雖然謝爾比太太當著海利的面下了命令，而且至少讓五六個小侍從通知了克洛大嬸，可是這個原本親切的廚娘卻是搖著頭，只用鼻子勉強地應了一下。可是難得的是，她仍然能像平時幹活兒一樣，從容周到地做好每一件事。

因為某個心照不宣的原因，僕人們好像都自然地形成了一個共識：耽擱一些時間，夫人也不會追究的，所以就接連發生了許多延誤工作的事情，這對伊麗莎母子來說真是再好不過了。先是一個倒楣的僕人打翻了肉汁，因此克洛大嬸必須再重新做一次肉汁。面對一大堆催促，她卻始終從容不迫卻又固執地攪拌著重新熬的肉汁，冷淡地說：「我不會因為人販子急著去抓人，而把生的肉汁端給大家吃的。」

接著，一個廚工挑著水的時候滑倒了，只好轉身返回再去打水；此外，還有人居然不小心把奶油灑到了大街上，令人發笑的事情不時傳回到廚房，於是，「海利老爺像熱鍋上的螞蟻似的，坐也不是，站也不是，煩躁地在屋裡踱來踱去呢！」

「活該！」克洛大嬸憤憤地說，「要是他一直都這麼做事情，那總有一天會急死的。等他的主人[12]叫他回去的時候，我們就等著看他的好戲了！」

「他一定會遭到報應的。」小傑克說。

「他那是罪有應得，」克洛大嬸氣憤地說，「他讓那麼多人都傷了心──我告訴你們吧！」說著，她高揚起一把叉子，「正像喬治少爺給我們讀的《啓示錄》上說的那樣──祭台下面無數個靈魂在呼喊！懇求上帝看到他們的仇恨替他們報仇！──總有一天上帝會聽到他們的聲音──他一定能聽到的！」

克洛大嬸在廚房中的地位是沒有人能比得上的，大家都認真地聽著她說每一句話。這時候，

12. 指上帝。

午飯差不多已經都備好了，廚房裡的僕人們自然就可以不慌不忙地聽她高談闊論了。

「這種人下了地獄也會永遠被火燒的，一定會的，是吧？」安迪說。

「我真想親眼看著他在火裡面燒著，那才解恨呢。」小傑克說。

「孩子們！」突然一個聲音冒出來，讓大家都吃了一驚。是湯姆叔叔，原來他早就來了，一聲不吭站在門口認真聽著大家談話。

他說：「你們知道自己在說什麼嗎，『永遠』是個很殘忍的詞，孩子們，就是有這種想法也是罪惡的。你們沒有資格希望世界上任何一個人遭受這樣的可怕的懲罰。」

「其實只要不是可惡的奴隸販子，我們都不會希望這樣的事情發生。」安迪說，「有良知的人都會對他們深惡痛絕的，他們那麼沒有人性。」

「老天也不會放過這樣的人吧？」克洛大嬸說，「就是他們想要把抱在母親懷裡的孩子賣掉，把拽著媽媽衣角哭泣的孩子賣掉的——難道說他們沒有霸道地搶走父母的孩子嗎？難道不是他們拆散一對對愛人嗎？」

克洛大嬸不由得流下了眼淚，「這樣的行爲和奪走他們的生命有什麼不同？他們做這些事就不會覺得良心不安嗎？現在他們不是還繼續自由自在地生活嗎？上帝啊，假如不帶走這些喪盡天良的人，那這個社會就太不公平了。」

克洛大嬸說著，不禁用方格圍裙蒙住臉，痛哭起來。

「《聖經》裡有一句話說，假如有人對你施暴，那麼爲他禱告吧。」湯姆叔叔說。

「爲他們禱告！」克洛大嬸氣道：「天啊，爲什麼要說這樣的話?!我一個字也不會爲這些禽獸禱告的。」

「克洛，這是人類的本性，本性是很難改變的，」湯姆叔叔說，「可是再壞也是上帝的恩賜。而且，仔細想想，他做出這樣的事，他的靈魂是多麼可怕，他的境地又是多麼恐怖。──克洛，你應當慶幸你沒有成爲他那種人。我寧願一直被當做物品買賣，也不願像那些可憐的人一樣背負了那麼多債要償還。」

「是啊，」傑克說，「安迪，他會得到應有的下場的，是嗎？」安迪非常認同，他聽後聳了下肩，還吹了聲口哨。

「對今天早上主人沒按計劃出門我很欣慰，」湯姆說，「不能見他最後一面，比賣掉我更讓我難受。我的離開或許對他而言無所謂，但我是看著他長到現在的，我不捨得離開他。不過我走之前和主人見過面了，我們都認爲不應該太傷心，畢竟他也是出於無奈，只是我怕離開之後，事情不會像原來一樣好，因爲不能奢望老爺有時間能像我一樣四處察看，把莊園的交易處理得井井有條。還有，雖然大家都很善良，但是做事難免會出錯，這使我難以安心離去。」

這時，鈴響了，把湯姆叫到了客廳裡。

「湯姆，」主人和藹地說，「你要知道，我和這位先生之間的協議已經生效，假如他帶走你的時候找不到你，我就要賠償他一千元。他今天有別的事要忙，所以你先去休息吧，隨便去哪兒都可以，湯姆。」

「謝謝你，老爺。」湯姆說。

「你不要耍花招，」黑奴販子說，「不要對你的主人說忠心，背後卻使詐，假如我找不到你，我會讓你的主人傾家蕩產的。他真不應該相信你們──你們比鬼都精！」

「老爺，」湯姆說──他像棵白楊樹一樣站在那裡──「我第一次抱你時，你還是個嬰兒，我也才八歲。老夫人說：『湯姆，他就是你的小主人了，你要好好照顧他。現在我只想問你一句，老爺，我有沒有讓你失望過？有沒有背叛過你？特別是我開始信仰基督教之後？』

謝爾比先生鼻子一酸，淚水不由得湧了上來。他說：「好湯姆，上帝也清楚你從來不說假話，假如不是沒有其他辦法，我是絕對不會把你賣掉的。」

「我以一個虔誠基督徒的名義起誓，」謝爾比太太說：「我會盡最大的力量攢錢，攢夠了就把你贖回來。」接著，她對海利說，「先生，一定要記下他被賣到了誰家，然後告訴我。」

「當然可以，這不費什麼事，」海利說，「或許一年以後，我把他毫髮不少地再賣回給你。」

「嗯，假如那樣的話，我會讓你賺更多的錢。」謝爾比太太說。

「那是自然，」奴隸販子說，「我怎樣都不會虧本。不管是賣到河上游還是河下游，對我而言是沒有差別的，你該知道我也是爲了生活，太太。這不是大家都希望的嗎？」

聽到奴隸販子這麼沒有良心的話，謝爾比一家心中充滿了憤怒，覺得自尊都被踩在了腳下，可是他們說服自己要忍耐。他越是卑鄙，越是無情，謝爾比太太就越是害怕他抓住伊麗莎和孩子，所以，也愈努力地以她特有的方式和他周旋。她安詳地微笑著，和奴隸販子聊著，也附和著他的看法，盡可能悄無聲息地拖延著時間。

兩點時，山姆和安迪將馬拴好，顯然早晨的奔跑讓牠們精力充沛，力量無窮。山姆吃飽後也顯得有用不完的力氣，諂媚地在一旁候著；海利過來時，他正對安迪吹牛說他已經萬事俱備了，一定不會無功而返的。

海利上馬之前想了想說：「似乎謝爾比先生沒養過什麼狗。」

山姆得意地說：「有不少狗啊，除了叫聲最大的布魯諾之外，我們這裡幾乎每個黑人都有一隻自己的狗。」

「滾一邊去！」海利對那些狗很不滿，一直罵罵咧咧的。

山姆也小聲嘀咕：「爲什麼要罵牠們啊?!一點用也沒有。」

「因爲有一點我非常相信，你們的主人居然連追捕逃奴的狗都沒有。」

山姆雖然聽得很明白，但是一點都沒有顯露出來，「其實我們的狗都很好的，嗅覺也很靈敏，只是牠們從來沒有追捕逃犯的機會；但是只要你肯用，牠們會學得很快的。來，布魯諾。」他喊道，還朝這隻看起來笨笨懶懶的紐芬蘭狗響亮地吹了聲口哨。

「蠢貨，滾一邊去！」海利翻身上馬，對山姆喊道：「抓緊時間，快走。」

山姆聽命也騎上馬，看到安迪不高興，一邊還給安迪講笑話讓他高興。顯然，這讓海利很生氣，揚起鞭子使勁地給了他一鞭。

「安迪，你不能這樣，」山姆鄭重地說，「這件事對每個人而言都很重要，安迪，你必須要努力，不然怎麼幫助主人啊？」

他們一行很快就到了農莊的盡頭，海利果斷地說：「前邊有條河，咱們直著向前走，我太明白他們怎麼辦事了——他們應該很熟悉通往秘密通道的路。」

「是，」山姆說，「真的是這樣，你真厲害。不過，有兩條路都通往到河邊——一條土路，一條大路——海利老爺要走哪邊？」

安迪突然抬起頭看了看山姆，他對山姆說的這些地理上的新知識感到莫名其妙，可是馬上他就懂了，配合著山姆說謊話。

「對啊，」山姆說，「伊麗莎應該會走土路吧，那條路上幾乎沒有什麼人。」

即使海利老謀深算又很多疑，也不可能輕易相信他們的話，可是他也認爲山姆的話很有參考價值。

可是沒過多久，他又開始懷疑了，「你們倆說的一定不是真話。」

海利說這句話時似乎很有想法的樣子讓安迪感覺很滑稽，他故意放慢速度在海利身後跟著，心裡樂得簡直要從馬上掉下來，山姆則擺著一副臭臉。

山姆說：「老爺，你想走哪條路都可以。你說走大路，那我們就走大路；你說走小路，我們就走小路，現在我認真思考了一下，覺得還是大路比較保險。」

「她肯定會選擇人少的路逃走的。」海利沒搭理山姆，自顧自地說道。

「也不一定，」山姆說，「女人的心思有時候是很怪的，你覺得她們可能會做的事，她們反而不這樣做，而且往往還故意向相反的方向做。女人生性就是善變的，所以要是你覺得她們可能走了這條路，那麼最好還是走那條路，那樣的話肯定能抓到她們。此刻，我自己覺得她們可能會走那條小路，因此，我們還是走大路去追吧。」

然而，這一番關於女性的剖析並沒有說服海利去走大路；他還是決定去走山路，並詢問山姆什麼時間能到河邊。

「倒不是很遠，」山姆回答，又悄悄給安迪使了一個眼色，然後無比認真、肯定地補充道：「只是我又認真考慮了一下，我還是覺得我們不應該走小路，而且我也從未走過那條路，那條路走的人很少，我們可能會迷路，到時只有上帝知道我們走到哪兒去了。」

「不管怎樣，」海利說，「我還是要走那條小路。對了，我好像聽說這條路靠河的那一段全部用籬笆隔離開了，是嗎，安迪？」

安迪說他不清楚，他對這條路的瞭解全都是從別人那裡聽說的，但從未走過。所以，他含糊了一下，算是答應著。

海利很擅長比較大小謊言之間的可能性，細想一下，他認爲還是走土路比較有把握。他堅信起初山姆說起還有這條路，是由於他無心說了出來，到後來，因爲他不想連累伊麗莎，所以想方設法攔住他，不停用各種藉口好讓他去走大路。所以當山姆再次提出去走大路的要求時，海利覺得自己識破了他們的詭計，趕著馬輕快地朝前行路，山姆和安迪則緊隨其後。

其實這條路很久之前就有了，原本可以直接通往河邊，不過修了大路以後，這條路就很少有人走了。

在前一個小時，他們幾乎沒有碰到什麼障礙，可是接著不斷被農田和柵欄攔住了前行的路。雖然安迪對這種情況毫不知情，但山姆非常清楚，知道實際上這條路已被封堵好長一段時間了，所以山姆裝作百依百順的樣子跟著，還不時地抱怨，發著小牢騷，嚷著：「路也太陡了，小傑里的腳也許會被扎破。」

「別吵了，我警告你，我太瞭解你們的本性了，不管你說什麼，都別想叫我改變——所以你最好閉上你的臭嘴！」

「老爺，你怎麼這麼想呢！」山姆一副可憐的樣子委屈地說，同時還十分得意地朝安迪眨著眼示意，安迪也會意地滿臉壞笑。

山姆一直顯得很興奮，嚷嚷著說要好好搜查搜查——一次他說在遠處的山坡上看到了「一頂女式帽子」，還有一次高聲對安迪喊道「你看那邊的山谷，那不是伊麗莎嗎」。他老是選擇那些遍地大石頭且很不好走的地段去叫喊，而在這樣的地方就是想要加快速度也是不可能的，無論是人還是馬都無法做到，這一驚一乍地讓海利既興奮又不安。

就這樣，他們大概走了一個小時後，爬過陡坡，居然誤走進一家大農場的穀場之中。周圍沒有一個人，工人們都去地裡幹農活兒了，然而穀倉卻很礙眼地、穩穩當當地蓋在路的正中央，顯然他們繼續向前走是行不通的。

山姆委屈地道：「海利老爺，我不是早就說過了嗎?!我都不清楚，你一個外地人怎麼會知道這兒的情況呢？」

「你肯定早就知道，」海利說，「你們這些黑鬼真是太狡詐了！」

「我對你說的全是真話啊，只是你選擇了不相信我，我能強迫你去走大路嗎？我告訴過你，這條路可能已經不能走了，好像有籬笆堵著，我也說過或許我們會走不出去——安迪可以作證。」

因爲都是真話，倒楣的海利也不好再說什麼，他雖然怒氣沖天也只能壓抑住，並盡可能地表現出自己的風度。最後，三人只好調頭往大路的方向走去。

因爲種種突發事件造成的耽擱，使得伊麗莎的孩子在T村的小旅店裡熟睡了一個半小時之後，海利一行三人才到達她們所在的地方。

當時伊麗莎恰好站在窗前，警惕地觀察著外面的動靜，山姆眼睛很尖，立刻就看到了她，海利和安迪則站在他後邊兩步遠的地方。在這危急時刻，山姆靈機一動，故意讓風把自己的帽子刮走，然後很突然地大喊一聲，伊麗莎嚇了一跳，立即把身子轉向牆邊。這三個人從窗前一閃而過，很快就到了屋子的正門口。

這一刻，伊麗莎彷彿擁有了神力。那個房間有一扇門通往河邊，她急忙抱起孩子，飛奔下臺階就朝河邊跑去，可是就快要離開岸邊的時候，被奴隸販子看到了。海利飛速下馬，同時大聲叫著山姆兩人，就像要去抓捕逃脫的獵物一樣。

在這緊張得令人窒息的瞬間，她感覺自己像飛了起來，腳不沾地的跑到了河邊。追兵緊緊地跟在她後面，這時候的她已經想不出任何辦法，只能在絕望中大叫一聲，用盡所有的力氣縱身一跳，跨過河裡湍急的水流，不可思議地跨到了河中遠處的冰塊上。

這是冒死的一跳——只有在一個母親處在完全的絕望中才有勇氣這樣跳，海利、山姆和安迪不敢相信眼前的事，不禁同時將雙手向前伸出。

伊麗莎跳上去後，立刻就發現身下那個綠色的大冰塊搖晃不止，還吱吱作響，可是片刻間，她就大叫著運足力氣，在冰塊之間跳來跳去——摔倒——爬起跳出——再滑倒——再爬起來接著跳出。

慌亂之中，她的鞋子掉了，襪子也劃破了從腳上滑下來，她流著血跨著每一步。但是她什麼都顧不上，也感覺不到，整個人就好像在夢中似的。

終於，她看到了俄亥俄河的對岸，這時出現一個男人，扶著她上了岸。

「你真是個勇敢的人，我敢發誓！」那個人敬佩地說。

伊麗莎聽聲音很熟，仔細一看，原來是她老家附近一個農場的主人。

「啊，您是西姆斯先生！——求您救救我——千萬要救救我——一定要幫我躲開人販子！」伊麗莎叫道。

「爲什麼，你是？」西姆斯說，「哦，你不是總跟在謝爾比太太旁邊的那個姑娘嗎？」

她指著河對岸的肯塔基說，「我可憐的孩子！就是這個男孩！他被賣掉了！他的新主人就在河對岸。啊，敬愛的西姆斯先生，您也有個兒子！」

「是的，」那個人一邊回答道，一邊友善地把她拉上有些坡度的河岸。「更何況你是一個勇敢的姑娘，不管在哪裡，我都很欣賞有勇氣的人。」

當他們到了堤岸上面的時候，西姆斯先生停下了腳步，認真地對她說：「我很想幫助你，但是我沒有辦法提供你一個避身之所，只能爲你指點一個該去的地方。」

他指著遠處村子大街外一間孤零零的白色大房子說：「看見那裡了嗎，他們是很好的人，說出你的困難他們就會幫助你——他們一直都在做善事。」

「願上帝保佑您！」伊麗莎誠摯地道謝。

「不用謝，」那個人說，「我並沒有爲你做什麼。」

「對了，先生，原諒我問您這句話，您不會告訴其他人吧！」

「姑娘，你怎麼能這麼想呢！你把我當成什麼人了？我當然不會告訴別人，」那個先生回答道：「不說這些了，你是一位有勇氣有智慧的好姑娘，堅定地走下去吧，你現在已經自由了，假如我可以，你將永遠擁有這種自由的權利。」

女人把兒子緊緊地抱在懷裡，邁著慌忙卻堅定的步子向前走。那個先生就站在原地一直目送她漸漸離去。

「哎，謝爾比先生可能會覺得這是不可原諒的事情，可是我也很爲難啊，假如他在同樣的情況下看到我家的一位女僕，我希望他也放她走。我也不知道爲什麼我會見不得別人精疲力竭地逃跑，後面狗在追趕著，還去和這樣可憐的人作對。更何況，我沒有義務要幫其他人抓逃走的奴隸呢。」

這個可憐可敬卻又無知的異教徒就是這樣想的。他並不懂得國家的法律，所以如同虔誠的基督徒一般背叛了國家法律而毫不自知；假如他地位高一點，受過更多教育的話，他一定會以截然相反的方式來對待伊麗莎了。

海利驚訝地站在那兒，完全不敢相信眼前的這幅情景。當伊麗莎完全消失在他們的視線之後，他忽然用疑惑的目光冷冷地盯著山姆和安迪。

「真是太不可思議了。」山姆說。

「我猜她肯定是被魔鬼附體了！」海利說，「她跳來跳去的樣子就像一隻野貓一樣！」

山姆撓了撓頭說，「我只希望老爺饒恕我們走了那條小路，我心裡還難受著呢！」山姆啞著嗓子訕笑著。

「閉嘴！」海利怒吼道。

「願上帝保佑你，海利老爺，我實在是忍不住了，」山姆無法掩飾一直強壓在心中的那股興奮，說道：「她蹦跳的那副模樣真是太好笑了，腳下的冰咯吱作響。老天，沒想到她還有這種本事！」

山姆和安迪開心得眼淚都流了出來。

「你們居然還敢笑！」海利說，氣得舉起鞭子朝他們抽去。

兩個人都閃到了一旁，大叫著朝河堤跑去，當海利趕來時，他們早已上馬了。

「再見啦，海利老爺！」山姆用低沉的聲音說道：「我猜想太太一定很想念傑里，海利老爺也不會想讓我們幫忙了，太太肯定不想聽到我們說我們騎著馬過橋的。」

說完，他還用力戳了一下安迪的胸口，騎著馬飛馳而去，安迪緊隨其後，晚風中隱約傳來他們的喊聲和笑聲。

chapter 8 伊麗莎的逃亡生活

傍晚的時候，伊麗莎終於從俄亥俄河成功逃離。

這時的河面煙霧瀰漫，逐漸吞沒了她和孩子的身影，不一會兒，她便消失在河的堤岸上。在她和追兵之間，湍急的河水和橫七豎八的冰筏構成了一道難以逾越的天然路障。

海利很生氣，恨得牙癢癢，回到了小客棧。客店的老闆娘爲他開了一間可供休息的房間。屋裡地板上鋪著一條很舊的地毯，僅有的一張桌子上鋪著一塊油得發亮的黑布，幾張高背椅隨意地擺放著，壁爐上擱著幾尊五顏六色的石膏雕像，爐子裡零星的煙火還在劈啪作響，一張毫不美觀的硬板睡椅一直延伸到壁爐的煙囪那裡。海利靠在這張醜陋的木質躺椅上，一直在思考著這瞬息萬變的命運和即將到手的幸福的不穩定性。

他暗暗想道，「我真是自己給自己找罪受，這個可惡的小東西讓我費了這麼大力氣，卻沒有收穫，現在甚至是追也不是，不追也不是。」海利暗自責怪自己，好讓心裡舒服一些，嘴裡還不停罵罵咧咧的。

是的，雖然他的人品讓我們完全可以相信，海利他自己和這些不文明的咒罵話是多麼相配，但是考慮到這些話語是多麼的難聽，所以我們姑且還是把那些話省去吧。

海利被一個響亮刺耳的男人的聲音驚動了，不用看就知道那個男人剛從馬上下來，海利趕緊跑到窗戶那兒，想去瞧個究竟。

「上蒼啊！今天我還不算完全走背運，這就叫吉人自有天相吧，」海利說，「假如我眼睛沒有花的話，那可不就是湯姆．洛科嗎？」

海利連忙跑了過去。

在大廳的一個角落，一個身材健壯、很威猛的男人站在吧台旁，他足足有六尺那麼高，表情如兇神惡煞般。他穿了一件毛茸茸的水牛皮上衣，這和他的頭髮造型非常相配，因此他看起來像動物一般，而這和他的面孔又非常和諧。

他臉上每一部分，無論單獨看還是整體看都令人非常恐懼，而這些也充分顯示了他內心的毒辣。假如親愛的朋友們腦中能描繪出一條戴著帽子、穿著衣服的看門狗搖頭晃尾跑進人們庭院時的樣子，大概就可以想像出這個壯漢的言行舉止了。

還有一個人站在他的旁邊，這個人的外貌和他有很大的差別。他身型偏小，個子比較低，腰椎可以像貓一樣彎曲，他的眼神卻很犀利，總讓人覺得自己的每個五官都被他隨時隨地窺探審視，就好像他是有意削尖了眼睛去看一樣。他鷹鉤一般的鼻子向前探出，好像它也很急切地想弄明白世間一切的秘密似的。光禿禿的頭顱上僅剩的髮絲也迫切地向前伸展，他身體的每一個器官都表露出他是一個兼具了冷血、冷靜、謹慎和敏感的人。

壯碩男子點了半杯未加一點水的白酒，沒說一個字便仰脖一飲而盡。而那個小個兒站在他旁邊，踮著腳，眼睛緩緩地從一邊掃視到另一邊，又朝向擺放各種瓶裝酒的地方嗅了嗅，最後才小心地用單薄而又顫抖的聲音叫了一杯加薄荷的威士忌。

酒倒好後，他洋洋得意地端起酒杯細細觀察起來，滿意得彷彿剛剛成功完成一件既正確又合乎身分的事情一樣，他用指甲在頭上輕輕敲了一下，然後小口小口慢慢地品味著威士忌。

「嗨，朋友，你最近怎麼樣啊？我們能在這兒遇上多麼巧啊！」說著，海利走到他那邊，向那個高個男子伸出手。

「真是見鬼！是什麼風把你刮到這裡來了，海利？」那人熱情地回答。

那個相貌猥瑣、名叫馬科斯的人馬上把酒杯放在桌子上，腦袋不自覺地向前探了探，目光銳利地盯著這個陌生人，就好像一條狗看到了可供追趕的消遣物似的，比如一片隨風飄舞的枯樹葉什麼的。

「洛科，我告訴你啊，今天我遇上你真是太走運了。我這兩天特別的倒楣，你一定要助我一臂之力啊。」

「啊，那還用說，什麼麻煩事啊？」湯姆．洛科得意地說，「當你很高興看到我時，我就明白：你一定有求於我。只要兄弟能幫得上，說吧，今天你碰上什麼麻煩事了？」

海利以疑惑的目光上下打量著馬科斯，對湯姆說：「他和你是朋友嗎？你現在和他合夥嗎？」

「嗯，他是我的朋友兼合夥人。嗨，馬科斯！你眼前的這個人在納特切斯時曾經和我合夥過。」

「很高興見到你，」馬科斯一邊點頭示意著，一邊伸出他那隻枯樹枝般的手，「也許，你就是海利先生？」

「是的，先生！」海利說，「那麼，朋友們，爲我們三個如此愉快的巧遇乾杯吧。」接著，他向店主人大聲喊道，「嘿，老浣熊，給我們上點雪茄、糖果和熱水，最好再弄點好喝的，我們幾個要好好聊聊。」

店主人把蠟燭點燃，又撥了撥壁爐的火，好讓它們燒得再旺一些。然後，這三個傢伙圍坐在桌旁，桌上擺滿了海利為和他們培養感情而買的食物。

海利面帶憂鬱地講述自己的悲慘遭遇。洛科緊閉嘴唇，臉色黯沉，耐心地聽著他的訴苦，馬科斯則一直調製著自己喜歡的飲料口味，偶爾忙中偷閒，抬起頭來近距離盯著海利的臉。他一句不落，仔細聆聽海利的事，很明顯他對故事的結局更感興趣，因為那時他慢慢地抖著肩膀，薄薄的兩片嘴唇高高地撅著，顯然那是他內心難以遏制自己的興奮所致。

「那麼，你就這樣無奈地看著她消失了，對嗎？」他說，「不過，嘿！嘿！她幹得真漂亮。」

「在這種奴隸買賣中，小孩子是最麻煩的了。」海利傷心地說。

「假如我們能買到那種對自己孩子沒有母愛的女人，」馬科斯說，「那麼，我覺得這絕對是本世紀最偉大最可觀的改變了。」說罷，他嘿嘿地笑了起來，好像這會讓他的話更可笑一樣。

「可不是嘛，」海利說，「我從來都搞不懂。那些孩子對她們而言是很麻煩的累贅，我們本來想幫她們把包袱卸掉，她們應該感激和興奮才對，但事實卻恰好相反。孩子越是負擔，越是毫無用處，她們卻越是不願意離開他們；情況一向如此。」

「海利先生，」馬科斯說，「請把熱水遞過來。我覺得你說的特別對，很久以前，我在做這個生意的時候，也買了個這樣的女人；她身體修長，體型勻稱，容貌姣好，既聰明又能幹。她有個生重病的孩子，小小年紀還有點駝背，所以我把他送給了其他人，那個人想養那個孩子試試看，反正也是白送的，沒想到那個女人卻把這個孩子看得很重，你不知道她都鬧翻天了！不騙你，那個孩子脾氣很暴躁，整天纏著她鬧著她，她為什麼還這樣捨不得這個病歪歪的孩子呢？她可真是傷心——哭得死去活來的，就像失去了全世界一樣。仔細想想，這個世界有太多我們想不通的事，尤其是女人的事，沒完沒了的煩死人。」

「我也經歷過同樣的事，」海利說，「去年天氣熱的時候，我在紅河那個地方買了個女人，她也帶著個孩子，她的孩子長得相當可愛，有兩隻烏溜溜的小眼睛，就像你的一樣。但仔細一看，才發現他是個瞎子，而且是完全看不見的，我想，賣了他應該沒有任何問題，所以我沒有告訴那個女人，就跟別人用這個瞎了眼的孩子換了一桶威士忌，但當我從那個女奴手裡把孩子奪走時，她卻變得比老虎還要兇猛。當時我們還沒上路，我沒把那些奴隸上鎖，那女人突然像貓一樣蹦到棉包上，一把搶過一個水手的刀，轉眼之間她已經嚇退了一大堆人，等到她發現這樣也無法阻止將要發生的事情時，就轉頭抱起孩子，縱身跳到河裡，再也沒有浮上來，就那麼消失了。」

「你們倆真沒用！」湯姆．洛科面帶嫌惡，強忍著聽完他們的敘述，不屑地道：「我告訴你們，我的那些黑奴從來不敢這樣地放肆。」

「真的嗎？你是怎麼把他們管教得服服貼貼的？」馬科斯以輕鬆的語調問道。

「怎麼管這些人？聽好了，我要是有一個女奴，假如她也有要賣掉的孩子，我就會直接走過去，用拳頭對準她的臉說：『你給我聽著，假如你膽敢有一個抗拒的字被我聽到，我就會把你打得體無完膚；我不想聽我不願意聽到的，即便是嘟囔一聲也不可以。』我會警告她說，『從現在開始，孩子不再屬於你了，他是我的財產，你不要再有任何的留戀，一旦有合適的人出現，我會立刻把他賣給那個人。記住了，別耍什麼把戲，否則我會讓你一輩子都後悔的。』這樣，她們就不敢動什麼歪心思，因爲她們清楚，在我面前，一切陰謀詭計都不會得逞，所以她們必須乖乖地聽話。假如誰敢不聽，咚！」洛科先生說罷用拳頭猛擊了一下桌子，證明這就是不聽話的下場。

「這就是所謂的『下馬威』吧，」馬科斯說，他對著海利的腰戳了一下，接著邊笑邊說：「你是不是也覺得湯姆的方法很好？嘖！嘖！嘖！湯姆，我認爲那些奴隸的腦子都不好使，但你讓他們改變了那些愚蠢的認識。湯姆，這樣一來，他們就會完全明白你的指示了。湯姆，我覺得你即使不是惡魔再世，也肯定有魔鬼的基因。」

湯姆謙虛地接受了馬科斯的誇讚，臉色也從猙獰變回和善，然而這種和善就像約翰．班揚[13]所說的那樣，僅僅掩蓋在「暴烈的本性」之外。

夜裡，海利很高興，也自然就多喝了幾杯酒，接著居然產生了一種人生觀世界觀得以昇華和充實的感覺，在這種境況下，一個男人能有這樣成熟的思考和翻天覆地的變化也並不稀奇。

「洛科，」他忍不住說，「你這樣做並不對，就像我從前一直跟你說的那樣。你明白我的意思，洛科，在納特切斯時我們經常討論這件事情，我曾經想讓你瞭解這樣一個情況，我們對他們稍微好一點，也不妨礙我們的賺錢大業，更不妨礙我們這輩子過得富足舒適，這樣當我們陷入困境，不能再得到什麼東西時，我們也會有一個較好的機會進入天堂。」

「呸！」湯姆．洛科說，「難道我不明白嗎？別再說這些毫無用處又讓人不舒服的大道理了，我現在都忍不住要發火了。」

說著，湯姆把半杯白蘭地一飲而盡。

「其實，」海利說著，把身體斜靠在椅子上，用力揮了揮手，「我必須要承認，我做這個買賣確實是爲了賺錢，但錢不代表所有，而且我們也不是只能靠買賣奴隸來賺錢，我們也是有靈魂的人，不管這些話讓誰聽到，我都無所謂。現在我們打開天窗說亮話吧，我是個有信仰的人，我希望有一天能過上踏踏實實的生活，我想拯救自己的靈魂，假如不是逼不得已，我也不想做壞事

13. 英國作家，著有《天路歷程》等。

啊，現在做事情還是要謹慎一點。」

「拯救你的靈魂！」湯姆蔑視地重複著，「假如想在你身體裡找到靈魂，那真是癡心妄想，你別做夢了，即使魔鬼用梳頭髮的篦子把你全身搜個遍兒，他也不會找到靈魂的。」

「湯姆，你怎麼這麼說，」海利說，「你爲什麼聽不進去我說的話呢？我說的話都是爲了你好。」

湯姆憤憤地說：「別再說了，很多事情我都可以聽你的，但你老是提起什麼靈魂真讓人倒胃口，再說我就崩潰了。你自己想想，我們之間有什麼差別嗎？難道你比我更有良心嗎？難道你的心比我更善良嗎？這些話說出來都覺得可恥！你想欺瞞魔鬼，洗淨你的靈魂，難道我還不清楚你的花花腸子嗎？居然還說什麼自己是有信仰的人，全都是騙人的鬼話。你這幾十年已經欠下了太多債務，現在要算帳了，你卻想逃脫，門都沒有。」

「哎，不要吵了，朋友，我看咱們不像是合夥人在說話，」馬科斯說，「仁者見仁，智者見智嘛。海利先生是個有良心的人，當然他人不錯，而且有正義感。湯姆，你對待事情也有自己的方式，而且也沒有錯，你們都知道，爭吵對解決問題沒有任何幫助，讓我們談正事吧。海利先生，你想要我們幫你做什麼？是去抓那女人，對嗎？」

「那女人還是謝爾比先生家的，和我沒有關係，我要的是那個男孩，把那個累贅買下來，我真是笨死了。」

「你本來就是個愚蠢的傻瓜！」湯姆生氣地說。

「別說了，洛科，別生氣了，」馬科斯說著，舔了舔自己的乾嘴唇，「你想，海利先生不是給我們介紹了一份很好的工作嗎？你不想做就喝自己的酒吧，我可是要開始談正事了。我說海利先生，那個女人長得怎麼樣？她在那家幹什麼活啊？」

「哇！她皮膚白皙，長得相當漂亮，而且還接受過很好的教育，我原本打算出八百到一千塊錢從謝爾比先生那兒買過來，她可以賣一大筆錢。」

「白色的皮膚，長得又漂亮，還受過教育！」馬科斯那銳利的眼神、敏感的鼻子和嘴巴都因爲詫異而興奮起來，「聽著，洛科，真是相當有吸引力啊，我們也許可以從這裡賺一筆屬於自己的錢。我們願意幫你抓這兩個人，追到他們以後，孩子歸海利先生所有，那個女奴呢，我們把她帶到奧爾良去賣掉。這樣豈不是很好？」

聽到這兒，湯姆那張一直張著的厚嘴唇突然閉上了，感覺很像是一條餓狗叼住了一塊渴望已久的肉似的，看來他已經在悠閒地品嘗著這樁生意帶來的好處了。

馬科斯對海利說：「你知道，沿途各個碼頭、法院都給我們提供便利的許可證，我們常花些錢去讓他們幫我們做些零碎的小事。湯姆呢，專管跟別人打架動手，我則西裝革履地站出來用發誓來圓場，我把皮鞋擦得透亮，還穿上我最好的衣服。你可不要小看人，」馬科斯說，臉上自然流露出對擅長這種工作的驕傲。

「我很善於處理這方面的事，今天，我是從新奧爾良來的特卡姆先生，明天，我則成了一個珍珠河邊的莊園主，擁有七百個奴隸。說不定哪天我又搖身一變，成了亨瑞．克萊先生[14]，或者是肯塔基州一個德高望重的權貴最信賴的人。你知道，人的天分各不相同，如果需要打架之類的人，湯姆因爲嗓門大而當選；但湯姆不善於與人溝通和撒謊騙人，那兩項技能是他生來就不具備的。如果這個國家有這樣一個人，無論做什麼事，他都能一本正經地向上天發誓，無論遇到什麼

14. 美國政治家、演說家。

情況，他都可以把它吹得神乎其神，並能出色漂亮地把事情處理好，那我真想早日見到他長什麼模樣。事情就是這樣，我感覺很自豪，因爲即便某些部門看起來似乎很難纏，我都可以蒙混過去並成功過關，有時候，我甚至希望它們再難辦一些，再給我找些麻煩，因爲只有那樣，事情才更加趣味盎然。」

這時，洛科，那個我們已讓他上場的人，那個反應遲鈍、動作緩慢的傢伙，突然用拳頭重重地砸了一下桌子，喝斷了馬科斯的話，桌子上的東西都被震得響了起來。

「你的話真是太多了！」

「上帝保佑，湯姆，你一定要打碎所有的杯子嗎？」馬科斯說，「把你的拳頭放好，真正必要時再用吧。」

「可是先生們，難道你們要獨吞賣掉那個女人的錢嗎？」海利問道。

洛科不屑地說：「我們幫你抓回那個孩子，這還不夠嗎？不要太貪心了！」

「嗯，」海利說：「我給你們這份工作，它有很大的利潤，除了必要的開銷，你們想要那個女人，就要付我百分之十的利潤。」

「我還不知道你丹．海利是什麼樣的人嗎？」洛科狠狠地罵道，並使勁用拳頭敲著桌子，「你別想在我面前耍花招，你以爲我和馬科斯爲你抓捕逃跑的奴隸，只是爲取悅像你這樣的紳士們嗎？你以爲我們是白幹的嗎？別太天真了！那女人是屬於我們的，你給我記清楚了。你要明白，假如我們想要連那個孩子一塊兒賣了，誰膽敢說個不字？更何況，你已經把獵物的情況都和盤托出了，所以，你可以和我們同時去追她們。假如你和謝爾比想抓我們，還是趁早放棄吧。當然了，假如你能找到他們或者趕上我們，我們是很歡迎的。」

「噢，我明白，那好吧，」海利小心翼翼地說，「你們只負責抓孩子。湯姆，我們曾經合作得很愉快的，大家要維持這種信賴，並且要信守諾言。」

「你清楚的，」湯姆說，「我可不會像你一樣，黃鼠狼給雞拜年——不安好心，就是跟魔鬼做生意，我也絕對不會失信，我說到就一定做到。丹．海利，你對我是很瞭解的。」

「那當然，湯姆，我也這麼覺得，」海利說，「只要你在一個星期內幫我找到那個男孩，你可以隨便指定我們的見面地點，我可以做到。」

「這個條件可不能代表一切，」湯姆說，「海利，這次你別妄想我會爲你白費工夫，絕不會像上次在納特切斯一樣，我什麼都沒撈到。一旦抓到泥鰍，我會立刻把牠牢牢攥在手心，坦白說，鑑於對你的瞭解，你必須把五十美元乖乖奉上，否則你永遠也別想抓到那個孩子。」

「嗨，湯姆，逮到她們後，那個女人可以爲你淨賺一千美元到一千六百美元，你這麼要求有點過分了吧。」海利說。

「我覺得一點也不過分。你想，我們得忙上一個星期呢，要全力以赴幫你做這件事，沒有任何時間再做別的了，這等於我們捨棄了其他賺錢的機會，只做這一筆生意，萬一最後讓這個女人逃掉了，你也知道女奴非常不好抓，那我們豈不是做白工了？到時你會付給我們一毛錢嗎？我早就看穿你了！所以這件事沒得商量，必須先付我們五十美元。假如我們抓到她們，有利可圖，我自然會把那些錢還給你，可是假如事情沒有辦成，那可就是我們的辛苦費了，這不是很合情合理嗎？你說是嗎，馬科斯？」

「當然，當然了，」馬科斯調解說，「就這樣吧，這五十美元就當做是我們的訂金吧！呵呵呵！你總該相信我這個律師吧！我們的修養一直都是很好的，所以，別急，我們一定會幫你抓到那個小孩的。你說吧，我們在哪兒都可以交貨。湯姆，你覺得呢？」

湯姆．洛科說，「要是我逮到那個小男孩，我立刻會把他送到辛辛那提，交給貝奇奶奶。」

馬科斯從口袋裡摸出一隻油膩膩的皮夾，並從裡面抽出一張長長的紙。然後，他坐下來用那雙敏銳的眼睛一直盯著那張紙，還小聲念著紙上的文字：

「巴尼思——謝爾比縣——吉姆，男性奴隸，三百美元，不論死活；愛德華——迪克和露西夫婦，共計六百美元；女奴白麗和兩個小孩——共六百美元，最好抓活的或者拎著她的頭回來。我想把生意統計一下，看看我們是不是能順路就把這事給辦了。湯姆，」他停頓了一下說道：「看來，我們得派雅德姆思和斯博瑞格去抓他們了，他們已經和我們預約很久了。」

「他們開的價錢一定會非常高。」湯姆說。

「讓我來處理這件事，他們畢竟剛剛踏入這行，應該不會奢望太高的價錢，」馬科斯說，然後又看著紙條說道：「我們有三筆買賣比較好做，因爲我們不必一定要抓活的，甚至可以開槍擊斃他們，當然啦，他們不會付給我們高額資費。至於其他幾宗買賣，」他一邊捲著那頁紙一邊說道：「可以稍微往後拖拖。我們現在談一下細節吧，海利先生，你親眼看到那個女人跳上了河對岸，是嗎？」

「當然了，再清楚不過了。」

「然後有個男人把她扶上了岸，對嗎？」洛科問道。

「是的，非常對。」

「她現在八成已經躲起來了，」馬科斯說，「但我們現在的問題是找到她的藏身之處。湯姆，你覺得呢？」

「非常對，今天夜裡我們必須到達河對岸。」湯姆說。

「可是怎麼過河啊？這個時候也沒有船啊，」馬科斯說，「湯姆，你看河裡那些大冰塊撞來撞去的，很是危險，你說呢？」

「就是再危險，我們也一定要過去。」湯姆堅定不移地說。

「天啊！」馬科斯忐忑地叫道：「可是——我只是描述一下事實，」說著他邁步到窗前，「湯姆，外面伸手不見五指——」

「馬科斯，原來你是害怕了，不過我可是決定了，你必須跟我一起去。你該不會是想歇上幾天，直到那個女人徹底逃到了另一個州，你才開始去抓吧！」

「哦，不，我怎麼會害怕呢，」馬科斯急忙辯解道：「只是——」

「只是什麼？」湯姆問道。

「沒有船啊，你也看到了，根本就沒有船的影蹤。」

「我聽店主人說今晚有人要過河，所以會有一條船開過來。不管怎樣，我們一定爭取要跟他一塊兒過去。」湯姆說。

海利不放心地問道，「你們應該會準備一條好一點的獵狗吧？」

「上等的獵狗，」馬科斯說，「可是也發揮不了什麼作用，你有那個女人的東西嗎？」

「我當然有，」海利得意地道：「這個頭巾是她慌忙逃跑前掉在床邊的，還有這頂帽子。」

「很好，」湯姆．洛科說，「交給我吧。」

海利補充道：「萬一你們的狗趕上她，使她毀容了可怎麼辦啊？」

「這是個問題，」馬科斯說：「以前在美孚時，我們的狗追上一個人，差點把他撕爛，直到我們趕到，牠才從那人身上走開。」

「嗯，你知道的，因爲她有漂亮的臉蛋和身材才值錢的，假如咬壞了，我們可就得不償失了。」海利說。

「我明白，」馬科斯說，「不過，假如有人幫助她藏匿，那要找到恐怕就很難了。有些州專門把黑奴藏起來，所以給我們增添了很多麻煩，狗也沒什麼用，只有在莊園裡的狗才能發揮作用，在那裡牠們可以自己去追趕，不需要人們的幫助。」

「就這樣吧，我們快走，馬科斯，那人的船已經到了。」洛科說，他剛剛去向店主人打探了消息。

馬科斯留戀地看了一眼馬上就不能享受的舒適房間，卻還是聽話地慢慢站了起來。又聊了一會兒之後，海利不情不願地遞給湯姆五十美元，於是就在這個時候，三個人便分道揚鑣了。

假如信仰基督教的文明讀者不願意看到我們上述的那些事情的話，請你們最好不要有這樣的偏見；我們也必須要提醒你們一下，抓捕逃奴正在成爲一種合法的、甚至是愛國的職業。

假如密西西比河和太平洋之間的廣袤大地是一個用軀體和靈魂來交易的市場的話，假如人們的家產仍然維持著十九世紀的發展趨勢的話，那麼今天這些奴隸販子和抓捕奴隸的人們很可能會站在貴族的行列。

當客店裡三人在計畫著抓捕逃奴時，山姆和安迪正興高采烈地騎馬向回趕。

一路上，山姆都非常高興，他不停地發出各種奇怪的叫聲，並以各式各樣的翻滾和扭擺動作來表達他內心的喜悅。

一會兒他倒騎著馬，對著馬尾巴和屁股高聲大叫，一會兒騰空翻個跟斗，又老老實實地端坐在馬鞍上。有時他卻裝作生氣教訓安迪，大聲責怪他的說笑和玩笑。而後，他把手夾在腰側，發出一串爽朗的笑聲，笑聲響徹他們所路經的整個樹林。一路上，他不斷變著花樣讓馬兒盡情地向前飛奔著。大約十點多的時候，在陽台盡頭的砂石路上傳來了他們馬匹的蹄聲，聽到這聲音，謝爾比太太飛快地跑到了欄杆邊。

「山姆，是你回來了嗎？海利在哪裡？」

「海利先生追了半天，太累了，在河邊的旅館裡休息呢，太太。」

「伊麗莎和孩子怎麼樣了，山姆？」

「噢，她成功跨過了約旦河，現在估計已經到樂土迦南了。」

「啊，山姆，你說的是什麼意思？」謝爾比太太不安地問道，當山姆話中的另外一層意思在她耳中響起時，她幾乎要因高興而昏厥了。

「太太，上帝沒有忘記祂的子民，伊麗莎以一種常人無法想像的方式渡過了俄亥俄河，正像上帝給她準備了火輪馬車送她們過河一樣，」山姆答道。

在女主人面前，山姆看起來是那樣的誠懇和聖潔，而且他說話不時地引用聖經中常使用的一些象徵和比喻。

「山姆，你來，」謝爾比先生說，原來他一直跟著他的妻子來到陽臺前面，「告訴謝爾比太太發生的一切事情。」說著，他又把妻子叫到身邊，用兩隻胳膊緊緊抱住她，「你身上好涼啊，發抖得這麼厲害，你情緒太激動了。」

「太激動了?!這是我作爲一個女人，一個母親必須的反應：上帝還在看著，難道我們不應該對這個苦命的女人負責嗎？上帝啊！請您不要把這筆罪過算到我們的身上。」

「艾米麗，沒有什麼罪過的，你也知道我們這樣做是出於無奈啊。」

「可是，我心裡一直有一種強烈的罪惡感，」謝爾比太太說，「我忘不了。」

「喂，安迪，你幫我把馬拴到馬廄裡，快點，」山姆站在陽臺下，大聲喊著，「你聾了嗎？沒聽到老爺在叫我嗎？」

不一會兒，山姆就出現在大廳門口，手中還拿著棕櫚葉。

「山姆，立刻把事情的經過一五一十地告訴我們，」謝爾比先生說，「還有，假如你知道的話，馬上告訴我們伊麗莎現在在什麼地方。」

「老爺，我親眼目睹她踩著河中漂浮的冰塊跨過了河，那真是太不可思議了，真是個奇蹟。之後，我看見一個男人扶著她上了俄亥俄河的河堤，然後她就消失在縹緲的薄霧中，我們也看不見她了。」

「山姆，真是太神奇了，奇蹟啊奇蹟，踩著漂浮的冰塊過河，這世上能有幾個人有勇氣做到？」謝爾比先生說著。

山姆說：「勇氣？假如不是上帝的幫助，誰都不可能辦到的。事情的經過是這樣的：海利老爺、我和安迪在路過河邊的一家旅館時，因爲我走在最前面，所以當我走過旅館，一眼就發現了窗前的伊麗莎，因此我故意讓風把我的帽子吹掉，並且大叫了一聲，那聲音大得連死人也能聽到，伊麗莎自然也聽到了，當海利老爺出現在門口時，她立刻縮回身體，然後，匆忙從後門逃走，並一路向河邊跑去。然而，海利先生也看到她了，他大聲叫我們去追，於是，安迪，我和他都追了出去。

「她跑得很快，一會兒就到了河邊，可那急流的河水有十英尺那麼寬，四周是不斷碰撞的大冰塊，就像是一個用冰塊建成的小島一樣。那時，我們就跟在她後面，我心想海利老爺馬上就要逮到她了，可就在這千鈞一髮的時候，她大喝一聲（之前她從來沒發出過這樣的聲音），接著便縱身一躍，越過急流跳到了冰筏上。跳上去後，她不敢稍作停留，邊叫邊向前跳著。那些浮冰發出咯吱咯吱的聲音，並且不時發出撲通撲通的聲音，她像受驚的小鹿一樣飛快地向前跳去。上帝，她那幾個跳躍真是不簡單，我想那是很不容易的。」

在山姆講述伊麗莎的神奇經歷時，謝爾比太太一直靜靜地坐著，因為情緒波動太大，她的臉變得很是蒼白。

「上帝保佑她還活著，可是不知道那可憐的孩子現在身在何處。」她說。

「上帝一定會幫助她的，」山姆說，虔誠地把眼睛望向天空，「就像我剛才說的，這是上帝的旨意，一定靈驗。正像太太一直告訴我們的，這個世上總會有人勇敢地站出來執行上帝的命令的。今天若不是我，她大概已經被抓數十次了，比如，早上要不是我讓那匹馬受驚，還一直想辦法拖延時間，我們能拖到快吃午飯嗎？下午的時候，正是因為有我，海利老爺才多走了五英里的彎路呢，要不然，他早像黃鼠狼抓小雞一樣輕而易舉地把伊麗莎抓到手了。這就是上帝的旨意吧！」

「山姆，給我省省你的天意吧，我絕不容許你在我的眼皮底下對老爺們玩這種花招。」在這種情況下，謝爾比先生故作嚴厲地訓斥道。

然而，對黑人假裝發脾氣就像對小孩假裝生氣一樣，毫無作用。儘管你竭盡全力做出生氣的表情，但下意識裡，大家都清楚為什麼謝爾比先生要這樣做。因此，挨了罵的山姆情緒並不顯得低落，雖然看起來他很傷心，耷拉著嘴角，顯得特別的懊喪。

「老爺您教訓的是，太對了，都是我的錯，這是事實，我知道先生和太太是很厭惡這種小花招的，可是我是個黑奴，所以看到海利先生為了自己隨便折騰農莊的人們，我便會忍不住做出一些不是很好的錯事，只是他看起來哪兒有一點老爺的舉止！就連我這樣幾乎沒接受過教育的人都可以摸清他在想什麼。」

謝爾比太太說：「不要說了，山姆，既然你已經知道自己做錯了，那就趕緊去克洛那兒吃點東西吧，讓她把中午剩下的火腿拿給你們吃，你和安迪一定餓壞了。」

「太太您真是太好了。」山姆鞠了一個躬，高興地跑出了大廳。

我們在前面描述過的，我估計讀者們也都已經看出來了，那就是山姆有某種天賦，那就是會使他在政治生活中能青雲直上的才能，也可以說，這種才能會使他在各種場合贏得人們的信賴和稱讚；在面對先生太太時，他那故作誠懇、卑微的樣子就獲得了他們的認可，而現在，他又把棕櫚葉頂在頭上，邁著輕快的步子到了廚房，盤算著在克洛大嬸的地盤上出一番風頭。

「我要跟他們這些人好好講講，」山姆自言自語道，「這可是個好機會。上帝，他們從此一定會對我刮目相看。」

我們有必要說一下，山姆最喜歡做的就是陪著謝爾比先生去參加各種政治會議，有時他坐在欄杆上，有時爬上高處的樹，細細觀看著說話者的神情，並沉迷於此而不能自拔。然後，他就跳下來站到那些與他膚色相同，同樣陪同主人趕來的人們中間，一絲不苟地摹仿起他人的演講來。

他的表演從容又很幽默，這讓大家獲得了很大的樂趣，也從中受到了許多啓示。一般情況下，靠近他並聽他演講的都是黑人，但他們的外圍也常會聚著一些白人，他們邊聽邊笑，並不時地眨著眼睛，這使得山姆不禁有些飄飄然起來。

其實，山姆在心裡常把演說當成自己的第二職業，他絕不會放過任何一個施展這種才能並出盡風頭的機會的。

山姆和克洛大嬸素來不和，也可以說，他們兩人的關系一向很冷淡。可是由於無論做什麼都必須依賴食物供應部門的支持，所以山姆明白自己無法逃避，因此他對克洛大嬸採取妥協的方針。他心裡很清楚地瞭解到，儘管克洛大嬸會毫不含糊地執行太太的指令，但假如自己也能稍微做些妥協，那麼自己會有很多意外收穫。

於是他走到廚房時，便對著克洛大嬸表現出一副可憐兮兮的樣子，語氣中湧現出一種令人感動的溫柔，似乎是他爲逃難的人承擔了萬般苦難一樣。他有意誇大太太對他的讚揚，說太太讓克洛大嬸爲他做些好吃的以恢復體力，以保持身體內固體和液體物質的平衡；也就是這樣，他下意識裡也承認了克洛大嬸在廚房和一些地方不可挑戰的地位以及至高無上的權力。

他的退讓非常有用，山姆的殷勤和諂媚很快就使克洛大嬸滿懷欣慰。對於山姆的殷勤，恐怕就連用花言巧語以博取那些窮苦、單純和善良的選民信任的政客也會覺得自慚形穢；即便是個洗心革面的浪子也不會得到如此慈母般的照顧，克洛大嬸立刻爲他找了一個座位，這讓山姆感到受寵若驚；接著，克洛大嬸在他面前擺了一個很大的錫盤，裡面盛滿了各種美味佳餚。

那是前幾天用來招待客人的食物，裡面有誘人的火腿，金黃可口的玉米餅，很多的餡餅，還有雞翅、雞腿和雞胗，五顏六色。面對這麼多以前從未享受過的食物，山姆由衷感到一種被重視的自豪，他頭上戴的棕櫚葉滑到了一邊，而他依然驕傲地看著坐在右邊的安迪。

廚房裡擠滿了他的同伴，他們都是特意從各地匆匆趕過來的，想打聽一下當天山姆他們追捕伊麗莎的情況，因此，山姆終於找到炫耀自己的大好時機了。他又一次手舞足蹈地說了一遍當天發生的事情。為了讓故事更有戲劇效果，他又添油加醋地進行了再創作。在山姆看來，儘管他並不是一個正宗的藝術愛好者，但他還是想經他的嘴說出的故事可以具備一些文學藝術的多姿多彩。

在他講述的過程中，大家不時笑得前仰後合。而小孩子們，乾脆躺在地上或者站在角落裡也跟著大家笑著起鬨。聽著大家快樂、清脆的笑聲，山姆卻仍是一本正經地端坐著，只是偶爾翻動一下眼珠，向聽眾們投去滿懷深意的一瞥，不過他那說教式的語調卻幾乎沒有變化。

「同伴們，你們要知道，」山姆一邊用手拿起一隻烤雞腿，一邊大著嗓門說：「你們要知道，我為什麼要做這些事呢？就是希望能保護你們，對，保護咱們任何人。假如有人想要把我們其中的任何一個人抓走，那他就是我們大家的敵人，也就相當於他要把我們所有人都抓走，這就是事實。假如奴隸販子妄想帶走我們中的任何一個人，他就必須先從我身上踏過去，那可是比登山還難做到的事情。朋友們，以後無論遇到什麼困難的事，都可以來找我幫忙，我一定盡最大可能想辦法，並為守護你們的人權而拚勁最後一絲力氣。」

「哎，山姆，我記得早上時，你不是跟我說你要幫海利老爺抓住伊麗莎嗎？你這不是打自己的嘴嗎？」安迪說。

「安迪，我可跟你說，」山姆以洋洋自得的語氣說，「你不瞭解情況的事，就少發表議論。安迪，你這個愣小子，雖然人還不錯，但沒有人會希望你去透澈領會每一步行動的背後意義的。」

安迪被這些毫不留情的責怪搞得轉不過頭腦，特別是山姆用的「領會」，這就更讓安迪誤以為「領會」這個奇妙的詞在這件事情中起了相當大的決定作用。

這時，山姆並沒有停止，而是繼續發表著他的高見。

「這就叫做隨機應變，安迪。我必須跟海利說想抓住伊麗莎，因為我知道那是老爺想要的，可是當我看出太太並不那麼想時，我就改變了主意。通常情況下，站在太太那邊肯定是沒有錯的。你們想，我不用開罪任何一個人，而是根據臨時情況隨時做出選擇，秉承自己一貫的原則。對，就是原則，」說著，山姆使勁揮動了一下手中的雞脖子，「如果不堅持原則，我只想問一句，原則是用來做什麼的呢？安迪，這塊雞骨頭你吃吧，這骨頭上面還有點肉呢。」

山姆想把這個話題岔開，可聽眾們聚精會神地等著他說下去，他只好接著講下去：

「至於說的和做的一致，各位黑皮膚的同胞們，」山姆邊說邊作出一副思考嚴肅哲學問題的樣子，「關於這個問題，大多數人都沒有深究過。大家都明白，一個人假如一會兒贊成一件事，再過一會兒又反對這件事，人們肯定會指責他說一套做一套（這是人們很自然的反應）。喂，安迪，把那塊玉米餅給我拿過來。好吧，就讓我們來探討一下吧。讓我做個簡單的比喻，請各位先生、女士原諒，假如說，我想爬到一個乾草堆上去，可是當我把梯子放在草堆的前邊，發現很難爬上去，那我當然不會再犯傻一直在前邊爬，於是我換到後邊去爬，難道這也叫言行不一嗎？不論我把梯子放在前邊還是後邊，只要我能爬上草堆達到目的，這不就是實質上的言行一致嗎？難道你們連這個都理解不了嗎？」

「誰知道你還有個唯一堅持的原則。」克洛大嬸小聲嘟囔著。其實，今天晚上的熱鬧場面，對她而言卻是另一番滋味，心裡更焦急了，就像書中所說的那樣，雪上加霜。

「好了，今天就到這兒吧！」說著，山姆站了起來。現在他酒足飯飽，也出夠了風頭，便開始說他的結束語了，「是的，朋友們，我對我的原則非常驕傲，長久以來，什麼時候原則都是缺不得的東西。我不但是有原則的人，而且還是堅守原則的人。只要我覺得這件事符合自己的原則，我都非常願意去做的，就是用火燒著我，我也會笑著面對火刑，絕不改變。我要為我的原則，我的國家和整個社會的利益而奮鬥到底。」

克洛大嬸忍不住說，「行了，在你偉大的原則中，晚上睡覺總歸也是其中一條吧。你趕緊結束讓大家都回去休息吧。小鬼們，假如不想被揍，就都快給我去睡覺，快點！」

「黑奴們！」山姆溫和又慈祥地說道：「上帝祝福大家！大家都回去睡覺吧！將來都長成好孩子。」

山姆的話說完，大家便各自回屋了。

chapter 9 議員也是普通人

議員伯德的起居室裡火爐生得旺旺的，火光在厚實的地毯、擦得發亮的茶壺和茶杯邊上歡快地舞動著。伯德把靴子脫掉，正在試那雙他妻子專門爲他親手縫製的新拖鞋，拖鞋既漂亮又暖和。

這時，伯德夫人滿面喜色，正在認真地查看餐桌的佈置狀況。孩子們在餐桌旁邊高興地玩著奇怪的遊戲。孩子們很搗蛋，媽媽們總對孩子們這種頑皮感到無奈，這次自然也不例外地讓媽媽頭疼了。

「湯姆，別亂動那個把手——嗯，對，這才是乖孩子！瑪麗！別再扯貓尾巴了——可憐的咪咪！吉姆，哎呀，我的小祖宗，你給我從桌子上下去——快點！——我說，親愛的，真想不到今晚你會在這裡出現，我真是太高興了！」

最後，她終於找到一個機會跟丈夫說話。

「是，我也覺得應該把工作稍微放一下，在家好好休息一下，舒舒服服待上一晚。我真是太累了，頭也很疼！」

伯德太太瞅了瞅那瓶放在半開的壁櫥中的頭痛藥，她剛想伸手去拿，但是丈夫卻制止了她。

「不，不需要，夫人，我不用吃藥！你只要給我熬一杯熱奶茶，就能讓我感覺到放鬆和滿足了，看著我們幸福的家庭，真覺得制定法律是一份讓人心煩意亂的工作！」

參議員微笑著，心裡覺得自己對國家獻出了一切，他被自己的奉獻感動了。

「可不是嘛，」當茶點準備好時，妻子淡淡地問，「他們在參議院都做什麼啊？」溫柔賢慧的伯德太太很少為在州議會做事的先生工作的具體內容而動腦筋，以往她總明智地認為自己的事情已經夠讓她忙的了，所以聽完這話，伯德先生也不禁詫異地睜大雙眼說：「也沒有做什麼大不了的事情。」

「嗯，不過他們有沒有制定一項法律，禁止大家給那些可憐的路過的黑人食物，有嗎？我聽到他們在談論這件事，但我不相信一個信仰上帝的立法機構會制定這樣一條不合情理的法律。」

「哎，我說太太，你什麼時候成了政治家了。」

「胡說什麼呢！我才不願意管你們工作上的事，但是我覺得這樣做非常殘忍，而且也不符合基督教的教義。我想，親愛的，這樣的法律最好不要獲得批准和通過。」

「親愛的，已經通過了那樣一條法律，禁止人們幫助那些從肯塔基州逃過來的奴隸，那些不顧一切主張廢奴的人已經幹了許多這種事情，他們的所作所為激起了我們一些肯塔基兄弟的憤怒；現在國家有必要，而且基於基督教的教義和仁慈，也必須設法平息我們那些兄弟的憤怒。」

「那這個法律為什麼還這麼制定？它至少允許我們晚上給那些可憐的奴隸一個住處吧，也准許為他們提供一些可口的食物，贈送他們幾件保暖的舊衣服，然後悄悄地送走那些可憐人，給他們好好活下去的機會吧？」

「啊，親愛的，那樣做就等於協助罪犯和教唆他們犯罪了，你懂嗎？」伯德先生慌忙提醒。

伯德太太是一個很害羞、經常臉紅的矮個女人，身高只有四英尺，有一雙溫和的淺藍色眼眸，長得非常甜美，而且有著非常溫柔、好聽的嗓音——可是膽子很小，一隻不很強壯的雄火雞只要叫一聲就會使她完全崩潰了。平常，一隻胖胖憨憨的小狗朝她齜齜牙就立刻能把她嚇壞。她的丈夫和孩子便是她所有的一切，即使在家裡，她也常通過懇請和勸說來進行對他們的管理，從來不會命令或爭吵。

然而，只有一件事可以徹底激怒她，那就是當她平時溫和的本性被挑戰的時候，每一件殘忍的小事都會讓她異常憤怒。因爲她的脾氣一直都很好，所以發起怒來就更會讓人們感到驚異和不能理解。

總而言之，她是一個最寬容的、對孩子也有求必應的母親，但是她的孩子們至今還對母親給予他們的那次極嚴厲的懲罰心有餘悸，那次是由於他們和附近幾位調皮的孩子用石頭攻擊一隻無助的小貓咪時被他們母親發現了。

比爾少爺經常說：「我跟你們說啊，那回真的嚇壞我了，媽媽向我撲過來，我差點以爲媽媽瘋了呢，結果媽媽拿鞭子狠狠抽了我一頓，晚上都沒有叫我吃飯，我都不知道爲了什麼就挨打了。後來我在屋裡聽到媽媽在門外抽泣，那個哭聲真的讓我很傷心。我告訴你們吧，我們幾個男孩子再也沒有用石頭攻擊過小貓了。」

此時，伯德太太馬上站了起來，兩頰通紅，這緋紅倒讓她顯得比平時更好看了。她走到伯德先生面前，神情莊嚴，語氣堅定地說：「現在，約翰，我希望明白你是不是覺得這樣的法律也是公平的、合乎教義道德的。」

「瑪麗，要是我說是，你會不會想一槍殺了我啊！」

「你怎麼會這麼想，約翰。難道你投的是贊成票，是嗎？」

「對啊，那怎麼了，我漂亮溫柔的政治家太太？」

「你應該感到羞愧，約翰！可憐的無家可歸的人！這是一個十分卑鄙的、殘忍的和可恥的法律，但凡有機會，我就會打破這條法律的，我希望我能碰到這種機會，我想我一定可以幫助他們的！假如僅僅因爲他們是奴隸，一輩子都將被凌辱被欺壓，而一個女人甚至不能爲這些可憐的、又餓又睏的人提供一餐熱飯、一張舒適的床，那豈不是太不人道了！不幸的人們！」

「可是，瑪麗，聽我說，你的感情完全沒有錯誤，太太，而且很有意思，正因爲這樣我才愛你，但是我們不能感情用事，全憑感情來決定我們的判斷，因爲這件事不僅是涉及個人感情的事，還涉及到至高無上的大眾的利益，——此時此刻人們正處在不安和惶恐之中，而且這種情緒還在加劇，所以我們必須捨棄私人情感。」

「你知道，約翰，我對政治並不瞭解，不過我能看懂《聖經》，《聖經》上明明白白地寫著人們要爲饑餓的人提供食物，爲受凍的人提供衣服，安慰不幸的孤單的人；這才是對的，我一定要按《聖經》裡說的那樣去做。」

「可是在某種情況下，當你做這樣的事情爲大眾帶來很大的不利之處時——」

「我知道不會的，按上帝的指示做事怎麼可能爲人們帶來很大的危害呢？對我來說，最保險的就是完全遵照上帝的旨意辦事。」

「你好好聽我說，瑪麗，讓我給你好好分析一下這個法律的合理性。」

「噢，騙人，約翰！你也就是在口頭上說說，但是你絕對不會做出那樣的事的。我問你，約翰——假如這時候家門口出現了一個不幸的、凍得發抖的、又餓又累的人，你會把他從家裡趕出去，只因爲他是一個逃難者？」

唉，其實說老實話，這位參議員先生可是一位十分善良、仁義的人，他也不擅長把一個身處險境的人從家門口攆走；對他更爲不利的是，在這場爭論中，他的妻子對他這一點瞭若指掌，而且，她會還毫不留情、毫不猶豫地攻擊他最薄弱的部位。於是，他不得不採取一種拖延的辦法，這種辦法他在遇到類似處境時已使用過多次了，他哼了一嗓子，咳了幾下，開始掏出手帕不停地擦著眼鏡片。伯德太太看見對手已喪失了自衛的能力，也就不忍心再推進她的優勢乘勝追擊了。

「我希望親眼見你這樣做，約翰——比如說在下著大雪的夜晚把一個女人擋在門外；再或者，你將把她送進監獄去受懲罰，好嗎？假如你真的可以做出，你不久便會變得很善於做這種事的！」

「啊，履行這項法律是我的職責，但這職責讓我很難受。」伯德先生以溫和的語氣說。

「職責！約翰，請不要這麼說！你很清楚這壓根就不算什麼職責——它怎麼會是什麼職責呢？假如人們不想讓奴隸逃走，就應該好好對待他們——這便是我的看法。假如我擁有奴隸（當然我希望永遠都不要有），我倒想試驗一下，看他們是不是會想要從這個家逃出去，或者從你我身邊跑掉。約翰，我告訴你吧，人假如感到幸福，是絕不會逃跑的，當他們決定要逃跑時，那些不幸的人啊，他們經歷著寒冷、窮困和擔驚受怕的重重痛苦，即便是沒有人和他們作對，也已經夠難過的了：無論這道法令有沒有頒佈，我也不會對這些苦命人做出絕情的事，願上帝幫助我！」

「瑪麗！瑪麗！親愛的，聽我給你講一個道理。」

「我不要你給我講道理，約翰——尤其對這件事。你們這些政治家們最喜歡做的就是把一件原本簡單的事搞得很複雜，而當真正要去做時，你自己都不相信自己說過的話。約翰，我太瞭解你了，你絕對不可能相信此事是正確的，而且也絕不可能急著去做這件事。」

就在這時，黑人總管卡德喬在門口出現了，他想讓太太去一趟廚房。這時我們的參議員先生才好容易放鬆了一下，用一種無可奈何的、無助又可笑的神情看著離去的妻子那嬌弱的背影，然後坐到躺椅裡，拿起報紙看了起來。

突然，他聽到門口傳來妻子急切而短促的叫喊——「約翰！約翰！你快過來啊。」於是他放下報紙，快步走到廚房，出現在他面前的情景讓他大吃一驚，他立刻就呆住了——那是一個身材瘦小的女人，破爛的衣服上還結了一層薄冰，她只剩下一隻鞋子，襪子也是破的，丟掉襪子的那隻腳血肉模糊；她凍得全身顫抖，且一直昏迷不醒。

她的臉上印有一個飽受欺壓的人種的記號，每個人都能感受到這個女人身上呈現出的悲慘、淒涼的美，她那張僵硬、冰冷，死人似的臉龐，令伯德先生非常害怕。他的呼吸變得緊促起來，只是呆呆地站在那兒。

他的太太與家裡唯一的黑人女傭黛娜大嬸在忙著救治她，好讓她儘快蘇醒過來，而卡德喬把小男孩抱起來放在自己的膝上，脫掉他濕透的鞋襪，用力搓他那雙凍得冰冷的小腳。

「哎，她真是太可憐了！」黛娜大嬸心疼地說，「好像是屋裡的溫暖讓她一下子昏迷了，她剛進門時還好好的，並問我她是否可以在這兒暖和一下，我剛想問問她是從哪兒來的，她就昏倒了。你們看她的手，一看就是沒做過什麼重活兒的手。」

「可憐的孩子！」伯德太太滿臉憂慮地說。

這時候伊麗莎緩緩地睜開了那雙烏黑的眼睛，一臉茫然地望著大家。一陣痛楚的神色從她的臉上一閃而過，她從床上跳了起來，喊道：「啊，我的孩子！他被那些奴隸販子抓走了嗎？」

孩子聽到媽媽的聲音後，馬上光著腳從卡德喬的膝頭上跳了下來，跑到母親身旁，伸出手摸著媽媽的臉。

「啊，他在這兒！我的孩子在這兒！」她開心地叫著。

「噢，夫人！」伊麗莎發了瘋似的對伯德太太叫喊著：「請救救我和孩子！不要讓奴隸販子搶走他！」

「我保證，在這裡沒有人傷害你們，不幸的人啊，」伯德太太撫慰她，說：「你們很安全，放心吧。」

「上帝保佑您！」伊麗莎說著，捂著臉哭了起來。孩子看見母親在哭，就使勁爬到她的懷裡，緊緊地貼著母親。

在伯德太太那無人可以相媲美的溫柔的女性的盡心呵護下，可憐的女人此時安靜了許多。人們在壁爐旁邊的躺椅上臨時爲她支起了一張床，很快她就睡熟了，孩子似乎也很疲倦，在媽媽的懷中也甜甜地睡了。

人們曾出於好心想把孩子從她身邊帶走，但是由於作爲一個母親的擔憂和警惕，她謝絕了，即便是在睡夢裡，她的一隻手仍然緊緊地摟著他，可想而知，就是睡著了，也不能讓她放鬆絲毫的警惕。

伯德先生和太太回到臥室裡。雖然似乎有點兒不可思議，可是他們夫妻倆誰也不想提起剛才的爭辯；伯德太太開始織毛衣，伯德先生呢，則假裝在看報紙。

「太太，我很想知道她是誰，是幹什麼的，爲什麼逃出來？」伯德先生放下報紙後說。

「我們等她醒過來，身體好點兒，就會知道這些了。」伯德太太說。

「哎，太太！」伯德先生捧著報紙，若有所思地對妻子說。

「噢，親愛的！」伯德太太回答道。

「你能不能把你的舊衣服拿出幾件，改改再叫她穿？她的個子好像挺高的。」

伯德太太臉上浮現出一個會心的微笑，回答說：「沒問題，我一會兒就去辦。」

接著空氣又陷入寂靜，伯德先生突然又說道：「我說，太太！」

伯德太太有些不耐煩，「行啦！又幹什麼啊？」

「嗯，那件舊的細條紋的黑衣服，就是你留著讓我午睡時蓋在身上的那件，可以把那件拿去給她穿——她需要一些能保暖的衣服。」

此時，黛娜探頭進來，告訴太太說那個女人醒了，想見見夫人。

伯德先生和太太進入客廳，兩個兒子也跟在身後，那個孩子此時已舒舒服服地安置在床上了。這時，伊麗莎坐在火爐前的扶手椅上，她用強作鎮靜而又極度悲傷的神情望著爐火，和之前的激動與抓狂相比，簡直判若兩人。

伯德太太溫柔地說，「你要見我？我希望你現在感覺好一些了，可憐的女人！」

伊麗莎發出一聲顫抖的長嘆，那是她所做的唯一的答覆，她抬起那雙烏黑發亮的眼睛，以一種淒慘而惶恐的目光看著柏德夫人，一汪淚水在眼眶中打著轉。

「不要怕，可憐的人兒。這個家裡都是你的朋友，告訴我你是從哪裡來的，爲什麼來到這裡？」她說。

「我是從肯塔基來的。」伊麗莎回答說。

「那麼是什麼時候到這兒來的？」伯德先生急切地問。

「就在今天晚上。」

「可是你是怎麼過來的呢？」

「我是跳著冰塊過河的。」

「跳著冰塊過河的！」在場的所有人都驚嘆道。

「是的，」伊麗莎慢慢地說，「我真的是一塊冰塊一塊冰塊跳過來的，是上帝保佑著我；抓我的人緊緊地跟在我後面——離我那麼近——我別無選擇！」

「老天爺，太太，」卡德喬不可思議地說，「水上的冰早就已經裂成一塊一塊的了，就那麼隨著水流在河中撞來撞去的！」

「我看得見——我也知道，」她情緒激動地說，「但是我竟然跨過來了！我不能想像我居然有勇氣跳上去——更沒想到竟然可以跳到河對岸，然而我沒有時間去考慮那麼多，因爲如果我不這樣做的話，那就只有死路一條。上帝也在幫助我，假如沒有嘗試過，我們永遠不會知道上帝會給我們這麼大的幫助。」女人的眼中不禁淚光閃閃地說。

「你是奴隸嗎？」伯德先生問。

「是的，先生。我的主人在肯塔基。」

「他對你很壞嗎？」

「噢，不，他是個很好很善良的人。」

「那就是女主人沒有善待你啦？」

「也不是，先生，真的不是，從小到大，女主人對我都非常好。」

「那你爲什麼還要冒這樣大的危險，從一個這麼好的家裡逃走呢？」

女人抬起頭，用一種敏銳、試探的目光認真打量了伯德太太一番，她發現伯德太太正在服喪。

「太太，」她突然問道：「你失去了孩子嗎？」

這個意外的問題正好觸到了夫人的痛處，就在幾十天之前，這家人剛剛失去了一個十分可愛的孩子。

伯德先生背過身慢慢走到窗前，伯德太太也不由地掩面而泣。稍微鎮定下來之後，她說：「你怎麼會想起來問這樣一個問題呢？不久前我確實是失去了一個很可愛的小寶寶。」

「那你大概就能理解我的感受了，我接連失去了兩個孩子——我沒有隨他們死去，把他們孤單地留在了那塊墓地上，現在的這個孩子是我僅剩的唯一的孩子，每天晚上我都會抱著他一同入睡，他就是我的全部，也是我的慰藉和驕傲。可是，親愛的夫人，奴隸販子想從我身邊硬生生地把他搶走，賣到遙遠的南方，就只有他一個人，太太呀——他還是孩子，一個從沒有離開母親懷抱的孩子！我怎麼可以承受這個，太太。假如他們真的把他賣掉了，我的一切都沒有了，所以，當我聽到主人和奴隸販子簽了契約，他已經被賣給別的人時，我匆忙間就抱起他連夜逃走了，追我的人就在身後——就是那個奴隸販子，還有主人的兩個黑奴——他們緊緊地跟著我，我能聽到他們兇狠的叫聲。前面已經沒有路了，我只能往冰塊上一跳，接下來我也不知道自己是怎麼從河上過來的——最後我只記得，有一個好心人幫助我把我扶到了岸上。」

伊麗莎沒有哭泣，也沒有嗚咽，她已經沒有眼淚可以流了，但是現在聽她說話的每一個人，都在用各種各樣的特殊方式來表達對她的不幸的憐憫之情。

首先是兩個小男孩在自己的口袋裡翻來翻去地找尋手帕，然而他們的母親知道在男孩的口袋裡是永遠也不會找到手帕的，事實正是如此，他們只好撲進母親的懷裡傷心地抽泣，鼻涕和眼淚不停湧出，用媽媽的裙子擦著；伯德太太拿出手絹，捂住臉哭著；而黛娜大嬸的淚水順著黑黑的臉龐止不住地向下流，她用自己在野營布道會上祈禱時才會有的激情高聲叫道：「請上帝可憐可憐她吧！」而卡德喬大叔用力把袖子抬起來擦著眼睛，臉上顯露出各式各樣的奇怪表情，偶爾情緒激動地用同樣的高腔配合著黛娜的禱告；而我們的參議員，這個傑出的政治家，我們自然不能指望他會像大家一樣高聲大哭，所以他轉過身去，走到窗前，望著外面，看起來好像是一直在忙著清嗓子，忙著擦眼鏡，他的鼻子也一抽一抽的，假如有誰留心觀察他的話，一定會對他有些奇怪的行爲產生懷疑。

參議員先生使勁忍著卡在嗓子眼裡的東西，突然轉過頭問那個女人：「可是你剛剛爲什麼說你的男主人對你很好呢？」

「因爲我家主人真的是一個非常好的人，不管在什麼時候，我都要這樣說——而且女主人善待下人也是出了名的，但是他們也是出於無奈，家裡欠了債，他們也沒有辦法，具體經過我也不清楚，不過他們被一個人掌控著，他們必須要按他的指示做事。我聽到了主人們的談話，聽到他說把孩子賣給了別人，也聽到了女主人一直在替我說情——但先生說他也是沒有辦法，賣身協議也都已經簽好了——直到那時，我才知道，我必須要走，然後就抱著孩子從家裡逃了出來。我很清楚，假如他們奪走了我的孩子，我怎麼還能獨自再活在世上，因爲奪走了孩子就相當於奪走了我的生命。」

「你的丈夫現在在哪兒呢？」

「哪兒？他屬於另外一個主人，而他的男主人非常殘暴，還不允許他來看望我和孩子，以致他很少能見到我。那家的主人對他很不好，他經常威脅他說，一旦他不聽話，就要將我丈夫賣到遙遠的南方——我不知道他現在在哪裡，也不知道這輩子還能不能再見到他了！」

伊麗莎說這些話的時候，語氣一直都非常平和，也許有些只看表面現象的人會感覺她已經徹底死了心，並且還是一個淡漠無情的人；然而什麼才是事實呢？也許在她炯炯有神的雙眼中那股壓抑著的沉穩和痛苦之情才是事實。

「可憐的人啊，那你準備去哪兒呢？」伯德太太問。

「我想去加拿大，可是我不知道怎麼去那兒，加拿大是很遠很遠的地方，對嗎？」她抬起頭，用單純、疑惑而又信任的眼神望著伯德太太。

「你真是太可憐了。」伯德太太不禁有感而發。

「真的很遠，是嗎？」女人著急地問道。

「可憐的孩子！那兒比你想的可要遠多了，」伯德太太回答說，「不過我們會想辦法幫助你的。黛娜，在你房間靠近廚房那邊爲她搭一個床鋪吧。今天先這樣，讓我想想明天一早能爲她做些什麼事情。現在，可憐的人啊，不要害怕，我相信上帝會保護你的。」

伯德太太和丈夫再次回到起居室。伯德太太在壁爐旁的一把搖椅裡坐了下來，搖著椅子思考著。而伯德先生在屋裡踱著步，心煩地走來走去，自言自語道：「哎！哎！這件事真是很不好解決啊！」

最後，他快步來到太太跟前，告訴她說：「親愛的，我覺得她今天就必須要離開咱們家了。那些抓她的人明天一早就會到這兒來，假如只有那個女人還好辦，她可以在這兒躲著直至那些人離開，但是那個男孩，一看就很調皮，就是一個部隊在這兒都不可能管住他的，我打賭絕對是這樣的一種情況。他可能會把頭從門口探出或者向窗外望，那不就敗露了嗎？這個節骨眼上，假如誰看到我家裡藏著兩個逃奴，那我的麻煩可就大了！不，必須讓他們母子今天晚上就得離開。」

「今天晚上！這怎麼能行呢？——你讓他們走到哪裡去呢？」

「嗯，我怎麼知道讓他們去往何方呢。」參議員邊發著牢騷，邊若有所思地穿著靴子，可是剛穿了一半他就停下了，雙手抱著膝蓋坐在那裡，又開始想著怎麼去解決問題。

「怎麼會有這麼討厭的事情，」好一會兒他才埋怨著，又重新繫著鞋帶，「我這樣做也沒有錯！」

參議員把一隻靴子套上以後，手中掂著另一隻靴子若有其事地坐在那兒，兩隻眼睛盯著地毯上的花紋，「幾經考慮之下，我還是覺得必須要讓他們走——我不管那麼多了。」

他連忙穿好另一隻靴子，隨後滿腹心事地望向窗外。

嬌美的伯德太太是個言行舉止都非常慎重的女性，她從來不說像「我覺得我才是對的」這樣的話。此時，雖然她很明白丈夫的想法，但她很明智地不去擾亂他的思路，只是靜靜地坐在椅子上，很明顯，她是想，等這家的男主人思考成熟之後，丈夫自然會對她宣布結果，而她，現在最好保持沉默。

「太太，你還記得嗎？」他終於開口了，「我有一個叫范．特隆普的委託人，他也來自肯塔基，但是他釋放了自己所有的奴隸，他還在小溪上游幾英里處的森林深處買了塊地，平常那裡幾乎沒有人會去，十分隱蔽，讓那個女人住在那裡應該就不會被人發現，可是麻煩的是，今天晚上誰都不能替我把她送去那裡。」

「爲什麼？卡德喬是個趕馬車的好手啊。」

「是的，但是問題是，只有我熟悉那條路，而去那裡要穿過兩次小溪，假如不熟悉路況，穿過第二個小溪會很危險，我曾經騎馬經過那裡很多次，我很清楚在哪裡拐彎是安全的，因此，你看，我們別無他法，只能讓我去了。吩咐卡德喬在十二點時一定要備好馬車，而且儘量不要弄出聲音，我悄悄地駕車送她過去。爲了不讓別人起疑心，卡德喬要駕車把我送到附近的酒店裡，之後搭乘三四點鐘去往哥倫布市的驛車，這樣的話，別人就會以爲我乘馬車是爲這件事而來。明天一大早我就著手進行工作，我想，事情過後，我會感到慚愧的，但是現在事情緊急，我必須這麼做，顧不上那麼多了。」

「此時此刻，你的觀念被你善良的心戰勝了，約翰，」伯德夫人把她柔嫩的小手放進他的手心裡說道：「如果我不是這麼瞭解你的話，我怎麼會愛上你呢。」

女人晶瑩的淚珠已經在雙眸中閃現，她看起來是那麼美麗，這讓參議員感覺，有這麼一個迷人的女子深深地愛著自己，他一定是一個相當出色的人物，所以除了默默地邁步出去叮囑僕人套車以外，他還有什麼顧慮的呢？

但是當他走到門口時，他猶豫片刻，又走了回來緩轉過身來，吞吞吐吐地說：「夫人，我不知道你會怎麼想我，但是咱們的那個抽屜裡面，有滿滿一抽屜……不幸的小亨利的……的……東西。」說完他馬上背過去，順手把門帶上就走了。

他妻子看了看自己房間旁邊的那個小屋，打開門，她把手中的蠟燭放在小房間的一個木櫃上，然後從牆上的一個洞裡掏出一把鑰匙，若有所思地把鑰匙放進鎖眼裡，突然她停下了。

就像大多數男孩喜歡的那樣，兩個兒子默默地緊跟在媽媽的後面，同時以一種意味深長的眼光看著他們的媽媽。

哎！天下的母親們，你們的家中會不會也有這樣的一個抽屜或者是一隻櫥櫃，當你拉開它們緊鎖的門，是否會覺得像是再一次挖開了一個小墳墓？哦！但願不會，如果沒這種感覺，那你們都是很幸福的。

伯德太太輕輕地拉開抽屜，映入眼簾的是各種各樣的小衣服，一個個小兜肚，一排排小襪子，甚至還看到紙包裡露出來的小鞋子，腳趾的地方已經磨壞了。裡面還擺著一只陀螺、玩具馬車和一個小皮球——這些都是她眼含熱淚，強忍悲痛收集的有紀念意義的物品。

她跌坐在抽屜邊上，捂著臉痛哭著，淚水順著指縫滴落進抽屜裡。她像突然想起來什麼一樣，猛然抬起頭，快速挑了幾件最普通又實用的衣服，包在一起。

「媽媽，」一個兒子用手指輕輕地碰了碰她的胳膊，問道，「你要把弟弟的東西送給別人嗎？」

「我親愛的兒子，」她語氣溫柔而誠懇，「假如我們最愛的小亨利在天上看到我們做這些的話，他也會很高興的。平常，我絕不會把他的衣服送給其他人的——那些幸福的普通人，但是現在我要把這些衣服送給一個比我更傷心、更不幸的母親，希望它們會連同上帝的保佑和幫助一起送給他們！」

世界上有如此善良的人，他們會放下自己的悲傷，爲別人送去快樂，他們流著淚水掩埋了自己曾經的希望和夢想，那塊地方卻播下了愛的種子，長出鮮花和果實，爲無助苦命的人治療心靈的創傷。面前這個看似柔弱的女人，就是這樣善良的一個人，她在燈光下坐著，一邊流著眼淚，一邊從自己短命的孩子僅剩的衣物中挑出一些來，送給另一個無依無靠的母親。

然後，伯德太太就按照丈夫的吩咐，從自己的衣櫥裡面挑出幾件實用耐穿的衣物，坐在縫紉機前，準備好針線、頂針和剪刀，忙著把衣服放得長些，就這樣，一直忙碌到十二點整。

這時，門外傳來車輪壓低的聲音。「瑪麗，」伯德先生抱著大衣，邊走進來邊說：「快，去把她叫醒吧，我們馬上出發。」

伯德太太匆忙把她整理好的衣服放進一個小箱子中鎖好，叫丈夫把箱子拎到馬車裡照看好，自己就趕去叫醒那個女人。很快伊麗莎就戴好女主人的披巾、帽子和斗篷，懷裡抱著孩子，出現在門口。

伯德先生扶她進了馬車，伯德太太緊跟著馬車走了幾步。伊麗莎把頭從車窗裡探出來，並伸出一隻手揮舞著，伯德太太那雙美麗柔嫩的小手也伸了過去。她那烏亮亮的大眼睛中透著真誠的謝意，一直注視著伯德太太的臉龐，她有太多話想要表達，然而，她嘴唇動了動，顫抖著，最終，沒有吐出一個字——她用手指著夜空，臉上露出讓人永遠難以忘記的神情，就用雙手掩面倚在座位上。車門被關上了，馬車也開始徐徐向前駛去。

這位深愛著祖國的官員，上個星期還在本州的參議院裡敦促著立法機關通過更嚴厲更殘忍的法律，用來懲罰那些逃奴，懲罰鼓勵、私藏他們的人，因此，我們不用想也知道他現在的境況是多麼難堪！

我們這位優秀的參議員擁有本州最雄辯的口才，絲毫不遜色於那些在華盛頓的那些因傑出口才而久負盛名的同胞們！當他把手插入口袋，端坐在那裡指責那些把幾個可憐逃奴的利益凌駕於偉大的國家利益之上的人們時，他是多麼咄咄逼人呀，根本看不起這些人的感情用事！

在此事上，他曾堅定不移地捍衛著自己的觀點，他讓自己深信不疑，同時也說服了當時在場所有的聽眾們。當時他腦海中對於逃奴的印象，僅僅只是一個詞語而已，最多只是出現在報紙裡圖片上的形象，就是一個男人，背著包袱，拄著拐棍，「逃出我家的奴隸」這行字印在圖下面。

他從未真正想像過現實生活裡那種無邊無際的苦難給奴隸帶來的絕望：一個人用乞求的眼神，伸出稍稍顫抖的手，在無盡的痛楚中發出懇切的哀求。

他無論如何也沒想到逃奴也許會是一位不幸的母親，或者是一個毫無招架能力的孩子（就像眼前這個戴著他死去兒子帽子的男孩子）。因此，我們的參議員的心其實並非是冰冷的——因為他是個好人，是一個擁有高尚品德的人，大夥兒都能夠體會到，他的愛國之心和憐憫之心讓他現在左右爲難。

在南方各州的朋友們，請你們不要嘲笑他的做法，因爲同樣的事情假如發生在你們身上，你們中的很大一部分人肯定不如他處理得妥當和周密。我們當然有理由相信，像密西西比州一樣，肯塔基也有許多心地善良的好心人，但他們看到逃奴的這種不幸，也一定會起惻隱之心。

啊，善良的人們！假如你們那無私而崇高的心靈絕不允許你們袖手旁觀，假如你們站在我們的角度，要求我們那樣去做，這難道公平嗎？

無論如何，假如我們這位可愛的參議員在政治上犯了錯，那在這個夜晚他所遭受的罪和苦也足以彌補這個錯誤了。

我們都知道，漫長的雨季才剛剛從這塊土地離開，俄亥俄州被雨泡得鬆軟的土質很容易就會變成泥漿，而他們現在走的這條路是俄亥俄州在很早的時候用木頭鋪成的軌道。

「天啊，這條路怎麼變成了這個樣子？」來自東部的乘客問，因爲他們常走的「鋪軌路」都是寬廣便捷的大路，而不是現在眼中的這條路。

大多數來自東部的朋友對這種情況可能並不瞭解，在西部的偏僻地區，一旦下雨，遍地都是深深的淤泥，當地的人把粗製的圓木並排捆在一起，然後在捆好的木頭周圍放些土、草泥或者容易得到的所有東西使其堅固，之後很樂觀地把這條路叫做「大路」，然後就揚鞭上路了。只是，隨著歲月的流逝，曾經在圓木上的土和草泥已經蕩然無存，圓木也被沖得七扭八歪地隨便堆積在那裡，圓木中間到處是黑糊糊的爛泥巴、深坑與車輪的痕跡。

此時，我們的參議員就在這樣一條泥濘的路上行走著，和我們想的一樣，一邊被路的顛簸折磨的心煩意亂，一邊還被自己的道德觀糾結著。

馬車前進的情況實在是令人不堪忍睹：匡噹！匡噹！匡噹！咚！車子陷進了淤泥中！伯德先生和母子倆被顛得調換了位置，還沒等坐好，就又被擠到了前邊的車窗旁邊。馬車陷入泥坑中動彈不得，卡德喬大叔在車外高聲呵斥著那幾匹馬，連拖帶拉地折騰了很長時間，卻沒有絲毫用處。

在伯德先生情緒快要失控的時候，馬車突然彈起來蹦到了路上，可是兩個前輪卻又被陷進了另一個坑裡，他們就這樣又彈起來跌在前邊的座位上，伯德先生的帽子掉下來遮住了眼睛和鼻子，這樣的狼狽讓他感覺很失體面，孩子也開始哭起來，卡德喬在車廂外對馬高聲呵斥著，不停地鞭打著。

這幾匹馬使足了力氣蹬著，馬車終於再次又彈了起來，不過後輪又陷進了泥潭裡，三人又一次被拋向了後邊的座位，他的胳膊撞到了她的帽子，腳居然卡在他被顛掉的帽子裡。過了很久，他們終於走過了這個「泥沼」，馬也重新打起了精神。參議員把帽子撿起來，伊麗莎也將帽子整好，孩子也停止了哭泣。他們都做好了準備來面對馬上要來臨的更不好走的路程。

接下來匡噹聲還是不斷，糟糕的路面不時地還會製造一些大的顛簸和晃動。正當他們慶幸著情況還不是太壞的時候，馬車突然顫動著向前栽倒停下了，車上的人們突然不由得站了起來，之後又無意識地坐了回去。

混亂之後，卡德喬在車門口探出了頭，「真不好意思，先生，這次陷進去的坑太深了，我實在是沒辦法了，要不然我們去搭火車吧。」

絕望的參議員跳下車來，小心翼翼地看著前方是不是可以找一塊地方下腳，接著，他就發現自己的一隻腳已經深深地陷在淤泥裡，他想要拔腳出來，卻一不小心讓身體失去平衡，摔倒在泥裡，卡德喬大叔拉他出來，但是那模樣非常狼狽。

現在，出於對讀者心理承受能力的考慮，我便按捺著不去詳細描繪了。西部的人們，假如曾經經歷過大半夜把時間大把大把地浪費在從鐵路邊拆掉柵欄之後，將馬車移出泥坑這種令人崩潰的事情，就一定會對我們這個不幸的主人公表示同情的。但是他們最好還是悄悄擦掉眼淚，再驅車繼續他們的路程吧。

當滿身泥汙的馬車走過小溪，不停地淌著水停在一個農家門前時，已經過去太長時間了。就在這個深夜，他們費了好大勁才敲開了門，尊貴的主人走了出來。

主人是一個威猛高大、不拘小節卻又性情暴躁的奧遜式人物，他足有六英尺高，身著一件短的紅色法蘭絨獵裝。他黃裡帶紅的頭髮亂蓬蓬的，看起來像是好幾天沒刮鬍鬚了，這位先生現在的模樣的確不怎麼招人喜歡。他用手托著蠟燭，呆呆地站著，面帶疑惑、不高興地眨著眼睛望著這群不速之客，像是個被人吵醒的孩子一樣。我們的參議員費了九牛二虎之力才讓他完全弄明白這件事。那麼趁他還在考慮的工夫，我們略微向大家介紹介紹他吧。

約翰．范．特隆普老先生以前在肯塔基是一位大地主，曾擁有大片的土地，擁有眾多的奴隸，看起來兇狠，其實是一個善良的熱心人。與他高高的個子成正比，他生來就有一顆仁慈、公正而誠實的心。

長久以來，他目睹了那種對剝削階級和被剝削階級都沒有好處的制度的後果，心中一直很鬱悶，終於有一天，他那善良的心胸再也無法忍受這種一直壓抑著的憤怒，他從書桌中取出足夠的錢，去俄亥俄州把小鎮上四分之一的肥沃土地買下來，並送給他的每一個家奴。不管是男人、女人還是小孩，人人都獲得了自由。之後，他還用馬車把他們送到別的地方去安家落戶，最後誠實好心的約翰在小溪的上游找了一個舒適安靜的農場住了下來，過著與世無爭的生活。

「你能保護這個可憐的女人和孩子，並且不讓他們被追捕逃跑奴隸的人抓走嗎？」參議員直入主題。

「沒問題。」誠實的約翰堅定不移地說。

「我也是這樣想的。」伯德先生說。

「假如有什麼人膽敢到這裡來，」這個忠厚的人挺起胸膛說：「我絕饒不了他們，況且我還有七個人高馬大的兒子，每個都有六英尺高，他們也能幫忙對付那些人，」約翰說，「他們最好小心一些，因爲無論他們動作有多麼快速，都是沒有用的。」

約翰邊說邊用手指梳理著他的蓬頭垢髮，爽朗地笑起來。

極度疲倦的伊麗莎抱著睡夢中的兒子，面容蒼白，臉色黯淡，拖著沉重的步伐走到門口。滿臉鬍鬚的老人舉起蠟燭借光注視著她，心生憐憫小聲嘟囔了一句。他們站在一個很寬廣的廚房中，這時，老人打開隔壁一間小房間的門，把伊麗莎領了進去。

他點燃一根蠟燭，把它放在桌子上，開始與伊麗莎交談：「姑娘，你要知道，沒什麼可擔心的。因爲不管誰來到我這兒，我都可以自如地應付，」他指著壁爐上面懸掛著的幾支來福槍說：「瞭解我的人都知道，我要是不同意，誰也別想從我家把人帶走，我不會讓他有好下場的。所以，現在你只管放心地休息吧，這兒就如同睡在媽媽的搖籃中一樣安全。」說完，他帶上門走了出來。

他對參議員說，「哎，這個女人真是漂亮啊，唉，有時，只有漂亮的姑娘才是最有資格逃跑的，只要她們還有感情，只要她們還有正派女人應有的各種感情。對此，我最清楚不過了。」

參議員向他簡要說明了伊麗莎的情況。

「哦！上帝，爲什麼會發生這樣的事情？」善良的老人心疼地說：「這是自然的了，嗯，自然是那樣，可憐的人兒！就像小鹿一樣被人緊緊追趕著，只因爲心中偉大的母愛，驅使她做了每一位真正的母親都會做的事，不顧生命地保護著孩子！真的，這種事情比別的任何事情都更讓我想詛咒那些萬惡的奴隸販子們！」忠誠的約翰邊說邊用那乾枯的佈滿了老年斑的黃色手背擦著眼淚。

「說實在的，朋友，這麼多年以來我都不願意去信仰基督教，因爲我們這裡的牧師在布道時，總強調說《聖經》贊同這種拆散家人的行爲，他們會說希臘文和希伯來文，我爭辯不過他們，所以我便把《聖經》和牧師一起排斥在我的生活之外，直到我遇到了一位可以用希臘文與他們爭辯的傳教士，他的理解和那些傳教士大相徑庭，從那時開始我才相信有上帝，並正式信教。」

約翰邊說邊用手打開一瓶美味的蘋果酒，遞給伯德先生。「我看你今天晚上就別走了，等天亮再走。」他真誠地提出建議，「我去把我太太叫起來給你們準備床鋪，馬上就好。」

「真是太感謝了，好心的人。」參議員說，「但是，我必須馬上離開這裡，這樣才能趕上那班去往哥倫布的夜班車。」

「那麼，也只能這樣了，你執意要走的話，我送你一程吧，我可以給你指一條稍微好走點兒的路，你們來時走的那條路實在是太糟糕了。」

約翰收拾了一下後，手中拎著一盞燈，領著參議員的馬到了他家屋子後面通向山谷的一條小路上。臨別時，參議員遞給老人一張十元的鈔票。

「這個是送給她的。」他簡單地說。

「好，我知道了。」約翰回答得也很簡單。

然後，他們相互致意，握手分別。

chapter 10

黑奴離家

二月的一個早上，毛毛細雨在天空飄舞。但是在湯姆叔叔眼裡，外面的天是那麼灰暗，就像他的心情一樣。上天也在低著頭注視著地上的人們：他們臉色也像陰天一樣，心痛不堪忍受。

湯姆叔叔屋子的火爐前面是一張小桌子，上面鋪著一塊整潔的桌布，幾件粗糙但很乾淨的襯衣剛剛被克洛大嬸熨燙好，掛在爐邊的椅子靠背上。現在桌上又攤上了另外一件襯衣等著被熨燙。

克洛大嬸仔仔細細地熨燙著襯衣，她甚至不願意放過任何一個邊角和折邊，只是那肆虐流出又順著面頰不停流下的淚水，讓她不得不時常抬手去一遍遍擦拭。

湯姆就在旁邊坐著，一本打開了的《新約》放在他膝蓋上，他把一隻手伸到頸後好讓頭枕著。屋裡一片寂靜。現在時間還早，孩子們也仍然擠在那張粗糙的木輪床上睡著。

湯姆具有黑種人的普遍通病，那就是生性善良、溫和、顧家，而這也正是導致他們不幸的原因。在湯姆身上，這種不幸與可悲表現得尤爲明顯。他默默站起身邁步到孩子們的面前，靜靜地看著他們。

「這大概是我最後一次看見你們了。」湯姆說道。

克洛大嬸什麼也沒有說，她唯一的反應就是把那件粗布襯衣一遍一遍地熨燙著，在專業人士看來，這件襯衣已經熨燙得十分平整了。

終於，她再也忍不住，猛然把熨斗放在地下，跌在桌子旁邊開始無望地大聲哭泣。

「看起來我們不得不聽天由命了，但是，上帝啊，我怎麼可以讓這一切就這麼在我眼前發生呢？假如我能知道你身在何處，假如我知道你在那兒過得如何，那情況還不是太壞，太太也對我說，最多一兩年，她一定會想辦法把你贖回來。但是，上帝啊，沒有一個被賣到南方去的人還能活著回來，他們無一例外地都被折磨死了。我曾經聽人們講過他們在南方的莊園百般遭受虐待受盡苦累的情形。」

「克洛，上帝無處不在，包括那裡，所以，不要瞎想，情況沒有那麼糟。」

「嗯，」克洛大嬸說，「儘管這樣說，可是上帝有時也不能阻止那些可怕的事情發生，我怎麼能不擔心！」

湯姆說，「上帝一直在我旁邊，他絕不准許人們做出那樣過分的事情的。至少有一件事情我要感謝他，那就是，是我被送到了南方，而不是你和孩子們，起碼你們在這裡是安全的，再大的災難就讓我自己扛吧，但我相信上帝一定會把在災難中的我拉出來的。」

這顆勇敢無比、充滿了男子漢氣質的心靈是多麼令人敬佩啊！湯姆的聲音有些嘶啞，他竭力安撫著自己的家人，壓抑著自己內心的痛苦，雖然悲傷就在喉頭，壓得他難以出聲，但勇敢與堅毅卻在他的語氣中呈現。

「讓我們回憶一下曾經受過的恩賜吧！」湯姆接著說，聲音有些哽咽，那個表情就好像他本來就應該好好回想一下這些恩惠一樣。

「恩惠！」克洛大嬸說，「我一點都看不到，這種事情主人是不應該做的，他犯了個大錯誤，謝爾比先生把事情弄得一塌糊塗，卻要你去抵債，他在你身上花的錢比你幫他賺的錢簡直就不值一提，事實上，幾年以前他就應該還你自由了。是的，我知道他也是出於無奈，但是這也不能說明他沒有做錯事啊。無論他用什麼理由，我也不會接受，你對他那麼忠誠，把他的一切看得比自己的事情重要千倍萬倍，而且總是盡最大努力把事情做得完美，可是，為了讓自己脫離尷尬的處境，竟然不假思索就賣掉別人的親人，使得你背井離鄉，我們家庭從此不再完整。上帝也不會饒恕他的。」

「克洛，假如你還愛著我，就別再說了，這也許是我們相聚的最後一點時間了。你知道的，克洛，說主人的不是，哪怕就是一個字，我也不可能答應你的；在他很小的時候，我就已經把他抱在懷裡，是我看著他一點一點長大的，那麼，我要多想一想他對我的好處，不該奢望他會把可憐的湯姆放在心裡同樣重要的位置。主人們已經習慣了被人伺候的生活，僕人們理應把事情統統安排妥當。所以主人當然也不會覺得這樣做有什麼大不了的，我們本來就不應該期待他們的回報！你想想，和別家的主人比起來，他已經相當仁慈了，哪家的黑奴享受過我這樣的待遇？哪家的黑奴過著像我這樣舒適的生活呢？假如他早知道事情會變成這樣一種情況，他也不會同意的。我們要理解他。」

「不管怎樣說，在這件事上，他是有錯的。」克洛大嬸說。她最大的優點就是對正義感的執著追求，她接著說，「雖然我也說不清楚他錯在哪裡，但我心裡很明白這件事並不對。」

「你應該尊敬上帝，崇拜上帝，祂雖然不在我們周圍，但祂掌控著一切，哪怕是一隻小小的麻雀掉在地上也是來自祂的意願。」湯姆說道。

「這也不能給我安慰，但這就是命吧，我們無法抗拒，」克洛大嬸說，「這樣說下去也沒有什麼用，我還是趕緊給你做幾張玉米餅，讓你再好好享受一次早餐吧，到了南方還不知道你什麼時候才能吃上一頓像樣的早餐呢！」

在試圖瞭解那些被賣到南方的黑奴的苦痛時，千萬別忘了這一點，這非常重要，那就是他們都有著強烈的感情，都思念著家鄉和親人。對他們而言，有膽量和敢於進取並不是他們與生俱來的，相反，他們天生眷戀家庭而且內心充滿了柔軟細膩的感情。而且他們還有根深蒂固的恐懼感，這種恐懼感和愚昧無知混合在一起，就會給南方這個陌生的地方增添一些神秘感。

在兒時的記憶裡，對黑人最嚴厲的懲罰就是把他們賣到南方去。被賣到陌生的河流下游的恐嚇比任何形式的抽打和折磨都要使人心生恐懼。他們這種莫名的恐懼感是作者親眼見證的，黑奴們坐在一起促膝長談，那種恐懼感時不時就會出現，他們口中發生在河流下游的種種駭人聽聞的折磨，作者也親眼看到過。在他們眼中，南方就是一個所有黑奴去了以後就再也回不來的可怕的地方。

有位傳教士曾經也是加拿大的逃亡者，他告訴我說，當年許多同伴都坦言，相對而言，他們原本的主人對他們並不算壞，他們拋下一切逃走，絕大部分原因都是出於這種被賣往南方的恐懼，這種恐懼一直盤旋在他們和他們的家人——丈夫、妻子和兒女的心頭。

非洲人天生怯懦、萬般忍耐、不願改變，但是這種恐懼一旦要變成現實，他們就寧願亡命天涯。他們爲了逃亡用盡所有方法，餐風露宿、忍受著饑餓，承受著心裡巨大的苦楚，勇敢面對著田野裡各種各樣的危險，還有一旦被抓就要受到變本加厲的懲罰的悲慘命運。

此時，熱騰騰的早餐已經做好並端上了桌，謝爾比太太也告訴克洛大嬸說早上不用去大廳侍候了，這個將要深陷不幸的女人不停地流著眼淚，做好了這頓送別的早餐。

她燉了一隻最肥的雞，精心做了丈夫喜歡吃的玉米餅，還從爐架上拿了幾瓶在特殊情況下才會被拿出的果醬。

「哇，」摩西興奮地摩拳擦掌，「今天的早餐真是太豐盛了！」說著，他拿起了一塊雞肉。

突然，克洛大嬸抽了他一個耳光，「這是你們可憐的父親在家裡吃的最後一餐飯了，你就這麼高興嗎？」

「哎，克洛！」湯姆安慰道。

「哎，我實在是忍受不了了，」說著，克洛大嬸用圍裙蒙住了臉，「我心裡很亂，所以一下子就火了。」

孩子們抬頭看看爸爸，又望望媽媽，好像意識到了什麼似的，一動不動地站著，那個年齡最小的孩子不安地爬在媽媽身上，大聲嚎哭起來。

「哎，」克洛大嬸揉了揉眼睛，把孩子抱在自己的懷中安慰著，「不提了，我們把它放在一邊。大家都來吃飯吧，這是我養的雞裡面最肥的。快來吧，孩子們，媽媽的小寶貝，快過來吃飯吧，媽媽剛才不該那樣做。」

什麼也不用說，孩子們就立刻興高采烈地吃起來，多虧有了他們，不然這頓早飯恐怕要原封不動地端下去，因爲湯姆和克洛根本就沒有心情去吃飯。

「好吧，」克洛大嬸說，早飯後她一直忙個不停，「現在我要給你整理行李了，我估計那個傢伙也會像別人一樣，把屬於你的東西統統拿走的，我知道他們一直都是那麼做。多麼貪婪卑劣的人啊！這件法蘭絨衣褲是你風濕病犯的時候穿的，就在這個角上，你千萬要愛惜，日後還有誰給你做呢。這些襯衣是舊的，那邊的襯衣是新買的，昨天夜裡，我把破洞的襪子也都縫好了。上帝啊，以後恐怕你要自己縫補衣服了！」

克洛大嬸靠在箱子邊上，再次忍不住流下眼淚，「我不敢想像，以後就是你生病了，關心你的人也不在你身邊。只要一想到這些，我就沒有心情做任何事了。」

孩子們吃飽飯後，也注意到了家中即將到來的不幸。看著爸爸痛苦的眼神，看著媽媽悲傷哭泣的模樣，他們也不由自主地哭了起來，不停地用手背擦著眼裡洶湧的淚水。湯姆一把將最年幼的孩子抱起來，放在膝蓋上，讓她開心地玩耍，孩子時而用手扯他的臉，時而又用手拽他的頭髮，還不斷開心地笑著，很明顯這是孩子發自內心的感受。

「高興點吧，可憐的孩子！」克洛大嬸說，「將來你會碰到這樣的一天，眼睜睜看著自己的丈夫被賣掉，也許你也難逃被賣掉的命運。這兩個兒子，等到長大能幹活時，多半也會被賣掉的。黑人們有什麼呢，活著有什麼盼頭呢？」

這時，一個男孩高聲叫道：「太太來啦！」

「她什麼忙也幫不上，爲什麼來這裡呢？」克洛大嬸面露不滿。

謝爾比太太走進屋子裡面，克洛大嬸搬了一把椅子給她坐，臉上滿是埋怨的神色，動作也很無禮。謝爾比太太卻好像絲毫沒有看到這些，她面色憔悴，看起來非常著急。

「湯姆啊，」她說道，「我來這兒是——」

突然，她哽咽著停下來，再也無法說出下一個字，她望著這安靜得有點不尋常的一家人，她用手帕遮住臉，坐在椅子上痛哭失聲。

「上帝啊，太太，請您不要這樣！」克洛大嬸說，她自己也忍不住再次失聲痛哭，頓時，屋子裡的人全都哭成了一團。此時此地，高貴的人和低賤者的淚水，化解了受壓迫者心中的不滿和憤怒。

啊！人們啊，看看這些受難者，你們就能看出，與其冷漠地用錢買東西送人，還不如爲他們留下一滴真誠的發自內心的眼淚。

「我的好湯姆，」謝爾比太太說，「我給不了你什麼東西，也沒有辦法幫助你，假如我給你錢，他們會毫不猶豫地把錢奪走的。可是，在上帝面前，今天我鄭重地起誓，我會時刻派人去打聽你的下落，一旦我有了足夠贖你的錢，我會立刻把你接回來讓你和家人團聚，但在此之前，讓我們先聽從上帝的安排吧！」

這時候，孩子們爭著報告說海利老爺來了，然後，門就被這個粗魯的奴隸販子一腳踹開了。海利出現在門前，看起來很生氣的樣子。很顯然他騎著馬辛苦地追了一天，卻一無所獲，這讓他憋了一肚子的火，到現在氣還沒有消呢。

「快點，」他喊著，「你這個黑皮膚的蠢貨，還沒有準備好嗎？」海利喝道。當他看到謝爾比太太也在場，便脫帽向她致敬，「啊，太太也在啊，您的僕人向您問好。」

克洛大嬸把箱子合上，又很仔細地拿繩子捆了一下，然後站起來，兩眼仇恨地瞪著海利，剛才的悲傷瞬間轉化成了憤怒的力量。

湯姆溫順地站起身來，把沉重的箱子扛到了肩上，跟在新主人後面，向車子的方向走去。克洛大嬸抱著最小的孩子，走在湯姆身旁，兩個兒子哭著緊緊跟在她身後。

謝爾比太太走到海利旁邊，和這個奴隸販子認真地商議著什麼。在這期間，湯姆一家和僕人們都來到了一輛已經套好馬鞍的馬車前面。大家圍在湯姆周圍，特地來爲多年的朋友送別。

由於湯姆是奴僕中的領導者，又一直教大家學習基督教義。所以，站在這裡的每一個人都發自內心地同情他，女人們更是爲他感到傷心。

「哎，克洛，你怎麼還能看起來這麼平靜呢？」一個不停流淚的女人看見馬車旁邊的克洛大嬸出奇的平靜和從容，不解問道。

「我已經沒有眼淚可以再流了，」克洛大嬸邊回答邊狠狠盯著朝她們走來的海利，「我爲什麼要在這個黑心的禽獸面前掉眼淚呢！」

海利穿過對他充滿怒氣的人群之後，對湯姆喝道：「上車！」湯姆順從地上了馬車，海利卻又從車座下掏出一副重重的腳鐐，鎖住了湯姆的腳踝。

僕人們見到海利的行爲更是心生怒氣，但他們都努力壓抑著自己的憤怒，只是小聲抱怨著。

謝爾比太太站在門廊上，對海利說：「先生，不用擔心，這個腳鐐根本沒有必要。」

「是嗎？我可不相信，太太，我已經丟掉了五百美元，現在我要做到萬無一失。」

「太太，你對這樣的人還有什麼好說的。」克洛大嬸憤憤道。湯姆的兩個兒子此刻也清楚了父親以後的命運，他們不禁拽著媽媽的衣角流下淚來。

湯姆說，「只可惜，走之前見不到喬治少爺了。」

喬治去附近農莊一個朋友家裡做客，要在那兒待上兩三天。他一大早就從家出發了，當時還沒有人知道湯姆被賣的事，所以他對這件事全無知曉。

湯姆懇切地說，「請代我向喬治少爺表達我永遠的愛意吧。」

就這樣，海利帶走了湯姆。湯姆留戀地望著這個熟悉的農莊，他的目光捨不得離開農莊，哪怕一秒鐘，一直到再也看不到農莊爲止。

此時，謝爾比先生並不在家裡，之前他決定賣掉湯姆好擺脫讓他害怕的懲罰，他簽下這份合同，本來感覺是輕鬆的，但妻子對他說的話喚醒了他那原本已經快要泯滅的良知。然後，他開始後悔，湯姆那隱忍而偉岸的男人氣概和高尙的品行，更是讓他對自己的決定懊悔不已。

儘管他無數次地告訴自己：奴隸主擁有賣掉奴隸的權利，別人也都在這樣做，甚至別人做了之後根本就不需要用「無可奈何」這樣的藉口來爲自己開脫，但是現在，這種騙自己的話卻根本不起作用，他自責不已，心情久久不能平靜下來。他覺得自己還是不要看到那個讓他難堪讓他傷心的場景爲好，所以他決定臨時離家幾天，去鄉下處理一樁買賣，希望躲過這一陣，等他回來時，事情已經完全過去了。

在一條又髒又亂的土路上，湯姆和海利坐著馬車嘎吱嘎吱顛簸著向前行進。漸漸地，熟悉的事物都被拋到了身後，最後，莊園也從視野中不見了。過了一會兒，湯姆看見馬車已經走在一條開闊的大路上。

大概又走出了半英里路之後，海利把車停在一家鐵匠鋪前，原來，是他原來的手銬不太適合湯姆，他想讓鐵匠把它稍微改改。海利把手銬遞給鐵匠，指著湯姆說道：「這個手銬對這個黑大個兒而言顯得太不合適了。」

「老天！這不是謝爾比家的湯姆嗎？難道他被賣掉了？」

「是的，賣給我了。」海利回答說。

「這是真的嗎？」鐵匠說，「我真不敢相信。你用不著給他戴手銬，他很聽話，是最老實的人了……」

「話雖這麼說，」海利說，「但是也就是這種人會想要逃走，那些蠢貨反而對去哪個地方並不在乎，更別提那些懶人和酒鬼了，說不定他們正想要被賣掉呢，賣到別的地方還可以四處轉轉，但這種上等貨卻沒有這樣的想法。我也不想這樣，但是腿在他們自己身上長著，由不得我啊，所以我只能把他們鎖上，這不會有錯的。」

「哎，」鐵匠邊用手搜尋著改造的工具，邊說：「外地人，我說，肯塔基的人們不喜歡去南方的莊園，許多黑人到了那邊很容易就會死亡，對嗎？」

「是的，死亡率很高。可能是因爲天氣，也有可能是別的一些原因。但反過來想想，黑奴要是都活得很好，那我們還怎麼賺錢啊。」海利說。

「湯姆可是一個好人，他那麼的體面、忠誠、善良，我只要一想到他會在南方某一個甘蔗園受折磨而死去，我的心裡就別提多難過了。」

「不過他的待遇還是很好的，他原來的主人拜託我好好照顧他，我既然答應了，就會儘量把他賣給有錢的人家做個僕人，只要他能耐得住那裡的熱病和炎熱的氣候，他就一定會找到自己喜歡的好工作的。」

「他的家人沒有被賣，是嗎？」

「是的，他到了那邊還可以再娶一個妻子。哎，女人有很多，到處都是。」海利說。

海利和鐵匠說話時，湯姆傷心地坐在鐵匠鋪外。這時，後面突然傳來短促的馬蹄聲，還沒等湯姆反應過來，喬治少爺已經出現在他面前，跳上馬車一把抱住了他的脖子，一邊痛哭，一邊高聲責備家人的過錯。

「湯姆，這件事是我們家的錯。無論是誰，也無論有什麼理由，我都要說，這事太不光彩，太卑鄙無恥了！假如我已經成年，我絕對不會允許他們做出這樣的事情來！絕不允許！」喬治憤怒地呼喊著。

「啊，是喬治少爺！還能看到你，我真是太高興了！」湯姆說，「我走之前你還沒回來，我真是對你很放心不下。你趕來這裡，你不知道我有多開心啊！」此時，湯姆挪動了一下他的腳，這讓喬治看到了海利給湯姆套上的腳鐐。

「太卑鄙了！」他舉起拳頭喊道：「那個傢伙呢，我一定要把他揍扁！」

「別，喬治少爺，千萬不要這樣，別再生氣了，這是徒勞的。你把他惹急了，對我沒有任何幫助啊。」

「好吧，看在你的面子上，我不再追究他的錯誤，但一想到賣你的事，我就覺得我們家沒有臉面對你，他們甚至沒派人通知我或是寫信告訴我這件事。假如不是湯姆·林肯及時告訴我的話，恐怕我現在還對此事一無所知呢。就在剛才，我回到家把他們全都痛罵了一通！」

「喬治少爺，你沒有必要這麼做啊。」

「我實在是咽不下心裡的氣憤！這樣做對你太不公平了。你看，湯姆叔叔，」他轉過身來背對著鐵匠鋪，對湯姆悄聲地說，「我要把我的銀元送給你。」

「啊，喬治少爺，我不能要，我怎麼可以拿你的銀元呢！」湯姆連忙揮手拒絕。

「你必須要的，」喬治說道，「其實是這樣的，我告訴克洛大嬸說，我要把這塊銀元送給你。她對我說我可以在銀元中間打個眼，再穿上一根線，這樣，你就可以把它掛在脖子上，而別人也不會看到，不這樣的話，那個無恥的傢伙會從你這兒搶走它的。告訴你，湯姆叔叔，我想狠狠地罵他一頓，這樣我心裡也會好受一點！」

「別，別，喬治少爺，給我這個是不會給我帶來什麼好處的。」

「看在你的分兒上我就不罵他了，但這個銀元你一定要收下，」喬治說著，把穿了洞的銀元迅速套在湯姆的脖子上。「把上衣扣緊，這樣它就不會露出來了。記住，每次你看到它，你就要想起我，我一定會把你贖回去的。我和克洛大嬸說過了，我請她不要擔心，我會催促家裡人抓緊時間辦這件事的，假如父親不允許，我一定要讓他難堪。」

「啊，喬治少爺，你可不能用這樣的口吻對你父親說話啊！」

「嗯，湯姆叔叔，我對父親說這話是沒有惡意的，他會理解的。」

「嗯，喬治少爺，」湯姆說，「你是個很好的孩子，以後也要繼續做好孩子，你要知道很多人都對你寄予了很高的期望。你要永遠孝順母親，不要跟著一些壞孩子學，那些孩子長大時，他們甚至鄙視自己的母親。上帝賜予我們的東西中，許多事物都可以重新擁有，但母親卻只有一個；你就是活到很大的歲數，也不會碰到一個像你母親那樣的好女人。現在，你要依靠她，等你成年後，要成爲她最大的驕傲和慰藉。只有這樣，你才是我心裡永遠的好孩子，你可以做到嗎？」

「是的，湯姆叔叔，我答應你，我可以做到。」喬治神情莊重地說。

「講話時也不要太隨著性子來，喬治少爺，在你這種年紀，偶爾有點任性是正常的，但我希望你成爲一個真正的男子漢，而真正的男人永遠不會說出傷害自己父母的話來。喬治少爺，我這樣說，你能理解嗎？」

「是的，我當然可以理解，你經常教我一些人生的道理。」

「你知道的，我歲數比你大，」湯姆用他那粗糙的大手撫弄著捲曲的頭髮說，他的聲音像女人一樣輕柔，「喬治少爺，你身上具備很多很多優點。你有知識，頭腦聰明，能讀能寫，你做什麼都很優秀，等你長大後，你會成爲一個博學的偉人，也一定會是個善良的人，到那時，整個莊園都會因爲你而驕傲；要成爲像你父親那樣的善待下人的好主人，要做一個像你母親那樣的真正的基督徒。從現在開始，喬治少爺，你心中要把上帝擺在首位啊，少爺！」

「湯姆叔叔，你放心，我一定會成爲你說的那種人的，」喬治說，「我要做人中龍鳳，你千萬不要失去信心，我會把你接回來的，就像上午我對克洛大嬸所說的那樣，等我長大了，我要好好翻新一下你們的房子，爲你們佈置一個客廳，再鋪上地毯。你等著，我一定要讓你們過上這種好日子！」

此時，海利拿著手銬來到了馬車門口。

「喂，先生，」喬治跳下車，以挑釁的口氣對海利叫道：「我要告訴我家裡人，你居然這樣對待我的湯姆叔叔！」

「我才不在乎。」奴隸販子說。

「我覺得，你用你這一生來販賣男女奴隸，還把他們像牲口一樣拴著，真是太悲哀了！你不覺得自己太卑鄙了嗎？」喬治說。

「像你們這樣的紳士需要奴隸們，我不過滿足了他們的需求，」海利說，「而且，難道販賣奴隸的人比購買奴隸的人更卑鄙下流嗎？」

「等我成年以後，我一定不會做買賣黑奴的事，」喬治說，「今天，身爲一個肯塔基州的人，我感到羞恥。之前我還引以爲自豪呢。」喬治在馬背上環視著周圍，似乎是期待著他的話能給整個州帶來改變一樣。

「啊，再見，湯姆叔叔，你要挺住！」喬治說。

「喬治少爺，再見了，」湯姆滿含著愛憐和尊敬，望著喬治說：「上帝會保佑你的！在肯塔基，像你這樣的人太少了！」

喬治那張稚嫩、真誠的臉龐慢慢地消失在視線中，湯姆不禁由衷感嘆著。

湯姆一直在望著喬治，直到再也看不見爲止。至此，來自家鄉的最後一點聲音和最後一幅景象也消失不見了，但湯姆的心頭卻暖暖的，就像胸前喬治爲他掛上那枚珍貴的銀元的地方帶給他的溫暖一樣，湯姆緊緊地按著那塊銀元，使它緊貼在自己的胸膛上。

「嘿，湯姆，聽著，」海利把手銬扔進車廂後面，「現在我會對你好一些，就像我對其他黑奴做的一樣；也就是說，你對我公道，我也自然對你公道，我對黑奴也不是完全無情的，我總是儘量給他們舒適的生活。你現在懂了嗎？所以你最好給我老老實實地坐著，不要耍花樣，因爲你們的花招，我早就已經領教過了，那是徒勞的，要是你老實一點，不要總想著逃走，這幾天我就好好待你，否則的話，那就是你自己在找死，怪不得我了。」

湯姆讓海利放心，他真的從未想過逃跑。事實上，對於腳上戴著枷鎖的人來說，海利的訓誡根本沒必要。但這是他的習慣，每一次他剛買來黑奴，他總會先說上幾句這樣的話，好讓他們像他所想的那樣，高興一些，多一些信心，以避免令人不悅的事情發生。

現在，讓我們先把湯姆的故事擱在一邊，看一看其他人的命運如何吧！

chapter 11 黑奴的「白日夢」

在一個飄著濛濛細雨的傍晚，肯塔基N村的一個鄉村小旅館裡來了一位旅客。在這個小旅館的酒吧裡，他看到了因爲下雨無法前行的各色人物。

這些人待在這間屋子裡，時常可以看到這樣的情景：他們身形雖然高大，但看起來卻很瘦弱，身上穿著獵裝，用一種當地人通常呈現出來的懶樣子，仰著臉把手腳伸直了躺著，占了很大一片地方；他們的來福槍就在屋角放著，裝子彈的袋子啦，裝獵物的包啦，獵狗和小黑奴們也都擠在角落裡。

這就是畫面的代表特徵。另外，還有兩位有著長長的腿的紳士各坐在壁爐的一端，他們戴著帽子，旁若無人一般把兩條腿擱在壁爐架上，椅子向後倚著。讀者們要知道，在提倡思考的西部旅店裡，旅行的人們對於這種架起雙腳的沉思方式（這種方式貌似能在很大程度上提高領悟力）是特別鍾愛的。

吧台後面站著店主人，他和這個州大多數人一樣，脾氣很好，身材高大，骨骼粗壯，蓬頭亂髮上面戴著一頂高高的禮帽。

其實，在這個屋子裡，每個人的頭上都有這樣一頂帽子，這帽子代表著不折不扣的男子漢氣勢，不管是氈帽、棕櫚帽或是油膩膩的獺皮帽，看上去都是嶄新的禮帽，就那樣踏踏實實地安放在每個人的頭上。

人們各自的特點也可以從帽子上體現出來，有些人風趣幽默，自由快樂，他們會把帽子隨意地歪戴在一旁；有些人認真嚴肅，他們戴帽子的原因，是因爲他們覺得必須要戴，而且他們隨心情而改變想怎麼戴就怎麼戴，於是他們很創意地把帽子壓在鼻梁上；還有一些思路清晰的人，他們會把帽子推到腦後；至於那些馬馬虎虎的人，他們或者是不知道，或者是毫不在乎帽子戴在哪裡才合適。這些各式各樣的帽子放在莎士比亞先生面前，八成會引起他仔細做一番研究和描繪呢。

有幾個黑人，他們赤著上身，穿著肥大的褲子，緊張地忙碌著，其實他們忙來忙去也只是表現出了願意爲主人和客人提供服務的意願，其他什麼都表現不出來。

我們差一點錯過了這麼一幅畫面：一隻火燃燒得旺旺的爐子，火焰劈劈啪啪作響，還一直努力地向上竄著。屋子的大門敞開著，窗子也無一例外地向四面敞開著，印花的布窗簾被夾雜著細雨的刺骨的寒風吹得啪啪直響。經過這一番描寫，你應該會對肯塔基這個旅館裡的忙碌多少有些瞭解了吧。

現今的肯塔基人是用來論證特性遺傳學說和本能的絕妙例證。肯塔基人的祖先是那些生存在森林中，在草地上睡覺，用星星照明的了不起的獵人；而現在，他們的後代同樣也把房子當作帳篷，頭上總戴著那頂帽子，他們會四處亂滾，把腳伸在椅子背上或者是壁爐架上。這和他們的祖先在草地上四處滾動，把腳伸在樹上或是圓木上是這麼地一致。無論是哪個季節，他們不會把門窗緊閉，是爲了讓自己可以呼吸到足夠清新的空氣；無論是誰，他們都稱呼其爲「兄弟」，而且叫得非常自然。換句話說，他們是這個世上最率真、最和善和最快樂的人。

這位旅客顯然並不習慣碰到這樣一群自由自在的人。他身材很矮，看起來又很胖，衣服穿得整整齊齊，有一張和氣可親的圓臉，看上去有些怪異，還十分拘謹。他對自己的雨傘和提包很在意，死活也不願讓旅館裡的侍應們幫忙，而是自己一直提著這些東西。

他戰戰兢兢地環顧了一下這間酒吧，拎著他看重的東西，找到一個最暖和的角落蜷縮起來，還不安地看著那位把腳放在壁爐上的男人。那個人現在正在那兒一口接著一口地吐著痰，那份精力和勇氣，讓這位愛乾淨而膽小怕事的紳士非常震驚。

「哎，兄弟，你好嗎？」那男人一邊對著這位初來的客人噴了一口煙，一邊問道。

這人邊回答著：「嗯，還行吧。」邊躲閃著他這種奇怪的問好方式。

那男人又問道：「有什麼新鮮事嗎？」他一面說，一面掏出一片煙葉和一把很大個兒的獵刀來。

那人答道：「沒聽說有什麼新聞。」

之前說話的那個男人問道：「抽嗎？」同時友好地遞給那位先生一些煙葉。

那個矮個男人邊躲閃著邊回答道：「不，謝謝你，我不抽這個。」

「真的不抽嗎？」那人說著話就把那些煙葉放進了自己的嘴裡，爲了照顧旁邊的人，他可要保證煙葉充足供給啊。

那位老先生每一次看見那位仁兄對著他這兒噴煙吐霧時，都會覺得心頭一顫。幸好那位仁兄也注意到了這一點，於是便很友好地將「炮口」轉向另外一邊，對準一個火爐繼續噴雲吐霧，他的火力攻勢足以去攻克一座城池了。

老先生注意到很多人圍在一張大告示前，便不由得問道：「寫的什麼啊？」

其中一個人簡短地說道：「難道又是懸賞抓捕黑奴嗎？」

那位老先生（其實他叫威爾森）站起身來，認真地收拾了一下提包，又拿起雨傘，然後小心翼翼地把眼鏡掏出來戴上，這才邁步過去讀起了那張告示：

「本人家中逃出一名黑奴，名叫喬治，他是混血黑人，身高大概六英尺，頭髮捲曲略帶棕色，皮膚是淺色的；他聰明伶俐，談吐過人，能讀能寫，很有可能冒充白人，他的背部和肩膀上都有很明顯的疤痕，右手的手背上烙了一個『H』。凡是能將此黑奴活捉或是能提供確鑿證據證明該黑奴已經死亡者，一律重謝四百大洋。」

威爾森老先生將這則廣告從前到後低聲地讀了一遍，似乎要對此做一番研究。

前面所說的那位一直在對著火爐噴煙圈的「戰士」，此時把他那兩條笨重的腿收了回來，挺直了高大的身軀，踱著步來到告示前，晃悠悠地對準告示吐了一大口煙葉汁。他很簡單地說了句「這就是我對它的看法」之後，就又重新坐了下去。

店老闆扯著喉嚨急了：「嘿，兄弟，你這是幹什麼？怎麼能這樣呢？」

那大個子一邊回答一邊又靜靜地嚼起煙葉來：「如果出告示的那個壞傢伙在店裡的話，我還要對著他啐一口呢。你想啊，家裡有這麼好的一個黑奴，卻又不好好對待人家，人家能不逃跑嗎？這種告示真是太爲肯塔基蒙羞了；如果還有誰想知道我的想法，這就是我最真實的看法！」

「對，這倒是事實。」老闆一邊記帳一面贊同地說。

那大個子一邊說著，一邊又開始了對火爐的攻勢：

「我曾經跟我自己的那一群黑奴說——夥計們，你們儘管逃吧，總之，想跑就跑吧！我才不稀罕去追趕你們呢！這就是我治理黑奴的辦法。我讓他們明白，只要他們有走的意願，任何時候都行，這樣他們也就不再想要逃走了。不單單這樣，我還爲黑奴們準備好了自由證書，並且備了案，想著萬一有一天我倒了楣還能用得上。不瞞大家，我爲他們所做的這些事情他們全都知道，而且在我們這片土地上沒有人比我從黑奴身上得到的好處多。我的黑奴們去辛辛那提把我價值五百塊的馬匹賣掉，賣馬所得的錢一五一十地都交給我，這樣表示他們忠誠的事遠不止一次兩次呢！他們這麼做，也是有道理的。假如你把他們當成狗一樣看待，他們只會像被壓迫的狗一樣幹活；但是假如你把他們當做堂堂正正的人，他們也會回報你的。」

這個仁厚的奴隸主說得正高興，禁不住朝著壁爐吐了一通禮炮，用來表示他對自己這番言論的自豪。

威爾森先生說道：「朋友，你說得太對了，這告示上所說的那個黑奴可真真正正是個好小夥子，他在我開的麻袋廠做了將近六年的工，是我十分得力的助手。他非常聰明，還研發了一種特別好用的洗麻機，現在很多廠家都在使用這種洗麻機呢，現在他的主人那裡還有這種機器的專利證書呢。」

那大個子奴隸主說：「我說為什麼那個奴隸會逃跑呢，一邊拿著奴隸的專利去賺錢，一邊又給人家的手背上燒個記號。要是我有機會，我一定要給他燒上一個，讓他也嘗嘗這種滋味。」

這時，屋子那頭有一個相貌粗俗的人突然開口說道：「這還不是這些愛耍詭計的黑奴們太不懂規矩了，他們這麼神氣活現，所以他們才要挨打，才會被主人烙上記號；只要他們服從命令，也不會這樣受罰了。」

那個奴隸主冷冷地對他說道：「你的意思是說，上帝把他們創造成人，還得花費一番力氣再把他們壓榨成畜牲嘍。」

但是剛剛那個粗俗愚蠢的傢伙由於對那個奴隸主的鄙視毫無自知，接著說：「聰明的黑奴對主人沒有絲毫好處，要是對你來說沒有什麼好處，他們那些本事又算得上什麼呢？他們只是想盡辦法去對你使詐罷了。我曾經也有幾個這樣的奴隸，我索性把他們都賣到南方去了；要是不把他們賣了，他們遲早也會逃走。事實就是這樣。」

那個奴隸主說道：「我看你最好是給上帝列個單子，請他為你特別製作一批完全喪失靈魂的黑奴出來。」

話說到這兒突然被打斷了，因為這時有一輛精巧的馬車停在旅館門口。這馬車看上去非常氣派，一個黑奴坐在前面趕車，車上坐著一位氣勢不凡、很有紳士派頭的男人。

屋子裡的人都好奇地打量著這個剛到的紳士。在這樣的雨天，旅店的一幫閒人一般都會興趣十足地打量每一位新來的客人。這位紳士身材修長高大，膚色稍微帶些黑色，就好像是西班牙人一樣，發亮的眼睛，黑亮有神，鬈髮很短，但是又黑又亮。他有著線條美的鷹鉤鼻和又薄又直的嘴唇；他身形勻稱，神色不凡，大家一看就能感覺此人定不是凡人。他在眾人炙熱的目光注視下，從容不迫地走了進來。

他點頭示意僕人把行李放在何處，接著又向大家問好，然後他拿著帽子，慢慢地走到櫃檯前面，稱自己是來自謝爾比奧克蘭的亨利．巴特勒。接著，他看似不經意地轉過身來，走到佈告旁邊，仔細看了一遍。

而後，他若有所思地對自己僕人說道：「吉姆，我們好像見過這個黑人，就是我們在貝爾納旅店見過的那個，你還記得嗎？」

吉姆說：「對啊，是有點像，但對於他手上烙印的描繪我不敢確定，老爺。」

那個人說道：「也是，這個我也沒有留神過。」接著他打了個呵欠，之後對店主人說，他想要一個單人房，因為他要靜靜地寫點東西。

老闆自然是連聲答應，接著吩咐六七個黑奴，這幾個人立刻亂哄哄地忙起來了。這些人中有男女老少，有高矮胖瘦，他們前前後後爭先恐後地跑來跑去，不是這個撞了那個，就是那個踩了這個，儘量爲客人收拾出舒適的房間。而現在那個客人正舒舒服服地坐在屋子中間的一把椅子上，和旁邊的人聊著天。

那個矮胖的工廠主威爾森先生，從這個陌生人跨進屋門的那一瞬間起，就神情緊張地看著他。他覺得這個人似曾相識，而且還像朋友一樣熟悉，可他無論如何也想不起來。那個男人的容貌身形，舉手投足，都令他吃驚，令他目不轉睛地盯著他看，可是當那雙炯炯有神的眼睛無任何異樣地看向他時，他馬上把目光轉到其他地方去了。

終於，他突然想起來了，慌慌張張地盯著那人來確認，使得那個男人不得不走到他的面前。那人好像也認出了他，說道：「我想，你是威爾森先生吧，」他向工廠老板伸出手，「真不好意思，我剛才沒有認出你來，你應該還認識我吧，我是來自謝爾比奧克蘭的巴特勒。」

威爾森好像在說夢話似的說道：「哦，先生，是的，我認識你。」

就在這時，一個黑奴跑進來通報：「老爺，你的房間已經收拾好了。」

這個先生隨口叮囑吉姆說：「吉姆，你去照看一下箱子。」又轉身對著威爾森先生說道，「假如你不在意的話，我想請你到我的房間談點生意上的事。」

威爾森先生糊裡糊塗地跟著他上了樓，進到一間寬敞的屋子裡。屋子裡的火爐劈劈啪啪地燒得很旺；另外還有幾個僕人在屋子裡趕忙收拾著最後一點東西。

直到僕人們把屋子收拾好之後，那個先生才從容地把門鎖上，並把鑰匙放進口袋裡，然後轉身過來，雙手交叉抱在胸前，直直地盯著威爾森先生。

威爾森先生驚呼道：「喬治！」

年輕人回答道：「是的，正是我。」

「啊，我真是完全沒有想到。」

年輕人笑道：「你看，我的易容術還可以吧。只用一點兒胡桃汁，就可以使我的黃皮膚變成現在這種清雅的淺棕色，而且，我把頭髮也染成了黑色，所以你瞧，現在的我和告示上懸賞的那個黑奴已經判若兩人了。」

「但是，喬治，你現在的做法真是太冒險了。假如是我的話，我可不會像你這麼做。」

喬治說道：「我一個頂天立地的男子漢，敢作敢當。」他的臉上仍然帶著驕傲的笑容。

在這裡我們要說幾句，喬治繼承了他父親的白人血統。他的母親真是可憐，生了一堆沒有父親的孩子，只因她非常美貌，所以成了主人洩欲的工具，喬治恰恰繼承了肯塔基一家名門望族的歐羅巴家族的英俊面孔和那不凡的傲氣，從母親那裡只遺傳了一點淺黑色的皮膚，可是這一點點的破綻恰恰被他那雙黑眼睛遮蓋住了，所以，只要他稍微改變一下皮膚和頭髮的顏色，他就會變成和原來的喬治完全不一樣的模樣，加上他天生的優雅和紳士風度，使得他能夠很輕鬆地扮演現在這個很有挑戰性的角色——一個帶著僕人出外旅行的紳士。

威爾森先生雖然滿腔善良，但是他膽子很小，遇到芝麻大的事情，也會過度地緊張和不安。現在，他在屋子裡不停地踱著步子走來走去，心裡面七上八下的。他心裡很想幫助喬治，但是又害怕會違反法律，這兩種想法在他腦子裡一直打架，搞得他非常矛盾。

他一面走著一面說道：「可是，喬治，你現在畢竟是在逃亡啊——從你原來的主人那裡逃離，對不對，喬治？雖然我對這一點並不感到震驚，可是喬治，我很傷心，真的，非常傷心——我想我必須要提醒你，喬治——這是我應盡的義務。」

喬治從容地問道：「不過先生，你爲什麼要傷心呢？」

「爲什麼？就是因爲你非要觸犯國家的法律，來以身試法啊。」

喬治面露苦澀又沉重的表情，說道：「國家！除了埋我的墳墓以外，難道還有什麼國家嗎——我真恨不得上帝讓我早點死才好呢！」

「哎，這怎麼行呢，喬治——這可使不得啊——你千萬不要說這樣的傻話，這可是無法彌補的罪過呀——這很明顯是與《聖經》的教義相悖的！是的，喬治，你的確是遇上了一個狠心的主人——他的行爲是不可饒恕的——我也無意去幫他說話。可是你要知道，《聖經》中天使可以讓黑格心甘情願地回到她主母那兒，並且服從她的命令[15]；聖徒也能令奧內希姆重新返回他的家裡去[16]。」

「威爾森先生，《聖經》上的話對我一點說服力都沒有，」喬治瞪大眼睛說道：「你不要再說了，我妻子也是個虔誠的基督徒，假如我能成功逃到理想的地方，我也肯定會做個基督徒。但是用《聖經》來教導我這種亡命天涯的人，這不是想讓我完完全全地背叛基督教嗎？我要向至高無上的上帝控訴——我要把我所遭受的殘暴待遇告知他，我無奈之下追求我的自由，我還想問問他，這難道也有錯嗎？」

威爾森先生摸著鼻子說道：「你這樣想也不是沒有道理，喬治，真的，我可以理解，可是我還是想勸你儘量克制。我的確爲你感到不平，你的遭遇很慘，確實很慘，不過聖徒也說過『人人都要恪守本分』你知道嗎？喬治，我們都要順從天命。」

15.《聖經．舊約．創世紀》第十六章。

16.《聖經．新約．腓力門書》。

喬治挺立在地上，頭顱高昂，雙臂牢牢抱在寬闊的胸前，露出一絲苦澀的笑容，這使得他的雙唇看起來有些扭曲。

「換作是你，威爾森先生，假如有一天印第安人來把你的妻兒搶走，還讓你為奴，一生一世替他們種莊稼，那你還覺得自己應該順從天命嗎？我看假如讓你撿到一匹丟失的馬，你才會認為那才是天意呢，是不是？」

威爾森先生聽到喬治的比喻非常驚訝。不過，雖然他並不擅長說服別人，但他也是個很識趣的人，他並不喜歡爭論此類問題，他懂得當自己無話可說時，就應該閉嘴不說，所以他就靜靜站在那裡，一面仔細地伸直雨傘上所有的褶皺，一面又囉囉唆唆地把他那番老生常談說了一遍：

「喬治，你記住，你一定要記住，我一直都很想幫助你，我現在說這些也是為了你好，因為你現在冒險逃走，實在是太危險了，你能保證現在不會自討苦吃嗎？假如你被主人抓住，你以後的好日子可就到頭了。他們會無所顧忌地把你折磨得不成人樣，再把你賣掉。」

喬治說：「威爾森先生，我知道現在自己很危險，這點我非常清楚，不過——」

他突然敞開大衣，露出一把匕首和兩支手槍，「你看，沒有人可以把我賣到南方去！做夢！假如那一天真的到來了，我起碼可以為自己爭取到六英尺自由的土地——這應該是我在肯塔基擁有的另一塊，也是最後一塊領土了。」

「哎，喬治，你怎麼會有這麼可怕的想法？喬治啊，你不要命了嗎？這麼做，我真是很擔心，你畢竟觸犯了國家的法律呀。」

「威爾森先生，你又在說什麼『我』的國家了，這是你的國家，不是我的國家，所有像我這樣天生就為奴的人也沒有國家可言，這個國家沒有一個法律是保護我們權利的。法律不是為我們這樣的奴隸制訂的，也完全沒有徵求我們的同意——這樣的法律和我們一點兒關係也沒有；法律制定出來只不過是當權的人用來掌控我們的手段罷了。我曾經聽說過政客們七月四日的演說，但是每年的七月四日在實質上都沒有變化，你們這些人說，政府是得到了大眾的允許才會取得法定的權力的。只是任何一個人聽到了這樣的話，難道他能不思考一下嗎？難道他不會把你們所說的與你們所做的對照一下，從而自己判斷一下嗎？」

假如此時威爾森先生的腦袋一團漿糊，那就再也合適不過了——黏糊糊的，軟綿綿的，不清不楚，糊裡糊塗，但是卻滿懷仁愛，他倒是真心真意地同情喬治的，心裡也理解喬治激動的情緒，因爲這番說辭確實也讓他有所感觸；但同時，他仍然覺得還是要再勸一下喬治。

「你知道的，作爲你的朋友，我一定再說一遍，喬治，你可千萬不要再冒險了。喬治，處在你這個身分的人一旦有這種想法，那真是太危險了，實在是太冒險了。」威爾森先生坐在桌子旁邊，不停地擺弄著雨傘的把柄。

喬治走到威爾森面前坐了下來，說道：「威爾森先生，你看，我現在坐在這裡，無論怎麼看，我和你都沒有什麼差別，不都是一個堂堂正正的人嗎？你看，我的臉——我的手——還有我的身體，」說到這裡，他驕傲地挺直身軀，「我也是個人啊，難道我跟別人不一樣嗎？我告訴你，威爾森先生，生我的父親也是你們肯塔基的一個紳士，但是他卻從未把我當成兒子，他死之前，居然還命人把我和他的那些牲畜一起賣了去抵債，我親眼看著我的母親和我的七個兄弟姐妹一起被拍賣；我的母親更是親眼看著她的七個孩子一個一個地被賣給不同的主人，因爲我是她最年幼的孩子，她跪在我之前的那個主人面前，苦苦哀求他把我們兩人一起買下，如果這樣，她至少還能照顧一下我，但是他一腳就把我母親踢開，這是我親眼看見的，那雙沉重的靴子，至今在我的腦海中。在主人把我綁在馬背上領回家去的時候，我還能聽到她在痛苦地哭喊著。」

「那麼之後又發生什麼事了？」

「後來，主人又通過別的奴隸販子把我的大姐也買了過來，她很美麗，也很善良，和我那可憐的母親一樣，是虔誠的基督徒；她受過很好的教育，舉止也很優雅。開始，我很開心我們終於又團聚在一起了，有個親人陪伴在我身邊，可沒過多久，我就失望了。先生，我無數次地站在門外，聽著她挨鞭子之後痛苦的呼喊，鞭子雖然打在她身上，卻痛在我心上，但是我卻什麼忙都幫不上；她之所以被毒打，就是因為她期望像個基督教徒一樣體面地活在世上，可是那些人根本不允許她這樣做；再後來，因為這算不上是錯誤的錯誤，她就和另外一些黑奴一起被賣到奧爾良去了，從此以後，音信全無。

「現在這麼多年過去，我也成年了──雖然過著無父無母，無兄弟姐妹，無人疼我，無人愛我，甚至連豬狗也不如的生活。沒有一天不挨打，沒有一天不挨餓，但就是挨打受罵、忍饑挨餓時，我也從來不哭泣。先生，年幼的時候，每個夜晚，我都會躺在床上暗自流淚，因為我思念我的母親和兄弟姐妹們；我會流淚，是因為在我生活的地方再也沒有疼愛我的人，我從來沒有過上一天快樂的日子。

「在我去你的工廠做工之前，沒有人稱讚過我。威爾森先生，我知道你為人忠厚，你對我好，你鼓勵我好好工作，你讓我有機會讀書識字，做一個對社會有用的人，我非常感激你。再後來，我碰到了我的妻子，你也見過她的，她是那麼的溫柔美麗。當我知道她也很喜歡我，娶她為妻子時，我都不敢相信這麼幸運的事是真的發生了。

「可是後來我的主人又把我抓走，我被迫從你的工廠離開，離開了我的朋友和我擁有的一切，主人還想方設法折磨我！他折磨我，就是爲了讓我記清楚自己到底是個什麼東西。他要給我教訓，讓我牢記我只不過是個黑奴。不單單這樣，他還要活活拆散我們夫妻。他告訴我，我必須離開我的妻子，另外找一個女人過日子。而他做這些卑鄙事情的根據，就是你們的法律所允許的。

「這樣的法律根本無任何人情可言！你看看，威爾森先生，這些事情一片一片把我的心撕碎，可是在肯塔基，這些都是合法的，誰也無法對其干涉！這就是你口中的『我』的國家的法律嗎？不，不是的，先生，這個國家不屬於我，正如我的父親也不屬於我一樣。但我肯定會有屬於我的國家。至於你們的國家，我對它只有一點要求，那就是讓我平安離開，等我去了加拿大，它就會成爲我的國家，加拿大的法律會承認我，保護我。而在那裡，我會遵紀守法做一個好的公民。

「我早已把生死置之度外，誰要是妄想制止我，那他就給我小心一點。我要爲我的自由而戰，直到死爲止。你說，你們的祖先就是爲自由奮戰的，那我也這樣做，難道我錯了嗎？」

喬治說這番話時，時而坐在桌子旁邊，時而在屋子裡不停地走來走去。他淚流滿面，不時還露出絕望的表情。

這番話讓這位好心的老先生不停地落淚，不得不掏出一塊手帕來擦拭。他憤憤地說：

「這些萬惡的畜生！我要說出來——他們這群該下地獄的傢伙！好，喬治，你走吧！但是，你必須要小心，不到逼不得已，千萬不要亂開槍，別開槍打著別人，至少不要傷到無辜的人，懂嗎？喬治，那你的妻子現在在哪兒？」他邊來來回回地在房間裡踱著步子邊問道。

「先生，她也被迫逃跑了，帶著我們的兒子，現在沒有人知道她逃到哪兒去了，不過應該是向北走；不知道我們一家何年何月才能再團圓，甚至我都不敢說還能不能團圓。」

「這太不可思議了！爲什麼啊？從那個善待下人的家裡逃出來？」

「可是善良的人家也會負債，可是國家又偏偏允許主人從母親懷裡抱走孩子，賣了錢替自己償債。」喬治無可奈何地說道。

那位正直善良的老先生哆哆嗦嗦著從口袋裡摸出一卷鈔票遞給喬治，說：「我給你這些錢，可能已經違背了我做人的原則，可是，算了，管他呢，快收起來，喬治！」

喬治連忙揮手：「不，威爾森先生，你已經幫了我那麼多，我不能再收你的錢了，我身上帶的錢夠用。」

「喬治，你必須收下這些錢，錢到用時方恨少，我的錢是乾淨的，你放心拿著吧，小夥子，你一定會用得上的。」

「那我就遵命收下了，有機會，我一定把錢還給你。」喬治說著就把錢收下了。

「可是，喬治，你想去多長時間呀——我希望你不會待太長的時間。你們是沒有做錯，可是畢竟有些冒險，對了，還有跟你在一起的那個黑人——他是誰啊？」

「他是個可靠的人，一年前逃到了加拿大，但是，他到了那兒之後，聽說因爲他的逃跑，他的主人就懲罰他的母親，時常鞭打他的母親，他這次回來就是爲了看望母親，同時看看有機會的話就把她帶走。」

「那麼，救出來了嗎？」

「還沒有，他一直找不到機會見到他的母親，所以，他準備先陪我到俄亥俄州，好找到那些曾幫助過他的朋友，把我託付給他們，再回去接母親。」

老先生說：「天啊！好危險啊。」

喬治挺直了身子，無所畏懼地哈哈大笑了起來，老先生詫異地上下打量著喬治。

威爾森先生嘆道：「喬治，真不知道是什麼改變了你，你現在的言談舉止和原來簡直是判若兩人。」

喬治自豪地說：「因爲現在我自由了，我是個自由的人了，先生，從今以後，我再也不是誰的奴隸了，誰也不能隨意欺辱我了。」

「但是你還要小心啊！你現在還沒有完全脫險——萬一被抓住了呢？」

「威爾森先生，就是真的被抓，那麼因此死去而到了陰間，人人定是自由平等的。」

威爾森先生說：「我佩服你的勇氣，你竟然敢直接闖進這裡！」

「威爾森先生，正因這是離得最近的旅館，所以我不是在冒險，因爲誰也不會想到我有膽量到這兒來；他們肯定會往前方去追我，更何況，你曾和我熟識，你不是也幾乎沒認出我來嗎？吉姆的主人所在的地方距離這邊也很遠，這裡也沒有人認出他，而且，他的主人早就不再提抓他的事了，就憑一張告示，沒有人能認出我。」

「可是你手上的烙印會暴露你的身分吧？」

喬治脫下手套，手背上露出一條剛剛癒合的疤痕。他自嘲道：「這可是哈里斯先生送給我的臨行紀念呢。十幾天前，因爲他覺得我遲早都會跑掉，就給我烙下一個記號，不過這傷疤長得還不錯，現在已經癒合了，對吧！」說完他又把手套戴了上去。

「我跟你說，只要我一想到你現在的冒險行爲，我就驚嚇不已。」

「不，從小到大，我一直過著膽戰心驚的日子，但是現在，我感覺很輕鬆。」喬治沉默了一會兒，又接著說：「善良的先生，你看，現在既然你認出來我來了，那麼我必須要和你談一談，不然，你任何不該有的反應就一定會露出馬腳。明天早上我就起程，希望在明晚可以趕到俄亥俄，在那兒安安穩穩地睡上一覺，之後我打算白天趕路，晚上找旅館投宿，還可以跟老爺們同在一桌吃飯。好吧，我們再見吧，如果你聽說我被抓住了，那也就是說我死了。」

喬治站起身，氣度不凡地伸出手要與那位先生握手道別，老人也真誠地握住他的手，又嘮嘮叨叨地說了些什麼，這才走了出去。

老人關上了門，喬治還覺得自己漏掉了什麼，突然間他似乎想起來了，馬上衝到門口，喊道：「等一下，威爾森先生。」

那老先生又走回來，喬治鎖上了門，然後像下了一番決心似的對他說道：「威爾森先生，我最後還有一事相求，因為你的仁慈和善良，讓我充分感受到了你是個虔誠的基督徒。」

「喬治，我答應你。」

「哦，先生──剛才你勸我那些風險很大的話，我明白是千真萬確的，我此行凶多吉少，萬一我真的喪命，這個世界沒有人會在乎我的，」他喘息著說道，而且他說話也吃力起來──「一旦我被逮被殺，肯定會像條狗一樣被隨便拋棄，第二天就會被徹底遺忘了，只有我那個可憐不幸的愛妻會痛苦不堪；威爾森先生，拜託您一定要把這枚別針給她，然後告訴她，我至死愛著她。可以嗎？您能為我做到的，對吧?!」他急切地問道。

老先生不禁落下淚來，雙手接過這枚別針（這是她在耶誕節送給他的禮物），憂傷地回答道：「不幸的孩子，我一定為你做到，你不要擔心！」

喬治說：「請您一定要告訴她，我最大的心願就是成為加拿大公民，希望她也能逃到加拿大，儘管她的主人很善良，儘管她的家鄉多麼可愛，但求她一定不要回去，告訴她好好撫養兒子長大成人，讓他成為一個自由人，別再讓他經歷像我們一樣的淒慘命運。麻煩您告訴她，行嗎？」

「你放心，我會盡力把這些話轉告你的妻子，喬治，但是我相信你一定會安全到達加拿大的。你是個勇敢的人，你要有自信，祝你一路順風，喬治，這也是我的願望。」

之後，喬治用一種酸楚的聲音絕望地問道：「這個世界上真的有可以讓人信任的上帝嗎？」

這使得這位老者不知該怎樣回答才好。

「唉，我這一生的命運又怎麼能讓我相信有上帝呢？這些事對我們來說意味著什麼，你們永遠也無法理解。你們有一位全知的上帝，可我們呢？」

老人哽咽著說：「年輕人，你不要說這樣說……也千萬別這樣想，有的，你們也有的……上帝的眼睛現在是被烏雲遮蔽，但是總有一天他會重現光明的。喬治，你要對上帝有信心，上帝的的確確是存在的，祂也會保佑你；善有善報，惡有惡報，不是不報，時候未到。」

他的態度十分虔誠，使得喬治不由得相信了他，不再走來走去了。

他靜靜地站了一會兒，然後心平氣和地說：「好朋友，我一定會記住你的這番好心，記住你的這些話的。」

chapter 12

合法貿易的平常之事

在拉瑪，人們聽見哀號悲痛的哭聲，是拉結在為她的兒女而哭泣，她再也得不到安慰了，因為他們都已經不在了。

——《聖經．舊約．耶利米書》第三十一章第十五節

海利先生和湯姆坐在一輛馬車上搖搖晃晃地向前行駛著。兩人自顧自地想著自己的心事，一時陷入了深思中。

哎，兩個並肩坐在一起的人想心事真是奇怪——他們坐在同一把椅子上，同樣擁有眼睛、耳朵、手和其他器官，同樣看著眼前的景物，但是心裡考慮的事情卻截然相反，真是奇妙無比！

我們從海利先生說起：他心中在考慮，湯姆的肩有多寬，個子有多高，如果把他養得壯壯實實的，在市場上可以賣多高的價錢。他想著如何可以湊足黑奴的數量，還有現有的這批奴隸到底可以賣多少錢，還有其他一些有關買賣的問題。之後他在心裡感嘆自己是多麼好心腸，別的奴隸販子給他們的「黑奴們」戴上手銬和腳鐐，而他卻只給他們鎖了腳鐐，他決定只要湯姆乖乖聽從命令，他就允許他雙手自由活動。

他重重地嘆了一口氣，想到人的邪惡本性，他甚至懷疑湯姆是不是會對自己有所感激，因爲

他也曾經被他自己信任的奴隸欺騙過，所以他竟然現在還能保持著這樣一副仁慈的心腸，這個行爲就連自己都感到不敢相信。

湯姆腦袋裡想的是一句話，來自一本已過時了的古書上的話。這句話一直在他的腦海中縈繞著：「我們沒有永恆之城，我們追求未來之城，我們並不因上帝被稱作我們的上帝而感到羞恥，因爲神已爲我們預備了一座城[17]。」

這本來是一群「不學無術的人」編著的古書裡的一句話，但是奇怪的是，這樣的話在所有的時代，都對像湯姆這樣無知可憐人的心靈施加一種神奇的力量。它們讓靈魂震撼，像號角一樣在灰暗和無望的心裡重新鼓起勇氣、燃起熱情、獲得力量。

海利先生從上衣口袋裡掏出幾張報紙，專心致志地讀起上面的廣告來。他讀得並不流利，可他喜歡像朗讀一樣讀得鏗鏘有力，好像是希望耳朵來配合眼睛的猜測一樣。現在他正在用這種鄭重其事的語調慢悠悠地念一則廣告：

遺囑執行人拍賣黑奴！經法院批准，將在本月二月二十日星期二，於肯塔基華盛頓城法院門前拍賣以下黑奴：索爾，二十五歲；本，二十一歲；海格，六十歲；阿爾伯特，十四歲；約翰，三十歲。謹代表傑西・布拉起福特先生的債權人和財產繼承人舉行此次拍賣。

遺囑執行人

山繆・莫里斯

湯瑪斯・弗林特

17.《聖經・新約・希伯來書》第十一章第十六節及第十三章第十四節。

「我一定要去看看這個拍賣會。」爲了打破沉默，他對湯姆說道：「我打算去那裡弄一批頂呱呱的貨色，把他們跟你一起運到南方去；這樣一來，你就有了一些夥伴，也會開心一些，你們會成爲朋友的。現在，我們要做的第一件事就是到華盛頓，到那兒之後，我把你送到監獄裡面，我好踏踏實實地去做生意。」

湯姆溫順地接受了這個讓人高興的消息，心中暗想，這批可憐的黑人裡，不知又會有多少人要妻離子散，在他們離別時，會不會和他一樣傷心欲絕？老實說，湯姆向來對自己的爲人誠實和循規蹈矩感到自豪，現在海利隨口說的要把他送到監獄的話使他感到很難受。

是的，我們必須承認，湯姆對自己的爲人非常滿意，苦命的人啊，除此以外，也實在找不到什麼値得他爲自己自豪的了。如果他在社會上的地位稍微高一些，也許就不會落到今天這步田地。

天色漸晚，這天夜裡，湯姆和海利就各自在華盛頓舒服地休息——只不過一個在監獄，另一個在旅館裡。

第二天上午十一點鐘，各色人等聚集在法院門口。根據個人的品行和興趣，或抽菸、或嚼煙草、或不停地吐著痰、或大罵、或閒聊，總之都在等著拍賣會拉開帷幕，而將要被拍賣的奴隸們待在另外一個地方，輕聲交談著。

廣告所說的叫海格的那個女人，無論從面貌還是身材來看，都是一個真正的非洲人。她可能只有六十歲，但是由於辛苦勞作與病痛煎熬，她的一隻眼睛已經看不見；又因爲有嚴重的關節炎，腿也有些毛病。站在她身邊的孩子阿爾伯特，是一個既聰明又可愛的十四歲的孩子。她的孩子們一個個被賣往南方的黑奴市場裡，從她身邊離去，阿爾伯特是留在她身邊的最後一個兒子。母親用顫抖的手一直牢牢地抓著他，驚慌地看著所有過來打量他的人。

「放心吧，海格大媽，」一名年紀最大的男奴說，「湯瑪斯老爺曾經說過，他會儘量把你和孩子一同賣出去。」

「雖然我已經老了，但是我還是可以幹活的，」她顫抖著抬起手說：「我還能洗衣做飯、清掃擦地——就是價錢很低，還是可以將我帶走的——跟他們說說吧——跟他們說呀。」她急切地哀求道。

這時海利從人群裡擠過來，走到那個老頭兒面前，掰開他的嘴巴向裡面看著，又搖了搖他的牙齒，接著讓他站起來站直，彎彎腰，做各式各樣的動作來驗證他的身體是否還健壯，隨後走到下一個奴隸面前，做了同樣的檢查。

最後他走到阿爾伯特前面，捏了捏他的胳膊，掰開他的手掌，又看看他的手指，最後還讓他跳了幾下，來看看他是不是身手敏捷。

「他要和我在一起！」老婦人著急地說，「我們倆要一塊兒賣的，老爺，我身體也很好的，還能幹很多活兒——真的，我還能做很多事呢，老爺。」

「你還能種莊稼嗎？」海利用不屑一顧的眼神瞄了她一眼，「誰相信！」

此時他似乎對自己的審查結果非常滿意，於是從人群中出去，雙手插在褲兜裡，嘴上叼著雪茄，歪戴著帽子，站在一旁觀看，等著拍賣的開始。

「你覺得怎麼樣？」有個人問海利。原來海利在檢查黑奴的時候，這個人一直看著他，似乎是要等海利給出建議之後再做決定一樣。

「嗯，」海利吐了一口痰，說，「我想要買那幾個年輕的奴隸和那個孩子。」

「但是他們似乎要把孩子和那個女人一起賣掉。」那個人說。

「他們會發現這是很難辦的——她老的什麼都幹不了了——什麼都不能做，完全不值得買。」

「這麼說，你不想買她？」那個男人問。

「我又不傻，怎麼會買她，她眼睛瞎了一隻，腿跛著，關節炎讓她都駝背了，而且還瘋瘋癲癲的。」

「有的人專門買這樣的老奴隸，因爲他們並不是像人們想的那樣毫無用處，她皮實。」那個人似乎有不同的看法。

「絕不可能，」海利說，「就是白送給我，我也不要，你看看她那個樣子。」

「唉，要是不能把她和兒子一起買下，那實在是很可憐，她所有的心思都在兒子身上——他們也許會以低價把她賣掉。」

「叫那些願意浪費錢的人去買吧，但我只願意買下那個孩子叫他去幹活兒——我才管不著那個老女人呢——不要錢給我都不要。」海利說。

「她會哭鬧不止的。」那個人說。

「這是少不了的步驟。」奴隸販子冷冰冰地說。

這時，人群中發出的一陣喧鬧聲打斷了他們的交談，拍賣商來到人群裡。他身材矮小，一副忙忙碌碌、得意洋洋的模樣。老婦人深吸了一口氣，下意識地抓緊了兒子。

「阿爾伯特，到媽媽這兒來。靠得再近一點兒——他們就會把我們一同買下的。」她說。

「好的，媽媽，不過我害怕他們不願意這樣做。」孩子說。

「他們必須要這樣做，孩子，要是他們不答應，我就再也沒有活下去的勇氣了。」老人扯著喉嚨地說。

拍賣商叫人們讓出一點地方，並且高聲宣布拍賣馬上開始。很快，大家就主動讓出了一片空地，投標拍賣也正式拉開了帷幕。

單子上的男奴立刻就被高價買走了，這說明市場對男奴的強大需求。其中兩個人就是被海利買下的。

「來，小夥子，到你了。」拍賣商用槌子點點那個小孩兒，說，「站上去讓大家好好瞧瞧你的聰明勁兒。」

「把我們倆一塊兒賣掉吧，我們要在一起——求你了，老爺。」老太婆使勁抱著她的孩子。

「滾開，」拍賣商一邊惡聲惡氣地喊道，一邊猛地推開她，「最後才是你上臺的時候。好了，小黑鬼，快上去。」說著，他把孩子用力往臺上一推，同時，他身後也傳來了哀痛的呼號聲，孩子停下腳步回頭望著母親，可是他一刻也不被允許停留，於是，他把炯炯有神的大眼睛中的淚水擦乾，然後一下跳到臺上。

他身材修長，充滿活力，伶俐的樣子立即引起了競爭，五六個人同時在喊價。孩子聽到此起彼伏嘈雜的叫價聲，焦急而驚恐地望著周圍，一直張望著直到木槌落下，海利成功把他買下了。他被帶到新主人面前，但是他卻回過頭不肯離開，原來他可憐的老母親渾身發抖，雙手也哆哆嗦嗦地伸向兒子。

「把我也一塊兒買下來吧，老爺，看在上帝的面子上買走我吧——否則我怎麼活啊！」

「我就是買下你，你也少不了一死，這就是問題的關鍵。」海利說，「我怎麼會買個麻煩帶在身邊呢？」轉身走了。

拍賣那不幸的老母親很快就結束了。剛才和海利說話的那個人似乎很可憐她，所以花了一點兒錢把她買下了，之後圍觀的人們便都散去了。

被拍賣的這些苦命的黑人一起生活了很多年，現在站在心都快碎了的老母親周圍，她的痛哭實在是令人心生憐憫。

「爲什麼？爲什麼就不能留一個孩子在我身邊呢？老爺說我可以留下一個——他答應過我的。」她那傷心欲絕的聲音一遍一遍地重複著。

「海格大嬸，你要相信上帝。」年紀最大的那個黑奴哀傷地勸道。

「你讓我怎麼相信？」她傷心地哭泣道。

「媽媽——別再哭了！求你別再哭了！」孩子說，「大家都說你被賣給了一個好主人。」

「我不管——這也緩解不了我的痛苦啊。啊，阿爾伯特！我的兒子！我唯一的孩子！老天啊，我怎麼才能不傷心啊！」

「你們幾個快把她拖走。」海利冷淡地說，「別考驗我的耐性，她這樣哭鬧，一點用都沒有。」

黑奴中較爲年長的幾個人一面勸說一面用力扯開她，她卻死死地拉住兒子的手，然後他們把這個苦命的老人帶到新主人的馬車前，一直勸她要想開一些。

「行了。」海利取出幾副手銬，把他剛買到的三個黑奴推到一起，然後分別銬住了他們，隨後用一根長鐵鍊把這些手銬串在一起，押著他們向監獄走去。

幾天後，海利和他的黑奴們坐上了一條行駛在俄亥俄河上的輪船。這是他這批黑奴裡的「先鋒軍」，沿著這條河流而下，他準備再買幾個，那些都是他或他的經紀人寄存在幾個沿途的碼頭上的。「美麗河號」[18]一輪船以這條河流的名字命名，是一艘非常美麗的輪船，現在它正順風順水，歡快

18. 俄亥俄，印第安語為「美麗」。

前行。晴空萬里，陽光明媚，船上隨風飄舞著象徵著自由美國的星條旗。穿著光鮮衣服的紳士們女士們在甲板上悠閒地散步，享受著這美妙的時光。

他們都興致勃勃，非常快樂——但不是所有人都可以享受好時光的，起碼海利的黑奴們就不是這樣，他們與貨物一同放在底艙中，坐在一起悄聲說著話，似乎對受到的各種待遇非常不滿。

「朋友們，」海利興奮地走過來，對他們說：「大家都振作一些吧，高興點兒，別一副垂頭喪氣的樣子，堅強些，男人們，乖乖地跟著我，我會好好對待你們，你們不會吃虧的。」

大夥兒始終用肯定回答「是的，老爺」答覆他，從小訓練出來的回答早就習以為常了。但是說實話，他們看起來一點都高興不起來，都在想念著自己的母親、妻兒和兄弟姐妹，他們恐怕這輩子再也見不到這些人了——雖然「壓迫我們的人要我們快樂」，但是要馬上就做到這一點，也絕不是一件容易的事。

「我的妻子，」胸前掛著「約翰，三十歲」牌子的黑奴，把戴著沉重手銬的雙手放在湯姆的膝蓋上說道：「她對我被賣掉這事毫不知情，我苦命的妻子！」

「她現在在哪兒？」湯姆問。

「就在離這裡不遠的一家小旅館裡，」約翰說：「真希望這輩子還能夠再見上她一面。」他繼續說。

約翰實在太可憐了！他說著流出眼淚，根本就控制不住，和一個白人流淚並無區別，這難道不是人之常情嗎？湯姆傷心地長嘆一口氣，他很希望自己能安慰一下約翰，但也實在想不到任何辦法。

此時此刻，在他們頭頂的客艙中坐著許多丈夫和妻子，父親和母親，孩子高興地在他們身邊跳來跳去，就像一隻隻小蝴蝶，一切看起來都那麼幸福快樂。

「啊，媽媽，」一個小男孩從底艙跑上來，對媽媽喊道：「船艙有四五個黑奴，那裡還有個黑奴販子。」

「不幸的人呀。」母親氣憤地說道。

「到底怎麼了？」另外一位太太問。

「船艙下面關著些可憐的黑奴。」那個母親回答說。

「而且他們還被鎖鏈鎖了起來呢。」男孩說。

「光天化日之下竟然有這樣的事，這真是我們美國的羞恥！」另外一位太太說。

「啊，也不全是這樣，在有關黑奴的問題上，雙方都有道理。」一位姿態優雅的太太坐在自己特等艙的門前，手中做著針線活兒。她的兩個孩子正在她身旁玩耍。

「我到過南方，我必須要說，如果讓他們自由，他們的日子也許還不如現在過得好呢。」有一個太太答話說：「從某些方面講，有些黑奴的日子過得的確不錯，但奴隸制最可怕的地方就在於它完全無視黑奴的情感，比如說，它使那些奴隸骨肉分離。」

「這當然是不對的，」那位高貴的太太說，她舉起一件剛剛做好的小孩衣服，目不轉睛地盯著衣服上的花紋。「不過我想，這樣的事並不常見吧。」

「啊，這種事經常發生，」最先開口說話的那位太太神情憂慮地說：「我在肯塔基州和維吉妮亞州生活了很久，這種無論誰看到都會心痛的事，我已經見過不是一兩次了。太太，假如有人想搶走你身邊的兩個孩子，把他們拿去賣了，你會怎麼想呢？」

「你怎麼能拿我們的感情和那些黑奴的感情相提並論呢。」那位高貴的太太一邊說著，一邊從膝上挑出一些絨線。

「你如果要這麼說，那你太不瞭解他們了，」最先說話的那位太太激憤地說，「我從小在黑人中長大，我知道他們有著和我們一樣強烈的感情，也許更強烈。」

那位太太說：「是真的嗎？」然後不在乎地打了一個呵欠，朝窗外看了看，最後把剛才她說過的話又說了一遍：「不管怎麼說，我覺得如果他們成爲自由人，也許還沒現在過得好呢。」

「黑人天生就該成爲低人一等的奴僕，這是上帝的旨意，」一個身著黑衣、坐在船艙門前的神父神情莊重地說：「《聖經》裡說『迦南當受詛咒，必給他兄弟作奴僕的奴僕[19]』。」

「我說，你理解《聖經》裡的那句經文的真正意思嗎？」站在一邊的一個高個男人問。

「毋庸置疑。很久很久之前，出於某種神聖的原因，上帝決定讓黑種人永生永世戴著枷鎖當奴隸，上帝認爲這麼做是對的，難道我們要違抗上帝的旨意？」

「哦，這麼說來，我們就該順從天意，去買賣奴隸囉？」那個人說，「如果這是上帝的旨意──你說是嗎，先生？」說著，他轉過身對著海利。

海利一直站在爐子旁邊，雙手插在褲兜裡，聚精會神地聽著這些人的談話。

「難道不是嗎？」大個子接著說，「我們必須順從天意，黑人就該被買賣，就該被人欺負，這是他們的命。聽起來這種看法蠻有新意的，對嗎，外地人？」他對海利說。

「我從未想過這些，」海利說，「我不懂什麼大道理，我沒受過教育，是個粗人，我買賣奴隸也只是爲了養家糊口。假如這麼做是不對的，我準備洗手不幹了，我說的可是真心話。」

「現在你可以擺脫這種麻煩了，是嗎？」大個子說，「你看，誦讀《聖經》真是有很多好處！

19.《聖經．舊約．創世紀》第九章第二十五節。

假如你像這個好人一樣早早地研究《聖經》，你就不用麻煩了，你只要說一句話『某某當受詛咒』他叫什麼來著？那麼做的一切壞事就理所當然了。」

原來，這個高個子就是肯塔基那家旅店裡爲人正直的黑奴主，我在前面已經向讀者介紹過的。他此時坐了下來，表情冷若冰霜，臉上有一抹令人猜不透的笑容。

這時，一個又瘦又高的年輕人加入了進來，他臉上的神情說明他是一個很有智慧且很有同情心的人。他朗誦道：「『無論何種情況下，你們希望別人怎麼對待你，你就得怎樣去對待別人。[20]』」接著說：「這與『迦南當受詛咒』同樣來自《聖經》。」

「哦，外地人，」奴隸主約翰說，「對我們這種粗人而言，這句話也是很容易聽懂的。」說罷，約翰又像一座火山一樣抽起菸來。

年輕人停頓了一下，好像還想要說什麼，船突然停下了，大家蜂擁而出，想看看船停在了什麼地方。

「他們倆都是牧師嗎？」當大家向外跑時，有一個人問。

那個人點點頭。

船剛剛停在碼頭上，一個黑皮膚的女子快速地跑到跳板上，一路飛跑著來到黑奴們所在的地方，伸出胳膊一把抱住了那個名叫約翰的黑奴，放聲大哭。

這樣的故事已經說過太多，沒有必要再說了，每天都能聽到這樣令人心碎的故事，有必要重複這種強者爲了謀取利益、尋歡作樂而肆意欺壓弱者的故事嗎？每天，這樣的故事都在重演，還用再說什麼呢？儘管上帝保持沉默，可他的耳朵沒有聾，所有這些他都能聽到。

20.《聖經·新約·馬太福音》第七章第十二節。

剛才為維護人權和上帝的那位年輕人，雙臂交叉站在那兒望著眼前的心碎情景。他轉過身，見到海利站在身邊。

「朋友，」他語重心長地說：「你怎麼會又為什麼敢做這種買賣呢？你看看這些可憐人！我就要回家和我的家人團聚了，我從心底裡感到高興，可同樣的鈴聲，對我而言意味著歸家之路，對他們而言卻意味著永遠分離，你犯下這樣大的罪孽，上帝會懲罰你的。」

奴隸販子沉默地離開了。

「哎，看見了吧，」那個正直的奴隸主拉了拉他的臂肘說，「牧師與牧師也是不一樣的，這位好像並不同意『迦南當受詛咒』這句話，對不對？」

海利緊張地哼了一聲。

「但是這還不是最壞的，」約翰說，「也許有一天你會受到上帝的審判，誰也逃不了這關，上帝也可能反對這一套呢。」

海利憂心忡忡地來到輪船的那一頭，心裡算計著：「再做一兩筆買賣，等我賺到一筆錢，我就不再做這種生意，現在放棄還真是有點兒不妥呢。」於是他拿出錢包算起帳來——其實不只是海利，很多人都用算帳來撫慰自己不安的良心。

輪船離開碼頭繼續往前航行，船上又恢復了之前那種輕鬆愉快的氣氛。男人們有的聊天，有的無所事事，有的看書，有的抽菸；女人們做著針線活，小孩子們玩著遊戲。

一天，「美麗河號」輪船在肯塔基的一個小鎮停泊了一段時間，海利為了一樁買賣上的事情上了岸。

雖然湯姆戴著鐵鐐，但這並不妨礙他做些輕微活動，他走到船的一邊，懶懶地倚在欄杆上打發時間。

不一會兒，他看到海利領著一個抱著孩子的黑人婦女開心地趕了回來。女人穿著十分得體，還有一個黑人男子拎著一隻小箱子，一直跟在女人後面。女人高興地朝輪船這邊走來，她一邊與那個提箱子的黑奴聊著，一邊走過跳板上了船。

這時，船上重新響起起航的鈴聲，接著汽笛嗚嗚作響，機器轟隆隆地開動了，輪船繼續順河航行。

那個黑人女子來到底艙，一路穿過放滿貨箱和棉花包的走道。坐下之後，嘴巴裡發出嘖嘖的聲音哄著她的孩子。

海利在船上來回轉悠了一兩圈，然後走到她身旁坐下，用很低的聲音和她說了些什麼話。

湯姆注意到女人的臉上立刻陰雲密佈，情緒激憤地說道：「我不信——你一定在騙我！」他聽她喊道：「你不會在騙我吧。」

「你要是還懷疑，就自己睜開眼睛看看吧！」海利說著掏出一張紙，「這就是你的賣身契，你的主人已經簽過字了，我實話對你說吧，我可是花了很多錢才買下你的——怎麼樣？難道你還不相信？」

「我不相信老爺會欺騙我，這不可能！」女人情緒愈來愈激動地說。

「你不相信的話，可以讓這裡任何一個識字的人幫你看看。喂！」他對一個經過他身邊的人說，「麻煩你念念這張字據，好嗎？我對她說這張字據上寫了些什麼，她居然不相信。」

「啊，這不是張賣身契嗎？上面有約翰．福斯狄克的簽名，」那個人說，「他把一個名叫露西的女人和她的孩子一起賣給了這位先生，依我看來，這上邊寫得再清楚不過了。」

女人立即暴躁地叫嚷起來，引來一群圍觀的人，奴隸販子對大家解釋著事情的大致經過。

女人講道，「老爺親口跟我說，讓我去路易斯維爾，到我丈夫做工的那個客棧做廚娘——老爺就是這樣告訴我的，我不相信他會欺騙我。」

「但是他真的已經把你賣了，苦命的女人，這毫無疑問，」一位和善可親的先生看了字據之後說：「他的的確確把你賣了，是真的。」

「現在說什麼也沒用了，我該怎麼辦呢？」女人忽然平靜下來，只是她把孩子抱得更緊了。她坐在箱子上，轉過身去，發呆地望著奔流的河水。

「她終於想通了。」奴隸販子說，「她真是個明白事理的女人。」

輪船繼續向前航行，女人看起來非常安靜。一陣輕柔的夏風吹來，就像是一個仁慈的天使溫柔地拂過她的臉頰——美好的微風呀，它從不管女人的眉毛是黑的還是白的。她看到在陽光下閃耀著金光的微波蕩漾的水面；她聽到周圍遍地都是快樂的聊天聲，但是她的心像是被壓上了一塊巨石，異常沉重。

孩子伸著小手輕輕撫摸媽媽的臉龐，蹦蹦跳跳，小嘴還咿咿呀呀地叫著，好像希望能哄媽媽開心。她緊緊地摟住孩子，眼淚止不住地落到他那張驚奇的、天真的臉龐上。她似乎漸漸地平靜了下來，忙著照顧孩子，給孩子餵奶。

小孩是一個大約十個多月的小男孩，個子長得略微比同齡孩子高些，也十分壯實，胳膊腿都很有力氣。他不停地亂動著，媽媽牢牢地抱住他，以免他胡亂蹦跳的時候摔倒，弄得母親手忙腳亂。

「這孩子真是漂亮，」一個男人突然在他面前停下了腳步，手插在衣兜裡問道：「他有一歲了嗎？」

「還沒，十個月零十五天。」母親回答道。

那個人對孩子吹了聲口哨，還給了他半個糖塊。孩子急忙伸出手去拿糖，飛快地含在小嘴裡，毫不客氣。

「好機靈的小鬼！」那個人說，「什麼都知道！」他吹著口哨走開了，走到船的那頭兒時碰到了海利，他正坐在一個大貨箱上吸菸。

陌生人拿出香菸和火柴，點著一支雪茄說：「兄弟，你那個黑奴女人長得還真漂亮。」

「嗯，還湊合吧。」海利說罷吐出一口煙霧。

「你打算將她帶到南方嗎？」那個人問。

海利點頭稱是，之後又抽起菸來。

「到種植園種地嗎？」那個人問。

「是的，」海利說，「我和一家莊園訂下一筆買賣，我想把她也算在裡面。別人告訴我她是個不錯的廚子，不但可以做飯，還可以摘棉花，她那雙手一定非常靈巧，我仔細觀察過。無論讓她去幹什麼活兒，肯定能賣個好價錢。」說完，他又接著抽起菸來。

「可是那個莊園主是不會要那個孩子的。」那個人說道。

「要是有合適的機會，我就把孩子賣了。」海利又點著一支雪茄邊抽邊說。

「價錢應該會便宜點吧。」陌生人說罷，爬到一個木箱上，舒舒服服地坐了下來。

「那可不一定，」海利說，「這個孩子長得非常健壯，又機靈可愛！」

「是的，但是要養大他是要花費很多錢的。」

「瞎說！」海利說，「他們比什麼都好養，比養條小狗還簡單，大概不用一個月，這個孩子就能四處亂跑了。」

「我倒是有個養孩子的好地方，正想著怎樣多買點孩子，」那個人說，「有一個廚子的孩子上個星期死了，是她在晾衣服時，孩子不小心掉到洗衣桶裡淹死了——我覺得叫她領養這個孩子再合適不過了。」

海利和陌生人沉默地抽著菸，好像誰都不想先提那個使人費神的價錢問題。後來陌生人先開口說道：「我猜你想儘早賣掉這孩子，你要價頂多不過十塊錢吧？」

海利搖搖頭，作勢用力向地上吐了口唾沫，「不可能，絕對不行。」說罷，他又開始抽起菸來。

「啊，那你說個價錢吧。」

「你看，」海利說，「我完全可以自己先養著這孩子，或是先讓別人替我養著。他這麼可愛，又這樣壯實，實在是很招人疼愛，用不了半年，他就可以賣到一百塊，一兩年之後，要是能碰到好的買主，兩百塊錢賣掉他也不是沒有可能——所以，你現在要買，最少五十，少一分也不行。」

「噢，外地人！你這價錢有點離譜了吧。」那個人說。

「這是實在價了！」海利堅決地點點頭說。

「我只能出到三十，」陌生人接著說：「一毛錢也不加。」

「嗨，我看我們各退一步吧，」海利邊說邊帶著已下定決心的表情又吐了口唾沫，「我們倆都不要貪心，四十五元，我再也不可能少了。」

「好吧，我同意，就這樣！」那個人思索了一會兒說。

「成交！」海利說，「你要到什麼地方？」

那人說：「路易斯維爾。」

「路易斯維爾，」海利重複道，「太好了，估計傍晚時會到那兒，那時孩子已經睡著了——好極了——你悄悄地抱他走，不會哭也不會鬧——真是太棒了——我就喜歡這麼靜悄悄地做事了——真討厭那些連哭帶喊地把事情弄得誰都知道。」

這樣，那人錢包中的一打鈔票便落入了海利的錢包。海利接著又抽起菸來。

在夜深人靜、明月當空的時候，輪船停在了路易斯維爾的碼頭。那女人始終靜靜地抱著已經睡熟的孩子坐在那兒，但是她一聽到有人喊出「路易斯維爾」時，便將斗篷小心地鋪在成堆的箱子中間的一個凹陷處，慌忙把孩子放在這個臨時搭成的「搖籃」裡，就跑到船舷那邊去了，盼望可以在碼頭上的旅館傭人們裡找到她的丈夫。

她一直朝欄杆那裡擠過去，使勁向前探著身子，眼睛四處張望，專注地看著岸邊攢動著的人頭。現在，她和孩子中間已經擠滿了人。

「你的機會到了，」海利邊伸手抱起熟睡的孩子邊說，他把孩子交到那個男人手裡，「千萬別把他弄醒，不然那女人會吵翻天的。」

那人小心接過裹著被子的孩子，很快就在上岸的人群裡消失了。

當輪船又一次高聲鳴笛，喘著粗氣慢慢向前方駛去時，那女人才轉身回到她先前坐的地方。她發現奴隸販子海利坐在那裡——孩子卻不見了！

「啊，我的孩子在哪兒？我的孩子丟了！」她驚訝地喊道。

「露西，」海利說，「還是早點兒告訴你的好，你的孩子已經不在你身邊了。你看，我知道你沒辦法把孩子一起帶到南方去，所以爲你的孩子找了個買家，他們可以更好的撫養孩子成人。」

黑奴販子海利的宗教信仰和個人修養已經達到一個完美的境界，這個境界最近曾經被北方的某些傳教士和政客們極力推崇過，他的修養使他完全克服了人道主義的弱點和偏見，只要引導合適，勤奮刻苦，你我也完全可以達到他的那種境界。面對女人那極端痛苦和絕望的目光，如果沒有他那麼老練，肯定會受不了的。

可這個黑奴販子對這種事情已經習以爲常了，因爲女人的這種神情他已見過無數次。你我對這類事情有可能也會無動於衷。

最近，有些人爲了美利堅的利益正在努力實現一個宏大的目標，那就是爭取讓所有北方人都對這種事情習以爲常，所以，即使這個黑女人由於極度痛苦而握緊拳頭，甚至連呼吸都很困難，而海利只把這些當作黑奴交易中不可避免的現象而已。他關心的僅僅是女人會不會大吵大鬧，會不會在船上惹出事端，因爲他對騷亂是極爲反感的，正如同維護我們社會古怪制度的衛道士一樣。

但是女人沒有哭鬧，萬念俱灰之下，已經讓她沒有淚水可以再哭了。她昡暈著坐下，虛弱的雙手無力地耷拉在身體兩邊，眼睛徒勞地看著前面，但是眼前什麼也看不到；船上的嘈雜聲與機器的巨大轟鳴聲在她耳朵裡交雜在一起轟隆作響。深度的痛苦讓她那顆不幸的、毫無希望的心已經沒有力氣叫喊或者做出其他行爲了。

如果要真的說出一些奴隸販子好的方面來，他有一顆政治家那樣的善心，此時他似乎覺得應該盡力給那個女人一些安慰，這是他的責任。

「露西，我知道開始你會難以承受，」他說，「但你是一個有智慧的女人，你會想通的。你也知道我是出於無奈才這樣做的，我也是沒辦法啊！」

「唔！不要再說了，老爺，別再說下去了！」女人好像被人捏住了喉嚨似的。

「你是一個識大體的女人，」他堅持說道，「我好好對待你的，我會在南方給你找一個很好的歸宿，很快你就可以再找一個丈夫——像你這麼漂亮的姑娘——」

「噢！老爺，你別再說了行嗎？」女人說，她語調中那逼人的悲痛讓海利也覺得此時此刻他那一套根本不起作用，他只好站起來走開，女人把頭扭到看不到他的地方，用衣襟擋住臉頰。

奴隸販子來來回回走著，不時地停下來看看那個不幸的女人。

「她還是很傷心，」他自言自語道，「但是幾乎不出聲——就讓她發洩發洩好了，很快她就會想通的。」

湯姆一直在關注著這筆交易，而且十分清楚會有什麼樣的結果。對他來說，這是一件非常可怕與殘酷的事，這個可憐無知的黑人完全沒有從這種事中總結經驗，開闊自己的眼界，如果他聽過某些牧師的教誨，他可能就會把這樁買賣看作合法交易中一件司空見慣的平常事了。一個美國神學家曾指出[21]這一制度「除了在社會、家庭生活中的相互關係間有著無法彌補的弊病外，其他毫無缺陷。」可是就像我們知道的，湯姆這個苦命而愚昧的黑奴，除了聽過《新約》外，再也沒有看過別的什麼書了，因此類似這樣的觀點當然無法叫湯姆感到滿意，內心得到安慰了。

那個女人在那堆箱子上躺著，就像一片乾枯的落葉，這是個有感情、有生命的人，她的內心流著血，她具有不朽的靈魂，可是她卻被美國的法律規定爲一種商品，和她身邊用箱子裝著的貨物一樣。

湯姆走到女人身邊，想對她說點什麼，但是她只是在那兒小聲哭泣著。湯姆不禁流下眼淚。他虔誠地乞求上帝的仁愛，基督的慈悲，永恆的天堂，可極度的痛苦已經使女人聽不到這些，她麻木絕望的心已經對這些毫無感覺了。

夜幕降臨，寧靜的夜空中閃爍著無數顆明亮的星星，它們看上去莊嚴肅穆，寧靜美麗。天空

21. 指費城的喬埃爾・派克博士。

靜悄悄的，沒有安慰的話語，沒有關愛的手臂。歡笑聲、談生意的聲音逐漸消逝，人們慢慢進入了夢鄉，只有波浪拍打船頭的聲音還能清楚地聽見。

湯姆躺在一隻箱子上，不時聽見女人那悲傷的嗚咽聲和抽泣聲：「啊，我該怎麼活下去啊？啊，主啊！仁慈的上帝啊，幫幫我吧！」就這樣斷斷續續，漸漸地她的聲音聽不見了。

過了一會兒，湯姆突然從夢中驚醒，他看見一個黑影經過他身邊直奔船舷，隨後他聽見噗通一聲。只有他聽見看見了這些。他抬起頭向女人躺的地方望去，卻發現那個地方已經空無一人！他趕忙站起來四下尋找，那顆苦命的淌著血的靈魂終於安息了，水面仍然微波蕩漾，閃著點點光芒，好像什麼事都沒有發生過一樣。

忍忍吧！忍忍吧！因人世間的種種不平之事而在心裡充滿憤怒的人們！耶穌基督、萬能的上帝怎麼可能忘記他們遭受的苦難和他們流淌的每一滴眼淚。他那寬闊的胸懷容納人間的所有苦難。像他那樣去忍耐，用愛心去做善事吧，因為「救贖我民之時馬上要來到了」[22]。

奴隸販子早上一起來就去清點他的貨，這次輪到他慌慌張張地四處搜尋了。

「那個女人究竟跑到哪裡去了？」他問湯姆。

湯姆並不認為自己有責任說出昨天晚上所看到的和所懷疑的，也早就清楚保持沉默才是正確的做法，就只說自己不知道。

「她不可能在夜裡從停靠的碼頭上偷偷溜走的，因為船每次靠岸時我都醒著，而且很有警覺，我的貨都是我自己看管的。」這番話，海利是用信任的口吻說給湯姆聽的，他以為湯姆會感興

22.《聖經．舊約．以賽亞書》第六十三章第四節。

趣，但湯姆仍然沉默著。

奴隸販子把船仔仔細細地找了一遍，甚至棉花包、貨箱和大桶的各個角落裡，還有機器周圍、煙囪的一邊都找遍了，但是依然一無所獲。

「嘿，湯姆，不要跟我要把戲了，快告訴我吧！」他搜尋了大半天仍然找不到後，走到湯姆面前說：「你肯定知道，別告訴我你不知道——我想你一定知道。十點、十二點及一點至兩點之間，我看到這個女人睡在你旁邊的箱子上的，但是四點她就不見了，可你一直躺在這兒。你一定知道發生了什麼，你不可能不知道。」

「哎，老爺，我告訴你就是了，」湯姆說，「天濛濛亮的時候，有個人影從我身邊閃過，我當時睡得迷迷糊糊的，接著我聽見噗通一聲，然後我就完全清醒了，但是那個女人已經不見了影蹤。我知道的就這麼多了。」

黑奴販子絲毫不覺得有什麼值得大驚小怪的，因為正如我之前講的，對我們是奇異的事情他早就習以為常了，就是死神他也不害怕，因為他們已經打過幾次交道——在做買賣的過程中，他們已經相識相知了。——他只是覺得閻王很難對付，總是妨礙他做生意。所以，他只好自認倒楣，嘴裡咒罵著那個女人，還說如果照此發展下去，他肯定會破產的。

總之，他覺得自己很不順，但是又能有什麼辦法呢？因為女人已經逃到一個永遠不允許抓捕逃犯的地方——哪怕這個偉大國家的所有公民一起要求也於事無補，所以奴隸販子只好無奈地坐下來，掏出小帳本，在「損耗」一欄記下了那個女人的名字！

「這個奴隸販子真是太沒人性，不是嗎？如此殘酷！太可怕了！」

「啊，不過沒有人瞧得起這些奴隸販子的！不管是什麼地方，人們都鄙視他們——上流社會更是不可能接納他們。」

可是，先生們，究竟是誰創造了黑奴販子呢？誰最應該來承擔責任呢？是可恥的奴隸販子自己，還是支持這個註定會產生奴隸販子制度的有文化、有教養的文明人呢？事實上，奴隸販子只是奴隸制度的必然產物，而有教養的人正是這種制度的極力維護者。正是你們這些有教養的文明人造就了一種社會環境，讓奴隸貿易能有存在的空間，使奴隸販子道德敗壞。你們這些文明人又比奴隸販子強到哪裡呢？難道僅僅因爲你們有文化，他們愚昧；你們高貴，他們卑賤；你們文雅，他們粗俗；你們聰明，他們愚蠢嗎？當最後的審判日來臨時，他們所具備的那些條件可能使他們更容易得到上帝的饒恕。

在講述了這幾個合法貿易中的小故事之後，您可千萬不要得出這麼一個結論：美利堅的立法者是完全沒有人性的人。你們得出這一結論的理由，可能是因爲美國的立法機構竭盡全力保護奴隸貿易，並使其永遠存在下去的事實。

人人都知道我國的傑出人物強烈反對跨國的奴隸貿易，我國出現了一大批以克拉克遜[23]和威爾伯福斯[24]爲代表的人物湧現出來，從他們的一言一行上看都是有很大教育意義的。親愛的讀者，從非洲販賣黑奴，確實是一件駭人聽聞的事情，但是，去肯塔基販賣黑奴——那就另當別論了！

23. 克拉克遜（一七六〇—一八四六），英國廢奴主義者。
24. 威爾伯福斯（一七五九—一八三三），英國政治家，福音派社會改革家，在一八〇七年廢奴貿易及一八三三年廢除英國海外屬地的奴隸制中起了重要作用。

chapter 13 教友會定居點

在我們面前，是一幅寧靜的畫面。這是個寬敞、整潔、漂亮的廚房，有米色、光潔的地板，整理得乾乾淨淨。烏黑的鐵鍋非常乾淨，幾排發亮的白鐵器具，使人們很容易聯想到很多美食。幾把舊的牢固而發亮的綠色木椅，用不同顏色的呢絨布精美地拼成的椅墊鋪在上面，還有一把大搖椅，它就像一位年老而又溫和的母親，又寬又長的扶手真摯地發出邀請，上邊的鴨絨坐墊也似乎在告訴客人——這真的是把舒適的、能給人帶來幸福感的舊椅子。就傢俱舒適度來說，這完全可以和你們客廳中的十幾把絲絨或者織錦緞沙發媲美。

我們的老朋友伊麗莎正坐在這把椅子上，她慢慢地搖著椅子，雙眼盯著手裡的針線活兒。是的，現在的她，比在肯塔基時消瘦、蒼白了許多，數不盡的哀愁和憂慮藏在她那緊縮的眉宇間，同時也藏在她溫柔的嘴邊。很顯然，在痛苦哀愁的折磨下，她那年輕的心已經變得更堅韌、更成熟了。

她的小哈利像隻蝴蝶一樣在地板上蹦來蹦去地玩耍著，當她不時抬起那雙發亮的大眼睛看著嬉戲的孩子時，臉上總會顯現出憂慮、堅定的神情，這在她過去比較安逸的時候是從沒見過的。

在她身邊還有一個女人，一個白鐵盤放在她的膝蓋上，她正在認真地挑選一些曬乾的桃乾，然後放在那個盤子裡。她大概在五十五至六十歲之間，但是她的臉看起來還很年輕，歲月似乎沒在她的臉上留下太多的痕跡。她頭上戴著一個正宗教友會式的白色鑲邊的縐紗帽子——一塊整整齊齊的白色洋布手帕別在胸前，身著一件黃褐色的披肩，一眼便能看出她是個虔誠的教徒。

她有一張健康而紅潤的圓臉，看起來還非常嬌嫩，讓人不禁想起一個成熟的桃子。她的頭髮已經隨著歲月的流逝變得斑白，從又高又平和的額頭上整齊地向後梳過去。但是她的額頭上並沒有留下絲毫的痕跡。恬靜的額頭下那一雙清澈、誠摯的大眼睛，讓人一看就可以感覺到她是一位十分慈祥的女性。

漂亮的年輕姑娘總是人們談論的對象，人們稱讚她們那麼多，為什麼沒有人發現年長女人特有的美麗呢？要是有人想感受這種美麗，就請看看眼前這個瑞吉兒·哈利迪夫人吧，因為她坐在搖椅上的姿勢正是體現了這種美。

這把搖椅可能因為年輕的時候得了風寒或者哮喘病，或是精神紊亂，所以平常總是嘎吱嘎吱地響；可是當她坐在椅子上一前一後地緩緩搖動時，搖椅不斷發出那低沉而和諧的「嘎吱、嘎吱」聲，假如是別的椅子，早就讓人不堪忍受了，可是老西米恩·哈利迪經常說，這把椅子發出的聲音那麼好聽，比什麼音樂都動聽，孩子們都承認，無論什麼都不可能讓他們放棄聽媽媽的搖椅聲。這是為什麼呢？因為二十多年來，從那把搖椅上發出的是母親諄諄的教誨和慈祥的母愛——一切精神與身體的創傷都在那裡治癒，宗教的以及世俗的難題都在這裡找到答案，這一切都得益於這個善良的女人。願上帝保佑她！

「伊麗莎，看樣子你還是想到加拿大去？」她一邊熟練地挑著桃乾，一邊問伊麗莎。

「是的，太太，」伊麗莎肯定地回答，「我必須向前走，不能停在這裡。」

「你到了加拿大想幹什麼？你得好好計畫一下，丫頭。」

「ㄚ頭」這兩個字從瑞吉兒．哈利迪嘴裡說出來是那麼的自然和親切，由於她的表情和神態，使人感到稱她「母親」是世上最理所當然的事情。

伊麗莎的手顫抖著，晶瑩的淚珠落在了精美的針線活兒上，但是她仍然堅決地回答說：「能做什麼就做什麼——我想我一定可以找到工作的。」

「你知道的，你想在這兒待多久都行。」瑞吉兒說。

「哦，真是太感謝您了，」伊麗莎說，「但是，」她指了一下哈利，「每個夜晚，我都很難入睡，我的心一直在顫抖。昨天夜裡我又夢到那個人跑到院子裡。」說完，她全身打了一個冷顫。

「可憐的ㄚ頭，」瑞吉兒抹著眼淚說，「不過你不要害怕，到我們這裡來的人從沒有被抓走過。這是上帝的意願，我保證，他們絕不可能抓走你的孩子。」

這時門開了，一個胖胖的小婦人站在門口，那張快樂的紅臉蛋像個熟透的蘋果一樣。她和瑞吉兒一樣，穿著樸素大方，在她那嬌小而豐滿的胸前別著一塊疊得十分整齊的薄紗手帕。

「露絲．斯特德曼，」瑞吉兒興奮地跑過去說：「你還好嗎，露絲？」她一面說，一邊開心地握住了露絲的雙手。

「我挺好的。」露絲說著摘下了頭上淺棕色的帽子，用手帕拍掉上邊的灰塵，露出她那圓圓的腦袋，雖然她那雙胖胖的小手還在不停整理著頭上那頂教友會的小帽，但其實小帽已經很神氣了。儘管只有幾縷髮髮露在帽子外面，她也在想辦法把它們弄平整。

這個女人大概二十五歲，現在她站在小鏡子前不斷整理著頭髮和帽子，直到自己滿意。誰看到她可能都會喜歡她的，因爲她是一位如此善良、快樂、聰明的女人，也很討男人的喜歡。

「露絲，這位就是伊麗莎．哈里斯，也就是我對你提過的那個姑娘。」

「認識您我非常高興，伊麗莎——很開心。」露絲說，和伊麗莎握了握手，好像她早就想見到伊麗莎這個老朋友一樣，「這就是你那可愛的孩子？——我為他做了蛋糕。」說完，她遞給孩子一塊心形蛋糕。

孩子走過來，眼睛怯怯地從額前的頭髮下面看著露絲手裡的蛋糕，害羞地收下了。

「露絲，你的孩子在哪兒？」瑞吉兒問。

「哦，他馬上就來。我進門時，你的瑪麗帶他到穀倉那兒，和孩子們一塊兒玩耍了。」

此時，瑪麗抱著孩子推門到了屋裡。瑪麗是個面色紅潤、安安靜靜的姑娘，一對棕色的大眼睛很像是按照媽媽的五官刻下來的。

「哎呀，」瑞吉兒立刻迎了上去，把這個又白又胖的孩子接過來，「你看他多漂亮，真快呀！」

「對啊。」身材小小的露絲一直忙個不停，她邊說邊接過孩子，開始脫下他藍色的綢子斗篷和裹在身上的一層層外衣，這兒拉幾下，那兒揪幾把，為他收拾好之後，用力親了孩子一下，然後把他放到地板上讓他歇歇。

孩子似乎很熟悉這些程序，只見他馬上把一根大拇指塞到嘴裡，想他自己的心事了，此刻他的母親也坐了下來，取出藍白相間的絨線，開始熟練地織起長筒襪來。

「瑪麗，去打壺水，行嗎？」母親溫和地說了一句。

瑪麗提著壺去了井邊，不一會兒就回來了，把壺放到爐子上，沒過多久，水壺就撲撲地升起熱氣，就像一個既熱情又能提神的香爐。瑞吉兒小聲囑咐了一下旁邊的侍從，一些桃乾被放進了爐子上的鍋裡。

此時，瑞吉兒取出一個潔淨的模具，繫上圍裙，對瑪麗說：「瑪麗，讓約翰準備一隻雞，行嗎？」瑪麗立刻就按吩咐去做事，她便做起餅乾來。

「阿比蓋爾．彼得斯最近怎麼樣？」瑞吉兒邊做餅乾邊問道。

「嗯，她挺好的，」露絲說，「今天早晨我去看她，幫她收拾了床鋪和屋子。莉．希爾斯下午來時還給她準備了麵包和餡餅，這幾天就不用擔心吃的了，我對她說，晚上要扶她上床。」

「我明天要去給她洗衣服，順便看看有沒有什麼需要縫補的東西。」瑞吉兒說。

「哦，好的，」露絲說，「漢娜．斯坦伍德是不是也病了，我聽說昨天晚上約翰去過了——明天我想去她那兒。」

「要是你想在那裡待上一整天，就讓約翰到我這裡來吃飯吧。」瑞吉兒提議說。

「謝謝了，瑞吉兒，明天再說吧，看，西米恩回來了。」

西米恩．哈利迪走進門來。他有高大的身材、結實的肌肉，身著淺褐色的大衣和馬褲，頭上戴了一頂大簷帽。

「你好嗎，露絲？」他一邊親切地向露絲問好，一邊伸出他的大手握住那隻胖乎乎的小手。「約翰也好吧？」

「是的！約翰挺好的，我們一家都很好。」露絲快活地答道。

「你要對我說什麼嗎？」瑞吉兒一邊問，一邊把餅乾放進烤箱裡。

「彼得．斯特賓斯對我說，今天晚上他們會帶朋友一起來。」西米恩若有所指地說，一邊在窄小的走廊水槽中洗著手。

「真的?!」瑞吉兒應道，同時把目光投向伊麗莎，

「你是姓哈里斯，對嗎？」西米恩回到屋裡問伊麗莎。

伊麗莎驚恐地回答說：「是的。」

瑞吉兒立刻看了一下丈夫，她這麼恐懼，難道是外邊已經貼出了緝拿她的懸賞告示？

「夫人！」西米恩在後廊上高聲招呼著瑞吉兒。

「怎麼了，西米恩？」瑞吉兒一邊擦著那雙滿是麵粉的手來到走廊，一邊問道。

「現在這個女人的丈夫就在咱們村裡，今天晚上就會到這裡來。」西米恩說。

「哦，是真的嗎？」瑞吉兒滿心歡喜。

「是的，昨天彼得趕車去車站時，看到有位老太太和兩名男子站在那裡，其中一個人說他叫喬治・哈里斯，從他述說的經歷來看，我敢打包票他就是這姑娘的丈夫，他是一個機智而體面的年輕人。」

「我們現在要不要告訴她？」西米恩問。

「我們先跟露絲商量一下吧，」瑞吉兒說，「快過來，露絲，快過來。」

露絲放下手裡的毛線活兒，馬上向走廊走去。

瑞吉兒說，「露絲，你想都不會想到，他說伊麗莎的丈夫就在剛來的那些人中間，今天晚上就要到你這裡來了。」

這位小小的女教友高興的笑聲打斷了瑞吉兒的話，她拍著手使勁兒跳著，兩綹鬈髮從她的小帽中滑出來，落在她那雪白潔淨的圍巾上。

「噓，親愛的！」瑞吉兒溫柔地說，「別那麼大聲，露絲！你說，我們現在就告訴她嗎？」

「那當然了，立刻告訴她，哎呀，要是換了是我，我們家約翰快要來了，我會是什麼感覺啊？快，快去通知她。」

「露絲，你做什麼事情都會站在別人的角度來考慮問題。」西米恩滿面笑容看著露絲說道。

「這是應當的啊，人生來就該要理解別人。如果我不喜歡約翰和孩子，又怎麼能去理解伊麗莎此時的心情呢？馬上告訴她──快去！」她誠懇地拉起瑞吉兒的胳膊說：「把她帶到你的臥室裡，我來幫你炸雞塊。」

瑞吉兒走進廚房，伊麗莎還坐在那裡做針線活兒，她打開一個小臥室的門，溫和地說：「我的孩子，快過來，我有話想要對你說。」

血色立刻湧上伊麗莎慘白的臉龐，她顫抖地勉強站起來，緊張得渾身發抖，向兒子快速瞅了一眼。

「不用害怕，不是的，」矮小的露絲立刻跑上前一把抓住她的手說，「你別怕，是喜事，伊麗莎──快，到屋裡去，到屋裡去。」她輕輕地將伊麗莎推進屋裡，順手帶上了屋門。

此刻，她轉過頭，一下子抱起小哈利，止不住地吻著他，「小傢伙，你馬上就要見到爸爸了。你知道嗎？你爸爸就要到這兒來看你了。」

她不停重複著，但孩子卻用迷惑的目光盯著她。

此時，另一個故事在臥室中上演著。瑞吉兒．哈利迪把伊麗莎拉到自己身邊說：「我的孩子，上帝憐憫你，你的丈夫已經從折磨他的人家逃出來了。」

伊麗莎全身的血液彷彿一下子湧到了頭上，又以同樣迅速的方式流回心臟，她的臉變得十分蒼白，全身無力地癱了下來。

「堅強點兒，孩子，」瑞吉兒一邊說，一邊用手溫柔地撫摩著伊麗莎的頭，「現在他已回到了朋友中間，今天夜裡，他們會把他帶到這裡來的。」

「今天夜裡！」伊麗莎不停地重複著，「今天夜裡！」她好像弄不明白這兩個詞的意思，她就像做夢一樣，腦中一陣恍惚、一片混沌，昏昏沉沉，一會兒周圍就變成一片迷茫。

醒來時，她已經躺在一張舒適的床上，一條毛毯蓋在她身上，身材矮小的露絲正在用樟腦油不停擦著她的手。

她睜開眼，不覺有一種舒適、輕鬆的感覺，就像是一個背負了太久重擔的人可以放下擔子休息時產生的感覺那樣。從她逃亡開始便始終緊繃著的內心已經恢復寧靜，所有的緊張、憂鬱和焦慮都已經成爲過去，一陣安靜和安全的感覺籠罩著她。

她躺在床上用烏黑的大眼看著四周，好像在虛幻的夢裡一樣。她看到通向廚房的門開著，看到飯桌上鋪著潔白的桌布，聽見水壺在低聲吟唱著，看到露絲端著一盤盤糕點和一碟碟水果來回忙碌著，不時停下塞給哈利一塊糕點，或者輕撫一下他的頭，再或者用她雪白的手指纏著哈利那滿頭的鬈髮。

她看到瑞吉兒豐滿的母親般的身影不斷走到床邊，幫她撫平被子、掖好被角，拉拉這裡，摸摸那裡，以示對她的照顧。她覺得瑞吉兒的關心像陽光一樣，從她發著亮光的棕色大眼睛裡照耀在自己身上。她看到露絲的丈夫進到房間裡，看到露絲馬上飛奔過去，興奮地對他悄悄耳語，不時做著手勢，手指著自己這裡。她看到她抱著孩子在桌子旁邊喝茶，看到他們都圍坐在桌旁，小哈利在露絲的悉心照顧下也坐在一把椅子上。輕柔的說話聲，茶匙的叮噹聲，茶杯與茶碟的碰撞聲，這些都彙集在使她安心幸福的夢鄉中。

伊麗莎靜靜地睡著了。從抱著孩子逃走的那一刻開始，她還從沒有這樣安穩地睡著過。

她看到了一個美好的世界，這是一片安詳、寧靜的樂土，有著綠色的海岸，令人舒適的島嶼，波光粼粼的海水。在那裡，有一個溫柔的聲音告訴她，這裡有一座房子是她的，她看到快樂的兒子在嬉戲，她看到了自由的光芒。她聽到了丈夫越來越近的聲音，他緊緊抱住她，滾燙的淚水落在她的臉上。

她忽然醒了！啊，這不是夢！天已經黑了，孩子安穩地睡在她的身旁。茶几上一根蠟燭閃爍著淡淡的光，她丈夫在她枕頭旁邊喜極而泣。

第二天早上，這個教會人家裡顯現出一片祥和的景象。「母親」早早地起床了，身邊是忙碌的男孩女孩們。

昨天我們沒來得及爲讀者介紹他們，此時人們都按瑞吉兒的「你應該」或者更親切的「你最好是」的安排欣喜地預備著早餐；因爲在富饒的印第安那州的河谷地帶，早餐並不好準備，就像在天堂裡收集玫瑰葉和修剪灌木一樣，除去母親一個人的力量外，理應還有很多人來幫忙。所以，約翰去井邊打清涼的水、小西米恩篩著做玉米餅用的玉米粉、瑪麗磨著咖啡粉。

瑞吉兒烤著發麵小餅，剁著雞肉，還不停走來走去地笑著安排所有的工作。要是因爲過分熱情，這些小幫手們產生小矛盾或者發生不愉快的事，只要她溫和地說一句「好了！別吵了！算了吧」或「別這樣」，問題就完全解決了。

詩人們曾描繪過維納斯那條令眾生神魂顛倒的腰帶，但我們更希望得到瑞吉兒·哈利迪的飾帶，雖然它不讓人們傾倒，但會使一切運轉正常。在我們看來，這應該更合適一些。

當所有的準備工作都在忙碌進行時，老西米恩只穿了一件襯衫，站在角落裡的一面小鏡子前刮鬍子。

在這個寬敞的廚房中，所有的一切都安排得井然有序——每個人都知道自己應該幹什麼，到處充滿了友好與信任的氣氛——就連向桌子上放刀叉時發出的嗒嗒聲和鍋裡炸雞塊煎火腿發出的滋滋聲都顯得十分開心，他們似乎把這當作是一種享受——當喬治、伊麗莎和哈利走出房門時，大家對他們的歡迎是這樣熱烈，難怪他們感到像做夢一樣。

大家總算坐下用早餐了，瑪麗仍然站在爐子前烙餅，當餅子烤得焦黃，香氣十分誘人時，就馬上趁熱把餅端到餐桌上。

對瑞吉兒來說，最開心的事就是端坐在餐桌女主人的位置上，不管是遞一盤餅或者是倒一杯咖啡都完美地體現著慈愛和真誠的熱情，就好像連她遞給你的食物或飲料都被注入了熱情與真誠。

這是喬治自出生以來第一次在白人家的餐桌上和大家平起平坐，一同進餐。他坐下以後，剛開始還感到有點兒拘泥和彆扭，可是在這友好的、溫暖的晨光中，那種拘泥和彆扭感覺很快就消失了。

這才是真正的家——「家」，這是一個喬治從來不理解其真正含義的詞；現在，對上帝的旨意的信任，對上帝的信仰才開始縈繞在他的心裡，就好像有一片讓他充滿自信的天空在保護他，讓所有暗淡與悲傷失望等情緒在福音的傳播下都消失殆盡。

在人們神采奕奕的臉上和無數次無意中做出的充滿友愛與友好的平凡事上，都能看到這福音的到來，就像以基督聖徒名義施捨的那杯涼水[25]一樣，一定會獲得回報的。

「爸爸，你要是再被罰款，該怎麼辦啊？」小西米恩一邊往餅上抹著黃油一邊問道。

「那就交罰金啊。」西米恩心平氣和地說。

「但是要是他們讓你去坐牢呢？」

「難道你跟媽媽就不能管理這個農場了嗎？」西米恩笑著回答。

25.《聖經．新約．馬太福音》第十章第四十二節。

「媽媽什麼事情都做得很好，」男孩說，「但政府制定這些法律真是一件可恥的事。」

「不要誹謗統治者，西米恩，」父親嚴肅地說：「上帝把人間財富賜給我們，就是爲了讓我們堅守正義和仁慈的精神；如果統治者爲這件事讓我們付出代價，那我們就要付給他們。」

「唉，我真痛恨那幫可惡的奴隸主！」孩子說，他同現在所有的改革者一樣，並不相信基督精神。

「孩子，你說的這些話真令我詫異。」西米恩說，「你媽媽從沒教導過你這些。如果上帝把一個可憐的奴隸主送到我家門前，我會像對黑奴一樣對待他的。」

小西米恩頓時非常羞愧，但他母親卻笑道：「西米恩是我的好兒子，等他長大了，他會像他父親一樣優秀的。」

「仁慈的先生，希望我們的事不要給您添太多的麻煩。」喬治憂慮地說。

「不用擔心，喬治，放心吧，上帝讓我們來到世上就是爲了這樣的精神，要是由於怯懦而不去做好事，我們就沒資格做上帝的子民。」

「但是爲了我，」喬治說，「我實在擔當不起。」

「喬治，我的兄弟，你不用擔心，我們這麼做不單單是爲了你，而是爲了上帝和所有人，」西米恩說，「今天你必須要先悄悄地躲在這裡，夜裡十點，菲尼亞斯．弗萊徹會把你送到下一站，好讓你跟你的夥伴在一起。追捕你們的人一定不會輕易放棄，我們必須抓緊時間。」

「如果這樣的話，爲什麼要等到天黑才起程呢？」喬治問。

「兄弟們，你們白天在這裡很安全，因爲新村裡人人都是教友會的虔誠信徒，人們時刻都會監視著外面的動靜。但我們要出去的話，就一定要在夜裡行動。」

chapter 14 伊萬傑琳

夜空中一顆耀眼的小星星，
你的光輝照耀著人間。
你的容顏是這樣的嬌美，
塵世間竟沒有詞語可以描繪。
你這可愛的小精靈，
雖然還沒有成熟，
卻像含苞的玫瑰花一般香氣撲鼻。[26]

密西西比河，曾讓無數的文人墨客為之傾倒。夏多布里昂[27]也曾寫過一首散文詩來描繪他眼中的密西西比河：在寬廣浩瀚的荒原上，一條河流似萬馬奔騰般奔流著，無數的花草樹木，珍禽怪獸在她的兩岸生生不息。但從那以後，似乎是有人對她施了魔法，大河兩岸的景色發生了如此翻天覆地的變化。

26. 英國詩人拜倫長詩《唐璜》第十五章第四十三節。
27. 夏多布里昂（一七六八—一八四八），法國作家。

彷彿就在眨眼間，這條帶有神奇夢幻色彩的大河流淌到和她同樣具有夢幻色彩的現實世界中。在這個世界上，還有任何一條河像密西西比河一樣，把物產和財富源源不斷地輸入大海，還有哪個國家像美利堅那樣物產豐富（所有熱帶和寒帶之間的物產幾乎都有）。密西西比河那渾濁、湍急的河水以壯烈的氣勢向前奔流，就像經濟大潮推動美利堅民族的精力和情緒以不可超越的速度不斷高漲一樣。

只可惜，到現在爲止，他們還在密西西比河上運輸著一種可怕的「商品」——黑奴，但這種商品同時還包含著被壓迫者的眼淚，孤苦無依者的哀嘆，貧窮無知者對無動於衷的上帝進行的祈禱。儘管上帝視而不見，聽而不聞，但是，有一天，祂總會「從天而降，拯救全天下受苦受難的芸芸眾生」！

夕陽照耀著密西西比河那寬廣的河面，兩岸隨風搖曳的甘蔗和黑藤蘿樹上掛著一圈圈烏黑的苔蘚，在晚霞的照耀下，閃閃發亮。此時，「美麗河號」輪船裝載著沉重的負荷向前行駛著。從各個莊園運來的棉花包就堆放在走道裡和甲板上，遠遠看上去就好像是一塊方方正正的灰色石頭，而這些大石頭現在正拖著肥胖的身軀駛向附近的一個商埠。

甲板上這時已經人山人海，我們費了好大一陣功夫，才在龐大的棉花包間的一個狹窄角落裡找到了我們的朋友湯姆。

由於謝爾比先生的介紹和湯姆本身老實忠厚的天性，還有一路上他順從的表現，湯姆在不知不覺中居然已經建立了海利對他的信任。

剛開始，海利幾乎全天廿四小時監察著湯姆的一舉一動，甚至晚上睡覺的時候，也絕不給他鬆開腳鏈，但湯姆對此似乎毫無抱怨，一句牢騷都沒有，只是默默地承受著這一切。這使海利慢慢放鬆了戒備心理，不再嚴格限制湯姆的行動。現在，湯姆就像是被刑滿釋放一樣，已經可以在船上自由活動了。

湯姆是個「熱心腸」，每次底艙的水手們遇到什麼突發情況時，他都會主動提出幫忙，所以他很容易就贏得船上水手們的一致讚揚。他非常賣力地幫助水手們，就像他以前在肯塔基莊園幹活時一樣。

當沒什麼事情需要做的時候，湯姆總會爬到上層甲板的棉花包上，在一個小小的角落坐下來，認真讀著他那本《聖經》——我們正是在這個地方找到了他。

輪船進入了新奧爾良境內的一百多英里的河段範圍，因爲河床高出周圍的地面，洶湧的河水匆匆地奔騰在高達二十英尺的巨大而堅固的河堤之間。大家站在甲板上，就好像是站在一個飄浮的城市上一樣，眼前是一望無際的原野。湯姆的眼前掠過了一個又一個農莊，他清楚，眼前的這些景象就是他即將生活的環境。

遠處，奴隸們正在幹著活，湯姆還能看到他們那一排排的小窩棚。每一個莊園裡都有這種由奴隸們的小窩棚聚集在一起連接而成的村落。窩棚村落和奴隸主們那牢固華美的大宅子以及遊樂場所相距很遠，所以沒有形成直接鮮明的對比。

隨著眼前的景象不斷向前移動，湯姆又想起了肯塔基莊園，那裡古老的山毛櫸樹枝葉繁盛，主人房子的大廳寬敞而又涼爽，房子不遠處還有一個小木屋，周圍花朵滿布，爬滿了綠藤。湯姆好像看到了一張張熟悉的容顏，那是陪他一起成長的夥伴們；他看見賢慧的妻子，前前後後地忙碌著，在爲他準備可口的晚飯；他聽到孩子們嬉鬧的歡笑聲和膝上嬰兒發出的喃喃聲。但忽然之間，一切都不見了，他的眼前仍然是一晃而過的莊園，藤蘿樹和甘蔗林，他的耳朵又重新聽見機器吱嘎的響聲和隆隆聲，他明白了：快樂的日子真的已經逝去了。

此情此景，一個人總會寫信給妻兒寄託思念之情的，但是湯姆不會寫信，郵政系統對他而言就像不存在一樣，哪怕是傳遞一句親切的話語或信號，他也無法做到，所以他無法跨越由於離別而造成的和親人之間的鴻溝。

他把《聖經》擺在棉花包上，用手指頭點著，一個字一個字地讀著，想從中找到生活的希望。這時，他卻不禁流下了眼淚，淚水無聲地落到《聖經》上，可這有什麼值得驚奇的呢？由於是幾近晚年才開始識字，湯姆念書非常吃力，他只能用很慢的速度一字一字讀下去。好在他是要精心研讀這本書，所以慢慢讀也不妨礙什麼——書裡一字一句好像一錠錠黃金，只有不時地把它們一個個分開來理解，才能領會其中蘊含的深意。就讓我們來和湯姆一起，逐字逐句地輕聲讀會兒吧：

「你—們—不—要—憂—慮，在—我—父—家—裡—有—很—多—住—處，我—離—開—這—裡—是—為—你—們—準—備—地—方[28]。」

西塞羅[29]在埋葬他那唯一的女兒時，心情和此時的湯姆是一樣的，充滿了哀傷，可他的哀傷也不一定比湯姆的更深入，因為他們都只是人。但是西塞羅卻沒有機會停下來研讀這些聖潔而飽含希望的字眼，所以也無法去盼望團聚的那一天。就是他能看到這些，大概他也不會相信——他一定會滿腦子充滿困惑，考慮著手稿是不是真實可靠，譯文是不是準確表達原文本意，諸如此類的

28.《聖經．新約．約翰福音》第十四章一、二節。
29.西塞羅（西元前一〇六—西元前一四二），羅馬著名政治家。

問題。但對湯姆而言，面前的這個《聖經》就像是給在嚴寒中的人送去了火爐一樣，它是那麼真實、那麼神聖，他對此絕不會有任何的疑問。它肯定是真實的，不然，他活著還有什麼希望？

雖然湯姆的那本《聖經》中沒有學者的解釋，卻點綴著湯姆自己創造的一些標記，與那些淵博的注釋比起來，這些標記也許對他的幫助會更大。曾經，他習慣讓主人家的孩子讀給他聽，特別是小主人喬治。而他在聽的時候，通常用墨水筆在那些他認爲最有感觸的段落上畫下醒目的記號和粗大的橫線。他那本《聖經》通篇都注滿了各種各樣的記號，憑藉著這些記號，他可以不需花什麼力氣，很快找到他最喜歡的段落。這本《聖經》現在正攤在他的面前，每一段落都構成一幅故鄉的景象，讓他回憶起往日的歡樂。湯姆覺得這本《聖經》不僅僅是他今生唯一保留下來的東西，而且還是他來世希望的寄託。

在這條船上，有一位住在新奧爾良市，名叫聖克萊爾的年輕紳士。他出生在一個很有聲望的家族，家境很好，身邊帶著一位女士和一個五六歲的女兒。看起來，這位女士應該是父女倆的親戚，好像是專門負責照看那個小女孩的。

湯姆常常看見這個活潑的，忙個不停的小女孩。她像一縷陽光，一陣輕風，從不在一個地方停留，但是她會讓你看一眼後就對她留下深刻的印象。她的體態非常優美，絲毫沒有孩童常有的那種胖乎乎的輪廓；她舉止優雅、清新，像是從天而降或者從神話或寓言故事中走出的天使一樣。

儘管她的五官長得非常漂亮，但令人難忘的卻是她那如夢如幻的純真表情；理想主義者見了這種氣質會連呼完美，普通人見了，也會感到難以忘懷。她的頭部、頸部和胸部都長得非常高貴典雅，金棕色長髮就像浮雲一般，她的眼睛是紫羅蘭色的，目光深邃卻又充滿靈氣——所有這一切都使她在孩子們中如同鶴立雞群一般，不由得惹來眾人的關注。

人們可能會說這孩子過於嚴肅和憂鬱了，可她並不是這樣的，相反，那稚氣的臉龐和活潑的體態使她顯得非常天真無邪，如同夏天樹葉的影子忽隱忽現一般。當她停不下來的時候，總是邁著輕盈的腳步，像一片雲彩似的飛來飛去。一抹微笑總是掛在玫瑰色的嘴唇上，她自顧哼著歌曲，就像是在幸福的夢境中一般。她的父親和照顧她的女人到處追著她，可是逮到她後，她又像夏日的一朵雲彩輕輕地溜走。無論她做什麼，都從來不會受到半句責備，所以她在船上可以由著性子四處遊蕩。

她總是身穿潔白的衣服，像個影子一樣無處不在，渾身上下如蓮花般潔淨。她那輕盈的腳步踏過輪船上的每個角落，她那金晃晃的小腦袋在每個地方幾乎都出現過。

熱汗淋漓的司爐工偶爾抬起頭，會看到她正用好奇的目光盯著爐子裡的熊熊火焰，然後又轉過頭用害怕和憐憫的眼神望著他，似乎他正處於某種恐怖的危險境地之中。過一會兒，舵手又看見她那張漂亮的小臉蛋在駕駛艙的窗前飄然而過，舵手們不由得停住手，朝她微笑，可一轉眼，她又不見了。

只要她在人前走過，就一定會有人向她問好致以祝福，那些嚴肅的面孔也會呈現難得一見的笑容；這樣的事每天都會發生很多次。假如她毫不知情地出現在某個危險的地方，準會有人伸出粗壯的手去救她，或是幫她清除路中的障礙。

湯姆具有黑人那種溫柔可親的天性，他對人們的善良質樸和兒童的純真無邪有種天生的依戀，所以他每天都會觀察這個小女孩，並且對她越來越感興趣。在他的眼中，這個小女孩簡直就是從仙境中跑出來的，每當她在黑洞洞的棉花包後探出小腦袋，用深藍色的眼睛看他時，或是站在貨物頂上向下望著他時，他都覺得她就是天使的化身，而且是從他的《聖經》中跑出來的。

她常常從海利買來的那些拴著鐵鍊的黑奴身旁走過，臉上帶著憂慮傷心的神色，不時，她還溜到他們中間，關心地注視他們，顯得傷心而困惑。她用那稚嫩的小手撿起鐵鍊，然後悲傷地嘆息一聲，又飄然離開。有幾次她突然手捧著糖果和橘子來到他們面前，興沖沖地把食物分給大家之後又離開。

湯姆在想要和這個小女孩交朋友之前，已經留意她很久了，然後才敢做點試探。他有很多吸引孩子的花樣，這次他決定好好施展一下。他可以把櫻桃核雕刻成精緻的小籃子，可以在胡桃木上刻出姿態各異的鬼臉，可以在接骨木的木髓上雕刻出許多栩栩如生的古怪小人。他不單單只會做這些，他還會做各種各樣的大小哨子。他簡直就是伯恩[30]的化身。他的口袋裡裝滿了日積月累攢下來的用來吸引孩子們注意的小東西，他曾經常用這些東西去哄主人家的孩子開心。現在，他一個一個把它們掏出來，想要用它們去結識一個新朋友，發展一份新友誼。

這個小女孩雖然忙個不停，對任何事情都感興趣，但卻非常害羞，要想和她熟悉並不容易。當湯姆表演那些小手藝的時候，她常常蹲在一個箱子或貨物包上望著他，就像一隻棲息在那兒的小鳥。當湯姆將小玩意兒遞給她時，她害羞地接了過去，並且神情拘謹，不過他們終於變得無話不談了。

「小姐，你叫什麼名字？」湯姆覺得時機已經成熟了。

「伊萬傑琳．聖克萊爾，但是爸爸和其他人都叫我伊娃。那你的名字是什麼？」

「我叫湯姆，以前在肯塔基時，孩子們都叫我湯姆叔叔。」

30.希臘神話中的牧羊神，愛吹一支魔笛。

「那我也這麼叫你吧，因為我喜歡你，你知道嗎？那麼，湯姆叔叔，你這是要去哪兒呀？」

「伊娃小姐，我不知道。」

「你怎麼會不知道呢？」

「不知道，我將要被賣給某個人，但我並不知道他是誰。」

這時，輪船在一個小碼頭邊停靠下來裝載木材，伊娃聽見父親在叫她，就蹦蹦跳跳地向父親跑去。湯姆則是站起來，幫那些人搬木頭。

這時伊娃正和父親一起站在欄杆邊看輪船離開碼頭，機輪在水裡滾動了兩三圈，突然一震，伊娃猛然間失去平衡，一下子掉進河裡。她的父親沒有考慮就準備往河裡跳，卻被身後的一個人拽住了。原來，在他之前，已經有個更能幹的人去拯救他的女兒了。

伊娃掉進河裡的時候，湯姆剛好站在她下面的那層甲板上。看見她落水，湯姆連忙跳了下去。由於他有寬闊的胸膛，驚人的臂力，所以游泳對他而言根本不費力氣。不一會兒，小女孩就被托出了水面，湯姆用胳膊緊緊抱住她，向船邊游著。

當湯姆把她送上船時，船上同時伸出幾百隻熱切的手來接她，彷彿這些手是屬於一個人的一樣。她父親立刻接過已經昏迷的孩子，抱她進了客艙。

在這種場合下，通常會出現的景象在今天也毫不例外地出現了，艙裡的女人們爭相表示她們的關心，儘量幫助她從昏睡中蘇醒過來。

第二天，天氣酷熱，輪船緩緩駛向新奧爾良。輪船上的人們懷著希望忙著收拾行李準備上岸；僕人們忙碌地打掃並佈置這艘豪華客輪，準備以隆重的形式在港口登場。

湯姆坐在下層甲板上，雙臂交叉放在胸前，不停地用焦急的目光回頭望著輪船另一頭的人群。

伊萬傑琳此時正站在那裡。假如不是臉色比前一天顯得稍微蒼白一些，根本看不出她剛剛經歷了那麼一場意外事故。一個體態優雅、舉止大方的年輕人站在她的身旁，一隻胳膊斜倚在棉花包上，旁邊攤著一本袖珍版的書。他正是伊娃的父親。

他們有一樣端正的臉型，有著一模一樣的藍色大眼睛和金棕色頭髮，但是他們臉上的表情卻截然不同。雖然他那雙眼睛的形狀和顏色和伊娃很相像，並且也非常乾淨、明亮，但卻蒙上了一層世俗的光芒，不像伊娃的眼睛那麼朦朧，那麼深邃，而且富有夢幻色彩。他的嘴唇弧度十分完美，流露出傲慢和嘲諷的神色。他站在那裡，很有一種高貴瀟灑的派頭，舉手投足間都透著不凡的氣宇。他態度親和，帶著一股灑脫的神態，半是開玩笑，半是輕蔑地聽著海利在那兒討價還價。

海利剛把話打住，聖克萊爾便說道：「那麼，也就是說他身上具備各種美好道德和基督徒的虔誠囉？那好吧，朋友，按照肯塔基的價錢，你準備要多少？明白說，你準備從我這兒騙走多少錢？痛快點兒給個話吧。」

海利說：「唔，痛快點，一千三百塊，這是本錢，老實說，剛剛夠本。」

「真不幸！」年輕人說，兩隻嘲笑的眼睛死死地看著海利，「不過我想，你一定會給我點折扣，不會就按這個價賣給我，對吧？」

「嗯，這個嘛，你看這位年輕的小姐好像特別喜歡他，這個價錢已經很合理了。」

「哦，這樣的話，那你就更應該公平交易了。朋友，出於基督徒的仁慈心靈，爲了使這位特別喜歡他的年輕小姐心願達成，你最少要多少錢才肯賣給我們呢？」

黑奴販子說道：「你自己看看，他的手腳，還有他的胸脯，都像頭牛似的那麼壯；再看他的頭，如此高的額頭一定十分精明能幹，我早就注意這點了。單就體魄來說，就算是個傻瓜，擁有這麼結實的身體也能賣上個好價錢呢，更何況他這麼聰明機智，我敢保證，賣給別人價錢肯定會更高的。你知道嗎？一直都是他在掌管著主人的莊園，你不知道他做事多麼能幹。」

「不好，太糟糕啦。他太能幹了！」年輕人說道，嘴角帶著一絲嘲弄，「這怎麼可以呢，聰明的傢伙很容易跑掉或者偷竊，總之就是很麻煩；就因爲他那股聰明勁兒，你必須要減去一二百塊。」

「雖然你說的也許有點道理，但是相信我，他的人品非常好。我能拿出他的主人和別人的推薦信來證明他是個十足忠厚老實的黑奴。他也許是你能找到的最忠厚、最謙卑、最有信仰的奴隸了。他們那兒都把他當做牧師呢。」

年輕人淡淡地說：「我可能會請他做家庭牧師呢，我家裡最缺的可能就是宗教了。」

「請不要開玩笑。」

「你憑什麼覺得我在開玩笑？你剛才不是說他是個牧師嗎？那麼，他是通過教會哪次代表會議、哪個委員會審查通過的？請你現在就拿出證明來吧。」

聖克萊爾的眼睛裡充滿了嘲弄的意思，海利也早就看出來了，如果不是他知道這場玩笑可以做成一筆買賣的話，他一定早就不耐煩了。

他把一隻沾滿油污的錢包放在棉花堆上，著急地在那裡面找著可以證明的證件。年輕人站在一旁，低頭望著他，臉上帶著輕鬆和調侃的神色。

「爸爸，把湯姆叔叔買下來吧！不要管用多少錢。」伊娃爬上貨物包，用手抱住父親的脖子，悄悄地說：「我知道你的錢足夠買下他。我就是想要他。」

「寶貝，你要他做什麼呢？你是想要把他當作木馬，鈴鐺，還是做別的用途？」

「我想讓他快樂。」

「這個理由倒是非常奇特。」

這會兒，海利把謝爾比先生親筆簽名的推薦信遞給聖克萊爾，年輕人用他那修長的手指尖捏著，毫不在意地瞟了一眼，「寫得挺神氣的嘛，字寫得也很不錯。不過，關於宗教的問題，我並不明白，」年輕人的眼睛裡又一次出現了剛才那種戲弄人的神色，「那些看似虔誠的白種人已經把我們的國家折騰得一塌糊塗，競選之前，政治家們個個都是虔誠的信徒，還有政府機關和教會也是這樣，以至於人們簡直不明白以後還可以再上什麼人的當。我不知道原來宗教也可以用來做生意的，我這幾天都沒看到報紙，也不知道宗教的市場怎麼樣，那麼請問一下，我在宗教這個項目上要多付幾百塊錢？」

海利說：「你真有意思。不過，你說的也不是沒有道理，但是我知道，信教的人也有各種各樣的，有些人實在不怎麼樣，只有在做禮拜的時候才表現得很虔誠，不論他是白人還是黑人，這種人都不能算是真正的基督徒；但是湯姆不是這樣，我見過不少誠實、可靠、虔誠的黑人，你永遠別想讓他們幹任何他們覺得不正確的事。從這封信裡，你就能看出湯姆原來的主人是如何評價他的。」

「夠啦，別再說了，」年輕人說著，神情嚴肅地彎下腰去拿他的錢包，「要是你能保證花錢可以買到美好的品德，並且請求上帝把它算在我的帳上，那花多少錢我都高興，這總行了吧。」

「實話說，我可不能打包票。在我看來，到了天堂，每個人都要爲自己的命運負責。」

「你在宗教上敲了我這麼多錢，可在我在最需要它的時候，卻不能拿它來抵帳，真是個愚蠢的交易啊！」年輕人說著，數了一疊鈔票遞給海利，「你數數吧！」

「嗯。」海利笑著說道，而後他拿出一個舊墨水盒，開始寫收據，很快，他把收據寫好交給了年輕人。

年輕人看了看收據，說：「假如把我各個部分分開來列一份清單，不知道能不能賣這麼多錢？他的頭值多少，高額頭、胸膛、手和腳分別值多少，還有教育、學問、才能、忠誠，也要分開算，恐怕剩下最後這項就值不了什麼錢了。伊娃，快過來！」

年輕人呼喚著女兒。他拉著伊娃的手，從甲板的這頭走到那頭，風趣地抬起湯姆的下巴，問道：「湯姆，抬一下頭，看看對你的新主人滿不滿意？」

湯姆抬起頭來。無論誰見了這麼一張年輕、快樂而又英俊的臉龐都會喜歡的。湯姆暗自為自己慶幸，他真誠地說：「老爺，願上帝保佑你！」

「但願如此。你叫什麼名字？哦，湯姆？無論怎麼樣，你為我祈禱總比我自己祈禱要靈驗。湯姆，你會趕馬車嗎？」

「我之前一直都在跟馬打交道。謝爾比先生家裡養了許多馬。」

「那你就先替我趕馬車吧。但是，湯姆，有個規定，你每個星期只能喝一次酒，多了就要受罰，除非是什麼特殊的情況。」

湯姆驚訝地看著主人，感覺這句話傷害了他的自尊心，他說：「我從來不喝酒的，老爺。」

「這種話我常聽，但是我們走著瞧吧。要是你真的不喝酒，那對你我都好。不要在意，湯姆。」當他看到湯姆的情緒依舊很低沉，年輕人又開心地補充道：「我相信你一定會好好幹的。」

「我當然會的，老爺。」

「你以後不會過什麼苦日子了，爸爸對每個人都非常好，就是愛和大家開玩笑。」伊娃說道。聖克萊爾笑著說：「爸爸對你的肯定表示感謝。」說完，轉身就離開了。

chapter 15

湯姆的新主人及各項事務

進入本章，我們卑微的主人公的命運就和一個高貴的人家聯繫起來了，那麼就先對這戶人家做一個簡單的介紹，讓讀者做一個更全面的瞭解。

聖克萊爾家族的祖籍在加拿大，現在在路易斯安那州，而奧古斯丁·聖克萊爾是一個富有的莊園主的其中一個兒子。他有一個性格和氣質都十分相似的兄弟，那個兄弟在佛蒙特州一個農莊安了家，而他則成了路易斯安那州一個家境富裕的種植園主。奧古斯丁的母親信仰法國雨格諾教派，她的先祖在路易斯安那州剛開始開闢殖民地時期就遷到了這裡，他們夫婦只有奧古斯丁和他的兄弟這兩個孩子。他和母親一樣，從小身體就十分虛弱，聽從了家庭醫生的建議，小時候在佛蒙特伯父家待了幾年，爲了讓身體在較爲寒冷乾爽的天氣中能鍛煉得更強壯一些。

幼時的奧古斯丁性情非常多愁善感，像女人般既敏感又溫柔，優柔寡斷，並且不像男人一樣剛毅、果斷，這在他身上表現得非常明顯。但是經過歲月的洗刷，他這種女性化的氣質漸漸被成年人的成熟、粗硬的軀體包住，只有少數幾個人知道這種特點仍然存活在他內心深處。他崇尚理想主義和唯美主義，對日常生活瑣事則感到十分厭煩，這是有才幹的人通過理智權衡後的普遍結果。

大學剛畢業時，他心裡燃起了一種狂熱的浪漫主義激情。他生命中只降臨一次的時刻來臨了——他的幸運之星高高掛在天上——但是這顆星卻是徒勞升起的，只能像一場夢一樣爲他留下美好的回憶；對他而言情況就是這樣的。

詳細地說，在北方某一個州他結識了一個美麗而高雅的女人，兩個人一見鍾情，便立下婚約，於是他返回南方籌辦婚事，但是出人意料的是，他的信件全都被退了回來，她的監護人還寫了一張紙條給他，說在他收到這封信之前，這個女人已經嫁給了別人。

在得知這一消息後，他的精神受到了極大的刺激，他想要像別人那樣冷靜下來把此事拋到腦後，但是他做不到，強烈的自尊心使他不再向對方索求解釋，而作爲報復，他立刻出現在各個社交場合，在接到那封可怕的信後兩個星期，他就成了當時第一交際花的情人，和那位有著一雙明亮的黑眼睛，擁有十萬家產的美麗小姐結了婚，成爲眾人羨慕不已的對象。

正當這對新婚夫妻在龐恰特雷恩湖邊的一所別墅裡歡度蜜月，款待好友時，有一天突然收到一封信。他從筆跡一眼就知道這封信是之前那位美麗的小姐寫的，臉色立即變得慘白。不過，在客人面前，他還得強裝鎮靜。

在和一位小姐舌戰一番後，他獨自一人回到臥室裡，拆開信著急地讀了起來。在信中，那位小姐把她受監護人一家的威逼利誘而嫁給他們的兒子的經過敘述了一番，還談到她不停地給他寫信卻遲遲不見他的回信，直到她最後產生了懷疑，又談到她如何憂慮成疾，日漸消瘦，直到最後她發覺了監護人一家設下的詭計。

在信的結尾，那位小姐傾訴了對他的深情，話語中充滿了期盼和感激。可是，對於這位不幸的年輕人來說，此時收到這封信真比死的滋味還難受。他當即就寫了回信，信中這樣寫道：「你的來信我已經收到——可是這封信來得太遲了，我聽信了你監護人的謠言，因而絕望之下，現在已和別人結了婚，我們之間的一切都已經結束了，我們只有忘記過去，這才是我們唯一的出路。」

奧古斯丁．聖克萊爾畢生的夢想與浪漫史就這樣結束了，但是現實卻擺在他面前——現實像翻騰的潮水退去以後那平坦、空曠的海灘，剩下的全是黏稠的稀泥。

小說裡的人物悲痛而死，所有的一切都會結束；這麼做也只有在小說中才是容易的，但是在現實生活裡，當生命中一切美好的事物全部消失之後，我們不會也不能死去，還有許多但又必不可少的吃飯、穿衣、行走、訪友、做買賣、聊天、看書等諸多我們稱之爲「生活」的事情要去做，奧古斯丁也必須把這些繼續下去。

如果他的妻子身心健全，也許還會爲他做點兒什麼——女人常有這種本事，把他那根折斷了的生命線重新連接起來，織成一條美麗的彩帶。可是，瑪麗．聖克萊爾根本沒注意到丈夫的生命線已經折斷。瑪麗雖然是個身姿綽約、家財萬貫的女人，可這些卻不能撫平他心靈的創傷。

當瑪麗看到奧古斯丁面容蒼白地躺在沙發裡，推說自己由於頭痛痛苦不堪時，就勸他聞聞嗅鹽。然而，當接連幾個星期奧古斯丁蒼白的面容與頭疼依然持續出現時，她也只是說她沒想到丈夫身體這麼虛弱，但是看他這麼容易就患上頭痛，這對她而言真是太不幸了，因爲這樣使他不能陪她出去應酬，而他們剛剛結婚，如果她總是獨自出去也不太好。奧古斯丁發現自己的妻子如此遲鈍，心裡反而覺得挺高興。

然而當蜜月的新鮮和喜慶色彩與相敬如賓的氣氛慢慢消逝以後，他才知道一個從小受盡寵愛、年輕貌美的女人，在生活中也極有可能會是一個嚴厲的家庭主婦。瑪麗從來不知道如何去愛別人，不會善解人意，她僅有的那點關心和情感都不自覺地匯入了她那強烈的自私自利中。

她冷酷無情、事事只考慮自己，並且她這種自私自利已經發展到了無藥可救的地步。她從小就被僕人服侍慣了，他們生存的唯一目的就是想盡辦法去討好她，小心侍候她；她從沒想過他們也有感情，也有權利。

作爲家裡唯一的孩子，她從來都是有求必應。當她長大成爲一個多才多藝的美麗女人和繼承人時，初入社交圈，她的石榴裙下便拜倒了一幫出身門第各不相同的年輕人，她覺得奧古斯丁能娶到她，應該是最幸運的人了。

如果有人認爲一位毫無感情可言的女人對待愛情會毫不在意，那他就完全錯了。自私自利的女人剝奪對方的愛情的本領也是世上無人能及的；當她越來越不討人喜歡時，她就越會貪得無厭、錙銖必較地去榨取愛情，所以當聖克萊爾不再像剛談戀愛時那樣對她體貼入微時，他的女王便在那兒成天地抹眼淚，不是撅著嘴，使性子，就是抱怨個沒完沒了。

幸運的是聖克萊爾脾氣很好，總能買來各種禮物陪著好話來應付瑪麗。

不久，瑪麗生下一個美麗的女兒，當她做母親後，有那麼一瞬間，他感覺自己的心裡被喚起了一種類似柔情的感覺。聖克萊爾的母親是一個非常高貴、純潔和善良的女人，所以他把母親的名字賜予自己的女兒，想讓她成爲像母親一樣的人。關於這一點，妻子非常生氣，嫉妒萬分，開始用懷疑與厭惡的態度來看待丈夫對女兒的寵愛，就好像是丈夫多一分對女兒的愛，自己就會少一分似的。

孩子出生之後，她的身體越來越虛弱。很顯然是因爲她終日無所事事，從來不運動——飽食終日與抱怨不止形成的無盡的爭吵，再加上產後常見的虛弱——沒過幾年時間，這個美麗如花的美人被折磨成了一個孱弱多病的黃臉婆。她常常幻想自己被病魔纏繞，覺得自己是世界上最委屈、最苦命的女人。

她有很多病，多得數也數不清，最常見的就是頭痛，這經常讓她六天裡有三天都閉門不出。

這樣的話，所有的家務自然全都要由僕人們來做。

聖克萊爾對家庭生活感到極不舒服。他的女兒身體非常虛弱，他害怕假如沒有人照顧和關心體弱的獨生女，母親的失職會影響她的健康與性命安危，於是他帶著女兒來到佛蒙特，說服堂姐奧菲利亞·聖克萊爾跟他一起來南方。此時他們正在返回南方的路上，我們已經將他們的經歷為讀者簡單地介紹了一下。

此刻，我們已經能夠從遠處看到新奧爾良市的圓屋頂與塔尖了，但還有點兒時間可以讓我把奧菲利亞小姐介紹給大家。

但凡去過新英格蘭各州[31]的人肯定都不會忘記那裡涼爽的氣候，村莊寬敞的大農舍，綠樹成蔭、芳草青青、整潔的院子和茂盛的糖楓樹；不會忘記籠罩著那裡的安寧與秩序，以及恆久不變的祥和氣氛。一切都那麼井井有條，那麼萬無一失。籬笆裡沒有一根鬆垮的木樁，院裡草色蔥鬱、窗子下面丁香叢生，沒有絲毫凌亂的東西。

他還記得農舍中那寬敞整潔的房間，看起來是那麼安靜悠閒；裡邊所有的東西都井然有序，永恆不變地擺在合適的位置；每一件家務事都準時進行著，精確得就像房子角落裡的那個古鐘一樣。在客廳裡，他還記得有個古老的玻璃書櫃，裡邊莊嚴體面地擺著米爾頓的《失樂園》、班揚的《天路歷程》、司各特的《家庭聖經》和很多同樣莊嚴、同樣體面的書。

家裡沒有僕人，只有一個戴著眼鏡和一頂白帽子的婦人，每天下午同女兒們一起坐在那兒做針線活兒，就好像她從來沒幹過什麼家務事，也用不著去幹一樣——事實上，她和女兒們在大家還

31. 指美國東北部六州。

未醒來的早晨就已經「收拾完畢」，無論任何時間，無論你什麼時候看見她們，屋裡都那麼整潔，那麼有序。廚房的地板似乎根本就沾染不上塵土；桌子、椅子以及一切烹調用具總是擺得很有格局；雖然一日三頓飯、甚至四頓飯都在這裡做，一家人的衣服也都在這兒清洗熨燙，而且時常還像變戲法一樣做出幾磅黃油和乳酪。

當她的堂弟聖克萊爾請她到他南方的家裡時，奧菲利亞小姐已經在這樣的環境中默默地生活了四十五年。雖然這個家庭中有許多兄弟姐妹，而且她還是長女，但是她依然被父母當做是孩子，這次她受到邀請去奧爾良，對一家人而言是件非常大的事。

滿頭銀髮的老父親從書櫃中取出莫斯的《地理志》查到了奧爾良的準確方位，還細細地讀了弗林特寫的《西南遊記》，好在心中弄清楚那邊的情況。溫和親切的母親也在忙著打聽：「奧爾良是個可怕的地方嗎？」她問道。因爲在她眼裡，這次旅程甚至像是去往三明治島[32]，或去未開化的野蠻國家似的。

無論在牧師家、醫生家，還是皮博迪小姐的衣帽店鋪裡，所有人都知道奧菲利亞．聖克萊爾的堂弟邀請她一起去奧爾良，所以，村裡人在商量這個重大事件的過程中也想要幫點兒忙。牧師十分贊同廢奴主義思想，覺得這麼做好像是在支持南方人的黑奴制度；而醫生則是一個堅決的殖民地開拓主義者，他建議奧菲利亞應該去南方，向奧爾良的人證明其實我們對他們並無惡意，他甚至認爲南方人應當受到一點鼓勵才對。

當人人都知道奧菲利亞小姐決定前往南方以後，那兩個星期，她的每一個朋友和鄰居都非常

32. 即今夏威夷群島。

熱情地邀請她去喝茶，對她的打算與行程做了詳細的詢問和探討。來家裡幫她整理行裝的莫斯莉小姐，每天都能從奧菲利亞小姐那裡得到新裝的進展情況。

有確切的消息說，辛克萊老爺（鄰居們都將他的姓聖克萊爾簡稱為辛克萊）把五十塊錢交給奧菲利亞小姐，讓她去買幾件合心意的衣服；還說她從波士頓訂做了一頂帽子和兩件綢緞衣服。

關於這筆錢該不該花，人們各持己見——有的人覺得這筆錢該花，畢竟一生中難得遇上這麼件事；另一些人則認為這些錢應該捐給教會。最終大家在這個問題上達成了一致的看法：不管你對衣服主人有什麼看法，在紐約訂購的那把遮陽傘在這一帶是買不到的；而她的一件綢緞衣裙在這一帶也是絕沒有第二件的。還有人說，奧菲利亞小姐有塊抽絲繡的手絹，而且是縫了花邊的手絹——甚至還有人補充說手絹四角都繡滿了花，但最終這個傳言也沒能得到證實，到現在仍是個謎。

此時，站在你面前的奧菲利亞小姐身著一套嶄新的亞麻布黃色旅行服，纖瘦的身體修長，消瘦的臉上眉清目秀，她習慣性地閉著嘴唇，好像在任何事上都顯得果斷而有主見。她眼神銳利，總是露出一種不同於眾人的洞察一切、明察秋毫的神色，並且絕無疏漏，像在找什麼需要照顧的東西似的。她精力充沛、果敢乾脆，雖然平日少言寡語，可是說起話來開門見山、真誠中肯。

她的生活習慣體現了她做事嚴謹、井井有條和按部就班，她在時間方面精確得像時鐘一樣，如同火車頭一般刻不容緩；她對一切有悖於這些生活原則的事情都非常痛恨。

在她心中，最大的罪過，或者說是所有罪惡的總和，可以用她話語中一個使用頻率很高的詞來描述，那就是「沒辦法」。她絕對的、最後的蔑視蘊含在加重語氣說出「沒辦法」一詞中，只要和達成心裡一個明確的目標沒有直接且密切聯繫的一切，她都一概用「沒辦法」來形容。只要是無所事事的人，或者是毫無主見的人，再或者是不用最直接的辦法把要幹的事做完的人，統統都是她輕視的人——但是這種輕視並不是通過她說的話，而是透過她陰沉的臉色體現出來的，好像她不願對這樣的事發表意見似的。

而在學識修養方面，她頭腦機敏、果斷，思路清晰，且對歷史和英國早期的古典作品非常熟悉。在有限範圍內，她的思想極其深刻。同時，她的宗教信仰也被整理得井井有條，一一貼上了清楚明白的標籤，然後收藏起來，以備後用，就像她那個放破布的箱子裡的一捆捆布條一樣，數量相當驚人。

對於現實生活中的很多事情也是這樣，比如說家務事的範圍，她家鄉村莊裡的一切政治關係等等。良心是她處世準則的根基。對新英格蘭地區的女人們來說，良心高於一切。

奧菲利亞小姐正是一個「責任感」驅使下的奴僕，如果她覺得某件事是她不可推辭的責任，哪怕讓她上刀山下火海也擋不住她的決心和行動；一旦她認定這屬於自己的責任，就一定會眼睛都不眨一下地跳進井裡，或是迎著上了膛的炮口昂首向前。

她的是非觀念是那麼高尚、那麼無私、那麼全面，對人性的缺點絲毫不會妥協，但結果往往是，雖然她爲了達到這一目的而竭盡全力，但從未達成過目標，重擔也自然而然地落在了她身上，她時常會產生一種鬱鬱不得志的感覺——這也爲她的虔誠性格罩上了一層嚴厲而略帶一些沉悶的色彩。

但是，不知是什麼原因，奧菲利亞小姐和聖克萊爾先生非常合得來。他是那麼一個快活的人，性格又如此散漫，毫無時間觀念，而且太過於理想化，不切實際，根本沒有什麼信仰。一句話，凡是被奧菲利亞遵從的生活習慣和見解全部被他隨心所欲地踐踏在腳下，但事實上，奧菲利亞小姐十分喜愛這位堂弟。他小時候，是她爲他縫補衣服、梳頭，教他教義，指引他向他應當發展的方向前進。她心裡具有充滿溫情的一面，奧古斯丁自己就幾乎占去了一大半——他同大部分人的關係都一樣——所以他幾乎沒費什麼力氣就把她說服了，使她相信到新奧爾良是她「義不容辭」的責任，她必須要跟他一起去那兒去照料伊娃，在他妻子生病期間為他整理家務，拯救他的家庭。

每次她想到一個家無人照管，她就非常難受；更何況她非常疼愛這個招人喜歡的小「天使」，不過有誰會不疼愛她呢？——雖然在她眼中奧古斯丁是個完全不信教的人，但她仍然愛著他，對他的調侃一笑了之，對他的缺點毫無怨言地遷就著，這讓很多瞭解她的人都覺得不可思議。但是要想更全面地瞭解奧菲利亞小姐，大家只能親自去和她接觸了。

此刻她正在船艙裡坐著，身邊堆滿了各式各樣、大大小小的旅行箱、包裹和籃子，所有的容器中都盛著不同的東西，她正在仔細地包紮這些東西，忙得不亦樂乎。

「伊娃，你數過這些東西嗎？一定沒有——孩子們從來不喜歡做這些事。你看，那個帶花點兒的旅行包加上這個裝你那頂漂亮帽子的小盒子，這是兩件；印度橡膠背包，三件了；我的針線盒和捲尺，四件；我裝帽子的盒子，五件；我裝衣領的盒子，六件；棕色的小箱子，總共七件了。哎呀，你的小陽傘放到哪裡了？給我，我用紙把它包起來，和我的雨傘及陽傘捆在一起——噢，好了，東西都齊了。」

「姑姑，哎呀，我們不是要回家嗎？——為什麼還要這樣整理啊？」

「孩子，這樣東西才能規整；假如人想擁有東西，就要將東西收拾好。喂，伊娃，你把頂針收好了沒有？」

「啊，姑姑，我忘記了。」

「好啦，沒事，讓我看看你的盒子：頂針，石蠟，兩軸線，剪刀，小刀，針線，齊了，就放在這兒吧。孩子，你們來的時候只有爸爸陪在你身邊，你們倆是怎麼弄的？我猜你們會把所有的東西都弄丟的。」

「啊呀，姑姑，我真的丟了很多東西，但不管丟了什麼，在船靠岸時爸爸都會再買給我的。」

「天呀，孩子──真是讓人頭疼！」

「這個辦法很簡單啊，不是嗎，姑姑？」伊娃說。

姑姑說：「這個辦法真不好，那是沒辦法時的辦法。」

「哎呀，姑姑，現在要怎麼辦才好？」伊娃說，「你看，那只箱子裝的太滿了，都關不上了。」

「它必須乖乖地給我關上。」姑姑帶著大將風度說，一邊還使勁兒往箱子裡塞著東西，接著關上箱蓋，但箱子還是留了條小縫兒。

奧菲利亞小姐堅定地說：「坐到箱子上來，伊娃！第一次能成功，第二次也肯定可以的，現在就要做到的──除此以外，別無辦法。」

最後，這斬釘截鐵的宣言把箱子震住了，它無奈投降，喀嗒一聲，鎖扣終於鎖上了，奧菲利亞小姐轉動鑰匙把箱子鎖上，接著拔出鑰匙得意洋洋地將它放進了口袋裡。

「現在一切都準備妥當。你爸爸呢？我覺得，是時候把行李搬出去了。伊娃，看看你爸爸是不是在外邊？」

「在，我看到他了，他正在男賓客廳裡面吃橘子呢。」

「他可能是不知道輪船馬上就要靠岸了，」姑姑說，「你快跑過去告訴他一聲。」

「不管幹什麼，爸爸總是不疾不徐的。」伊娃說，「更何況船還沒靠岸呢。姑姑，快跟我來護欄這邊，看啊，這就是我們的家，就是那條街上的那所房子！」

這時，輪船已經像個疲憊不堪的大型怪獸一樣，氣喘吁吁地駛向岸邊。伊娃興奮地指著所有尖塔、圓屋頂和路的標誌，這一切讓她明白，他們到家了。

「是的，是的，親愛的伊娃，很壯麗。」奧菲利亞小姐說，「但是，上帝呀！船已經停了！你爸爸在哪兒呢？」

此時，通常上岸時熙熙攘攘的一幕又出現了，到處都是穿梭的侍役，男人們用力提著箱子和旅行包，女人們焦急地高聲喊著孩子的名字，大家都擁到通往岸邊的跳板旁邊，擠成一片。

奧菲利亞小姐果斷地坐在了剛剛繳械投降的箱子上，以軍隊的嚴明紀律看守著她所有的財富，好像是決定要把它們保護到底。

「我來給您提箱子吧，太太？」「太太，讓我給你提這旅行包吧？」「太太，就放心把行李交給我保管吧？」「太太，我幫您將這些行李搬到岸上去，好嗎？」對這充斥在耳邊的建議她統統不予理睬，她堅決地坐在箱子上，手裡緊緊地抓著她那把陽傘，筆直地像插在紙板上的一根織補針。她拒絕時態度十分強硬，就連公共馬車夫見此也識趣地走開了。

她一邊應付他們，一邊不停問著伊娃，「你爸爸怎麼回事？他究竟在想什麼？該不會落水了吧——一定是發生了什麼意外。」——就在她等得焦急不安時，他像沒事人似的慢悠悠地邁著悠閒的步子踱到她跟前，把正在吃著的橘子掰了一半給伊娃，說道，「啊，我說，堂姐，你一定把行李都整理好了吧。」

「早就收拾好了，我們都快等一個鐘頭了，」奧菲利亞小姐說，「我還在擔心你出了什麼意外呢。」

「你真是太厲害了，」他說，「好啦，馬車現在等著我們呢，旅客們都快走光了，此刻我們可以像個基督徒一樣體面地下船了，也不用擠在人群中艱難行走。這邊，」他吩咐站在他後面的馬車夫說，「把行李搬上車。」

「我去看著他裝車。」奧菲利亞小姐說。

「哦，算啦，堂姐，這些事不用你做。」聖克萊爾說。

「哎，那好吧，這件、這件還有這件我要自己拿。」奧菲利亞小姐說著，挑了三個盒子和一個小行李袋放在手裡。

「來自佛蒙特的親愛的小姐，你不要這麼不合時宜嘛，你來奧爾良，就要遵守南方的規矩，千萬別扛著這麼多行李出去，不然別人會把你當成女傭的，快將行李交給這個夥計吧，我保證他會像拿雞蛋一樣小心的。」

當堂弟從她手中搶走她寶貝的時候，奧菲利亞小姐一臉的沮喪，當她在馬車上重新看到一切完整無缺地堆放在一起時，終於放下心，開心起來。

「湯姆在哪兒？」伊娃問。

「嗯，寶貝，他在外邊。我想把湯姆當禮物送給你媽媽，取代那個喝醉酒翻了車的傢伙。」

「嗯，湯姆一定會是一個出色的車夫，」伊娃說，「我相信他永遠都不會成爲酒鬼的。」

馬車在一座古色古香的宅子前緩緩停下了。房屋建築結合了西班牙與法式的雙重特點，在新奧爾良的很多地方，這種房子並不少見。總體上看來有點兒像西北非摩爾人[33]的建築——一所四四方方的房子，中間是一個大院子，馬車由拱形大門直接進入院子。院子裡的佈局很明顯是爲了滿足

33. 這裡指阿拉伯征服西班牙時的建築風格。

一些奢侈獨特的想像而設計的，周圍是寬闊的走廊，那摩爾人式的拱門和細柱子以及阿拉伯式的裝潢，都使人像做夢一樣進入那個東方人統治西班牙的傳奇時代。

院子正中間有個噴泉，銀色的水柱濺得很高，亮晶晶的水花不停地落在一個大理石水池裡，水池周圍是一圈茂密而芬芳的紫羅蘭。噴水池中的水清澈見底，一群金色和銀白色的魚兒在池子裡游來游去，像珠寶一樣閃耀著光芒。噴水池四周擁有美麗圖案的小路是用碎石鋪成的，小路兩旁是像綠絲絨一樣光滑的草地，最外邊圍了一圈馬車道。院子裡兩株粗壯而開滿鮮花的橘子樹繁盛茂密，此時已經鮮花錦簇，芳香撲鼻。

草地上還有一圈雕刻著阿拉伯式圖案的大理石花盆，裡面的熱帶奇花異草長勢良好。院子中還有綠葉和紅花相互映襯的石榴樹；葉子綠得發黑、鮮花似繁星的阿拉伯素馨花；美麗的天竺葵；茁壯成長的被滿枝花朵壓彎腰的玫瑰；金燦燦的蔦蘿；有檸檬清香的馬鞭花；各種顏色和各種香味在院子裡會合，簡直是百花齊放，爭奇鬥豔。

偶爾在這裡或者那裡也會冒出一棵神奇的蘆薈，或是一株葉片很大的龍舌蘭，莊重、奇怪地挺立在一叢快要枯萎的花草中。院子周圍的迴廊上掛著用西北緋紅布做的窗簾，隨時都可以放下來遮陽。總之，整個院子看起來華麗又浪漫。

馬車剛剛駛入院子，伊娃就情不自禁地飛奔出去，像隻迫不及待地想從鳥籠裡衝出去的小鳥一樣，高興極了。

「啊，它是多麼美麗，多麼可愛呀！這就是我親愛的家！」她對奧菲利亞小姐驕傲地說，「它美吧？」

「確實是一個十分美麗的地方，」奧菲利亞小姐下車的時候說，「雖然房子已經很古老了，還略微帶些異教色彩，但是不可否認它的確很漂亮。」

此刻，湯姆也從馬車上下來了，他默默地四處張望，欣賞著這個房子。

要知道，黑人是世界上最富有異國情調的美麗國家的臣民，在他的內心深處埋藏著對所有華麗、珍奇之美的深深的愛。他曾經以出自本能的審美觀完全陶醉在這種被美麗燃起的激情中，卻常常遭到那些冷靜而精明的白人的嘲笑。

聖克萊爾是一個天生像詩人一樣放浪形骸的人。當他聽到奧菲利亞小姐這番對他住宅的評價時，只是笑了一笑。他朝湯姆看去，發現他正在東張西望，黑黝黝的臉上流露出驚嘆的神情，顯出一副羨慕的神色。

「湯姆，夥計，看起來你對這兒十分滿意。」

「是的，老爺，這房子真是太完美了。」湯姆說。

很快，這一切就過去了。箱子被快速地搬下車，聖克萊爾付給了馬車夫錢，而現在，一些不同年紀、高低不等的僕人們紛紛從樓上樓下的迴廊中跑來迎接主人。

走在最前邊的是個衣著得體的混血年輕人，一眼就能看出，他是僕人們中的一號人物，衣著十分考究，手裡拿著一條噴過香水的亞麻手帕。

這名重要的僕人很快把僕人們趕到迴廊的另一邊，「都向後退！別在這兒給我丟人。」他威嚴地說，「老爺剛回家，你們就要打擾一家人團聚嗎？」

這一番正經的奉承話讓周圍的僕人們都感到羞愧起來，一直向後退到了合適的距離聚在一起，只有兩個健壯的搬運工走了過來，開始往房子裡搬行李。

當聖克萊爾付了車費轉過身來的時候，多虧了阿道爾夫先生的組織有方，眼前就只剩下他自己了，只見他上身穿一件緞子背心，下身穿了一條雪白的褲子，手上戴了一根耀眼的金錶鏈。他點頭哈腰，那種奉承和諂媚勁兒就別提了。

「哦，阿道爾夫，你還好嗎？」主人一邊說著，一邊向他伸出手，「夥計，看起來不錯嘛？」阿道爾夫立刻喋喋不休地說起來，這番話顯然他已經琢磨半個月了。

「好了，好了，」聖克萊爾依舊以心不在焉而調侃的神態走著說，「說得不錯，阿道爾夫。好啦，讓大家把行李歸置好吧。我很快就出來。」他一邊說一邊把奧菲利亞小姐帶到了一個正對著走廊的大客廳中。

這時，伊娃小姐早就像隻快樂的小鳥兒一樣，穿過了門廳與客廳，飛跑進一個在遊廊上的小臥室裡。一位身材修長、臉色蠟黃、眼睛烏黑的女人斜倚在一張睡椅上，略微把身子抬了抬。

「媽媽！」伊娃興奮地撲過去摟著這個女人的脖子喊道，不停地擁抱她，親吻她。

「好了。小心點兒，寶貝，別再親了，你吵得我又開始頭痛了。」母親懶懶地吻了女兒一下說。

這時，聖克萊爾剛好走進房間，他毫無激情地以一個丈夫應有的方式擁抱了妻子一下，接著爲妻子介紹自己的堂姐。

瑪麗有點兒好奇地抬起眼睛看了一下堂姐，神情慵懶地以禮相待。

這時，許多僕人已經擠在門口，一個相貌端莊的中年混血女傭站在最前邊，欣喜與期待令她全身發抖。

「啊，親愛的奶媽！」伊娃叫喊著穿過屋子撲進奶媽懷裡，止不住地吻她。

這個女人並沒有抱怨伊娃讓她頭疼，相反，她把她使勁兒摟在懷裡又哭又笑，令人懷疑她是不是有點兒精神失常。伊娃從奶媽懷裡掙脫出來，挨個兒從這個僕人面前跑到那個僕人面前親切地握手和親吻。

「哦！」奧菲利亞小姐說，「你們這些南方孩子幹的事兒，無論如何我都做不到。」她還說伊娃和僕人這麼親密，這簡直讓她感到討厭。

「有什麼問題嗎？」聖克萊爾問。

「實際上，我更希望以善良的心和每一個人相處，不去傷害別人，也不去親吻他們這些……」

「黑鬼，」聖克萊爾說，「你無法做到——是嗎？」

「嗯，是的。她怎能做這些事情呢？」

聖克萊爾不由得大笑起來，他走進過道，說：「唉，大家快來啊，看看我給你們帶什麼回來了？都過來！奶媽、波利、吉米、蘇基——見到老爺高興嗎？」

他一邊親切地跟大夥兒握手一邊說，「小心點兒，寶貝！」他差點被一個在地上到處亂爬的小黑娃娃絆倒，就大聲喊道：「假如我踩著誰，一定要叫出來啊！」

聖克萊爾把小銀幣散發給僕人們，大廳裡不時傳來僕人們的歡笑聲和對老爺的祈禱聲。

「好了，現在都回去吧。」他說，在場的各種膚色的僕人們全部出門到走廊上去了，伊娃則緊跟著出去了，小小的人提著個大背包，那裡面盛滿了她一路上得到的糖塊、蘋果、果仁、花邊、絲帶以及其他各種各樣的小玩意兒。

聖克萊爾剛想進屋，忽然看到了湯姆，他正別著雙腳緊張地站在一邊，而阿道爾夫正懶懶地靠在欄杆上輕蔑地用望遠鏡望著湯姆，那神態一點都不遜色於任何一個公子哥兒。

「呸，你這個畜生，你就是這樣對待同伴的嗎？」主人一把打落望遠鏡，「阿道爾夫，」他補充了一句，一隻手指著阿道夫身上那件精緻的織錦緞背心，說：「我覺得這件背心應該是我的。」

「哦！老爺，這件背心沾滿了酒漬，像老爺這麼高貴的人怎麼還能接著穿這種衣服呢？我是說，這條背心肯定是要給我的，只有像我這樣苦命的黑人才穿這種背心呢。」

話音剛落，阿道爾夫甩了一下頭，故作瀟灑地用手理了理噴過香水的頭髮。

「這樣啊，那好吧。」聖克萊爾毫不在乎地說，「行了，我現在帶湯姆去見一下太太，之後你帶他去廚房，別對著他擺什麼臭架子，他能頂兩個像你這樣的狗東西。」

「老爺總是喜歡逗我們，」阿道爾夫笑道，「看到老爺精神爽利，我也很高興。」

「湯姆，到這兒來。」聖克萊爾招呼道。

湯姆隨著先生進了屋。他靜靜地看著屋裡的絲絨地毯，以及那些從來不曾見過的奢華東西：鏡子、雕塑、油畫和窗簾。他就像是示巴女王站在所羅門王殿前[34]一樣，驚嘆得幾乎有點兒魂不附體。他好像都不知道應該踩在哪兒了。

「我說，瑪麗，你看，」聖克萊爾對妻子說，「我為你買了個馬車夫，告訴你，他很穩重，只要你喜歡，他就會將車趕得非常穩當。你睜開眼看看他，以後千萬不要再說我一出門就把你忘在腦後了。」

瑪麗躺在床上，睜開眼看了湯姆一眼，但是沒站起身來。

「他的樣子一看就是個酒鬼。」她說。

「不可能，賣主保證他很虔誠，而且從不喝酒。」

「啊，希望是這樣的，」夫人說，「但我可不敢這麼奢望。」

34. 典出《聖經．舊約．列王記上》第十章。所羅門王在位期間，示巴女王親自率領駝隊，滿載金銀珠寶和香料前來拜見。她訪問的目的是請所羅門王解謎，以試他的智慧，她見到宮中的豪華，驚異萬分。

「阿道爾夫，」聖克萊爾說，「把湯姆帶下去，你自己千萬要注意，」他又加了一句，「把我剛才對你講的話牢牢記在心裡。」

阿道爾夫風度翩翩、輕鬆地邁步在前，湯姆則拖著沉重的步伐跟著他。

「他看起來就像個大怪物！」瑪麗抱怨道。

「行啦，瑪麗，」聖克萊爾坐在她沙發旁邊的一條凳子上說，「你多包涵一些，對我說點兒好聽的話吧。」

「可是你在外邊多待了將近兩個星期。」瑪麗撇著嘴說。

「是的，但我寫信跟你解釋了呀。」

「那麼短一封信！語氣還那麼冷淡！」太太說。

「哎呀，別苛求了，他們急著發信，我來不及寫得長一些，否則耽誤了郵寄，那就連一個字都寄不回來了。」

「你總是這樣，」太太說，「每次都有事使你在外面待很多天，你的信也老是那麼短。」

「看這個，」他從口袋裡取出一隻精巧的絲絨盒，翻開盒蓋，「這是我從紐約給你帶的禮物。」

這是一張相片，畫面清晰，色澤柔和，就像雕版印刷的一樣，上邊印的是伊娃跟父親手挽手坐在一塊兒。

瑪麗不悅地瞟了相片一眼。接著，冷冰冰地說：「你的坐相怎麼這麼難看？」

「坐相難不難看，各人有各人的看法。你看照得到底像不像，每個人都有自己的看法，你看像嗎？」

太太又說：「要是在這件事上你認為我說的是錯的，就不要再廢話了。」太太狠狠地關上了裝相片的盒子。

「可惡的女人！」聖克萊爾心想，可是嘴裡卻仍然大聲說，「算了，瑪麗，你說我們倆像不像啊？別說那些讓人不高興的話嘛。」

「你一點都不關心我，」太太說，「一回來就讓我看東西，又是讓我說話，你知不知道，我的頭痛又犯了，已經躺在床上整整一天啦，從你回來的那時候起，家裡就又吵又鬧的，想要把我吵死嗎？」

「夫人，頭痛？」奧菲利亞小姐突然從大扶手椅裡站起來問道。她一直靜靜地坐在那裡，仔細觀察著每一件傢俱，心裡思考著它們大概值多少錢。

「是啊，這病發作起來都快要讓我難受死了。」聖克萊爾太太說。

「用杜松果泡的茶對治療頭痛很有效的，」奧菲利亞小姐說，「亞伯拉罕．佩里執事的妻子奧古斯塔經常這樣告訴我們。她可是一位有名的護士。」

「等我們湖邊花園裡的杜松果熟了，我讓人採些來給你熬茶喝。」聖克萊爾一邊說，一邊冷冷地拉了一下鈴，「堂姐，我建議你在走了這麼遠的路之後，應該收拾一下，回自己的房間休息。阿道爾夫，」他又加了一句，「把奶媽叫來。」

很快，伊娃抱著熱烈親吻的那個混血女人來了，她儀態端莊，衣著整潔，頭上高高地裹著紅黃兩色的頭巾，那是伊娃送給她並親手爲她纏好的禮物。

「奶媽，」聖克萊爾說，「這位小姐我就交給你照顧了，她很累，要休息了，你現在帶她回臥室，馬上安排她安安穩穩地睡上一覺。」接著，奧菲利亞小姐跟著奶媽出了屋子。

chapter 16 湯姆的新女主人和她的見解

「瑪麗，現在你終於可以休息了。」聖克萊爾說，「你享福的舒服日子到了，我請來的這位來自新英格蘭的堂姐非常能幹，而且很有經驗，她會把你肩上的重擔都接過去，可以爲你安排好所有的家務，好讓你有充分的時間來調養身體，恢復年輕和美麗。我看現在就把鑰匙交給她吧。」

在奧菲利亞小姐來了幾天後的一個早晨，聖克萊爾在吃早飯時宣布了這番話。

「當然好了，」瑪麗說，一隻手支著頭，「假如讓她管家，一定會發現，在南方我們這些做主人的其實才是真正的奴隸。」

「嗯，她不單單會發現這一點，還會發現許多好的方面呢。」聖克萊爾說。

「談到蓄養奴隸，好像是我們爲了自己生活的舒適才這麼做的，」瑪麗說，「但是事實上，要是這樣的話，我們完全可以將他們一個不留地放走。」

小姐伊萬傑琳目不轉睛地盯著媽媽，用真誠而疑惑的神情望著母親問：「媽媽，那你爲什麼要蓄養奴隸呢？」

「我也不知道怎麼回答，我堅信他們是麻煩的製造者。最可惡的就是這些黑奴了，我覺得我的病多半就是他們帶給我的，我知道，咱們家的奴隸遠遠比不上別人家的。」

「不要再說了，噢，瑪麗，你今天早上心情太糟糕了，」聖克萊爾說，「你明明知道事實並不是你所說的那樣；比如說奶媽，她簡直就是天下最好的人了——要不是她，你該怎麼活下去啊？」

「不可否認，奶媽是我所見過的最善良的奴隸了，」瑪麗說，「但是她現在變得自私了——自私得可怕，這是黑人的通病。」

「自私是一種非常可怕的病。」聖克萊爾嚴肅地說。

「啊，就拿奶媽說吧。」瑪麗說，「她晚上睡得非常沉，就是太自私了，她明明知道我身體不好，隨時都需要有人照顧，但是她還是睡得不省人事。你不知道，昨天晚上我費了好大勁才把她叫醒，今天早上我感到更難受了。」

「最近她不是已經連著陪你好幾夜了嗎，媽媽？」伊娃說。

「你怎麼知道的？」瑪麗憤憤道：「看來她肯定是對你發牢騷了？」

「她怎麼會向我發牢騷呢，她只是告訴我你夜裡非常難受，連著好幾個晚上都是這樣。」

聖克萊爾說：「你怎麼不讓簡或者羅絲代替她一兩個晚上呢，奶媽也需要休息啊。」

「你怎麼能這麼說呢！」瑪麗說，「你也太不關心我了，我神經那麼脆弱，就是喘口粗氣也會把我嚇個半死，一個生手睡在身邊，我還怎麼安心睡覺啊？如果奶媽真的關心我，她肯定不會睡得那麼沉。我聽說別人家裡就有這麼忠實的僕人，但我就沒那麼幸運了。」瑪麗嘆著氣抱怨道。

奧菲利亞小姐以一個旁觀者的角度認真而精明地聽著這對夫妻之間的談話，始終沉默著，好像決定弄清自己的處境與地位之後再發表意見。

「當然了，奶媽也有她的優點，」瑪麗補充道：「她做事穩重，態度也很恭敬，就是內心太自私了，而且一直無法忘記她的男人，這件事總是令她很不安心。你清楚的，我離不開她，所以結了婚搬到這裡來，必須要帶著她，可是我父親又很需要她的丈夫，就是那個打鐵匠。當時我就把自己的想法告訴了他們，我想乾脆就讓他們分手算了，反正以後兩個人也不可能再生活在一起。現在我多麼希望當時我再狠心一點，讓她再找個男人，但當時我太笨了，對他們又太寬容，所以沒怎麼堅持。當時我就告訴她了，她這輩子頂多可以再和他見一兩次面，因為我不適應我父親莊園那裡的氣候，是不會回去住的，所以就讓她再找個人，但是不行——她怎麼也不肯。奶媽有時候根本不聽勸，對於這一點，我比誰都要清楚。」

奧菲利亞小姐問：「她有孩子嗎？」

「有，兩個。」

「我覺得，讓一個女人同時與丈夫和孩子分離當然會讓她難受了。」

「是的，但我怎麼可能把他們一起帶來啊，那兩個髒兮兮的小傢伙——我可不願意他們整天在我眼前晃來晃去，而且，他們也會分散奶媽的精力。我想奶媽為此事一直很生氣，她根本不願嫁給別人；而且我斷定，即使她知道我離不開她，身體又這麼虛弱，可只要有機會，第二天她就會回去找那個男的，對此我從不懷疑，」瑪麗說，「黑人就是這麼自私，就連他們當中最善良的人也不例外。」

「想想這種事，真叫人無比煩惱。」聖克萊爾冷冷地說。

他說這些話的時候，心裡很為妻子感到羞恥，卻又得強壓心中的煩惱，所以臉不禁紅了，嘴角微微翹起，帶著一絲譏諷的意味。而這一切都沒有逃過奧菲利亞小姐銳利的目光。

「奶媽可是受盡了恩寵，」瑪麗說，「我希望你們北方的僕人們能參觀一下她的衣櫥，那裡邊掛的都是綢緞和薄紗衣服，還有一身貴重的亞麻衣服。有時我整個下午都忙著幫她修飾帽子，把她打扮得整整齊齊，好帶著她去別人家作客。說到虐待，她根本就不知道挨罵是什麼滋味，她這一輩子也只挨過一兩次鞭子。她每天都喝著濃茶或者加白糖的濃咖啡，這可真叫人受不了，不過聖克萊爾偏偏寵著這幫下人，搞得他們爲所欲爲。你看，我們家的傭人都被嬌縱慣了，他們就像被寵壞的孩子一樣自私，這我們多少都要負擔責任。爲這件事，我跟聖克萊爾已經談過多次，都不想再說了。」

「我也煩了。」聖克萊爾一邊說，一邊讀起晨報來。

伊娃面帶她獨有的深沉而真誠的表情，一直站在椅子後面聽媽媽說話，哦，美麗的伊娃，此時她輕手輕腳地走到媽媽旁邊，用雙手抱住了媽媽的脖子。

「喂，伊娃，你要幹什麼？」瑪麗說。

「媽媽，能不能讓我照顧你一夜──就一個晚上？我保證不會吵鬧你，也保證不會睡著，我經常晚上睡不著，想著──」

「噢，胡說什麼，別鬧了！」瑪麗說，「你真是個奇怪的孩子！」

「可是，行不行呀，媽媽？我一定能做到，」她怯怯地說，「奶媽身體不是很好，她告訴我，最近她的頭一直很疼。」

「唉，那是奶媽太大驚小怪了！她和別的傭人一樣，一點小小的毛病就小題大做，千萬不能由著他們──絕對不允許！對於這件事我是絕對不會遷就的。」說完，她朝奧菲利亞小姐轉過頭去，「你慢慢就會明白我爲什麼要這麼做了，要是你任由他們爲了一點兒小毛病就唧唧歪歪，身體稍有些難受就叫苦連天，那你可就有得忙了。我從來不願意跟別人訴苦，沒有人知道我自己承受了怎樣的痛苦，我覺得這麼做是我的責任，而我也正是這麼做的。」

奧菲利亞小姐聽見最後的結論，不禁雙目圓瞪，顯得極爲驚訝；聖克萊爾被她這副表情禁不住被逗得笑出聲來。

「只要我一提到我的病，他就會沒有良心地笑出聲來，」瑪麗以忍受折磨的殉教者的聲音說，「我希望他不要有後悔的那一天！」說罷，她忍不住用手帕擦起眼淚來。

當然，大夥兒還能說什麼呢，隨後聖克萊爾站起來，看了看錶，說要去赴約，伊娃也蹦蹦跳跳地跟著他走了，只有奧菲利亞小姐還陪著瑪麗坐在桌前。

「你看，他就是這樣！」瑪麗說，把擦過淚的手帕扔到桌上，只是這一舉動讓要受譴責的人早早離開了。

「他從來不關心、從來不會，也從來都不知道我這些年都吃過多少苦，受過多少罪。假如我是那種動不動就抱怨的女人，或是對自己的病小題大做，那他這樣做還可以得到原諒，男人當然會討厭一個囉囉嗦嗦、不停發牢騷的妻子；但我什麼也沒說，總是自己忍受著，可是這麼做反倒讓他覺得我可以忍受一切。」

奧菲利亞小姐聽到這番言論後，幾乎不知自己該說些什麼。正當她思考著應該怎麼開口時，瑪麗慢慢擦去眼淚，把頭髮、衣服整理了一下，如同剛剛經歷過一場暴風雨的鴿子要清理羽毛一樣，然後就開始跟奧菲利亞小姐說起了家務事，比如壁櫃、碗櫥、衣櫃、貯藏室，還有許多其他事情。

因為雙方已經達成一致意見，以後一切家務事都由奧菲利亞小姐掌管，瑪麗對她說了許多要注意的事、做了很多叮囑和警告，假如不是奧菲利亞小姐辦事井井有條，精明能幹，早被她弄糊塗了。

「好啦，」瑪麗說，「我覺得，我應該交代的事都已經交代完了，這樣，下次我頭痛再犯時，你就可以獨自處理家務，而我也不用操心了——但是伊娃這個孩子，還是要多費點兒心。」

「可是她是那麼的乖巧可人，」奧菲利亞小姐說，「我從來沒有見過比她更可愛的孩子了。」

「伊娃的想法十分奇怪，」她的媽媽說，「嗯，十分奇怪，有許多和別人不一樣的地方。最起碼，她和我就不一樣，一點兒也不一樣。」

瑪麗嘆息了一聲，似乎此事令她很是傷心。

奧菲利亞小姐心中暗想，「幸虧和你不一樣。」但她很謹慎，是不會把這句話說出口的。

「伊娃老是和傭人們在一起，這對有些孩子而言，也不會有什麼壞處，小的時候，我就常常和爸爸的小黑奴一塊兒玩，不過這沒給我帶來任何不好的影響，但不知爲什麼，伊娃似乎總把她身邊所有的人都當成是和她地位相等的人，這是這個孩子身上的奇怪之處，我一直都沒有把她這個毛病改過來，而她爸爸卻很支持她這樣做。事實上，除了對他的妻子以外，他對這家裡的任何一個人都很寬容。」

奧菲利亞小姐坐在那裡，再次一言不發。

「對待下人只有一個辦法，那就是鄙視他們，」瑪麗說，「要讓他們明白自己的身分，對我來說，我從小就認爲這是理所當然的事，但是伊娃一個人就足以慣壞家裡的黑奴了，我真無法想像以後她自己當家時會是什麼樣子。我並不反對仁慈地對待奴隸——我也一直是這麼做的，但是奴隸就是奴隸，你要讓他們明白自己的身分，但伊娃從來不這麼做，這個孩子的頭腦中連對傭人的身分這種最起碼的想法都沒有！剛才你不是也聽到了嗎，她說想在晚上照顧我，只是爲了讓奶媽好好休息！這只是一個例子，但足以說明要是順著她，這個孩子一定會這樣去做每一件事。」

「哎呀，」奧菲利亞小姐坦誠地說，「下人也是人，他們也會累的，也要休息呀。」

「當然，只要方便的話，我會滿足他們所有的要求——你知道的，只要是對我沒有影響的事情，奶媽可以隨時補充睡眠，這對她來說是件很容易的事，她是我見過的最貪睡的人了，做針線活兒、站著或是坐著，她都可以睡著，不管何時何地都可以睡覺，所以她怎麼會有睡眠不足的問題呢。對下人過分嬌縱與愛惜是荒謬的。」

瑪麗說完，懶懶地躺在寬大而鬆軟的沙發上，順手拿過一個精緻的刻花玻璃香精瓶子。

「我告訴你，你看，」她繼續用低沉而虛弱的貴婦般的聲音說道，這時的她像是一朵將要枯萎的阿拉伯茉莉花在發出最後一聲嘆息，或者是用某個同樣飄忽的聲音，「你不知道，奧菲利亞堂姐，我很少談論自己，沒有這種習慣，也不喜歡這麼做，事實上我也沒精力這麼做，但是我跟聖克萊爾在許多方面都有歧義，他從來都不肯體諒我，也不欣賞我，也許這就是我身體這麼虛弱的原因。我知道他很好心，但男人就是那麼自私，從不關心女人，反正我就是這麼想的。」

奧菲利亞小姐具有正宗的新英格蘭人的謹慎態度，她並不想捲入家庭紛爭之中，而現在已經開始有陷入這種處境的苗頭，所以她立刻擺出一副中立的態度，從衣服口袋裡取出一隻長筒襪，認真編織起來。

華茨大夫[35]認爲人的雙手一閒下來便會像魔鬼撒旦那樣惹是生非，所以奧菲利亞小姐常常把長筒襪帶在身上，作爲預防自己成爲那種人的有效方法。

她緊閉嘴唇，以這種方式明確地告訴瑪麗，「你不要妄想讓我開口說話，我可不願意捲進你們家那些紛爭中去。」——事實上她的表情就像一尊石獅子一樣冷漠。

但是瑪麗毫不介意，因爲好不容易有人肯聽她說了，認爲自己應該講話，這就足夠了。

35. 英國牧師。

她又聞聞香精提了下神，接著往下說：

「你要知道，我與聖克萊爾結婚時，把自己的財產和僕人一起都帶了過來，因此從法律上來看，我有權利按照自己的方式管理我的財產和下人；聖克萊爾也有自己的財產和下人，他以他的方式管理他們，我完全同意，但聖克萊爾總是想干預我的事。他對許多事，特別是對怎樣對待僕人有著令我無法理解並且十分過分的想法，他的所作所爲令人感到他把下人看得比我甚至比他自己還要重要。所以他由著他們惹了很多麻煩卻從來不加干涉。

「儘管他看起來性格很好，但其實他處理起這些事來相當可怕——甚至令我也感到害怕。他曾經定下一個規矩：這個家裡除了他和我以外，其他人無論出了什麼事都不可以打人；對此事他十分嚴厲，就連我都不敢反對。唉，你可以想像，即使僕人們都騎在他脖子上，他也不會衝他們發火的，可是我——你知道讓我做出這樣的努力也確實太殘酷了。這些僕人，你知道的，都是些嬌慣壞了的孩子，怎麼能不管呢。」

「我不能理解，感謝上帝我理解不了！」奧菲利亞小姐簡短地說。

「噢，但是如果你在這兒待得久了，你便會明白的，並且你自己也一定會因此吃盡苦頭的。你不知這群下人們是一些多麼令人氣憤、無知、粗心、無禮、愚蠢、無情無義的可惡的傢伙。」

只要瑪麗說起這個，精力就非常充沛。現在她睜開了雙眼，好像是忘了自己體質是多麼地虛弱。

「你不知道，也不會知道他們隨時都會爲主人帶來的那些麻煩。但是把這些告訴聖克萊爾，簡直就是徒勞，他的話也很荒唐，他說是我們把他們變成現在這個樣子的，所以就必須寬容他們；還說下人們的毛病都是我們造成的，我們讓他們有了這些毛病又去懲治他們是無恥和殘忍的。

他說假如我們處在他們的位置上，可能還比不上他們。僕人的情況怎麼可以和我們相提並論呢！」

這次，奧菲利亞小姐非常乾脆地問：「難道你不認爲上帝是用同樣的血肉製造我們和他們的嗎？」

「這真是謬論！我不信！怎麼會是這樣的呢？黑人天生就是下等人啊！」

「難道你不認爲他們有永生不滅的靈魂？」奧菲利亞小姐愈來愈生氣了。

「哦，啊，」瑪麗邊打呵欠邊說，「那個，當然——沒有人會懷疑那個；可是他們與我們的靈魂是不能做比較的，知道嗎，兩者怎麼可以相提並論呢，哎呀，那根本不可能！聖克萊爾之前對我提到過，似乎把奶媽與她丈夫分開就像拆散我們夫妻倆一樣。這根本就是兩碼事，奶媽怎麼會有像我一樣的感情——當然不一樣了——可是聖克萊爾卻不明白這個道理，他覺得我對伊娃的愛和奶媽對她那兩個髒孩子的愛是一樣的！

「還有一次，聖克萊爾明明知道我身體虛弱有多麼難過，卻想說服我讓奶媽回去，還說這是我的責任，我必須要重新找個人代替她。這實在太過分了，簡直讓我受不了。我平時並不喜歡發脾氣，總覺得自己應該忍受一切，可是那次我實在是控制不住了，從那以後，他再也沒有提過此事。但是從他的表情和他說的一些奇怪的事情上，我知道他的想法從來都沒有改變過。這真叫人受不了，太讓人生氣了！」

很顯然，奧菲利亞小姐怕自己說錯話，就不停地織著襪子，只是瑪麗根本看不出來這種動作的用心良苦。

「因此你一定要清楚，」瑪麗接著說，「你要掌管的是一個怎樣的家：一個毫無原則可言的爛攤子，僕人們隨心所欲，爲所欲爲，想拿什麼就拿什麼，之前完全是靠我這病弱的身體來維持家裡的秩序。這條皮鞭總在我面前放著，有時候還真的可以派上用場，但這很費力氣，假如聖克萊爾像別人那麼做該多好——」

「怎麼做啊？」

「噢，就是把他們送入拘留所或是監獄這種地方去受鞭刑啊。這是治他們唯一有效的辦法。如果不是我的身體這麼差，我肯定會比他管得好。」

「那聖克萊爾是如何管理的？」奧菲利亞小姐問，「你說過他從來不打人。」

「哦，你知道，男人總是比女人威嚴得多，對他們來說管理僕人很容易，而且，如果你盯著他的眼睛，就會發現他的眼睛很奇特，在他生氣時，眼中就會射出一種光芒，連我也不敢看，僕人們自然就更得小心了。每次他認真起來，眼睛稍微轉一轉就能做到我大發脾氣也辦不到的事。啊，因爲聖克萊爾管起事來不如我那麼費神，他就更不可能體諒我的苦衷了。但當你管理這個家時，你就會感覺到，不嚴加管教真的不行——他們實在太懶、太壞、太狡猾了。」

「收起你那套吧，」聖克萊爾踱著步子進入房間說，「這些該死的混蛋將來跟上帝可真有一筆好賬要算呢，尤其是懶惰這條罪行！你看，堂姐，」他一邊說著，一邊躺到瑪麗對面的一張沙發上，「以我和瑪麗爲他們做的榜樣來說，他們的懶惰實在是不可饒恕。」

「夠了，聖克萊爾，你太過分了！」瑪麗說。

「我過分？怎麼了，可我覺得自己是在很認真地對待你的言論啊，還說了一句正確的話呢。瑪麗，我從來都是完全贊同你的觀點的。」

「算了，你心裡清楚你根本不是這個意思，聖克萊爾。」瑪麗說。

「啊，那一定是我弄錯了，親愛的，謝謝你幫我糾正錯誤。」

「你又在故意氣我了。」瑪麗說。

「算了，瑪麗，天氣這麼熱，我剛教訓了阿道爾夫半天，累得要死，所以麻煩你開心一點兒，也讓我看著你的笑臉歇上一會兒。」

「阿道爾夫怎麼啦？」瑪麗問，「那個混球的囂張氣焰已經到了令人髮指的地步，我真想親自管教管教他，一定要讓他老老實實地聽話！」

「親愛的太太，你的話就像平常的話語一樣，體現了你一貫的洞察力，」聖克萊爾說。「關於阿道爾夫，事情是這樣的：這麼長時間，他一直想模仿我的優雅風度，結果現在居然把自己當成了我，我只好給他一點小小的警告。」

「那你是怎樣懲罰他的？」瑪麗問。

「哦，我必須讓他明白，他不可以隨意穿我的衣服；同時，我還限制了他使用科隆香水的數量，甚至無情到了只許他使用我的一打亞麻手絹。對最後這一條，阿道爾夫有點兒不高興，我只好像個慈祥的父親那樣跟他談，爲了讓他想明白，努力開導他。」

「唉，你何時才知道應該怎樣對待僕人呢？你這樣縱容他們，真是讓人討厭！」瑪麗說。

「怎麼了？這個可憐的傢伙就是想模仿他的主人而已，犯了什麼大錯嗎？是因爲我對他的教育不利，讓他只對科隆香水和亞麻手絹產生了興趣，我爲什麼不把這些給他呢？」

「那你爲什麼不好好教育教育他呢？」奧菲利亞小姐毫不客氣地問。

「那樣做太費事了——這全是惰性在作怪，堂姐，就是因爲惰性——惰性毀掉的人真是數不勝數，假如不是因爲惰性，我早成爲完美無缺的天使了。我非常同意佛蒙特那位博特默老博士的話，懶惰是萬惡之源。這可真是值得憂慮呀。」

「總而言之，我覺得你們這些奴隸主的責任真是可怕，」奧菲利亞小姐說，「不管怎樣我都不會主動去負這份責任，你們應該好好管教自己的奴隸，把他們當成明理的人來教導，把他們當作有永生不滅的靈魂的人去對待，因為最終他們會跟你們一樣站在上帝面前。這就是我的想法。」這個正直的女人說。她心中不斷湧起的激情終於爆發了。

「哦，就這樣吧！好了，」聖克萊爾立刻站起來說：「你又對我們瞭解些什麼？」之後坐到鋼琴前面彈奏了一支輕快的曲子。

在音樂方面，聖克萊爾顯然具有非凡的天才，他的指法堅定有力，手指像歡快地小鳥一樣快速掠過琴鍵，果斷而輕快。他一首接一首地彈著，像是想借此彈出一個高興的心情。最後他推開樂譜站了起來，愉快地說道：

「好了，堂姐，你給我們上了一課，你盡到了自己的責任。不管怎麼說，我對你更加尊重了。我相信你送給我一顆真理的寶石，雖然起初這顆寶石硬梆梆地砸在了我臉上，當時我無法接受，現在我想通了。」

「我並不覺得這些話能使我們得到什麼收穫，」瑪麗說，「我可以保證，沒有哪家對待下人會比我們更好，如果真的有，我倒想看一下。然而這麼做對下人根本沒用，可以說一點兒好處都沒有——他們只會越來越囂張。至於對他們講道理的事，我敢打包票，我就是跟他們說得精疲力竭，喉嚨都說不出話來了，也無法讓他們產生一點責任；他們要是想做禮拜可以隨時去教堂，雖然他們蠢得像豬一樣，根本不能理解牧師的布道，所以我覺得他們就是去了也毫無意義，但是他們還是要去，可以看出他們並不是沒有機會；但是就像我所說的那樣，黑人是低等種族，並且永遠都是下等人。這是不可爭辯的事實，即使你再怎麼努力，也是白費力氣。你知道嗎，奧菲利亞堂姐，我早就試過了，但是你還沒有，我曾跟他們一起長大，因此我對他們很瞭解。」

此時，奧菲利亞小姐認爲自己多說無益，所以靜靜地坐在那兒。

這時，聖克萊爾開始吹口哨。

「快停下來，我求你不要吹口哨，」瑪麗說，「你讓我頭疼。」

「好，我不吹就是了，」聖克萊爾說，「還有什麼是你不願意讓我做呢？」

「我只希望你能稍微體諒我的心情，關心我的病痛，能體貼我一下。」

「親愛的天使呀，你怎麼這麼會指責人！」聖克萊爾說。

「你這樣說話讓我厭惡。」

「那你想讓我怎麼說呢？我聽從你的命令——你可以提任何要求，我一定滿足——只要你開心。」

這時，院子中傳來一陣爽朗的笑聲，聖克萊爾走出去，撩開走廊上的綢子窗簾，看了看，也不由得笑了。

「怎麼了？」奧菲利亞小姐走到欄杆邊問道。

這時，湯姆正坐在院子裡長滿青苔的凳子上，衣服上所有的扣眼裡都插著茉莉花，伊娃正笑著把一個玫瑰花環套在湯姆的脖子上；接著，她像隻小鳥一樣在湯姆的膝上坐下來，哈哈大笑說：「哦，湯姆叔叔。你真是太好玩了！」

湯姆善良而憨厚地笑著，他沒有說話，看得出來，他好像和小主人一樣正享受著同樣的快樂。但是當他看到主人時，他有些歉意和緊張地抬起頭來。

「你怎麼可以讓她這樣呢？」奧菲利亞小姐問。

「爲什麼不可以呢？」聖克萊爾問。

「我也不知道該怎麼說，可是這樣實在是太不像話了。」

「假如孩子玩的是隻大狗，哪怕是一隻大黑狗，你也不會感覺有什麼不妥之處；可是假如對方是一個有思想、有感情、有理智、有著不滅靈魂的人，你便會感到不習慣。是這樣吧，堂姐？我對某些北方人的情感太瞭解了，我不是說南方人沒有這種情感，因而品質上就怎麼高貴了，只是我們的風俗習慣和基督教教義有不謀而合的地方罷了——那就是盡可能地拋棄個人成見。我在北方旅行的時候發現一件怪事，那就是其實你們對黑人的歧視比我們還要嚴重。你們對黑人的厭惡就像是討厭毒蛇或癩蛤蟆一樣，但是他們的遭遇又讓你們憤憤不平。你們不想看到他們受到任何虐待，但是另一方面，你們又在竭力躲避著他們。你們寧願將他們送回到非洲，這樣的話，就可以眼不見心不煩，然後再派一兩名肯犧牲自己的傳教士，承擔起改造他們的義務。請問，我說的對不對？」

「噢，堂弟，你的話確實有道理。」奧菲利亞小姐若有所思地說。

「如果沒有孩子，這些出身卑微、生活貧窮的人該怎麼活呢？」聖克萊爾倚在欄杆上說。然後他望著伊娃和湯姆離開的背影說：「孩子是唯一真正擁有民主精神的人。對伊娃來說，湯姆是一個英雄，他講的每一個故事在她看來都充滿了傳奇色彩，他唱的曲子比教堂的讚美詩和歌劇還動聽；他口袋裡那些不值錢的小玩意兒簡直就是寶藏，而他則是最神奇的湯姆叔叔。孩子就是伊甸園裡一朵純潔的玫瑰花，上帝有意將這朵花留給世上貧窮的人和卑微的人，但是除此之外，他們從別的地方得到的快樂實在是很少。」

「很奇怪，堂弟，」奧菲利亞小姐說，「聽你說這些話，任何人都會以為你是一位理論家。」

「理論家？」聖克萊爾不解地問。

「是的，一名真正的宗教理論家。」

「其實不是這樣的，並不是你們城裡人口中的理論家，也許連什麼實踐家也談不上。」

「但是你的這番話又是什麼意思呢？」

「還有什麼事情比嘴巴上誇誇其談來得更容易呢？」聖克萊爾說，「我記得莎士比亞筆下有個人物曾這樣說過：『讓我對二十個人說應該怎麼做是很輕鬆的，但是讓我在這二十個人中間按自己的教誨去做就難了。[36]』所以人們最好是根據特長分工合作，我擅長說，而堂姐你呢，則擅長於做。」

從表面上看，湯姆目前的狀況是沒有什麼可以値得抱怨的了，就像人們所說的那樣。小伊娃出於她美好純真的本性與本能的感激非常喜歡他，所以她向父親提出要求，只要她外出散步或乘車上街，需要僕人陪伴時，就讓湯姆陪她；而湯姆一旦接到命令，也就是伊娃小姐讓他陪伴時，他就必須擱置手中所有的事情去侍候她。

大家可想而知，對湯姆而言這是多好的工作，因爲湯姆一向都衣裝整齊，聖克萊爾對此十分挑剔，他的活兒也非常輕鬆，只要每天去馬廄裡巡視一番，稍微檢查一下，告訴下手怎麼做就行了。這是因爲瑪麗要求湯姆在靠近她時，不能讓她聞到一丁點兒牲口味兒，也不允許他做一件會沾上難聞氣味的活兒；用她的話說，她的神經系統完全承受不了這種折磨，哪怕是一點兒這樣的臭味，她可能就會因此被折磨得痛苦不堪，也許會立即結束她在世上的一切痛苦。

因此湯姆穿著整潔的毛料衣服，頭上戴著鮮亮的獺皮帽，腳上的一雙靴子烏黑發亮，衣領與袖口永遠乾乾淨淨，再加上他那張莊嚴而不失親切的黑臉，就像古代非洲迦太基[37]的大主教一樣體面。

湯姆以他那黑種人獨有的靈敏感覺，對自己所處的如此美麗的環境，是絕對不會視而不見

36.出自莎士比亞《威尼斯商人》第一幕第二場女主人鮑西亞對女僕所說的話。
37.古代北非的一個國名。

的。湯姆默默地、愉悅地享受這一切：鳥兒、噴泉、鮮花、芳香的空氣以及院子裡的美景；欣賞著那些絲綢簾子、油畫、燭台、雕塑以及金碧輝煌的色彩，讓湯姆衷心地感到這些廳堂就像是阿拉丁[38]的宮殿一樣。

如果將來有一天非洲人民能夠發展成一個先進的文明種族的話，他們肯定會在人類進步的偉大歷史中大顯身手的，那裡燦爛的文明在我們這些冷漠的西方民族腦海裡只留下了一點兒模糊的影子罷了。

在那片絕對富饒的遙遠而神秘的土地上，佈滿了黃金、香料、珠寶、奇花異草以及隨風搖曳的棕櫚樹，它終將喚醒輝煌的新風格和嶄新的藝術形式；黑人們將擺脫壓迫與歧視，他們可能會對生命做出一些最新和最美的啓示。

他們一定會的，以他們的質樸，以他們仁慈的心，以他們對萬能上帝的才能和力量的虔誠的信服，以他們像孩子一般純潔的愛心和寬厚待人的能力，他們一定可以辦到。無論是哪一個方面，他們都會體現出一種最特別也最崇高的基督精神，可能是因爲上帝想考驗他最鍾愛的人，所以他選擇了苦難民族的可憐的非洲人去接受磨煉，讓他們成爲在所有王國都試驗失敗以後上帝將建立的王國中處於最高位置上的子民。到那個時候，原本在前的就會在後，而原本在後的就會在前[39]。

一個星期天的上午，瑪麗穿著華麗的衣服，正站在走廊上把一個鑽石手鐲套在她那纖細的手脖上，瑪麗．聖克萊爾心中會考慮這一點嗎？也許會，也許不會。但也有可能在考慮其他事情，

38.出自《一千零一夜》中的《阿拉丁的神燈》。
39.《聖經．新約．馬太福音》第十九章第三十節。

因爲瑪麗絕不會錯失任何一件好東西，而她此時正穿得非常華美——鑽石、絲綢、珠寶和花邊等都在身上應有盡有，她打算去一家時髦的教堂做禮拜，以便展現自己虔誠的信仰。禮拜日要特別誠懇，瑪麗把這一點看得相當重要。

她站在那裡，那麼柔美飄逸，給人一種姿態萬千的感覺，一塊帶花邊的頭巾像煙霧一般包在她頭上。她看起來美如天仙，自己也感到很滿意。此刻奧菲利亞小姐站在她身邊，是一個很好的襯托。這並不是因爲她沒有那麼美的頭巾和綢緞衣裙，沒有那麼精緻的手絹，而是因爲她長得方方正正，稜角分明，僵硬的姿態更加襯托出瑪麗的儀態萬方來；而她身邊那高貴的女士則有一種雍容華貴的魅力，只可惜這並非上帝眼中的華貴！

「伊娃呢？」瑪麗問。

「孩子在臺階上和奶媽說悄悄話呢。」

伊娃正在對奶媽說什麼呢？各位讀者聽聽吧，你們可以聽到，但瑪麗聽不到。

「啊！奶媽。我知道你的頭最近很疼。」

「上帝保佑你，伊娃小姐，確實是這樣的，但是請你不要擔心。」

「哦，你能出去走走我真高興，這個，給你，」小女孩親暱地抱著她說：「奶媽，把我的香精瓶子帶上吧。」

「什麼！讓我帶上你那個鑲著鑽石的貴重的小金瓶？上帝啊，小姐，求你千萬別這樣，不要，我受不起啊！」

「爲什麼受不起？你用得上它，但是我用不著，媽媽常常拿它來治頭痛，你聞聞它就會感覺好多了。拿著吧，就算是爲了讓我高興，行嗎？」

「好吧，我的小乖乖！」奶媽說。

伊娃立刻把香精瓶塞進她懷裡，吻了吻她，就下樓去找媽媽了。

「你在那兒幹什麼呢？」瑪麗問。

「我只是想把我的香精瓶送給奶媽，好讓她帶著去教堂。」

「伊娃！」瑪麗生氣地跺著腳嚷道，「你居然把我的香精瓶給了奶媽！你究竟何時才會懂事？你現在就給我要回來，馬上去！」

伊娃感到非常難過，委屈地慢慢向回轉身。

「瑪麗，她愛幹什麼就幹什麼，你就由她去吧。」聖克萊爾說。

「哎，照這樣發展下去，她將來怎樣在世上生活啊？」瑪麗說。

「上帝明白的，」聖克萊爾說，「將來，她在天堂裡一定比我們生活得要幸福。」

「哦，爸爸，不要說了，」伊娃輕輕地碰了碰父親的胳膊肘說，「這會讓媽媽更傷心的。」

「堂弟，你要不要去做禮拜？」奧菲利亞小姐回過頭，向聖克萊爾問道。

「我不去，謝謝你的問候。」

「我真希望聖克萊爾也能到教堂去做做禮拜，」瑪麗說，「只可惜他身上一點兒宗教的影子都沒有。」

「我知道，」聖克萊爾說，「你們太太小姐們去做禮拜，肯定是爲了學點兒爲人處世之道，你們的虔誠會帶給我們福氣的。就是我真想去教堂，那我也只會去奶媽的那家教堂，起碼那裡不會讓我想睡覺。」

「什麼?你居然想去衛理公會的教堂?真是要命!」瑪麗說。

「只要不是你那些表面華麗、實際像一潭死水似的教堂以外，哪裡都可以，瑪麗。的確，我實在是無法忍受那裡的氣氛。伊娃，你要是不想去的話，就跟爸爸一塊兒留在家裡玩吧。」

「不了，爸爸，我還是想去教堂。」

「你不會感到很無趣嗎？」聖克萊爾問。

「我的確感到很沒意思，」伊娃說，「我也有點兒想打瞌睡，但我盡力克制自己不打盹兒。」

「既然是這樣，那你爲什麼還要去呢？」

「怎麼，你不知道嗎？爸爸，」她小聲地說，「姑姑對我說，上帝賜予我們一切，這是祂要求我們的，如果祂要求我們去教堂，而這也不用花費很多力氣，我們就必須去。更何況，做禮拜也不是特別的枯燥。」

「你真是個讓爸爸開心的小傢伙！」聖克萊爾邊說邊吻了她一下，「去吧，好孩子，記住爲爸爸祈禱。」

「那當然了，我一定會爲你祈禱的。」孩子邊說邊跟隨母親上了馬車。

高大的聖克萊爾站在臺階上，用手拋給伊娃一個飛吻。

馬車慢慢看不到了，他的眼裡不禁含滿了淚花，「哦，伊萬傑琳[40]，你就是真正的福音，」他說，「你不就是上帝賜予我的福音嗎？」

他感動了一會兒，之後開始點了支雪茄，看起《小報[41]》來了，很快就把他的小福音忘在腦後了。他和別人真的存在差別嗎？

---

40. 伊萬傑琳，來自evangel一詞，含有福音之意。

41. 當時新奧爾良市的一種地方報紙。

在車上，媽媽苦口婆心地說：「你必須明白，伊萬傑琳，對傭人態度和藹，這沒有錯，也是應該的，但是如果對待僕人就像對待自己的親人或與我們地位平等的人一樣，那就是一件天大的錯誤了。看，要是奶奶生病了，你會讓她睡你的床嗎？」

「我很樂意，媽媽，」伊娃說，「因爲這樣照顧她就不那麼費勁了，而且，你知道的，我的床比較舒適。」

這些話根本不存在道德觀念，這使瑪麗徹底沮喪了。她說：「怎樣才能讓她明白道理呢？」

「恐怕是不會有什麼好方法了。」奧菲利亞小姐耐人尋味地嘆息道。

有一段時間，伊娃看起來有點兒傷心和不安，可多虧孩子的想法不會一直停留在一件事上。沒過一會兒，她從向前駛去的馬車窗口看到的種種事物讓她笑得前仰後合。

「親愛的女士們，」當大夥兒舒服地坐在餐桌前時，聖克萊爾問：「今天教堂中有沒有發生什麼新鮮事？」

「啊，今天G博士講得真是太好了，」瑪麗說，「正是你最應該聽的，他的觀點和我的一模一樣。」

「那一定會對人很有幫助，」聖克萊爾說，「談論的話題一定很廣泛吧。」

「嗯，我的意思是說他表明了我的社會觀點。」瑪麗說，「他講的經文是『神創造萬物；各守其則成爲美好[42]。』他說上帝安排了社會中的等級與秩序；說某些人高貴，就有某些人卑微，某些人生來是主人，而某些人生來是奴隸。這些事情從來都安排得十分和諧；他還用這個理論駁斥了那

42.《聖經・舊約・傳道書》第三章第十一節。

些在奴隸制問題上發表荒唐理論、大驚小怪的言辭;他證明了《聖經》在支持我們,維護著我們的制度。你沒聽他的布道真的很可惜。」

「噢,這並不可惜,我也不會聽他的,」聖克萊爾說,「我隨時都能從我的《小報》上獲得對我同樣有利的東西,而且還能享受著雪茄。你知道,在教堂中吸菸是絕對不允許的。」

「你爲什麼就不信這些觀點呢?」奧菲利亞小姐向他問道。

「你是在說我嗎?你知道,我早就成爲一個無藥可救的傢伙了,這種宗教道理對我不會產生絲毫影響,如果我想針對奴隸制一事發表看法的話,我就會坦誠地說:『事情都已經到了現在這個地步,我們別無他法,佔有了奴隸,並且不想放棄他們,根本就是爲了我們自己的享受與利益。』歸根結底就是這麼回事,無論怎樣,這所有神聖不可侵犯的說教說白了就是這麼回事,每個人的心裡都一清二楚。」

「奧古斯丁,我覺得你對上帝太不尊重了!」瑪麗說,「你這番話實在是荒謬!」

「荒謬!我說的是事實。宗教就是這麼來解釋這些事情的,他們爲什麼不把這些理論推而廣之,說在年輕人當中常見的酗酒賭博這類行爲也是合情合理的好事呢?我倒想聽聽他們是怎麼自圓其說的,把這些事情也說成是正確的行爲,而且是上帝的旨意。」

奧菲利亞小姐說,「那麼,你覺得奴隸制究竟是好還是壞?」

「堂姐,我可不會被傳染上你們新英格蘭人那可怕的坦誠勁兒,」聖克萊爾興奮地說,「如果我要對你的這個問題做出回答,你一定會連著再問我很多難題;所以,我不打算表明我對這個問題的看法。我是專愛拆臺的人,怎麼可能搭起臺子讓別人拆呢。」

「他說話總是這麼奇怪,」瑪麗說,「你根本別想從他口中得到滿意的回答。我敢說,就是因爲他討厭宗教，所以才這樣整天在外邊瘋玩。」

「宗教！」聖克萊爾說話的語氣吸引了兩位女士的注意力，「宗教！難道你們在教堂裡聽到的就是宗教嗎？難道宗教就是那個能彎能直，能下能上，左右逢源，欺騙社會的東西嗎？連我這麼一個不敬神靈，庸俗的人都比它更知道廉恥，更公正，更寬厚，更爲他人著想。我絕不會相信這樣的宗教！假如我要信仰一種宗教的話，我也要去信仰一種比我的本性更崇高而不是更低賤的宗教。」

「那麼，你相信《聖經》中認爲奴隸制是正確的言論嗎？」奧菲利亞小姐問道。

「《聖經》是我母親爲人處事的準則，如果《聖經》上這麼說了，我將感到非常遺憾；這說明我的母親可以抽菸、喝酒和罵人，好讓自己能夠求得心理上的平衡。但這並不能讓我對這些更加心安理得，反而會讓我失去因爲敬重母親而帶來的欣慰。人活在這個世界上，能擁有値得自己尊敬的東西，是一件真正令人欣慰的事。簡而言之，你看，」他忽然又用快活的語氣說：「我只是想把各種事物分門別類，無論是在美國還是在歐洲，作爲社會框架的這些組成部分都經不起理想道德標準的檢驗。一般來說，人們不願意去追求什麼絕對真理，他們只是希望自己不要與別人取向相悖。如果有個人敢於站出來宣稱我們必須保留奴隸制，沒有它我們便不能生存下去，如果要放棄它，那我們將會一無所有，所以，我們絕對不可以放棄。這種坦率、直接的言論是値得欽佩的，至少它是真心話。如果按照人們的實際行爲來判斷，大多數人對這種觀點都是贊同的，可是要是他擺出一副嚴肅的面孔，裝腔作勢地引用《聖經》來混淆視聽，我就會覺得這個是一個徹頭徹尾的僞君子。」

「你的要求還真是苛刻。」瑪麗說道。

「是這樣的嗎？如果棉花價格因爲什麼原因而大幅下跌，市場上的奴隸難以賣出，那時候恐怕我們就會聽到有另一套《聖經》理論的解釋了，」聖克萊爾說，「教會馬上就會意識到《聖經》上的每句話和講的所有道理已經完全顛倒過來了。」

「唉，不管說什麼，」瑪麗一邊躺到椅子上一邊說，「謝天謝地，我成長在一個有奴隸制存在的地方，我覺得這是非常合理的──它必須存在下去，不管怎樣，沒有奴隸我就活不下去，這一點毋庸置疑。」

此時伊娃手中拿著一朵小花走進房間，她爸爸就向女兒問道：「唉，寶貝，對這件事情你怎麼看呢？」

「什麼啊，爸爸？」

「你覺得是在佛蒙特州你爺爺家裡生活好呢，還是像我們現在這樣奴隸成群的生活好呢？」

「嗯，當然是我們現在這種生活好了。」伊娃不假思索地說。

聖克萊爾輕輕地撫摩著女兒的頭問，「爲什麼呢？」

「嗯，這樣的話就有許多人可以讓你去關心啊，你明白的。」伊娃說完，迫切地抬起頭來看著父親。

瑪麗說，「伊娃總是這樣，常常說些莫名其妙的話。」

伊娃爬到父親的腿上，不解地輕聲問道：「爸爸，這話很莫名其妙嗎？」

聖克萊爾說，「寶貝，假如用世俗的觀點來看，的確有點兒莫名其妙，但是剛才吃飯的時候，我的小伊娃到哪兒去了？」

「噢，黛娜大嬸已經讓我吃過飯了，我那時在湯姆叔叔的屋裡聽他唱歌。」

「湯姆會唱歌，真的嗎？」

「當然了，他唱的歌特別好聽，尤其是新耶路撒冷，迦南聖地與閃光的天使。」

「是嗎？那一定比歌劇還要動聽，對嗎？」

「是啊，他還教我唱呢。」

「教你唱歌，啊？──你的確有進步。」

「是的，他唱歌給我聽，我就給他念《聖經》；你知道，他還給我講解《聖經》中經文的意思呢。」

「哎呀，」瑪麗大聲笑道，「我看，這真是可笑。」

「我可以保證，湯姆講的《聖經》絕不比任何人差，」聖克萊爾說，「湯姆在宗教方面很有天賦。今天早上我想乘車外出，就去馬廄邊湯姆的小屋，當時他在做禱告。說實話，像湯姆這樣虔誠的禱告我已經太久沒聽見了。他還爲我禱告，虔誠得簡直像個天使。」

「他肯定是知道你在偷聽，過去我曾聽說過這種手段。」

「假如這是真的，那他可沒把握好分寸，因爲他十分坦誠地把對我的看法告訴了上帝，湯姆似乎覺得我可以進步，並且非常希望我信仰上帝。」

「真希望你能把他的話記在心裡。」奧菲利亞小姐說。

「看樣子，你們的意見還是有相似之處的，」聖克萊爾說，「好，我們就走著看著吧──伊娃，是嗎？」

chapter 17 自由人的保衛戰

傍晚快要來臨的時候，瑞吉兒·哈利迪這個教友會虔誠信徒家裡所有的人都在緊張地忙碌著。瑞吉兒為了今天晚上就要上路的逃亡者，正忙著從家裡的儲藏品中選出一些體積不大的日用必需品。

夕陽停靠在地平線上，金黃色的晚霞灑進一間小房間裡，喬治和伊麗莎夫妻倆正在裡面坐著。喬治讓孩子在膝蓋上坐著，一隻手緊緊握著妻子的手。在兩人的臉上，我們看到了未擦掉的淚痕，還有嚴肅而深沉的表情。

喬治說：「哦，伊麗莎，我知道你的話是對的，你是個既堅強又完美的女人，我會好好聽你的話，讓自己對得起現在這個自由人的稱號。我要學習基督的仁慈之心，成為一個真正的基督徒。上帝知道，無論在怎樣的逆境中，我都想去做個好人，我要忘記以往的痛苦和辛酸，忘記仇恨，學習《聖經》，努力做個善良的人。」

伊麗莎也很有信心地說：「等我們到了加拿大，我也能工作賺錢，我會做衣服，還可以清洗和熨燙衣服。只要我們一起努力，我們就一定可以養活自己。」

「對，只要咱們一家人能在一起生活，這比什麼都強。伊麗莎，我還能夠重新擁有你和孩子，這是件多麼幸福的事情啊！要是每個人都能明白這一點就好了。有些人已經擁有一個幸福的家庭，擁有愛人和兒女，卻仍在爲別的事情而苦惱，我真不知道這些人到底是怎麼想的；即使我們現在一無所有，但我卻從心底裡感到踏實和幸福，我感覺很滿足，再也沒有什麼其他的奢求了。是的，就是我辛苦一年什麼也得不到，但只要我是自由的，我就很快樂了，我準備去打工賺錢，把你和孩子的贖身錢寄給你的主人；至於我原來的主人，他已經從我身上壓榨了至少五倍的價錢，我根本就不欠他的。」

「只是我們此刻還沒有脫離險境，我們必須儘快趕到加拿大。」

「是的，雖然還沒到，但是我似乎已經聞到那裡新鮮自由的空氣了，這讓我非常地興奮。」

這時，屋外傳來急促的談話聲。沒過一會兒，就聽到有人敲門，伊麗莎心裡不禁一顫，連忙把門打開。

原來是西米恩．哈利迪在屋外敲門，他身旁還有一個教友會的兄弟。西米恩告訴喬治夫妻說，那個陌生人叫菲尼亞斯．弗萊徹。菲尼亞斯是個瘦高個兒，他有一頭紅髮，看上去非常精明強幹。他不像西米恩那樣寡言，安靜，氣質超凡，相反，他的外表透出一股機靈幹練勁，而且自信樂觀。他的這些特點與他頭上那頂寬邊帽子以及古板的言辭實在不相稱。

「菲尼亞斯發現了一件事情，這件事情與你和你的同伴們有很大關係，喬治，」西米恩說，「你要好好聽一下。」

「的確如此。」菲尼亞斯說，「一個人在某些場合睡覺時也必須把耳朵豎起來的。昨晚，我在大路邊的一家獨門獨戶的小客棧投宿。西米恩，你還記得那個地方嗎？就是去年我們把幾個蘋果賣給一個戴著大耳環的胖女人的那個地方。我趕了一天的車，實在筋疲力盡了，所以我吃過飯就累得在屋子角落的一堆貨物包上躺了下來，順手拉了一張牛皮蓋在身上，然後等著店主爲我安排臨時床位，但是我居然不知不覺睡著了。」

「豎著一隻耳朵嗎，菲尼亞斯？」西米恩不動聲色地問了一聲。

「沒有，我睡得很熟。因為太疲倦了，一睡就是兩個小時，但是當我迷迷糊糊醒過來的時候，我看到幾個人在桌子旁坐著，邊喝著酒邊談著話。我想知道他們到底在說些什麼，是什麼來頭，特別是當我聽到他們說起教友會的時候。其中一個人說：『我想，他們一定是在教友會居住地，』於是我豎起耳朵，用心聽他們講話，結果發現他們正在說你們的事情，就這樣，我一直躺在那兒聽到了他們所有的計畫。

「他們說要把那個年輕人送到肯塔基他原來的主人那裡，要拿他殺雞儆猴，好讓所有的黑奴都不敢逃跑；而他的妻子將讓其中兩個人帶到新奧爾良去賣掉，賣的錢自然就歸他們所有，估計至少也能賣到一千六百元。至於那個小孩，聽說要送還給一個黑奴販子，因為那個黑奴販子已經付過錢了。

「他們還提到了吉姆和他的母親，說是要一起送他們回肯塔基。他們還說就在離前面不遠的一個小鎮上，會有兩名警察幫他們來抓這些人。這個年輕女人要被帶到法官那裡，那幫人中間有個矮個兒，一副奸猾的樣子，說他要出庭請求法官把這個女人判給自己，因為她是自己的私有財產，然後把她帶到南方去賣了。他們已經把我們今晚要走的路線搞清楚了，所以肯定會追來的，大概有六個到八個壯漢呢，我們該怎麼辦才好呢？」

屋子裡的人在聽到這個壞消息後，情態各異。瑞吉兒正在做一爐燒餅，她立刻放下手中的活兒來聽這個消息，她沾滿麵粉的雙手在胸前舉著，愣愣地站在那兒，臉上一副關切的表情。西米恩則表情凝重。而伊麗莎緊張地死死抱著丈夫，抬起頭望著他；喬治則緊握拳頭，兩隻眼睛怒視前方，有這樣的表情並不讓人驚訝。在一個信仰基督教的國家，當自己的妻子要被搶去拍賣，當自己的骨肉即將淪落到奴隸販子手中，不管誰遭遇到這些，都會理所當然地憤怒。

「喬治，我們現在該怎麼辦？」伊麗莎渾身無力地問道。

「不用擔心。」說著，他走到那個小房間裡，檢查他的兩把手槍。

「唉！」菲尼亞斯一邊說著，一邊朝西米恩不停地點頭，「西米恩，你看，這麼做行了吧。」

西米恩嘆了口氣，「我明白，但願事情不會發展到那個地步。」

「我不想因爲自己連累這麼多人，」喬治說，「假如你們肯借給我一輛馬車，爲我們一家指引一個方向，我自己就能把馬車趕到下一個站去。吉姆力氣很大，而且也很有膽量，和我一樣。」

菲尼亞斯說：「朋友，太好了，總得有個人負責趕車，你只管跟他們打鬥。你應該不知道這條路吧，我還稍微知道一些。」

「真希望不會給你造成很大的麻煩。」喬治說。

「麻煩？」菲尼亞斯說著，臉上露出一副疑惑而機敏的表情，「等到你真的給我產生麻煩的時候再說也不遲。」

西米恩說：「菲尼亞斯十分精明能幹，聽他的話準沒錯的，但是要記住，」他輕輕拍了一下喬治的肩膀，又指指手槍說：「不要隨便開槍呀——年輕人太衝動了。」

「我何嘗願意傷害別人呢，我對這個國家只有最後一個要求，那就是讓我順順利利地離開，但是——」

喬治停頓了一下，緊皺眉頭，面部肌肉抽搐了一下，「我有一個姐姐就在新奧爾良市場被拍賣了，我都能想到她現在的遭遇。上帝給了我一雙強壯的臂膀，讓我有能力去保護妻兒不受侵犯，那麼，我怎麼能袖手旁觀，怎麼能讓我眼睜睜地看著那幫混蛋把我的妻子送去拍賣呢？不，絕不可以！我就是因此死去，也不會讓他們搶走我的妻兒。您怎麼能因此而責怪我呢？」

「喬治，只要是有血有肉的人都不會責怪你的。無論是誰都會這麼做的。這個世界罪惡太多了，希望上帝會懲罰那些做盡壞事的人們！」西米恩說。

「如果你處在我的境地，難道不會像我這樣嗎，先生？」

「真希望我不會經歷這樣的痛苦，」西米恩說，「我這血肉之軀是承受不了的。」

「假如我處於你這樣的處境，我相信我會因此變得更堅強，」菲尼亞斯說著，伸出兩支粗壯的胳膊，「喬治，假如你想找什麼人報仇，相信我，我一定會幫你抓住那些壞蛋的！」

西米恩說道：「假如我們應該與惡魔抗爭的話，喬治就肯定有這個權力去戰鬥，但是，前輩教導我們要採取更加高明的方式，因爲憤怒並不能體現上帝的正義，人的邪惡意志是不可能和上帝的正義站在平等的地位的，誰也沒有權利濫用上帝的旨意，除非他獲得了上帝的允許。讓我們一起來祈求上蒼，不要讓我們經受這種殘忍的考驗吧。」

菲尼亞斯說道：「願上帝保佑我們。但假如我們受的考驗太多，那我們也會不顧一切地衝出去拼命，所以讓他們最好小心點！」

西米恩微笑著說：「你看起來就不是天生的教友會會友，真是『江山易改，本性難移』啊。」

其實，菲尼亞斯是個很有個性的人，他非常勇猛，打獵的時候，連機警的公鹿也逃不過他的神槍，後來他愛上了一位美麗的教友會女會員，因爲她才遷居到附近的這個教友會居住地。雖然他誠實、可靠且辦事周到，別人也說不出他爲人處事有什麼不妥的地方，但是那些資深的信徒們卻覺得他在逐漸入道的同時，明顯地表現出可挖掘的潛力不大。

「菲尼亞斯做事向來很有主見，自己覺得怎麼好就怎麼做，但是不管怎麼說，他的心地善良是大家都公認的。」瑞吉兒笑道。

「好了，我們還是抓緊時間出發吧。」喬治說。

「我四點鐘就起來了，然後直接就趕到這裡來了，假如他們按原定的時間行動，我應該比他們早至少兩三個小時。不論怎麼說，天沒完全黑就走總是不太安全，因爲前面幾個村子裡有幾個壞傢伙，假如讓他們看到我們的馬車，估計會壞我們的事，那麼我們就會被耽擱很多時間，我看咱們最好還是在這兒再等一等吧，我估計兩個小時以後我們可以起程了。

「我要先到邁克爾．克羅斯家去請他騎上那匹追風馬爲我們斷後，有人在後面望風，一旦有人追來，也好提前告訴我們。告訴你們，邁克爾的馬可是匹千里馬，假如發生什麼危險，他會爲我們通風報信的。我現在去叫吉姆和他的媽媽提前做好準備，然後就去找邁克爾。我們必須早點起程，這樣的話，在他們追上來之前就可以順利地到達下一站，所以，都振作起來！喬治，我不是第一次和黑人一起同甘苦共患難了。」菲尼亞斯說完，就關上門出去了。

「菲尼亞斯很能幹的，他會盡力幫你把事情辦好的，喬治。」西米恩說。

「我真是感覺很抱歉，因爲我讓你們這麼擔驚受怕。」喬治說道。

「千萬不要這麼說，喬治，我們有責任幫助你，我們做的這一切都是天經地義的，我們無法選擇。好吧，瑞吉兒！」西米恩轉過身子對瑞吉兒說：「趕快把食物給這些朋友準備好，我們可不能讓他們空著肚子上路啊！」

於是，瑞吉兒和孩子們立刻開始烤雞，煎火腿，做玉米餅，準備著晚飯。這時，喬治和伊麗莎正坐在小房間裡，相互依偎著訴說著，好像幾個小時後他們就要永別一樣。

喬治說：「伊麗莎，雖然別人擁有房子、金錢、田地、朋友，但是沒有我們這樣純真的愛情，我們雖然這麼貧窮，但我們卻擁有彼此。認識你之前，除了苦命的母親和姐姐，沒有人愛過我。有一天早上，我眼睜睜地看著奴隸販子帶走了艾米麗，臨走前，她來到我休息的地方，對我說：『可憐的喬治，最後一個守護你的人也要走了，你今後可怎麼活下去呢？』我站起來，那種離別的穿心之痛讓我抱著她失聲痛哭，她也哭著，那些話是我聽到的最後幾句關心的話語。十年過去了，我都絕望了，我的心就像死灰一般，直到見到了你。是你給了我愛，是你讓我起死回生！從此，我的心裡又有了希望。現在，伊麗莎，我願為你奉獻出我的一切，誰也別想把你從我身邊奪走；假如誰想奪走你的話，他就要先踏過我的屍體。」

「哦，上帝保佑我們吧！」伊麗莎邊說邊流著眼淚傷心地祈求，「只要您能發發慈悲，讓我們安全逃離這個國家，我們就別無他求了。」

「難道上帝會支持那幫壞人嗎？難道上帝沒看到他們的所作所為嗎？為什麼要讓這一切就這麼發生呢？而且那些人居然還用《聖經》為自己辯護。當然，他們富裕、健康、快樂；他們擁有權力；他們都是基督徒；他們為所欲為；他們都希望死後進天堂；而那些窮苦、虔誠的基督徒們，甚至比他們更好的基督徒們——卻被他們永久地踩在腳下。他們把我們隨意地賣來賣去，用我們的眼淚和生命去做交易，但可怕的是，上帝對這些行為卻充耳未聞。」

喬治在那裡說著，似乎並不一定要把這些話說給妻子聽不可，他的目的就是在傾吐內心的悲傷和痛苦。

這時，西米恩在廚房裡叫了一聲，「喬治，聽聽這首詩吧，也許會對你有些幫助。」

喬治把椅子朝門口挪了一下，伊麗莎也擦去眼淚，湊過來聽西米恩的朗讀：

「至於我，我的腳步險些滑倒。我看到那些惡魔青雲直上，心裡就憤憤不平，他們沒有經歷常人的艱辛和磨難，因此，驕傲的項圈掛在他們的脖子之上，殘暴的外衣披在了他們身上，他們那肥胖的身軀使得眼袋臃腫不堪，他們的所得超出了自己的想像。他們品行敗壞，故意愚弄他人，欺詐平民，他們說話高傲自大，因此，上帝的臣民來到這裡，喝盡了滿杯的苦水。只是他們弄不懂：上帝怎麼會知道至高無上者是不是有學問？喬治，你是不是也有這種感受？」

「是的，我就這樣想的。假如我可以寫首詩，那麼一定也是這個樣子的。」

「那好，接著聽，」西米恩繼續念道：「我仔細考慮過此事，沒進上帝的聖殿真讓我難以理解，但我知道您一定會讓他們得到萬劫不復的懲罰。人醒來後還會做夢嗎？主啊，當您醒來以後，一定會看清他們的形象，我將永遠追隨您而去。拉起我的手吧，用您的教導來指引我，然後指引我到天國的路。我願意向您靠近，我對您的信仰至死不渝。」

從西米恩這位善良的長者口中念出一首如此聖潔的詩，就像是一首仙樂緩緩進入喬治歷盡滄桑、滿是創傷的靈魂。

西米恩說完，喬治俊朗的臉上出現了平靜而溫和的神情。

「假如這個世界就是所有，喬治，你可以問一下：上帝究竟在哪裡？只是，被上帝選爲天國子民的，正是那些在今生今世遭遇磨難最多、享受最少的人。相信上帝，無論你在人間受了多少罪，吃了多少苦，總有一天，上帝自會還你一個公道。」

這番話假如出自一個隨意表態、不負責任的人之口，也許只會被看成是用來安慰落魄之人的不切實際的詞彙，恐怕不會有什麼效果；但是，這些話是出自一位虔誠的基督徒之口，每一天他都在爲上帝和人類的事業，冒著極大的危險卻依然鎮定自如，這就不能不讓人領會到這番話的力量了。西米恩的話讓這兩位有著淒慘遭遇的逃亡奴隸得到了一份安寧，也從中汲取了力量。

這時，瑞吉兒溫和地拉起伊麗莎的手，把她拉向飯桌。大家剛剛坐下來，門外傳來一陣輕輕的敲門聲，原來是露絲。

「我給孩子帶來了三雙羊毛織的小襪子，很暖和的；大家都知道加拿大那邊氣候很冷。伊麗莎，要有信心啊！」

她輕快地繞過桌子來到伊麗莎身邊，和她熱情地握手，又塞了一塊餅乾到哈利的手中。

「我給他帶了一包這樣的小餅，」她邊從口袋裡掏出一個小包，邊說道：「你知道的，孩子的嘴巴總是閒不住。」

「太感謝你了，你人真是太好了。」伊麗莎感激地說道。

「坐下來和我們一道吃晚飯吧，露絲。」瑞吉兒說。

「不行，家裡爐子上還烤著餅乾，孩子也被我丟給約翰看管，我一分鐘也不能耽誤了，否則約翰會把餅乾都烤焦的，碗裡的糖也會全部被孩子偷吃掉，他一直都是這個樣子。」說著，她笑了起來，「好了，伊麗莎，喬治，再見了，上帝會保佑你們一路平安的。」說完，露絲邁著輕盈的步子走出了房間。

晚飯過後不一會兒，滿天的星星在夜空眨著眼睛，一輛篷車來到了大門口。菲尼亞斯從車上跳下來，安排大家到車上就座，這時，喬治一手抱著孩子，一手挽著妻子走出門來。他邁著堅定的步伐，表情堅毅而從容，他身後跟著西米恩和瑞吉兒。

菲尼亞斯對車上的人說，「你們先下來一下，讓我把車子後邊整理一下，為女人和孩子安排座位。」

瑞吉兒說：「這裡有兩張牛皮，墊在下邊可以讓座位更舒服些，整夜趕路一定會很累。」

吉姆連忙跳下車，然後小心攙扶著老母親下車，老人不安地朝四周看了看，緊緊挽著兒子的胳膊，就好像追捕他們的人隨時都會來一樣。

喬治用低沉而有力的口吻問道：「吉姆，你的手槍準備好了沒有？」

「當然。」

「假如他們追來的話，你知道應該怎樣應對吧？」

「你就放心吧，」吉姆答道，同時敞開胸，深深吸了一口氣，「你以為我會眼睜睜看著他們抓走我的媽媽嗎？」

在他們說話的時候，伊麗莎正和她那善良的朋友瑞吉兒告別。然後，西米恩扶著她，伊麗莎抱著孩子爬進了車的後部，坐在一堆柔軟的牛皮墊子上。之後，吉姆的母親也被攙扶著上了車，喬治和吉姆坐在她們前面用粗糙的木板拼成的座位，菲尼亞斯則從車子前面爬了上來。

「我的朋友們，再見了。」西米恩在車下說道。

車上的人異口同聲道：「上帝會保佑你們的。」

馬車在結了冰的路面上顛簸著向前行進，不時發出嘎吱嘎吱的響聲。由於路面很崎嶇，車輪不時發出嘎吱聲，大家一路上都沉默無語。

馬車穿過一片又一片黑乎乎的叢林，翻過山嶺，跨過原野，緩慢前行著。孩子很快就睡著了，安安穩穩地躺在母親的大腿上，可憐的老母親終於從驚慌中緩過神來。

在天快亮的時候，伊麗莎雖然也很焦慮不安，但是也有些困倦了。總之，這麼多人中，就數菲尼亞斯的精神最好，他邊在前面趕著車，邊哼著和教友會身分極不相稱的曲子來打發時間。

凌晨三點的時候，喬治忽然聽到身後不遠處傳來一陣急促而清晰的馬蹄聲。他用胳膊肘兒搗了搗菲尼亞斯，菲尼亞斯急忙把馬勒住，仔細聽著。

「一定是邁克爾，」他說，「我很熟悉他飛奔的馬蹄聲。」於是，他站起來，伸長脖子向後面的路上看著。

這時，隱隱約約可以看見一個人從遠處的山梁上騎馬飛馳而來。

「看，就是他！」菲尼亞斯說著，喬治和吉姆也馬上一起跳下了馬車。

大家都靜靜地站在那裡，一齊看著騎馬過來的人。那人眨眼間就消失在山谷之中，但是不斷傳來的馬蹄聲卻越來越響，越來越清晰，最後終於出現在一個高坡上，連他打招呼的聲音也聽得非常清楚。

「是的，就是邁克爾！」菲尼亞斯大聲喊道：「喂，邁克爾！」

「菲尼亞斯，是你嗎？」

「是我，有什麼情況嗎？是他們追過來了嗎？」

「是的，就在後面，大概有八到十個人，都喝得醉醺醺，還一路罵罵咧咧的，就像一群餓狼一樣討厭。」

他們正在說話的時候，後面隱約傳來了一陣急促的馬蹄聲。

「快點！上車！假如非要跟他們打一仗不可，那也得等我再送你們一程才行。」菲尼亞斯說完，喬治和吉姆立刻跳上馬車，菲尼亞斯一揮馬鞭，馬飛跑了起來，邁克爾騎著馬緊跟在後面。

馬車吱吱呀呀地向前奔馳著，偶爾砰地一聲彈起向前猛衝一段，後頭不斷傳來追兵的馬蹄聲，女人們聽到了，緊張不安地向車外望去，只見一隊人馬在遠處的山坡上若隱若現，而這幫追兵又爬上了一座山坡，顯然他們已經發現了馬車，因爲白色的篷子實在是太惹人注目了。

接著，一陣得意的奸笑聲隨風傳了過來。伊麗莎感到一陣噁心，同時也把懷裡的孩子抱得死死的；老母親時而祈禱時而呻吟；喬治和吉姆則緊緊地把手槍握在手中。追兵們馬上就要追來了，忽然馬車來了個急轉彎，來到一個陡峭的懸崖下邊。

這裡山峰很陡，巨石成堆，懸崖的四周光光的。這峭立的山峰，層疊的岩石，在慢慢亮起來的天空下顯得陰沉而凝重，看起來這裡確實是個藏身的好地方。菲尼亞斯很熟悉這個地方，他以前打獵的時候，經常到這裡來。他一路加快馬力也就是爲了趕到這兒。

菲尼亞斯勒住轠繩，說道：「到了！都趕緊下車！馬上躲到岩石中去。邁克爾，你快點把馬套上車，趕到阿馬利亞家去，好讓他和他的夥計們都趕到這裡來幫忙。」

大家都立刻從車上下來。

「來，」菲尼亞斯說著，伸手接過了哈利，「每個人照看一個女人，動作快點。」

其實用不著他催促，他的話音還沒落，他們就已經翻過籬笆，快速地向山崖跑去。邁克爾也翻身下馬，把馬套在馬車上，然後駕著馬車飛奔而去。

「快點。」菲尼亞斯說。此時，他們已經登上了山崖，在星星和晨光的交相輝映下，他們看到一條崎嶇的羊腸小徑出現在大家面前。「快點，已經到了我們狩獵的地方了。」

菲尼亞斯抱著孩子走在最前面，他的動作像隻山羊一樣敏捷，在岩石上跳來跳去。吉姆背著他那顫抖的母親緊跟在後面，喬治和伊麗莎走在最後面。那幫追兵此時已經到了籬笆前，口中罵罵咧咧地正要下馬，準備一路追上山來。

喬治他們很快就爬上了崖頂，但是山道也變得越來越狹窄，他們只能一個人一個人地單行前進。

突然一條寬達一碼有餘的裂隙出現在他們的面前，對面的山峰足足有三丈來高，跟懸崖的其餘部分完全沒有連接，四周陡峭的山壁挺立得如同城堡一般。菲尼亞斯毫不費力地跨過了裂隙，把孩子放在一塊平坦而光滑的岩石上，那塊岩石長滿了白色的苔蘚——這種白苔蘚在山頂上隨處可見。

菲尼亞斯叫道，「快跳過來！不然就沒命了。」他話音剛落，大家就一個接一個地跳了過去。接著，他們用幾塊碎石頭搭起了一道胸牆，好讓下面的追兵沒有辦法看清楚他們躲藏的地方。

「現在好啦，我們都過來了。」菲尼亞斯一邊說著，一邊從石牆後面伸出腦袋來偷偷觀望著追兵，那幫傢伙在懸崖下邊吵吵鬧鬧地正要上山來。「無論怎麼樣，那幫傢伙要想到咱們這裡來，就必須要一個一個地從岩石間的小路上通過，那樣的話，他們剛好在你們的射程之內。知道了嗎，小夥子們？」

喬治回答道：「完全明白。這件事情是我們惹出來的，就讓我們來承擔所有的風險，與他們抗戰到底吧！」

「喬治，這一仗讓你們來打是最好不過的了，但我還是想在旁邊湊湊熱鬧的。」菲尼亞斯一邊嘴裡嚼著白珠樹葉子一邊說著：「瞧啊，那幫壞蛋在那兒竊竊私語，還一個勁兒地向上看，就像是一群準備飛上雞窩的母雞。我們應該在他們上來之前稍微警告他們一下，讓他們清楚：他們假如上來，就只有死路一條。」

東方泛起了魚肚白，那幫追兵在晨光下被看得更加清楚了，其中有我們熟悉的馬克斯和湯姆·洛科，此外還有幾個在前面酒店出現過的無賴和兩個警察，那些無賴只需要幾杯白蘭地，就會稀裡糊塗地摻和進來，幫人追捕逃跑的黑奴。

「嗨，湯姆，這幫鬼傢伙怎麼一下子沒影了？他們到底在哪兒？」一個人問道。

「我瞧見他們往這邊來了，肯定沒錯。這裡有條小路，咱們從這裡追上去，他們不可能全部都跳下去的，用不了很長時間咱們就能逮到他們。」湯姆說。

「但是，他們可能躲在岩石後面襲擊我們，這可不是說著玩的。」馬克斯說。

湯姆以蔑視的口吻譏笑說：「馬克斯，你害怕什麼？你不會死的。黑人膽量都很小的。」

「我們小心行事有什麼不好呢？我希望不要有人受傷，黑鬼們被逼急了也是不怕死的。」

此時，喬治站在上方的一塊石頭上，用響亮的聲音對這幫人喊道：「先生們，你們從哪來？你們到這兒來要幹什麼啊？」

湯姆回答道：「我們是來捉拿一群逃走的黑奴，他們是吉姆．塞爾登和一個老太婆，喬治．哈里斯，伊麗莎．哈里斯以及他們的孩子。我們這裡還有兩位警官以及通緝他們的證件，我們一定要抓到他們。你不就是肯塔基謝爾比．哈里斯先生家的奴隸喬治．哈里斯嗎？」

「是的，我就是喬治．哈里斯。肯塔基州的哈里斯先生曾經把我當成是他們家的奴隸來使喚，但是我現在已經自由了，我的腳踩在上帝賜予我們的這片自由的土地上，我的家人現在也都是自由之人了；吉姆和他的母親也在這兒，我們有槍來保護自己。假如你們一定要上來的話就儘管放馬過來吧，但第一個走進射程範圍的人一定是活不了的，你們有多少人就都來吧，反正也是送死！」

「好吧！好吧！」一個矮胖子說著，擤了擤鼻子，又向前走了一步說：「年輕人，你這麼說話對你們真是一點好處也沒有。我們是執法的員警，你們犯了罪，法律是不會保護你們的，沒有什麼會和你們在同一條戰線上。你們還是不要再犯傻了，乖乖投降吧，你們最終都要投降的。」

喬治氣憤地說：「我當然知道你們有權有勢，我還知道你們想要搶走我的妻子，把她送到新奧爾良去拍賣；想把我的孩子像牲畜一樣關進奴隸販子的牛棚裡；想把吉姆的母親送回那個像地獄一樣的地方，讓那個可惡的主人用鞭子抽她，因爲他不能讓她的兒子順從，只能藉由虐待他的母親來出氣；而且你們還想把我押回去，讓你們的主子們把我踩在腳下，拷打我，任意地折磨我！你們的胡作非爲雖然被法律支持著，但是你們的行爲真讓自己和你們的法律都蒙受著巨大的恥辱！你們不可能捉住我們的，你們的那套法律是不爲我們所承認的，而且這也不是我們的國家。我們都是自由的，我們都平等地站在同一片天空下。我們向上帝起誓：我們將爲自由而奮戰到生命的最後一刻！」

喬治站在岩石頂上一個突出的位置，所以他看起來十分顯眼。朝霞映得他那淺黑色的臉通紅，而極度的絕望和悲憤則使他那雙又黑又亮的眼睛像是要噴射出火焰一樣；他說話時，雙手高高地伸向天空，好像是在呼籲上帝來主持人間的公道。

假如此刻是一個匈牙利青年站在一個關口，勇猛地捍衛一群從奧地利逃往美國的逃亡者，那他一定會被人們尊稱爲英雄。但是喬治擁有的是非洲血統，而且他捍衛的還是一群從美國逃向加拿大的黑奴，所以，過分的教誨和愛國熱忱已經蒙住了我們的眼睛，使我們看不出他有什麼英雄品質了。假如讀者中有人要堅持把這些看成是英雄的行爲，那他將自己承擔一切後果。

當無望的匈牙利逃亡者逃脫政府和權威，冒險來到美國的時候，政府內閣和新聞界對他們表示了熱烈的歡迎。但是絕望的黑人逃亡者採取同樣的行爲時，迎接他們的又是什麼呢？

事實上，喬治的眼神、聲調、氣度和堅決的立場已經讓下面的人非常吃驚了。要知道，一個人的膽識和毅力會產生一種奇異的威懾力，這種力量即使是讓生性最粗野的人見了，也會嚇得半天說不出話來。

馬克斯是這幫人中唯一仍然保持鎮定的人，在喬治結束他的言論之後，馬克斯無動於衷地扣動了扳機，朝他的方向開了一槍。

「你們也明白，等到了肯塔基，無論你們是死還是活，我們都一樣領錢。」他冷冷地說，同時還用衣袖擦了一下槍口。

喬治立刻閃身往後一跳——伊麗莎發出了一聲尖叫——那顆子彈擦著喬治的頭髮向後飛去，差點兒擦破伊麗莎的臉，然後就消失在一棵樹中。

「還好嗎，伊麗莎。」喬治趕忙說道。

「你最好還是找地方躲起來。你對他們說這些有什麼用？這些卑鄙無恥的惡棍能聽懂什麼！」菲尼亞斯說。

喬治對吉姆說道：「喂，吉姆，快點檢查一下你的手槍，我們一起守好那條窄路。第一個出現的讓我來打，你打第二個，接下來我們就依次輪流，要知道，用兩顆子彈打一個人太不划算了。」

「可要是你沒打中，怎麼辦呢？」

「一定會打中的。」喬治從容不迫地答道。

「太好了，這小夥子還真是很有才能。」菲尼亞斯自言自語道。

馬克斯開槍之後，下面的人全都靜靜地站在那裡，不知該如何是好。

「我估計你一個人都沒有打中，我只聽到了一聲女人的叫聲。」一個人終於打破了沉寂。

「我看咱們追過去吧。我才不怕黑人呢，難道你們害怕了不成？現在誰和我一起上去？」湯姆問了一聲，就轉身上山。

喬治聽到湯姆的這些話，掏出槍來檢查了一下，然後用槍死死瞄準了狹窄的路口，準備好要射擊第一個人。

一個膽子最大的人走在湯姆身後。因爲有人帶頭，其他人自然也就跟了上來。走在後面的人一直催促前面的人快些走，但是他們卻不願意走到前邊去。沒過一會兒，湯姆那壯碩的身軀就出現在了裂隙的邊緣。

喬治向湯姆開了一槍，子彈正中他的肋部，不過雖然受了傷，但是湯姆仍然挺著，狂叫一聲，縱身一躍跳過了裂隙，向喬治他們撲過去。

「朋友，」菲尼亞斯忽然站了出來，伸出他那長長的胳膊推了湯姆一把，「我們可不需要你。」一瞬間，湯姆就摔進了裂隙，在灌木、樹木、圓木和碎石堆中一路劈哩啪啦地向下滾去，一直到三丈以下的地方才被一棵大樹的樹枝掛住了他的衣襟停住。

他摔得全身青紫，躺在那兒動也動不了，只是連聲呻吟著。假如不是那棵大樹，他一定會摔得更重，說不定已經死了。這重重的一摔，讓他全身劇痛，再也爬不起來。

「上帝保佑我們，這幫萬惡的壞蛋！」馬克斯說著，掉頭就往山下逃去，但是比他上山的時候起勁多了。其他人也慌慌張張地緊隨其後向山下逃去，特別是那個胖警官，似乎把吃奶的勁兒都使出來了，跑得氣喘吁吁的。

「夥計們，你們要想辦法把湯姆找回來，我馬上回去搬救兵，拜託各位了。」馬克斯說完，也沒有徵求同伴們的意見，就在瞬間跑得無影無蹤了。

「怎麼會有這麼無恥的傢伙！」其中一個人說道：「我們是爲了他的事才來這裡的，他反而先溜走了，把我們留在這兒受罪。」

另一個人說：「我們還要找那個傢伙呢，他媽的，我可不想管他是死是活！」

這幫人在樹叢裡鑽來鑽去，沿著湯姆的呻吟聲一路尋找，最後終於看到湯姆躺在地上，不停地呻吟和咒罵著。

有個人說道：「湯姆，你呻吟的聲音怎麼這麼大啊，傷得不輕吧？」

「不知道。快扶我起來，謝謝啦。那個教友會的人真是不知死活！假如不是他，我早就輕輕鬆鬆地把他們幾個扔了下來了，讓他們也嘗嘗被人推下來是什麼滋味。」

這幫人費了好大的力氣，才把這位躺在地上的「英雄」攙扶起來，而後兩個人架著他，將他扶到了拴馬的地方。

「麻煩大家把我送回到不遠處的那家客棧裡，再給我一塊手絹或者什麼別的東西，只要讓我能堵住這個該死的傷口，讓它不要再流血了。」

喬治從山頂向下看，看到那幫人正手忙腳亂地把湯姆壯碩的身體往馬上扛，可抬了幾次都沒有成功，湯姆趴在馬鞍上左搖右晃的，最後還是重重地栽到地上。

「該不會是摔死了吧。」伊麗莎說，她正和其他人一起朝山下觀察那幫人的行動。

「爲什麼不是呢？要是真的摔死了才好呢！」菲尼亞斯說。

「可是死了是要遭受審判的。」伊麗莎說。

「對啊！」吉姆的母親說。剛才在爭鬥時，她一直按美以美教派的方式不停地呻吟著，禱告著，「那個不幸的人的靈魂真是要受罪啦。」

「他們可能是要扔下他不管了。」菲尼亞斯說。

果然，那幫人嘀嘀咕咕了一陣，就全部騎上馬揚長而去。

那幫人一從視線裡消失，菲尼亞斯就說：「我們還要下山走一趟，我剛才讓邁克爾去搬救兵，並且叮囑他一定要把馬車一起趕回來，看樣子，我們要向前走才能和他們碰面了。上帝保佑，讓他們快點來吧。現在時間還早，路上的行人也不很多，現在我們離目的地也就只有兩英里了，要不是昨天的夜路那麼難走，我們早就能甩掉他們的。」

他們剛走到籬笆邊，就遠遠地看到他們的馬車從大路上回來了，另外還有幾個騎馬的人。菲利亞斯高興地叫了起來，「這下我就放心多了，阿馬利亞、邁克爾．克羅斯都來了，我們就像已經到達目的地一樣安全了。」

「我們停一下，」伊麗莎說，「看看有沒有什麼辦法把那個傢伙弄走，他一直在這裡哼哼，挺嚇人的。」

喬治說：「好吧，這也是基督徒應該做的，我們就把他帶走好了。」

「我們還是把他弄到教友家裡去養傷吧，就這麼好了，我才不在乎他呢。來，讓我看看他的傷勢如何。」說著，菲尼亞斯來到受傷的湯姆身邊，認真地檢查著他的受傷情況。在森林打獵的時候，菲尼亞斯對外科手術也稍微知道一些。

「馬克斯。」湯姆迷迷糊糊地說，「是你嗎，馬克斯？」

「不是，你搞錯了，馬克斯早就溜了，根本就不管你的死活！」

「這下子，我一定是要死了，那該下地獄的不要臉的狗東西，居然把我一個人扔在這裡！我苦命的媽媽早就說過我會死於非命的。」

「上帝保佑，我們就可憐可憐他吧，他家也有老母親在呢。」吉姆的母親說道。

「小聲點兒，你別給我亂叫，行嗎？」菲尼亞斯說。湯姆無法忍受疼痛，本能地把菲尼亞斯的手推開了。「我現在要給你止血，不然你就沒命啦！」之後，菲尼亞斯用自己的和同伴的手帕、布片把湯姆的傷口包紮上。

湯姆虛弱地說：「就是你把我推下來的吧。」

「是的，你非常清楚，假如我不把你推下山，你就會把我們推下山。」菲尼亞斯一邊說著，一邊彎下身為湯姆綁繃帶。

「行啦，你好好躺著讓我給你捆繃帶吧。我們可是出於一片好心，一會兒，你就會被送到一棟房子裡，有人會好好照顧你的。我想，你母親對你也不過這樣吧。」

湯姆哼哼著，閉上了雙眼。對他這種人而言，隨著血液的流失，就再也顧不上什麼生氣和決心了。這位身體強壯如牛的傢伙在現在這種孤獨無助的情況下，看起來特別的可憐。

救兵終於到了，馬車上的座位都被騰了出來，兩張牛皮也被折成了四層鋪在車裡，四個人費了好大一番力氣，才把湯姆那笨重的身體抬到車上，但是還沒等搬到車上，湯姆就疼得昏了過去。吉姆的媽媽見到他這樣，也不禁生出惻隱之心，她坐下來，將湯姆的頭抱到自己的懷中。伊麗莎、喬治和吉姆則在車內剩下的空間擠著坐下，隨後，這群人出發上路了。

坐在車前頭的喬治對身邊的菲尼亞斯問道：「你看他的傷勢如何？」

「雖然受了傷，不過只是皮肉傷而已，你想，從山上滾下來磕磕撞撞的，受傷的地方一定不會好受，現在，嚇也嚇個半死，也流了很多血，也沒有什麼勇氣了。但是他會好起來的，有了這次教訓，他應該要學乖點了。」

「這下我就放心了，否則，要是他死了，哪怕有什麼正當的理由，我永遠都不會安心的。」

「這倒也是，殺人總不是什麼光彩的行爲。不管是什麼——殺人也好，打獵也好。我年輕時可是個非常好的獵手，我曾經看到一隻中彈的公鹿，奄奄一息地用兩隻眼睛望著我，那種眼神讓我感覺殺死牠是一件極其罪惡的事，殺人當然更加嚴重了。正如你夫人說的，把人害死是會接受審判的，所以，我並不覺得大家對這些問題的看法太過嚴厲，特別是當我想想自己是怎麼被撫養長大的，就會完全理解他們的想法了。」

「那我們該怎麼處置這個傢伙呢？」喬治問。

「把他送到阿馬利亞家吧。史蒂芬奶奶在那兒，大家都叫她『多爾卡思』[43]，天性善良，喜歡照顧別人，而且她可是個很好的護士，現在弄個病人給她照顧，是再合適不過的事情了。我們可以把這個傢伙交給她看護兩個星期。」

馬車又走了一個多鐘頭，來到一所乾淨整潔的農家小院前邊。身心疲憊的喬治一行人在這裡受到了熱情的款待，主人還招待了他們一頓豐盛的早餐。之後，湯姆．洛科被小心翼翼地放在一張又乾淨又舒適的床上，他生來還是第一次睡到這樣的床上。

傷口已經被仔細地包紮好了，湯姆有氣無力地躺在床上，像個困倦的孩子，偶爾睜開他的眼睛，看著潔白的窗簾和房間裡走來走去的人影。故事寫到這裡，讓我們暫時和這些人告別一下吧。

43. 一個婦女慈善團體，後泛指樂善好施的女子。

chapter 18

奧菲利亞小姐的經歷及見解（上）

當我們的朋友湯姆獨自靜思時，經常把自己被幸運地賣到聖克萊爾家當奴隸的事和約瑟在埃及的遭遇[44]相比較。如今，隨著時間的慢慢流逝，湯姆一天比一天更受到主人的重視，因而這個對比也就愈來愈明顯了。

聖克萊爾先生十分隨性，花錢也毫無節制。在湯姆來之前，阿道爾夫全權負責買賣東西的事情，但他在揮金如土這方面與主人毫無二致，兩個人一起迅速地揮霍著錢財，根本沒有節儉的概念；而湯姆善於經營，且多年來已習慣了把經管主人的財產當作自己的責任，當他看見主人一家在開銷方面如此浪費，實在無法抑制心裡的不安和擔憂，就不時地以黑奴常用的方式，委婉而間接地向主人提一些自己的建議或意見。

起初，聖克萊爾在經營財產這一方面偶爾才會把他當作下手使喚一下，但是湯姆的精明能幹博得了聖克萊爾先生愈來愈多的信任，也使得他對他的器重與日俱增，漸漸地，全家的買賣事務就都交給湯姆打理了。

「不，阿道爾夫，不要干涉湯姆，」一天，阿道爾夫又在爲權力被剝奪而滿嘴牢騷的時候，聖

44. 出自《聖經・舊約・創世紀》第三十七—五十章。

克萊爾說：「你只知道我們需要的是什麼，但湯姆不但知道這個，還知道該如何精打細算；假如沒有人來經管家裡的財產，錢財終歸有揮霍完的那一天。」

湯姆就這樣取得了一位揮霍無度的主人的絕對信任，他把錢交給湯姆的時候從來都不數，找回的零錢也是看都不看就放進口袋裡。湯姆有很多貪污的機會與誘惑，但是因爲他生性憨厚，而且對上帝又絕對虔誠，所以他從未想過去那麼做。對這種性格的人來說，主人對他完全信任就是讓他全心全意做事的一種潛在的約束力。

但是阿道爾夫就要另當別論了。由於聖克萊爾感到管束要比放縱費事得多，而他做事既自私又隨心所欲，使主人對他完全放任，最終也導致了阿道爾夫與主人的地位不分彼此、極其混亂的局面。

有時候，聖克萊爾也會因此而頭痛。他的良心告訴他如此對待下人是不對的，而且非常危險。他只要一想到此事，就會受到良心的譴責，只是這種內心的感情還沒有強烈到讓他決定有所改變和行動的地步。也正是他的內疚心理反而讓他越來越溺愛與放縱僕人。即使僕人犯了很大的過錯，他也不會多加追究，因爲他時常告訴自己，要是他盡到職責，僕人就不可能會出錯了。

湯姆對這位風流年輕、英俊瀟灑的主人，既恭恭敬敬、忠心耿耿，又有慈父般的關愛與擔憂，這兩種感情相互交織，常常糾結在湯姆的心裡。

聖克萊爾從未讀過《聖經》，也從來不去教堂，周日晚上也總是在歌劇院或話劇院裡打發時間，平常總是參加很多應酬，比如參加酒會、晚宴，去俱樂部等等，遇到什麼煩心事他也只是一笑而過。湯姆像其他人一樣把這些看在眼裡，因此他相信「老爺不是一個真正的基督徒」。當然他並不想把這個想法告訴別人，但是當他獨自一人呆在小屋裡時，他常常用最真誠的語言爲主人祈禱。

可是這並不代表湯姆不知道該如何向主人表達自己的看法。比如說在我們前面提到過的那個禮拜一，聖克萊爾受到邀請去參加一個供客人們品嘗各種名酒的宴會，直到半夜一兩點時才搖搖晃晃地被人送回來，當時已經醉得人事不省，湯姆和阿道爾夫一起把他扶上床，阿道爾夫居然非常高興，很顯然他把主人醉酒的醜態當成了一個笑話，當他看見湯姆手足無措的樣子，他捧腹大笑，說湯姆真是鄉下人。當然了，湯姆也的確很樸實，那天晚上他在床上輾轉反側，不停地為自己年輕的主人祈禱。

第二天早晨，聖克萊爾穿著睡衣和拖鞋坐在書房裡，他把一筆錢交給湯姆，又指示他去辦幾件事，但是看到他依然站在那兒，就不解地問：「喂，湯姆，你還傻傻地站在這裡幹什麼？我還有什麼沒有交代清楚嗎？」

湯姆一本正經地說：「我想還沒有，老爺。」

聽到這兒，聖克萊爾把手中的報紙與咖啡杯放下，注視著湯姆，「你到底怎麼了，湯姆，出什麼事了嗎？臉上像死了人一樣難看。」

「我感覺很傷心，老爺。我總感覺老爺對別人都好。」

「啊，湯姆，難道我做錯了什麼嗎？好啦，說吧，你是不是想要什麼？你一定是缺什麼東西，才會這麼說的，對不對？」

「老爺一向對我很好，我怎麼會對老爺抱怨這個呢，但是有個人，老爺對他很不好。」

「到底怎麼啦，湯姆，你怎麼吞吞吐吐的，直說吧，你到底想說什麼？」

「昨天晚上大概一兩點鐘時我想到了這些，當時我仔細考慮了一下，老爺只對自己不好。」湯姆是背對著主人，手扶著門把手說這話的。聖克萊爾感到自己的臉刷地一下就紅了，接著他大聲笑了起來，輕鬆地說：「哦，就為這點小事啊。」

「小事？」湯姆說完，突然轉身跪在地上，「啊，親愛的年輕的主人！我害怕你會因為酗酒而喪失性命和靈魂啊。《聖經》裡說，『酒咬你的時候像蛇，傷害你時像毒蛇[45]』啊，我親愛的老爺！你會為此送掉性命的！」說著說著，湯姆不由得聲音哽咽，淚流滿面。

「唉！可憐的傻瓜！」聖克萊爾的眼裡也含滿淚花，說，「湯姆，快站起來，我不值得讓你流淚。」

但是湯姆一直用請求的目光看著主人，不願意起來。

「好吧，湯姆，我答應你，今後再也不去參加那些該死的應酬了，」聖克萊爾說，「我保證再也不去了。我自己也不明白為什麼不早一點停止這樣做，並且一直都這樣，為此我都看不起自己——行了，湯姆，擦掉眼淚，去做事吧。好了，好了，」他接著說：「不用為我祈禱，我並沒有你說的那樣好。好了，」他輕輕地將湯姆推了出去，說，「好了，湯姆，我發誓，你再也不會看到我昨天晚上的那副樣子了。」

湯姆擦掉淚水，開心地離開了。

聖克萊爾把屋門關上，喃喃自語道：「我必須對他信守諾言。」

聖克萊爾果然說到做到，其實粗俗的肉欲之樂，對他而言，並沒有很大的誘惑力。

在這段時間裡，奧菲利亞小姐則把這個南方家庭的重擔都挑了起來，只是誰能詳細記錄她所經歷的各種煩惱呢？

45.《聖經．舊約．箴言》第二十三章第三十二節。

在南方家庭裡，因爲女主人的能力與性格有所差別，所以管教出來的奴隸也是不一樣的。無論是南方還是北方，有些主婦擁有優秀的管理才幹和教導方式，這種主婦似乎不用花費太大的力氣，不用採取什麼強硬手段，就可以使自己美麗莊園井井有條，使不同膚色的奴隸非常聽話，和睦相處；還可以因地制宜，揚長避短，建立一座有序而又和諧的莊園。

前邊講的謝爾比太太正是一位這樣的主婦；也許讀者還記得也曾在身邊見到過這種主婦。如果這種人在南方很少見，那是因爲世上這種人也很少；事實上，南方並不比別的地方少，只要有這些人存在的地方，她們就會把那個特定的環境發展成展示自己持家之道的好地方。

瑪麗．聖克萊爾不是這種主婦，她的母親也不是。她天真而懶惰，辦事毫無條理又毫無遠見，很難指望她能培養出比她強的下人。她很坦誠地對奧菲利亞小姐講述出了家裡的混亂局面，但是她並沒有講明造成這種情況的真正原因。

奧菲利亞小姐上任的第一天，清晨四點就起床了，她把自己的臥室收拾好以後（她在這裡一直都是自己整理房間，這讓女僕非常驚訝），就決定扭轉她手裡的鑰匙，大舉進攻所有衣櫥和櫃櫥。

那天，她嚴格地整理了儲藏室、床單桌布櫃、瓷器櫃、地窖與廚房，多年來，所有藏在角落裡的東西都被清理出來放到大家眼前，數量多得讓管理廚房與臥室的管事們暗自驚訝，而這在他們之間引起了對「這些來自北方的小姐太太們」的議論與困惑。

黛娜是廚房所有事務的主管和權威人士，她認爲奧菲利亞小姐侵犯了自己的權利，所以表現出非常不滿。大憲章時期[46]所有封建諸侯們對朝廷侵犯屬於自己的權力所流露出的憤怒情緒都不可

46. 指十三世紀初，大憲章運動初期，英王約翰被迫簽訂大憲章（一二一五年），保障人民的自由權利。

能比黛娜更強烈。在她的生活圈子裡，黛娜一直是一個很有影響力的人物，她像克洛大嬸一樣，很有做飯的天賦——烹飪本來就是非洲人特有的才能；只是，克洛訓練有素，平時的工作井井有條，總能有條不紊地安排各種事務，而黛娜完全是自學成才，而且她像所有的天才一樣，固執己見、獨斷專行，讓別人難以捉摸。

和現代某些哲學家一樣，黛娜根本不在乎任何形式的邏輯與理性，完全靠直覺做事，對此她相當固執。無論有多大權力、多大能力或做出多少解釋，都不會讓她相信會有其他方法比她的好，或者使她在做事辦法上做出一絲改變，哪怕只是一件小事。對此，她成功地讓瑪麗的媽媽、她的老主人在這方面都做出了妥協。而「瑪麗小姐」（黛娜一直這麼叫她，在她結婚之後也始終這樣叫）感覺順其自然肯定要比強行干預輕鬆得多，所以黛娜在她的地盤上擁有最高統治權。由於她對外交手腕十分精通，也就是在態度上最謙恭，但在措施上最嚴格，所以她很容易就做到這一點。

黛娜還知道尋找各種理由這門藝術的真諦，她有一句經典格言：廚師不會出任何差錯。在南方的廚房裡，廚師可以將一切罪過推到替罪羊的頭上，以此證明自己的清白。要是一頓飯的哪一個環節沒做好，她一定會找到幾十種理由來證明是另外幾十個人的錯誤，而對他們，黛娜還要狠狠地訓誡一番。

其實黛娜的最終成品出錯的機率很小，雖然她做事毫無條理，也從不考慮時間與地點，雖然她的廚房被搞得一團糟，到處堆放著炊具，但是假如你耐心地等著，一到吃飯的時間，她會像變魔術一樣把香噴噴的飯菜依次擺在你面前，廚藝高超得連非常挑剔的人都無話可說。

現在正是準備飯菜的時間。黛娜做什麼事都是一臉悠閒，她需要很長時間來休息或是想自己的心事。此刻，她正抽著一支粗而短的菸斗，坐在廚房的地板上。

她菸癮很大，每當她覺得做事需要啓發和靈感的時候，就會用她自己獨特的祈求女神進行指點的方式，點上菸斗爲女神點上一炷香火。

坐在她身邊的是一些小黑奴（他們的數量越來越多），他們正在忙著剝豌豆、拔雞毛、削土豆皮及其他的準備工作。黛娜不時從思緒中回過神來，用放在身旁的做布丁的棒子拍拍這個的頭、敲敲那個的頭。她粗暴地對待這些有著鬈曲頭髮的小傢伙，似乎以爲他們生下來就只有一個目的，那就是爲了「讓她少走幾步路」。她從小也是在這種管制下長大的，現在卻要用同種方式來對付這些小傢伙們。

此時，奧菲利亞小姐在屋裡已經完成了對其他地方的改革，進到了廚房的領地。黛娜也早已經在別人的通風報信中知道了這一消息，並且準備採取消極的防禦態度；她心中早有想法了，那就是不在表面上做任何明目張膽的對抗，但是對所有新措施都不理不睬，進行暗中的反對，並且要堅持用自己的方式與原則做事。

廚房非常寬敞，地面用磚砌成，一個龐大的老式大壁爐足足佔據了房子的一面牆壁，聖克萊爾很早就勸說黛娜換一個靈巧的新式壁爐，但是她根本不聽。黛娜對這種舊式的笨拙的東西很有感情，她的執著讓任何蒲西派[47]信徒或保守分子都自嘆不如。

當聖克萊爾第一次從北方回到家裡時，因爲非常欣賞叔父家廚房的管理制度和秩序，所以也爲自家的廚房購置了許多櫃子、櫥子和其他一些設施，想借此讓廚房看起來更有條理一些。儘管他樂觀地認爲這會對黛娜的工作有所幫助，但事實證明，他的心思完全白費了，用這些設施來給

47. 十九世紀末一個保守宗教派別。

松鼠或是喜鵲做窩也比放在廚房裡更有用處。櫃子和抽屜越多，就越給黛娜增添機會去放一些破布、破鞋、梳子、絲帶、廢紙以及她喜歡的別的小東西。

當奧菲利亞小姐進入廚房的時候，黛娜仍然十分冷靜地吸著菸坐在那裡，她看起來像是在認真地監督別人幹活兒，但其實暗中卻用眼角關注著奧菲利亞小姐的一言一行。

奧菲利亞小姐拉開一隻抽屜，問道：「這個抽屜是用來放什麼的，黛娜？」

「隨便放些什麼，小姐。」黛娜說。

看起來也的確是這樣的，裡邊堆滿了亂七八糟的東西，奧菲利亞小姐先從裡邊揪出一塊沾滿了血漬的繡花桌布，它本來十分精緻，但很顯然黛娜用它包過生肉。

「黛娜，這是什麼？難道你用主人最精緻的桌布來包生肉嗎？」

「哎呀，上帝啊，我只是一時找不到手巾，一時心急才拿它來包的。我本來想洗乾淨的，但是忘記了。」

「真是沒辦法！」奧菲利亞小姐自言自語道，之後把抽屜中的東西全部倒了出來，裡邊有一個肉豆蔻擦和兩三顆肉豆蔻[48]，兩塊骯髒的馬德拉斯[49]布手帕，一本美以美會的讚美詩，許多雜亂的毛線，幾塊餅乾，一支煙斗，一包煙葉，一兩隻薄的舊鞋，一兩個裝了潤髮油的金邊瓷盤，還有一個用別針精心別起來的法蘭絨小包，裡邊包著小白洋蔥頭，幾條粗毛巾，一綹線，幾塊繡花餐巾，幾枚縫衣針和幾個破紙包，裡邊包的各種香料撒了一抽屜。

48. 一種香料，豆蔻擦指將這種香料搗成粉末的工具。
49. 印度東南部一個省，出產著名的馬德拉斯布。

「黛娜。你的肉豆蔻一般都放在哪兒？」奧菲利亞小姐問，看來心裡的怒火已經快要傾瀉而出。

「沒什麼固定的位置，小姐，上面那個破茶壺裡放了點兒，對面那個櫥子上也有一些。」

「還有一些在這個磋子裡呢。」奧菲利亞小姐說完把那幾粒肉豆蔻取了出來。

「哎呀，沒錯，是我今天早上放進去的——我喜歡把東西放到伸手就能搆得到的地方，」黛娜說著，又瞄了一眼小黑奴們，「喂，傑克！你怎麼停下來了？你是不是又想挨揍了？你們那邊不許鬧！」她一邊說，一邊又拿起了棍子向傑克伸過去。

奧菲利亞小姐端起那個放髮油的碟子問道：「這又是什麼？」

「哦，這是我的髮油，放在那兒我用時比較方便。」

「你總是把髮油放在太太最好的碟子裡嗎？」

「啊！那是因爲我太忙了，沒時間——我正想今天就把它換個地方呢。」

「這裡的兩塊繡花餐巾又是怎麼回事？」

「是我放在這裡的，有時間了就把它們洗乾淨。」

「難道沒有地方可以放這些準備洗的東西嗎？」

「啊，老爺說，他買的那個櫃子是用來放準備洗的東西的，但有時我喜歡在那個櫃子上和麵做餅或是放些東西，更何況那個櫃子蓋打開關上也很麻煩。」

「可是你爲什麼不在這個揉麵桌上和麵呢？」

「天哪，小姐，這上邊堆滿了碟子，怎麼會有地方用來和麵啊？」

「等你把碟子洗乾淨收好，就有地方了。」

「洗碟子！」黛娜大聲喊道。她心裡冒起一團怒火，恭敬態度也無影無蹤，「我倒想知道小姐太太們對做飯這種事到底知道多少？要是我把時間都用在清洗盤子和收拾上，老爺要等到何時才能吃上飯？瑪麗小姐就從來不讓我做這些事。」

「那好吧，你再來看看這些蔥頭。」

「噢！」黛娜說，「原來放在這裡了，那是我特別留到今天用來燉雞的，我居然忘了曾經把它包在這塊法蘭絨裡了。」

接著，奧菲利亞小姐把一些用來包香料的破包抖了出來。

「小姐，不要隨便動那些小包。我總是把東西放在一個固定的地方。」黛娜語氣生硬地說。

「但是你總不願意這些布爛得到處都是小洞吧。」

「這樣也很方便。」黛娜說。

「可是你看，爛了洞，就會在抽屜裡撒得到處都是。」

「是的！假如都像小姐這樣亂翻，抽屜裡當然會撒得到處都是。你看，你已經撒了很多。」黛娜憂慮地走到抽屜櫃邊說，「小姐，你還不如馬上到樓上待著，到大掃除的時候，我會把一切都收拾好的，但是你在這兒指手畫腳的，我就做不了工作了。哎，山姆，別把裝糖的碗遞給那個孩子，要是你不小心，看我不打爛你的腦袋。」

「黛娜，我要把廚房徹底打掃一遍，這次我把東西收拾好了，希望你以後能保持清潔。」

「哎呀，奧菲利亞小姐，這可不是小姐太太們該做的事！我從沒看到你們這種身分的人做這種事，我家夫人與瑪麗小姐也從未這樣做過，我看也不需要這樣做。」

黛娜不滿地在廚房裡踱著步，而此時奧菲利亞小姐迅速將盤子分門別類地放好；把散放在十幾個糖碗中的糖都歸併到一個容器中；把該洗的毛巾、餐巾和桌布全部收拾了出來；之後又親自洗洗擦擦，把東西歸置好，她動作之快讓黛娜暗自吃驚。

當奧菲利亞小姐與她相隔一段距離，聽不見她說話時，黛娜對身邊的一些幫手說：「天啊，假如北方的小姐太太們都做這些事，那她們還算是什麼主人呀？我到徹底清掃的時候，自然會將東西收拾好的；但我不希望看到小姐太太們在我這裡指手畫腳，把我的東西放得哪兒都是，找也找不到。」

其實，黛娜偶爾也會衝動一下，把廚房進行一次徹底的改革，她把這樣的改革稱爲「徹底清掃的日子」，那時，她會幹勁十足，把所有抽屜和櫃子裡的東西都倒在桌子或是地板上，讓平常就亂七八糟的廚房變得更加髒亂。之後她就點燃菸斗，悠閒而又滿意地收拾起來。

她翻來翻去、仔細檢查每一樣東西，還對著它們演講；她讓小黑奴們把錫器擦乾淨；一連幾個小時都在忙忙碌碌。而且不管遇到誰，她都說自己是在「大掃除」，令人欣慰地離開。

「她不會總是讓廚房那麼亂七八糟的，她要讓那幫小傢伙們把這裡打掃乾淨。」不知道爲什麼，黛娜總是覺得自己特別愛乾淨，這一方面要是有什麼不足之處，就都是別人的錯。當每一件白鐵器皿都被擦淨、桌子也刷乾淨、所有不順眼的東西也都被塞到角落裡看不見時，黛娜就會認真地打扮一下自己，繫上一條潔白的圍裙，把一條好看的馬德拉斯布頭巾高高地裹在頭上，命令那些跑來跑去的「小傢伙們」別在廚房裡亂跑，因爲她想保持廚房中的整潔。

說實話，每次她有大掃除的衝動時，一家人都會覺得非常不方便，因爲黛娜會對擦洗的非常乾淨的白鐵器皿變得格外珍愛，甚至堅持在任何場合都不能「隨意」使用這些器皿——最起碼在「徹底清掃」的熱呼勁兒過去之後才能重新啓用。

幾天之內，奧菲利亞小姐就對家裡各個方面進行了徹底改革，把一切都收拾得井然有序。只可惜她的這些努力並不是一個人就可以完成的，它需要所有僕人的配合，但是正如西緒福斯[50]與丹奈斯[51]諸女的所做努力一樣，都像水一樣付諸東流。有一天，她終於絕望了，無奈之下她向聖克萊爾抱怨著，「我覺得在這個家裡根本不可能建立起一個什麼管理制度來！」

「是的，我也是這麼想的。」聖克萊爾說。

「我從沒見過一個如此糟糕管理的家，而且如此浪費、如此混亂！」

「我知道的。」

「假如你來持家，就不可能這樣放任不管了。」

「親愛的堂姐，你必須要弄清楚，我們這些主人分爲兩類：壓迫者和被壓迫者。我們這些善良而不善懲罰別人的人，註定要忍受一切不便，如果我們想要方便自己，卻在身旁養了一些既懶惰又愚昧的黑奴，那就只能自認倒楣了。我也曾經見過幾個很有才能的主人，不用採取什麼嚴厲的方法也能把一切安排得有條有理；只可惜我不是這樣的人——所以我早就決定要聽天由命了。我不可能對這些可憐的傢伙實施酷刑，他們也很清楚這一點。所以他們知道棍棒其實就握在他們自己的手中。」

「可是這樣毫無時間觀念，一切都這樣毫無章法可言，這怎麼行呢！」

「親愛的堂姐，你們北方人就是太注重時間觀念了！時間對那些時間充裕到不知道該怎麼打發的人有什麼用呢？說到規矩，當你無所事事而懶散地歪在沙發上看閒書時，早餐晚餐是提前一

50. 希臘神話，西緒福斯每天推巨石上山。
51. 希臘神話，埃及國王的弟弟所生的女兒，因殺害親夫，死後被罰服苦役，將水注入漏槽。

個鐘頭還是推遲一個鐘頭有什麼關係呢。就拿黛娜說吧，她爲你準備了一桌美味的晚餐——飯菜、烤雞、蔬菜燉肉、湯、甜點、霜淇淋等所有美味的東西——而這些東西都是她在那個亂糟糟、黑糊糊的廚房裡做出來的，我覺得她能夠做到這一步已經很好了。上帝保佑我們！如果我們去一趟廚房，看看做飯時的油煙、到處有人蹲在地上幹活兒，還有給人打下手時手忙腳亂的樣子，我們可能連吃飯的胃口都沒有了！我的好堂姐，你不要給自己找煩惱了！這比天主教苦行的要求還要苛刻，卻也沒什麼很大的益處，最後自己生了一肚子悶氣，也讓黛娜不知道如何是好。她想怎麼做就怎麼做，你就由她去吧。」

「可是，奧古斯丁，你根本不知道我看見了什麼，簡直不堪入目。」

「我怎麼會不知道呢？我當然知道她把擀麵杖扔到床底下，把煙葉和肉豆蔻一起擱在她的衣兜裡，用幾十個碗裝糖，而且丟得隨處都是——有時她用餐巾擦洗盤子，有時甚至還用襯裙布來擦洗。但重要的是，她做出的飯菜相當講究，煮的咖啡也非常香醇。你應該像評價一個英雄或政治家那樣來看待她：多發現一點她的功績。」

「可是那麼大的浪費與開銷——實在令人無法忍受！」

「哦，那就這樣做吧，把能鎖的都鎖起來，然後你保管鑰匙，每次發一些，無論是不是有剩餘——事情管得太多了也沒有什麼好處。」

「奧古斯丁，我心裡很不舒服，總是覺得這些僕人不夠誠實，你敢保證你完全信任他們嗎？」

當奧菲利亞小姐問到這個的時候，她臉上那焦急而認真的神情不禁讓奧古斯丁哈哈大笑。「天啊，堂姐，你真是太可笑了——誠實！——你居然對他們有那麼高的奢望！誠實！——他們當然不夠誠實。他們爲什麼要誠實？可是又有什麼值得他們去誠實呢？」

「那你爲什麼不指點和引導他們啊？」

「指點！引導！完全沒用！你說我該如何來指點他們呢？你覺得我會是個成功的教導者嗎！更別說瑪麗了，如果我讓她教導這些下人們的話，她肯定會想辦法整死整個莊園裡的黑奴，但是仍然無法改變他們欺騙的本性。」

「難道黑奴中就沒有老實人嗎？」

「當然，可能偶爾也會有幾個黑奴，生性單純誠實，非常樸實，無論怎樣糟糕的環境都無法改變他們美好的品德。但你要知道，黑人從生下來就被周圍無處不在的欺騙影響著，同時在和自己的父母、女主人、一起長大的少爺小姐們相處中，也當然就學會了欺騙。就這樣，狡猾和欺騙成了他們不可缺少的、無法避免的習慣。我們對他們有過高的期望是不公平的，更不能因此而懲罰他們。說到誠實，奴隸們還處在依賴和幼稚的狀態，根本不能讓他們清楚產權問題，或者他們會感覺即便是拿了主人家裡的東西，這些東西也不屬於他。而我呢，也從沒有指望過他們能夠變得誠實可靠。像湯姆這種人簡直──簡直就是一個奇蹟！」

「那將來他們的靈魂能升到天堂嗎？」奧菲利亞小姐問。

「那我就管不著了，」聖克萊爾說，「我只管他們這輩子的事。說實話，爲了我們自己今生的利益，每個人都清楚黑人被全部交給魔鬼了，怎麼還管得了死後會遭到哪些報應啊！」

「你們真是可怕！」奧菲利亞小姐說，「應該要爲此而感到羞愧！」

「我並不這麼想。不管怎樣，像我這樣的人並不是少數，」聖克萊爾說，「走大路的人通常都是這樣的。你看看世上所謂的高等人和下等人，就會知道，世界各地都沒有差別：下等階級的人爲上等人貢獻了自己的一切，包括肉體、靈魂和精神。在英國也是如此，任何地方都一樣；可只是因爲我們所採取的方式與他們稍微有些不同，整個基督教界便都因爲不能理解我們而詫異不止了。」

「佛蒙特就不是這樣的。」

「嗯，是的，在新英格蘭以及沒有奴隸的自由州裡，確實比我們做得好，這是我必須承認的。只是，馬上要開飯了，堂姐，我們還是先把地域偏見擱到一旁，先吃飯吧。」

傍晚的時候，奧菲利亞小姐在廚房聽到幾個黑孩子喊著：「噢，上帝啊！泊露來了，老是那麼一副長吁短嘆的樣子。」

話音剛落，一個瘦高的黑女人，頭頂著一籃熱麵包捲和甜麵包乾來到廚房裡。

黛娜說，「啊，泊露，你來了。」

此時，泊露愁眉不展，聲音低落。她把籃子放下後，坐在地上，把胳膊肘壓在腿上，說：

「噢，上帝哪！還不如讓我死去呢！」

「爲什麼啊？」奧菲利亞小姐問。

那女人兩眼盯著地板，甕聲甕氣地回答，「死了就沒有痛苦了。」

「你爲什麼總要喝酒呢？都是你自己在找罪受，泊露。」一個穿戴齊整的、有四分之一黑人血統的上等女僕一邊擺弄著她那副珊瑚耳環，一面問道。

那個黑女人陰鬱而又充滿敵意地瞪了她一眼，說道：「總有一天，你也會落到我這個地步的，我會有幸看到這一天，我會的，到那時你就會像我一樣，希望能喝口酒，好借酒消愁。」

「好了，泊露，」黛娜說，「你把你的麵包乾帶來了吧，這位小姐會把錢給你的。」

奧菲利亞小姐從那個籃子裡取出二十多塊麵包乾。

黛娜說，「第一層架子上的那個破罐子裡面還有幾張票，傑克，你爬上去把它拿下來。」

「票——用它做什麼呢？」奧菲利亞小姐問。

「我們從她的主人那兒買票，然後用這些票來買她的麵包乾。」

「只要我一回到家，他們就會查看我的錢和票，看零頭是不是對的，要是少了，他們便會狠狠地打我。」

「你這是自作自受，」那個叫簡的上等女僕傲慢地說，「是你自己先用他們的錢喝酒的。小姐，她就是這樣做的。」

「我必須這樣做——我不喝酒就沒有活下去的力量了——喝酒可以使我忘記痛苦。」

「但是你拿主人的錢喝得不省人事，」奧菲利亞小姐說，「我看你簡直是既愚蠢又可惡。」

「也許你說的是對的，可是小姐，我還是要喝——對，要喝。噢，天哪！要是我死了該有多好，真的——讓我快點死了吧，那樣就不用再遭罪了！」

老太婆緩緩地動了動僵硬的身體，站了起來，重新把籃子頂在頭上，但是在走之前，她朝那個依然站在那兒擺弄耳環的女僕瞪了一眼，說：「別在那兒自以為是的臭美，搖頭晃腦的，把任何人都不放在眼裡，那好，沒關係——你遲早會像我一樣，變成一個討厭的窮老太婆。我向上帝禱告，希望蒼天有眼，到那時看你是不是會喝酒——不停地喝，直到喝死為止；你也是自己作孽——呸！」

那個女人狠狠地罵了一句後就離開了廚房。

「可恨的老太婆！」阿道爾夫說，他正在為主人打洗臉水，「她要是我的奴隸，我會把她收拾得更慘！」

「你心眼不要那麼歹毒吧，」黛娜說，「她的背被打得連衣服也不能穿，讓人都不敢看。」

「這種人就不應該到上等人家裡搗亂，」簡小姐說，「聖克萊爾先生，你說呢？」她一邊向阿道爾夫問道，一邊搔首弄姿地衝阿道爾夫搖了搖頭。

必須說明的是，阿道爾夫除了隨便動用主人家的財物以外，還習慣使用老爺的姓名和地址。他在新奧爾良黑人圈子裡活動的時候，就常常以「聖克萊爾先生」自居。

阿道爾夫說：「伯努瓦小姐，我完全同意你的看法。」

伯努瓦是瑪麗．聖克萊爾娘家的姓氏，簡是她從娘家帶過來的女僕。

「恕我冒昧，伯努瓦小姐，你的這副耳環真是太美了，我想知道你是不是打算在明晚的舞會上戴它？」

「我不知道，聖克萊爾先生，你們這些男人怎麼可以問出這麼厚顏無恥的問題！」簡一邊說著，一邊不停地搖晃著她的小腦袋，直搖得耳環亮光閃閃。「要是你再向我提這種問題，明天晚上別想我陪你跳舞。」

「哎呀，你怎麼會這麼狠心呢！我只是想知道明天晚上去參加舞會的時候，你是不是會穿那件粉紅色的透明薄紗衣服。」阿道爾夫油嘴滑舌地問道。

這時，女僕蘿莎一蹦一跳地跑下樓來，問道，「喂，你們在說什麼呢？」她是一個機靈、潑辣、有四分之一黑人血統的機靈鬼。

「你瞧啊，聖克萊爾先生真是太沒有禮貌了！」

「真是冤枉啊，」阿道爾夫說，「請蘿莎小姐來評評理吧。」

「哎！我知道他向來都是個無禮的傢伙，」蘿莎用一隻腳支撐著身體，接著使勁兒翻了阿道爾夫一眼說，「他也總是惹我生氣。」

「天啊，兩位小姐，你們兩個如此對待我，真是讓我太難過了，」阿道爾夫說，「要是有天早上你們看到我被氣死在床上，你們要賠我性命啊。」

「啊！聽聽這無恥的傢伙怎麼說話呢！」兩個女人一起哈哈大笑。

「夠了——都給我滾出去！就不能讓你們待在廚房，在這裡礙手礙腳的，」黛娜說，「簡直是搗亂。」

蘿莎說，「黛娜大嬸明晚參加不了舞會，有點生氣了呢。」

「我根本就不想參加你們淺膚色人的舞會[52]，」黛娜說，「故意賣弄，假扮白種人，其實還不是和我們一樣，都是黑人。」

簡說：「黛娜每天用油收拾她那頭鬈毛，想要把頭髮弄得順直一些。」

「最後頭髮不也沒有直嗎？」蘿莎邊說邊憤憤然把她那如瀑布般的長髮垂落下來。

「在上帝眼中，難道鬈髮和其他頭髮有區別嗎？」黛娜說，「我真想把太太叫過來評評理，問問太太到底是你們倆有用還是我有用。都給我滾得遠遠的，你們這些沒用的賤貨——我不准你們待在廚房！」

這時，他們不得不停止談話了。原來，樓梯上面傳來聖克萊爾的聲音，問阿道爾夫是不是準備端著洗臉水在那裡站一天；而奧菲利亞小姐從餐廳裡走出來，說道：「簡，蘿莎，你們在那兒幹嘛呢？還不快去把那些薄紗衣服都燙平。」

當大夥兒對那個可憐的老婦人發表不滿的時候，我們的朋友湯姆一直站在廚房中，現在，他已經跟著她走到了大街上。他看到她一邊向前走著，一邊不斷地嘆著氣，最後她把籃子放到一個

52.指混血兒舉辦的舞會，以膚色淺淡得名。

房子的臺階上，開始收拾肩上那條褪色的舊披肩。

「我幫你提著籃子走一會兒吧。」湯姆熱情地說。

「你要做什麼？」女人說，「我不需要你的幫助。」

「你好像生病了，或者你出了什麼其他事情嗎？」湯姆說。

女人緩慢地說：「我沒病。」

「我只是想勸你戒酒，」湯姆真誠地看著她說：「難道你不明白酒不但會毀掉你的肉體，還會毀掉你的靈魂嗎？」

「我很清楚自己死後會下地獄，」女人心情沉重地說：「你完全不用提醒我，我既醜陋又邪惡，死後會馬上被打入地獄的，噢，上帝啊！我真希望能現在就下地獄！」

這個黑女人發自內心說出的這番絕望而過激的可怕言辭，不禁讓湯姆心裡打了個冷戰，「哦，上帝會饒恕你的！苦命的人啊！難道你從來不知道耶穌的存在嗎？」

「耶穌是誰啊？」

「啊，他是我們至高無上的救世主啊！」湯姆說。

「啊，我好像聽說過，還有什麼地獄和末日審判。這些我曾經聽說過。」

「可是，難道他們沒有告訴過你，耶穌愛著我們這些苦命的罪人，並且願意爲我們奉獻自己的生命嗎？」

「沒人告訴過我，」女人說，「自從我的丈夫死後，這個世界上就再也沒有愛我的人了。」

湯姆問：「你家在哪裡？」

「在肯塔基州的一個白人家裡，我爲他生孩子，等孩子稍大一點兒就被主人賣掉；最後我也被賣給了一個奴隸販子，我現在的主人把我從奴隸販子那裡買了下來。」

「你什麼時候開始酗酒的？爲什麼要酗酒呢？」

「爲了擺脫那無止境的痛苦啊，我來到這裡以後又有了一個孩子，那時我想也許這次可以看著孩子長大，因爲主人不是奴隸販子。孩子長得胖胖的，不哭不鬧，很可愛，也很老實，挺好玩兒的，太太剛開始似乎也非常喜歡他。但是後來太太發了高燒，我侍候她，沒想到也被傳染了，因爲生病，奶水也斷了，孩子瘦得皮包骨，但是太太不肯給孩子喝奶。我對太太請求，但她根本就不理會，還說她知道我們吃的東西，孩子當然也可以吃。孩子愈來愈消瘦，整天整夜地哭，不停地哭，最後變得瘦骨嶙峋，太太卻極不耐煩，說這個孩子脾氣太差，而且還詛咒孩子快些死掉。

「她不允許我哄孩子入睡，說夜裡我會被孩子吵得睡不好，那樣的話，白天就不能把活兒幹好。她讓我到她房裡去睡，我只得把孩子放在小閣樓上，就這樣，在一個夜晚，可憐的孩子在閣樓上生生哭死了。孩子死後，我就開始喝酒，喝醉了就能忘記孩子的哭聲！而且這個辦法很有效——我不能不喝！就是因爲酗酒被打入地獄我也要喝！老爺說我註定會下地獄的，我告訴他說，其實我現在就已經在地獄裡了！」

「唉，你真是太不幸了，」湯姆說，「難道沒有人告訴過你，耶穌愛著你這個苦命的人，並且願意爲你而犧牲自己的性命嗎？難道沒人對你說過仁慈的主會救你升入天堂嗎？」

「難道我可以升入天堂嗎？」老婦人說，「那個地方不是白人才可以去的嗎？他們怎麼會允許我進入天堂呢？我寧可下地獄，那樣的話，就再也不會見到老爺太太了，我寧願如此。」

她一邊呻吟著一邊又把籃子頂到頭上，帶著一臉悲傷的神情離開了。

於是，湯姆滿心憂傷地轉身向家裡走去，結果在院子裡看到了小伊娃——一個用晚香玉編的美麗花冠戴在她頭上，她眼裡閃耀著欣喜的光彩。

「湯姆！你可回來了，找到你真是太高興了，爸爸同意我們套上小馬，坐那輛新的小馬車去兜風，」她一邊說，一邊握住湯姆的手，「可是湯姆，你怎麼了？看起來心事重重的？」

「我很傷心，伊娃小姐，」湯姆憂慮地說，「我馬上去給你準備馬車。」

「不，湯姆，你先告訴我，發生什麼事了？我看到你和那個脾氣很壞的老奶奶說話了。」

於是，湯姆嚴肅地把那個女人不幸的遭遇對伊娃小姐簡短地敘述了一遍。她沒有像別的孩子那樣，高聲尖叫，沒有吃驚，更沒有失聲痛哭。只是她的臉瞬間變得蒼白，兩眼中閃現出憂鬱、莊重的神色，她把雙手按在胸口那兒，重重地嘆息了一聲。

chapter 19 奧菲利亞小姐的經歷及見解（下）

「湯姆，你別準備了，現在我又不想出去了。」伊娃說。

「爲什麼啊，伊娃小姐？」

「你說的那件事讓我很難過，湯姆，」伊娃說，「我太傷心了，」她誠懇地說道：「所以我不打算出去兜風了。」說完就轉身朝屋裡走過去。

幾天之後，又有人來送烤麵包，不過這個人已經不是老泊露了，而是另一個女人。那時候奧菲利亞小姐剛好在廚房裡。

「啊，」黛娜說，「泊露呢？」

那女人神秘地回答，「她以後再也來不了了。」

「爲什麼？」黛娜問，「難道她死了嗎？」

「我們也不清楚，只是聽說她好像是被關到地窖去了。」女人看了奧菲利亞小姐一眼說。

等奧菲利亞小姐把甜麵包乾收好之後，黛娜就送那個女人出門。

「哎，泊露到底怎麼了？」她問。

那個女人吞吞吐吐地，猶豫了一會兒，用神秘的語氣悄聲說：「好吧，不過你千萬不能告訴別人。泊露又酗酒了，於是主人把她關進了地窖——我聽說蒼蠅爬滿了她的全身——人早就已經死了！」

黛娜驚恐地舉起雙手，猛一回頭卻看到伊萬傑琳像幽靈一般站在她們背後，一雙眼睛瞪得大大的，臉上、嘴唇上全無血色。

「上帝保佑！伊娃小姐要暈倒了！我們做了什麼啊，這種事怎麼可以讓她聽到呢？她父親肯定會發火的。」

「我不會那麼容易暈倒的，黛娜，」孩子鎮定地說，「為什麼我不能聽到？與不幸的泊露受的苦難相比，我聽見這些又算得了什麼呢？」

「哎呀，上蒼啊，像你這種純潔可愛的嬌貴小姐不可以聽到這種事──會把你嚇死的！」

然而，伊娃聽到後只是嘆息了一聲，就心情沉重、腳步緩慢地上樓去了。

由於奧菲利亞小姐迫切想知道那個女人的事情，黛娜只好絮絮叨叨地又說了一遍，湯姆也描述了那天早上他從泊露那裡聽到的詳細情況。

「真是太殘忍了！──簡直太可怕了！」她邁步走到聖克萊爾的書房裡，高聲叫道。

「請問，發生了什麼事呀，把你氣成這樣？」他在躺著讀報，問道。

「什麼事？那些人居然把泊露生生的鞭打死了！」奧菲利亞小姐說，然後把泊露的事一五一十地向聖克萊爾描述了一遍，越可怕的地方講得越具體越詳細。

「我早就知道會有這一天的。」聖克萊爾說完，仍然在看他的報紙。

「早就知道！──難道你對這樣的事可以這樣無動於衷嗎？」奧菲利亞小姐說，「你們這裡沒有市鎮行政管理委員會的人或別的什麼人來過問和處理這些事情嗎？」

「大家都認為，這是私有產業權益分內的事。可要是有人非要損壞自己的財產，其他人又能做什麼呢？而且那個老太婆看起來不但是個醉鬼，還經常偷竊，所以用她來喚醒人們的同情和憐慨，就不要抱有太大的希望。」

「真是——真是太可怕了，奧古斯丁！總有一天，上帝會因此而懲罰你們的。」

「親愛的堂姐，我從來不做這種事，但是對此我也非常無奈。要是我有一點辦法，就一定會阻止這種事發生，可是那些惡毒的人非要這樣做，我又能做什麼呢？他們是一群沒有責任感的傢伙，又有支配自己財產的權力，即使干涉也沒有用，而且這種事至今也沒有什麼法律條文，我們只能充耳不聞、置之不理。這是我們必須忍耐的。」

「你怎能充耳不聞、置之不理呢？你怎能聽任這種事發生呢？」

「我親愛的堂姐，那你還能抱什麼希望呢？整個階級的低賤、懶惰、沒有教養、惹人發怒的黑人，無緣無故地被完全掌控在與世上大部分人一樣的許多人的手中，他們既沒有自控力，也沒有同情心，甚至連明智地對待自己的利益都不會——絕大部分人都是這樣的。所以，在這樣的社會制度裡，一個人即使有正義感和同情心，也只好狠心地讓其發生，除了這樣還能怎樣呢？受苦的人那麼多，我也不可能買下所有碰到的可憐人，我更不能像一位俠士一樣，穿梭在這座城市裡讓所有黑奴脫離苦海。我只能對這種事情視而不見。」

一瞬間，聖克萊爾有神的臉龐變得陰沉了，看起來他因此而難過了。不過突然間他開心地說：「好了，堂姐，別少見多怪了，你像命運女神一樣站在那兒有什麼用呢——像這樣的事數不勝數，天下這種事每天以不同的方式發生著，假如我們不停地追究和過問生活中黑暗的事情，也許就沒有精力做別的事情了；這就和過分認真地檢查黛娜廚房裡那些雜亂的東西是一樣的道理。」聖克萊爾說完，又繼續躺到沙發上看起報紙來。

這時，奧菲利亞小姐也坐了下來，臉上露出嚴肅而憤怒的表情，取出毛線，拼命地織著，可是她愈想愈生氣，最後實在忍不住說：

「我告訴你，奧古斯丁，你可以輕易忘記這種事，我可無法做到。而且你替這樣的制度開脫，簡直不可饒恕——這就是我真正的想法。」

「你說什麼啊？」聖克萊爾抬頭，說道，「難道又想談那個問題？」

「我說，你維護這樣可惡的制度，真是蠻不講理！」奧菲利亞小姐憤憤地說。

聖克萊爾說：「親愛的堂姐，我是在維護它嗎？誰說我是在維護它？」

「當然，你確實是在維護這種制度——你們每一個南方人都在維護它。不然你們爲什麼要蓄養黑奴呢？」

「難道你真的這麼天真，居然會認爲這世上沒有人可以明知故犯？難道你就從來沒有做過這樣的事？」

「就是做過，那也是沒有辦法，況且我總是要懺悔的。」奧菲利亞小姐一邊說，一邊織著毛線。

「你怎麼知道我不會懺悔呢？」聖克萊爾一邊剝橘子一邊說，「我無時無刻不在懺悔。」

「既然如此，那你爲什麼還要做那種事？」

「你能保證懺悔之後不再犯同一個錯誤嗎，我的好堂姐？」

「不能保證，但是只有在實在沒有辦法的時候才會出現這種情況。」奧菲利亞小姐說。

「唉，可我就總是沒有辦法，」聖克萊爾說，「我也有難言之隱啊。」

「但是我常常決定要儘量去想辦法，並且盡力不要明知故犯。」

「七年來，我也總是決定不要再這樣，」聖克萊爾說，「可是糊裡糊塗地總是擺脫不了。堂姐，難道你已經徹底擺脫你以前的罪孽了嗎？」

「奧古斯丁，」奧菲利亞小姐放下手裡的毛線，鄭重地說，「我知道你完全有資格指責我的缺點，我知道你的言論也沒有錯，我對自己的缺點比任何人都清楚。但我仍然感覺我們倆之間還是不完全一樣的。我寧願被砍掉右手，也不願意一天天地重複去做自己明明知道錯誤的事。不過，事實上，我言行並不完全一致，也不能怪你責備我。」

「哦，」奧古斯丁一屁股坐在地上，把頭靠在她的膝上說，「堂姐，別太較真了！你知道我一直都是一個無禮的孩子，我就是想逗逗你——只是這樣罷了——就是想看你跟我理論的樣子。我知道你是個善良的人、善良得有點過頭的人；但這些事情實在是讓人感到揪心的痛啊。」

「親愛的弟弟，可是那畢竟是個很嚴肅的問題啊。」奧菲利亞小姐摸著他的額頭說。

「的確很嚴肅，嚴肅得令人窒息，」他說，「可是我呢——哎，在天氣炎熱的時候從來不喜歡談論這麼嚴肅的問題，我這個人絕不可能達到那麼崇高的道德水準，」

聖克萊爾突然變得很興奮，說：「我覺得我終於明白了一個道理，那就是爲什麼北方民族會比南方民族的品德高尚——這個問題的實質我看明白了。」

「哦，奧古斯丁，你這個善於狡辯的頑固分子！」

「是嗎？唉，大概吧；但起碼現在我是認真的；你必須把那籃橘子遞給我——你看，既然你讓我費這個力氣，就必須『以酒爲我提神，以蘋果讓我舒心』[53]。好了，」奧古斯丁把那籃橘子拉到自己身旁說，「現在我要說——在人類歷史長河中，如果一個人必須把他的幾十倍同類當做奴隸來使喚，爲了尊重社會輿論，就必須要求他——」

「我真看不出你身上嚴肅和認真的地方。」奧菲利亞小姐苦笑著打斷他。

53.《聖經．舊約．雅歌》第二章第五節。

「你別心急——我就要嚴肅了，你馬上就會聽到的。堂姐，在我心裡面，」他說，俊朗的臉上突然露出嚴肅而又真誠的表情，「奴隸制這個抽象的名詞，我認爲只有一種解釋，那就是爲了討用這種方式賺錢的種植園主的歡心，政客們會將語言與道德倫理扭曲得面目全非，讓世人對他們的才能驚嘆不已，並以此進行統治，他們可以強迫社會和《聖經》與其他東西爲他們自己服務，但他們自己和世上的人們還是不信那套理論。總的來說，奴隸制是罪惡的源泉，是一個魔鬼，這其實是一個很好的比喻，說明魔鬼是多麼神通廣大。」

奧菲利亞小姐不由地停下了手裡的活兒，臉上現出驚訝的表情。

很顯然，聖克萊爾對此頗爲得意，繼續向下說道：

「可能你會感到奇怪，但是如果你想讓我給你講清楚，那我就好好跟你說說。這個可怕的制度，這個被世人和上帝詛咒的制度到底是什麼？扒下它虛僞的外表，探究它的真諦，它到底是什麼？因爲我的兄弟魁西[54]既愚蠢又懦弱，但是我聰明而健壯——因爲我清楚應該怎麼做，所以我就操縱並霸佔了他的一切，我想給他多少，就給他多少，只要我感到又髒又累又不想幹的活兒，我就吩咐魁西去做；因爲我不喜歡幹活兒，魁西就必須做，因爲我怕曬太陽，魁西就不得不頂烈日。魁西賺的錢，也必須供我使用；魁西不得不躺在泥水坑裡，這樣才能不打濕我的鞋子。

「魁西這一輩子都要按我的意願卻不是他自己的意願做事情，到最後，他死之後能不能升到天堂，也要看我的意願如何。我覺得這就是奴隸制，我很反對某些人按照書上的法律條文去認真地認識和解釋奴隸制度。說什麼奴隸制的弊端！簡直就是胡說！奴隸制根本就是萬惡之源！可是爲什麼我國沒有像峨摩拉與所多瑪這兩座邪惡的城市那樣被摧毀，只是因爲奴隸制的實際做法比

54. 原指西非黑人，此處泛指黑人。

它的本身巧妙很多，出於廉恥之心和憐憫之心，因爲我們是人類撫養長大的，而不是兇殘的禽獸撫養長大的，我們中許多人沒有行使、不願也不敢行使我們這個野蠻的法律所賦予的權力，甚至連最偏遠、最殘暴的奴隸主的所作所爲，也在法律所賦予的權利範圍之內。」

此時聖克萊爾一下子從地上站了起來，在房間中快速地走來走去。每次他激動的時候都會這樣走。他那張俊朗的臉上充斥著熾烈的感情，那雙藍色的大眼睛金光閃閃、炯炯有神，手還情不自禁地比劃著。奧菲利亞小姐以前從沒見他這樣激動過，所以她只是靜靜坐在那裡。

「你聽我說，」他突然停在堂姐面前說：「談論這件事情或者爲它觸動都沒有意義，但是我仍舊要告訴你，有時我會想，要是我們國家突然淪陷了，讓人再也看不見這慘絕人寰的一切，到那時我寧願與它同歸於盡。當我乘船到各地旅遊或者去收帳時；當我想起我碰到的那些兇殘、卑劣、無恥的傢伙用各種卑鄙手段，竊取、騙取或靠賭博賺一些錢去買賣男人、女人和孩子，而我們的法律就允許他做欺壓黑人的暴君時；當我看到這種人擁有許多不幸的兒童、年輕姑娘和婦女時，我就會詛咒人類，詛咒我的祖國！」

「奧古斯丁，奧古斯丁！」奧菲利亞小姐說：「你說太多話了，就是在北方，我也從未聽到過這種觀點。」

「北方！」聖克萊爾聽到後，突然臉色大變，重新露出平時那散漫的表情說：「呸！你們北方人都是些不知感情爲何物的冷血動物，你們對什麼事情都非常淡漠，要是我們被逼急了，還會發洩憤怒，但是你們連這個都做不到。」

「嗯，但是問題是……」奧菲利亞小姐說。

「哎，是的，問題是——這真是個可怕的問題！你怎麼會犯下這種罪孽，生活在犯罪一樣悲慘狀態下？好吧，我就用你以前在星期天教我的那些典雅、古樸的話來回答你吧。我現在的狀態完全是從父母那裡繼承來的，我的父親和母親把僕人留給了我，而他們的後代也都屬於我，這是筆很可觀的財產。你知道，我父親與你父親一樣，都是新英格蘭人，也是個正宗的天主教徒，他品德高尚、生性豪爽、意志堅定、精力充沛。你父親在新英格蘭安下了家，成了岩石、山嶺的主人；而我父親來到路易斯安那州，在這裡安居，買了黑奴，一直靠剝削黑奴生活。而我的母親，」聖克萊爾站起來，踱步到屋子裡面的一幅畫像前面，用又愛又敬的眼神抬頭看著它說：「她是那麼的聖潔！你別用這種眼神看著我——你知道我是怎麼想的！雖然她只是一個凡人，可在我眼中，她身上找不到一點凡人的缺點，只要是對她有印象的人，無論是自由人、奴隸，還是親戚朋友，都有這樣的看法。」

「堂姐，這許多年來，我之所以沒成為一個完全不相信上帝的人，就是因為我母親的原因。她是《聖經．新約》的體現者與忠實的化身——只能用《聖經》的真理加以描述。啊，母親！母親！」聖克萊爾握緊雙手激動地說。

突然，他遏制住內心的激動，轉過來坐在一條小板凳上：

「我還有個孿生哥哥，大家都說孿生兄弟應該很相像，可是我們在許多方面都非常不同。他有一雙犀利的黑眼睛，又黑又硬的頭髮，相貌端正，有羅馬式的深棕色皮膚；但是我卻是藍眼睛，頭髮是金黃色，有希臘式的樣貌和白淨的皮膚。他活潑能幹，觀察力很敏銳，而我則喜歡靜不愛活動。他對自己的朋友和相同地位的人十分慷慨，但是對下人卻非常蠻橫，對所有反對他的力量都會毫不留情地把他打倒。我們都很誠實，他勇敢、驕傲，但我卻過於理想化。雖然我們倆的感情和其他男孩子之間的感情一樣，總體上來說十分好，但卻是時好時壞——父親偏愛他，而母親則喜歡我。

「我多愁善感，對萬事萬物充滿了感情，對此，父親與哥哥很不理解，而且完全沒有同情心。但是母親可以理解我、同情我。因此每次我和阿爾弗雷德吵架父親對我生氣時，我就會跑去媽媽身邊。我現在還能想起她當時的神情，她穿一身白衣裙，面色蒼白，目光溫柔而莊重。那時每次我讀到《啓示錄》裡那些身著白衣的聖徒時，就常常會不由自主地想起她。她精通音樂，多才多藝。她喜歡一邊用風琴彈奏莊嚴而優美的天主教音樂，一邊用只有天上才有的天使般的嗓音唱著歌；而我便會把頭倚在她懷裡，淚流滿面，深深地感受著這種無法用語言形容的美好境界，心裡卻無限感慨。在那個時候，蓄奴制度還不像現在那樣被大眾關注，也沒有人會想到它到底有多大危害。

「我父親是一位天生的貴族。但我認為他在出生以前一定很低賤，他把那套舊的宮廷作風全都帶到世間來了，雖然他出身貧窮，完全和名門望族無緣，可是他那股貴族作派完全是與生俱來的，而我哥哥就是父親的縮影。

「唉，你也明白，世上的貴族對社會上自己範圍以外的人沒有絲毫的憐憫之心，無論是在哪個國家，在英國、緬甸或是美國，這條線劃分的標準可能不一樣，但是這些國家的貴族都不可能會跨越這條界限。儘管這些事情在他自己的階級中被認為是艱辛、困難和不公平的，可是在另外一個階級中，他們卻把這當做是天經地義的事。皮膚的顏色就是我父親心中的分界線。當他和地位相等的人在一起時，沒有人比他更公正、更大方了；可是他覺得黑人都是介於人與動物間的東西，不管皮膚深淺都沒有任何的區別。他根據這種想法把公正和慷慨分成許多等級。我想，要是有人直接問他黑人是否擁有人性和不滅的靈魂，他或許會含含糊糊地承認他有，但其實我父親並不是一個完全不注重靈性的人，他對上帝這個上層階級的領導者懷著些許敬重的心情，不過除此之外他沒有任何宗教熱情。

「唉，我父親家裡大概養了五百名黑奴，他是一個規規矩矩、認認真真、固執己見的商人，所有的事情都要按規矩辦事——要求絕對嚴格，也絕對精確。你想啊，如果這些事情都要靠一些每天只知道說廢話、懶惰無能的奴隸來執行，而且這些人在自己的一生中根本沒有動力學習一些事情，只會如你們佛蒙特人所說的那樣去『偷懶』，那你就會明白對一個像我這樣敏感的孩子而言，在他的莊園裡面自然有許多事情是可怕和傷心的。

「除此以外，他還有一個監工，那個監工身材魁梧，身體健壯，有一雙鐵拳，是佛蒙特的一個不肖子孫。他非常兇殘，而且訓練有素。我母親和我都幾乎不能容忍他，但是我父親對她完全信任，而且對他言聽計從，他也因此成了莊園裡霸道的專制君主。

「當時雖然我還未成人，可是已經像現在一樣熱衷於考慮世間之事——有一種對各種各樣的人性進行探究的熱忱。我常常與黑奴們在一起，而且，他們也都非常喜歡我，有心事也會向我傾訴，而我再把這一切原原本本地告訴媽媽，我們母子兩人成立的這個黑奴訴苦委員會預防並阻止了許多暴行，我為我們能做這些善事而高興。

「豈料事與願違，由於我太過熱心，斯塔布斯就找父親抱怨說他制服不了那些農奴，要辭職不幹。父親雖然對母親非常體貼，但是他對自己認為是正確的事情絕不妥協，不再允許我們干涉黑奴的事情，他用尊重、恭敬但又明確的口吻對母親說，你可以掌管所有在屋子裡幹活兒的黑奴，但是不准干涉在田地裡幹農活的黑奴的事。她是他在世上最敬重最愛慕的人，可是，即便是聖母瑪麗亞干涉他的制度，他同樣也會這麼做的。

「之後，因爲一些事情，母親時不時地給父親講道理，想用憐憫之心打動他，他會鎮定自若地聽母親的道理，然後說道：『歸根結底就是一個問題，是把斯塔布斯趕走，還是繼續把他留下。斯塔布斯精明能幹、非常可靠，他也具有普通人具有的人性，我們不能要求他太過完美，如果我繼續讓他幫忙，就必須接受他的方法，即使偶爾可能有些過分。所有的管理方式都有不可缺少的缺陷，一般規則難以適用於特殊情況。』父親好像對最後這句格言解釋暴行的功效非常滿意，說完以後，他通常就會坐到沙發上，像是完成了一件任務一樣，或者看報紙，或者開始睡午覺，視情況而定。

「事實上，我父親發揮了一個出色的政治家應具備的才能。這種才能可以使他像掰橘子一樣輕鬆地瓜分波蘭，按部就班、有條不紊地統治好愛爾蘭。最終，我母親也只能無望地妥協。可是，像她那麼一個崇高而又敏感的人被孤單無助地拋入了充滿殘暴與不義的深淵裡，而周圍的人卻完全沒有這麼想，他們會有什麼感覺，也許只有等到最終的審判時才清楚。對她而言，聖潔地生活在我們這樣的人間地獄裡，確實是在忍受著極大的痛苦，除了按自己的思想來教育自己的孩子之外，她還能做什麼呢？

「唉，你花費那麼多年去教育孩子，事實上，孩子長大後成爲什麼樣的人，並不是由他們而定的，而是由孩子的天性決定的。阿爾弗雷德天生就是貴族，他長大後，所有道理與同情都給了貴族階層，把母親的教誨完全不放在心上。但是母親的教導卻在我的心裡留下了深深的烙印。她從不當面反對父親的話，或者表現出明顯的對立觀點；但是她用自己那真誠而深邃的性格力量引導著我，使我心裡產生了這樣的想法：即使是最低賤的靈魂也具有尊嚴與存在的價值。當她指著夜空時，我會用尊敬的目光望著她，聽她告訴我說：『奧古斯丁，看那裡！當漫天星辰消逝以後，地球上最貧苦、最卑賤的人仍然活著——與上帝同在。』

「她有一些做工考究的舊油畫，其中一幅畫的是耶穌給盲人看病。這些畫非常精緻，曾經給我留下非常深刻的印象。『你看，奧古斯丁，』母親說，『那個盲人是一個乞丐，既貧窮又骯髒，但耶穌並沒有拋棄他，他把他叫到身前，用手撫摩他，要把這一點記在心裡，孩子。』要是我一直在她的悉心教導下長大，我不知我會成爲一個多麼熱情的人，或許我會變成一個真正的聖徒，一名改革者，一名殉教者——只可惜，唉！唉！在我十三歲的時候就離開了她，從那之後，我就再也見不到我的媽媽了！」

說完，聖克萊爾用手捂住臉，沉默了許久。過了好一會兒，他才重新抬起頭說：

「道德這個東西真是毫無價值，在一般情況下，只是偶然環境因素的結果。就拿你父親來說吧。他在佛蒙特這個人人享有平等自由的城市裡安定下來，成了一名虔誠的教徒和教會執事，後來又加入廢奴團體，所以他會把我們南方這些蓄養奴隸的人看作是野蠻和未開化的人，但是他在習性上和我父親根本沒有區別，他們都非常固執、傲慢，甚至專制。我能夠舉出這種氣質在他身上以不同形式表現出來的例子。你非常清楚，要你們村裡人相信聖克萊爾老爺是個平易近人、沒有等級觀念的人，那是不可能的事，雖然他碰巧生在一個民主的時代，接受民主理論，但他在本質上，在靈魂深處，卻依舊是個貴族，和我那位統治五六百名奴隸的父親沒有什麼區別。」

奧菲利亞小姐想反對這些話，她放下活兒想要說話的時候，聖克萊爾卻打斷了她。

「好了，我完全明白你想要說什麼。我的意思並不是說他們現在是一樣的，只是他們一個到了與其性格相悖的環境中，另一個留在了與其性格相輔的環境中；因此，一個成了頑固的民主派，另一個則成了固執的專制派。假如他們兩個都成爲路易斯安那州的大莊園主，我覺得他們會一模一樣的。」

「你簡直是太不尊重長輩了！」奧菲利亞小姐說。

「我對他們沒有半點不尊重，」聖克萊爾說：「你知道我很講禮節，我們還是言歸正傳吧。父親去世時，把全部家產都留給我們兩人，讓我們自己分配。對同是一個階級的人，阿爾弗雷德是全世界最慷慨和大方的人了，所以，我們友好地分配了財產，沒有衝突，也沒有起任何爭執。一開始我們同意兩人一起掌管莊園。阿爾弗雷德很擅長管理，他成了一個成功的莊園主，而且將莊園管理得有聲有色。

「但是兩年之後，我明白自己再也無法和他合作了。我們家裡和農場裡加起來共有七百多個奴隸，我不能逐個去認識他們、關心他們，只能看著他們像牲畜一樣被買賣、被驅趕，所從事的勞動和吃住也跟牲畜完全一樣，還要接受嚴厲的管制。領班與工頭卻還在為如何降低他們的生存需要而斤斤計較──黑奴稍微的反抗就會惹來一頓毒辣的鞭打，我對這一切深惡痛絕，根本不能接受；而我每次一想起母親為一個苦命人的靈魂祈禱時，就會覺得一切都變得很恐怖。

「別告訴我黑奴喜歡自己的生活這樣的鬼話，到現在，你們北方人還在把自己當成救世主，並且熱衷於為我們的罪孽揑造出一套辯護言論，我實在是不能容忍。其實，我們都心知肚明。不要告訴我說這個世界上有人會願意日復一日、年復一年地起早貪黑，會在主人一刻不停的監視下，辛苦一輩子，卻沒有一點點自由，一年下來得到的只是一雙鞋、兩條褲子、一個棲身之處和僅夠維持生命的食物。如果有人認為：一般來說，人處在那樣的情況下也可以像在別的情況下一樣安逸地生活，那我倒想讓他自己去感受一下，我會高高興興地把他買下來，讓他為我工作。」

「我以為你們南方人向來都是支持這種制度，」奧菲利亞小姐說，「並認為它是依據《聖經》

而制定的，是十分合理的。」

「瞎說！我們的思想怎麼會惡劣到那種地步。阿爾弗雷德是頑固不化的獨裁統治者，他從不需要這種辯解；——不，他驕傲地站在弱肉強食這令人敬重的古老理論上。我覺得他的觀點合情合理。他說，美國的莊園主『只是換了一種方式做了英國貴族和資本家對下層階級所做的事』，我覺得那是偷竊、剝削他們的身體和靈魂爲自己所用、爲自己的幸福奉獻。他爲自己辯護，而且還能自圓其說，他說如果沒有階級的對立，就不會有現在高度發展的文明，無論是實質上的還是名義上的。他說下層階級是不可缺少的，要讓他們分管體力勞動這部分，使他們只能發展動物的天性；這樣的話，上層階級才有精力和財力去尋求發展與智慧，成爲統治下層階級的領導者。這就是他的理論，你知道，這是因爲他本身是一位貴族；但我對他這套根本不屑一顧。因爲我生來就是個民主派。」

「這兩件事怎麼可以放在一起比較呢？」奧菲利亞小姐說，「英國是不准許販賣和交換勞工的，而且也不能硬生生地拆散他們的家庭。」

「他完全任由老闆操縱，這就像被賣給別人一樣。奴隸主可以隨意打死不老實的奴隸，資本家可以活活地餓死他們。在家庭保障這方面，是眼看著賣掉自己的兒女，還是眼看著他們活活餓死在家裡，我們很難說哪種更不幸。」

「可是奴隸制即使不比別的東西更邪惡，這也不能爲奴隸制辯解。」

「我這樣說並不是爲奴隸制辯護，而且我還要說，現在這個制度更明顯地冒犯了人權：你看，買一個黑奴就像買一匹馬一樣，敲敲他的關節，瞧瞧他的牙齒，讓他試著走幾步看看，然後才付錢買下——在這個流程中，無論是人的肉體和靈魂，投機商、繁殖者、經紀人、交易商一個也不能缺少——他們把奴隸制用更明顯的方式更爲形象地擺在文明人面前。而歸根結底，兩者在本質上完全相同，或者說，兩者都是爲了自己的利益而剝削別人，卻根本顧不得被剝削者的利益。」

奧菲利亞小姐說，「我從來沒有這樣想過這個問題。」

「啊，我曾經去英國的一些地方旅遊，看到許多關於他們下等階級情況的資料，當阿爾弗雷德告訴我，說他手下的奴隸比英國很多人生活都好時，我真的相信，我覺得他描述的都是事實。你應該明白，從我對你所講的這些話中，你並不能判定他是一位冷血的主人，因爲現實生活中他並不是這樣的。他的確很專制，對不老實的黑奴也毫不留情，要是有人敢公開與他抗爭，他會像殺一個動物一樣殘酷地把那個人打死；但是總的來說，他的黑奴們可是吃得飽穿得暖，生活也算舒適，他本人正是爲此而感到自豪。

「在我們兩人一起管理的那段日子裡，我總是讓他對黑奴進行教育；儘管我知道他心裡覺得這就像給他的狗或馬找來一位牧師一樣毫無價值和意義，但是他爲了讓我高興，真的請了一位牧師來，禮拜天讓牧師教黑奴們學教義。但事實證明，由於一個人從降生的那一天開始，他的頭腦就受到一切不良的影響，長而久之，思想已經變得麻木了，你想，每週有六天時間都做著辛苦的體力勞動，只靠禮拜天那幾個鐘頭進行教育怎麼會有成效呢？在英國產業工人中與在我國種植園黑奴中辦主日學校的老師們大概可以證明，兩種效果基本上沒有區別。但是在我們這裡有許多令人驚奇的例外，這是因爲黑人的天性其實比白人更容易接受宗教信仰。」

「哦，」奧菲麗亞小姐問道，「那你後來爲什麼要放棄農場主的生活呢？」

「噢，事情是這樣的，我們在一起合作了一段時間後，阿爾弗雷德終於意識到我並不能安心做一個莊園主。因爲在他爲了滿足我，而在各個方面進行了不少的變革與改良後，他明顯地感到這仍然不能使我滿意，這讓他覺得荒唐透頂。我厭惡的其實是整個奴隸制度——剝削黑奴，永不停息、毫無止境地進行殘暴、罪惡的行徑的唯一目的就是爲了幫我賺錢！

「不僅如此，我會做些對黑奴有利，卻對艾爾弗雷德不利的事情。由於我自己是個非常懶散的人，所以我很同情那些懶散的黑奴。當一些懶惰的可憐蟲爲了增加秤的重量而把石頭墊在盛棉花的籃子底下，或在麻袋裡放一些土塊，然後在上邊蓋上一層棉花時，我想，假如我是他們，可能也會那樣做的，所以我不願意也不允許抽打他們。咳，當然，莊園裡的紀律就被我破壞了。這也讓阿爾弗雷德和我之間產生了矛盾，他說我完全不善於經營莊園，而且像女人一樣太容易感情用事，他建議讓我拿著銀行股票去新奧爾良的祖宅生活，在那裡寫詩，讓他一個人來經管莊園。於是，我就和他分開了，接著我便搬到了現在的這個家裡。」

「可是你爲什麼不解放你的黑奴呢？」

「唉，我不能也不願放他們走。你知道，我不會把他們當做是我發財的工具，但是我願意讓他們幫我花錢。而且我對這個住宅中的老僕人很有感情，而年輕的僕人又是老一輩的子女。大家對現在的生活狀況都十分滿意。」

他沉默了一下，若有所思地在房間裡走來走去。然後他接著說：

「我之前曾經有一段日子，是希望並打算在社會上幹出一番事業來，不願意碌碌無爲。我有一種並不清晰的渴望，我想做一個解放者，爲我的祖國洗刷這個污點，我想大概所有的年輕人都或多或少有過這種狂熱吧，但是——」

「你怎麼不去實理你的夢想呢？」奧菲利亞小姐說，「你不該手扶著犁向後看的[55]。」

55. 語出《新約．路加福音》第九章第六十二節。猶豫不決的意思。

「唉，事情不像你想的那麼簡單，在屢屢碰壁之後，我對人生不再抱有希望，像所羅門[56]一樣。我認爲這是我們在心懷夢想時都不得不經歷的。可是不知爲什麼，我並沒當上什麼改革家或實踐家，卻成了一塊浮木，成了一個隨波逐流的人。每當阿爾弗雷德見到我時都要責備我，我承認他比我能幹，因爲他確實做了些事，他的生活和他的觀點是相符合的，而我的生活卻是讓人鄙視的。」

「啊，親愛的堂弟，你用這種消極的態度接受考驗，會安心嗎？」

「安心？剛才我不是才說過我鄙視它嗎？但還是言歸正傳吧，讓我們回到解放黑奴的問題。我並不覺得我對奴隸制的觀點是奇異的，我覺得許多人的看法都和我一樣。全國都在奴隸制度下呻吟。它對奴隸而言非但沒有任何好處，對奴隸主來說就更糟糕了。睜大雙眼就可以看清楚，在我們之中有多少心懷憤怒、卑微墮落、得過且過的人，對他們和我們來說都是一種災難。英國的貴族和資本家們不會有我們這樣的感受，因爲他們不像我們這樣和被他們蔑視的低等階級生活在一起。黑奴生活在我們家中，與我們的子女一起玩耍，黑奴對孩子思想的影響比我們大，因爲孩子們喜歡這些奴隸，也不區分什麼高低階級。就拿伊娃來說吧，要不是她是超凡脫俗的孩子，大概早就墮落了。

「我們要是相信黑奴不接受教育、擁有不好的道德而覺得自己的孩子絕不會被他們影響到，那就等於相信天花在黑奴中盛行而認爲自己的孩子不會被傳染上一樣，但是我們的法律明文規定黑奴不允許被施行任何形式的教育制度，他們這樣規定也是很聰明的，因爲只要讓黑人開始接受好的教育，奴隸制就會走向滅亡；因爲如果我們不還給他們自由，他們就會自己爭取自由。」

56. 即以色列所羅門大帝（西元前一〇三三—西元前一九七五），他對高貴無聊的宮廷生活感到厭倦。

「你覺得這一切的結局會如何呢?」奧菲利亞小姐問。

「我不知道,但是能確定的是,全世界的群眾都在積攢力量,最後的審判[57]早晚會到來。這種情況無論在歐洲還是英國都在醞釀之中。母親以前經常對我描繪一個將要來臨的千年盛世,那時基督將要成為萬民之主,任何人都可以獲得自由,獲得幸福。在我小的時候。她教我祈禱,『願你的王國降臨[58]。』我那時就想,這些窮苦人民的哀嘆、呻吟與躁動都預示著她告訴過我的天國即將來臨。但是誰能等到它來到的那一天呢?」

「奧古斯丁,我有的時候覺得你並不曾遠離你的天國。」奧菲利亞小姐放下手裡的毛線活兒,憐愛地望著堂弟說。

「謝謝你的誇獎,可我這個人眼高手低——理想已經跨過天國之門,而實踐卻總無法脫離塵世。啊,我們走吧,午茶鈴響了,你以後可別再說我嘴巴裡沒什麼正經話了。」

茶桌上,瑪麗又說起了泊露的事:「堂姐,你會不會覺得我們南方人很野蠻?」

「我覺得這件事做得十分野蠻,」奧菲利亞小姐說,「可我並不認為你們是野蠻的人。」

「確實,」瑪麗說,「我知道有時沒辦法與某些黑人接觸,那些黑人很壞,完全不該苟活在世上。對他們我沒有多餘的憐憫,要是他們老老實實的,這種事也不會發生了。」

「但是,媽媽,」伊娃說,「這老奶奶非常可憐,她是因為心情很糟才喝酒的呀。」

「噢,瞎說,這怎麼算理由呢!我也時常心情不好,」她想了想說,「我覺得,我的痛苦遠遠大於她,只是因為他們太壞,有的黑人你是管教不好的。我記得我父親原來有個懶惰的男僕,由

57.《聖經》指的世界末日,到時上帝要審判世人。
58.《聖經·新約·馬太福音》第六章第十節。

於不願幹活兒而經常逃跑，偷盜，躲在沼澤地裡，做一些可怕的事。他常常被抓回來，然後毒打一頓，但還是不起作用，最後他還是要溜走，最終死在了沼澤地裡，他完全不用這麼做，因爲父親對黑奴一向很好。」

「有一次，我制服了一個奴隸，」聖克萊爾說，「但是在那之前，任何監工和主人都拿他無可奈何。」

「你！」瑪麗說，「嘿，我倒真想知道你什麼時候還有過這樣的經歷。」

「事情是這樣的，那個人身材健壯，力大如牛，是個道地的非洲人。但是他就像一隻非洲雄獅一樣，具有非常強烈的渴望自由的本能，大夥兒都叫他西皮奧，沒有人可以馴服他，於是他便被不停地從一個監工手裡賣到另一個監工手裡。最後到了阿爾弗雷德那裡，因爲他覺得他可以馴服西皮奧。

「一天，西皮奧把監工打倒，逃到了沼澤地。那時我與阿爾弗雷德已經分開了，剛好到他的莊園上看他。阿爾弗雷德正勃然大怒，但我對他說，這完全是他自己的錯，並跟他打賭，說我可以馴服這黑奴。最後我們約好，只要我抓住西皮奧，就讓我把他帶回去做試驗。於是，他們選了六七個人，帶上獵狗與槍枝就去追捕那個黑奴了。

「你明白，如果大家追捕黑奴已經成爲了一個理所當然的習慣，人們就會像追捕一隻鹿一樣興奮。事實上，我也有點兒興奮，儘管我只是充當如果他被逮住時的那個調解人。

「獵狗跑在最前面狂吠，我們策馬飛奔，終於找到了他，他像隻健壯的公鹿一樣狂奔，使我們很長時間都被遠遠地拋在後邊，但是最後他跑到了一片茂密的甘蔗林裡，也走上了絕路。我告訴你們，他那麼勇敢，與獵狗搏鬥，赤手空拳竟然打死三隻。但是這時，他中彈了，鮮血直流，幾乎暈倒在我面前。這個苦命的黑奴用不服但絕望的目光望著我，我攔住要逼過來的獵狗與追捕者，大聲宣布他是我的俘虜。我費了很大的力氣才制止住他們沒在獲得勝利的興奮中開槍打死他。我一定要按照約定的條件來執行，阿爾弗雷德沒辦法，只好把他賣給我。不到半個月的時間，我就把他管教得恭恭敬敬、惟命是從了。」

「你是怎麼做到的啊？」瑪麗問。

「嗨，其實很簡單。我只是把他帶到自己的房間裡，爲他準備一張舒適的床，親手給他療傷並照顧他，直到他身體完全康復。我給了他一份自由證書，告訴他，他可以去任何他想去的地方。」

「那他走了嗎？」奧菲利亞小姐問。

「沒有，西皮奧居然一下把證書扯成兩半，說一定要跟在我身邊，這是我看過最勇敢也最忠誠的僕人。後來，他信了教，變得像隻羊羔一樣溫順。那時，他幫我看管湖邊的田舍，並且做得非常出色，但是，因爲霍亂盛行，使我永遠失去了他。其實，他是爲了我才死的。那時我得了霍亂，已經病入膏肓，那時，家裡的人都害怕被傳染，全都跑光了，只有西皮奧留下來照顧我，居然救活了我，可是，他卻被傳染上而丟了命。誰死去都不曾讓我那麼傷心難過。」

聖克萊爾說這個故事的時候，小伊娃張著小嘴，神情專注地聽著，還不斷地向爸爸身上靠過去。他剛講完，她就突然用胳膊摟住爸爸的脖子哇地哭了起來，身體還在不停地顫抖。

「伊娃，我的寶貝！你這是怎麼啦？」看到女兒傷心的樣子，聖克萊爾心疼不止，道：「這孩子太膽小了，」他加了一句，說，「她還不能聽這種故事。」

「不是的，爸爸，我不是因爲膽小，」伊娃控制住自己的情緒說。這麼小的孩子就有這種自制力的確很罕見。「我不是害怕，是這件事讓我很感動。」

「到底是什麼意思啊，寶貝？」

「我也說不清，爸爸。我心裡有許多想法，現在我說不清楚。」

「啊，親愛的寶貝，那等你想清楚了再說吧──但是別讓爸爸擔心，好嗎？」聖克萊爾說：「你看，我為你挑的這個桃子多鮮美啊！」

伊娃接過桃子，雖然嘴角仍然因為激動而輕輕抽動著，但卻開心地笑了。

「走，去看看金魚，」聖克萊爾邊說邊拉著伊娃的手向外邊的走廊走去。伊娃和爸爸在院子裡的小路上追逐著，嬉戲著，不時地彼此把玫瑰花投到對方身上，陣陣笑聲也透過窗簾傳了進來。

啊，講到這裡，差點兒忽略了我們卑賤的朋友湯姆的危險，但是假如各位讀者願意和我們一起進入馬廄頂上的那個小房間裡的話，應該就能知道他的一點兒情況。

房間雖然簡陋但收拾得很整潔，裡邊有一把椅子、一張床，還有一張粗糙的桌子，湯姆的《聖經》與讚美詩就放在桌子上邊，現在他正坐在桌旁，面前放著一塊石板，聚精會神地想一件很令他頭痛的事。

原來，湯姆是想家了，而且思鄉之情越來越濃，所以他從伊娃那裡要了一張信紙，用從喬治少爺那裡學到的一點點知識，想寫封家書，現在他正在石板上打草稿呢。

他覺得很難進行下去，因為他已經完全忘了一些字母的模樣，而他記得的那些也不知道該怎麼用。就在他絞盡腦汁辛苦地寫時，伊娃悄悄地走進了他的房間，趴在椅背上，從他肩膀後面伸頭看著。

「哦，湯姆叔叔！你在畫些什麼有趣的東西啊！」

「伊娃小姐，我想給家裡的人寫封信，」湯姆邊說邊用手背揉了揉眼睛，「但是不知為什麼我就是不會寫了。」

「我真希望我能幫你，湯姆叔叔！去年我學過寫字，那時我就會拼寫所有的字母了，可是現在也許都忘光了。」

於是伊娃把她那滿頭金髮的小腦袋湊到湯姆的頭旁邊，兩個人開始迫切地討論起來。他們倆很認真，可惜識字都不多，不過在逐字逐句地斟酌之下，寫出來的東西也漸漸有模有樣，兩個人都高興地笑了起來。

「哦，湯姆叔叔，它看上去越來越好了，」伊娃興奮地看著寫出來的東西說：「你的妻子和孩子們肯定會非常高興的！哦，那些人把你由他們身邊搶走，真是太可恨了！以後有機會我一定請求爸爸放你回家。」

「太太說過，只要湊齊了錢，就會寄過來把我贖回去的，」湯姆說，「他們一定會的。喬治少爺也向我保證過會來接我，臨走時，他還給了我這枚銀元作紀念。」湯姆把那枚珍貴的銀元從內衣口袋裡掏了出來。

「哦，那他們肯定會來的！」伊娃說，「聽見這個消息我真是太開心了！」

「你知道嗎，我想寫封信，好讓他們知道我在這裡，而且告訴可憐的妻子我在這兒生活得很好——我走的時候她太傷心了，可憐的克洛！」

「喂，湯姆！」這時，聖克萊爾的聲音從門外傳來。湯姆與伊娃都不由得大吃一驚。

「你們在說什麼呢？」聖克萊爾走過來看著石板問。

「啊，湯姆想寫封家書，我在幫他寫呢，」伊娃說，「爸爸，你看，我們寫得好嗎？」

「我不願打擊你們，」聖克萊爾說，「但是湯姆，我想，還是讓我來替你寫吧，等我出去騎馬回來之後就幫你。」

「這可是封十分重要的信，」伊娃說，「爸爸，因爲他的主人準備寄錢來把他贖回去，剛才我才聽他這樣說的，他原來的女主人曾向他保證過。」

聖克萊爾心中可不這麼認爲，他想這恐怕僅僅是主人用來安慰僕人而許下的承諾，以便緩減僕人們被賣出去時的恐懼心理，他們其實根本沒有意思去滿足黑奴心中的期望。但是他忍住沒有說出來，他只是讓湯姆立刻去把馬套好，他要出去一趟。

當天晚上，聖克萊爾就幫湯姆用正確的格式寫好了信，信也被安全地投入了郵箱。

奧菲利亞小姐仍然照往常那樣去管理家務。全家上下所有的僕人，從最年長的到年齡最小的黑奴，全都覺得奧菲利亞小姐的確有點兒「奇怪」──這是南方的僕人用來表明自己對主人不太滿意的說法。

僕人中的上流人物，也就是阿道爾夫、蘿莎與簡，一致覺得奧菲利亞小姐根本不像個大家閨秀，因爲上流家的小姐們根本不會像她那樣整日都忙著幹活；在他們眼中，她沒有一點兒小姐的氣質，主人家居然會有一個這樣的親戚，真是叫人難以相信。

就連瑪麗也認爲看到奧菲利亞老這樣忙來忙去真讓人覺得很累。事實上，奧菲利亞小姐也的確勤快得有點過分，難怪別人要抱怨。她整日做著毛線活兒，一織起來就像那活兒刻不容緩似的，直到天黑的時候，她才會放下手中的活兒，到外面去散散步，可回來之後，馬上就又拿起隨身攜帶的毛線活兒賣力地織了起來。確實，誰看到她這樣忙碌的樣子都會感到累得慌。

chapter 20 托蒲賽

一天早上，奧菲利亞小姐正在整理東西的時候，聽到聖克萊爾在樓梯口叫她，「堂姐，快下來，我要給你看個東西。」

奧菲利亞小姐走下樓來，手中還在做針線活兒，說道：「什麼啊？」

「瞧，在這兒呢，這就是我給你準備的那個東西。」聖克萊爾邊說邊把一個八九歲的黑人小女孩拉了過來。

在黑人裡，這個女孩子的膚色顯然是最黑的那種，她圓圓的眼睛就像玻璃珠一樣爍爍發光，此時正四處轉動著，不安地望著屋裡的一切。

新主人家客廳裡的新奇東西讓她驚訝得不禁張開了嘴，露出一排亮白的牙齒，她的一頭小鬈髮被編成了各式各樣的小辮，披散著搭在頭上。她臉部的表情真是機靈與聰明的完美組合，但又像罩著一層面紗似的嚴肅而莊重。她兩隻手交叉在胸前，身上只裹著一件用麻袋片縫的又爛又髒的東西。她一副古靈精怪的樣子，活像個小精靈。正如奧菲利亞小姐後來所說的，是「野蠻異常」，以至於這位心地善良的小姐面對她不知如何是好，於是她轉過來對聖克萊爾說：「奧古斯丁，你幹嘛把這麼一個奇怪的東西領回家來呀？」

「我認為她是黑人中的小精靈，帶她回來就是為了讓你教育她啊，用你覺得有效的方法。過來，托蒲賽，」他邊說邊像人們呼喚一隻小狗一樣吹了個口哨，「來，爲我們唱首歌，再給我們跳一些你會的舞蹈吧。」

托蒲賽亮晶晶的黑眼睛中閃爍著調皮的靈光，然後這個小東西用又尖又亮的嗓音唱起一支古怪的黑人歌曲，邊唱邊用手和腳打著節拍，還快速地拍手、碰膝蓋、旋轉著，口中發出非洲音樂獨有的各種奇怪聲音。最後，她拖長尾音唱出了像汽笛一般的奇怪音符，翻了幾個跟斗，猛地落在地上，雙手交叉又站回原地，臉上顯露出溫順和神聖的神情，並且由眼角裡能看出幾分伶俐之氣。

奧菲利亞小姐目瞪口呆地站在那兒。聖克萊爾以捉弄人爲樂趣，現在看到她那副吃驚的神情非常得意。他又對孩子說：「托蒲賽，她就是你的新女主人，我把你交給她，你一定要老老實實的。」

「是，老爺。」托蒲賽假裝安分地說，還不停地忽閃著她那雙狡黠的大眼睛。

「你一定要聽話，記住了嗎，托蒲賽？」聖克萊爾說。

「記住了，老爺。」托蒲賽眨了眨眼睛，雙手仍然尊敬地交叉在一起。

「唉，奧古斯丁，這到底是爲什麼？」奧菲利亞小姐說：「你們家到處都是這種讓人討厭的小東西，每走一步都會不小心踩到一個，今天上午看到門後面睡著一個，桌子下面探出一個小黑頭，在門口的腳墊上居然還躺著一個——所有的欄杆縫裡都有一個黑孩子，擠眉弄眼、齜牙咧嘴，不然就在廚房的地上打著滾！你現在又帶回來一個，到底想幹什麼？」

「我剛才不是已經說過了嗎？想讓你教育她。你每天都在鼓吹教育，我想還是送給你一個試驗品，讓你按照適當的方法教導她，拿她來做做試驗。」

「帶走，我可不想要她，現在這些黑奴就已經讓我手忙腳亂的了。」

「你們基督徒就是這樣！你們會組織一個團體，然後找一個貧窮的牧師和像這樣未開化的人整天混日子，但是你們自己決不肯把這種野蠻人帶回家，花費一些力氣來教導他們。一遇到這種事情，你們就會覺得他們是骯髒的、麻煩的、討厭的等等。」

「奧古斯丁，你知道我不是這麼想的，」奧菲利亞小姐說，語氣明顯軟了下來，「唔，這的確是一項傳教士式的任務呢。」她說，眼睛看著托蒲賽，比剛才親切了許多。

看來，聖克萊爾這一招很管用，她天生敏感善良，這番話傷到了奧菲利亞小姐的要害。「不過，」她繼續說，「我的確看不出你爲什麼非要買這個孩子——你家的孩子就足夠讓我花掉所有的時間來管理了。」

「好吧，堂姐，」聖克萊爾把她拉到自己身邊說：「我說了很多廢話，我真心地向你道歉。我知道你其實是一個好人，我說那些話也不是針對你。事情是這樣的：托蒲賽的主人是一對酒鬼夫婦，他們開了一個小飯館，我每次經過那裡，都會聽到她的哭喊聲。她這麼小，怎麼禁得住那些毒打，而且她聰明伶俐，好好教育她應該會有些出息，所以我就買下了她，想把她送給你，好用你們英格蘭式的正統教育方式來教導她，看看她會成長成什麼樣子。但我自己又沒有那個本事，所以我希望堂姐你能試一下。」

「好吧，我會好好教育她。」奧菲利亞小姐說。然後她走到托蒲賽身邊，那樣子就像一個好心的人走向一隻黑蜘蛛一樣，說道：「她真是太髒了，並且還赤裸著半個身體。」

「把她帶下樓洗個澡，再給她換上乾淨的衣服不就好了。」

奧菲利亞小姐把她帶到廚房。黛娜看到後說：「真不知道聖克萊爾老爺爲什麼又弄來一個小黑鬼？」她邊說邊不懷好意地上下打量著這個新來的小黑鬼，「我可不想讓她在我周圍轉來轉去！」

「呸！」簡和蘿莎也用嫌惡的口氣說：「讓她離我們遠點兒！我真不明白老爺幹嘛又買來一個

下賤的小黑鬼！」黛娜認爲蘿莎的最後那句話有些含沙射影，就說：「快從廚房滾出去吧！蘿莎，她也不比你的膚色黑多少，你說話就像自己是個白人似的，說穿了你既不屬於黑人，也不屬於白人，我倒寧願自己是個純正的白人或者黑人。」

奧菲利亞小姐看情形，這幫人中估計是沒有人願意給剛來的這個小東西清洗了，只得親自動手；簡勉強幫了點忙，但也顯出極不情願的樣子。

對一個有教養的人而言，一個無人關愛的、髒兮兮的孩子第一次洗澡時的樣子的確有點兒不堪入目，事實上，這個世界上，每天都有成千上萬的人在可怕的環境裡出生或死去，他們的同類就連聽到相關的描述都覺得是恐怖的。奧菲利亞小姐算得上是一個有實幹精神而又心誠志堅的人，她勇敢地承擔了爲托蒲賽洗澡的責任，沒放過任何一處令人作嘔的髒地方。

雖然她做不到和顏悅色，儘管教義要求她極盡忍耐之能事。當她注意到小女孩肩背上一條條長長的鞭痕，一塊塊大的傷疤——她所生長的制度留下的不可磨滅的印跡時，仍從心底裡生出憐憫之情。

「瞧！」簡邊用手指著小女孩的傷疤邊說道：「這不正表明她非常淘氣嗎？我覺得我們以後也得讓她多吃些苦頭才好。我真是對這些小黑鬼討厭極了！恨透了！我真不知道老爺爲什麼要把她買回來！」

這時，她指的這個「小黑鬼」露出恭順與卑微的神情聽著這番對話，就好像她早已習慣了似的，只是她那雙明亮的大眼睛眨了眨，悄悄地看了一眼簡耳朵上的耳環。

最後當她穿上一套合身而體面的衣服，頭髮剪得短短的貼著頭皮的時候，奧菲利亞小姐才十分滿意地說她看起來像是一個基督徒了，同時在心中也悄悄勾畫起了未來教育的計畫。

之後，她坐在她面前，開始和她談話：「你幾歲了，托蒲賽？」

「不知道，小姐。」那個小人一邊說著，一邊咧嘴笑了一下，露出一排潔白的牙齒。

「你怎麼會不知道自己幾歲呢？難道沒人告訴你嗎？你媽媽是誰啊？」

孩子又笑著回答道：「我沒有媽媽！」

「沒有媽媽？你在說什麼呢？那你是在哪兒出生的？」

「我從來沒有出生過！」托蒲賽不配合地回答著，她的樣子就像一個小妖怪，要是奧菲利亞小姐想像力豐富的話，一定覺得自己是從妖怪世界裡抓來了一個黑糊糊的小怪物。

但是奧菲利亞小姐絕對不是一個神經質的人，她是一個嚴肅而有條不紊的人，於是她有些嚴厲地說：「孩子，我沒有和你開玩笑，你不能這樣回答我的問題。你最好老老實實地回答我，你到底在什麼地方出生，你爸爸媽媽是誰。」

「我真的從來沒有出生過，」小傢伙又堅定地說了一遍，「我沒有爸爸媽媽，我什麼都沒有，我和許多孩子在一起，是在一個黑奴販子那裡長大的，照顧我們的是蘇大嬸。」

很顯然，孩子沒有撒謊，簡在旁邊禁不住笑出聲來，說：「天啊，小姐，這種孩子遍地都是，黑奴販子在他們還很小的時候便宜買下，等把他們養大後再帶到市場上去賣掉。」

「那你在主人家生活了多久？」

「不知道，小姐。」

「是不滿一年、一年，還是一年多？」

「真的不知道，小姐。」

「天啊，小姐，這些卑微的黑人，他們不知道什麼是時間，什麼都不知道，」簡說：「他們對一年有多少天根本沒有概念，當然也不知道自己的年齡。」

「托蒲賽，你知道上帝嗎？」

孩子一臉迷惑，但還是咧嘴笑了。

「你知道是誰創造了你嗎？」

「我覺得沒有人創造我。」孩子一邊說一邊短促地笑了一聲。但是這個想法似乎讓她感到很可笑，所以她眨了眨眼睛說：「我覺得我是自己長出來的，而不是誰創造出來的。」

「那你會做針線活兒嗎？」奧菲利亞小姐邊問邊在心裡想著，最好問一些具體的問題。

「不會，小姐。」

「你會做什麼？——你爲之前飯店的主人做什麼？」

「打水、磨刀、洗盤子、服侍客人。」

「他們對你好嗎？」

「我覺得還可以。」孩子機靈地掃了奧菲利亞小姐一眼說道。

奧菲利亞小姐在這番讓人滿意的談話結束以後站起身來。

聖克萊爾此時正靠在她的椅背上，說道：「堂姐，這是一個乾淨的土地，去播撒你思想的種子吧——你會看到需要收穫的東西其實很少。」

奧菲利亞小姐的教育觀點和她的別的觀點一樣，總是不可改變的，與一個世紀前新英格蘭地區佔有統治地位者的想法完全一致，到現在爲止，還在那些連火車都不通的某些孤寂、荒僻的地方殘留著。這個想法大致就是：教導他們別人對著他們說話的時候要仔細聽，教導他們縫紉、學習和教義問答，假如說謊就要用鞭子抽打他們。

當然，在現在教育相當發達的時代，這些觀點已經很落後了，這是不可辯駁的事實，但是我們的祖母們也確實用這種方法培養出一批相當出色的人物，這是我們中的許多人都依然記得並且能夠作證的。不管怎樣，奧菲利亞小姐別無他法，所以她只能盡一切努力來教育這個野孩子。

家裡所有人都知道這個孩子屬於奧菲利亞小姐，因爲小女孩在廚房裡備受奚落，所以奧菲利亞小姐打算讓她來收拾自己的臥室。有的讀者可能會由衷地敬佩奧菲利亞小姐的忘我精神，她連自己動手收拾床被和房間的權利都放棄了，因爲在此之前，這一切是絕不允許女僕插手的——這次卻爲了讓托蒲賽動手實踐而做出讓步，只爲讓小女孩學得一套本領。噯，這確實不簡單——假如讀者當中有類似的經歷，就能體會出奧菲利亞小姐究竟做出了多麼大的犧牲！

第一個早晨，奧菲利亞小姐把托蒲賽帶到自己的臥室裡，開始認真耐心地講解收拾床鋪的訣竅與學問。

大家可以看到，此時的托蒲賽渾身乾淨整潔，散滿頭的小辮剪得整整齊齊；她外面套著一條漿洗得很漂亮整潔的圍巾，恭恭敬敬地站在奧菲利亞小姐面前，臉上的表情莊重得像在參加葬禮。

「托蒲賽，我現在教你怎麼收拾床鋪。我收拾床鋪是很講究的，你必須完全按我教給你的方法去做。」

「是的，小姐。」托蒲賽說，她長吸一口氣，仍然哭喪著臉，露出認真的表情。

「好，你瞧，托蒲賽，這邊是床單正面，這邊是背面，這是床單的邊，你記住了嗎？」

「記住了，小姐。」托蒲賽又嘆息道。

「就像這樣，下邊的床單一定要能包住長枕頭，然後再整齊地放到床墊下邊，你看清楚了嗎？」

「看清楚了，小姐。」托蒲賽全神貫注地回答道。

「而上邊這層床單，」奧菲利亞一邊繼續演示著一邊說，「必須弄平整，你看，整齊嚴實地塞到床墊的腳這頭，就是這樣，窄的那邊鋪到腳的那頭。」

「是的，小姐，」托蒲賽依然像剛才一樣回答道。但是我們必須說一下奧菲利亞小姐沒有察覺到的情況：在這個心地善良的小姐轉身做示範時，她的小徒弟卻設法偷了一條絲帶與一副手套，敏捷地塞到自己的袖子裡，然後又像剛才一樣恭恭敬敬地雙手交叉站在那裡。

「好了，托蒲賽，你來試一下，」奧菲利亞小姐把床單從床上拽下來說道，自己坐了下來。

托蒲賽認真而又快速靈活地做了一遍，奧菲利亞小姐看了之後十分滿意。她把床單扯平，也撫平每道褶皺，在做這活兒的時候顯得既嚴肅又認真，因此她的老師非常感動。但是就在她快要完成時，絲帶的一頭不留神居然從袖口露了出來，這吸引了奧菲利亞小姐的注意。她突然撲過來抓著絲帶，問道：

「這是什麼？你這個頑劣的壞孩子——你居然會偷東西了！」

絲帶被她從托蒲賽的袖子裡扯出來，但是托蒲賽一點也不慌張，她只是用很驚詫和困惑的表情看著絲帶，說：「天哪，這怎麼會在我的袖子裡？這是菲利[59]小姐的絲帶呀？」

「托蒲賽，不要說謊，你這個頑皮的孩子，這就是你偷的！」

「小姐，我根本沒有看到過這條絲帶，我保證我沒偷！」

「托蒲賽，」奧菲利亞小姐嚴厲地說，「難道你不知道說謊是可恥的嗎？」

「我從來不說謊的，奧菲利亞小姐，」托蒲賽面露無辜的神情說：「我沒有說謊，這是真的。」

59. 奧菲利亞的簡稱。

「托蒲賽，假如你一直說謊的話，我就要用鞭子打你了。」

「天哪，小姐，你就是打我一天，我也會這麼說的，」托蒲賽哭著說：「我從來沒見過這條絲帶，這肯定是菲利小姐把絲帶落在床上，捲在被單裡面，被我的袖子掛住了，所以才會鑽到我袖子裡了。」

托蒲賽當著奧菲利亞小姐的面還無恥地說謊，這徹底惹怒了奧菲利亞小姐，她一把揪住托蒲賽使勁兒搖晃，「不許你再跟我撒謊了！」

奧菲利亞這麼一搖，竟然把托蒲賽偷的手套從衣袖裡搖了出來，掉到了地板上。

「你看！」奧菲利亞小姐說，「現在你還敢說你沒有偷東西嗎？」

這時，托蒲賽承認是自己偷了手套，但是還是不承認偷了絲帶。

「聽著，托蒲賽，」奧菲利亞小姐說：「要是你說實話，我就不用鞭子打你。」

聽到這個保證以後，托蒲賽才低下頭再三表示要改正，也不再否認是自己偷了東西。

「那好，你現在告訴我，進了這個家門以後，你還偷了哪些東西，昨天我允許你到處亂跑，你肯定還偷過別的什麼東西。好了，你說究竟都拿什麼了，我保證絕不打你。」

「我拿了伊娃小姐脖子上的那個小紅玩意兒，小姐。」

「你，你這個頑皮的孩子！說，還有些什麼？」

「還有蘿莎的那副紅色的耳環。」

「把這兩樣東西立刻給我拿出來。」

「天啊，小姐，我都燒了，沒有了。」

「燒了！你又騙人是不是？去拿出來，不然我真的要用鞭子打你了。」

托蒲賽聲嘶力竭地哭喊著，說她真的拿不出來了，「我把它們燒了，真的燒掉了。」

「你爲什麼要燒掉？」奧菲利亞小姐問。

「我也說不清爲什麼，大概是因爲我很壞吧。」

這時，伊娃來到房間裡，脖子上戴著那串珊瑚項鍊。

「哎呀，伊娃，你是在哪兒找到這個項鍊的？」奧菲利亞小姐問。

「怎麼回事，找到？我一直都戴著的啊。」伊娃說。

「你昨天也戴著嗎？」

「是啊，有趣的是，姑媽，昨天晚上我忘記把項鍊摘下來了，戴著它睡了整個晚上。」

蘿莎進來的時候，奧菲利亞更迷惑不解了，蘿莎耳朵上戴著那副珊瑚耳環，用頭頂著一籃剛剛燙好的衣服，奧菲利亞見了，更加迷惑不知所以了。

「我真不知道該拿這個孩子怎麼辦！」奧菲利亞小姐無奈地說，「你明明沒有拿，爲什麼要承認說你拿了這兩樣東西呢，托蒲賽？」

托蒲賽一邊擦眼睛一邊說：「小姐要我招認，可是我實在想不出還有什麼東西可以招認啊。」

「可是，我也沒有要你承認你並沒有做過的事情啊，」奧菲利亞小姐說：「這和剛才偷東西的撒謊是一回事，也是說謊。」

「天哪，是嗎？」托蒲賽露出萬分驚詫、天真而好奇的表情。

「嘿，這個頑皮的傢伙嘴裡就說不出一句真話，」蘿莎說著生氣地望著托蒲賽，「我要是聖克萊爾老爺，就把她揍得鼻青臉腫，讓她知道說謊的後果！」

「不，不，蘿莎，」伊娃偶爾會用這種認真和嚴肅的口氣說：「蘿莎，我不允許你這樣說，我不愛聽這種話。」

「哎呀，伊娃小姐，你真是太善良了，不知道該怎樣跟黑鬼接觸。我告訴你，沒有別的辦法，只能狠狠地打他們一頓。」

「蘿莎！」伊娃說，「住口，我不允許你再說這種話！」這個孩子面色通紅，目光炯炯。頓時，蘿莎有些害怕了。她在離開房間的時候，自言自語道：「誰都看得出來，這孩子完全具備了聖克萊爾家族的血統，說話激動起來，活像她爸爸。」

伊娃站在那裡望著托蒲賽。這兩個孩子分別代表了不同社會的兩個極端：一個出身高貴，膚白如雪，金黃頭髮，眼睛深嵌，額頭飽滿而富於靈氣，舉止文雅；一個膚黑如炭，狡黠機敏，畏畏縮縮卻也不乏聰慧。他們又分別是兩個種族的代表：一個是撒克遜人，生長在世世代代享有高度文明、統治、教育，優越的物質生活和精神生活的環境裡；一個是非洲黑種人，生長在世世代代遭受壓迫、奴役、蒙昧，勞苦萬端和罪惡無邊的環境裡。

這種思想朦朦朧朧地萌芽在伊娃腦中，只是對一個孩子來說，這種想法是相當模糊不確定的，更多地帶有天性的色彩。伊娃純潔的心裡，有許多這類思想在醞釀活動，只是她無法明確表達出來。

當奧菲利亞小姐一一數落托蒲賽的惡劣行爲時，伊娃的臉上顯出了茫然而難過的神情，她天真地說：「可憐的托蒲賽，你爲什麼要偷東西啊？在這裡，你會受到很周到的照顧啊，我也願意把自己的東西都拿出來和你一起分享，我不許你以後再去偷東西。」

這是托蒲賽自出生以後第一次聽到真誠的話，伊娃溫柔的口氣和態度突然奇妙地感動了托蒲賽那粗野的心，她那敏銳而明亮的眼睛裡隱隱約約地閃現著淚花，但是隨之而來的就是短短的笑聲，她又像平時一樣咧開了嘴。哦，不！聽慣了叫罵聲的耳朵怎麼會習慣這麼關心的話呢？所以托蒲賽幾乎像做夢一樣無法相信，並且還覺得伊娃的話很可笑，並且不可理解。

但是，應該怎麼處理托蒲賽呢？對奧菲利亞小姐來說，這的確是一個難題。她教育人的那套方式好像已經不管用了。她要好好想一下，而爲了贏得時間，制定適合她的教育方法，奧菲利亞小姐把托蒲賽關到一個又黑又小的房間裡，好讓自己能夠把此事想明白。

奧菲利亞小姐對聖克萊爾說，「我不知道要是不打這孩子的話怎麼管教她？」

「噢，隨你的便，你可以完全按照你的意思來教育她。」

「孩子不打是不會長出息的，」奧菲利亞小姐說，「我從沒聽說過有哪個孩子不打就可以教育好的。」

「啊，那是自然，」聖克萊爾說，「你想怎樣就怎樣吧，我只有一個意見：我見過她的主人用鐵鏟和火鉗燒她，用火棍打她，總而言之，怎麼舒服就怎麼打。既然她對這些酷刑都已經習慣了，我想也許你要用力打才行，否則很難奏效。」

「那我要怎麼辦呢？」奧菲利亞小姐說。

「你提出了一個很重要的問題，」聖克萊爾說：「這在南方是很常見的事，我希望你能回答我：對於一個只能用鞭子教育的人來說，要拿他怎麼辦？」

「的確沒辦法，我從未見過這種孩子。」

「這種孩子在南方數都數不清，這種男人女人也非常多。可是，應該用什麼辦法來教育他們呢？」聖克萊爾說。

「我真的束手無策了。」奧菲利亞小姐說。

「我也沒有辦法，」聖克萊爾說，「報紙上時常登載的那些駭人聽聞的事件，比如像泊露這種事情是如何發生的呢？最普遍的情況就是雙方慢慢變化的結果，主人愈來愈殘忍，奴僕愈來愈麻木。對奴隸而言，鞭子與責罵就像鴉片似的，當他們感覺愈來愈遲鈍，藥量就必須要增加。剛做奴隸主的時候，我就懂得了這個道理，於是我下定決心絕不開這個頭，因為一旦開了頭，我就無法控制自己了，所以我決定最起碼我要保護住自己的天性，最後我的奴僕們就像是一群被寵壞的孩子，但是我依然堅持，這總比暴戾地對待他們好些。堂姐，你說了太多我們在教育上應該盡到的職責，我真希望你能在一個孩子身上實驗一下，她是我們南方無數個孩子中最典型的一個。」

奧菲利亞小姐說：「你們現行的制度創造了這種孩子。」

「這我明白，但是已經創造了，他們就這樣存在著，現在的問題是應該拿他們怎麼辦？」

「唉，我不會對把她送到我這裡來做這種試驗心存感激，但是既然這是責任，那我就一定會努力的。」奧菲利亞小姐說。

於是奧菲利亞小姐真的投入了相當大的精力與熱情來教導她這個部下。她給托蒲賽制定了一天的工作時間和要完成的事，還教她做針線活兒和識字。

托蒲賽在學習識字方面快得出人意料，她就像變魔法一樣就把字母學會了，而且不久就能閱讀簡單的讀物；但是學做針線活兒對她而言就不是那麼容易了。這個小女孩像猴子那樣多動，像小貓一樣靈活，她十分討厭針線活帶來的拘束，因此小傢伙經常把針弄斷後，狡猾地從窗戶裡扔出去，或者塞到牆縫裡，或者是趁人不注意的時候把毛線扯斷、弄髒、纏得亂糟糟的，而且還把滿滿的一捲線都扔掉。

她動作快得就像嫻熟的魔術師一樣，而且她控制臉部表情的本領也絲毫不遜色於魔術師。雖然奧菲利亞小姐對這種不斷出現的意外情況非常懷疑，但是除非她整天放下所有的事情盯著她，否則她一點破綻都看不出。

托蒲賽很快就成了家中的知名人物，她各種逗樂、模仿、唱歌、跳舞、翻跟斗、扮鬼臉、吹口哨、登高、玩口技的本事都令人嘖嘖稱嘆。她表演的時候，家裡所有的孩子都著魔似的跟著她，驚訝佩服得大張著嘴，就連伊娃也一樣，她好像也被托蒲賽富有野性的魔法迷住了，就好像一隻鴿子有時也會被色彩斑駁、閃閃發光的蛇吸引住一樣。

伊娃很喜歡跟托蒲賽在一起玩，這讓奧菲利亞小姐心裡多少有些不安定，於是她請求聖克萊爾管管伊娃。

「嗨，不用管她，」聖克萊爾說，「托蒲賽對她沒什麼害處的。」

「可是這麼一個缺乏教養的孩子，會把伊娃帶壞的。」

「她不會帶壞伊娃，也許她會使別的孩子變壞，但是不好的習氣落到伊娃心裡，就像水珠落到菜葉上一樣，一點兒不落地都滾落下來，絲毫不會滲透到裡邊去。」

「別太肯定了，」奧菲利亞小姐說，「我絕不會允許自己的孩子跟托蒲賽一起玩的。」

「噢，你的孩子不可以跟托蒲賽一起玩，」聖克萊爾說：「但是我的孩子可以，要是伊娃會變壞的話，那她早就已經變壞了。」

剛開始，地位高的奴僕瞧不起托蒲賽，總用蔑視的態度對她，但是沒過多久，就不得不改變看法。因為他們很快就發現，要是誰惹了托蒲賽，就一定會馬上遭到不大不小的倒楣事，或者是耳環，或者別的什麼心愛的首飾不翼而飛，或者是一件衣服突然被弄得亂七八糟，或者是不可預料地碰翻一桶熱水，又或者是在打扮得花枝招展時一盆髒水從天而降，全身都被澆成落湯雞。可是當這些事情發生後，你又查不出肇事者是誰。

托蒲賽的名字被多次提起，甚至還受到過家庭審判，但是，每次她都用一本正經而無辜的表情通過審問。誰都知道事情的肇事者是誰，可是偏偏又找不到任何事跡來證明；奧菲利亞小姐又十分公正，在沒有證據的情況下絕不會輕易處理。

而且這些惡作劇發生的時間也選得非常巧妙，很好地保護了搞惡作劇的人。比如報復蘿莎與簡的時間，總是會在她們失寵的時候（這種情況時常發生），如果她們在這種時候抱怨，就自然很難得到同情。總而言之，不久之後，家裡所有的奴僕都知道最好不要去招惹托蒲賽，所以沒有人去招惹她了。

托蒲賽做事利索、機靈，幹勁十足；無論什麼她都一學就會。只交代她幾次，她就可以把奧菲利亞小姐的臥室收拾得整整齊齊、乾乾淨淨，甚至連這位很挑剔的女士都無話可說。要是托蒲賽願意，任何人都沒辦法把枕頭擺得比她更講究，床單鋪得更平，房間打掃得更乾淨，但是她高興做的時候實在是很少。

經過幾天仔細耐心的督促以後，奧菲利亞小姐興奮地以為托蒲賽終於走上正路了，不用督促也會完全按照她說的去做，所以就丟下她去做別的事了，於是托蒲賽就會利用這一兩個鐘頭很好地玩上一番。她不收拾床鋪，甚至還會扯下枕套，用腦袋去頂枕頭，直把自己撞得滿頭羽絨，就像一個怪物；她會爬上床柱子，呈倒掛金鉤狀；她會把床上的東西扔得到處都是；把奧菲利亞小姐的睡衣套在長枕頭上，用它做精彩的表演：時而唱歌時而吹口哨，看著鏡子裡的自己做各式各樣的鬼臉；總之，用奧菲利亞的話來說就是「天下大亂」。

有一天，奧菲利亞小姐把鑰匙丟在抽屜裡，對她而言，如此粗心的行為以前還從來沒有過呢，她返回臥室，看到托蒲賽把她那條最好的印度大紅披肩當做頭巾裹在頭上，正認真地對著鏡子排練呢。

「托蒲賽，」每當奧菲利亞小姐忍無可忍的時候就會說：「你爲什麼要這樣做呢？」

「小姐，我也不知道，可能是因爲我太壞了！」

「我真不明白應該把你怎麼樣，托蒲賽。」

「啊，小姐，那你就打我吧，我以前的女主人就常常打我，不打我，我就不好好幹活兒。」

「唉，托蒲賽，我不想打你，要是你肯做，可以做得很好，爲什麼你不願意做呢？」

「天啊，小姐，可能我是挨打挨慣了，我覺得這招對我挺管用的。」

其實，奧菲利亞小姐用過那個「管用的辦法」，而托蒲賽一直大聲哭喊著，求饒著，但是半個小時之後，她又蹲在陽臺的臺階上，對著周圍那些對她佩服得五體投地的「小傢伙」們說她是多麼鄙視挨打挨罵，「嘿嘿！奧菲利亞小姐還打人呢！她連隻蚊子也打不死。看我之前那個主人打得我皮開肉綻，人家那才算是會打人呢！」

托蒲賽時常大肆炫耀自己的罪惡與無所忌憚的行爲，很顯然她是把這當成了吹牛的資本。

「上蒼啊，你們這幫黑鬼，」托蒲賽對她的聽眾鄭重其事地說：「你們每個人都罪孽深重，你們知道嗎？是的，我們都是有罪的人，大家全是罪人，白人也同樣是有罪的，奧菲利亞小姐就是這麼說的，可是我覺得黑人的罪過更大；不過上帝呀，你們之中任何人都比不上我。我有著無限的罪惡，誰也不知道該拿我怎麼辦，我之前的主人每天打我罵我。我覺得我是全世界罪孽最深的人了。」

這時托蒲賽翻了個跟頭，很快就神采奕奕地落在更高處，她洋洋得意、神氣十足。

每到禮拜天，奧菲利亞小姐都非常認真地教托蒲賽學習教義問答。托蒲賽記憶力非常好，這樣的口傳心授居然可以讓她流利地重複出來，這讓她的老師大受鼓舞。

「你覺得這對她有好處嗎？」聖克萊爾問。

「哦，教義問答對孩子一直都是有益的，你知道的，這是孩子的必修課。」奧菲利亞小姐答道。

「不管他們是不是能聽得懂？」聖克萊爾問。

「唔，一開始她們肯定不會明白，但是，他們長大之後自然就會明白的。」

「我所受的教育到今天也沒有起到任何作用，」聖克萊爾說，「儘管我可以證明小時候你給我講得非常清楚明白。」

「唔，我當時對你充滿了希望，你小時候學得很好。」奧菲利亞小姐說。

「難道現在你對我就不抱任何希望嗎？」聖克萊爾說。

「你要是還像小時候那麼聽話該多好啊，奧古斯丁。」

「我也有同樣的想法，的確如此，堂姐，」聖克萊爾說，「好啦，你接著進行你的教義問答吧，說不定真的能做出些結果來。」

在他們進行這番談話的時候，托蒲賽一直畢恭畢敬地站在那兒，雙手老老實實地疊放在一起。這時，她看到奧菲利亞小姐向她做了個手勢，於是托蒲賽背誦道：

「我們的第一代祖先在上帝允許他們按照自己的意願自由行事後，就從最初被創造的狀態中墮落下去了。」

托蒲賽的眼睛眨了兩下，用疑惑不解的眼神望著奧菲利亞小姐。

「怎麼了，托蒲賽？」奧菲利亞小姐問道。

「請問，小姐，那個州指的是肯塔基嗎？」

「怎麼想到問這個問題呢，托蒲賽？」

「就是他們墮落的那個州呀。我過去常常聽老爺說我們都來自肯塔基。」

聖克萊爾不由得笑了起來。

「你一定要給她解釋清楚，否則她會自己給那些語句編一個解釋的，」聖克萊爾說：「看樣子這句話表明他們來自另一個地方。」

「噢，奧古斯丁，不要再打岔了。」奧菲利亞小姐說，「你老在旁邊笑，我什麼都幹不了。」

「那好吧，我不打攪你們練習就是了，我保證。」聖克萊爾邊說邊拿起報紙去了客廳，坐在那裡看報紙，直到托蒲賽背誦完。

她背得很好，只是偶爾會把幾個重要的單詞放錯了位置，而且不管多麼努力，背出來仍然不對。雖然聖克萊爾發誓不會打擾她們，但是卻調皮地取笑托蒲賽的錯誤，聖克萊爾還不時讓她背那些令人頭疼的段落來解悶，奧菲利亞小姐的抗議也於事無補。

「奧古斯丁，你老是這麼搗亂，讓我怎麼才能教好這孩子呢？」她常常這麼說。

「唉，真是太糟了，今後我再也不這樣了；不過我真的很喜歡聽這個有趣的小傢伙結結巴巴地背那些字眼！」

「可是，你這麼做就相當於肯定了她的錯誤。」

「那也沒有什麼啊，對她來說，什麼字都一樣。」

「你讓我好好教育她，把她引上正路的，但是你也必須牢記她是一個很野性的孩子，所以要注意你給她帶來的壞影響。」

「唉，這太可怕了！我的確應該注意，可是，我就像托蒲賽經常說的那樣『我太壞了！』」

對托蒲賽的教育就這樣堅持了兩年，每日都折磨著奧菲利亞小姐，托蒲賽就好像是一種慢性病，她慢慢適應了病痛的折磨，正如人們慢慢會適應神經痛和偏頭痛一樣，安然無恙了。

聖克萊爾感覺這小東西很有意思，就像一個人喜歡一隻獵犬或者一隻鸚鵡一樣，每當托蒲賽犯錯誤被人們懲罰時，總是會躲到聖克萊爾的椅子後邊，而聖克萊爾總是想方設法爲她說話。有時，聖克萊爾會給她一些硬幣的賞賜，她拿到後，就全買了堅果或者糖塊，慷慨地分給別的孩子吃。

說實話，托蒲賽本性是好的，也十分慷慨，她只有在自衛的時候才會心懷惡意。她現在進入了芭蕾舞團，以後她會常常和其他的演員同台演出。

chapter 21 肯塔基

現在，讓我們停頓一小會兒，回顧一下肯塔基莊園裡湯姆叔叔的小屋，看看從他走後，那裡都發生了些什麼事。

一個夏日的黃昏，樓下客廳的門窗吹來陣陣涼爽的清風。謝爾比先生正悠閒地坐在門廊上，這個門廊和房間相通，從整個房間一直貫穿到兩頭的陽臺。他斜躺在一把椅子上，兩隻腳搭在另一隻椅子上。謝爾比太太正忙著做針線活，她好像在想些什麼，一直想找機會說出來。

「你知道嗎，」她說：「克洛收到了湯姆的一封信。」

「哦，是嗎？老夥計過得怎麼樣？看起來他在那邊遇到了好的主人。」

「我想他一定是被一個好人家買走了，」謝爾比太太說：「他們待他很好，幹活也不辛苦。」

「噢，那就好，我真是太高興了，」謝爾比先生發自內心地說：「我想湯姆應該已經適應南方的生活，可能就不想再回來了。」

「不，他十分急切地問什麼時候可以湊齊贖他的錢呢。」

「這我怎麼知道啊，」謝爾比先生說，「萬一生意上稍微有個閃失，麻煩就會不停地到來，就像人陷在沼澤裡，剛爬出來又掉到另一個泥坑裡；欠了乙的錢，就借了甲的錢還給乙，之後再借丙的錢還甲的，你連歇下來抽根菸的時間都沒有，轉個身，哎，討厭的借據又來了。討債信一封接著一封，讓你防不勝防啊。」

「親愛的，我想，我們還是要想辦法解決問題啊。我們可以賣掉全部的馬匹和一個農莊來還清欠款。你看這樣行嗎？」

「哼，你的想法真是可笑，艾米麗。你也許是肯塔基最出色的主婦，但是你不明白做生意之道，也根本不懂生意。女人總是不懂，以後也不可能懂。」

「但是，」謝爾比太太說：「你至少要讓我知道你的處境呀，你可以給我列一張清單，把欠款和借款的明細寫清楚，這樣，我也可以幫幫你，看是不是可以幫你節省一點開支。」

「哎，艾米麗，別再煩我了。我也不清楚，我只知道生意大概進行到哪一步，做買賣可不像克洛做餡餅，能把周邊都修得乾淨俐落。我不是告訴你了嗎，你不懂生意上的事。」

謝爾比先生在不能說服妻子的時候，只能靠高聲嚷嚷來取勝了，這是先生們在和妻子談論生意時慣用的招數，方便得讓人無可辯駁。謝爾比太太嘆了口氣，不再說話了。雖然她丈夫說她只是個女人，什麼也不懂，可其實她頭腦靈活而且講究實效，她擁有比她丈夫要強得多的意志力，她經營生意的才能並不像謝爾比先生所認爲的那樣荒謬無知。此時，她所有的心思都放在如何履行對湯姆和克洛大嬸的諾言上，眼看希望越來越渺茫，她不由得嘆起氣來。

「親愛的，難道我們不應該想辦法把錢湊齊嗎？這是可憐的克洛大嬸一直盼望的啊。」

「哎，看來是那時我答應得太草率了。我看你還是把實話告訴克洛吧，好讓她斷了這個念頭。用不了一兩年，湯姆就會再娶別的女人的，克洛也不要再等了，乾脆再找個人嫁了算了。」

「先生，我一向告訴下人們說，他們的婚姻和我們的婚姻一樣神聖。我決不會勸克洛做那種事。」

「那就怪不得我了，夫人。你這套說教不符合他們的身分地位，給他們白白地增添煩惱。」

「但是這是《聖經》上的道德觀呀，先生。」

「好了，艾米麗，好了，我可沒想要干涉你的宗教信仰，我只是說，這些說詞對下人們並不適用。」

「的確不適用，」謝爾比太太說：「這就是為什麼我從內心深處憎恨奴隸制度的原因。親愛的，我告訴你，我是絕對不會對那些苦命的黑人們不守諾言的。如果真的沒有辦法，我就去教音樂課——我一定會攢夠這筆錢的，我用自己的雙手去賺錢。」

「你該不會真的想去做有損身分的事吧？我決不允許你那麼幹，艾米麗。」

「有損身分?!比起失去這些可憐人的信任，哪個更有損身分？不，我寧願這樣做。」

「好啦，你總是既超脫凡俗又英勇無畏。但是，我覺得你在開始這種堂吉訶德式的行動之前，最好想想清楚。」

這時，克洛大嬸出現在門廊盡頭，談話也因此中斷了。

「太太，對不起。」她說。

「怎麼了，克洛？」謝爾比太太一邊說著，一邊站起身向克洛站的地方走去。

「請您看看這群 poultry，太太。」克洛總是喜歡把 poultry（家禽）讀成 poetry（詩），儘管孩子們再三糾正，她始終都不願意去改過來。「天哪，為什麼一定要區分這兩個詞呢，poetry 念起來挺好的啊。」她會這麼說。

地上臥著一群雞鴨，克洛站在旁邊，若有所思，神色莊重。看見這情景，謝爾比太太不禁笑了。

「我在想，太太會不會喜歡吃雞肉餡餅。」

「說實話，我怎麼都行——隨便。」

克洛心不在焉地撫摸著這群小雞，臉上露出魂不守舍的神情。突然，她訕笑一聲（黑人在提出沒什麼把握的建議時常常如此），說道：「嗯，老爺太太不用為籌集那筆錢而費神，為什麼不利用手頭現有的東西呢？」克洛又笑了。

「什麼意思啊，克洛。」顯然克洛聽到了謝爾比夫婦的全部談話。

「天哪，太太，」克洛又笑了，說：「別的主人都把黑奴租出去賺錢呢！咱們家可是白白養著一大群人啊！」

「嗯，克洛，可是我該把誰租出去呢？」

「天哪，我也不知道。只是聽山姆說，在路易士威爾州有一家糕點鋪，需要一個做糕餅的好手，而且每個星期有四塊錢的工資呢，他就是這麼說的。」

「噢，克洛——」

「噢，太太，我想，莎莉在我手下學著做也有段日子了，現在可以單獨做事了，說實話，她的手藝現在已經能趕上我了，假如太太您願意讓我出去做的話，我一定可以賺夠那筆錢。我做的糕餅不論放在哪一家糕點鋪都不會給太太丟臉的。」

「哎，克洛。可是，你捨得離開自己的孩子嗎？」

「太太，我的兩個男孩子都已經長大，都能幹活了，還幹得不錯呢，莎莉可以幫我照顧那個小女娃，這孩子精神很好，也不用總是讓人照看。」

「路易士威爾離咱們這裡距離可不近啊！」

「我不在乎這個。它在河的下游，應該離我丈夫不遠吧？」克洛望著謝爾比太太問道。

「不，它們相隔還有好幾百英里呢。」謝爾比太太答道。

克洛的臉色立刻暗淡了下來。

「克洛，不要難過，到了那裡，你離他總比咱們這兒近一些吧？你放心去吧，你賺的每一分錢我都會原封不動收好，做爲湯姆的贖金。」

克洛頓時滿面生輝，爍爍閃光，就像烏雲在明媚陽光的照耀下消散，露出了晴朗天空。

「太太，您對我們真是太好了，我剛才還在想這事呢。我什麼也不缺，衣服和鞋也都有，每一分錢都可以省下來。太太，一年有幾個禮拜？」

「五十二個。」謝爾比太太回答說。

「天哪！真是太好了。一禮拜有四塊錢，一年下來一共多少呀？」

「二百零八塊。」謝爾比太太答道。

「噢！」克洛驚喜地感嘆道。她接著問，「我要多長時間能籌足這筆贖金，太太？」

「大概三四年吧。不過，克洛，我們也可以添補一些，不是你一個人來賺。」

「我可不願聽到太太您說去教音樂課，老爺說的對，這絕對不行。只要我這雙手還在，就不能讓您出去。」

「別擔心，克洛，我會顧及家裡的面子的。」

「哦，我原本沒什麼計畫，山姆明天要把幾匹馬趕到河邊去，他讓我跟他一起走，我現在就去收拾東西，假如太太沒什麼意見的話，那我明天一早就起程。對了，還要麻煩太太寫一封推薦信和一張通行證。」

「噢，克洛，假如謝爾比先生不反對，我會把事情辦妥。我現在就去找他商量商量。」

謝爾比太太上樓去了，克洛高興地回屋去準備了。

喬治走進克洛大嬸的小屋時，她正忙著收拾孩子們的衣服。

「喬治少爺，你可能還不知道吧，我明天就要起程到路易士威爾去了。」克洛招呼說：「我覺得還是把妹妹的東西也收拾一下，把一切整理好。我這就要走了，喬治少爺。每星期有四塊錢呢，太太答應我會把這些錢攢起來都用來贖湯姆。」

「哦，」喬治說道，「這倒是一個好差事呢！可你怎麼過去呢？」

「明天我和山姆一起走。喬治少爺，您現在能寫封信給湯姆嗎？我想把這件事情告訴他。」

「當然可以，」喬治說，「湯姆叔叔收到我們的信，不知會高興成什麼樣呢！我現在到房間拿紙墨。然後，克洛大嬸，我們還可以把新添馬匹的那些事也告訴他。」

「喬治少爺，開始吧，現在就寫。你在這裡寫信，我去弄點雞肉和別的菜。哎，你和你苦命的克洛大嬸在一起吃飯的機會可不多了。」

chapter 22 草枯花謝[60]

時光飛逝，對我們每個人來說都不例外，對湯姆來說也是這樣的，一眨眼兩年已經過去了。雖然遠離親人，雖然總是思念著遙遠的故鄉，但是他也沒有感到特別的痛苦，因為人的感情就像一把調試好的豎琴，除非有一天突然斷了弦，否則就不會徹底毀壞這和諧的聲音。當我們追憶往昔的時候，那些憂愁和困難的時刻，也在悄然離去的每個瞬間留下一些快樂和安慰，所以，即便我們不是很幸福，可是也不至於非常痛苦。

湯姆在他僅有的那本《聖經》上讀到了一位聖徒怎樣「學會無論處在怎樣的環境下都要隨遇而安」[61]。對他來說這似乎是有用的原則教義，而且也相當符合他讀《聖經》而養成的一成不變的思考方式。

上一章我們已經說道，他寫了信後沒過多久，就收到喬治少爺用小學生那種圓體字寫成的回信，湯姆說字跡清楚得「在房間的另一邊」都可以辨認出來。信裡寫了家裡各種令人激動的好消息：克洛大嬸到路易士威爾一個糕點店工作，她在那裡用做糕點的手藝可以賺下一筆錢，他告訴

60. 見《聖經．新約．彼得前書》第一章第二十四節。
61. 《聖經．新約．腓力比書》第四章第十一節。

湯姆說，這些錢都會存起來用來贖他；彼得和摩西都已經長大了，最小的女娃在莎莉和大家的照看下，已經能在屋裡四處跑了。

湯姆的小木屋也暫時被關了起來，不過喬治又詳細講述說，等湯姆叔叔一回來，小木屋會重新好好修飾一番，還繪聲繪色地講述了要怎樣擴建和裝修這間屋子。信的結尾，喬治還寫了他在學校所學習的各項課程，每一項課程名稱都用花體大寫字母開始；他還告訴湯姆說，在湯姆離開以後，家裡又多了四匹小馬駒，這些小馬駒各叫什麼，然後說他父母身體都很好。

這封信寫得簡單明白，但是湯姆覺得這是現今所有文章中最美妙的，他是愛不釋手，百看不厭，甚至還跟伊娃商量，說是不是應該把它鑲在鏡框裡掛起來，最後沒有這麼做，是因為無法同時看到信的正反面。

隨著伊娃漸漸成長，湯姆和伊娃之間的友情也一天天加深。很難說清楚她在這位忠誠的僕人溫和而敏感的心裡所佔有的神聖地位，他一方面把她當成一個瘦弱的孩子來照顧，一方面又把她當成一位聖潔的天使來敬重和崇拜。他注視著她，就像一個義大利水手注視著自己的小耶穌神像一樣：飽含著柔情和崇拜。

湯姆最愛做的就是盡力迎合她美好的想像，滿足她千百條彩虹般的可愛純潔的嚮往和象徵著童年的欲望。每天早上湯姆去市場，都會盯著花店，為她尋找各種稀有罕見的花朵；還會在口袋裡裝上精心挑選的橘子或桃子，回家以後送給伊娃。

最讓他開心的事，就是遠遠地看到伊娃在大門口探出快樂的小腦袋，聽到她用天真清脆的聲音問道：「嘿，湯姆叔叔，你今天給我帶什麼好東西回來了？」

伊娃也用同樣的關懷回報湯姆，時時刻刻為他考慮。儘管她還只是一個孩子，但讀起文章來卻絲毫不遜色於成年人。她詩意的想像，敏銳的樂感，以及對所有高尚莊重的事物天生的嚮往，使她可以把《聖經》讀得美妙動聽，湯姆覺得沒有人能讀得像她這麼好。

起初，她讀《聖經》只是爲了讓她這位出身低下的朋友快樂，但是很快，她就顯露出了那熱情的天性，被這本莊嚴的書深深地吸引住了，因爲它在她心裡喚起了奇怪而強烈的渴望和說不清的感情，這是大多數富有想像力、熱情洋溢的孩子所具有的感情。

《聖經》裡她最喜愛《啓示錄》與《預言書》——其中那朦朧飄渺的遐思，熱情熾烈的語言都給她留下了深刻的印象，正因她無法真正理解，所以她更盼望能弄清楚其中的含義。

伊娃和她那位純樸的朋友，一個小小孩兒與一個老小孩兒，都深有同感。他們只知道書中所描述的是天國裡的榮光，是一個即將來臨的奇異世界，他們的心靈爲之歡欣鼓舞，卻說不出爲什麼會這樣。

只是在精神上不可解釋的東西並不見得都沒有用處，雖然在自然科學上是這樣的。因爲當一個人的靈魂在兩個模糊的永恆點（永恆的過去和永恆的現在）之間蘇醒過來時，周圍的一切是那麼陌生，讓人毛骨悚然，驚顫不已。光明僅僅照亮她四周很小的一片地方，所以她才會嚮往遙遠的未知世界，從模糊的靈感處所傳出來的雜遝聲音，以及所呈現出來的隱隱約約的影像，一一在他期待的心靈裡回想著呼應著。那些神秘的景象猶如刻有無人辨識的象形文字的符咒和瑰寶。她把這些都深埋在心裡，希望在她擺脫無知的境界之後可以清晰地認識它們。

我們的故事說到這兒，聖克萊爾舉家暫時搬到龐洽特雷恩湖濱的別墅去避暑了。夏天的炎熱把所有可以離開骯髒而悶熱城市的人都趕到湖濱去享受清爽的海風了。

聖克萊爾家的別墅是東印度式的，別墅四周是用精巧的竹子編成的精緻迴廊，通往各處花園與遊樂場的路四通八達。別墅的客廳通向一個大花園，園裡各種奇異的熱帶鮮花散發著陣陣清香，園裡有幾條小路曲曲折折地通向湖邊，湖水在陽光下波光粼粼，在微風的吹拂下起起伏伏，這是一幅美妙絕倫而又瞬息萬變的圖畫。

現在正是傍晚時分，天邊霞光金色光芒萬丈，湖水也倒映出了另一片燦爛的天空。滿天亮晶晶的星星映過金色霞光頻頻地眨眼，俯瞰著水裡不停跳躍著的自己的影子。湖面上蕩漾著層層金色波紋，只有船隻上的點點白帆像幽靈一樣飄來蕩去。

在花園裡的藤蘿架下，湯姆與伊娃並肩坐在一張滿是青苔的小石凳上。這是禮拜日的黃昏時分，伊娃的《聖經》在她的膝蓋上大開著，她讀道：「我看見好像有片玻璃海，其間滲透著火光[62]。」

「湯姆，」伊娃突然指向湖面說：「那不正是這裡嗎？」

「伊娃小姐，你說什麼？」

「湯姆，難道你沒看到嗎？」伊娃說著，指了指玻璃鏡面似的湖面說，微微蕩漾的湖水倒映著天空中金色的光芒。「那不就是『滲透著火光』的玻璃海嗎？」

「是的，伊娃小姐。」湯姆答道。

湯姆接著唱道：

啊！假如我有清晨的翅膀。
我將飛向迦南河岸；

62.《新約．啟示錄》第十五章第二節。

聖潔光明的天使把我領回家鄉，
帶到那個叫新耶路撒冷的地方。

「湯姆叔叔，你說新耶路撒冷在哪兒呢？」伊娃問道。

「嗯，伊娃小姐，就在天空的雲彩上邊。」

「那麼說我們是可以看到它的，」伊娃說，「你看看那些雲彩，多像是用珍珠鑲嵌成的一道道大門啊，在遙遠的地方，噢，你甚至能看見門裡邊金光閃閃。湯姆，唱那首《光明天使》吧。」

湯姆唱起了那首有名的讚美詩：

我看到許多光明天使，
沐浴著天國裡的榮光；
她們身著一塵不染的白袍，
手裡拿著象徵勝利的綠色棕櫚枝。

「湯姆叔叔，我覺得我看到天使了。」

湯姆對這點深信不疑，他一點都不感到驚訝。即使伊娃對他說她去過天堂了，他也會相信。

「這些天使，我在夢裡常常見到，」伊娃說著，眼裡流露出迷離而又夢幻的神色，她輕輕哼道：

她們身著一塵不染的白袍。

手裡拿著象徵勝利的綠色棕櫚枝。

「湯姆叔叔，」伊娃說，「我想去那裡。」

「伊娃小姐，去哪裡啊？」

小女孩站起來，用纖細的小手指著天空。晚霞那神奇爛漫的光芒把她金色的頭髮和粉紅的臉頰都照亮了，她把目光急切地投向天空。

「我要到那裡去，」她說，「湯姆叔叔，我要到光明天使那裡去。我很快就要去了。」

這個忠心耿耿的老僕人的心裡突然感到像刀絞一般疼痛。湯姆回憶起這六個月來，他不時發現伊娃的小手愈來愈纖瘦，皮膚愈來愈毫無血色，越來越透明，呼吸也越來越急促；以前在花園中可以一連玩上幾個鐘頭，但是最近玩一小會兒就累了，全身都沒有精神。他常常聽到奧菲利亞小姐說伊娃總是咳嗽，吃什麼藥都不起作用；就是這會兒，她通紅的小臉與小手還在出虛汗呢。現在湯姆才理解伊娃說那句話的含義。

這個世界上有伊娃這樣的孩子嗎？是啊，有過，只是他們的名字過早地出現在墓碑上，這些孩子漂亮的眼眸、淺淺的笑容、與眾不同的習慣和談吐都深深地刻在人們思念的心中。在多少個家裡，你都可以聽到一樣的故事在流傳，活在世上的人們的高尚品德和情操是無法和某個死去的親人所特有的美德相提並論的，她們就像是天堂裡一些執行特殊任務的天使，她們會在人間逗留一些時光，使走錯道路的人走近她們，這樣她們就可以引領著他們一同返回天堂。

當你看見一個孩子眼裡有著獨特的深邃而神聖的目光時，當你聽到他用比普通孩子更聰明溫柔的話語揭示自己幼小的靈魂時，請不要希望能永遠留下這個孩子，因為在他的身上有著天國的印記，而他的眼裡閃爍著永恆的天使之光。

親愛的伊娃！大家可愛的小天使！你馬上要踏上返程之路了，但是最愛你的人們還完全不知道。湯姆與伊娃之間的談話很快就被奧菲利亞小姐一陣急促的呼喚聲打斷了。

「孩子啊，伊娃——伊娃——有露水了，快回屋吧，別在花園裡逗留了！」

伊娃和湯姆趕忙回到屋裡。

奧菲利亞小姐很擅長護理，而且有著豐富的經驗。她是在新英格蘭出生並長大的，對這種不知不覺中加重的可怕的慢性病甚是熟悉，它曾經奪走了多少美麗而可愛的生命啊！而且，在你還沒來得及發現生命的纖維已經全部斷裂的時候，就已經註定了你無法挽回的死亡。

奧菲利亞小姐注意到伊娃日漸發紅的臉和輕微的咳嗽；那因發燒而導致眼裡出現的光芒和縹緲的興奮表情也沒有逃過奧菲利亞的雙眼。

她嘗試著把自己的憂慮告訴聖克萊爾，但是他暴躁地反駁了她，跟他平時那種和顏悅色、毫不在意的樣子截然不同。

「堂姐，不要再說這些不吉利的話來煩我，我討厭這樣！」他每次都說：「你難道沒有注意到這是因爲孩子在長大嗎？孩子在長得快時，稍微虛弱一點也是很常見的事。」

「可是她總是那樣咳嗽！」

「哦，就算有些咳嗽，也沒什麼大不了的！沒有一點事，可能是因爲著涼的緣故。」

「但是艾莉查．簡、艾倫還有瑪麗亞．桑德斯都是這麼死的呀。」

「噢，不要再說那些護理員的傳言了，你們有點經驗就覺得孩子們乾咳、打噴嚏都無藥可救了。你只要好好照料伊娃，晚上不讓她受涼，也別讓她玩得太累，她就一定會沒事的。」

聖克萊爾雖然嘴上這樣說，但其實心裡愈來愈不安。他每天無限焦慮地注視著伊娃，這從他每天不住地說「這孩子一點事情都沒有，那點兒咳嗽算什麼問題，只是肚子有點兒小毛病，孩子們都會有這種小毛病。」只憑這些話，就足以看出他內心的憂慮。他每天都會儘量多抽出些時間來陪她，而且增加乘馬車帶她出去兜風的次數，每隔幾天就會帶回一個藥方或者一些補藥，說道：「其實孩子不需要這些，但吃了也沒什麼害處。」

實話說，最讓他痛心的是看著孩子的感情和思想一天比一天成熟。一方面，她還有著孩子們愛幻想的天性，另一方面，她又會常常不由自主地說出一些令人驚異的話，表現出不同常人的聰慧，聽上去好像是聖諭的啓示。每當這時，他便會全身直打冷戰，他會一把抱住伊娃，好像這樣無限憐愛地抱著她就可以挽救她的生命，他心裡湧起一種強烈的渴望，那就是必須留住她，絕對不可以失去她。

伊娃的心思似乎都放在做善事和奉獻愛心上。她天性大方寬容，現在人們都發現她身上又增添了一種令人感動的、女性特有的溫柔體貼。她不僅跟托蒲賽一起玩，也喜歡和別的小黑奴一起玩，只是她現在大多數時間都是站在旁邊看著他們玩，自己並不參加遊戲，她常常一坐就是半個小時，望著托蒲賽那奇怪的把戲放聲大笑，但是很快，她的臉上就會蒙上一層陰影，眼神變得迷離，思緒也飄向遙遠的地方了。

一天，她忽然對她的母親說：「媽媽，我們爲什麼不教下人們識字看書呢？」

「好奇怪的問題，孩子，沒有人做過這些。」

「爲什麼不做這些呢？」伊娃問。

「因爲念書識字對他們根本沒有用處，不會讓他們把活幹得更出色，可是他們天生就是要做工的。」

「但他們應該讀《聖經》，媽媽，這樣才能知道上帝的旨意呀。」

「噢，有人讀給他們聽，讓他們明白一切就行了。」

「媽媽，我覺得，每個人都有權利去讀懂《聖經》，他們也很需要《聖經》，但沒有人讀給他們聽。」

「伊娃，你真的是個奇怪的孩子。」媽媽說。

伊娃繼續說：「奧菲利亞小姐就教會托蒲賽識字了。」

「對啊，但你發現這麼做帶來什麼好處了嗎？托蒲賽是我見過的最野蠻討厭的小傢伙！」

「還有可憐的奶媽，」伊娃說道：「她那麼喜歡《聖經》，而且多希望自己可以讀懂它呀，要是有一天我無法讀《聖經》給她聽了，那她該怎麼辦呀？」

瑪麗邊翻弄抽屜邊說道：「好了，伊娃，以後你除了給僕人們讀《聖經》之外，還有許多事情需要做呢。我不是不讓你給僕人讀《聖經》，我身體好的時候也會這麼做，但是當你到了出去應酬打扮自己的時候，怎麼還顧得上這些呢？」她接著說：「你看看！你以後要開始社交活動的時候，我就會把這些珍珠寶石都送給你。我參加第一個舞會就是戴著這些，伊娃，我告訴你，我還引起了不小的轟動呢。」

伊娃從首飾盒中拿出一串鑽石項鍊，若有所思地看著項鍊，但是很顯然她的心思都不知道跑到哪兒去了。

「伊娃，你怎麼這麼嚴肅呢？」

「媽媽，這項鍊值很多錢嗎？」

「那是自然，這些都是專門從法國訂做的，是一筆相當可觀的財產呢。」

「要是項鍊歸我所有，我可以用它來做些事情就好了。」伊娃說。

「你想用它做什麼呢？」

「我會把它們都賣掉，在自由之州買一塊地方，把咱們家裡的黑奴都帶到那裡去，我還要請些老師教他們讀書認字。」

母親的笑聲打斷了伊娃的話，「難道你要創辦一所學校嗎，你是不是還想教他們彈琴、畫畫啊？」

「我只是想讓他們有能力自己讀《聖經》、寫信、看別人寫給他們的信。」伊娃肯定地說：「媽媽，我知道他們心裡對自己不會做這些事情是很難過的，湯姆非常難過，奶媽也一樣，他們之中有許多這樣的人，我覺得不可以再這樣下去了。」

「好了，好了，伊娃，你這個孩子，你完全不懂這些事，」瑪麗說，「而且，你說的話總是讓我頭疼。」

每次談話不合她的心意時，瑪麗就會隨時打出頭疼這個百試不爽的招數來。

伊娃輕輕地帶上門出去了，但是後來，她全心全意地教奶媽學習認字，從來不曾間斷過。

chapter 23 亨利克

就在聖克萊爾一家在湖濱別墅避暑的時候，阿爾弗雷德，他的孿生兄弟帶著十二歲的大兒子和他們在一起相聚了兩天。

這兩個孿生兄弟在一起的樣子，堪稱是全世界最美妙卻又最奇特的畫面。雖然他們血管裡流淌著相同的血液，但這並沒有讓他們有絲毫相像的地方，反而讓他們截然不同。儘管如此，他們之間彷彿有一條神秘的紐帶把他們繫在一起，手足之情非常深厚。

他們時常手挽著手散步在花園的小路上，奧古斯丁金髮碧眼、體態優雅、精力充沛，阿爾弗雷德則是黑眼睛、羅馬式傲慢的模樣、四肢結實有力，無意間顯出果敢的氣魄。兄弟倆總是互相攻擊和嘲笑對方的言談舉止，但是也絲毫不會影響到他們兩個血濃於水的兄弟之情。事實上，正如磁鐵的正負極異性相吸一樣，似乎就是這種差異把他們緊緊地聯結在一起。

阿爾弗雷德的大兒子亨利克和他父親一樣，都長了一對烏黑的眼睛，神采奕奕，生機勃勃，是個高雅尊貴的男孩子，而他從見到堂妹伊娃的那一刻起，就被她那純淨溫柔的魅力深深吸引住了。

伊娃有一匹最心愛的小馬，全身潔白如雪，騎上去就像躺在搖籃裡一般穩當，和牠的女主人一樣可愛溫順。此刻，湯姆把這匹小馬牽到後邊的門廊上，而另一個大約十三歲的混血黑奴也牽來了另一匹價格昂貴的小黑馬，那是不久之前阿爾弗雷德專門給亨利克花高價從阿拉伯買回來的。

亨利克對他不久前剛得到的馬兒有一種男子漢般的驕傲，但是在他走過去，從馬童手裡接過轡繩仔細檢查他的馬兒時，臉色立刻拉了下來。

「多多，這是什麼，你這個懶惰的傢伙！你今天早上一定沒好好把馬刷乾淨。」

「少爺，我刷乾淨了，」多多畢恭畢敬地說，「是牠自己剛剛沾上土了。」

「混蛋，閉嘴！」亨利克邊罵邊滿臉怒氣地揚起鞭子，「你膽敢跟主人頂嘴?!」

那個馬童的年紀和亨利克差不了多少，有著一雙明亮的眼睛，一頭鬈髮垂在光潔寬闊的前額上，不難看出這孩子身上有白種人的血統。他是個漂亮的混血兒，他著急地想開口辯解，眼睛閃著光，小臉瞬間漲得通紅。

「亨利克少爺！」他剛剛開口，亨利克的馬鞭已經狠狠地落在他的臉上，還一把拉住他的一條胳膊強迫他跪在地上，接著狠狠地揍了他一頓，最後直到打得自己沒有力氣了才停手。

「哼，你這個大膽的傢伙！這回你可要長記性了，我跟你說話的時候不能搶嘴！把馬牽回去，重新刷一遍。我必須好好教訓你一下，好讓你記清楚自己的身分！」

「少爺，」湯姆說：「我覺得多多剛才是想告訴你，他把馬牽出來的時候，這小馬兒精力旺盛，在地上打了個滾，牠身上才會沾上灰塵。我親眼看到他仔細給馬刷洗的。」

「我沒問你，插什麼嘴！」亨利克說著，突然看到伊娃身穿騎士服站在臺階上，於是他轉身踏上臺階去同伊娃說話。

「親愛的堂妹，真不好意思，這個討厭的傢伙讓你久等了，」他說，「我們就坐在這個凳子上等他們吧。堂妹，怎麼了，你爲什麼不高興呀？」

「你怎麼能這麼粗暴殘忍地對待可憐的多多呢？」伊娃說。

「粗暴、殘忍！」少年驚訝地問：「你怎麼這麼說呢，親愛的伊娃？」

「你這麼做的話，我不允許你叫我親愛的伊娃。」伊娃說。

「你是不瞭解多多啊，親愛的堂妹，他滿嘴謊話，總爲自己的錯誤找藉口，只有狠狠地教訓他才能管教他，唯一的辦法就是讓他明白自己的身分，不允許他開口說話。我爸爸也是這麼做的。」

「可是，湯姆叔叔說了這是個意外，他從來不說瞎話的。」

「那他真是個不尋常的老黑奴了！」亨利克說：「多多說起謊來可是面不改色心不跳的。」

「假如你這麼嚴厲的話，他嚇壞了也只能撒謊啊。」

「噢，伊娃，你那麼袒護多多，我都開始妒忌了。」

「他又沒犯錯，可是你卻打他。」

「那就把這筆帳算到他犯了錯沒有被打的那上面吧。對多多來說，挨幾下打是家常便飯，我跟你說，他真是奇怪的人，不過，你要是看了覺得討厭，那我下次不當著你的面打他就是了。」

伊娃還是很不開心，但是，她看出來想讓這位英俊的堂哥明白她的心思簡直是徒勞。

多多很快就牽著馬回來了。

「噢，多多，你這回幹得很好，」這次小主人溫和地說，「快，到這裡來，過來牽著伊娃小姐的馬，我來扶她上馬。」

於是，多多過來牽住伊娃的小馬，他滿面愁雲，眼睛通紅，顯然是剛剛哭過。

亨利克在爲女士效勞這方面相當殷勤老練，而且很有紳士風度，很快他就把漂亮的堂妹扶上了馬，把韁繩收好，交到伊娃手中。

但是伊娃卻向多多站的地方俯身下去，在他把韁繩遞給伊娃的時候，對多多說：「多多，謝謝你，你真是個好孩子。」

多多驚訝地抬頭看著那張溫和甜美的小臉，淚水突然奪眶而出。

這時，他的小主人傲慢地叫道：「多多，過來。」

多多趕忙跑過去握住韁繩，亨利克上了馬。

「多多，給你這五分錢，拿去買糖吃吧，」小主人說：「走吧。」

亨利克騎著馬走在伊娃後邊，他們沿著小路慢慢地向前跑去。多多站在那裡望著兩人離去的背影。這兩個主人，一個給他錢，而另一個送給了他更需要的東西：一句和藹親切的溫暖話語。

多多剛離開母親還沒幾個月，主人相中他英俊、漂亮的臉龐，剛好和這匹俊美的小馬匹配，這才把他從一家奴隸交易所裡買了過來，現在他正在主人手底下接受調教。

聖克萊爾兄弟也在花園的另一頭看到了多多挨打的樣子。奧古斯丁滿面通紅，但是他只是用其一貫的漫不經心和嘲諷的口氣說：「我想，阿爾弗雷德，這就是你所謂的共和主義的教育吧？」

「亨利克一生氣就會變成個不折不扣的混世魔王。」阿爾弗雷德滿不在乎地說。

「你該不會覺得這對孩子來說是個很有趣的訓練吧。」奧古斯丁沒好氣地說。

「我雖然不這麼想，可是對他也沒有辦法，亨利克脾氣很暴躁，他母親和我早就管不住他了，就由他去了。但是多多的確是個調皮的傢伙，不管怎麼打都不好好聽話。」

「你就是這麼教育亨利克的嗎？用共和主義教義中開篇明志的話『每個人生而自由平等』的嗎？」

「呸！」阿爾弗雷德鄙視地說，「那只是湯姆·傑弗遜[63]騙人、無聊的法國風味的看法罷了，沒想到現在還能在我們之中流傳，真是太荒謬可笑了。」

聖克萊爾頗有深意地說，「我也有同感。」

「因爲，」阿爾弗雷德說，「我們在現實生活中可以清楚地看到，人和人之間既不是自由的，更不是平等的；根本不符合這個說辭。就拿我自己來說吧，我覺得這種共和主義的言論多半都是無比荒唐的，享受平等權利的只是我們這些受過良好教育、富有、高雅、聰明的人，但絕對不是僕人。」

「假如你能讓僕人相信這個觀點就好了，」奧古斯丁說，「他們曾經有一段時間在法國當權。」

「所以，我們要做的就是必須有始有終、毫不動搖地欺壓他們，就是這樣，」阿爾弗雷德說著，抬起一隻腳惡狠狠地踹了一下地，就像是踩在了一個人身上似的。

「但是他們萬一要是翻了身，你就會跌得很慘，」奧古斯丁說，「就像在聖多明哥[64]那樣。」

「呸，」阿爾弗雷德說，「所以啊，在我們國家這樣子是可以應付過去的，我們必須堅決反對正在風行的對黑奴進行教育、提高他們地位的言論，下等人本就不應該接受教育。」

「可惜這不太能實現了，」奧古斯丁說，「他們一定要受到教育不可，關鍵問題是如何進行教育。我們以前是用殘暴與野蠻來教育他們，斬斷了所有人性善良的紐帶，間接地也把他們變成了兇猛的野獸；假如他們有一天占了上風，他們一定會像野獸一樣對待我們。」

「可惜他們永遠都別想占上風！」阿爾弗雷德信心滿滿地說。

63.湯姆斯·傑弗遜的暱稱，美國第三任總統，上面的話，引自他起草的《獨立宣言》。
64.位於中美洲海地島東部，原為西班牙在西印度群島的殖民地，一八四四年獨立鬥爭勝利後建立多來尼加共和國。

「是的，」聖克萊爾說，「把鍋爐燒得發燙，把放氣的安全閥門關上，隨後坐到閥門的蓋子上，看看最後會怎樣收場。」

「那好吧，」阿爾弗雷德說，「那就走著看著吧，我就敢坐在這放氣的安全閥門上，只要這鍋爐是結實的、機器可以運轉正常。」

「你的想法和路易十六[65]時代的貴族們一樣，現在奧地利和教皇庇護九世[66]也都這樣以為，等有一天，在一個晴朗明媚的早晨，鍋爐突然爆炸了，你們這些人就很有可能會被炸飛上天去，在空中相遇。」

「死亡宣告[67]。」阿爾弗雷德笑著說道。

「我告訴你吧，」奧古斯丁說，「要是在我們這個年代有什麼規律能顯示出像聖旨一般不可違背的力量的話，那就是人民大眾一定會奮起反擊的力量，下層階級也一定會站起來，反而成為上層階級。」

「奧古斯丁！又來宣揚你那套紅色共和主義了，你怎麼沒有去各地遊歷，搞什麼政治演講呢。那樣的話，你必定會成為一位有名的政治演說家的。好啦好啦，但願你那卑微的大眾站起來時我已經不在人世了。」

「無論是卑微還是不卑微，到時候他們會反過來站在我們頭頂上的，」奧古斯丁說，「而且，他們會成為怎樣的統治者也是你們現在造就的，法國的統治者不讓臣民『穿褲子』，到一定的時候

65.（一七五四—一七九三）法國國王，在法國大革命時被送上斷頭臺。
66.庇護九世（一七九二—一八七八），當時的羅馬教皇。
67.原文是法文。

他們就真正體會到被『不穿褲子[68]』的人統治的滋味。海地的人民——」

「噢，好了，奧古斯丁，就好像我們說起卑鄙可惡的海地人就沒個完似的！」

「海地人不是盎格魯．撒克遜人，如果是的話，那情況就截然不同了。盎格魯．撒克遜是世界上最卓越的統治民族，而且一直都是。」

「哎，我們現在的許多奴隸身上可流淌了許多盎格魯．撒克遜人的血液，」奧古斯丁說：「他們之中有些人的身上只有很少的一點點非洲血統，他們和我們一樣，在我們堅定不移的信念和深思熟慮的才能上增加了一些熱帶的激情。要是像聖多明哥那種時刻來臨的時候，他們身上流淌著的盎格魯．撒克遜的血統馬上就會起作用。他們是白種男人的孩子，白種男人的一切傲氣也存在於他們的血液裡，絕不會甘心像現在這樣一直被買賣。他們一定會站起來，而且他們母親所屬的黑種民族也會一起站起來。」

「荒謬，簡直是一派胡言！」

「啊，」奧古斯丁說，「有一句老話說，『諾亞的日子怎麼樣，人的日子也要怎麼樣，人們辛勤勞作、又吃又喝，直到洪水把一切都沖毀[69]。」

「奧古斯丁，依我來看，你的天資真的非常適合做一位巡迴的牧師，」阿爾弗雷德笑著說：「你別替我瞎操心；『權力在握，勝九敗一[70]』。權力現在掌握在我們手中，這個像寄生蟲一樣的民族，」他狠狠地跺了跺腳說：「就要永遠處於底層，就要被我們永遠踩在腳下！我們完全可以治理

68. 原文為拉丁文。
69.《新約．路加福音》第十七章第二十六節。
70. 英國的諺語。

好他們。」

奧古斯丁說：「受到像你的兒子亨利克那種訓練的子孫，日後一定會成爲你們偉大的維護者，那麼沉著、冷靜！常言道『約束不了自己的人如何去約束別人。』」

「這倒的確是一個問題。」阿爾弗雷德若有所思地說：「我知道，在我們現在的制度下是很難培養好孩子的，它讓孩子可以隨意地大肆發脾氣，而我們南部的氣候原本火氣就已經很旺盛了。我真的不知道該拿亨利克怎麼辦了，這孩子樂於助人，熱情大方，但脾氣一上來就跟個火藥罐似的，一點就爆炸。我決定把他送到北方去接受教育，北方比較尊崇服從的道理；而且在那裡他也可以少接觸些奴隸，和那些社會地位平等的人多有些接觸。」

奧古斯丁說：「既然教育孩子是人類最重要的一項工作，那我們現行的教育制度在這方面卻還沒產生多大效益，就是一個值得我們深思的重大問題。」

「我們必須承認，在某些方面還有些欠妥，」阿爾弗雷德說：「但在其他方面也不是完全沒有效果，它可以把男孩子們訓練成勇敢幹練的男子漢。下等階級卻恰恰與此相反，這也造成了我們子女身上特有的品質。我覺得亨利克認爲欺騙和謊言是奴隸群體的普遍標誌，他對誠實這一美德一定有了更深刻的認識。」

奧古斯丁說，「毋庸懷疑，這一問題十分符合基督教義！」

「不管是不是符合基督教義，這都是不可改變的事實；而且與世上許多事情比起來，在符合基督教義這方面也差不了多少。」阿爾弗雷德說。

「也許是吧。」聖克萊爾說。

「唉，不說了，說了又有什麼意義呢，奧古斯丁，我們在這個老問題上已經不知道爭論了多少回了。我們來下一盤十五子棋[71]，你覺得怎樣？」

兄弟兩人走上臺階，在走廊裡一張精巧的竹子茶几前坐下，茶几中間擺著一個十五子棋的棋盤。兄弟倆擺棋子的時候，阿爾弗雷德說：「奧古斯丁，你說，要是我腦子裡轉的是你的這種思想，我現在會做些什麼嗎？」

「我相信──你會成爲一個實踐家。但是，你能做些什麼呢？」

阿爾弗雷德稍帶嘲諷地說：「哦，你可以讓家裡的黑奴接受教育呀。」

「你讓我做到這些，而讓目前正受著重重壓迫的我家黑奴受教育，這不是相當於把埃特納火山全部壓到他們身上然後再讓他們站起來嗎？假如這個社會不採取一致的行動，只有一個人是起不了什麼作用的。並且，教育要是起作用的話，也必須進行全民教育；或者把意見一致的人集合起來，在一起形成一股潮流，這種局面可能才有改變。」

「你先擲骰子吧，」阿爾弗雷德說，於是，兄弟倆很快就把精力轉到棋局上，兩人都不再說話，直到「得得」的馬蹄聲在走廊裡傳來。

「一定是孩子們回來啦，」奧古斯丁說著話就已經站了起來，「看，阿爾弗雷德！你見過這麼美好的畫面嗎？」

是的，這確實是令人賞心悅目的情景。亨利克的額頭明亮寬闊，通紅的臉蛋，烏黑的頭髮，兄妹兩人騎馬前來，他轉身朝著漂亮的堂妹開心地笑著。伊娃則是穿著一身藍色的騎裝，戴了一頂藍色的帽子。她運動之後面容爍爍生輝，那晶瑩剔透的皮膚與金黃色的頭髮顯得越發美麗和迷人。

---

71. 即西洋雙陸棋。

「天啊，這是多麼美麗的女孩呀！」阿爾弗雷德說：「說實話，奧古斯丁，以後她一定會讓很多人心碎的，不是嗎？」

「是啊，是啊——上帝也知道我現在就在擔心這個！」聖克萊爾一邊痛苦地說，一邊急切地跑下臺階，奔過去把她抱下馬。

「小心肝，伊娃，你累了嗎？」他把她緊緊地摟在懷裡，問道。

「沒有，爸爸，我不累，」伊娃答道，但是她沉重而短促的呼吸讓她的父親警惕起來。

「你怎麼可以騎得那麼快呢，親愛的？——你明明知道這會影響到你的身體。」

「我感覺很好，爸爸，開心極了，所以把什麼都忘記了。」

聖克萊爾把她抱進客廳，讓她躺在沙發上。

「亨利克，你一定要好好照看伊娃，」他說，「不要讓她騎得太快。」

「我以後會好好照顧她的。」亨利克說。他坐在沙發旁邊，握住伊娃的一隻小手。

不一會伊娃感覺好了許多，她的父親與伯伯這才又去下棋，屋子裡只剩下兩個孩子。

「你知道嗎，伊娃，爸爸只打算在這裡待兩天，真是太遺憾了，以後還不知道要過多長時間才能再和你見面！假如我一直和你在一起，我肯定會非常安分的，不對多多發火，也不會打多多。我不是有意要對多多不好，只是因為我個性太急躁，其實我對多多也不是特別不好，我經常給他零花錢，而且你也看到了，他穿得也不錯，我認為多多的日子已經算過得很好了。」

「假如你身邊沒有一點親人的愛，你還會覺得自己過得不錯嗎？」

「啊？那是當然不會。」

「可是你把多多買下，把他從親人身邊奪走，現在身邊也沒有任何人愛他——在這樣的情況下，誰能過得不錯呢。」

「但是，我也沒有辦法呀，我不能把他媽媽一同買過來，我自己也不可以愛他，我想其他人也不會愛他。」

「你爲什麼就不能給他愛呢？」伊娃問道。

「愛多多?!伊娃，爲什麼，我可以喜歡他，但是沒有人會愛自己的僕人。」

「我就深愛著他們。」

「這就奇怪了！」

「《聖經》裡不是也說我們要愛每一個人嗎？」

「哦，是的，《聖經》啊!《聖經》裡的這種話數不勝數，但人們怎麼可能每條都比照著它來做呢?你也知道的，伊娃，從來沒有人會這麼做。」

伊娃不再說話，自顧自地沉思了一會兒。

「無論如何，」她說，「請你爲了我，親愛的堂哥，去愛可憐的多多，好好對待他。」

「親愛的堂妹，只要是爲了你，我可以去愛任何人；因爲在我心中，你是我見到過的最美好的小天使！」

亨利克不停地示好，臉頰因爲激動漲得通紅。伊娃認真地聽著這番話，臉上神情沒有絲毫的變化。她只說了句，「親愛的亨利克，我很高興你會這麼想，我希望你能記住對我的諾言。」

這時，晚飯鈴拉響了，兄妹倆的談話也到此結束了。

chapter 24

不祥之兆

兩天後，聖克萊爾兄弟依依分別。

伊娃這兩天有小堂兄陪著，她玩得實在是太累了，根本沒法支撐，所以身體狀況大不如從前。最後，聖克萊爾只好找來醫生診治，之前他老是在逃避，怕一旦他這樣做了，就等於把那個他不肯接受的事實公之於眾。

剛開始的前兩天，伊娃非常痛苦，臥床不起，聖克萊爾趕緊把醫生找來了。

瑪麗・聖克萊爾卻根本沒注意女兒的身體已日漸孱弱。她擔心自己得了一種新的疾病，所以把所有心思都放在研究新病的症狀上。她的第一信條是，沒有人會像她這樣飽嘗病痛的折磨了。每當有人告訴她，說周圍的某個人生了病，她總是氣憤地頂回去，在她眼中，那個人根本不是真的生了病，只是犯了懶惰的毛病，或者只是渾身沒有力氣而已，假如讓他們來嘗試一下她的痛苦，那他們就會馬上發覺這兩者之間有天壤之別了。

奧菲利亞小姐曾多次嘗試著喚起瑪麗的母愛，但都不起作用。瑪麗總是說：「我沒看出這孩子有哪裡不對勁，她滿屋子跑，玩得那麼歡實！」

「但是她總是在咳嗽呀。」

「咳嗽！你可別老跟我提什麼咳嗽，我可是從小一直咳到大，小時候家裡人都以為我得了肺結核呢，媽媽整日整夜地守著我。哦，伊娃這點咳嗽根本不是什麼大問題。」

「但是她現在身體越來越弱，呼吸也越發急促了。」

「老天，我哪年不是這樣過來的，她就是稍微有點神經衰弱罷了。」

「但是她夜裡老是出冷汗！」

「哦，我這十來年也都是這樣的，常常連著幾個晚上都流汗不止，衣服濕的都能擰出水來，睡衣也被汗浸的連一根乾紗都沒有；對了，被子還得總讓奶媽拿出去曬才行。伊娃出汗沒有我厲害吧！」

奧菲利亞從此閉口不再提這事。可是現在伊娃已經病得起不來床，醫生請來了，瑪麗也換了一副腔調。瑪麗說，她早就感覺到自己註定了就是個不幸的母親，自己常年多病還不算，現在就連唯一的寶貝女兒也眼看著一步步走向墳墓。因爲最近受了刺激，瑪麗白天吵吵嚷嚷，夜夜呼叫奶媽，沒有片刻的安寧。

「你別這樣，親愛的瑪麗！」聖克萊爾說，「你不可以現在就絕望啊。」

「你怎麼會懂得做母親的心思?你從來都沒有理解過我，現在也是如此！」

「但是你別老這麼吵吵啊，好像伊娃已經無藥可救了一樣。」

「我可做不到像你那麼平靜呀!唯一的一個寶貝女兒現在病成這個樣子，不失魂落魄才奇怪了!這個打擊實在是太大了，我真的承受不了啊……難道我受的這些罪還不夠嗎?」

「伊娃的身體一向很虛弱，我很明白這一點。現在她又在長身體，體力消耗的就更多了。她的身體實在是讓人擔憂，這一次可能只是因爲天氣太熱了才病倒的，再加上和亨利克玩得太過頭了。醫生不是也說還有希望嗎？」

「你總是看事物光明的那一面，那你就去盲目樂觀吧！沒有心的人活在這世上真是有福氣！要是我不這麼敏感就好了，也不會這麼傷心欲絕。我只願也能像你們這些局外人一樣高枕無憂！」他們這些「局外人」有充分的理由作同樣的祈禱。

瑪麗以現在這新的痛苦為藉口，不停折磨著周圍的人，在她眼中，周圍所有的人都是鐵石心腸、麻木不仁之人，他們做的任何事、說的任何話都不稱她的心意，都視她的痛楚於不顧，都證明他們冥頑不靈。

不幸的伊娃聽到她母親的話，淚流滿面，一方面她是同情母親，另一方面卻又為給母親帶來這麼大的痛苦而感到異常的傷心。

有一兩個星期，伊娃的病情似乎有些好轉，其實這只是死亡之前的假象，即便在垂死的邊緣上，迴光返照也時常噬咬著親人們焦灼不堪的心靈。

有一段時間，伊娃又出現在走廊上，花園裡，她又嬉戲著，她的父親高興得不知道該怎麼才好，向大家宣稱不久就會重新看到一個活潑健康的伊娃。只有醫生們和奧菲利亞小姐並不樂觀，除此之外，還有一顆心靈也有同感，那就是伊娃那幼小的心靈。不管是對生命慢慢消逝的本能的察覺，還是靈魂臨近永恆時不安的躁動，那麼平靜卻那麼清晰地告訴伊娃，她在塵世的時間已經不多了。無論它是什麼，她心裡非常確定：天堂的路已經不遠了。

但是，這種死亡的預感卻並不可怕，反倒是寧靜而溫馨的，就像秋日般的雅致素淨，又像落日餘暉中的那種悠長，伊娃那稚嫩的心靈終歸會找到它永恆的歸宿，它現在的躁動和不安只是因為要離開深愛她的人而感到悲傷。

伊娃儘管從小嬌生慣養，享受富貴，飽享親情，前途似錦，但並不對她自己即將離開人世而抱憾懷恨。伊娃和她樸實的老朋友曾經無數遍地朗讀《聖經》，她把那對孩子滿含著熱愛的基督形象深深銘刻在心裡。只要她閉上眼睛，腦中那個模糊深遠的形象就越發的清晰真實起來，成爲活生生、無處不在的現實。基督的愛籠罩著伊娃，纏繞在她的心頭，這種來自天國的溫情是世俗的任何情感不可與之比擬的。伊娃說，基督那裡正是她要去的地方，那裡正是她的家園。

但是，伊娃又對即將拋下的這一切留戀不捨，尤其是她的父親。儘管她還沒有明確地考慮過，但還是本能地察覺到父親的愛比別人的愛顯得更寬厚深沉。

伊娃也愛母親瑪麗，因爲她是充滿愛心的，但瑪麗種種自私的行爲卻讓她困惑不解，也刺傷了她。孩子們在沒有能力完全明辨是非的時候，總覺得母親的言行舉止都是無可厚非的，伊娃也不例外。母親身上有一些東西卻讓伊娃永遠也猜不透，她感到困惑，但是轉念一想，她是我的母親呀，也就釋然了。伊娃的確是深深愛著自己的母親的。

伊娃同樣放不下那些愛她的，把她當做光明和太陽一般的忠實的僕人。孩子們並不擅長歸納總結，但伊娃卻是個和其他孩子不同的早熟的孩子，在她的腦海裡，先前親眼目睹的種種奴隸制的罪行還歷歷在目，在腦海中一遍遍放映。她模糊地意識到應該爲黑奴們做些什麼，不單單是家裡的僕人，還有所有處在相同遭遇下的奴隸們。這種種美好的渴望和她現今日益消損憔悴下去的身子形成了鮮明卻又可悲的比照。

一天，當伊娃在給她的老朋友湯姆讀《聖經》時，她說：「湯姆叔叔，我知道爲什麼基督願意爲我們而犧牲。」

「伊娃小姐，爲什麼呢？」湯姆問道。

「因爲我也有相同的願望。」

「伊娃小姐，你說什麼呀，我怎麼一點都不明白？」

「我也說不明白。還記得你那次坐船到南方來，我看到船上的那些黑奴，他們中間有的失去了丈夫，有的失去了母親，有的母親爲他們苦命孩子的命運而哭泣……還有那次聽說泊露的事情，還有，還有很多次……真是可怕呀！我不止一次在想，假如我死了，而這些痛苦就可以消失的話，那我很願意去死。湯姆，真的，假如我可以的話，我願意爲他們而死。」

這孩子一邊嚴肅而又誠摯地說著，一邊把纖細的小手放在湯姆的手上。

湯姆滿懷敬畏地看著這孩子。這時，伊娃聽到了她父親的呼叫聲跑開了。湯姆看著她單薄的背影，禁不住地去擦眼角的淚水。

過一會兒，他遇到奶媽，對她說：「我們沒有能力再留住伊娃了，上帝的烙印已經刻在她額頭上了。」

「唉，別說了，」奶媽說著，舉起雙手，「我總是這麼說，這孩子眼睛很深，就不像個能在塵世裡待得長久的孩子。我跟太太說過許多次，這次終於應了那些話了，哎，誰都看得出來，幸運的親愛的小羊羔啊！」

伊娃一蹦一跳地向她父親走去。正值傍晚時分，夕陽在她身後畫出一道光圈，伊娃穿著白裙，一頭金髮散落在肩上，臉頰緋紅，她的眼睛也因爲體內發熱而異常的明亮。

聖克萊爾看著女兒慢慢靠近，而她在夕陽中的形象讓他忽然有心如刀割的感覺，世上居然有這種美，美得令人眩目，卻又美得如此脆弱！他本來是想讓她過來看給她買的小塑像的，現在卻全部忘記了，只是一把把伊娃抱在懷中。

「我親愛的寶貝，你這幾天感覺好些了嗎？」

「爸爸，」伊娃突然堅定不移地說：「現在我身體很好，我有太多事情想要告訴你，我馬上就告訴你！」

伊娃坐在她父親的膝頭上，聖克萊爾不禁渾身直打冷戰。

她把頭靠在他胸口，慢慢地說：「爸爸，我就要離開你了，我不想瞞你，我永遠也回不來了。」伊娃嗚咽起來。

「啊，伊娃，我最親愛的寶貝，」聖克萊爾又不由自主地發起抖來，但是他還努力裝出笑臉說，「你只是精神有些不濟、神經衰弱罷了，可不准再瞎想了啊！你看，我給你買了個小塑像！」

「不，爸爸，」伊娃把小塑像輕放到一邊，說：「您別再自己騙自己了。我的身體根本就沒有好轉，我心裡很明白，我馬上就要離開你了，很快就會走。我不是什麼神經衰弱，更不是精神不濟，要不是因爲還留戀著你和朋友們，我會很幸福的。真的，我非常願意去呢！」

「噢，我的寶貝，你這麼小的年紀怎麼會有如此悲觀的想法呢！你看，所有能讓你快樂的東西、所有能給你的，你都擁有了啊！」

「但是我還是想到天國去，儘管朋友們都在這裡，我也很想留在這兒，可這裡有許多東西都讓人太害怕，太傷心了，我更想要到天國去。但是，爸爸，我實在是很不願意離開你啊！我的心好痛啊！」

「伊娃，親愛的孩子，這裡什麼東西讓你這麼傷心害怕啊？」

「哦，是人們一直都在做也習以爲常的事情。我真爲家裡的下人們難過，他們那麼愛護我，對我那麼好，但是他們非常可憐！爸爸，我真希望他們都是自由之人！」

「哦，我的寶貝女兒，他們過得不是還不錯嗎？」

「但是，爸爸，要是您出了什麼事，他們可如何是好啊！像您這麼善良仁慈的主人又有幾個呢？阿爾弗雷德伯伯不是，就連跟您生活在一起的媽媽都不是，再想想那苦命的泊露的主人吧，他們做的事情真是太可怕啊！」說到這兒，伊娃不由得直打冷戰。

「你太敏感了，孩子。我真後悔讓你看到這些事。」

「爸爸，那正是我苦惱的。您想讓我過得無憂無慮的，不遭受任何不幸與痛苦，甚至連一個淒慘的故事都不讓我聽到；但是那些黑人們呢，這些苦命的人擁有的卻只有苦難、貧困和無止境的悲傷。這太自私了！我有權利知道這些事，也應該去同情他們。這些事情都深深地刻在我心中，揮之不去，爸爸，我反覆地思考它們，難道就沒有什麼辦法可以讓這些黑奴都獲得自由嗎？」

「這是個很有難度的問題，我親愛的孩子！」聖克萊爾說：「不用說，這種制度實在是很糟，許多人都有同樣的看法，我也是這麼想的。我也和你一樣，打心底裡希望這世上沒有一個奴隸。但是，現在的我並不知道要怎樣才能解決這個問題。」

「噢，爸爸，您真是一個好人，既高貴又仁慈，別人都對您打心眼裡敬重，您能不能四處都走走，勸說大家都正確地對待並處理這個問題？爸爸，我去世之後，您一定會非常想念我的，對不對？您也一定會爲了我而去做這件事情的，對不對？假如我能夠，我一定會這麼做。」

「你去世之後？噢，我的心肝寶貝，你怎麼可以對爸爸說出這種話？你是我的一切啊！」聖克萊爾無限動情地說。

「可憐的老泊露的孩子也是她生命的一切啊！但是她只能無奈又無助地聽著她孩子的哭聲。爸爸，這些苦命的人也愛他們的孩子，就像您愛著我一樣。噢，爸爸，請您爲他們做些什麼吧！

我親眼看到可憐的奶媽一提到她的孩子們就淚流滿面，她是那麼愛他們！湯姆也愛他的孩子們呀！但是這些骨肉分離的事卻天天都在我們眼皮底下發生。爸爸，這多可怕啊！」

「好的，親愛的，好的，」聖克萊爾安慰道：「你不要再傷心了，伊娃，別再說什麼死，爸爸願意為你做任何事情。」

「噢，那您就答應我，親愛的父親，賜給湯姆自由吧，一旦，」伊娃停頓了一下，遲疑了一會兒說：「一旦我走之後。」

「寶貝，我答應你，我願意為你做任何事情，只要你開心。」

伊娃把滾燙的臉頰貼在她父親臉上，說道：「親愛的父親，我真希望我們可以一起去。」

「寶貝，去哪兒啊？」聖克萊爾問道。

「我想和您去一個溫馨，寧靜，大家互助互愛的地方，那個地方就是基督的家園啊！」伊娃說著，好像在談論一個她熟悉的地方，「您不願意去嗎，爸爸？」

聖克萊爾把孩子抱得更緊了，他無法回答。

「您一定會來的。」伊娃說道，語氣平靜而堅定，她常常不自覺地這樣說話。

「對，我不會忘了你，隨後就去。」

夜漸深，周遭一片寧靜。聖克萊爾靜靜地坐著，把孩子虛弱的身子緊緊抱在懷裡。

黑暗中，他看不到孩子那清亮而又飽含深情的眼睛，只聽到她在喃喃低語著。此情此景，讓他感覺自己彷彿被送進了一個審判的幻境，他上半生的歷程都在這裡一一顯現：母親的祈禱聲和讚美詩，少年時對美好事物的憧憬和追求，之後年復一年的圓滑靈通、工於世故以及人們口中所謂的上層階級的體面生活。

人們往往會在極短的時間內回憶起很多往事，聖克萊爾回憶了許多，一時間無限感慨，但他一直沉默著。夜色愈加深了，聖克萊爾抱著孩子來到臥室。臨睡前，他把僕人們都打發出去，他一面哼著搖籃曲，一面搖著懷裡的孩子，直到孩子進入夢鄉。

chapter 25 福音使者

星期天下午，聖克萊爾躺在走廊裡的一張竹榻上，抽著一支雪茄來打發時間。瑪麗斜躺在對著遊廊開著的窗戶對面的一個長沙發上，爲了不被蚊子叮咬，沙發用一床透明的羅紗帳罩得嚴嚴實實的。她懶懶地拿著一本精裝祈禱書，她之所以捧著這本書，是因爲今天是禮拜天，她也只是假裝在看，其實她不過是在捧著書不住地打瞌睡。

奧菲利亞小姐駕著馬車頗費一番周折之後，終於在可以到達的範圍內找到一個美以美會華美的小教堂，於是叫湯姆趕車送她去那裡去做禮拜，伊娃也和他們在一起。

「我說，奧古斯丁，」瑪麗打了一會兒盹說道：「我得派人從城裡把我的波賽老大夫請到這裡來看看，我敢說我一定是得了心臟病。」

「哦，可是你爲什麼非要把他給請來呢？給伊娃看病的那位大夫醫術也很好啊。」

「像這種大病，我可不能相信他，」瑪麗說：「我覺得我的病越來越嚴重了。我這幾天晚上一直都在想這件事，有時候我疼得要死，而且有種非常奇怪的感覺。」

「噢，瑪麗，你只是情緒不太好罷了，我看不出是心臟病。」

「我早就知道你會這麼說，」瑪麗說：「你從來都不關心我，而伊娃就算咳嗽一下或是有絲毫不適，你就急得跟什麼似的。」

「假如你覺得得了心臟病是件非常高興的事，那我就相信你已經患上了，」聖克萊爾說：「我從來沒想到這會是一件令人高興的事。」

「哼，我只希望有一天你不後悔！」瑪麗說：「信不信隨你，我早就懷疑自己是不是得了心臟病，可是由於不放心伊娃這孩子，使我花費在這寶貝孩子身上的精力以及對她的牽腸掛肚，讓我的病進一步惡化了。」

聖克萊爾暗自思忖，誰知道瑪麗所謂的花費精力到底指的是什麼，然而他一言不發，只是像個兇神惡煞的壞蛋一般只顧抽他的雪茄，直到一輛馬車停在走廊前面，奧菲利亞小姐和伊娃從車上下來。

奧菲利亞小姐一言不發，自顧自地回到自己屋裡，把脫掉的帽子和披肩放好。她一直都是如此。伊娃聽到父親的招呼聲，走了過去，坐在他的膝蓋上向他講述做禮拜的情況。

這時，他們突然聽到從奧菲利亞小姐屋裡傳來幾聲尖叫聲和責罵聲。

「托蒲賽又在搗亂了？」聖克萊爾問：「這次的亂子肯定是這小鬼頭引起的。」

果然，奧菲利亞小姐沒過一會兒就怒氣衝天地揪著托蒲賽出來。她說：「你給我過來！我一定要告訴你們家主人不可！」

「怎麼了？出什麼事啦？」男主人問。

「出什麼事了，我都快要被這孩子折磨瘋了！真讓人忍無可忍；但凡有血有肉的人，都無法再忍耐了！我把她關到屋子裡，讓她學習一首讚美詩，但是你知道她在做什麼？她找到我藏的鑰匙，打開櫃子，把一條縫帽子的花邊全部剪成小碎片給洋娃娃做裙子！我至今都沒有看到過這樣的事！」

「堂姐，我不是早就對你說過了嗎？」瑪麗說：「你要是不給他們點兒顏色看看，就不可能教好他們。假如是我，」她用責怪的眼神瞟了瞟丈夫，說：「我一定會讓她出去，吩咐僕人拿鞭子狠狠地打她一頓，直到她連站都站不起來為止。」

「對此我毫不懷疑，」聖克萊爾說：「女人這些所謂可愛的規矩我還不懂嗎？要按著她們的性子，別說是一匹馬，一個人都能打個半死呢！這樣的女人我見過一打了，更別說男人了。」

「聖克萊爾，男人優柔寡斷可是毫無益處，」瑪麗說，「堂姐是個明白事理的人，現在她和我看法一致了。」

奧菲利亞小姐沒什麼大脾氣，就是當家人應有的那種。托蒲賽的調皮搗蛋和作踐東西著實讓她著了火，事實上，任何女性讀者都必須承認，如果處在她的位置上，也不免會動怒的。不過，瑪麗的話也的確太過分了，奧菲利亞小姐的火氣反而減少了些。

「不管怎樣我都不會這樣處置這孩子的，」她說：「可是，奧古斯丁，我真的不知道該如何是好，我教也教了，打也打了，我用能想到的各種方法懲罰她，但她仍然是死不悔改。」

「到這兒來，托蒲賽，你這個淘氣鬼！」聖克萊爾把孩子叫到身旁。

托蒲賽走過來，一對倔強的圓眼睛中摻雜著些許恐懼和慣有的奇異神色，還在爍爍發光地眨著。

「你為什麼這麼淘氣啊？」聖克萊爾問，但這孩子的表情不禁令他感到可笑。

「可能是我的心太壞了吧，」托蒲賽嚴肅地回答：「奧菲利亞小姐也是這樣說的。」

「你難道不知道奧菲利亞小姐在你身上花了多少心血嗎？她說她已經盡了全力了。」

「啊！不錯，老爺，我之前的女主人也是這麼說的，她打我打得可狠了，她會揪我頭髮，拿我的腦袋撞牆，但是完全沒有用！我想，我真是太壞了，即便他們把我的頭髮一根根地全部揪下來也起不了什麼作用的，我只是一個黑鬼！」

「這麼說來，我只能放棄她了，」奧菲利亞小姐說。「我再也不操這份心了。」

聖克萊爾說，「那好，我只有一個問題想要問。」

「什麼問題？」

「如果你的福音連一個野孩子都挽救不了，更何況你是關在房間裡專門訓練，那麼派一兩名可憐的傳教士去拯救千千萬萬個類似這樣的人又有何用呢？我覺得，這個孩子就是你們那成千上萬個野蠻人中的一個典型吧。」

奧菲利亞小姐沒有立刻回答。伊娃一直在一旁靜觀，此刻打了個手勢，暗示托蒲賽跟她離開。聖克萊爾的書房在走廊一角的一間小小的玻璃房子，伊娃與托蒲賽一起走了進去。

「伊娃想要幹什麼啊？」聖克萊爾說，「我得去看看。」

他躡手躡腳地踮起腳尖走進去，掀起玻璃門上的門簾小心翼翼地探頭窺視著裡邊。很快，他把手指放在嘴唇上，暗暗示意奧菲利亞小姐也過來看。

只見兩個孩子都坐在地上，側著臉對著他們，托蒲賽仍然是那種滿不在乎、精靈古怪的滑稽樣子，但她對面的伊娃卻激動得滿臉通紅，一雙大眼睛中充滿了淚水。

「你怎麼會變得這麼淘氣，托蒲賽？爲什麼你不願意做個人人都喜愛的好孩子呢？托蒲賽，難道你不愛別人嗎？」

「愛是什麼？我不懂，我只愛糖果這種東西，沒有別的了。」托蒲賽說。

「可是你不愛你自己的父母嗎？」

「我沒有父母，我告訴過你，這你也知道，伊娃小姐。」

「哦，我知道了，」伊娃傷心地說：「但你總有兄弟姐妹或者姑姑嬸嬸，或者其他的什麼吧？」

「沒有，我什麼也沒有——沒有親人，也沒有過任何東西。」

「但是托蒲賽，如果你想學好，你就會——」

「我學好有什麼用呢，我永遠都是一個黑鬼，」托蒲賽說：「假如能把我的皮膚換成白色的，那我一定會學好的。」

「可是就算你是黑人也會有人愛你的啊，托蒲賽。你要相信只要你學好了，奧菲利亞小姐就一定會愛你的。」

托蒲賽臉上匆匆閃過一絲坦率的笑，這是她通常表示懷疑的方式。

「難道你不這麼認爲嗎？」伊娃問。

「不，她怎麼也不會原諒我的，就因爲我是一個黑奴！——她寧可去碰一隻癩蛤蟆也不想我碰她一下。誰也不會喜歡黑鬼，黑鬼也沒辦法啊！我不在乎。」托蒲賽說完吹起了口哨。

「噢，托蒲賽，我可憐的孩子，我愛你！」伊娃突然熱情地說，而且把她白嫩纖瘦的小手放在托蒲賽的肩上。「我愛你，因爲你沒有親人；也因爲你是一個受盡欺負、孤苦無依的孩子！我愛你，所以我想讓你做一個好孩子。托蒲賽，你這麼淘氣真令我傷心，我病得很重，我想我在世上活不了多久了，我多希望你能爲了我而學好，我已經沒有什麼時間能跟你在一起了。」

這時，那個黑孩子靈動的圓眼睛裡蒙上了一層淚水，晶瑩剔透的淚珠大顆大顆沉重地落到那隻白皙的小手上。

是的，在這個瞬間，一道信任真誠的光芒，一道聖潔無私的愛的光芒刺透了她黑暗、蒙昧的心，她把頭埋到臂肘裡，傷心地痛哭起來，而美麗的伊娃向她俯過身去的景象，恰如一個光明天使正彎著身子感化一個罪人，像一幅人間美輪美奐的圖畫。

「可憐的托蒲賽呀！」伊娃說：「難道你不知道耶穌愛著我們每個人嗎？祂像我一樣想來愛你，而祂比我愛得更深——只有愛得這麼深，才會知道祂比我更好。祂會好好幫助你學好的，你最終也會走入天堂，和白人一樣，也會永遠成爲天使。一想到這點，托蒲賽！你就會成爲湯姆叔叔歌聲中的光明天使。」

「噢，親愛的伊娃小姐！親愛的伊娃小姐，」托蒲賽說道：「我當然很想試一下，更想試著去學好，以前我不管做什麼都滿不在乎。」

這時候，聖克萊爾放下門簾，「這讓我想起了母親，」他對奧菲利亞小姐說：「她對我說的話很對，如果我們想要讓盲人感受到光明，我們就要像耶穌所做的那樣，把他們召集到我們身旁，用我們的手去輕輕撫慰他們。」

「我無法否認，我一直對黑人都有偏見，」奧菲利亞小姐說：「我確實無法讓這個孩子來碰我，但是我沒有想到這孩子居然這麼敏感地察覺到了。」

聖克萊爾說道：「當然啦，每個孩子都可以察覺到，這種感覺是無法瞞住他們的。我相信假如你心中還有厭惡他們的想法，無論你如何想盡辦法去幫他們，也無論你給他們多少切實的好處，在他們心裡也不可能激起一點點的感激之情。這些事看起來很奇怪，可的確是事實。」

「我真不知道我還能想些什麼辦法，」奧菲利亞小姐說：「他們的確讓我感到厭惡，尤其是托蒲賽，我不知道該怎麼抑制自己的感情。」

「不過看起來伊娃就可以做到。」

「噢，她真是一個有愛心的孩子！總之，她是真正體現基督精神的，」奧菲利亞小姐說：「她能夠讓我受教育，學到知識。我真希望自己可以像她那樣。」

聖克萊爾說：「如果是那樣的話，那可不是第一次老門徒受教於一個小孩子了。」

chapter 26 回歸天堂

生命之花初綻，死神就已到來；
世上倖存之人，請勿悲傷哭泣。

伊娃的房間和其他房間一樣，都面朝著寬敞的走廊，在聖克萊爾夫婦和奧菲利亞小姐的房間之間。

這個房間完全是聖克萊爾根據自己的喜好和眼光佈置的，風格和小主人的性格相符合，窗戶上掛的是玫瑰色和白色細紋棉布的窗簾，地毯則是從巴黎訂做回來的，上面的圖案也是聖克萊爾自己設計的，圖案中間是一叢含苞欲放的玫瑰，四周圍著繁茂的綠葉和一圈怒放的蓓蕾。床、椅子和臥榻用竹子製成，樣子精巧別致，床頂的造型分外新穎，是一位美麗的天使站在一個雪花石膏托架上，天使手中托著一個山桃葉的花冠，兩隻翅膀向下垂著。

爲了抵擋蚊子的侵擾，托架上掛著一頂玫瑰色夾雜銀色條紋的蚊帳，這是悶熱氣候裡不可缺少的，好幾張竹榻上都掛著同樣的玫瑰色蚊帳。

房間中央那個新穎雅致的竹桌上那個帕羅斯[72]花瓶中插著待放的白色百合花——花瓶裡的鮮花一

72. 希臘愛琴海上的一個小島，盛產大理石和精細的白色瓷土。

直都沒有斷過。桌上還放著伊娃的書本、一件精美的雪花石膏文具架和一些別的玩意兒——這是聖克萊爾爲女兒讀書寫字專門訂製的。房間裡還有一個大壁爐，大理石的壁爐架上放置著一尊耶穌接待兒童的小型雕像，一對大理石花瓶豎立兩旁，花瓶裡的鮮花是湯姆每天早晨採集的，這是他盡心完成的一項工作。

房間的牆壁上還掛著兩三幅精美的油畫，畫上有神態各異的孩子。伊娃的房間，一眼看上去就讓人感到金色童年的美好，還有一種特有的溫馨。每天清晨伊娃睜開眼，看到周圍的一切都是那麼美妙，總止不住油然而生許多遐思。

先前支撐伊娃的那股力量已經過去，如今走廊裡再也沒有響起她輕盈的腳步聲了，家裡人常常看到她斜倚在臨窗的竹榻上，眼睛出神地凝視著窗外波光粼粼的湖面。

一天下午，快要三點鐘的時候，伊娃正躺著，面前攤著一本半開的《聖經》，她的手指漫不經心地夾在書本中間。忽然，她聽到她母親在走廊上高聲罵道：

「你這個小魔頭，你在做什麼，又要搗什麼鬼？哦，你居然敢摘花？」接著傳來一聲響亮清脆的耳光聲。

「上帝保佑啊，太太，這是給伊娃小姐摘的。」是托蒲賽的聲音。

「給伊娃小姐？你真是滿嘴藉口，嗯？你以爲她會收下你的花嗎？呸，你這小黑鬼！趕緊拿著花給我滾！」

伊娃連忙翻身下了竹榻，跑到走廊裡。「噢，母親，請不要這樣，我要這些花。托蒲賽，快把花送給我，我喜歡它們。」

「可是孩子，你的房間裡遍地都是花啊！」

「我不嫌多，」伊娃說，「托蒲賽，快把花拿過來。」

托蒲賽原本垂頭喪氣地耷拉著頭，悶悶不樂地站著，聽到這番話，便向伊娃走過去，把花遞給她。只是這孩子的神色靦腆羞澀，有些猶疑不決，和平常的那種驕橫、狡黠和怪誕大不一樣。

「這束花真美！」伊娃看著花由衷地說。

這束花確實很漂亮，一朵獨一無二的白色的山茶花被濃翠欲滴的葉子襯托著，另外還有一支鮮紅逼人的天竺葵。採花的人顯然對顏色搭配非常有眼光，就連每一片葉子的搭配都費了許多心思。

「托蒲賽，你搭配的花漂亮極了，」伊娃說，「喏，你看，這個花瓶我還從沒用過呢，以後你就每天都幫我插一束花吧。」

聽到這些，托蒲賽不禁高興起來。

「哎，真搞不懂，」瑪麗說，「你讓她插什麼花啊？」

「媽媽，您就不要管了，您只要答應讓托蒲賽幫我插花就可以了，您同意嗎？」

「只要你願意，我的寶貝，那好吧。托蒲賽，聽到小姐吩咐了嗎？」

托蒲賽垂下眼瞼，鞠了個躬。當她轉身要離開時，伊娃看到她臉頰上滾落了一顆淚珠。

「噢，您瞧，媽媽，這苦命的小女孩真的想爲我做些事呢！」伊娃對她媽媽說。

「哼！怎麼會呢？這黑孩子只會搗亂；唯一的解釋就是，不讓她摘花，她就偏要去摘花。不過，你要是高興她幫你摘，那就這樣吧！」

「媽媽，我覺得托蒲賽已經在改變了，她在努力做個好女孩呢！」

「她要是能學好，可不是件容易的事呢！」瑪麗不以爲然地笑笑。

「媽媽，您不知道，托蒲賽以前的日子太苦了！」

「不過，我敢肯定的是，她到我們家後，情況就跟從前完全不同了。我們好好教育她，跟她講道理，用盡了各種方法，但是她還是那麼討人厭，永遠都是那樣，真是不成器！」

「但是媽媽，她從小生長的環境和我們不一樣啊！我們有親朋好友，可以學到許多有益的東西，但是她呢，她什麼都沒有，直到進了咱們家才好一點。」

「嗯，可能吧，」瑪麗打著哈欠說：「唉，今天天氣真熱啊！」

「媽媽，您說，假如托蒲賽是個基督徒的話，她也會和我們大家一樣成爲天使的，對吧？」

「托蒲賽？只有你這個傻孩子才這麼想……真可笑！不過，也沒準呢！」

「但是，媽媽，基督是我們的天父，難道不是她的天父嗎？難道耶穌不會拯救她嗎？」

「嗯，可能是吧。我想，上帝創造了我們每一個人！」瑪麗說：「咦，我的香精瓶呢？」

伊娃眺望著湖面，喃喃自語，「唉，可惜啊，真可惜。」

瑪麗問道：「可惜什麼啊？」

「讓我可惜的是，人們眼睜睜地看著那些原本可以上天堂與天使們生活在一起的人一直墮落下去，竟然沒人願意伸手幫助他們。哎，這怎麼不可惜呢？」

「唉，我們也是沒辦法啊。發愁頂什麼用啊，伊娃。我也不知道該如何是好，不過，我們有先天的優勢，這就夠値得慶幸了。」

「媽媽，我實在是無法爲這個慶幸，」伊娃說，「一想到那些人什麼都沒有，我就難受。」

「那就太奇怪了，」瑪麗說：「信仰上帝只會讓我感到對自己環境的優越知足而已。」

「我想剪掉一些頭髮——剪掉一大部分，媽媽。」

「寶貝，這是爲什麼呀？」瑪麗問。

行嗎？」

「媽媽，我想趁著自己還可以動的時候，把頭髮剪一些送給夥伴們，您叫姑姑過來幫我，

瑪麗高聲把在另一間房間的奧菲利亞小姐叫了過來。

奧菲利亞小姐走進門時，伊娃立刻從枕頭上翻身起來，把一頭金色略帶些棕色的長髮散了下來，興奮地說：「姑姑，快來呀，剪頭髮了！」

聖克萊爾剛出去為伊娃買了些水果回來，問道：「這是幹什麼呀？」

「爸爸，我想讓姑姑幫我把頭髮剪一些下來，頭髮這麼多，夏天熱極了。還有，我想把頭髮剪下來送給大家。」

這時，奧菲利亞小姐手拿剪刀走進來。

「小心別剪壞了，」聖克萊爾說：「只剪裡面的頭髮，這樣從外面就看不出來了，寶貝，你的這頭鬈髮是爸爸的驕傲啊！」

伊娃傷心地嘆道：「噢，爸爸！」

「可不是嘛？你必須把它們保養得好好的，過段時間，我帶你到伯父的莊園那兒去，看你亨利克哥哥。」聖克萊爾故作輕鬆地說道。

「爸爸，我不去那裡，我就要到美麗的天堂去了，真的，難道您真的看不出來我已經一日不如一日了嗎？」

聖克萊爾痛苦地說：「伊娃，為什麼你一定要我看到這殘酷的事實呢？」

「爸爸，可是這畢竟是事實啊，假如您現在願意相信這個事實，就會和我想的一樣。」

聖克萊爾沉默了，他痛心地看著女兒的一縷縷秀髮飄落下來，再被展平放在她的膝蓋上。伊

娃手把著頭髮，仔細地望著，然後把它們纏在手指上，又不時擔心地望著父親。

「我早就知道會是這樣！」瑪麗說：「我被這件事折磨得痛苦不堪，一天天向墳墓靠近！但是，沒有一個人關心我。聖克萊爾，我早就料到了，不久你就會發現我說的是對的。」

「這一定會讓你心滿意足的。」聖克萊爾冷淡地說，語氣裡充滿了厭惡。

伊娃用那清澈無邪的眼睛時而轉向父親，時而又轉向母親。她的目光誠懇，只有一個即將擺脫塵世牽絆的靈魂才會擁有這麼平靜而心領神會的眼神。顯然，她已經親眼看到並感受到父母之間的差別了。

她招手叫她父親過去，他走過來坐在她身邊。

「父親，我快要不行了，我覺得是時候了，但是，我還有許多話要說，許多事要做，心裡就像懸著一塊石頭，一點都不能輕鬆，但是一提起這些事您就不高興，只好一天天拖著；不過事情早晚都得解決，不是嗎？爸爸，請答應我，現在就讓我好好說一下吧！」

「爸爸答應你，孩子。」聖克萊爾用一隻手蒙住眼睛，另一隻手握住了伊娃。

「爸爸，謝謝您。麻煩您把家裡所有的僕人們都召集過來，我想和他們說幾句話，見見他們。」伊娃說。

「好吧。」聖克萊爾強忍著悲痛說。

奧菲利亞小姐已經派人去傳話了，所有的僕人很快就都聚集到伊娃的屋子裡來。

伊娃靠在枕頭上，五官分明，膚色慘白，雙頰帶著病態的潮紅，四肢消瘦，長長的頭髮散落在消瘦的臉頰旁，形成了鮮明而又淒慘的比照。她那雙眼睛深陷卻又灼灼發光，好像要把周圍所有的人都深深地記在心裡，隨她帶走。

僕人們忍不住觸景生情。這些黑奴，只要稍微有些悲天憫人的情懷，看著這一幅場景——伊娃剛剪下來的縷縷髮絲和聖潔的面龐，聖克萊爾背轉過去的傷心的臉，瑪麗斷斷續續的抽泣——誰不會悲從心中來呢？他們不停地唉聲嘆氣，淚流滿面，不勝淒涼之感。屋子裡一片寂靜，好像在進行一個莊嚴的葬禮。

伊娃坐了起來，又一次長久懇切地凝望著大家，所有人都是不勝哀傷的樣子，許多女僕都掀起圍裙掩住了臉。

「親愛的朋友們，我請大家到這裡，」伊娃說道：「是因爲我愛你們，愛你們每一個人，我想跟大家說些話，希望大家能記住，因爲……因爲我將在不久之後辭世，也許只有幾個禮拜，到那時，我就再也不能見到你們了……」

屋子裡頓時響起一片痛哭聲，完全淹沒了伊娃那溫柔的嗓音。過一段時間，她又開口了，語氣莊重，這讓所有的哭聲都在瞬間停住。

「假如你們愛我，請不要打斷我的話。我想告訴你們關於靈魂的事……恐怕你們都對這個很不以爲然吧！你們現在只能想到人間的事。你們要記住，基督那邊還有另外一個美麗的世界，我就是要到那裡去，你們也可以去那裡，因爲這個世界人人是生而平等的。但是，假如你們要去那裡，就不能再像現在這樣渾渾噩噩地過日子，你們要成爲一個基督徒。你們必須相信，你們每個人都可以成爲天使，永恆的天使……要是你們願意做一個基督徒，耶和華就一定會幫助你們，你們必須要向他祈禱，要熟讀——」

伊娃忽然頓住了，無限憐憫地看了大家一眼，悲傷地說道：「噢，可憐的人，上帝啊！你們看不懂啊！」

她把臉埋進枕頭裡，傷心地抽抽搭搭哭了起來。僕人們跪在地板上不敢放聲哭出來，但他們壓抑的哽咽聲驚動了伊娃。

「沒事的，」伊娃抬起頭來，含著淚燦然一笑，「雖然你們看不懂《聖經》，可仁慈的主會幫助你們的，你們凡事就盡力而爲吧！我已經爲你們祈禱過了。今後每天你們也都要做禱告，祈求主的幫助，只要有機會就請人幫忙讀《聖經》，我想，要是你們能做到這些，我們就一定會在天堂裡相遇的！」

「阿門！」湯姆、奶媽和一些年長的教徒不由得小聲念起來。那些年少的，萬事漫不經心的年輕人也完全爲伊娃所打動，他們都把頭埋在膝蓋上傷心地哭起來。

「我明白，」伊娃說，「你們都很愛我！」

「是的，是的，我們都很愛你啊！願上帝保佑吧！」大家不由自主地回答道。

「是的，是的，我知道你們大家都很喜愛我，每個人都不例外。所以，我想送給大家一樣東西，每當你們看到它，就會想起來我。你們看，我把頭髮剪了一些，你們每人都拿一綹，看到它，你們就會想到：伊娃在天堂裡看著你們，她愛著你們，她希望能在天堂裡再看到你們。」

此情此景真是難以用言語表達。所有人都泣不成聲，他們圍到伊娃的床邊，一一從她手裡接過那一縷頭髮的紀念物——也就是最後的愛的標誌。大家跪在地上，祈禱著，哽咽著，親吻著伊娃的衣襟。年長的僕人用黑人特有的動情的表達方式，向她傾吐著夾雜著祈禱的親切的祝福。

奧菲利亞小姐害怕這種令人激動的場面會對伊娃的病不利，所以在僕人們接到紀念物之後，就把大家都勸了出去。

最後，僕人們都紛紛退了出去，只剩下奶媽和湯姆。

「湯姆叔叔，」伊娃說，「這一縷好看一些的送給你。噢，你不知道，一想到會在天堂裡和你重逢，我心裡就非常高興。我相信，我一定還會再見到你的，湯姆叔叔。噢，還有你，奶媽，我的奶媽！」她一面說，一面親近地摟住她的老奶媽，「我知道你肯定也會到那裡去的！」

「噢，沒有你我可怎麼辦啊！親愛的伊娃小姐，這個家眼看就支離破碎了！」忠心耿耿的老僕不由得放聲大哭。

奧菲利亞小姐把她和湯姆也輕輕地送出門外。她本來以爲沒人了，沒想到一轉身，卻看到了托蒲賽的身影。

奧菲利亞小姐問道：「你是從哪兒冒出來的？」

托蒲賽擦著眼淚說，「我一直都在這兒！哦，親愛的伊娃小姐，雖然我一直是個壞孩子，但是你能也送給我一綹頭髮嗎？」

「可憐的托蒲賽，當然可以啦，喏，這個給你，以後你看到它就會想到我是愛你的，我希望你能努力做一個乖孩子！」

「噢，你不知道，伊娃小姐，我現在正在努力呢！」托蒲賽誠懇地說：「只是我以前太壞了，想學好的話真不容易呢，可能我還有點不太適應。」

「主知道了會幫你的，不過你說這話會讓祂難過的。」

托蒲賽拿圍裙遮住了臉，奧菲利亞小姐沉默著把她送出去。托蒲賽一邊走，一邊小心翼翼地把那縷珍貴的頭髮收進懷裡。

奧菲利亞小姐待所有的人都走後，把門輕輕地關上。在剛才的場面中，這個讓人心生敬意的女人不知流下了多少眼淚，然而，她心裡最急切的，就是擔心這過於激動的場面會讓孩子的病情惡化。

聖克萊爾一直坐在一旁，他彷彿石像一般，用手蒙著眼睛，自始至終一動不動。伊娃輕輕地叫喚著，「爸爸，」說著把手搭在父親的手上。

聖克萊爾打了一個激靈，身體顫了一下，依然一言不發。

伊娃又喚道：「親愛的爸爸！」

「不行！」聖克萊爾突然站了起來，「我實在是不能再忍受啦！上帝啊，萬能的上帝，你爲什麼要對我這麼狠心呢？」

聖克萊爾的語氣沉重無比。

奧菲利亞小姐問道：「奧古斯丁，難道上帝無權做祂想要做的事嗎？」

「祂當然可以，但是這卻不能減少我的半分痛苦！」聖克萊爾艱澀地說著，說完轉過臉去，一臉欲哭無淚的悲愴！

「啊，父親，我的心都要碎了！您可不能這個樣子呀！」伊娃一下坐起身來，撲倒在父親的懷裡。她肝腸寸斷，淚如泉湧的樣子把所有的人都嚇得手足無措，她的父親也暫時把自己的痛苦忘在了腦後。

「寶貝，別哭，別哭，都是爸爸的錯！好的，伊娃。我真是個壞爸爸。你想讓爸爸怎麼做，怎麼想，爸爸全都依你，好不好？別難受，快別哭了，我願意順從天命，我剛才那麼說真是太不應該了。」

伊娃很快就像一隻困倦的小鴿子一樣倒在父親懷裡，聖克萊爾俯下身去，用各種溫柔的話語來安慰她。瑪麗卻跳了起來，飛速衝出房間向自己的房間跑去，接著，屋裡就聽到她歇斯底里的發作聲。

聖克萊爾慘然一笑，「你還沒給我一綹頭髮呢，伊娃。」

「爸爸，剩下的都是你和母親的，」伊娃說，「你還要分一些給姑姑，她想要多少就給多少。因爲我擔心僕人會被忘掉，所以，他們的那些由我親自來送，爸爸您知道的——。還有，我希望能讓他們記住……爸爸，您是基督徒吧？」伊娃猶豫地問。

「你爲什麼問這個呢？」

「我也不知道，你那麼善良仁慈，怎麼會不是基督徒呢？」

「怎樣才算得上是真正的基督徒呢，伊娃？」

「我覺得最主要的是敬愛基督。」伊娃回答。

「你愛嗎？」

「我當然愛啦！」

「但是你從來都沒有見過祂呀。」聖克萊爾說。

「那又怎樣呢！我信任祂，而且，很快我就會看到祂啦！」伊娃興高采烈地說。

聖克萊爾不再說話了。他曾經在他母親身上見過這種感情，不過當時並沒有引起他的共鳴。

伊娃的身體像山洪一樣開始一瀉千里，死亡是難以避免了。人們不再奢望奇蹟的出現，伊娃的房間成了大家眼中的病房，奧菲利亞小姐日夜執行看護的職責，她的堂弟一家都感覺到她的存在是無可比擬的可貴。她聰明機智，手腳麻利，對如何保持舒適整潔、消除疾病中的不快都瞭若指掌；她頭腦清晰鎮定，時間觀念強，能準確無誤地記牢醫生的叮囑和藥方。對聖克萊爾而言，她簡直就像上帝一樣偉大。雖然她的脾氣與南方人放任不羈的自由稟性格格不入，還有些執拗，但所有人都承認目前她是最急需的人。

湯姆在伊娃的房間裡的時間也漸漸多起來，那孩子神經衰弱，常常被折磨得睡不著覺，只有被抱著才稍微好一些。湯姆最大的幸福莫過於抱著伊娃孱弱的身體，讓她枕著枕頭，到走廊裡去轉轉，或者就在屋子裡走來走去。假如伊娃在清晨感到神清氣爽，湯姆就抱她到花園裡的樹下散步，或是在他們午間坐的凳子上坐下，爲她唱他最擅長的讚美詩。

聖克萊爾也常常抱著女兒四處溜達，不過他比湯姆力氣要小很多，所以每次他感到累時，伊娃就說：「爸爸，還是讓湯姆來抱著我吧！他最喜歡抱著我了，而且，他現在唯一能做的就是這些，他會很高興的。」

「爸爸也是呀！」聖克萊爾說。

「不，爸爸，您可以做任何事！您是我最親近的人，您可以念書給我聽，陪著我熬夜，但是，可憐的湯姆除了唱歌之外就只能抱著我了；而且，他抱我抱得很穩，比您還省力些呢！」

其實，家裡不只湯姆一人竭力渴望爲伊娃做些什麼，每個人都想爲她效力，也都各盡所能地工作著。

可憐的奶媽心裡每時每刻都在牽掛著她的小寶貝，卻找不到機會去看望她。瑪麗心情很差，夜不成眠，所以也不會讓別人睡個踏實的覺，每天晚上，她都會把奶媽叫醒幾十次，爲她按摩腳啦，敷額頭啦，找手帕啦，或者到伊娃房間裡看看有什麼動靜，光線太強時要替她放下窗簾，光線太弱也要替她拉開窗簾。白天呢，每當奶媽想找個機會幫忙去照看小寶貝時，女主人總是異常敏感，不停指使她，讓她忙得不可開交，忙完了瑪麗再忙家裡，總是沒完沒了。奶媽只得瞅準任何機會溜出去看她的小寶貝，哪怕只是瞧上一眼。

瑪麗總是說：「我看我真要好好照看我自己的身體了，身體本來就虛弱，現在又得照看我的寶貝女兒。」

「親愛的，這是你必須要做的，」聖克萊爾說：「姐姐一個人也忙不過來啊！」

「你們男人說話總是不靠譜，好像一個母親就可以把自己的孩子推給別人不管似的。哼，大家都以爲我是這樣，但是誰可以理解我的心情呢？我可不能像你那樣把事情都推得乾乾淨淨！」

聖克萊爾不禁輕輕一笑。你們要原諒他，他實在是不能控制。連他自己也想不到，自己寶貝女兒升天的路居然是那麼平坦和愉悅，就像一葉輕舟在柔美、芬芳的微風吹拂下緩緩地漂流，一直漂流到天堂那個神聖的彼岸。人們根本感覺不到死神將要來到的危險，那小女孩自己也感覺不到這種痛苦，她只是一天勝似一天的虛弱。

她是這麼快樂、天真、充滿愛心和信任，她身上的安詳寧靜也感染了周圍的人，聖克萊爾也感到一種奇異的平靜。這種平靜不是豁達超脫；不是幻想奇蹟（這是不可能實現的）；而是眼前純潔的平靜感。這種感覺是這麼美好，他根本不願去想將來。這就好像我們在爽潔明淨的秋林裡所特有的屏息凝神：小溪邊開著幾朵小花，枝頭上掛著幾片紅燦燦的葉子。我們對這美景讚賞不已，但從來不想以後，因爲再明白不過的是，轉瞬之間這景致就會不復存在。

只有這個忠心耿耿的僕人湯姆，對伊娃的種種預感和猜測瞭解最多。伊娃心裡有許多話，怕會引起父親的不安都不敢說，但對湯姆卻從不隱瞞。在靈魂將要永遠遠離肉體之前，伊娃把她所感知到的神秘的徵兆，都告訴了湯姆，於是到後來，湯姆晚上都不願意睡在自己屋子裡了，而是整夜地躺在伊娃房間外的走廊裡，好讓自己隨時聽見喊聲就醒過來。

「湯姆，你什麼時候變得像個小狗一樣隨地睡覺啦？」奧菲利亞小姐說：「我還以為你喜歡乾淨，喜歡像基督徒一樣好好地躺在床上呢！」

「奧菲利亞小姐，我是那麼睡的，」湯姆神秘地說：「我平時是那樣睡，但是現在——」

「現在怎麼啦？」

「噓，我們要小點聲，我可不想讓老爺聽到。你知道嗎，現在得有個人迎接新郎[73]呢，奧菲利亞小姐！」

「這是怎麼一回事，湯姆？迎接新郎？」

「《聖經》上說過，『半夜有人大叫一聲，新郎就來了。』我現在每天晚上都在等這個。奧菲利亞小姐，我絕對不可以因為睡得太死而聽不見喊聲呀！那是絕對不允許的。」

「湯姆，你怎麼會有這種奇特的想法呢？」

「是伊娃小姐跟我說的，她說上帝會通過靈魂來報信，所以，小姐，我必須堅守在這裡。這個幸福的孩子一旦逝去，他們就會敞開天堂的門來迎接她，這樣，我們也可以看到來自天國的榮光了。」

「湯姆，伊娃對你說今天感覺非常糟嗎？」

「沒有。不過，早晨的時候，她說她覺得自己離天國越來越近了。是不是有人給這孩子報信了呢，奧菲利亞小姐，可能就是那些天使，是『天將破曉時的號聲』。」

湯姆用了一句他最喜歡的讚美詩的話來描述那個時刻的到來。

73.《新約·馬太福音》第二十五章第六節。指耶穌。

奧菲利亞小姐和湯姆說這些話時，是夜裡十點到十一點之間。當時，她正要歇息，當她想要關外面的門時，發現湯姆正躺在伊娃房門外的走廊上。

奧菲利亞小姐並不是那種敏感和神經質的女人，但湯姆的深情、嚴肅和真誠卻深深打動了她。那天下午，伊娃顯得異常的活潑：她坐在床上，把自己所有心愛的東西都翻了出來，並一一點名要把它們送給家裡的哪個人。伊娃已經有好幾個禮拜沒有這麼精神了，說話也和常人無異，自從她得病以來，這還是第一次這樣呢。

晚上臨睡前，聖克萊爾親吻著伊娃的額頭，對奧菲利亞小姐說：「堂姐，我看我們也不是沒有一點希望了呢！她好像有點起色呢！」

聖克萊爾去休息時，心情有一種說不出的輕鬆，這是幾個禮拜來都沒有過的事。

但是，到了午夜時分——這個神秘而奇妙的時刻，脆弱的現在和永恆的未來都聚集在這個時刻——報信的天使卻來到了！

伊娃的房間裡傳來一陣輕微而又急促的腳步聲，這是奧菲利亞小姐。和湯姆說完話後，她就決定要整晚來守護伊娃。

深夜，她察覺到了一種「變化」——這是富有經驗的「護士」委婉含蓄的說法。外面套間的門打開了，這把睡在外面的湯姆立刻驚醒了。

「快，湯姆，快把醫生找來，時間不多了！」奧菲利亞小姐急切地說，然後她穿過房間，在聖克萊爾的房門上重重地敲了幾下。

「堂弟，」她說道，「快過來。」

這句話落在聖克萊爾的心頭，就像是泥土砸在棺材上一樣。爲什麼會這樣呢？他馬上跑到女兒的房間裡，低下頭去看還在睡夢裡的伊娃。

但是他看到的一切使他立刻面如死灰，臉上浮現出難以言喻的絕望表情，這也使姐弟二人沉默無語。因爲這一切表明：他深愛著的人不再屬於他了。

那孩子的臉上沒有一點可怕的表情，有的只是一種令人肅然起敬的神情，那預示著神聖的天堂的大門即將爲其敞開，這個幼小的靈魂也會由此而走向永恆。

姐弟二人呆呆地看著伊娃，屋裡寂靜得可怕，連手錶的滴答聲都覺得刺耳。過了一會兒，湯姆把醫生請回來了，但是醫生走進來，只看了伊娃一眼，也開始沉默了。

他輕聲地問奧菲利亞小姐，「這種變化是從什麼時候開始的？」

「大概在午夜的時候。」奧菲利亞小姐答道。

醫生進門時驚動了瑪麗，她馬上從隔壁房間走了出來。

「奧古斯丁，這是怎麼啦？到底發生了什麼事，姐姐？」她連忙問道。

「噓！輕點！」聖克萊爾用嘶啞嗚咽的聲音說，「她快要走了！」

奶媽聽到這句話，立刻飛奔出去叫醒了僕人們。接著，整棟屋子都驚動起來，燈也全都亮了，混亂的腳步聲也響動起來。走廊裡擠滿了一張張焦急的面孔，大家眼眶裡都盈滿了淚水，竭力從玻璃門外向裡面張望。但是，聖克萊爾什麼都看不到，什麼都聽不到，他的眼睛只是永遠地停在那可愛的昏睡者的臉龐上。

「噢，真希望她能醒一醒，說上幾句話！」聖克萊爾說著，就俯下身去對著女兒的耳朵說道：「寶貝，醒醒！」

那雙湛藍清澈的大眼睛睜開了，臉龐上浮現了一絲微笑，她想抬起頭說話。

下來。

「伊娃，你還認識我嗎？」

「親愛的爸爸。」那可憐的孩子喊著，用盡最後的力量伸出胳膊抱住了父親，但很快就垂了下來。

聖克萊爾抬起頭，看到伊娃的臉因為死亡的痛苦而抽搐起來，她不斷地掙扎，卻幾乎喘不過氣來，她無限痛苦地舉起了小手。

「噢，蒼天啊，這太殘酷了！」聖克萊爾不忍再看下去，痛苦地轉過臉去。他使勁地抓著湯姆的手，可是自己卻絲毫不知，「噢，湯姆，我的僕人，這怎麼讓我活下去啊！」

湯姆握住主人的手，黝黑的臉頰上淚水縱橫。他抬起頭來，就像他平常仰視上天一樣，祈求上帝的幫助。

「主啊！我真是萬箭穿心啊！求你別再讓她受罪了！」聖克萊爾說。

「噢，上帝啊！快把這一切結束了吧！」湯姆說，「您看她，親愛的老爺。」

這時，伊娃倚在枕頭上筋疲力盡地喘著氣，她純潔的大眼睛突然向上一翻就再也不動了。哦，那雙以前無數次地述說天國故事的眼睛在說些什麼呢？當超越了塵世間的苦難，那張臉上籠罩著勝利的光輝，那麼靜穆，卻又那麼神秘啊！人們都不由得為它所折服了，默默地聚攏過來。

「伊娃。」聖克萊爾柔聲說。

但是，她什麼都聽不見了。

「噢，告訴我們，伊娃，你看到了什麼？」她父親問。

一束燦爛聖潔的光芒打在她臉上。她斷斷續續地說：「我看到了……愛——快樂——平安！」

接著，伴隨著一聲嘆息，她終於拋開塵世，升入天國了！

「我親愛的孩子，永別了。燦爛的天國之門在你身後緊緊地閉上了，我們再也見不到你美好的容顏了。噢！眼睜睜看著你進入天堂的人們是多麼痛苦啊，當他們醒來之後只能看見塵世陰冷灰暗的天空，卻再也無法看到你了，你已經永遠離我們而去了！」

chapter 27

世界末日來臨了[74]

伊娃臥室的雕像和油畫都被白布蓋了起來，現在屋裡只能聽到屏住的呼吸聲和故意放輕了的沉重的腳步聲，幾道朝霞無聲無息地穿過半明半暗的窗戶，肅穆地射進這哭泣著的小房間。

在俯瞰小床的天使塑像下，床上被單上一動不動地躺著一個沉睡的小天使——這個天使已經永遠睡著了！

她穿著一件她生前最喜歡的素色衣裙，靜靜地睡在那裡，烏黑的不再眨動的睫毛輕輕地垂在純真的臉上；頭稍稍歪向一側，一副酣睡的樣子；但是她整個臉上都帶著那種高尚而聖潔的神情，那種興奮與安息混雜的神情，讓人一看就知道，這並非世間短暫的休息，而是「上帝賜給他們所愛的人」[75]的永恆的長眠。玫瑰色的陽光透過窗簾射到屋裡來，也使這籠罩著冰冷的死亡氣息的小房間染上了一層暖紅色。

親愛的伊娃，像你這樣的孩子，根本沒有黑暗和死亡的陰影，也根本不會有什麼死亡可言，有的只是一顆晨星在黎明前慢慢隱退的光芒的消失。你得到的是無需血腥爭奪的一頂王冠，是不

74. 引自約翰．昆西．亞當斯（一七六七—一八四八），美國第六任總統。
75. 出自《舊約．詩篇》第一百二十七篇第二節。

費一兵一卒的勝利。

聖克萊爾環抱雙臂站在那兒出神的時候，心中就是這樣的想法。哎！誰又能說明白他此時此刻的感受呢？當有人在伊娃躺著的那間屋裡說「她已經去世了」的時候開始，所有的一切都成了陰森的迷霧，而且是那種無法驅除的迷霧。他可以聽到身邊人在說話；有人向他提出各式各樣的問題，他都機械地依靠本能做著回答；他模模糊糊地聽到人們問他打算什麼時候舉行葬禮，把她放在何處時，他暴躁地說無所謂。

伊娃的房間是阿道爾夫與蘿莎佈置的，他們平時雖然是孩子脾氣，但是心腸是不錯的，也很重感情；雖然奧菲利亞小姐已經把房間收拾得井井有條，但是經過他們的手，這個房間裡又增添了許多柔和而充滿詩意的氛圍，這讓死者的房間看起來並不像新英格蘭葬禮上一般常見的那樣陰森恐怖。

伊娃房間的所有架子上都依然擺放著潔白的鮮花，既芳香又嬌美，低垂的美麗綠葉襯托在下面。桌子上也鋪上了白桌布，上面擺著她生前最喜愛的那個花瓶，裡面插著一朵含苞待放的白玫瑰。窗簾的掛法、帷幔的褶子全是經過蘿莎和阿道爾夫用黑人獨特的審美觀反覆佈置過的；就在這時候，低矮的蘿莎提著一籃白花輕輕地走進來，聖克萊爾正站在這個房間裡沉浸在自己的思緒中，於是她不由自主地收住腳步，恭敬地停下來。但是當她意識到他完全沒有看到她時，就走過去把花擺在伊娃身旁。她把一朵美麗的梔子花放進伊娃的小手中，然後非常巧妙地把其他的花也都擺在小床周圍。聖克萊爾看著這些，就像是進入夢境一般。

房門又一次被推開了，托蒲賽出現在門口，她的眼睛紅腫著，圍裙裡不知道藏了什麼東西。蘿莎向她打了個手勢，示意她不要進來，但是她仍然走了進來。

「你快點走開，」蘿莎用不容置疑的語氣壓低了聲音，嚴厲地說：「這裡沒有你的事。」

「唔，讓我進去一下，可以嗎？我摘了一朵花，一朵非常漂亮的花！」托蒲賽舉著一朵綻開一半的茶花，「請允許我把這朵花放到她身邊吧！」

「你快點給我走開。」蘿莎更堅定地說。

「讓她留在這裡，」聖克萊爾猛地一跺腳說，「讓她進來。」

蘿莎馬上退了下去，托蒲賽走過來把她的禮物放到死者的腳邊。忽然她忍不住撲倒在床前的地板上，高聲痛哭起來。

奧菲利亞小姐聞聲趕忙跑到屋裡，想叫她別哭，扶她起來，但是都沒有用。

「啊，伊娃小姐！伊娃小姐！我真想跟她一起離開！」哭聲裡藏著一種肝腸寸斷的狂烈；血色立刻湧上了聖克萊爾大理石般慘白的臉，自從伊娃死之後，他這是第一次流下眼淚。

「孩子，快起來吧，」奧菲利亞小姐用溫和的語調說道：「別再哭了！伊娃小姐是進了天堂，她已經成了一個天使。」

「可是，我再也看不到她的身影了！」托蒲賽說，「我永遠看不到她了！」說完又哭了起來。

傷心的人們無聲地站立在那裡。

「伊娃小姐曾經說過她愛我，」托蒲賽說，「她愛著我！噢，上帝啊，上蒼啊！現在又沒有人會愛我了——永遠都不會有了！」

「她說得沒錯，」聖克萊爾說：「但是，請你試一試看能否安慰這個苦命的孩子一下！」他對奧菲利亞小姐說。

「我不願意來到這個世界上，活在這裡有什麼意義呢？」托蒲賽說，「我要是沒有出生該多好呀！」

奧菲利亞小姐一邊不停地落淚，一邊溫柔卻有力地把她扶起，帶出了房間。

「親愛的托蒲賽，你真是個苦命的孩子，」她把她帶進自己的屋裡，對她說道：「別傷心，儘管我和可愛的伊娃小姐不同，但是今後我也會努力去愛你的；但願我從她身上學到了一些基督的仁愛精神。我會愛你的。是的，我會用盡全力幫你做一個善良的基督徒。」

在奧菲利亞小姐說這番話的時候，她的聲音比她的語言更感人；最打動托蒲賽的，是從她臉上滑落下來的眼淚。從那個時候起，她對這個孤苦無依的孩子的心裡就產生了永恆的影響。

「啊，我可憐的孩子，在人世短暫的時間裡，她做了那麼多好事，」聖克萊爾想，「我在這世上活了這麼長時間，怎麼用自己漫長的生命給上帝一個交代呢？」

此刻，家裡的僕人們都紛紛來到房間裡和伊娃道別，屋裡傳出陸陸續續的腳步聲與喁喁低語聲。一會兒，人們抬著那個小小的棺材走了進來，這預示著葬禮開始了。好幾輛馬車停在大門外，很多陌生人走進來，坐下；還有許多裹著白頭巾、黑臂紗、白緞帶，穿著黑色喪服的哭喪人在念經文，做祈禱。

聖克萊爾就像一個哭乾眼淚的人，走著，動著，活著，只是他的眼睛一直望著躺在棺材中的那個金色的小腦袋，後來，他看到一塊白布蒙上了那個小腦袋，棺材蓋子也被蓋上了；有人把他安排著站在別人身邊，來到花園地勢較低的一邊，在她與湯姆經常在那裡坐著談天、唱讚美詩，念《聖經》經文的那個佈滿青苔的小石凳旁邊，就是她小小的墳墓。

聖克萊爾挺立在墳墓旁邊，茫然地向下望著，他看到人們把小棺材放下，他模模糊糊地聽見那莊嚴肅穆的話語：「復活在我，生命也在我；信我的人，雖然死去，也必會復活。[76]」當人們開始向墳墓的坑中填土，當小小的墳墓慢慢被填滿的時候，他簡直不敢相信那裡掩埋著一個人，而那個人就是他的伊娃。

那的確不是伊娃！那只是她那聖潔不朽的靈魂在凡間播下的一顆孱弱的種子，在我主耶穌降臨的時候，她就會以相同的形貌站在親人身旁。

最後，這一切終於結束了，送葬人也都回到了永遠也無法再看到她的地方；瑪麗房間的窗簾都被放了下來，她躺在床上，傷心欲絕地抽咽著、哭泣著，幾近昏厥。她無時無刻不讓所有的僕人在身旁伺候著。他們自然不會哭泣——他們又爲什麼哭呢？這種痛苦是她自己一個人的痛苦，她深信她的痛苦在世界上是最深重的，誰也比不過她。

「聖克萊爾居然一滴眼淚都沒流，」她說，「他一點也不可憐我。他明明知道我那麼難過，但是他這麼冰冷無情，真是讓人覺得不可思議！」

人們很多時候都只會相信自己眼睛看到的事情，許多黑奴都認爲伊娃的死給女主人的打擊最大；尤其是在瑪麗剛開始歇斯底里地發作，派人去請大夫，而後來連她自己都說活不下去時更是這樣。接下來，僕人們在憤怒與不停的嘮叨埋怨聲中，手忙腳亂地跑前跑後，按吩咐拿熱水袋、燒熱絨布內衣等等，大家的心思忽然都由葬禮上轉移到這個傷心欲絕的母親身上了。

但是只有湯姆有不同的感覺，湯姆心裡所有的感情都讓他把注意力轉移到了男主人聖克萊爾身上。無論聖克萊爾去哪裡，他都擔心且憂鬱地一直跟著他；這個星期，每當湯姆看到他面色慘

76.《聖經．新約．約翰福音》第十一章第二十五節。

白、一言不發地在伊娃的屋裡坐著，捧著她曾經閱讀過的那本翻開著的《聖經》，但連一個字母、一個字也沒看進去的時候，湯姆就感覺在那乾澀而又一動不動的眼睛中蘊含著比瑪麗凄慘的哭喊聲更大的傷痛。

沒過多長時間，聖克萊爾一家人就回到了城裡。聖克萊爾因爲難過而坐立不安，希望換個環境來擺脫這種想法，所以帶著全家人離開了別墅和那個埋葬著小墳墓的花園，回到新奧爾良。

奧古斯丁整天忙碌地在街上奔波，試圖用環境的改變和忙碌奔波來填補心裡的空虛；在街上或者咖啡館中看到他的人，只能從他帽子上的黑紗看出他永遠失去了女兒；可是你瞧，他看報紙、談論政局、大談生意經、談笑風生，誰能看出這滿面春風的外表只是一個軀殼，而那包藏著的心靈早已成爲一座寂靜而又凄涼的墳墓呢？

「聖克萊爾先生真令我不能理解，」瑪麗向奧菲利亞小姐抱怨道：「我一直以爲，如果這世上還有誰是他真心愛著的人，那一定是最親愛的小伊娃了，但是他好像很快就把她忘了，他從來不談起伊娃，我還真的以爲他會痛不欲生呢！」

「有句俗話說靜水流深嘛！」奧菲利亞小姐說道，像是得到了神諭一般。

「哼，這只不過是句空話而已，我才不信這些鬼話呢，人要是有感情就會自然流露出來，這是自己不能控制的。但是有感情的確是件折磨人的事，我真希望自己能像他那樣，就可以免去這如此之多的痛苦！」

「老爺已經皮包骨了，太太，他們說他吃不下任何東西，」奶媽說：「我相信，他一定還記著伊娃小姐，我相信每個人都不會忘記她，這可愛的小天使！」她一邊流淚一邊說。

「不管怎樣，他從來都不知道關心我，」瑪麗說：「連句安慰的話都沒有，他怎麼會明白，一個母親的憂傷比男人更深呢！」

「人的哀傷有時是會深深埋在心底的，只有他自己心裡知道。」奧菲利亞小姐嚴肅地說。

「就是這樣，我瞭解自己的悲傷，但別人理解不了，原先伊娃可以理解我的心思。可是她偏偏又走了！」說完瑪麗又躺回躺椅，傷心地哭起來。

不幸的是，瑪麗是這樣的人：在她看來，自己只有失去了才會知道珍惜。不管握在她手中的是什麼，她都覺得沒有一點價值；但是，當失去以後，又總是追悔莫及，誇讚不已。

在奧菲利亞小姐和瑪麗在客廳中說話時，聖克萊爾的書房裡卻進行著一件這樣的事。

一直默默跟著主人的忠實奴僕湯姆，幾個小時前看到聖克萊爾走進了他自己的書房，他在門外等了很久也不見他出來，所以他決定到裡邊看看情況。他小心翼翼地走進去，看見聖克萊爾正躺在書房一邊的躺椅上，伊娃的那本《聖經》在他眼前攤開著。湯姆鼓足勇氣走了過去，在沙發前遲疑著，停住了腳步。

就在這時，聖克萊爾猛地抬起頭來。湯姆誠懇的臉上佈滿了擔憂，表現出強烈的關心與友愛，這表情深深地感動了主人。他伸手握住了湯姆的手，把頭貼在上邊。

「噢，我忠誠的僕人，湯姆，對我來說，整個世界就像被挖空了一樣！」

「我明白，老爺，我明白，」湯姆說，「但是，嗯，老爺，你向天上望一下，向我們親愛的伊娃小姐所在的那個地方看看，向至高無上的聖主那裡看看！」

「我已經看過了，湯姆！但是我什麼都看不到！我多希望自己能看到些什麼。」

湯姆又重重地嘆息了一聲。

「是不是只有孩子或者窮困而又忠誠的人才可以看到我們看不到的東西？」聖克萊爾說：「這

到底是怎麼回事呢？」

「『你對著嬰孩顯出來，向聰明和通達的人就隱藏了起來，』」湯姆低聲說道，「『是的，主啊，因爲你的本意本是如此。[77]』」

「湯姆，我無法信教，我現在養成了懷疑一切事物的習慣，」聖克萊爾說：「我真希望自己可以相信這本《聖經》，可是我做不到。」

「親愛的老爺，讓我們一起向仁慈的天主祈禱吧，主啊，我祈求你能幫助我們，爲我們消除疑慮！」

「誰又能預料到這塵世間的事呢？」聖克萊爾說。他眼睛茫然地轉著，自言自語道：「伊娃是不是不再存在，沒有天空。沒有基督，一切都消失了？所有美好的愛與信仰難道只是人類自己都無法把握住的飄忽不定的感情嗎？因爲沒有任何的實際基礎，隨著時間的消逝而消失殆盡？」

「噢，有的，親愛的老爺，我相信他們存在，我相信他們一定存在，」湯姆邊說邊跪了下來，「親愛的老爺，請你，請你一定要相信他們！」

「湯姆，你怎麼知道基督存在？你也沒有見過仁慈的主呀！」

「可是，我的靈魂可以感知到祂的存在，老爺，現在我就能感覺到祂就在我們身邊！唔，老爺，在我被賣掉的時候，在我被逼得妻離子散的時候，我幾乎已經絕望，我覺得一切都完了；就在這時，仁慈的上帝就在我身旁，祂和我在一起，對我說，『湯姆，別害怕，』把喜悅和光明帶到這個可憐人的靈魂之中。祂把我從靈魂的陰影裡解救出來。我感覺到了不一樣的幸福，我愛著每

77.《聖經．新約．馬太福音》第十一章第二十五、二十六節。

一個人，我願意遵從上帝的旨意，聽從祂對我的安排，願意爲祂獻身。我覺得這不是我生來就有的，因爲我是一個悲天憫人的可憐蟲，是上帝賜予了我這些力量；我相信上帝一定會願意幫助老爺的。」

湯姆淚如泉湧，哽咽著說完了這番話。聖克萊爾傷心地把頭靠在湯姆肩上，用力抓著他那結實有力的雙手。他說，「湯姆，你愛我，對不對？」

「假如老爺能做個基督徒，就是讓我立刻死去，我也願意。」

「傻湯姆！」聖克萊爾半支起身子說：「我不配擁有像你這麼善良忠誠的人的愛！」

「噢，不只我一個，老爺，事實上還有另一個人比我更愛您，那就是耶穌。」

「你怎麼知道祂愛我呢，湯姆？」聖克萊爾懷疑地問道。

「啊，老爺！我的靈魂可以感知到。『基督的愛不是人們所能揣度的[78]』。」

「這真是奇怪！」聖克萊爾轉過身來說，「一個生活在一千八百年前的人居然還可以打動人心，祂大概不是人類，」他忽然又說：「人類沒有那麼頑強的生命力！噢！真希望我可以聽到母親對我的教育，還能像幼時那樣，和母親一同祈禱！」

「老爺，假如您願意，」湯姆說：「請爲我讀一章《聖經》好嗎？請老爺給我讀一讀吧，從伊娃小姐走後，就沒人給我讀了！伊娃小姐讀這一章時動聽極了。」

湯姆請求他讀的是《約翰福音．第十一章》，有關拉薩路斯復活的感人故事。聖克萊爾大聲念著，不時地會停下來以控制這動人的故事在他心裡引起的波瀾。湯姆雙手合十，跪在他跟前，溫

78.《聖經．新約．以弗所書》第三章第十九節。

和的臉上流露出深沉的愛、崇拜和信任。

「湯姆，」主人對他說，「這一切在你眼中都是真的吧！」

「就像是我親眼看到的一樣，老爺。」湯姆答道。

「我要是擁有你那樣的眼睛該多好啊，湯姆。」

「啊！上帝，您一定也會有的。」

「可是，湯姆，你知道嗎，你懂得的知識並不比我豐富，假如我告訴你我不相信《聖經》，你會有什麼看法呢？」

湯姆舉起兩手，做出堅決反對的手勢，高嘆一聲，「噢，老爺！」

「這樣會動搖你的信念嗎，湯姆？」

「至死都不會動搖。」湯姆說。

「湯姆，爲什麼，我的知識很豐富。」

「哦，老爺，你剛才不是說過嗎，上帝是怎樣對著嬰孩顯示，對聰明人隱藏的嗎？剛才老爺你說的不是真的吧？」湯姆迫切地問道。

「不是，當然不是，湯姆，我從不懷疑上帝，我也覺得沒有道理懷疑，可是我仍然沒辦法使我自己相信。湯姆，這是一個非常討厭的習慣，我應該怎樣辦呢？」

「假如老爺肯做禱告就好了！」

「你怎麼知道我沒有做過禱告呢？」

「難道老爺做過禱告？」

「要是在我祈禱的時候有人會聽見，那我就會做；但是，湯姆，在我禱告時，誰也感覺不到啊。湯姆，你過來，讓我看看你是怎麼做禱告的。」

湯姆心中正充滿了各種願望，他把這些願望在禱告中一古腦兒都傾吐出來，好像長期堵住的河水一下子奔流開來。無論怎樣，有一點是十分清楚的，那就是無論有沒有人在聽，湯姆始終都相信有人在聆聽。事實上，聖克萊爾也感覺湯姆那種信仰與熱忱幾乎把自己帶向那個湯姆非常生動地描繪出的天國門邊，他覺得離伊娃越來越近了。

「謝謝你，湯姆，」湯姆站起來的時候，聖克萊爾說，「我很高興能聽到你的禱告，但是，湯姆，你現在可以安心地離開了，我想自己靜靜。我們以後再談。好嗎？」

於是，湯姆輕輕地從這個曾充滿痛苦的書房走開了。

chapter 28

團聚

在聖克萊爾的這棟屋子裡，時間仍在滴滴答答地向前走著。小舟雖然已經沉沒，但波瀾之後一切都會恢復平靜。日常生活毫不顧及人的情感，仍然專橫無情、冷漠嚴峻地向前不斷延伸，它是那麼冷酷、辛苦而又乏味不堪，人們仍要吃喝拉撒，仍得問長問短，仍要買進賣出，討價還價。簡單來說，儘管我們生活的樂趣早就已經不存在了，但仍然要像行屍走肉般生活下去，儘管我們的愛已經消逝，但機械空洞的生活習慣仍在繼續！

以前，聖克萊爾的全部生存的希望和樂趣都不由自主地寄託在伊娃身上，他的時間，他所經營的產業都是圍著伊娃展開的，他爲她買東西，爲她改變佈置和安排……所有的一切，都是爲了伊娃。這麼長時間，他已經習慣了，但是，隨著伊娃的逝去，他整個生活好像都落空了，不管是想什麼、做什麼都已經完全沒有意義了。

事實上，還存在著另外一種生存方式——人們只要對它持有信心，它就會在那些了無意義的時間密碼面前變成一個嚴肅重要的數字，從而把這樣的密碼都破解成難以言傳的神奇的秩序。聖克萊爾非常清楚這一點：當他萬念俱灰時，就彷彿會聽見一個細微而純潔的聲音在召喚他到天上去，並看見那纖細的手指向生命的道路。但是，聖克萊爾已被深重的傷感和倦怠壓得喘不過氣來，他真的是一蹶不振了。聖克萊爾有一種天性，那就是憑著他的見識和才能，他對宗教事務的瞭解其實比那些講求實效的基督徒們還要深刻，還要透澈。

有些人的確是如此，他們並不關心靈性問題，但對其中的細微的差別和奧妙卻有著天生敏銳的感悟力。所以拜倫、摩爾、歌德描述宗教情感的真摯的話語，會比一個終生懷有宗教感情的教徒更加精闢。在這些人心目中，對宗教的漠視是一種更重的罪孽，更可怕的背叛。

雖然聖克萊爾從未受過任何宗教的束縛，但他敏感的天性卻使他對基督徒應盡的各種義務有著直覺的深刻理解。所以，他憑藉著自己超凡的見識，盡力不去做那些會讓他的良心接受譴責的事，以免將來有一天會因此而付出代價。

人真是個複雜的矛盾集合體啊！特別是在宗教問題的理想上，更顯得搖擺不定。所以，如果不能冒險去承擔一種義務，反倒不如不去承擔它。

不管怎樣，現在的聖克萊爾與之前是截然不同了。他仔細而虔誠地閱讀《聖經》，冷靜而認真地思考自己與奴僕們的關係——這樣思考難免會使他對從前和現在的很多做法感到深惡痛絕。他回到新奧爾良之後，就著手處理湯姆的事，只要辦妥那些法律手續，湯姆就是自由的人了。因爲只有湯姆是這廣闊的世間最能讓聖克萊爾想到伊娃的人，所以他現在每天都願意和湯姆在一起；雖然以前聖克萊爾總是把感情埋藏得很深，現在卻執拗地把湯姆留在身邊，把心中點點滴滴的感情都向他傾訴。不過，要是大家可以看到湯姆這位時刻緊跟在主人身後的僕人臉上流露出的關切忠誠之情，對聖克萊爾的傾吐就不會感到奇怪了。

聖克萊爾在爲湯姆辦理法律手續的第二天對他說：「湯姆，我想讓你成爲自由的人，你收拾一下行李，這幾天就可以起程回肯塔基了。」

一聽這話，湯姆立刻呈現出巨大的喜悅，他舉起雙手，高呼一聲：「啊，謝天謝地！」

聖克萊爾見到此情此景，不禁有些莫名的煩躁，湯姆對離開他這麼興奮，使他略感不快。他冷冷地說：「聽到離開讓你如此興奮嗎？你在這兒的日子不至於度日如年吧？」

「不，老爺，不是這樣的，但是我馬上就能自由了，怎麼會不高興呢？」

「難道你沒想過，湯姆，留在這裡也許比你獲得自由更好呢！」

「不，怎麼會呢？」湯姆肯定地回答道：「老爺，不是這樣的！」

「但是，湯姆，你絕不可能像在我這裡一樣過得舒適又舒服啊！」

「這個我明白，老爺您對我的好，我永遠都會記在心裡。但是，老爺，我寧願穿破衣服，住破房子，只要是我自己的，再破我也願意；穿得再講究，吃得再好，只要是別人的，我也不願意。老爺，我就是這麼想的，這也是人之常情。您說呢？」

「可能吧。湯姆，過不了一個月你就要離開我了，就要走了，」聖克萊爾有些難過地說：「唉，老天知道。怎麼可能不走呢？」他輕輕地嘆了口氣，站起身來，在屋子裡踱來踱去。

「只要老爺還在痛苦著，我就絕對不會離開的！」湯姆說：「只要我對您有用處，我會一直待在您的身邊。」

「你是說，我還在痛苦中，你就不會走，對嗎，湯姆？」聖克萊爾說，悲涼地朝窗外望去，「但是我的痛苦什麼時候才會停止啊！」

「要是老爺成了基督徒，痛苦就自然會消失的。」湯姆說。

「你真的願意等到那一天嗎？」

站在窗邊的聖克萊爾突然轉過身來，把手放在湯姆肩上，笑著說：「哎，湯姆，你真是個善良的傻瓜！但是，我不會讓你等到那一天的，你要早點回家和老婆孩子團聚！你還要代我向他們問好呢。」

「上帝還有使命要交給您呢！」湯姆的眼眶裡飽含著淚水，他深情地說：「我相信那一天總會來臨的。」

「湯姆，你說『使命』？」聖克萊爾說：「好吧，你說說看，是什麼使命，我洗耳恭聽。」

「嗯……就連我這個不幸的人，上帝都給我安排了使命呢！老爺您這麼富有，又知識淵博，見多識廣，上帝可以安排您做很多很多事呢！」

「湯姆，你好像認爲上帝需要我們爲祂做許多事。」聖克萊爾說道。

「難道不是嗎？我們幫助上帝的子民，就是幫助上帝做事。」湯姆說。

「湯姆，這是文明的神學；我敢說，這比博士們的布道還要精彩很多倍。」聖克萊爾說。

這時僕人通報說有客來訪，談話也結束了。

瑪麗．聖克萊爾痛失愛女，自然十分傷心。不過，她習慣於在自己痛苦的時候，讓周圍的人也跟著痛苦，所以，她的貼身女僕們都更加思念已逝的小主人。每當她的母親對僕人們提出種種自私自利、武斷專橫的苛求時，伊娃總是會像她們的護身符一樣，站出來用令人傾倒的態度爲她們溫和地求情。

可憐的老奶媽，在這裡只把伊娃作爲心頭唯一的安慰；現在伊娃逝去，讓她肝腸寸斷，夜夜以淚洗面。因爲過於傷心，身體又一直勞累，她侍奉女主人不像以前俐落了，常常讓瑪麗對她勃然大怒。只是現在，沒有人站出來庇護她了。

奧菲利亞小姐對伊娃的死同樣痛徹心扉，不過，在她善良誠實的心裡，悲傷已化爲生命的源泉。她比以前更溫柔體貼了，她做各項工作都是勤勤懇懇，態度更爲沉穩精幹，好像到達了一個能與自己靈魂溝通的人才能到達的境界。她以《聖經》爲教材，教托蒲賽識字；現在她不害怕與托蒲賽接觸，也不再露出那種難以忍受的厭惡感，因爲那種感覺早已消失。她現在完全以伊娃第一次在她面前顯露出來的溫柔來對待托蒲賽，托蒲賽也好像是上帝委派給她的把她引上榮耀和聖德之路的人。

托蒲賽並沒有馬上就變成聖人，但伊娃在世上的行爲和死亡顯然給她帶來了很深的影響，她先前那種一切都無所謂、麻木不仁的態度消失了，她滿懷振奮向上和憧憬之情，也變得有情有義。儘管這種努力時斷時續，難以持之以恆，但從未完全斷絕，停止一段時間之後總會重新開始。

一天，奧菲利亞小姐派蘿莎去叫托蒲賽。托蒲賽一邊走，一邊慌裡慌張地往懷裡塞什麼東西。

「調皮鬼，你在做什麼？我敢保證你又偷東西了。」矮個子蘿莎一把拽住托蒲賽的胳膊，嚴厲地質問道。

「這不關你的事！」托蒲賽竭力掙脫她，「你走開，蘿莎小姐！」

「不關我的事？」蘿莎說道，「我親眼看到你鬼鬼祟祟地藏了什麼東西。夠了，小鬼，你的把戲騙不了我！」

蘿莎揪住托蒲賽的胳膊，伸手就去搶奪她懷裡的東西。托蒲賽被激怒了，她又踢又打，盡全力維護她自己的權利。奧菲利亞小姐和聖克萊爾都被吵鬧聲驚動了，立刻趕到現場。

「她又偷東西了！」蘿莎指控道。

「我沒有！」托蒲賽大聲辯解道，氣得嗚咽起來。

「不管是什麼，給我看看。」奧菲利亞不容置疑地說。

托蒲賽遲疑了一會兒，不過，當奧菲利亞小姐重複第二遍的時候，她就把一個小袋子從懷裡掏了出來。這個袋子是用她的一隻破舊的長筒襪的襪筒縫製而成的。

奧菲利亞小姐把袋子裡的東西一一倒出，那裡有伊娃送給托蒲賽的一個本子，上面摘錄了《聖經》一段段的短文，都按照日期順序排列著；此外還有一個紙包，裡面是伊娃在最後的日子裡送給她的一綹長髮；一條從喪服上扯下來的黑色緞帶映入聖克萊爾的眼簾。這是托蒲賽用來捆紮這個本子用的。看見這些，聖克萊爾不禁感慨萬分。

「你怎麼會用這個包本子呢？」聖克萊爾彎腰拾起緞帶問道。

「因爲……因爲……因爲這個是伊娃小姐送給我的。噢，求求您不要拿走！」說著，她癱軟在地上，用圍裙遮住臉，開始哭泣起來。

這真是一幕又可笑又可憐的奇怪的場景：舊的小長筒襪，小本子，黑色的緞帶，美麗柔軟的金髮，還有托蒲賽那傷心欲絕的模樣。

聖克萊爾笑了，但笑中含著淚。

「好了，好了，別哭了，都是你的，沒有人要搶走它。」說著，聖克萊爾把東西裹在一起放進托蒲賽懷裡，拉著奧菲利亞朝客廳走去。

「依我來看，你還真有希望把這小鬼教育好呢！」聖克萊爾向肩後的方向指了一指，伸出大拇指說：「凡有憐憫之心的人都可能會變爲好人，你得再加把勁，好好教育她啊！」

「這孩子很有進步，」奧菲利亞小姐說，「我對她有很大的期望。不過，奧古斯丁，」說著，她把一隻手搭在他的胳膊上，「有件事我想問清楚，這孩子究竟屬於你，還是屬於我？」

「我不是早就說過把她給你了嗎，怎麼啦？」奧古斯丁說。

「但是這到底沒有法律保障。我想讓她合法地成爲我的人。」奧菲利亞小姐說道。

「哎呀！堂姐，」奧古斯丁說道：「廢奴派的人會怎麼想你呢？假如你是奴隸主的話，恐怕他們會爲你這種倒退的行爲而絕食一天的。」

「咳，你胡說什麼呢！我想讓她成爲我的人，是因爲只有這樣，我才有權利把她帶到自由的州去，還給她自由。這樣，我對她所做的努力就不會是無用功了。」

「哦，堂姐，我可不同意，你的這種做法好像並不怎麼高明。」

「我是認真的，我沒和你開玩笑，」奧菲利亞小姐說：「假如我沒能把她從奴隸制的魔掌中拯救出來，那就是把她教育成一個出色的基督徒又有什麼用呢？因此，假如你是真心把這個孩子交給我，那就請你給我一張合法的證明或是贈送證書吧。」

「好吧，好吧，我會照辦的。」聖克萊爾邊說，邊坐下來打開一張報紙開始讀了起來。

「但是我現在就要。」奧菲利亞小姐說。

「幹嘛這麼急呢？」

「反正你也不忙啊！來，這兒有筆、紙和墨水，你寫一張證明就可以了。」

像聖克萊爾這種脾氣的人，不太喜歡這種風風火火的作風。因此，奧菲利亞小姐這種說做就做的作爲實在讓他生氣。

「喂，難道你信不過我嗎？你是怎麼啦？」他說，「你這麼咄咄逼人，人家還以爲你做過猶太人的學生呢！」

「我就是想把事情辦得穩妥一些，」奧菲利亞小姐說：「假如你破產了或是死了，托蒲賽就會被趕到交易所去，那樣我還有什麼辦法呢。」

「你的想法還真是長遠，好吧，既然我已經把她送給你這個北方的堂姐，就只有讓步了。」說完，聖克萊爾揮筆寫了一張贈送證書，這對精通法律的他而言簡直就是小菜一碟。證書後頭，他龍飛鳳舞地簽上了自己的名字。

「喏，現在是白紙黑字，清清楚楚了吧，佛蒙特小姐？」說完，他把證書遞過去。

「真是太好了，」奧菲利亞小姐說，「不過，我們是不是還需要一位證人？」

「哎，你可真夠麻煩的。──對了，有了！」他打開通向瑪麗房間的房門，喊道：「瑪麗，堂姐讓你簽個名，你過來，就簽在這裡。」

「這是幹什麼呀？」瑪麗看了證書一眼，說道：「真是可笑！我還以爲堂姐這麼善良，不會幹這種可怕的事呢。」她一面毫不在意地簽上自己的名字，一面又說道：「不過，堂姐真要喜歡那東西，倒是給我們減去了不少麻煩！」

「好了，托蒲賽現在從精神到肉體都是屬於你的了。」聖克萊爾把證書遞過去。

「她並不比之前更屬於我，」奧菲利亞小姐說：「我只是比以前更有能力去保護她。只有上帝才有權利把她交給我。」

「好啦！通過法律這東西，你現在算是真正擁有她了。」聖克萊爾說著，轉身到了客廳，繼續看他的報紙。

奧菲利亞小姐和瑪麗向來說不到一塊兒去，因而她就小心翼翼地把證書收拾好，跟著奧古斯丁到客廳去了。

她坐在那兒織毛衣，突然想起什麼，問道：「奧古斯丁，你爲僕人們做過什麼安排沒有？萬一有一天你死去了，他們可怎麼辦啊？」

「沒有。」聖克萊爾仍然看他的報紙，心不在焉地回答著。

「可是，你那麼放縱他們，或許以後會變成一件很可怕的事情。」

聖克萊爾並不是沒想到過這一層，不過，他仍然漫不經心地答道：「哦，等再過些日子吧，我會去做些準備的。」

奧菲利亞緊追不捨，「那是什麼時候？」

「噢，就這幾天吧。」

「假如你先死了，那可如何是好啊？」

「堂姐，你到底是怎麼了？」聖克萊爾終於忍無可忍了，他放下報紙，看著她，「我是得了不治之症了還是怎麼著，你這麼積極地爲我安排後事？」

奧菲利亞小姐說，「生死難料[79]。」

聖克萊爾站起來，懶懶地收起報紙，想趁機結束這次不愉快的談話，於是朝面向走廊的門邊走去。

他倚在走廊上的欄杆邊，注視著噴泉上濺起的亮晶晶的小水珠，嘴裡機械地重複著「死亡」兩個字。他隔著水簾看院子裡的花草樹木盆景，就像透過迷霧一般亦真亦幻。他又反覆思考著「死亡」這神秘的字眼——人們常常提起它，卻又害怕提起它。

「真奇怪啊！世上竟會有這樣的字眼，」他說，「而且還確有此事，但我們總是刻意去忘掉它；今天一個人還充滿企盼、幻想和希冀，活得美好滋潤，明天竟然會結束生命，就那樣一去不

79.《祈禱書》出自英國國教書中的葬儀禱告文。

返了。」

這是一個滿天彩霞的黃昏，當聖克萊爾走到走廊另一端時，看到湯姆正在那裡全神貫注地閱讀《聖經》。他一邊看，一邊用手指在書上逐字逐句地點著，嘴巴裡還輕輕地念著。

「湯姆，要我念給你聽嗎？」聖克萊爾說著，坐在湯姆身邊。

「那就麻煩您了。」湯姆感激地說：「老爺念起來就清楚得多了。」

聖克萊爾掃了一眼湯姆念過的地方，就念起《聖經》中用粗線畫過的一段來，這段文字是這樣的：「基督耶穌聚集榮耀之光同眾天使下到人間時，他坐在尊貴聖潔的寶座上，萬民都聚集在他的周圍。他將要把他們分開，就像牧羊人把羊群分開一樣。[80]」

聖克萊爾語調激昂，一直念到最後一節。

「然後耶穌對人們說，『你們這些受詛咒的人，離開我到那不滅的烈火中去吧，因爲在我忍受饑餓時，你們不給我食物；在我口渴時，你們不給我水喝；在我遠離家鄉時，你們不讓我留宿；在我赤裸著身體時，你們不給我衣服；在我將要病死在獄中時，沒有人來看望我。』人們會說，『主啊，我們並沒有看見您餓了，渴了，流落在外或赤身裸體或病倒牢中沒人照顧啊？』主回答說，『你們不在我這些兄弟中最小的一個身上做這些事，也就是沒在我身上做這些事。[81]』」

聖克萊爾被這一段深深感動了，他又念了一遍。念第二遍時，他念得很慢，似乎是在用心地領會每一個字每一句話的含義。

80.《聖經．新約．馬太福音》第二十五章三十一、三十二節。
81.《聖經．新約．馬太福音》第二十五章第四十一至四十五節。

「湯姆，」他說，「我的所作所爲和那些受到懲罰的人有什麼區別呢？我一生都過著安逸寬裕、錦衣玉食的生活，卻從來沒有想過我的兄弟中還有那麼多人在挨餓受凍、被疾病折磨或身陷囹圄。」

湯姆沉默。

聖克萊爾站起身來，若有所思地在走廊上踱起步來，他完全沉浸在自己的思緒裡，外面的一切好像都不存在了，以至於午茶鈴響他都沒有聽見，直到湯姆叫了他兩遍，這才回過神來。

整個下午茶時間，聖克萊爾都心思重重。喝過下午茶後，他、瑪麗和奧菲利亞小姐走進客廳，沒有一個人開口說話。

瑪麗躺在一張掛有絲綢蚊帳的躺椅上，沒過一會兒就沉沉入睡了。奧菲利亞小姐默默地織著毛線。聖克萊爾坐到鋼琴前，開始彈奏一曲有低音伴奏的憂鬱舒緩的樂章，他像是進入冥想之中，要通過音樂來傾訴心聲。過了一會兒，他打開一個抽屜，從裡面取出一本泛黃的舊樂譜翻閱起來。

他對奧菲利亞小姐說：「你看，這是我母親的，這裡還有她的親筆寫的字呢，你過來看，這些都是她從莫札特的《安魂曲》中摘錄下來編成冊的。」

奧菲利亞小姐聞聲走過來。

「這是她以前常唱的一支曲子，」聖克萊爾說，「現在我好像仍能聽到她的歌聲。」他彈了幾段極富韻味的和弦，就唱起那首古老而又莊嚴的拉丁曲子《最後審判日》。

湯姆一直在走廊外聽著，此刻被美妙的琴聲吸引到門邊，站在那兒入神地聽著。雖然他無法聽懂拉丁語的歌詞，但優美的旋律和聖克萊爾臉上的表情卻讓他深深感動，尤其是聖克萊爾唱到傷感的地方。假如湯姆能聽懂這優美的歌詞，他心裡一定會產生共鳴的。

啊，耶穌，為什麼，
你忍受了人世間的背棄和凌辱，
卻不忍把我拋棄，即使在那可怕的歲月裡，
為了找到我，你疲乏的雙腳不停奔忙，
十字架上，你的靈魂歷經了死亡；
但願這一切的辛苦不會付諸東流[82]。

聖克萊爾懷著深切的憂傷唱完了這首歌，逝去的歲月又隱隱約約地在他腦海中浮了上來，他好像聽到他的母親的歌聲在指引著他。歌聲伴著琴聲如此生動逼真，又如此動人心弦，完全把莫札特創作離世前的《安魂曲》的情景再現了出來。

聖克萊爾唱完之後，把頭靠在手上一小會兒，就起身到客廳裡踱起步來。

「《最後的審判日》真是一種崇高的構想啊！」聖克萊爾說：「千年的冤案都會昭雪，偉大的智慧會解決所有的道德問題，這真的是一種偉大的設想啊！」

奧菲利亞小姐說：「可對我們來說卻是一種可怕的設想。」

「正是如此。」聖克萊爾說，他想了一會兒，接著說：「今天下午我給湯姆讀《馬太福音》，講

82. 原文為拉丁文，書中有原作者譯成英文的注釋；現根據英文譯出。

到最後審判日那章時，我真是無限感慨，人們總以爲被排除在天堂之外的人犯了什麼滔天大罪，其實根本不是這樣的，他們只是在世上時沒有積德行善，而這似乎就把一切可能的有害行爲都概括進去了，所以他們也受到了懲罰。」

「可能吧，」奧菲利亞小姐說，「勿以善小而不爲。」

「那麼，你是怎麼看待這樣一個人，」聖克萊爾心不在焉但卻深情地說：「這個人所受的良好的教育，他的良心以及社會的需要都召喚他去做一番高尚的事業，但是他並沒有那麼做。人類在蒙冤受屈，在爲擺脫苦難而鬥爭，他本該有所行動，可他卻置之不理，稀裡糊塗地隨波逐流。你對這種人怎麼看？」

「依我看，」奧菲利亞小姐說：「他必須要痛改前非，馬上行動起來。」

「你總是這麼實事求是，又毫不留情！」聖克萊爾笑著說：「堂姐，你老是讓我去面對現實，你也老是考慮現在，你心裡總是裝著這個。你從來不給別人一點全盤考慮的餘地。」

奧菲利亞小姐說，「對，我最關心的就是現實。」

「伊娃，這個小可憐，我親愛的孩子，」聖克萊爾說：「她曾經試圖用她那顆赤誠純潔的心來感染我。」

這是自伊娃去世後，聖克萊爾說的第一句關於她的話。說這句話時，很顯然他在壓抑著內心強烈的情感。聖克萊爾接著說：

「我對基督教的看法是：要是一個人一直信仰基督教，他就必須竭盡全力地去反對這個已成爲社會一部分的可怕的罪惡的制度，在必要時，要不惜鞠躬盡瘁，死而後已。假如我是基督徒的話，我就會這麼做；但是我身邊有許多文明開通的基督徒，他們也沒有這麼做。事實上，他們對那些駭人聽聞的暴行無動於衷，甚至只當是事不關己，高高掛起，這就讓我不由得對基督教更增添了幾分懷疑。」

「既然你已經把事情看得這麼透澈，那你爲什麼不採取些行動呢？」奧菲利亞小姐說。

「要知道，任何人對別人的事總是一目瞭然，所謂旁觀者清嘛。唉，我也只會躺在沙發上對別人指指點點，詛咒教會和牧師們沒有聽取懺悔的耐心，更沒有殉道精神，我的善心只能到這裡了。」

「那麼你想不想改變呢？」奧菲利亞小姐問道。

「以後的事我怎麼會知道呢，」聖克萊爾說：「因爲我的一無所有，使我比以前勇敢多了。一個沒有東西可失去的人是敢冒任何風險的。」

「那你打算怎麼做呢？」

「我必須要弄清楚我們對那些卑微窮苦的黑奴們的責任，」聖克萊爾說：「今後，我會從我的僕人身上入手，到現在爲止，我還沒有爲他們做過什麼呢。或許未來的某一天，我會爲整個黑人階級做些什麼，現在，我們的文明是錯位的，我應該努力使它擺脫這種局面。」

「那你覺得一個國家可能會主動去解放奴隸嗎？」奧菲利亞小姐問道。

「不知道，」聖克萊爾說，「這是個產生偉大行動的時代，世界各地的無私精神和英雄主義都在蓬勃發展，匈牙利貴族損耗大筆金錢，卻解放了好幾百萬農奴；也許我們之中也有這樣無私的、願意慷慨解囊的人物，他們衡量公理和榮譽的尺度已經不再是金錢。」

「我不敢相信。」奧菲利亞小姐說。

「不過，要是明天我們的國家就解放了所有的奴隸，那麼誰來教育這無數的黑奴呢，誰來教導他們該怎麼使用自己的自由權利呢？在這裡，人們是不會有所行動的——這裡的人們不切實際，懶惰慣了，連做人最基本的艱苦勤儉的道理都不能傳授給他們。他們必須要到北方去，因為那裡，勞動已成為一種習慣和風氣。

「請你告訴我，這樣的話，你們北方各州是不是有足夠的基督的寬容精神來忍耐教育黑奴的漫長過程？你們把大量的金錢投到國外去資助教會，但要是把這些異教徒送到你們的城鎮與鄉村，你們會願意花費人力、財力和時間去教育他們嗎？在你們的城市裡，有多少人家會樂意收容一個黑種男人或女人，教育他們並與之和諧相處，使他們成為基督徒呢？假如讓阿道爾夫去做一個店員，有多少店家願意接受他呢？或者，讓他去學一門技藝，有多少師傅肯收留他呢？如果讓蘿莎和簡去上學，有多少學校願意接收她們呢？有多少人家願意為她們提供食宿呢？其實，她們的皮膚不管是在南方，還是在你們北方，都和大多數人相差不遠哪！

「堂姐，你看，你們要對我們公正一些，我們的處境很糟糕，因為南方對黑人的壓迫比較引人注意，但是北方各州對黑人的歧視同樣違背了基督教義，你們北方並不比南方強啊！」

「是的，我承認情況的確和你說的一樣，」奧菲利亞小姐說：「其實過去我也是這樣的，後來我才意識到必須要改變這種態度，現在我相信自己已經改變了。北方各州有很多善良的人，只要他們被告知應該盡到何種職責，他們就會照做的。我認為在自己家中接受異教徒比讓傳教士到異教徒中去傳教，更需要一種克己獻身的精神。但是，我覺得我們還是願意做出這種犧牲的。」

「你自然會做到，我相信，」聖克萊爾說：「只要你覺得自己有責任去做某件事，就一定會做到的！這也是我親眼見證的事實。」

「噢，其實我不是什麼超凡脫俗的聖人，」奧菲利亞小姐說：「只要有人像我一樣去看問題，他也會這麼做的。我回北方時，想把托蒲賽帶走，我想開始的時候家裡人會感到奇怪，但是他們最終會理解我的。何況，北方也有一些人正在做著你說的那些事。」

「是的，但是他們畢竟是少數。假如我們真的可以大規模地解放黑奴，我相信很快就會聽到你們的回音。」

奧菲利亞小姐沒有回答，兩人沉默了一會兒。

聖克萊爾的臉上突然籠罩了一層迷惘和哀傷。「今晚我總是想起我的母親，不知道爲什麼。」他說，「我有一種奇怪的直覺，就好像她近在咫尺，我總是想起她過去常說的事。真是奇怪啊，不知怎麼，過去的一幕幕情景竟然那麼逼真地呈現在眼前。」

聖克萊爾在房間走了一會兒，說：「我想到街上走走，聽聽今晚的新鮮事。」他拿起帽子走了出去。湯姆跟著他一起走到院子外的過道上，問是不是需要有人陪著他。

「不用了，湯姆，」聖克萊爾說，「我一小時後就會回來。」

這是一個月光如水的夜晚，湯姆在走廊上坐了下來，他凝望著噴泉上飛濺的小水珠，聽著那低低的水聲，想起了自己的家鄉，想到自己用不了多久就會成爲一個自由之人，想到馬上就可以回家了，他想要拼命幹活，好把妻子兒女都趕快贖出來。一想到他的身體就要成爲自己的，能做工來換取一家人的自由，他就忍不住滿足地撫摸自己胳膊上結實有力的肌肉。之後，他又想起了高貴年輕的主人，就爲他祈禱起來，一想到主人就會不由得爲他禱告，這已經成了湯姆的習慣了。

接著，他又想到了可愛的伊娃，他想她已成爲一個天使了，想著想著，他似乎覺得那張燦爛明媚的笑臉，那個披散著金髮的小腦袋正透過噴泉的水霧看著他呢。就這樣，他不知不覺地睡著了，夢中彷彿看到伊娃蹦蹦跳跳地朝他走來。像以前一樣，她頭上戴著一頂玫瑰花編成的花冠，兩頰爍爍發光，發亮的眼睛裡迸射出喜悅的光芒。但是，當湯姆再仔細看時，伊娃又好像是從地底下走出來，頭上罩著一輪金色的光環，兩頰慘白，眼睛裡射出聖潔而深邃的光輝，轉眼間，她就無影無影了。

這時，一陣急促的敲門聲和門外喧嘩的人聲驚醒了湯姆，他連忙把門打開。伴著低低的人聲和沉重的腳步聲走進來幾個人，他們抬的百葉窗上面躺了一個人，身上用袍子蓋著。

當燈光照到這個人臉上時，湯姆不禁震驚而絕望地悲叫一聲，聲音震穿了整個走廊。那幾個人繼續抬著百葉窗朝前走去，一直抬到客廳門口，奧菲利亞小姐正坐在那裡織著毛線。

原來，剛才聖克萊爾走進一家咖啡館，正在看報時，兩個喝醉酒的男人發生了衝突；聖克萊爾和另外一個人想把他們倆拉開，誰知其中一個人手裡提著一把獵刀，聖克萊爾想把刀奪下來，不料卻在腰間受了致命的一刀。

房間裡頓時響起了哀號，痛哭，尖叫聲，僕人們跪倒在地板上，有的驚慌失措地四處逃竄，有的捶頭頓足，拼命撕扯自己的頭髮。只有湯姆和奧菲利亞小姐還勉強維持著鎮定。瑪麗歐斯底里的嚴重痙攣症又發作了。在奧菲利亞小姐的指揮下，門廳裡很快就佈置好一張躺椅，聖克萊爾那具流血的軀體被抬了上去。

由於失血過多和劇烈的痛苦，他已經昏迷，奧菲利亞小姐做了些急救措施，他才緩緩醒過來，眼睛定定地看著他們，轉而又環顧屋內，看屋子裡每樣東西。最後，他把視線落在母親的畫像上。

緊接著，醫生來了，開始為他檢查。從醫生的表情一望而知，聖克萊爾是沒救了，但是，他還是盡力去包紮傷口。在僕人們失魂落魄的痛哭聲中，醫生、奧菲利亞小姐和湯姆冷靜從容地包紮著傷口。

「現在，我們必須把僕人們全部趕走，」醫生說，「好起來的關鍵就在於能否保持絕對的安靜。」正當醫生和奧菲利亞小姐催促下人們離開時，聖克萊爾又睜開了雙眼，望著那些不幸的人們。「可憐的人啊！」說著，悲痛的自責之色出現在他臉上。

阿道爾夫癱軟在地板上，恐懼已讓他失去了一切理智，說什麼也不肯出去。其他人聽到奧菲利亞小姐說主人危在旦夕，必須保持絕對的安靜，就陸陸續續離開了客廳。

聖克萊爾躺在那兒，痛苦地緊閉雙眼，他已經快說不出話了，可是內心卻經歷著痛苦地掙扎。過了一會兒，他把手搭在跪在他身旁的湯姆的手上，說：「湯姆，可憐的人啊！」

「老爺，您要說什麼？」湯姆急切地問道。

「唉，湯姆，我就要走了，你爲我做臨終的祈禱吧！」聖克萊爾緊緊地握住了湯姆的手。

「要是你想請一位牧師來——」醫生說。

聖克萊爾搖了搖頭，急急地說：「你開始禱告吧，湯姆。」

湯姆完全沉浸在爲這顆即將脫離塵世的靈魂的禱告之中。聖克萊爾那雙睜大的充滿憂傷的藍眼睛裡折射出他的靈魂之光，他就那麼目不轉睛地、無限哀傷地看著湯姆，這真是催人淚下的禱告。

做完禱告之後，聖克萊爾伸手抓住湯姆，懇切地看著他，但沒有說一句話。他閉上了眼睛，但兩人的手仍然緊緊交握著——在永恆榮耀的天國門前，黑人的手和白人的手就是這樣友好而又平等地握在一起。聖克萊爾斷斷續續地輕聲哼著：

耶穌啊，我們要牢記：

黑暗的日子裡，你不願把我拋棄；

為了找到我，你疲憊不堪四處奔走。

聖克萊爾在腦海裡搜索到那天晚上他所唱的那首歌的歌詞，那是對仁慈的主的歌頌。他的嘴顫抖著，時斷時續地吐出那首歌的歌詞。

「他的神志已經昏迷了。」醫生說。

「不，不，我終於快回到家了！」聖克萊爾有力地駁斥說：「就快回家了！回家了！」他耗盡了最後一點力氣，在他臉上死亡的灰白色顯得更沉重；但是緊接著卻換了一副安詳寧靜的神情，就像是在仁愛天使的庇護之下所呈現出的美好光輝，又像是困倦的孩子沉沉睡去後所特有的寧靜可愛。

聖克萊爾就這麼躺著，所有人的心裡都明白，死神已經把他帶走了。在他的靈魂快要超越塵世之前，他竭力睜開了雙眼，眼睛裡閃爍著像見到故人般的異常的喜悅之光，接著他叫了一聲「母親」，就永遠地走了。

chapter 29

喪失保障的人們

我們常常聽到黑奴為失去一位可親的主人而感到非常難過的事，這是很自然的。因為在上帝主宰著的這個世界上，誰的生活也不會比處於這種環境下的黑奴更為悲慘、更缺乏保障。

在父親死後，孩子仍然有自己的地位，仍然有親友與法律的保護，擁有公認的權利與地位，可以做自己想做的事情，但是奴隸什麼都沒有，不論是在法律面前，還是從別的角度作判斷，他們都和商品一樣，沒有絲毫的權利可言。一個有血有肉有靈魂的黑奴，只能通過主人崇高權力的施捨，他的需求與願望才能實現，但是一旦主人離開人世，他們的一切就都隨之消失。

擁有權力的人知道怎樣寬容而善良地運用它而又不用對誰負責，大家都明白這樣的人並沒有幾個。黑奴更是如此，深知如果有一個人碰到了一位好主人，那必定會有九個人遇上了暴虐專橫的惡毒主人，所以當一位善待奴隸的主人逝去，黑奴們當然會非常傷心。

聖克萊爾死去以後，整座宅院都處在一片惶惶之中。他正值壯年，卻死得這麼突然，家裡因他的意外離去，每個房間和每條走廊的空氣中都迴蕩著絕望的哀嚎和哭泣聲。

瑪麗因為一直放縱自己，神經系統早就脆弱不堪了，現在根本無法承受這樣的打擊，在她丈夫逝世後，她一次接一次地昏厥過去。跟她有神聖婚姻關係的丈夫這樣永遠而又匆匆地離她遠去，竟然連個告別的機會都沒有給她。

奧菲利亞小姐憑藉強烈的自制力與天生的旺盛精力一直守護在堂弟周圍，觀察、傾聽著周圍的一切，一絲不苟卻又竭盡全力地忙碌著。可憐的黑奴湯姆爲將要離去的主人祈禱，熱情而溫柔感人，奧菲利亞小姐在旁邊和湯姆一起認真地祈禱著。

聖克萊爾被放到棺材裡的時候，胸前掛了一個樸素的、有個彈簧開關的小相片盒，裡面是一張高貴漂亮的女人的相片，一縷黑髮在背面的水晶片下珍藏著。他們把相盒重新放在那已不再跳動的心口上，「塵歸塵，土歸土」，這個多年前傷感的紀念物，曾無數次讓這顆冷冰冰的心爲之劇烈地跳動！

當湯姆守在主人的身體旁料理事物時，他腦子裡充滿了對永生的幻想，根本沒想到過這不可預料的變化將意味著他會永遠地做一世奴隸。看著他的主人，他心裡很平靜，因爲在他將爲主人做禱告，向上帝傾訴衷腸的時候，覺得自己心中出現了一種既輕鬆又踏實的感覺。

在他純良的天性深處，他隱約感覺到了一絲上帝之愛的偉大，因爲很久之前，曾經有一位先知這麼寫道：「神就是愛的化身，住在愛裡面的，也住在神裡面，神也在裡面住著。[83]」湯姆對上帝無比地信任，所以心情非常平靜。

葬禮結束了，伴隨著它而去的還有黑喪服、充斥在耳朵裡面的祈禱和悲傷的面孔等那套形式，污濁、無情且殘忍的現實生活又像巨浪一樣襲來，人們心中不禁打了一個冷戰，「將來，將來該怎麼辦呢？」

這個問題同樣也出現在瑪麗的心裡，那時候她正穿著一件寬大的睡袍，坐在一把舒適的椅子

83.《聖經．新約．約翰壹書》第四章第十六節。

中，漫不經心地看幾條縐紗和羽紗的樣品，身邊圍著一群膽戰心驚地侍候她的僕人；奧菲利亞小姐心裡想著這個問題，她盤算著回北方的家；僕人們的心裡帶著無聲的恐怖，也盤算著自己的未來，他們如今已歸瑪麗所有，他們對瑪麗暴虐無情的脾氣是非常瞭解的。所有的黑奴都知道，以前的寬容來自寬厚仁慈的男主人，而不是女主人，可是現在男主人離開他們了，而女主人的性情因爲無盡的悲傷變得更加暴戾，所以當女主人對他們更加殘暴時，再也沒有人再來袒護他們了。

葬禮過去大約半個月以後，有一天奧菲利亞小姐正在房間裡幹活，突然聽到輕微的敲門聲。她把門打開，有著四分之一黑人血統、年輕美麗的蘿莎站在門前，她兩眼哭得通紅，披頭散髮。

「噢，奧菲利亞小姐，」她猛地跪在地上，抓住奧菲利亞小姐的裙子，說道：「請您、請您幫我在瑪麗小姐面前求求情吧！求您了，她要把我送到外面去挨鞭子，您看。」

她遞過來一張紙條給奧菲利亞小姐。這張紙條是寫給一個鞭笞所的頭領的，一看便知道是瑪麗漂亮流利的義大利筆跡，她要求凡拿這個條子去的人被打十五皮鞭以作懲罰。

「你到底怎麼了？」奧菲利亞小姐驚詫地問。

「您知道，奧菲利亞小姐，我的脾氣一直不好，這個我也很清楚，是個大缺點，我試穿了瑪麗小姐的一件衣服，她扇了我一記耳光，我沒有思考，就立刻很無禮地頂撞了回去；她說要讓我記住自己的地位，今後不再這麼囂張，要好好教訓我一頓，於是就寫了這個紙條，讓我自己送去。如果這樣，還不如讓她把我當場打死呢。」

奧菲利亞小姐手中握著那個紙條，沉默著站在那裡沉思了半天。

「小姐，您知道，」蘿莎繼續說道：「假如是您或是瑪麗小姐打我幾鞭子，我不會在意，但是讓我去吃一個男人的鞭子，而且還是一個這麼粗魯討厭的男人，小姐，真是太丟臉了！」

奧菲利亞小姐當然知道，把女人，尤其是年輕的女孩送到鞭笞所去，送到最可恥最邪惡的男人手中（這些人卑鄙到以打人為生）去當眾承受這種羞辱的處罰，是南方很流行的一種做法。以前她就知道這些，但是當她看到蘿莎嚇得全身發抖的模樣時，才知道這到底是怎麼一回事。

作爲一個具有強烈正義感的、熱愛自由的新英格蘭女性，她不由得氣得滿面通紅，熱血幾乎湧到了臉上，但是，她憑藉一貫的謹慎和自控克制住了自己的情緒。她把那張紙條緊緊地攥在手裡，溫和地對蘿莎說：「孩子，坐吧，我現在就到你家太太那裡去。」

「真是太可怕！太可恨！太卑鄙了！」她一邊走過客廳，一邊低聲自語道。

她走進瑪麗的房間，看到瑪麗正坐在安樂椅中，奶媽在旁邊給她梳頭，簡就坐在她對面的地上爲她按摩腳趾。

「今天感覺好些了嗎？」奧菲利亞小姐問。

瑪麗緊閉雙眼，用長長地嘆息回答她，過了好一會兒，她才好像吃力地說：「噢，我也不知道，堂姐，我的身體估計是好不了了！」說完，瑪麗用一塊鑲著一英寸寬黑邊亞麻布的手絹抹了抹眼睛，假裝在擦淚。

「我來，是爲了……」

奧菲利亞說到這裡短促地咳嗽了一聲，通常人們在要說到一件很爲難的事情時都是這樣，「我來是想和你商量一下可憐的蘿莎的事。」

瑪麗立刻睜大了眼睛，蠟黃的臉漲得通紅，故作鎮定，嚴肅地問道：「怎麼了？她有什麼事要商量？」

「她對自己的過錯很後悔，也想要改過。」

「是嗎？等我跟她算完帳之後，她就會更後悔的！像她那種飛揚跋扈的樣子，我已經忍無可忍了，我現在就是要她明白自己的身分，一定要好好治她一頓，從此讓她為自己的錯誤真正的後悔！」瑪麗憤恨地宣稱。

「可是你就不能用別的方式來教訓她嗎？一定要這麼羞辱她嗎？」奧菲利亞小姐努力克制自己的不高興，平靜地說。

「這正是我所希望的，我就是要讓她出醜。她總是利用自己嬌俏的臉龐、大家閨秀般的文雅和風韻招蜂引蝶，驕橫傲慢得連自己是誰都不知道了。我想這次必須要狠狠地教訓她，應該讓她明白不該這麼猖狂！」瑪麗繼續理論。

「但是瑪麗，你想過沒有，假如你毀了一個年輕女孩的文雅和羞恥心，她會因此而迅速墮落下去的。」

「文雅？」瑪麗譏諷道：「這麼美麗的字眼放到她這種人身上真是妙極了！我必須讓她明白，別看她現在神氣兮兮的樣子，事實上，她和街頭流浪的那些骯髒討厭的黑鬼沒有任何區別！讓她以後永遠都不敢在我面前擺那套小姐的臭派頭。」

「你以後是要對上帝負責的，這樣做實在太殘忍了！」奧菲利亞小姐激動之餘，大聲地說道。

「殘忍！這怎麼是殘忍呢！我只不過寫抽十五鞭而已，還讓他下手不要太重，我敢保證這不算什麼殘忍。」瑪麗蔑視地說。

「不殘忍嗎？」奧菲利亞小姐說，「我相信不管哪個女孩看到這樣的懲罰，都會生不如死。」

「對於像你這麼敏感的人來說可能是這樣，但是這些黑鬼們早就把挨打當做是家常便飯了，只有這樣，他們才會老實一些，一時的寬容就會讓他們佯裝斯文，得意忘形，變得目中無人，眼前家裡的僕人不就是個生動的例子？我現在就要開始動手治理他們，得讓他們都明白，假如他們不自重自愛，衝撞主人，到時候可別怪我不客氣，不管任何人我都會送出去挨鞭子。」瑪麗說著，嚴厲地朝周圍掃視了一圈，好像要用眼神殺死誰似的。

簡聽見這話立刻低下頭去，嚇得渾身打戰，因爲她覺得這話好像是針對她說的。

奧菲利亞小姐坐了一會兒，肺裡像是埋藏了炸藥，馬上就要爆炸了，但是她轉念一想，跟這種人爭吵無異於對牛彈琴，簡直是白費唇舌，於是決定閉上嘴，站起來向屋外走去，她去告訴羅莎，她對此無能爲力，深感抱歉，也感到非常難過。

不一會兒，一名男僕說女主人吩咐把蘿莎帶到鞭笞所去，不論她如何不肯就範，哭叫請求，男僕仍然匆忙把她押走了。

幾天後，湯姆正站在陽臺邊想心事，阿道爾夫走了過來。

男主人走後，他總是悶悶不樂、沒精打采，阿道爾夫知道瑪麗一直討厭他，但是男主人在時，他並沒有把這檔子事放在心上，現在男主人走了，他每天如履薄冰，膽戰心驚，好像感覺到馬上就會有什麼災難降臨到自己身上。

瑪麗與律師已談過幾次，也跟聖克萊爾的哥哥商量了一下，打算把黑奴和宅子都賣了，然後她準備帶著自己的個人財產到她父親的莊園去生活。

阿道爾夫一臉苦相地說：「你知道嗎，湯姆，我們全部都要被賣掉了！」

「你從哪裡聽說的？」湯姆同樣很關心這個問題。

「太太與律師說話時，我躲在簾子後面聽到的。再過段時間我們就會被送去賣掉，湯姆。」

「這是我們無法控制的。」湯姆說完，深深地嘆息了一聲，環抱雙臂，心裡明白今後的日子可能會更難熬。

「我們再也碰不到這麼仁慈的主人了，」阿道爾夫的聲音中摻雜著恐懼與失望，「但是我寧願被賣，也不願落到女主人手中。」

湯姆回過身，思緒很亂。得到自由的渴望、對家鄉妻兒的思念一齊湧上他的心頭，雖然他一直在忍耐，就像一個經過長途跋涉的水手，即將進港時卻遭遇了滅頂之災，最後只能從黑糊糊的浪頭上看一眼自己的家鄉，那教堂的塔尖與親切的房頂，這些影子都讓人這麼留戀。湯姆強忍苦澀的眼淚在心底，把胳膊緊緊地抱在胸前，靜下心來開始祈禱。這苦命的僕人對自由懷著如此強烈的熱愛，所以他心裡的痛楚和絕望比其他僕人更甚。他越說「願您的旨意行在人間[84]」，就越感到傷心。

在伊娃走後，奧菲利亞小姐對他非常和善，也很敬重他，所以他想找奧菲利亞小姐幫忙，渴望會有一絲的陽光照耀在自己身上。

「小姐，」他說，「老爺曾允諾我可以得到自由，而且聽他說已經開始給我辦手續了，假如小姐您這時可以在太太那裡重新把這件事提一下，也許她會把這件事辦完，畢竟這是老爺的遺願之一。」

「湯姆，我一定會盡全力幫你的，」奧菲利亞小姐說：「假如這件事現在由瑪麗來決定，我覺得希望並不大，但是我會竭盡所能幫助你的。」

84.《聖經．新約．馬太福音》第六章第九節。

這件事發生在蘿莎被打幾天以後，奧菲利亞小姐正忙著爲回北方收拾行李。奧菲利亞小姐仔細地思考了一下，覺得可能上次和瑪麗談話的時候，自己脾氣太暴躁，話說得太過分了，所以這回她打算盡力控制住自己的情緒，語氣要含蓄，態度要溫和。

這個善良的女人鼓足了勇氣，準備了一番後，就帶著毛線活兒來到瑪麗的房間。她打算使出渾身解數來、語氣溫和地與瑪麗商量，希望能促成湯姆的好事。

她看到瑪麗斜躺在一張沙發上，在胳膊肘底下墊著個枕頭支撐著身體，而剛從街上購物回來的簡正拿著幾種很薄的黑紗布料的樣品，讓女主人挑選。

「嗯，這塊看起來還可以，」瑪麗摸著一塊布料說，「但不知道服喪期間穿會不會合適。」

「太太，」簡說，「去年夏季德奔能將軍去世之後，將軍夫人穿的就是這種布料，這布料做成衣服很漂亮，穿在身上也非常舒服。」

瑪麗向奧菲利亞小姐問道：「堂姐，你看怎麼樣？」

「我覺得這是風俗問題，」奧菲利亞小姐恭維道：「你的眼光比我好。」

「但問題是，」瑪麗說：「現在家裡根本沒有適合我穿的衣服。我準備下周就離開，所以必須選好衣料。」

「你這麼快就要走了？」奧菲利亞小姐驚訝地說。

「是的，聖克萊爾的哥哥來信了，他和律師都覺得傢俱與黑奴最好都送去賣掉，東西多了太麻煩，房子可以讓律師來處理。」

「有件事我想和與你商量一下，」奧菲利亞小姐說：「奧古斯丁曾說過要給湯姆自由，並且已開始辦理相應的法律手續了，我希望在你離開時，可以通過你的關係把這件事辦妥。」

「嗯？我當然不會這麼做！」瑪麗高聲叫道：「湯姆可是家中最有價值的黑奴之一，我可不願意接受這種損失，這絕對不可能。還有，他要自由幹什麼？現在他不是過得挺好嗎？」

「但是他很想獲得自由，而且你的丈夫也曾答應過他。」奧菲利亞小姐盡力保持冷靜。

「我當然知道他很想獲得自由，」瑪麗說，「黑奴都希望自己是自由的，因爲他們所有人都貪得無厭，總希望得到不屬於他們的東西。我從不贊成解放黑奴。一個黑奴只有在主人的管制下，才會好好幹活兒，人也會體面；如果他獲得了自由，就會因此而變得懶惰，不願勞動，整日喝酒度日，墮落成沒用的敗類。這樣的事情我見多了，給他們自由真是太好笑了。」

「可是湯姆是一個勤奮、老實而又虔誠的人。」

「噢，你不用告訴我這些，像他這樣的黑奴我見過太多了，只要有人管教他，他們就會規規矩矩，否則，可就不知會怎麼樣了。」

「但是你也該想一下，」奧菲利亞小姐說：「你把他送去賣掉，他可能會碰到一個非常殘暴的主人。」

「哼，胡說！」瑪麗無情地說：「大部分奴隸主都是好人，好奴隸遇到殘暴的主人，這樣的機率只有百分之一。我是在南方長大的，就從來沒看到過一個對黑奴殘暴的主人，主人們都很仁慈。我從來不懷疑這個事實。」

「可是，」奧菲利亞小姐鼓起千般勇氣，繼續爭取，「你知道嗎？給湯姆自由是你丈夫生前的一個願望，也是可愛的小伊娃死前的遺願，看在他們的分上，請你把他的遺願執行了吧。」

話音還沒落下，瑪麗就用手帕遮住臉，歇斯底里地大哭起來，同時還拼命地聞她的香精，舒緩她自己的神經。

「每個人都對我有意見，」她哭哭啼啼地說，「沒有人爲我著想！我沒想到，你居然也會來揭我的傷疤，你居然一點兒都不理解我！我經歷的災難還少嗎！我只有那麼一個寶貝女兒，偏偏早早就離開了人世；想找一個與自己情投意合的丈夫又非常難，我恰好嫁給了一個這樣的丈夫，但他竟然也走了！誰又設身處地的爲我考慮過呢！你也從來都不可憐我，你應該清楚這些事會讓我痛苦，卻一定要這麼隨意地在我面前提起！或許你沒懷什麼惡意，但你簡直一點慈悲之心都沒有，太不同情我了！」

瑪麗上氣不接下氣地啜泣著，示意讓奶媽打開窗戶，把她的樟腦瓶拿來，用濕毛巾爲她擦拭額頭，把她的衣服扣子都解開好讓她順利喘息。大家都忙作一團，奧菲利亞小姐趁此機會離開了她的房間。

因爲她意識到，不管跟瑪麗說什麼都是沒有用的，因爲她那歇斯底里發作的本事已經是一種習慣了。後來每當說起關於她丈夫或者女兒對家裡黑奴有什麼心願的時候，她都會毫不費力地發作一次，所以奧菲利亞小姐沒有辦法，只好退而求其次，代替湯姆給謝爾比太太寫一封信，告訴她湯姆現在的處境，希望她們能想辦法去救他。

第二天，湯姆與阿道爾夫還有另外六個黑奴被一起送進一家黑奴交易所，當黑奴販子湊夠一批黑奴以後，就會立刻進行拍賣。

chapter 30 黑奴交易所

黑奴交易所！在讀者的想像中，這樣一個場所恐怕必然是與觸目驚心、恐怖黑暗聯繫在一起的。這在人們心中會是一所齷齪陰暗的房子，「暗無天日、破舊不堪、臭氣熏天」的地獄，讓人想起來就害怕得發抖。

其實並非如此，我親愛的朋友。在那個時代，人們早已知道如何裝飾罪惡，文雅得不帶絲毫血腥氣，以免體面高雅的上層人士看了覺得厭惡。

表面看來，黑奴們生活得都不錯，吃得好，穿得暖，梳洗得乾乾淨淨；交易所對黑奴們的照顧也很周到，爲的是讓他們在交易那天都顯得光鮮體面、結實健康。新奧爾良的黑奴交易所從外面看，和別的房子沒什麼不同，收拾得既整齊又乾淨。交易所外搭著個棚子，棚子底下站著幾排黑奴中的精品，作爲裡面供拍賣的展覽品。

之後，交易所裡的人會殷勤地請你進去看貨。在裡面，你可以看到一個大牌子，「零售、批發，任您選擇！」而牌子旁邊赫然立著大批別人的丈夫、妻子、父親、母親和子女、兄弟、姐妹。仁慈的上帝啊，當年在山崩地裂、天翻地覆的時候，您歷經重重辛苦，用自己的鮮血拯救出的不朽的人類靈魂，現在卻在被自由買賣、抵押和租借，任由雙方意願或顧客的喜好進行交易，只消用雜貨或布匹什麼的就可換得。

繼瑪麗和奧菲利亞小姐那次不愉快的談話之後一兩天，阿道爾夫、湯姆和其他五六個僕人就被送到了一家奴隸交易所，在老闆的熱心安排之下，等待第二天的拍賣。

湯姆隨身帶了一口箱子，裡面裝著破爛的衣物，黑奴們也大多如此，根本沒有什麼值錢的東西。他們被領到一間窄長的屋子裡過夜。房間裡已經有許多男黑奴，他們年齡不同、身材各異和膚色深淺不等。他們聚在這裡，誰也不知道命運將會走向何方，但大家都明白「人生苦短，及時行樂」，大家互相逗著樂子排遣憂愁，不時可以聽到他們的笑聲。

「對，夥計們，你們就得高興！」交易所老闆看上去很是豪放，高聲說：「我這裡通常是非常熱鬧的。噢，原來是桑巴！」

他招呼著一個身材高大的黑奴，這個人正在玩弄一些低級但是滑稽的小戲法，逗得眾人哄堂大笑。然而，湯姆沒有心情和這些人調笑，女主人的立場讓他徹底對自由絕望了。他提著箱子遠離哄鬧的人群，一屁股坐在上面，頭靠在牆上，情緒很低落，不知在想些什麼。

黑奴販子們處心積慮地想在黑奴中營造些歡樂氣氛，藉以麻醉黑奴們的思想，使黑奴們暫時忘記自己的厄運。每個黑奴在被從北方市場運到南方的過程中，都要經歷這樣一連串的「訓練」，無非是想讓他們變得冷漠無情、機械愚笨、麻木不堪，從此而安於現狀。

黑奴販子們從維吉尼亞州或是肯塔基買進一批黑奴後，通常會先把黑奴們送到旁邊一個適宜於修養的場所進行「訓練」，往往是有溫泉的地方。在那裡，黑奴們整天不愁吃不愁穿，但又無所事事，日子久了總會有些煩悶無聊，於是老闆通常會請一位琴師為他們彈奏解悶，慫恿著大家跳舞。即便如此，有些人卻終究放不下對故土和妻兒的思念之情，整天悶悶不樂，當他們的鬱鬱寡歡引起老闆的注意之後，老闆覺得他們性情古怪，不會賣個好價錢，有時就會讓狠毒暴戾的黑奴販子教訓他們一頓，因此，他們逼不得已裝出一副活潑開朗、愉悅高興的樣子，尤其是在客人面前，一來是爲了免遭摧殘，二來則是爲碰上好主顧。

「那塊黑炭在那裡幹什麼呢？」交易所老闆出去之後，桑巴向湯姆走過去。

桑巴膚色很黑，壯碩魁梧，口齒伶俐，精神抖擻，慣於耍弄各種嘴臉和把戲，總是一副玩世不恭的樣子。

「你在這裡做什麼？」桑巴問道，並打趣地在湯姆腰間戳了一下，「有心事啊，夥計？」

湯姆難過地低聲說：「明天我就要被賣了！」

「哈哈！要被賣了？大夥說好笑不好笑？我還正想被賣了呢，巴不得能早點離開這個鬼地方！看，我把大家都逗樂了吧？怎麼，明天你們這群人都得被賣了？」桑巴說著，把一隻手隨意地搭在阿道爾夫的肩膀上。

阿道爾夫怒氣衝衝地吼道：「別碰我！」邊說邊不屑一顧地掙扎著站起身來。

「天哪！大家快看，這還是塊兒白黑炭呢，帶點奶油色，還噴了香水呢！」他有意走到阿道爾夫身邊，湊近了聞了聞，「嗯，賣到煙草店倒是很好，可以直接當香精去熏鼻煙，主人可賺大了！天啊，我敢打賭，他的分量都可以開一家香菸鋪了！」

「我說，請你走開點，行嗎？」阿道爾夫憤憤地說。

「喲，脾氣不小啊！哦，當然啦，我是一塊兒白色的黑炭嘛！大家都來看我啊。」桑巴刻意地去模仿阿道爾夫的派頭，滑稽的樣子又招來大家一通大笑。「多文雅，多氣派！我猜你是從大戶人家出來的吧！」

「那是自然了！要是我主人還活著，可以把你們這堆破銅爛鐵全買下來。」

桑巴並不生氣，反而感嘆道：「嘖嘖，瞧瞧，多闊氣啊！」

阿道爾夫驕傲地說：「我是聖克萊爾家的人。」

「哦，是嗎？你可真他媽的走運，這回算是把你趕出來了，我想他們一定是把你和瓶瓶罐罐一同丟出院子的！」

阿道爾夫怎麼受得了這番冷嘲熱諷，不由得怒火中燒，他凶巴巴地朝桑巴撲過去，破口大罵，手腳並用，發洩著所有怒氣。

周圍的人們觀看著這場廝殺，吵吵嚷嚷的，哄笑不止。這時，老闆聞聲走了過來：「別鬧！別鬧！怎麼啦，夥計們？」他邊揮動著一根粗皮鞭邊說道。

大家紛紛避讓，只有桑巴——這個特許的小丑般的人物，仗著老闆的青睞，並不挪動地方。每次老闆對他舉起鞭子時，他都能嬉皮笑臉地躲閃過去。

「哎喲，我的老爺，我們一向都規規矩矩的，這可不關我們的事，都是這些新來的傢伙，他們非要和我們過不去，真是討厭極了！」桑巴媚笑地解釋道。

老闆聽了，轉過身來，不由分說就朝湯姆和阿道爾夫甩了幾鞭子，又向他們踹了幾腳，「都趕緊給我老老實實地睡覺，黑鬼。」說著，就走出了屋子。

男奴屋裡發生這些事的時候，女奴屋裡又是什麼情況呢？旁邊女寢室的地板上睡著很多女人，老少都有，她們膚色的黑白程度也不一致，睡覺的姿勢也各不相同。現在她們都睡著了。

這邊有一個大約十歲、聰明可愛的小女孩，她的媽媽剛被賣掉，趁著晚上沒有人注意，她悄悄地流著淚睡著了。那邊有一個枯瘦的老婆婆，長有老繭的手指和瘦削的胳膊見證了她一生的操勞。現在，她也正等待著明天的拍賣，老闆打算拿她當剩餘貨賣出去，能賣一些是一些。

她們周圍躺著四五十個女人，用衣服或毯子蒙著腦袋，似乎想睡得更安穩些。但是，在一個角落裡，卻有兩個女人坐著，她們的相貌很不尋常，也不和別人待在一起。年紀大的是第一代混血女人，大約四五十歲，慈眉善目，頭上還梳著一個高髻，衣著得體，身上的衣裳剪裁合適，衣料看起來也不錯，應該是一塊上好的馬得拉斯紅色料子，顯然以前的主人待她很不錯。

一個女孩偎依在她身邊，大約十五歲的樣子，應該是她的女兒，是個第二代混血，膚色白皙，衣著整潔，兩隻小手白白嫩嫩的，顯然沒幹過什麼重活。她的眼睛和母親一樣黑亮而溫柔，只是眉毛比母親略長一些，頭上的鬈髮呈豔麗的棕色，明天，她們母女倆將要和聖克萊爾家的僕人一起被拍賣出去。

她們的主人是紐約某一個基督會的教徒，拍賣母女倆所得的那筆錢將匯到他的名下。他收到匯款之後，將像往常一樣去參加他的救主（這也是她們的救主啊！）的聖餐禮拜，然後把此事忘得乾乾淨淨。

我們暫且把這母女倆叫做蘇珊和艾米麗。她們的前一任主人是新奧爾良的一位心地善良、和藹可親的夫人，她們是她的貼身女僕。在這位虔誠文雅的夫人的調教下，她們幸運地接受了正規的文化教育和虔誠的宗教訓練，很有教養。以她們的身分來說，這種境遇已經算是很走運了。可惜，這位女主人的產業由她的獨生兒子經營掌管，他馬虎大意、揮金如土，最終欠下了許多債，破產也在所難免。他最大的債權人是紐約很有名的B公司，B公司寫信通知了他在新奧爾良的代理律師，那律師依照法律沒收了他家所有的不動產，其中最值錢的就是這家裡的黑奴了，並向紐約方面報告了這個情況。

正如我們前面告訴大家的，B教友是一個基督徒，同時也是自由州的居民，所以難免會對此事惴惴不安。他當然並不喜歡販賣奴隸，販賣人的靈魂，可是一想到這其中還牽涉著三萬塊錢呢。為了一個意念而丟失三萬塊錢，這顯然在他心中是不划算的，所以，B教友經過多方商討，再三思量之後，終於寫信告訴他的律師，囑咐他要儘量慎重，採取可行的辦法來妥善處理此事，並把所得財產匯給他。

這封信到了新奧爾良的第二天，蘇珊和艾米麗就被合法扣留，並押送到了這個黑奴交易所等候拍賣。此時，月光透過鐵窗，靜靜地潑灑在屋裡，母女倆的身影若隱若現，她們的低語依稀可聞。她們各自都在默默地流著眼淚，卻都不想讓對方知曉。

「媽媽，您睡一會兒吧，來，把頭靠在我懷裡。」小女孩強作鎮定地說。

「我怎麼會睡得著，親愛的艾米麗！這可能是我們分別前的最後一個晚上了！」蘇珊撫摸著女兒的頭髮說。

「噢，媽媽，您千萬不要有這樣的想法，也許會有人把我們一同買走，誰知道呢？」

「假如是別人，我也會這麼說的，但是，艾米麗，正因為你是我的女兒，所以我總是會向最壞的那個方面想。」

「哦，媽媽，老闆說我們看起來非常體面，應該是很好賣出去的。」女孩故作輕鬆地說，希望能讓母親心裡好受一些。

這時，蘇珊不禁想起了那個人的表情和言語。她記得他不懷好意地盯著艾米麗，捧起她的鬈髮低語道：真是上等貨色啊。一想起他的猥瑣模樣，蘇珊就像是吞了隻蒼蠅。

她受到過嚴格的基督徒的教育，養成了每日閱讀《聖經》的習慣，她和其他所有的基督徒母親一樣，害怕自己的女兒被賣給他人，一輩子過著屈辱的不幸生活。但是，她又沒有力量去保護女兒，沒有一點希望來改變女兒即將到來的不幸命運，因而心裡充滿了深深的自責。

「媽媽，如果你能當廚娘，我做裁縫或侍女，我敢保證，咱們一定能幹得很好。明天我們要神采奕奕的，儘量擺出高興的樣子，讓別人知道我們一定會好好做事的，也許會把我們一同買走呢。」艾米麗說道，憧憬著未來，好像還有點興奮。

「你明天把頭髮梳直了。」蘇珊卻仍然打不起一點精神來。

「媽媽，為什麼？鬈髮不是更好看嗎？」

「是好看一些，不過直頭髮更容易找到好東家。」蘇珊真希望用謊言可以說服女兒。

「為什麼？我不明白。」艾米麗疑惑地說。

「好主人看到你素淨的樣子，就會覺得你是乾乾淨淨，規規矩矩的，會更願意要你。我比你更清楚他們的心思。」蘇珊說。

「好吧，媽媽，我按照您的意思做就是了！」

「還有，艾米麗，假如明天過後，你被帶到一個地方，而我被賣到一個離你很遠的農莊，如果我們母女這輩子再也無法見面的話，你一定要銘記夫人對你的教導，牢記自己所受的教育。要把《聖經》和讚美詩隨身帶著，假如你心中有上帝的話，上帝就一定會保佑你的。」蘇珊向女兒囑咐道。

那個不幸的女人在說這番話時，心裡一陣酸痛。她很清楚到了明天，不論這人有多麼邪惡、奸詐和下流，只要能出得起好價錢，都將會從精神到肉體完全佔有她的女兒。那時候，這十幾歲的孩子又該怎樣忠於上帝呢？

她把女兒一把摟在懷中，思緒萬千，她真希望沒有把女兒生得這麼美麗，這麼嫵媚動人。當她想到自己曾經接受過正規良好的教育以及曾比大多數黑奴優越得多的待遇時，心裡就更加難受了。可是，現在除了祈禱以外又有什麼方法？她，一個黑奴，是這麼地無助和無奈啊。

在這兩間整潔、體面的黑奴房間裡，不少人都在默默地向上帝禱告，希望能碰到善良的主人。有一點遲早會被證實的，那就是上帝並不會忘記他們，因為《聖經》上清清楚楚寫著：「但凡使信仰我的人跌倒的人，倒不如把大磨石掛在此人的脖子上，讓他永沉海底[85]。」

柔和靜穆的月光從窗外照進來，窗上鐵欄杆的影子投射過來，照在地板上熟睡的人身上。母女倆一邊依偎著，一邊情不自禁地唱起一支淒婉卻又感情奔放的輓歌，這是黑奴們在葬禮上經常唱的一首讚美詩：

啊，哭泣的瑪麗在哪裡？
啊，哭泣的瑪麗在哪裡？
平安到達幸福的家園。
她已永逝升入天堂，
她已永逝升入天堂，
平安到達幸福的家園。

母女倆的嗓音憂鬱而柔美，曲調的旋律似乎透露出對人世的絕望和厭倦、對天堂的嚮往和憧

85.《聖經·新約·馬太福音》第十八章第六節。

憬。歌聲帶著悲傷的韻味，一段一段地迴蕩在安靜的監房裡。

啊，保羅和希拉斯在哪裡？
啊，保羅和希拉斯在哪裡？
平安已到達幸福的家園。
他們已永逝升入天堂，
他們已永逝升入天堂，
平安已到達幸福的家園。

唱吧，不幸的人啊！漫漫長夜將要逝去，天亮之後，你們將骨肉分離！

這時，天已經亮了，人們陸續開始起床。什凱哥斯大老板正喜氣洋洋地忙著把一大批貨送出去拍賣。他先督促大夥梳洗穿戴，之後叮囑每個人都要做出高興的樣子來。沒過一會兒，黑奴們在被送往交易所之前，圍成一個圈，接受老闆最後的檢閱。

什凱哥斯大老闆叼著雪茄，頭戴棕櫚帽，挨個兒仔細地檢查了一遍，給他的貨物最後作了一番修飾。

「你們搞什麼把戲？」他走到蘇珊和艾米麗面前，怒道：「你的鬈髮哪裡去了？」

女孩怯怯地看了母親一眼，她的母親馬上以黑人常有的機敏答道：「是我讓她把頭髮梳得整齊光亮一些，不要一團一團亂糟糟的，這樣看上去更端莊一些。」

「真是可惡！」那黑奴販子粗暴地說，接著就別過臉對那個女孩狠狠地命令道：「馬上去把頭髮捲起來，要捲得好看點！快點！」接著，他把手中的藤條猛地在地上抽了一下，補充道：「弄好了就趕緊回來，聽到沒有？」

「你，快去幫她的忙，」他對年輕女孩的母親說：「鬈頭髮可以多賣一百多塊錢呢！」

在一個華麗的圓穹頂下，聚集了不同國家的各色人士，在大理石的地板上穿梭著來來往往喧鬧的人群。圓形大廳的四周有幾個小講壇，也可以說是拍賣站，那是專門爲講演者或拍賣人準備的。

大廳兩旁的講壇被兩個頗有才華的人佔據著，他們的英語中夾雜著法語，催促看中某商品的人們提交投標價碼。另一邊的講壇還空著，周圍站著一群等待拍賣的黑奴，蘇珊和艾米麗在不安地等待著宣判她們的時刻，聖克萊爾家的僕人——湯姆和阿道爾夫等也在中間。

這群黑奴前面圍了很多看客，有的打算買，有的只是在觀賞而已。他們邊用手隨意擺弄、檢視這些黑人，邊品頭論足，大聲地談論著，就像騎師們評論一匹馬的好壞一樣。

「嗨，阿爾夫，你怎麼也來了？」一位打扮時尚的青年透過單片眼鏡打量著阿道爾夫，另一位富有的年輕人拍著那人的肩膀說道。

「哦，我想買一個貼身僕人，聽說聖克萊爾家的一批奴隸要賣掉，我就來看看——」

「我才不會買聖克萊爾家的僕人呢！聽說全都放縱慣了，個個目中無人。」對方說。

「老兄，這個你就放心吧，」那個阿爾夫說道：「我買了他們，不用幾天，就能讓他們好好地幹活。我得讓他們看看，這個新主人可不像聖克萊爾先生那麼好糊弄。說老實話，我看上了這個傢伙，他那個樣子，我很喜歡！」他指了指阿道爾夫。

「買那個傢伙可得小心啊，說不定會讓你傾家蕩產喲！你看著吧，他那個氣派啊！」

「哼，他的確是這樣的。不過，我馬上會讓這位兄弟明白，在我手下幹活可就別想再威風了。只要把他送到鞭笞所打上幾次，挫挫他的銳氣，保準他乖乖地聽話。呵呵，我遲早會把他給制服的，你就等著看吧！就這麼說定了，我要定他了。」

湯姆一直站在那裡，沉默地看著走過眼前的人，希望能看到一個仁慈善良、稱心如意的主人。先生，要是您也和湯姆處境相同，被迫在兩百多人中挑選一個對你掌有生殺予奪大權的主人，恐怕你也會發現，能讓自己滿意的主人真是寥寥無幾。

湯姆看見形形色色的人，有粗魯、肥胖的大塊頭，有精瘦、乾癟的矮個子，有尖嘴猴腮的精明人，還有一些一無所長、長得像矮樹樁的人。他們想按照自己的喜好和眼光找到同類人，就像撿木柴一樣漫不經心地扔進籃子裡或扔到火爐裡，但是，湯姆找不到像聖克萊爾那樣的主人。

拍賣會開始前，一個矮小精幹的男人擠進人群裡，他胸口袒露著，上身穿一件有格的襯衫，下身穿著一條又舊又髒的馬褲。他那躊躇滿志的樣子，似乎要一心做筆大生意。他走到黑奴面前，一個個仔細看起來。

他越靠近，湯姆越感到厭惡和恐懼。這個人雖然個子矮小，看起來卻是力大無比，他子彈形的腦袋、焦黃色的豎直頭髮、茶褐色的眉毛、淺灰色的眼睛都讓人感覺有一種說不出的厭惡。他的手巨大無比，又黑又髒，手背上淨是毛茸茸的汗斑，指甲又長又髒。他粗糙的大嘴巴裡使勁嚼著煙葉，並以巨大的攻勢和堅強的毅力向外噴射出來，看著就讓人噁心。

這男人大搖大擺地從黑奴前走過去，蔑視地打量著每個人。走到湯姆身邊時，粗暴地一把抓住湯姆的下巴，扳開他的嘴檢驗他的牙齒，又讓他捲起袖子看他的肌肉，還讓他轉身跳了幾下，試試他的腳力。

「你是在哪兒長大的？」這男人終於發問了。

「老爺，金特克。」湯姆一面回答，一面向四處望著，希望此刻能出現一個救世主。

「你做過什麼活？」

「替東家打理過農莊。」湯姆答道。

「說得倒像回事！」那男人輕蔑地說了一句，繼續向前走去。他在阿道爾夫面前停了一下，把一口煙葉吐到他那發亮的皮鞋上，從嗓子眼裡哼了一聲就過去了。

接著，他在蘇珊和艾米麗的面前停住了腳步，伸出那隻又粗又髒的手抓住女孩，從脖頸一直摸到胸脯，檢查她的牙齒，又摸了摸胳膊，把她向她母親身邊蠻橫地推去。從她媽媽的表情可以看出，那面目可憎的陌生人的舉動讓她感覺很是痛苦。

艾米麗嚇得哭出聲來。

「臭丫頭，閉嘴！」那黑奴販子厲聲喝道：「誰允許你在這兒哭哭啼啼的，拍賣會馬上就開始了。」說著，拍賣真的拉開了帷幕。

剛才那位打算買阿道爾夫的闊少爺果真高價買走了他；接著，聖克萊爾家的其他幾個僕人也都被買走了。

「夥計，快點，輪到你了！聽到沒有？」拍賣人對著湯姆叫道，示意他過來。

湯姆走上台去，戰戰兢兢地環顧了一下四周，場內一片喧鬧。拍賣人像機關槍一般用夾雜著法語的英語介紹了湯姆的經歷，話音剛落，下面就立刻響起法語和英語的投標呼聲。一瞬間，只聽「咚」的一聲木槌敲了下去，拍賣人喊出了最後的成交價格，隨即湯姆就被推給現在的新主人。

湯姆立刻被推下臺去，那個子彈殼腦袋粗暴地一把揪住他的肩膀，把他推到一旁，兇狠地說：「站在這裡別動，聽見了嗎？」

湯姆只覺得腦袋裡「嗡」的一下，眼前一片黑暗，什麼也聽不進去。投標仍在周圍繼續著，聲浪一陣高過一陣，時而英語，時而法語。最後木槌又是「咚」的一聲，蘇珊的買主也找到了。她走下臺去，戀戀不捨地回頭看著她的女兒，艾米麗向母親伸出了胳膊。而蘇珊無比痛苦地看著她的新主人，一位慈祥、體面的中年紳士，她哀求道：「請您發發慈悲吧，求您把我的女兒也買下來吧。」

那中年紳士向臺上的女孩望去，說道：「我倒是想買，只是怕會買不起啊！」那女孩正羞澀而惶恐地向四處張望，不知道新主人會是什麼樣的人。

女孩的雙眼灼灼閃光，慘白的臉上蕩漾著痛苦的紅暈，然而她卻顯得比別的什麼時候都更加嫵媚動人。她母親不禁痛苦地哼了一聲。拍賣人抓住這個時機，再次用摻雜著法語的英語，滔滔不絕地大肆誇讚一番，人們便爭相喊起價錢來。

「我盡力而為吧。」中年紳士說，擠到人群中去投標了。但是一會兒之後，在別人投標數額超過了他口袋裡的錢，他沉默了下來。

拍賣人越叫越起勁，投標的聲音卻越來越少，最後只剩下子彈形腦袋和一位氣派的老先生爭相叫著價錢。老先生叫了好幾個回合，顯然對子彈形腦袋不屑一顧，然而出人意料的是，子彈形腦袋的財力非常豐厚，最後老先生也無奈敗下陣來。木槌終於敲了下來——子彈形腦袋現在從精神到肉體都擁有了艾米麗，除非上帝來拯救她。

她的新主人是雷格里先生，在紅河流域擁有一座棉花莊園。艾米麗被推向其他幾個僕人和湯姆一邊，她邊走邊哭泣起來，不僅僅是因爲和母親的別離，新主人也令她生不如死。那位中年紳士覺得非常抱歉，但是這樣的事情每天都在上演啊！在這種大拍賣中，親人分離、抱頭痛哭的場面每天不知要發生多少次，儘管好心人想幫助她們卻也是心有餘而力不足。於是，中年紳士只好帶著他新買的奴隸，朝另一個方向走去。

兩天之後，那家紐約B公司的代理律師就把拍賣黑奴的錢悉數寄給了信奉基督教的公司。然而，在這張匯票的背面，卻永遠地記上了那位偉大的「帳房先生[86]」（他們總有一天要向他交代帳目的）說過的一句話：「當他血債血償時，不會忘記窮苦人的哀求[87]。」

86. 指上帝。
87.《聖經．舊約．詩篇》第九篇第十二節。

chapter 31 旅途中

「你眼清目明，卻無視罪惡奸邪。
為非作歹的，你為何置若罔聞呢？
惡人欺壓比他們公正的，
你為何一言不發呢？」
——《哈巴谷書》第一章第十三節[88]

湯姆手腳都被鐵鍊鎖著，坐在行駛在紅河上的一艘破舊的小輪船的底層，他的心情比鐵鍊還要沉重幾十倍。星星、月亮，這美好的一切都從他的天空墜落了，所有的幸福就像眼前的樹木和河岸一樣，從眼前掠過，永不復返。富麗堂皇的聖克萊爾的家和豪華氣派的擺設，高傲、愉快、英俊、永遠和善的聖克萊爾，伊娃長滿金黃色長髮的小腦袋以及她那天使一樣的眼睛，妻兒生活的肯塔基故鄉和慈愛的主人，所有悠閒、快樂、自由的日子都一去不復返了！餘下的將是什麼？湯姆不敢去想像。

奴隸制最大的災難就是，當天生具有悲憫情懷與多愁善感的黑奴接受了良好的教養與文明的

88.《聖經．舊約》。

影響，當他們在大戶人家受環境的薰陶而養成高貴的興趣和情操之後，有一天仍然會成為另一個暴戾粗野人的奴隸，就像一張擺在華麗的大客廳裡的桌椅，磕磕碰碰之後落在某個庸俗低級的下流場所，或者某個骯髒旅館的酒吧間裡。但是兩者最大的區別就在於桌椅是毫無感覺，但是人是有靈魂和感情的。雖然法律上有明文規定，說他們「在法律上被當成、被認定、被判爲奴隸」，但是也不能完全抹去他們的靈魂和他們所擁有的回憶、愛情、期望、恐懼以及欲望。

湯姆的新主人西蒙．雷格里先生在新奧爾良的幾家拍賣所一共買了八個奴隸，然後他把奴隸們兩兩銬在一起，送往停在碼頭、即將開往紅河上游去的「海盜號」輪船上。

把奴隸們安頓好之後，輪船也要起錨了，他用獨有的精明又把他們巡視了一番。湯姆在被拍賣時穿著一套上好的呢子衣服，襯衫漿洗得平整，腳上穿著晶光發亮的皮靴。雷格里先生在巡視到湯姆面前時停住了，他簡單地命令道：「站起來。」

湯姆聽話地站了起來。

「解下你的領子！」

湯姆順從地去解領子，但是因爲戴著手銬行動不便，雷格里先生就猛地把他脖子上的硬領巾粗野地扯了下來，裝到自己的口袋裡去。

雷格里又翻了湯姆的箱子，轉身從裡邊取出一套湯姆平時在馬廄裡穿的那身衣服——一件舊上衣和一條馬褲，解開湯姆的手銬，指了指貨箱裡一個隱蔽凹陷的地方說：「你去那兒把這些衣裳穿上。」

湯姆一一照辦，沒過多久便穿上衣服出來了。

雷格里先生繼續命令道：「把靴子也給我脫下來。」

湯姆把皮靴也脫掉了。

「給你，」雷格里給湯姆扔去一雙黑奴們平常穿的那種鞋，說：「換上這雙。」

湯姆在慌裡慌張換衣服時，也不忘把他寶貝的《聖經》掏出來放進舊衣服的口袋裡，幸虧他這樣做了，否則，在雷格里先生再一次給湯姆銬上手銬之後，就馬上查看起湯姆換下來的衣服來，從口袋裡翻出一條絲質手絹裝到自己的口袋裡了。

雷格里看到湯姆一直珍藏著伊娃喜歡的那幾件小玩意兒，毫不在乎地哼了哼，一把抓起來，跨過湯姆的肩膀扔進了河裡。

湯姆在慌亂之中，忘記把那本美以美會的讚美詩集拿出來，現在也落到了雷格里手裡，雷格里拿著擺弄了起來。「哼！沒想到你還挺虔誠的！你是個教徒，對不對？」

湯姆堅定地說：「是的，老爺。」

「是嗎？很快我就會讓你把它都丟得乾乾淨淨，你給我記住，我的種植園裡可不需要你們這些禱告、叫喊或者唱什麼讚美詩的黑鬼。你現在必須要記住！」他邊說邊跺了下腳，灰色的眼睛惡狠狠地瞪了湯姆一眼，「你必須照我說的去幹，我叫你去哪裡，你就必須去哪裡。一切都要聽從我的指令。從現在開始，我就是你的上帝，你懂嗎？」

黑人無聲的心中有股抗拒的力量在說「不」！但是在冥冥之中，有個聲音似乎在一遍遍地重複著伊娃常常讀給他聽的一本預言裡的老話：「請別害怕，因為我贖救了你。我曾點名召喚你，你是屬於我的[89]！」

但是西蒙．雷格里是聽不到的，這種虔誠的聲音他怎麼可能聽得見呢。他只是憤怒地瞪了幾

89.《聖經．舊約．以賽亞書》第四十三章第一節。

下低著頭的湯姆，就無奈地離開了。

隨後，他提著湯姆裝滿乾淨衣服的箱子走到甲板，開始當眾叫賣，船上的水手們也都圍了過來，在對那些夢想成爲斯文人的黑奴的陣陣嘲諷聲中，他們你一件我一件地把全部衣物一買而空，最後就連空箱子也都被賣掉了。

人們看見湯姆把衣服保存得如此整齊完好，在散去的時候都覺得這件事非常滑稽，最可笑的恐怕就是拍賣空箱子了，對此也引出了很多俏皮話。

這樁小小的買賣做完之後，西蒙非常得意，慢慢地回到屬於他的奴隸身邊。

「湯姆，你看，我已經替你把這累贅的東西都清理掉了，你就省著點穿身上這套衣服吧，要過很久才會有別的衣服分配給你，在我這裡，一套衣服至少要穿一年。」

說完，西蒙來到艾米麗所在的地方，她和另外一個女奴鎖在一起。

「啊，親愛的，給我高興點兒。」他下流地摸著她的下巴說。

女孩在看他的時候，眼神裡充滿了恐懼和厭惡，這自然沒有逃過他的雙眼。他蹙起眉頭，惡狠狠地說：「臭丫頭，給我老實點兒！我在跟你說話時，不准哭喪著臉，給我高興點兒，聽見了嗎？還有你，你這個三寸丁鉤的黃臉婆！」

他說著使勁兒推了一下和艾米麗鎖在一起的那個混血女人，「我警告你，你必須給我笑呵呵的！別讓我看到那副臭臉！」

「我說，你們都仔細聽著，」他邊說邊往後退了幾步，「都看著我，看著我，全看著我的眼睛，仔細看著！對，就是現在！」他說話的時候，每次停頓都會示威地跺一跺腳。

大家都像是被施了什麼魔法一樣，一雙雙眼睛此時全都齊齊地向西蒙那雙兇狠的灰綠色眼睛看去。

「你們都好好看著，」他邊說邊把那又大又結實的拳頭握著緊緊的，就像是一把鐵匠的大錘，「你們看到這只拳頭了嗎？誰想試試它有多重！」說完，他的拳頭「咚」一聲悶悶地落在了湯姆手上。

「看這上邊的硬骨頭！你們都聽好了，這個拳頭比鐵還要硬，都是打黑鬼鍛煉出來的，我還從來沒見過被我這樣打一拳而不趴下的黑奴呢。」說著，他的拳頭差一點點就落在了湯姆臉上，湯姆不由得眨了眨眼，本能地退了一步。

「我根本不需要什麼多餘的黑奴監工，我自己就是監工，你們聽著，所有事情都要安排好，你們每一個人都要聽從命令，聽見了嗎？我叫你們做什麼，你們就得馬上行動，別給我磨磨蹭蹭的，想在我這兒過好日子就是這麼簡單，你們可別指望著用什麼把戲來感動我，我的心是不會軟下來的，所以你們都要放聰明點，小心點兒，我是從來不同情任何人的！」

女奴們不禁都倒吸了一口冷氣，男奴們大都沒精打采、愁容滿面地坐在那兒。這時，西蒙回過身來，到船上的小酒吧裡肆意地去喝酒了。

「這是我給黑奴的下馬威，」他對一個紳士裝扮的人說。剛才他在對黑奴訓話時，這個人一直在旁邊聽著，沉默著。「我剛開始就使用強硬的措施，好讓他們明白別動什麼歪心眼，也別耍什麼所謂的小聰明。」

「對啊！」陌生人用奇怪的眼神看著他，點點頭好像是生物學家探究出什麼奇異的標本。

「沒錯，我可不像你們這種斯文仁慈的種植園主、這種紳士，手指白嫩，跟女人的手似的，整天不停地叮囑，卻老是受監工的騙！你可以瞧瞧我的拳頭、摸摸我的手指頭！跟你說吧，先生，這上面的肉全是在黑奴身上練出來的，像石頭一樣硬，不信你可以摸一摸！」

這個陌生人果然把手指放到上邊，點頭說：「確實很硬，而且我想，你的心也不會比它軟吧。」

「噢，當然，就是這樣。」西蒙得意洋洋地高聲大笑道：「我想我的心也是很硬的。跟你說，沒人敢對我耍花招，不管黑奴們哀嚎哭叫，還是討好巴結，在我這兒都不起作用，這也是事實。」

「你這些黑奴看起來都很出色。」陌生人稱讚道。

「這倒是真的，一分價錢一分貨嘛，」西蒙說：「那個湯姆，黑奴販子告訴我他很不尋常，我買他的價錢非常之高，想讓他做我的管事和馬車夫，也許過去的主人對他太溫和了，那樣對待黑奴怎麼可以呢？所以現在他腦海中產生了一些不該有的壞想法，假如好好調教調教，他還是能變好的。不過那個黃臉婆我真是看走了眼，我覺得她讓我吃了虧，病病怏怏的，但是不管怎樣，我都會讓她好好做事的，不能白吃我的，白喝我的，她說不定還能再幹上一兩年。我絕對不會對黑奴憐憫的，我的做法是用完了就買新的，就像別的商品一樣，這樣麻煩事就少多了；同時，我相信這樣也是划算的。」說著，西蒙又喝了一小口酒。

陌生人詢問道：「他們通常可以幹多長時間的活？」

「嗯，這個不一定，主要取決於他們每個人的體質，強壯的奴隸可以幹六七年，體弱的就只能做兩三年。過去我剛開始做農場的時候，總是花費許多心思來照看他們，老是想著多用他們幾年，想叫他們活得有模有樣，舒服點兒，給他們發衣服、毯子什麼的，生病了就立刻爲他們請大夫，但是我總是爲他們賠錢，還有一大堆麻煩。如今，你再看看，我想通了，不管他們生不生病，都要接著給我幹活，死了再買就是了。我發現這麼做既簡單又划算。」

陌生人轉身走了，坐在另一位紳士旁邊，這人一直在不安地聽著他們談話。

陌生人說：「你可不要把那個傢伙當做是南方莊園主的典型。」

年輕的紳士加強語氣說：「但願他不是。」

「他是一個殘暴又無恥的傢伙！」前者說道。

「可是你們的法律卻允許他把數不盡的黑奴們置於他自己的絕對意志之下，連生命都保障不了！他真是太可怕了，你也不能說這樣的人在南方只是少數人吧。」

「可是，」對方辯解道：「莊園主裡也有很多細心、善良、體貼的人啊。」

年輕人說：「不錯，但是在我看來，反而是你們這些細心、善良、體貼的人才應該對這些殘忍的暴行負責，因爲假如沒有你們的影響與認同，整個奴隸制是根本不會站住腳的。要是莊園主都像那個人一樣，」他用手指了指背對他站著的雷格里說，「整個奴隸制恐怕早就被推翻了。正是你們的仁慈寬厚和高尚得體，反而包容、縱容了他們的罪行。」

「謝謝你的高度評價，」莊園主笑著說，「但是我提醒你說話的聲音要小一些，不要招惹是非，這船上有的人也許不會像我這樣對你的觀點持包容態度。你最好在我返回莊園之後，到那兒你再盡情地責罵，呵呵。」

年輕的紳士紅著臉嘿嘿笑了，兩人接著就下起十五子棋來。

此時，艾米麗和跟她鎖在一起的那個混血女人也正在船底層的甲板上說話，她們很相互關心地在談論著各自的身世。

「你之前的主人是誰？」艾米麗問。

「唔，我的老爺是利維街的埃里斯先生，你可能還見過那座房子呢。」混血女人緩緩地說。

「他對你好嗎？」艾米麗充滿了好奇。

「他沒有生病時，對我還算好，但是後來他不知道怎麼了，時好時壞地差不多有半年時間，變得很難侍候，似乎是不想讓別人休息，沒日沒夜地不允許下人休息一會兒，而且性情變得很是古怪，誰也不能讓他滿意。他脾氣越來越暴躁，動不動就發脾氣，晚上總是不讓我休息，搞得我連眼都睜不開了，生不如死。一天晚上，我睏得實在不行睡著了，上帝啊，他對我發了一通脾氣，說要把我賣給他見過的最兇惡的主人，他過去還曾許諾給我自由呢，但是不久他就過世了。」

「你還有什麼別的親人嗎？」艾米麗問。

「有的，我有一個做鐵匠的丈夫，老爺常常把他租出去幹活。前幾日，他們突然把我帶到交易所，連見他一面的時間都沒有，噢，天啊。我還有四個孩子呢。」女人邊說邊用手捂著臉痛哭起來。

人們在聽別人說起自己不幸的遭遇時，就會情不自禁地想對別人說些安慰的話。艾米麗想說些什麼，可是又該說些什麼呢？她們好像是達成了一種默契，兩個人的心裡對現在共同的主人都充滿懼怕，避而不談那個惡人。

確實，最黑暗的時候也不會把神聖的信仰驅逐。那個混血女人是一個美以美會的虔誠教徒，不過她對自己的信仰有些盲目，艾米麗受過良好的教育，女主人也曾教她讀書寫字，她自己也曾經仔細研讀過《聖經》，但是，就算是最虔誠的基督徒，如果他們落在了如狼似虎的惡徒手裡，發現自己已經被上帝遺忘，他們的信仰還能經受得住考驗嗎？特別是對基督的性格軟弱、尚未成熟的小信徒們，這遭遇對他們的考驗必定是一種艱難而殘酷的抉擇！

輪船在湍急而渾濁的紅色河水中，滿載著哀傷和痛苦，沿著彎曲的河道慢慢地溯流而上；險峻的紅土河岸單調、沉悶地從船邊滑過，奴隸們無奈地看著一切向身後退去。輪船最後在一座小城停下了，雷格里帶著他的黑奴上了岸。

chapter 32

黑暗之地

黑暗之地，是暴君的居所[90]。

遠處一條狹窄崎嶇的小路上，一輛破舊的馬車吱吱呀呀地緩慢前行，湯姆和他的同伴們步行緊緊地跟在馬車後面。

西蒙・雷格里坐在馬車最中間的位子上。而那兩個女人，手被銬在背後，和幾件簡單的包裹一起被壓在馬車的後面。這些人都在朝雷格里先生的莊園方向前進。

這是一條很久之前就被人遺忘的偏僻山間小路，風呼嘯著從兩邊茂密陰森的樹林中貫穿而過，小路艱難地向前延伸著。再往前走一點，就是沼澤地了。放眼望去，一望無際、黑壓壓的沼澤地裡聳立著怪異的柏樹，樹枝上誇張地爬滿了黑灰色的苔蘚，就像是魔鬼身上披著鱗片一樣。人們偶爾還能看到殘留的枯枝敗葉，令人恐怖的是黑色暗花紋的噬魚蛇時常會在你的腳下游動。

這樣的旅途，即使是對一個出門在外的富足商人而言，雖然有充實的錢包、乘坐精良的馬車，也絕對不能算是一次愉快的旅程，更何況對奴隸們而言，情景就更爲悲涼淒慘了，因爲每當他們艱難地向前邁出一步，就離他們所擔心懼怕的東西越來越近。所以，只要人們看見他們無奈

90.《聖經・舊約・詩篇》第七十四篇第二十節。

而淒清的旅途，能親眼目睹他們臉上的憂傷，他們眼睛裡的期待和希冀，沉重而困難的步伐，就不能不產生同樣的想法。

西蒙．雷格里依然端坐在馬車中間，這一些人正沿著山道緩緩前行。不難看出，西蒙眉開眼笑——打心眼裡得意洋洋，每隔幾分鐘，他就從口袋裡拿出一瓶白蘭地喝上幾口。

「喂，我說你們哭喪著臉幹什麼？」他轉過身去，看見一張張滿面愁雲、拉長了的「苦瓜臉」，就忍不住高聲吼道：「夥計們，來吧！唱首歌吧！放開喉嚨唱一首。」

聽他這麼說，那些黑奴們都愣住了，他們怎麼會知道主人的心情。

接著，雷格里又大聲嚷道：「來吧！夥計們，唱一首！」說著猛地揚起了手中的長馬鞭，只聽見「啪」的一下落在前面的馬兒身上。

此時，湯姆唱起了一首衛理公會的讚美詩：

我嚮往的聖地啊，耶路撒冷，

你的名字讓我感到如此親切，

我怎樣才能擺脫困難，何時才能享受到你的快樂。

「去你媽的！你給我閉嘴！」狂吼聲把湯姆的歌聲打斷了，也把雷格里臉上的表情扭曲了。

「狗東西！我討厭聽你這種喪氣歌，馬上給我換一首順耳的歌唱唱！大家都開心點。」

於是，另一個黑奴唱起了他們平常唱的一曲鄉間小調：

抓浣熊，主人看到我在抓浣熊，
嘿！夥計們，都來抓浣熊啊！
主人高興地嘴都合不上——
你們見過天上的月亮嗎？
呵！呵！呵！夥計們！呵！
喲！吱！嗨！——哦！呵！

唱這首歌的黑奴，只想逗大家高興，所以隨口瞎編了這些意義全無卻又順口的歌詞。他每唱完一段歌詞，其他的人就開始接著跟著他合唱——

呵！呵！呵！夥計們！呵！
嗨——咳——喲！嗨——咳——喲！

此時，大家好像都動了感情，敞開喉嚨使勁歌唱，氣氛也顯得尤爲熱鬧。

其實，世界上任何一種虔誠的祈禱和絕望中的哀號，都不及這種狂野的歌聲中流露出的難以用語言表達的憂傷。不幸的人們呀！你們備受迫害、威脅、欺凌和剝削，難道你們不希望在這悲壯的音樂殿堂中尋求片刻的安寧，用這種方式來向上帝傾訴你們的苦難人生嗎？祈禱中的意義是雷格里永遠都想不到的，他所能感知的，只是從黑奴們嘴裡唱出的雅致無比的音樂。所以，他在心裡暗暗得意，「看，他們都很高興嘛！我可以把他們引向一條幸福的道路。」

「我的寶貝！聽著！你就要看到我們的新家了！」他把手溫柔地搭在艾米麗的肩上軟語道。這樣的情形很難見到，不過艾米麗不禁又想到了他平時兇神惡煞、怒火沖天的樣子，心裡打了個冷戰。她很不習慣雷格里現在像慈父一樣輕撫她的肩頭，倒是覺得寧可被他痛揍一頓，心裡還好受一些。

他含著笑的目光中潛在的用意使她非常害怕，一陣寒意湧向心頭，她不由得又打了個寒戰。下意識地挪了一下自己的身子，向坐在旁邊的混血女人靠近，就好像她才是自己的親人——她的保護神一般。

「我的甜心，你以前沒有戴過耳環吧？」雷格里一邊粗暴地捏著她小巧柔軟的耳朵，一邊問道。

「是的，主人，以前我沒有戴過耳環。」艾米麗小聲答道，生怕犯什麼錯誤，眼睛望著地面，低垂著腦袋。

「哦！可憐的小寶貝，到了新家之後，只要你乖乖聽我的話，讓我快樂，我一定會送給你的；在我面前你不用害怕，你不用做什麼苦工。只要你肯乖乖地聽我的話，我就會讓你過上貴婦一樣的好日子。」

這時，雷格里好像已經有了幾分醉意，態度稍微和善了一些。終於，他那座莊園的輪廓清晰地跳進了大家的視野。這座莊園原本屬於一個富裕的紳士，房子的裝潢也很講究。這位紳士逝世後，因家境中落，無錢償還生前的債務，只好把莊園拍賣了。雷格里剛好在這時碰上，高高興興地撿了個大便宜，以很低的價格買下它。

莊園和他買的別的東西一樣，在他眼裡都只是一種賺錢的工具。不過，這座莊園到了他手裡，原本美麗精緻的輪廓早已不見了，取而代之的是破舊不堪，顯然先前那紳士的優良傳統一點都沒有被繼承下來。

莊園的客廳前面是一塊寬敞的草坪，原先被修剪得極為清潔整齊。草坪邊還栽著幾叢灌木，鬱鬱蔥蔥的樹木使草坪顯得生機勃勃，這樣的草坪怎麼會不給人美的享受呢？然而，現在的草坪上卻長滿了荒草，就像奴隸們的心情一樣雜亂不堪。很多地方草皮已經禿了，可能是被馬匹踐踏壞的，上面還雜七豎八地扔著一些諸如桶、盆、瓢、玉米芯之類的破爛東西。

那些原本刻著花紋當做裝飾用的大理石花柱，現在已變成了拴馬樁，這種新用處讓它們失去原先的雅致，變得東倒西歪的，喪失了之前的神氣，仔細看的話，還能在上面看到一兩朵殘留下來早已枯萎霉爛的金盞花或茉莉花。舊日悉心打理的大花園、綠草坪現在已是遍地荒蕪，偶爾能發現一枝落寞孤寂的奇花異草悲慘地從雜草堆裡探出憂傷的腦袋，向人們述說它們曾輝煌一時的歷史和如今淒慘的命運。

往日的花房也呈現一派淒涼的景象：窗戶上一塊完整的玻璃都見不到，似乎要霉爛的架子上橫七豎八地擺放幾隻無人問津的破爛花盆，枯乾的黑泥土裡儼然還立著幾根枯莖，那些乾枯的葉子好像在告訴人們——它們曾經也是美麗的花卉。

馬車吱吱嘎嘎響著拐上了一條長滿野草的石子路。路旁豎立著挺拔秀麗的楝樹。它們不折不撓，鬱鬱蔥蔥、姿態優雅，顯示著昂然生機，好像是整座莊園裡唯一受踐踏而不挫敗的傢伙。這就像一些品德高尚的人一樣，因為「高尚」一詞早就紮根在心底，成為他們性格中堅定不移、根深蒂固的精神支撐，所以，即便歷經窮困潦倒，遭遇人世最痛苦的磨難之後，他們在這種精神的支撐下仍然可以百折不撓、永不放棄。而經歷了這千錘百煉之後，他們的精神愈發振作，意志反而更加堅韌。

這座莊園佔地面積非常廣闊，主樓是依照南方流行的樣式建造的，原本也十分寬敞雅致，分上下兩層，每層樓都有精緻雕刻的花邊扶手和寬敞迂迴的走廊，每間房子的門都是對著花園敞開的。底層砌著磚石柱子，這是為了穩固地支撐上層的迴廊。

如今，這幢主樓盡失原有的光彩，只留下寂寞、荒涼和簡陋的景象。有些窗戶只殘留著幾塊零碎的玻璃，有些被亂木板釘死了，有些上面還有一些只吊著一扇百葉窗——所有一切都在告訴人們，這幢房子已經久未人住，它孤獨地等待著什麼，即便只是看著它都會令人感到極度的壓抑，更別說住在裡面了。

主樓周圍的草地上四處零落著細碎的木屑、稻草屑以及破爛的木桶和老式箱子等雜物。三四隻很是兇狠的大灰狗被車輪的響聲驚得齜牙咧嘴，亂叫著跑了出來。幾個衣衫襤褸的奴僕跟在牠們的後面，用力拉住牠們躍躍欲試的身軀，湯姆和他的夥伴們才有幸沒被牠們咬到。

「看見了嗎？」雷格里先生一邊友善地拍著那幾條狗，一邊轉過頭來奸笑地對湯姆他們說道：「瞧瞧！牠們是我特別訓練的哨兵，牠們的牙齒有多鋒利，牠們的眼睛有多敏銳，假如你們想逃跑，自己想想下場如何吧！這些狗可是經過專門訓練用來對付那些想逃走的黑鬼的！牠們幾乎一口就能把人咬個粉碎，之後會飽餐一頓，連骨頭都會啃得乾乾淨淨。哼！你們最好給我小心點！喂——桑博，你是死了還是怎麼的！」

雷格里對一個身穿破爛衣裳、頭戴無簷帽、神情沮喪低落的人問道：「這些天家裡怎麼樣？有什麼異常現象嗎？」

「回主人，家裡沒什麼事。」

「昆都！你說呢？」雷格里又問站在一旁的另一個黑奴，他正在指指點點，嘀咕著什麼，想引起主人的注意。「我吩咐你辦的事辦妥了嗎?」

「主人,這還用說嗎?您的吩咐在我就是天主的命令,我怎麼會不好好辦呢?」昆都用諂媚的語調說。

顯然這兩個就是莊園裡掌管雜事的黑奴。雷格里像訓練他的狼狗一樣,親自把他們訓練得忠誠無比、凶蠻無比、殘暴無比。經過長時間的殘酷而兇惡的訓練,人類善良的本性在他們的心裡早已被漸漸磨滅,以致全部消失,現在的他們就像惡狗一樣兇殘又無情。

有人說,黑人主管比白人主管更加兇狠殘暴。這種說法對嗎?我覺得,這種說法毫無確切根據,在邏輯上完全歪曲了黑人善良的天性。不過這種說法唯一能證實的,就是黑人們的心靈在長久的摧殘下,遭受了比白人更深的踐踏和更多的壓抑罷了。

其實全世界受壓迫的民族、種族都是這樣。只要給予他們機會,哪怕是最忠誠的奴僕,也會變成一個最殘暴的君主,就像我們在歷史書籍上曾讀到過的一些君王一樣,雷格里先生有著天生的殘暴性格和統治奴隸的能力,他運用權力分散的方式來全權專制他的莊園。鷸蚌相爭,漁翁得利,權勢的爭奪最終的受益者只有主人,為了博取主人更多的信任,昆都和桑博無可救藥地憎惡著對方,而莊園上其他的黑奴又對他們兩人恨之入骨。雷格里先生可以在這三者之間輕易地挑發事端,激起他們內部之間的矛盾,所以狡詐的雷格里先生不費吹灰之力就能統治他的莊園,而且對莊園發生的一切事情都瞭若指掌。

人生在世,不可能脫離外部世界,雷格里先生也不例外,所以他就鼓勵自己的這兩位得力幹將和他形成一種粗俗的親近關係,不過這種主奴之間建立的所謂親密關係是很有可能給這兩個傢伙隨時帶來滅頂之災的,因為,在兩個人之間,只要任何一個對雷格里先生稍有違背,而另一個稍加示意，肇事者必將會受到雷格里先生的一頓苦刑。

現在這兩個傢伙分站在雷格里先生的兩旁，就像他的左膀右臂一樣。讀者們看看他們的模樣吧，那麼兇狠無比，那麼喪盡天良，現在的他們比野獸還要下賤野蠻。他們那黝黑、粗糙而陰沉的臉龐，那粗俗、嘶啞而難聽的聲音，那殘忍蠻橫的語調，那隨風抖動的破爛衣裳裡露出的骯髒的肉體，那充滿仇恨、互相敵視的眼神，都和整個莊園令人厭惡的環境相稱。

「哎，桑博，」雷格里先生說：「給這兩個傢伙安排個住處。喏，這是我買給你的女人。」他把艾米麗和混血女人的手銬打開，把那孱弱的混血女人一把推到桑博的懷裡，嬉笑道：「我之前答應過要送你一個女人的，還滿意嗎？」

混血女人嚇壞了，她不由得往後退了一步，帶著哭聲急切地說：「主人！求求您了，不要這麼做！您讓我幹什麼都可以，我在新奧爾良是有丈夫的啊！」

「那有什麼關係？這兒沒你說話的份，你給我滾開點！難道你在這裡就只想做一匹不需要性的母驢嗎？做夢！」雷格里舉起鞭子恐嚇她。

「我的寶貝！過來，」他調過頭對艾米麗，不懷好意地說道：「你跟我來吧。」

此時，窗前閃現了一張抑鬱、黝黑而狂野的臉龐，朝著下面注視了好一會兒。當雷格里先生開門進去時，有個女人用憤怒的口吻急促地說著什麼。

湯姆正憂慮地看著艾米麗被帶了進去，他聽到這個女人的聲音，也聽到了雷格里先生憤怒的回答：「蠢貨，你給我閉嘴！老子想幹什麼你管得著嗎？」後面他還大叫著說了些什麼，湯姆再也聽不到了，因爲桑博已經帶著他到了屬於自己的住處。

這地方地處偏僻，雖然也在莊園裡，但離主樓有很長一段路程，它是用木板搭成的一排破舊的房子，非常狹窄。整個住處顯得淒清而荒涼。

湯姆看到這些，不禁非常失望。他本來一直安慰自己，幻想著能有一間屬於自己的舒適安靜的小屋，哪怕破舊簡陋也沒有關係，只需要裡面有個架子能把他寶貝的《聖經》放在上面，他可以把它弄得乾淨整潔，讓它就像他虔誠的心一樣，每天都保持著整潔。這樣的話，自己就能在每日的勞作之後，獨自享受一份寧靜安逸了。

他向房間四周看了一下，發現裡面空空的，除了被無數雙腳踐踏後早就變得堅硬無比的泥土和上面鋪著的一層凌亂的稻草之外，就再也沒什麼別的東西了。

湯姆溫順地問桑博：「我該住在哪兒呢？」

「我也不知道，反正都一樣，就住這裡吧，」桑博回答，「只有這間屋子還能再容納一個人，別的房間都被塞滿了。我都不知道要是再有人來的話該怎麼安置。」

夜深了，月亮爬上了樹梢，這個房子裡的住客才拖著沉重的步伐，疲憊不堪、紛紛歸來——這些人中，沒有一個不是神色消沉、精疲力竭。他們身上穿的髒衣服此時顯得更破舊了，好似剛剛勞作完的驢子一般悶聲不吭。這樣的心境下，誰也沒有多餘的精力來注意新來的人，也沒有人給他什麼好臉色看。木匣子似的房間，一霎間變得嘈雜無比，人聲鼎沸，幾個人在磨坊那邊嘶啞著聲音大聲吵嚷。原來，他們正在磨盤旁邊等著把自己那少得可憐的玉米粒磨成麵粉，再烙成餅，好在晚上能稍微解一下餓。

從天剛濛濛亮的那一刻起，他們就在監工的壓迫下在地裡幹活。可恨的監工還時不時地揮動著手中的皮鞭，稍有不慎便會遭到一頓毒打。這是一年中最熱也最繁忙的季節，主人爲了迫使奴隸們不遺餘力地爲他幹活，只好使出最狠的招式。

一些不務正業、吊兒郎當、悠閒自在的人常常這麼議論，「摘棉花算什麼苦活啊？」真的是這樣嗎？想想吧，假如有一滴水滴在你的頭上，那自然算不上什麼，但假如一滴又一滴的水接連不斷地滴在你頭上的同一個地方，就不能說「算不上什麼了」吧。這恐怕是另一種形式的苦刑了吧？同樣，摘棉花本身並不算是什麼苦差事，但假如你被迫一秒接著一秒，不停地幹著同樣的事，甚至連想都不敢想如何才能輕鬆點，那麼這種循環往復、單調乏味的工作也就成了一種苦刑、一種活受罪了。

人們湧進來的時候，湯姆在眾多不同的面孔下曾試圖尋找，希望能找到一張友善的面孔，然而他所看到的只有愁眉不展、抑鬱兇狠的男人和萬分沮喪、虛弱不堪的女人，或者說根本不像女人的女人。弱肉強食——這種人類的生存本能，如同動物一般赤裸裸的自私在他們身上展露無遺。

在他們那裡，無法找到絲毫善意，更無法找到什麼高尚的東西了；主人像對待牲畜一樣對待他們，他們早已經喪失了人類的尊嚴和情感，早就墮落到了幾近禽獸的地步。磨麵的沉悶聲音一直持續到後半夜，因爲和磨麵的人數比較起來，磨子是遠遠不能滿足需求的，那些疲憊無力、瘦弱的人被強健壯碩的人擠到隊伍的最末尾，直到深夜才輪到他們。

「喂！你他媽的叫什麼名字？」桑博獰笑地走到混血女人的身邊，扔給她一小袋玉米。

那女人膽怯地回答，「露西。」

「露西，很好，從現在開始，你就是我的女人了，你把這袋玉米磨好，再烙成餅送來給我吃。聽見了嗎？」

露西一動不動，甚至連頭都沒有抬一下。

桑博抬起腳，威脅她說：「我可要狠狠地教訓你了。」

「要打要踢隨你的便！最好能殺死我，越快越好！現在的我和死了有什麼區別呢？快動手吧！」女人喊道，聲音裡帶著歇斯底里的絕望。

「我說，桑博，難道你一定要製造麻煩，把所有能幹活的人都打傷打死嗎？我現在就告訴主人去。」昆都邊推著磨子邊說。他剛惡狠狠地趕走了兩三個疲憊不堪、正排隊等著磨麵的女人，現在自己正在磨坊裡磨麵。

「你以為自己是個什麼好東西？我才要向主人告你的狀呢！我要告訴他，你不讓這些女人磨麵，」桑博反駁道：「你管好你自己吧，別多管閒事！」

湯姆趕了一天的路，早就筋疲力盡，餓得發慌，急切地想能得到屬於自己的那份糧食。

「喂！給你！」桑博扔給他一隻粗布袋，裡面裝著乾癟的玉米粒，「接著，黑鬼！小心點吃，這可是你這一周的糧食！」

湯姆等了很久，到大半夜才在磨坊裡占了個空位。他磨好之後，看到那邊有兩個又睏又累的婦女正費力地磨著她們的玉米，不禁起了同情之心，就走過去幫她們磨。做完之後，他挑了挑快要熄滅的炭火——剛剛有許多人在那火上烙了自己的餅，接著湯姆開始做起自己的晚飯。

剛才湯姆幫這兩個婦女磨麵，儘管這是不值一提的小事，但在這個地方卻算得上是從未見過的新鮮事，也感動了這兩個婦女，她們粗糙的臉上浮起了久違的一絲笑容。她們為他擀好麵，又幫他烙了餅。湯姆坐在火邊，拿起了《聖經》，想要從裡面得到些精神上的慰藉。

其中一個女人問道：「這是什麼書啊？」

湯姆自豪地回答：「《聖經》。」

「天啊！自從我離開肯塔基之後，就再也沒見到過《聖經》了。」

湯姆很感興趣，問道：「你是在肯塔基長大的嗎？你以前也讀過《聖經》嗎？」

那女人不禁感嘆道：「對啊，而且我曾經還很有教養呢，想不到會淪落至此。」

另一個女人問道：「那到底是本什麼樣的書啊？」

「噢，仁慈的上帝──我的天主，《聖經》啊！」

那女人又問：「天啊！《聖經》是什麼東西呀？」

「啊！難道你從未聽過嗎？」女人答道。

「在肯塔基的時候，有時我會聽到女主人讀《聖經》，可是在這鬼地方，除了聽到打人罵人的聲音，除了幹活，我還能聽到什麼呢？」這倒是事實。

另一個女人看到湯姆如此專注的神情，不由好奇地懇求道：「請你給我念一段，好嗎？」

湯姆禁不住她們的再三懇求，就開始念了起來：

「世間一切受苦受難的人們，請來找我吧，我會幫助你們消滅苦難得到安息的[91]。」

「這話真是說得太好了，」那女人又問道：「可是這到底是誰說出來的呢？」

湯姆深情地回答道：「上帝。」

「我真想知道在哪裡能找到他，懇請他爲我消除苦難，」那女人心中充滿了疑惑，「我真想去見他，不過，我這一輩子是不可能得到安息了，我每天在地裡累得腰酸背痛，幹活幹得我渾身上下直打哆嗦，但是桑博還是每天都要罵我，說我笨得像頭豬，摘棉花動作太慢。我幹完活，要到半夜才能排隊吃上晚飯，還沒來得及睡熟就要起床，又要去幹這永遠都幹不完的活。真是催命啊，如果我知道上帝在哪裡，我一定要去向他傾訴我的苦難。」

「上帝是無處不在的，祂就在我們身邊。」湯姆肯定地說道。

91.《聖經・新約・馬太福音》第十一章第二十四節。

「噢，你真是個傻瓜！你爲什麼會相信這個呢，我知道他根本就不存在。」女人失望地說：「唉，想這些又有什麼用呢？我們還是趕緊回去躺一會兒吧。」

兩個女人一前一後地回到她們的小屋去了，只剩下湯姆一個人坐在冒煙的柴火旁邊，他的臉被搖曳不定的火光染得通紅。

深夜寂靜，繁星點點，月亮爬得更高了，皎潔的月光把點點銀輝默默地灑向大地，此刻上帝也正在目睹著人間的不幸與苦難，目睹著他們遭遇到的欺壓和侮辱。月光照在這個孤獨的人身上，他正環抱著雙臂，端坐在那裡，膝蓋上攤放著他的《聖經》。

「上帝真的在這嗎？」哎，一個從來沒有接受過教育的人，在這殘暴的苛政面前，在這無情的世道面前，在這兇殘露骨卻無人責怪的行爲面前，怎麼可能還一如既往地堅持著自己的信仰呢？湯姆淳樸的心靈中不自覺地上演著一場激烈的掙扎和搏鬥。

那種終身難逃受苦的兆頭，撕心裂肺的黑奴感覺，往日一切希望的破滅……所有這些都湧現在他的心頭。就像是一位即將溺水而亡的水手，親眼看著自己的妻兒和友人的屍體在水面上時隱時現，卻又那樣無可奈何。難道人們此時還能大談什麼堅定地信仰上帝嗎？這不就是在強人所難、違背常理嗎？難道在這種非常的遭遇下，還能忠誠並堅信基督教的「信仰上帝，信祂定會賜給那些苦苦尋覓乞求祂的人[92]」的說辭嗎？

湯姆滿腹心事地站了起來，步伐不穩地走進了指定給他的那個小房間，地上橫七豎八地睡了很多疲憊的人，已經幾乎沒有什麼多餘的地方了。屋裡污濁的空氣讓湯姆感覺很噁心，可是屋子外面風寒露重，他又極其的困頓，於是只好把那條唯一用來禦寒的破毯子緊緊裹上，和衣倒在稻

92.《聖經・新約・希伯來書》第十一章第六節。

草堆上睡著了。

他夢到了一位仁慈的老人，一種溫和的聲音伴著芬芳進入耳朵。他感覺自己好像正坐在龐恰特雷恩湖邊公園長滿青苔的長椅上，而伊娃低垂著那雙美麗而莊嚴的大眼睛，為他讀《聖經》。她念著：「你在水中經過，我必與你同行；你行走在河水中，水必漫不過你；你在烈火中行走，火必燒不到你；因為我是耶和華，是你仁慈的上帝，是以色列的聖者，是你的救世主[93]。」

這聲音就像是人間最美妙的音樂一樣動聽，但是卻慢慢低落，漸漸消失了。那在夢境中的小女孩睜著她深邃而又美麗的大眼睛，留戀地注視著他。那種溫情而堅定的感覺從她的眼中飛入了他的胸中，使湯姆的心裡一陣發暖。很快，她便張開了晶瑩的翅膀，隨著音樂的起伏輕盈地飛上了天空，飛得很遠很遠。從她的身上飄落下來，一顆顆如同星星一般閃閃發亮的碎片，轉眼間小女孩就不見了蹤影。

湯姆從夢中驚醒，滿身是汗。難道這是夢嗎？就把它算作是一場美麗的夢幻吧！只是那可愛的小精靈曾是那麼樂於幫助和安慰人間受苦難的人們，給人間留下那麼美麗溫情的東西，她樂善好施，誰又能說她在飛入天堂之後，上帝會對她的這種行為給予限制呢？

這是一個美麗的信仰：
慈愛的靈魂，揮舞著天使的翅膀。
在我們受苦受難的時候，
永遠地飛翔在我們的頭頂上。

93.《聖經·新約·以賽亞書》第四十三章第二節。

chapter 33 凱西

「看哪，受欺壓的眼淚，有誰來安慰，
欺壓他們的有勢力的人，
也無人會安慰他們。」
——《聖經．舊約．傳道書》第四章第一節

湯姆適應得很快，沒過多久，就把新環境裡可以依靠什麼，必須防備什麼都搞清楚了，不管是什麼樣的活兒他都幹得乾淨利索，而且出於自己的原則和習慣，他做事又漂亮又守信。

他性格恬靜溫和，總希望在自己不懈努力與不停地勞動中，儘量避免現在這種糟糕的情況下的一些災難。在這裡，他看到了太多太多的壓迫和太多太多的凌辱，的確使他非常厭煩。但是他在心裡暗暗下定決心：要永不停止地拼命幹下去，他要把自己交給公正的上帝，以求上帝能夠給自己一個妥當的安排，減免自己的苦難，找到一條脫離苦海的路。

雷格里早已把湯姆有用的地方都看清楚了，他把湯姆列為一等農奴，暗喜湯姆是一個聰明能幹的人，然而在心底深處卻並不喜歡他——壞人天生就對好人有反感。他知道當他殘酷地懲罰某個黑奴時，湯姆總在默默關心地望著。

一個人假如有這種想法，那氣氛是最微妙、最靈敏的，不需要任何言語就能讓人覺察到，因此即使是黑奴的看法可能也會觸怒主人。對於一起遭遇苦難的人，湯姆表現出同情和關注，這對黑奴而言是陌生而又新鮮的，雷格里默然無語地看著這一切，而且是有所戒備地看在眼中。

他買湯姆，就是準備在他短期間出門的時候，讓他做一名監工，那麼就可以放心地把莊園中重要的事情都交給湯姆來做。但是他的想法是，監工首先是要心狠，其次是要手狠，最後一點還是要心狠。因爲湯姆對黑奴們的和善態度完全違背了他的這個要求，雷格里決定要立刻訓練他這方面的能力；在湯姆到種植園幾個星期後，雷格里就開始實施他那偉大的計畫了。

一天早上，當黑奴集合準備到地裡幹活的時候，湯姆驚奇地發現裡面多了一個女人，她身材高挑，手腳細嫩，穿著鮮豔而整潔的衣服，她的這副樣子引起了湯姆的注意，從外貌上看，她大約三十五到四十歲的樣子，這是一張讓人難忘的臉，由此可以料定，這個女人的背後一定有過一段浪漫、滄桑而又不平凡的經歷。

她眉清目秀，有高高的額頭，挺拔的鼻子，紅潤的嘴唇，而且頭與和脖子的輪廓優雅迷人，這說明她年輕時一定是個公認的大美人。但是她好像天生就性格倔強高傲，在忍受種種痛苦和磨難後，歲月在她的臉上無情地留下了痕跡。她五官分明，雙頰深陷，面色蠟黃，一臉病態，身體消瘦。讓人印象最深的是她那雙又黑又大的眼睛，濃密捲曲的睫毛忽閃忽閃的，但是神情卻那麼悲傷，那麼絕望。歲月給她留下的每條皺紋和她的每個表情，都表現出了強烈的自尊和自傲，目光中流露的是深深的傷痛與凝結得像黑夜一般的痛苦，這表情是這麼絕望、這麼持久，和她的身體語言所表現出的自傲與滿不在乎形成了鮮明的對比。

湯姆不清楚她是誰，也不知道她究竟從何而來，他知道的第一件事，是她在黎明的曙光裡昂首挺胸、無比高傲地走在他身旁。不過，別人好像也不認識她，因為好奇常常回頭看她。她身邊那些衣衫襤褸的人們居然帶著無法掩飾的興奮，很明顯又都在克制著自己得意的心情。

有個人說道：「我真高興，她最後還是落到這種地步，真使人興奮！」

「哈哈哈哈，」另外一個說：「高貴的夫人啊，看看您如何來承受這種痛苦！」

「我們就等著看她幹活的樣子吧！」

「不知道晚上她是不是會像我們一樣挨揍！」

「假如能看到她趴在地上挨鞭子那才高興呢！」另外一個人說。

這個女人對這些冷嘲熱諷毫不理睬，臉上仍然帶著一種孤高、自傲的表情朝前走，似乎什麼都聽不到。由於湯姆之前一直生活在一些言談舉止文雅高尚的人中，他從她的氣質與風度判斷出這個女人同樣很有教養，只是不明白她是如何淪落到這種地步的。

女人沒看湯姆，湯姆也沒有同她說話，但是在去地裡的路上，她一直不遠不近地走在他身邊。

到了地裡，湯姆馬上就開始幹活，那女人離他很近，所以他好奇地看著她，不時地注意她幹活的情況。他一眼就能看出，這個女人非常能幹，這種活兒對她而言簡直就是小菜一碟。她摘棉花時動作靈活，像在做一件既輕鬆又愉快的事情，但是從她臉上那冷冷的表情來看，她似乎不但瞧不起這種活兒，而且看不起自己所處的這種卑下的境況。

那天很長一段時間，湯姆都在離與他一起買來的那個黑白混血女人很近的地方幹著活兒。從她臉上的表情可以看出她正承受著巨大的痛苦，湯姆還常聽到她嘴裡在祈禱著什麼，身體虛弱得連站都站不穩，於是，湯姆在離她很近的時候，悄悄地把自己摘的棉花塞進她的麻袋中。

「噢，不要這樣！」女人吃了一驚，「你會給自己招來麻煩的。」

這時，桑博舉著鞭子走了過來，他似乎對這個女人非常憎恨，邊揚鞭邊用低沉的嗓音威脅道：「露西，你幹什麼？怎麼回事，快還給他！」說完，就用穿著厚厚牛皮靴的腳踹了女人一下，又舉起鞭子抽打湯姆的臉。

湯姆忍耐著，一聲不吭地繼續幹活，但是那女人卻因為受不了折磨，身子一晃暈倒在地。

「居然敢裝死。還不趕緊給我醒過來！」監工咬牙切齒地說：「等我給她來點兒藥，這藥比世界上任何治腦子的藥都頂用！」說罷，從衣袖上拔下一根非常粗的別針，對準女人腦袋深深扎進去，女人呻吟一聲，搖搖晃晃地掙扎著爬了起來。

「畜生，起來，快起來幹活，不然我還有更厲害的招兒收拾你呢！」

女人受到這種折磨之後，好像因為害怕而產生了一種奇特的力量，死撐著拼命幹了起來。

監工以勝利者的口吻說：「這樣才對，不然的話，你別想活過今天晚上！」

「讓我馬上死去吧，」那女人說道，接著又祈禱說：「上帝啊，還要讓我在這地獄裡待多久?!啊，上帝，這樣的日子還有多長時間？請讓我脫離苦難吧！您要救救我呀！」

湯姆奮不顧身地走上前去，強行把自己的棉花倒入那女人的麻袋裡。

女人既喜又怕，說道：「啊，請你不要這樣，不然誰知道他們會怎麼對付你！」

湯姆說：「我能撐得住，我的身體比你壯實，比你能夠承受。」說完，他快速回到自己原來的地方，繼續開始摘棉花。這些都在一瞬間發生。

我們前邊說到的那個陌生女人突然抬起頭，她剛幹活時與湯姆離得非常近，聽到了湯姆說的最後兩句話。用透亮的大眼睛看了看湯姆，之後不由分說地從自己的筐裡拿起一大把棉花塞進湯姆的筐中。

「你不知道這裡的規矩。」她說：「要是你明白問題的嚴重性，你就不會這麼做了，只要你在這魔鬼一樣的地方待上一個月，你就再也不會幫助別人了，你會發現自己能把自己照顧好就謝天謝地了！」

「相信上帝會來幫助我的，太太！」湯姆依然很虔誠，他下意識地對這個跟他一起在地裡幹活兒的人，用了他所知道的那種高貴的稱呼語。

女人憤憤不平地說：「上帝從不光顧這種鬼地方！」然後又開始利索地幹活。那鄙視一切的微笑又浮現在嘴邊。

但是女人的動作被另一頭的監工發現了，他手執皮鞭走到她跟前。

「你想幹什麼！找死嗎？」他得意洋洋地說：「去你的，你最好注意點兒，老老實實地幹活，否則你也會挨鞭子的！」

女人那雙銳利的眼睛突然迅速地掃視了他一眼，之後轉過身去，挺直腰板，呼吸急促、嘴唇顫動，用鄙視而憤怒的眼神看著那個監工。

「你這個該死的畜生！」她並不害怕，高聲說：「你倒是碰我一下啊！我保證你一定會被獵狗撕成碎片，把你剁爛或者被火活活燒死！這些只要我說一句話就可以實現！莫非你想試一下？」

「活見鬼，那你幹嘛還會落到這個地步呢？」顯然監工也被嚇壞了，氣憤而又膽怯地向後退了幾步，服軟道：「我剛才和你開玩笑呢，凱西小姐。」

女人繼續說：「滾！別再讓我看到你！」事實上，那個人似乎要去做別的什麼事，就匆匆忙忙地走了。

女人突然開始幹活，動作快得簡直讓湯姆不敢相信。她摘棉花的時候好像有魔法相助，天還沒黑，她的筐子裡就塞滿了棉花，甚至連筐子旁邊都堆不下了，而且她還多次把棉花大把大把地塞到湯姆的筐裡，卻沒有和湯姆再說一句話。

太陽漸漸落下山，筋疲力盡的奴隸們這才頂著盛滿棉花的大籃子，先去把棉花過秤，然後走向貯存棉花的房子。雷格里就在那房子裡面，正和兩名監工興奮地說著話。

「湯姆那傢伙會給您惹麻煩的，他總是偷偷往露西的筐裡塞棉花。老爺，您要是不給他一些懲罰的話，他早晚會讓所有的黑鬼們都去起訴您虐待他們的罪！」桑博添油加醋地說。

「嘿！這個不知死活的湯姆！」雷格里咬牙切齒地說，「我看他活膩了，是該治治他的毛病了，對嗎，夥計？」

兩名監工聽到雷格里的話後，都齜牙咧嘴地露出了滿意的奸笑。

「哎，哎，雷格里老爺治理奴隸那可是相當有一套，連妖魔鬼怪見到主人也要退讓三分呢！」昆都諂媚地說。

「夥計們，那就這樣吧，最好別讓他去管別人的閒事，直到他把那些不該有的慈悲想法扔掉。好好治治他！」

「天哪，老爺，那是個頑固分子，要讓他拋棄這些怪想法恐怕會很難！」

雷格里嘴裡一邊嚼著煙葉，一邊說：「無論有多難，都要讓他拋棄！讓他脫胎換骨！」

「還有那個露西，我們莊園中最令人無法容忍也最醜惡的女人恐怕就是她了！」桑博繼續說道。

「小心啊，桑博，我有些懷疑你討厭露西的真正原因了。」

「哎，老爺，她很清楚老爺您把她送給了我，但她怎麼都不聽老爺的話，違背您的意思！」

「假如是我的女人，我就會把她打得服服貼貼。」雷格里吐了口唾沫說：「再說吧！不過現在工作太多，一時半會兒也不值得爲她心神不定。這種女人非常倔強，雖然她身體瘦得連陣風都可以吹倒，但是就是把她打個半死也於事無補！」

「唉，可是露西這麼懶，還這麼讓人生氣，整天哭喪個臉啥都不做，而且湯姆還總喜歡爲她悄悄做些什麼。」

「是嗎？那好吧，就讓湯姆去揍她一頓吧，這對他來說倒是一個很好的鍛煉機會，而且他也不會像你們兩個魔鬼那樣在那個女人面前裝模作樣。」

「呵！呵！呵！哈哈哈！」兩個傢伙一陣狂笑。的確，這鬼哭狼嚎般的笑聲和雷格里對他們倆的稱呼中所蘊含的邪惡是多麼相稱。

「老爺，湯姆和凱西小姐總是趁我不注意，向露西的筐子裡塞棉花，我敢肯定，老爺，他們兩個的棉花大都在露西那裡呢！」

「我親自秤棉花！」雷格里大聲嚷著。

兩名監工再次發出像魔鬼一樣的狂笑聲。

「這麼說來，」雷格里又說，「凱西小姐只在地裡做了一天活兒啊！」

「可是她摘棉花手腳快得就像是有妖魔幫助一樣！利索極了！」

「肯定是魔鬼和小鬼都附到她身上了。」雷格里說完，嘴裡嘟嘟嚷嚷著咒罵些什麼，隨後向過秤間走去。

神色憂慮、筋疲力盡的黑奴隊伍蜿蜒著走進過秤間，把自己的籃子不情願地遞過去。

房間裡有一塊石板，上面寫著黑奴們的名字，雷格里用另一塊石板記下了每一個籃子的重量。湯姆的筐子過了秤後，重量足夠，僥倖過關。他用焦慮的目光看著他幫助的女人，在旁邊祈禱她也能順利過關。

由於她身子羸弱，沉重的筐子壓得她拖著腳步把筐子遞上來。雷格里很清楚這個筐子裡的棉花是夠重量的，但是他裝作生氣地說：「爲什麼才這麼一點兒！你這懶惰的畜生！給我站到一邊去，一會兒再來算你的帳！」

女人無奈而絕望地大叫一聲，一屁股跌坐在一塊木板上。

正在這時，凱西小姐走了過來，驕傲地把筐子交上去，絲毫無視雷格里的存在。當她交上筐子時，雷格里用譏諷而不屑一顧的目光直直地看著她的雙眼。她同樣用那雙乾淨清澈的眼睛怒視著他，嘴唇輕輕地動了動，用法語低聲說了些什麼。誰都聽不懂她到底說了句什麼，但是雷格里臉上的表情卻像是風雨欲來的樣子，他半舉起手來，好像要打她，她一臉蔑視轉身走開了。

「好吧，」雷格里說：「湯姆，到這兒來，你到我這裡來，我想提拔你，我曾經跟你說過的，我買你不是讓你做這些農活的，我要讓你成爲一名出色的監工，你最好今晚就開始熟悉業務。現在你去把那個女人狠狠揍一頓，這種事你也見過，應當明白怎麼下手吧。」

雷格里臉上的笑讓人厭惡至極。

「很抱歉，老爺，」湯姆說：「我從來沒有做過，也請你不要讓我做這種事，請您千萬不要逼我，而且無論怎樣我也不會服從的。」

「哼！看來我要先教訓你一頓，這樣你以前沒有幹過的事也就都會做了！」雷格里一邊說，一邊揚起牛皮鞭在湯姆臉上狠狠地打了一下，然後皮鞭像雨點一樣不停地落下來。

「看，」他打得直喘氣，停下來說，「現在你還這樣想嗎？」

「是的，老爺，」湯姆一邊伸手把臉上的鮮血擦去，一邊堅定地說：「我只想踏踏實實給您幹活，只要還活著就會給您拼命地幹，但是我不會做這樣的事情，您就是打死我也不會服從的。老爺，我不會幹，永遠都不會！您也別想讓我屈服！」

湯姆態度向來畢恭畢敬，說話也很溫和，雷格里一直覺得他謙讓有禮，小心謹慎。在湯姆說出最後那句話的時候，在場所有人都震驚了，周圍一片靜寂。

那苦命的女人雙手合十，大聲喊道：「啊，上帝！」大家都不禁向後退了幾步，彼此望著，他們好像都覺得一場瓢潑大雨就要來臨一樣。

雷格里突然有些手足無措，但是不一會兒就像火山爆發一樣怒斥道：「什麼，你這該死的畜生！居然敢頂撞我，我讓你做的事不對？難道你們這些討厭的畜生知道對錯嗎？我必須要好好改改你這個毛病！怎麼，你還以爲了不起了？難不成你覺得自己是個紳士老爺，湯姆，你有什麼資格，居然敢教訓你的主人，這樣說來，你認爲不應該揍那個臭婆娘了？我說是對的就是對的！」

「就是不對，老爺，」湯姆說，「這個苦命的人身體不好，打她確實太殘忍了，我絕不可能下手，絕不會那樣做的。老爺啊，假如你想殺我就儘管殺吧，但是叫我動手教訓這裡的任何一個黑奴，就是要了我的命，我也絕對不會那麼做的。」湯姆溫和的語氣中透著堅毅，他的決心很是堅定。

雷格里氣得渾身瑟瑟發抖，眼露凶光，就連他的兩鬢鬍子好像都因生氣而豎起來了。雷格里看著湯姆，就像一頭野獸看著自己到嘴的獵物，但他遏制住了立即使用暴力的衝動，對湯姆冷嘲熱諷起來。

「喲，一位可敬的聖人、紳士來指出我們這些罪人的罪過了！我們可是來了一個自以為了不起的狗東西來拯救我們這些罪人了！他一定是世人敬仰的君子！嗨，你這個混蛋。你總是一副虔誠的嘴臉，難道你就沒有聽《聖經》中說過『身為僕人，要事事聽從你們的主人[94]』這句話嗎？我不是你的主人嗎？難道我不是花了一千二百塊錢的高價，才買下你這個可惡的黑皮殼中的一切嗎？難道你的身體和靈魂不都屬於我嗎？」他邊說邊用厚重的皮靴狠狠地踢了湯姆一腳，「你他媽的，你倒是給我講講這個道理啊！」

雖然湯姆承受著極其殘忍的暴力和深深的肉體摧殘，但是最後這個問題卻為他的心靈帶來了一種勝利的光芒和精神上的喜悅。他突然直起身體，雙眼急切地望著空中，臉上血淚模糊，他虔誠而誠懇地高聲叫喊：

「不！不！不！我的靈魂不屬於你，老爺！金錢根本買不到靈魂，更不可能買下我的靈魂！因為我的靈魂屬於有能力保護它的主人。沒關係，真的沒關係，你不可能傷害到我了！」

「我沒有能力傷害你嗎？」雷格里齜牙咧嘴地說：「咱們走著瞧吧！喂，昆都，你和桑博給我好好教訓教訓這個該死的黑鬼，讓他畢生難忘！」

於是，這兩個魔鬼一般的傢伙不禁一陣得意，興奮地一把揪住湯姆，他們就像地獄裡真正魔鬼在現實世界裡的化身。當他們把不作任何反抗的湯姆從屋內拽到外面去的時候，那個苦命的女人嚇得尖叫起來，其他人也都不由自主地站了起來。

---

94. 見《新約．歌羅西書》第三章第二十二節。

chapter 34 混血女人的經歷

「被欺壓的人在哭泣，
壓榨他們的人擁有勢力。
所以，死人常常被人們讚頌，
活著的人則受到歧視。」
——《聖經．舊約．傳道書》第四章第一節

夜色漸深，滿臉污垢、渾身是傷的湯姆孤單一人躺在一間被人遺忘、破舊不堪的軋棉房裡。房間裡的各個角落都堆放著一些廢棄不用的機器零件，還有一些破爛垃圾和幾堆破棉花。

這樣的晚上悶熱潮濕，數不清的蚊子在屋裡飛來飛去，尋找可以叮咬的對象，湯姆的傷口在這些蚊子的叮咬下更加痛苦難熬了。他的喉嚨乾得直冒火，身體上針刺一般的痛楚讓他覺得世界上再沒有比這更難熬更難受的痛苦了。這是讓人難以承受的最殘酷的折磨。

「噢！上帝，要是您仁慈的話，求求您看看我吧！幫我在邪惡中奪得勝利！求求您救救我吧！讓這世界上任何的苦痛折磨都無法令我屈服！」湯姆在身體劇痛之下仍然在虔誠地祈禱著。

這時，背後響起了一陣腳步聲，光亮從燈籠中散射出來照在他的臉上，他感覺到有人進到屋子裡面，「是誰呀？噢，我快渴死了！求你看在上帝的面子上，給我口水喝吧！」

原來，來看望湯姆的人是凱西小姐。她趕忙放下手中的燈，從瓶子裡倒出一些水，扶起湯姆，餵他喝水。湯姆早就渴得不行了，他迫不及待地一杯接一杯地喝著。

「能喝多少就喝多少吧！」她安慰道：「我知道你的苦，你的痛，我已經許多次像今天晚上出來送水給像你這樣被挨打的人喝了。」

湯姆喝足水後，急忙道謝：「太太，我太感激你了。」

「你不要叫我太太！我和你一樣，都是苦命的奴隸，可能我低賤的地位還不如你。」她感慨地說著，站起身來走到門邊，拉了一床浸過涼水的亞麻布的席子進來，說道：「不幸的兄弟，過來吧，挪到這個草席上來吧！」

遍體鱗傷的湯姆費了好大的力氣，才把僵硬的身體挪動到席子上，一挨著這清涼的亞麻布，湯姆頓時感覺到比剛才舒服多了，傷口似乎也不那麼疼痛難忍了。

這個女人曾經照顧過很多被打傷的病人，所以她知道怎麼才能減輕痛苦。接著，她又為湯姆採取了其他幾種措施，現在湯姆感覺到舒服了許多。

「哦，」凱西一邊把湯姆的頭放到一個用塞滿了爛棉絮的枕頭上，一邊說：「這是我唯一能為你做的了。」

湯姆連聲道謝。那女人坐在他身邊的一塊地板上，帶著一種酸澀和憐憫的表情，手抱著膝蓋沉默地凝視前方，她頭上的帽檐斜向一旁，露出一頭捲曲似波浪般的黑色長髮，鬈髮極不整齊地散落在她憂傷漂亮的臉蛋兩旁。

「我可憐的兄弟，你不知道你這麼做有多麼的愚蠢嗎？」她忍不住喊了出來，「你這樣根本起不到任何作用！我不否認你很勇敢，你的所作所爲也很有道理。但對他那種人，就像對牛彈琴一樣，純粹是勞力傷神。你要明白一個事實，你現在落在了魔鬼手裡，他是世界上最蠻橫無理的惡棍！他蠻橫得不允許任何人不向他低頭屈服。」

「向他屈服！」湯姆瞪大了眼睛，有些驚慌。在他忍受皮肉之苦、備受煎熬的時候，難道他沒有想過這個嗎？這個女人好像在他眼中是誘惑他的化身，他心底在不停地苦苦掙扎。

「上帝，我的主啊！噢！」他呻吟著，失望卻仍然堅決，「我不會屈服！」

「求助上帝有什麼用呢，祂根本聽不到你的呼救，」那女人萬般肯定地說：「我並不相信這世界上存在真正的上帝，即使有的話，祂也一定是站在我們的敵人那邊，不肯施捨幫助我們這些可憐人。不管是白天和黑夜，一切事情似乎都和我們過不去，這和下地獄又有什麼區別呢？如果是這樣的話，那麼我們爲什麼不直接去下地獄呢？」

聽到她的話語，湯姆不禁心生恐懼，他渾身顫抖著閉上了眼睛，顯然，他很害怕聽到這些詛咒上帝、謾罵神靈的話。

「你不知道，」那女人又接著說道：「你可能還不太瞭解這裡的事，我就是太明白了。自打來到這個鬼地方，我已經待了五年，無論是我的肉體還是我的靈魂，幾乎每天都在遭受著無窮無盡的折磨和踐踏，我痛恨他就像痛恨魔鬼一樣深惡痛絕！可是在這孤島般的魔鬼莊園裡生活，方圓幾十英里圍著的全是沼澤地，幾乎與世隔絕；在這裡你根本找不到一個白種人，即便你被他活活折磨死或者被燒死，還是把你捆起來讓獵狗撕成碎片或者被剁成肉醬，都不會有人來管你，也不可能有人會替你作證。在這裡，不管是人類制訂的法律，還是上帝的準則都是無稽之談，對我們來說，絲毫不起作用。我們沒有任何保障和自由！

「你再好好看看這個人，他簡直就是無惡不作的惡魔。假如我把親眼看見的這個魔鬼在莊園裡的事通通說出來，恐怕所有人都會覺得毛骨悚然。反抗要是有用的話，難道我還會繼續和他睡在一起嗎？我也知道廉恥和尊嚴，也曾經接受過良好的教育。可是他，天啊！你知道他曾經算個什麼狗屁東西？現在又是個怎樣的暴君嗎?!五年了，整整五年過去了，我也沒有逃出他的魔掌，仍然迫不得已陪他睡覺供他玩樂，我日日夜夜沒有一分鐘不在痛恨我自己，詛咒自己為什麼還要苟活在世上？

「你也知道，他現在又買了個女人，那女孩那麼年輕，據說才剛剛十五歲。聽她說她曾有個教她讀《聖經》的女主人，自己也很虔誠。天啊！她居然把《聖經》也帶到了這個鬼地方來了，真是天大的笑話。」

那女人狂放而傷感地笑出了眼淚，這種奇異的笑聲久久迴蕩在這間破屋子裡。

面對著周圍這無邊無盡的恐怖和黑暗，湯姆雙手合十放在胸口，終於叫了出來：「噢！仁慈的上帝！尊敬的上帝啊！您是不會忘記我們這些苦命人的，您睜開眼睛看看吧！上帝，救救我們吧！我快死去了！」

那女人陰沉著臉，繼續說道：「你可知道和你一起做苦工的所有可憐人又算什麼東西嗎?!他們完全不值得你為他們受這些罪，只要給他們機會，他們就會立刻反目成仇，合夥欺壓你。他們對待曾與他們一起共患難的兄弟，態度也是兇殘到了極點，你居然還想用仁慈來感化他們，讓大家和平共處，你所有的做法只會是徒勞，根本毫無用處。」

湯姆嘆惜道：「所有受迫害、可憐的人啊！到底是什麼把曾經善良的他們變得惡毒兇狠起來的呢？假如有一天我也累了，難道我也會慢慢適應他們的暴斂行為，最終成為和他們一樣行屍走肉的人嗎！不！不！決不！太太！我已經失去了心愛的妻子、可愛的兒女、美好的家庭和我仁慈的主人，我現在已經一無所有了，要是他們還在的話，就算只能活一星期，我也會重新獲得幸福的。現在沒有一樣是屬於我的東西，我將永遠也不會再見到他們，再重新擁有一個美滿的家庭。因爲我已經失去了幸福的天堂，所以我再也不能失去這寶貴的靈魂，隨波逐流成爲一個和別人一樣可惡的人。」

女人申辯道：「但是上帝也不能因此而責怪我們呀！祂沒有權利怪罪我們，我們到了今天這種地步，完全是被這壓迫著的邪惡逼出來的，即便祂要找人去治罪，也只能找把我們逼向罪惡的主人，而不是我們，原本善良的人們。」

「你說得不錯，」湯姆說，「即便這樣也幫不了我們！一旦我某天跟桑博一樣使壞，一樣狠毒地對待無辜的苦難人們，那時再追究是什麼使我變成這樣子已經不太重要，對我本身來說，我真正擔心的是我變質的本性呀！我們不能作惡！」

那女人驚訝地看著湯姆，好像這是她無論如何都不會料到的回答。她深深地嘆了一口氣說：「是啊。噢！上帝呀！爲什麼啊？唉！唉！唉！」

她一下子跌坐在地，一連幾聲哀嘆，好像是悲痛的現實和矛盾的心理讓她心力交瘁，再也支撐不了她了。

屋子裡頓時一片寂靜，彼此都能聽到對方的呼吸聲。沒過一會兒，湯姆微弱地低聲說：「我請求您幫我個忙，可以嗎，太太？」

那女人立刻站了起來，她的神情馬上又變得堅定起來，和平時並無二致。

「太太，我外衣的口袋裡裝著《聖經》，我記得他們把我的衣服扔在房間的某個角落裡了，麻煩您了，太太！幫我拿過來，好嗎？」

凱西走了過去，找到外衣，並從口袋裡掏出了《聖經》。湯姆快速地翻動著書頁，當翻到磨損得很舊而又做了明顯標記的那頁時，他停了下來，這一頁上講了救世主解放人類而自己死前遭到厄運的過程。

「太太，您幫幫我，給我念一下這一段吧，它要比喝水更令我寬慰。」

凱西仍然一臉冷漠，她拿起那本書認真地看了那段。之後，她開始帶著感情高聲讀起了這段華麗而悲壯的描寫，語調柔和優美，非同一般。讀到動情之處，她的聲音哽咽了，有時竟顫抖得讀不下去。每當這個時候，她就會停下來，努力壓抑住她激動的感情，直到她能重新恢復常態保持鎮定以後，才繼續讀下去。

「天父啊，你們不要責怪他們，因爲他們根本就不知道自己的所作所爲。」當她讀到這句感人至深的話時，她不禁丟掉了手中的書本，放聲痛哭，就連披散在她肩上那又黑又厚的鬈髮也隨著身體的抽動而顫抖起來。

湯姆看著她，也無聲地掉下眼淚，時而發出幾聲悲鳴。

「如果我們也能夠向祂學習，堅定自己的意志，不去懷疑，那就好了！」湯姆說：「爲什麼祂做起來是那麼輕而易舉，而我們卻費盡心機、歷經苦難也難以做到？噢，上帝啊，救救我們吧！哦，仁慈的耶穌基督！求求你了！」

過了半盞茶工夫，湯姆又說道：「太太，也許您事事比我強，但這並不代表您不會從我身上學到一些東西。太太！您說上帝在這裡不存在，祂無視我們慘遭欺凌和虐待，但請您也看看我們的榮耀，神聖的耶穌——祂自己的親生兒子——他的境遇也很糟啊！難道他逃離出苦難和窮困了嗎？

無論是你還是我都沒有落到像他那麼卑微的地位。所以，有一點我敢肯定的是，上帝並沒有把我們遺忘，《聖經》告訴我們，假如能夠忍受一切苦難，就一定可以跟祂一樣為自己做主。但是如果我們不信仰祂，祂又怎麼會光顧我們呢？像《聖經》上描述的那樣，救世主和祂的門徒們都遭受了災難，他們是被利鋸分身、被石頭砸死的，他們披著羊皮四處奔走，受窮、受害、受難。我們不能因為自己生活得不幸福快樂，就埋怨上帝不照顧我們，不為我們做主；假如我們堅決不向邪惡屈服，並堅信上帝與我們同在，我們就一定能發現事情並不是那樣。」

「但是祂為什麼要把我們安置在這個地方呢？除了變成一個魔鬼，我們甚至沒有第二條路走。」女人問他。

湯姆再次肯定地回答，「我有信心不讓自己跟隨他們作惡。」

「好吧！那我就看你能堅持多久，」凱西又說：「明天他們又會在你面前出現，使出新花招對付你，一直到你屈服為止！我太瞭解他們了。」

「上帝啊，」湯姆求助道：「求你拯救我的靈魂吧！仁慈的耶穌基督！噢！我不可以屈服，求您救救我吧！」

「天啊！」凱西說：「祈禱是沒有用的，這種發洩的方式我見得太多了，但最終他們沒有一個人可以堅持下去，都屈服了，無一例外。艾米麗也堅持著，和你有一樣的想法，但她又能堅持多久呢？湯姆，你必須放棄善良和執著，只有這樣他才會讓你活著。」

「我寧願選擇死亡！就這麼決定了，」湯姆悲傷地說：「假如他們願意的話，儘管來吧，想怎麼折磨我就怎麼折磨我吧！反正我已經是快要死去的人了，但在我面臨死亡的那一刻，他們是不能控制我的，我不會向他們屈服。上帝明白，祂會陪伴我一同走過災難的。現在我很清醒，就這麼決定了。」

凱西端坐在那兒，沉默著，眼睛死死地盯著一個地方。「也許它是一個好主意，」她自言自語道：「那些舉手投降的人，已經沒有希望了！他們喪失了靈魂，已經無可救藥了，我們每天生活在骯髒污穢的地方，所以也越來越討厭一切，到最後就很自然地會厭惡自己了！很多次我都想到要死，可我卻沒有膽量！完了！完了！我徹底完了！現在的我已經喪失了當年的堅毅！」

「喏，你看我，」她又轉向了湯姆，「你看看我現在的樣子。我小時候也是在有錢人家長大的，在我的記憶中，現在我首先記起的就是我家華麗的客廳，我總是被打扮得像個高貴的小公主，在大廳裡跟在客人後面玩耍。他們總是稱讚我——可愛漂亮的孩子。家裡窗子上裝著很寬敞的落地玻璃，白天陽光射進來，非常溫暖，玻璃的外面有個很大的花園，幼時我總是喜歡和我的姐妹們一起在花園的那棵橘子樹下捉迷藏。

「稍微長大一些，父親把我送進一所教會學校，我在那裡學了幾乎所有我能學的東西，法語、音樂、刺繡等等，任何課程我都學得很棒。然而，在我十四歲的時候，父親不幸逝世，我從學校趕回來參加他的葬禮。直到遺產清查時，才看到把家裡所有的財產賣掉也遠遠不足以償還他的債務，所以，債主們在算帳時，把我也算作是一份財產加了進去。

「因爲我的母親原本是個女奴，所以父親曾經希望賜予我自由，沒想到在他沒辦好手續前就去世了。我的父親身體非常健康，但是他感染了霍亂，在兩小時內就猝死了。在我父親死去後的第二天，我的繼母帶著她自己的親生兒女去了她母親的莊園，當時我並不知情，但是那兩天我覺得所有人對我的態度都變了，但我不明白是爲什麼。

「他們請了一個很年輕的律師來處理一切事物。我清楚地記得他每天都到我家，他說話的態度很好，他喜歡和我聊天。突然有一天，他帶了個年輕人來到我的面前，我至今還覺得他是我這輩子見過最帥的一個男孩。那天晚上，我到現在還歷歷在目。我們漫步在花園裡，他的友善和溫柔撫平了當時我那顆孤單寂寞又受傷的心。他對我說，他已經深深地愛上了我，早在我上教會學校以前，他就已經注意到我了。他很願意幫助我，做我的保護人。其實，他花了兩千美元的高價買下了我，我早已經完全屬於他了，但他隱瞞了這些，並沒有把這些告訴我，所以我很高興能跟他在一起。他是我眼中善良、英俊而又高貴的王子，我曾以為我找到了幸福，認為自己是全世界最幸福的女人！

「他把我安置在一幢非常漂亮的房子裡，裡面傭人、傢俱、馬車、華麗的衣服等應有盡有，……但凡世界上可以用金錢買來的東西，他都給了我。但是我並不看重這些東西，我只在乎他，我那麼深地愛著他，我關心他勝過關心我自己和自己的靈魂。他要我做什麼，我就做什麼，我對他的愛簡直無可挑剔。」

「我這輩子只求過他一次，我多麼希望他能娶我為妻，給我名分。我以為，他那麼愛我，我在他心目中幾乎是一位完美的女神，假如我真的像他說的那樣，他怎麼會不願意和我結婚呢？但他卻始終回答我，那是絕對不可能的。終於，我被他說服了，他說只要在上帝面前彼此忠誠，我們就是夫妻，我相信了他的話。假如這不是騙人的鬼話，那麼，我必定是他的妻子，沒有人能否認我當時對他的忠貞不渝。

「跟他在一起的每一天，我都在察言觀色，分析研究他的一笑一怒。整整七年，我為了討他的歡心，在默默地付出。有一次，他得了黃熱病，我不分晝夜地侍候了他二十天，一刻都不曾離開他。我一個人餵他吃藥，像傭人一樣侍候他所有的事，他痊癒後，對我也是百般呵護，說我挽救了他的性命。再後來我們有了兩個可愛的孩子，大的是個男孩，叫亨利，他長得和他的父親幾乎是一個模子裡刻出來的，他也有一雙漂亮的大眼睛，頭上長著一圈圈的鬈髮，服貼地垂在同樣美麗的小腦袋上，他的天性和氣質也像極了他父親；而小艾麗絲，我們的女兒，他說長得和我一樣漂亮，他總是誇我，說我是他見過全路易斯安那州最漂亮的女人，他還說我和孩子們是他的生命的全部，他爲有我們而感到自豪，感到幸福。

「我總是喜歡在晴朗的日子裡，把我的兩個孩子打扮得漂漂亮亮的，讓他帶著我們坐上敞篷馬車到野外去兜風。每次聽到路人讚揚我們美麗的相貌和優雅的氣質時，他就會特別開心，高興得像個孩子一樣。噢！那時候我是多麼開心啊！我總覺得上帝對我是那麼的仁慈，我真的成了世界上最幸福的女人。但是就在我陶醉在幸福中時，厄運也隨之而來。他的一個表兄要到新奧爾良來玩，他們兄弟倆的感情很深，他很在乎他那位表兄。可自從我見他第一面起，不知爲什麼，我就害怕再見到他。我有一種不祥的預感，總是覺得他會給我們帶來不幸似的。

「他很喜歡和亨利一起出去玩，但每次都回來得很晚。亨利的性情非常高傲，我想告訴他，但是我害怕，我只能沉默。後來他又領著亨利去賭場，亨利並不善於克制自己，要是他染上了賭癮，恐怕就永遠戒不掉了。然後他又爲亨利物色了一位小姐，我知道他居心不良，雖然他從來沒有向我表現出什麼，但這逃不過一個敏感的心靈。

「日子一天一天過去，我也更清楚地看到了這一點，我的心一片一片地破碎，但是我什麼都不能說！就在這時，亨利宣布要和那位小姐結婚，但是由於拖欠太多賭債，不得不一再推遲婚禮。那表兄就裝模作樣提出要買下我和我的孩子們，好讓亨利能如願以償。愚蠢的亨利居然信以爲真。

「有一天，他突然告訴我，他要去很遠的鄉下去辦些事，可能兩三個禮拜才能回來；他的語氣比平時更爲柔和更爲動聽，他承諾說他一定會回來。這怎麼能騙得了我，可是我又能做什麼呢？即使我知道災難和不幸就要降臨在我的身上，我僵硬地站在那裡，吞吞吐吐說不出一句話來，我不允許自己掉一滴眼淚。他吻了我和孩子們很久很久，然後就騎上他的馬調頭走了。當我目送他走出我的視線之後，就再也沒有他的消息了。

「就在這時候，他的表兄，那個該死的惡棍，來領取他的財產，他告訴我，說他已經把我們全買下了，他把契據攤在我的面前。我不停地在上帝面前咒罵，我恨透了他，就是死，我也不願跟著他。」

凱西繼續傾訴著，沒有絲毫要停下來的意思。

「『你自己決定吧！』他威脅道：『假如你不想你的孩子被賣掉的話，你就必須乖乖地聽我的話，我要你往東走，就不要給我往西走，否則，你這輩子都別想再看到你那可愛的孩子們了。』他還得意地告訴我說，在他剛見到我的時候，就想得到我了，他故意引亨利染上賭癮，故意讓他欠了一屁股債，最後順理成章地買下我們。他還告訴我，他還想盡一切辦法讓亨利愛上那位小姐，他費這麼大力氣，做了這麼多事，就絕對不可能輕易放棄我，讓他白費心血；他更不可能因爲我要性子，掉幾滴眼淚就心軟。」

「我不得不佩服他的聰明，同時更恨那個愚蠢的亨利，要知道我的孩子就是我的命根子呀！除了他們，我什麼都沒有了，我不能再失去他們，我只能認輸。他使出最致命的殺手鐧，警告我：只要我有一絲的反抗，就會賣掉我的孩子們。我很害怕，最後我只好屈服在他的淫威之下。

「天啊！那時我過的是什麼日子啊！日子一天天地過，我的心都要碎了，我痛恨束縛著我身體和靈魂的人，但是我沒有辦法解救自己和孩子們。所以我必須要接受我所有的悲哀和不幸。有時我會想起和亨利生活的日子，我總是爲他朗誦詩書，他那麼喜歡聽我讀書、唱歌，彈琴、也喜歡和我一起跳舞，而我爲這個可惡的人所做的一切事情都是我不願意做的。那是一種累贅、一種懲罰、一種沉重的心理負擔，可我還是必須要忍受，我害怕他會殘暴地對待我的孩子們。

「小亨利和他爸爸一樣，是個勇敢高傲的小傢伙，從來不向別人屈服，而艾麗絲是一個羞怯又敏感的小東西。那該殺的惡棍總是爲難小亨利，再跟他吵鬧，而後再教訓他一下。每天我都在擔心和憂慮中度過。我勸小亨利尊敬他一些，對他要儘量忍讓，也試著讓他們保持距離，我真害怕會失去孩子們！然而我害怕的終歸還是應驗了，有一天，他終於還是把兩個孩子都賣掉了。

「我記得那天，他一定要領我到野外兜風，我回家後，才知道孩子們被賣了。他沒有絲毫愧疚地告訴我說，他把兩個孩子都賣掉了。他甚至還得意地說，賣掉我的孩子，就是一筆相當可觀的收入。那可是我的親生骨肉啊！當時我像發瘋一般，用最惡毒的話語去詛咒他。

「他有很長一段時間都很怕我，可他並沒有因此而善待我。他承認孩子們是被他賣掉了，但只要他高興，還有可能讓我和他們再見面；要是我繼續吵鬧，給他惹事，他們就會因此而倒楣！唉！我的孩子掌握在他手中，我不得不聽任他繼續擺佈。他逼得我整天甘心對他唯命是從，他還騙我說，只要他高興，說不定有一天就把孩子們都贖回來。我一直都很期待。

「有一天，我在外面散步，路過一家拘留所，看到一大群人堵在門口，還聽到一個孩子的哭叫聲。突然，我可憐的小亨利掙脫了那幾個人，飛奔著跑向我，他拼命地抓住我的衣服，那幾個人惡狠狠地跑來對他怒斥。其中有一個朝小亨利怒吼道：『你別天真得想逃跑，我要把你帶到拘留所去，讓他們好好地懲罰你一頓，最好叫你這一輩子想忘都忘不了。』我一輩子都不會忘掉那張臉，他讓我那麼的害怕，我苦苦地哀求他們放了小亨利，但他們卻哄堂大笑。

「我那可憐的孩子驚恐地尖叫著，他死死地盯著我，拼命抓住我的衣服不放手。他們為了把他帶走，幾乎撕爛了我的裙子，我沒有辦法救他，最終，他們如願以償地把他帶到了拘留所，我可憐的小亨利邊走邊淒慘的叫道：『媽媽！媽媽！你救救我啊！』有一位老人站在旁邊，看起來好像很同情我們。我向他請求幫助，只要他願意出手幫助，我可以把身上所有值錢的東西全都給他，他卻搖頭拒絕了。聽那人說，自從主人買下這個小男孩，他一直都很無禮；他要讓那男孩明白這樣的後果，讓他以後再也不敢那樣。

「我飛奔回家，一路上我每向前邁出一步，就好像聽到了小亨利的哭喊聲。我氣喘吁吁地跑回家，衝到客廳裡，巴特勒也在客廳裡，我把自己親眼所見都告訴他，懇求他去救救小亨利。他卻奸笑著說：『那孩子早就該被教訓教訓了，他這是罪有應得，沒有人會可憐他。』他居然還對我說：『我沒騙你吧！』當時我只覺得天旋地轉，大腦一片空白，我氣炸了，看到桌上放著把獵刀，當時氣急攻心，我突然有了勇氣，拿起那把長獵刀便向巴特勒刺去。再後來，我眼前一黑，就失去了知覺……」

「我就這樣暈過去了，許多天後，當我醒過來時，我發現自己躺在一間雅致舒適卻又陌生的房間裡，有一個陌生的黑人老太太細心照料著我，他還請了位大夫為我診治，給了我許多關懷和慰藉。後來，我才明白到底是怎麼回事，那個惡棍已經永遠從這幢房子離開了，我是唯一一個留在這幢即將出售房子中的人，這就是為什麼她們對我無微不至地關懷的原因。」

「我根本不希望自己能夠再健康起來，相反，我希望自己能永遠被人照顧那麼躺著，但希望總歸不是現實，我的燒漸漸退了，身子也開始慢慢好轉，最後我終於能下床了。他們就開始天天催著我打扮，不時還有一些紳士來拜訪，抽著菸不懷好意地上下打量我，向我提一些問題，討論我的身價。我是那麼傷心，那麼無助，幾乎從不張口說話。因此他們都不願意收留我。後來就有人威脅我，說我要是不友善一些，精神一點，讓人家喜歡我，他們就會用鞭子抽我。我氣餒了。

「終於有一天，一位叫傳斯圖爾特的紳士看上了我，他好像很明白我的心事，對我產生了感情。後來，他總是來看我，他的誠意漸漸打動了我，我覺得他是個好人，就把自己所有的經歷都告訴他。接著，他把我買下，並發誓一定要找回我那兩個可憐的孩子，他到處打聽，終於找到了小亨利的主人，可是那家主人說，小亨利已經離開了拘留所，被賣到了珍珠河畔的一所莊園裡，之後就再也沒打聽到小亨利的消息。後來，他又找到了我的女兒，他表示想贖回艾麗絲，但那家老太太就是不願意，說用多少錢也不交換。巴特勒聽到這個消息後，不懷好意地託人帶話給我，說我這輩子都別再指望見到她。

「令我唯一感到欣慰的是傳斯圖爾特對我非常好。他是一位船長，擁有一座令人羨慕的大莊園，莊園漂亮雅致。我和他生活在那裡，也就是在那一年，我又懷孕了。噢！那個沒出生的小傢伙我是多麼喜歡他呀！他一定很像我可愛的小亨利，可是這一切都阻止不了我放棄他的決心。是的，我早就在心裡下定了決心，我決不能讓我的另一個孩子來到這世上受罪！他出生剛剛兩個星期時，我心疼地把他抱在懷中，一邊流著淚，一邊吻著他，然後，我緊緊地把他摟在懷裡，把鴉片酊餵進他嘴裡，我可愛的孩子在睡夢裡被我結束了生命。

「當時我是多麼的悲觀和悲傷啊！我每天以淚洗面，我後悔一時衝動殺死了他，儘管不會有人相信我的說法。但現在我卻認爲我做了一件很正確的事，我爲自己的決定而慶幸，至少它讓我的孩子逃離了人世一切的不幸和苦難，我沒辦法使他幸福，除了賜給他死亡之外，我還能給他什麼嗎？然而後來霍亂蔓延開了，傳斯圖爾特也沒有從這次厄運中逃脫，他也離我而去。我不能理解像我這樣的人，爲什麼自己已經走到了死亡的邊緣還能苟活在人世呢？不久之後，我又變成了一個商品，從一個人的手裡轉手被賣到了另外一個人的手裡。接下來的日子裡，我美麗的容顏也漸漸地在無情的歲月中憔悴了、磨損了，臉上起了很多皺紋，還患上了可怕的寒熱病。到最後，就是這個惡棍買了我，我也被迫來到這個鬼地方。」

那女人停住了她的述說，一段故事講完了，可是同時又是另一段淒慘故事的開始。在她講述自己不幸遭遇的時候，語調沉重熱切，聲音時快時慢。有時候她似乎是在對湯姆訴說，有時候則似乎是說給自己聽。

她飽含深情，講的是那麼投入，那麼令人感動，湯姆沉浸在她的故事之中，完全忘記了自己身上的疼痛。他用自己的右手困難地支撐身體，眼睛一眨不眨地注視著她，只見她在房間裡不停地走來走去，腦後那又黑又長的鬈髮隨著她的移動也不停地一起一伏。

沉默了幾分鐘之後，她接著說道：「你不是對我說，上帝並不曾忘記我們嗎？上帝每時每刻都在關注著我們，甚至連世上的一草一木都在關注著嗎？也許你說的都是真的。我在教會學校裡也聽老師們講到過末日審判的事，據說到了那一天，所有罪惡都被清算而後接受懲罰，到時候我們就可以伸張正義，重獲自由了。」

「也許有些人會說我的遭遇很平常，我的兒女們受的罪也算不了什麼，幾乎都是一些不值一提的小事情、小風波而已，但是，每次我走在大街上，都會強烈地感覺到整座城市都可以在我的不幸中崩塌！我恨不得要土地崩裂，房屋倒塌把我埋在下面，我期待死亡，需要死亡。如果真是這樣的話，到審判的最後一天，我就可以站到上帝面前控告這些做盡壞事的惡棍們，斥責他們是怎樣無情地從肉體到靈魂毀滅我和我的孩子們。」

「在我還很小的時候，我信仰上帝，也常常向上帝祈禱，我以爲自己是個很虔誠的基督教徒，但是如今，我沒有一天不被這些魔鬼們折磨著、糾纏著，我善良的本性早就丟失了。他們一步一步地把我推向罪惡的懸崖，我相信，總有一天，他們一定會落到比我更慘的境遇！」她緊握拳頭，眼睛裡閃耀著興奮的光芒。「我一定要儘快把那些惡棍送到地獄裡去，我會在一個晚上的時間裡把他們全部消滅，即便結果不如意，他們用火把我活活燒死，我也絕不後悔！」

她縱聲大笑，笑聲久久迴蕩在這間破舊的小屋裡。她禁不住全身發抖，悲痛的淚水也隨之流出，最後，這笑聲竟化成了歇斯底里的哭泣，而她也終於無力地一屁股跌坐在地上。

過了很久，她才慢慢平息下來，這種痛苦的發作幾乎用盡了她的力氣，她直立身子，努力讓自己恢復平靜。

她走到湯姆的身旁，小聲地問道：「噢，我可憐的兄弟，你還需要我爲你做些什麼嗎？還要喝水嗎？」

她舉手投足之間優雅得體，說話的聲音動聽圓潤，跟剛才那種狂放暴躁的形態相比，有如天地之別。湯姆一邊用憐憫而又吃驚的目光仔細地打量著她，一邊喝著水，他無法相信剛才聽到的那些詛咒的話是從她嘴裡說出來的。

「噢！太太！我真心祝福您能找到祂，從祂那裡重新得到幸福。」

「找到他？誰啊？他又在何方呢？」凱西一連串地問道。

「上帝啊，就是您剛才說到的上帝啊！」

「幼時，我常常在神壇上見到祂的人像，」凱西說道，眼睛裡不由得浮現出對那些美好回憶的憧憬。「但是祂現在不在這兒呀！這裡除了無邊無際的罪惡之外什麼也沒有了，哦！天哪！」她不安地把手按在自己呼吸急促的胸口上，目光堅定，好像肩負著重大的責任一樣。

湯姆一副言猶未盡的樣子，她擺擺手制止了他，然後她把水端到湯姆能搆到的地方，然後又做了一些盡可能讓他舒服的工作後，說道：「我不幸的兄弟，什麼都不用說了，好好地休息一會兒吧！」之後就離開了小屋。

chapter 35 紀念品

總想遺忘苦痛的昨天，
無奈卻又阻擋不了回憶的力量；
美麗的鮮花，動聽的聲音，
還有海洋和清風，
每一種回憶都會讓我痛徹心扉，
悲傷的鎖鏈把我們無情地捆綁，
而它們卻在無意間觸動這神秘的電網。
——《恰爾德．哈洛爾德遊記》第四章[95]

雷格里宅子中的客廳是這個建築裡最大、最寬敞的一間長方形屋子，裡邊有一個大壁爐。放眼看去，牆上貼著曾經又貴又鮮亮的壁紙，如今已經污漬斑斑，在潮濕的牆壁上發了黴。屋內散發出一股潮濕、灰塵和黴爛混合而成的讓人噁心的味道，在長年累月、密不透風的舊房子中常常

95. 見英國著名詩人拜倫的長詩《恰爾德．哈洛爾德遊記》第四章第二十三首。

可以聞到。壁紙上不是啤酒和葡萄酒的污點，就是用粉筆記下的備忘錄和一串串的阿拉伯數字，好像有人曾在上邊演算過數學。

壁爐裡邊有個正燒著木炭的火盆，儘管天不冷，但是每到傍晚時分，在那個寬敞的房間裡總會產生一種陰冷的感覺，這就是雷格里抽雪茄和燒水調潘趣酒的地方。炭火的紅光把屋子的黑暗陰濕與窮途末路的景象照亮並呈現在眼前：馬鞭、馬鞍、馬勒子、各種馬具、大衣和其他衣物等隨意扔在房間的各個角落裡，整個房間顯得亂七八糟。我們前邊說過的那幾隻兇惡的獵狗，也都根據自己的喜好，在裡面安了家。

雷格里正在從一個有裂縫的缺嘴大水罐中向外倒熱水，給自己調一杯潘趣酒，嘴裡還嘀咕道：「唉！桑博太可惡了，在我和剛買回來的奴隸當中挑起這場風波！這樣一來，那個傢伙起碼一個禮拜都沒辦法幹活了，現在又剛好是這農忙的季節！」

「是的，你就愛做這種蠢事，」從椅子後邊傳來一陣講話聲，原來是凱西，她輕輕地走過來，他並不看她，自言自語地說：「你這個臭婆娘，哈！你到底還是回來了！」

「是的，我又回來了，」她冷冷地說：「回來還是想怎樣就怎樣。」

「哼！瞎說，你這個不知悔改的臭娘兒們！我告訴你，你膽敢再不聽我的話，我就把你送到黑奴那裡，讓你和他們一起下地幹活兒，一起過苦日子。」

女人並不示弱，「我寧願睡在黑奴那兒最骯髒的地方，也不想在你的手下活受罪！」

「但你仍然老老實實地受我的控制。」他獰笑著對她說：「小乖乖，來。過來坐到我的腿上，親愛的，我真是太喜歡你這倔脾氣了。」他一邊抓住她的手腕，一邊狠毒地說。

「西蒙，你放手！」女人喝道，那雙銳利的大眼睛裡凶光立顯，那狂野的光芒讓人不禁一顫。「西蒙，你會怕我的，」她不緊不慢地說：「而且你怕我必定是有原因的！你小心點兒，我有魔鬼附在身上！」

最後一句話是她湊到耳邊咬牙切齒地輕聲吐出口的，聲音很輕，但是聽後不禁讓他不寒而慄。

「走開！我根本不相信你的什麼鬼話！」雷格里說著，把她從身邊推開，稍帶不安地望著她說：「爲什麼你到現在還不肯成爲我的朋友呢？」

「要我回到從前？」她痛苦地呻吟著，一下子沉默了下來，似乎想起什麼令她不堪回首的往事。

女人是柔弱的，但一位身體強健，充滿仇恨的女人很可能會征服世界上的男人，雷格里在凱西身上便能感覺到這種影響。最近，凱西被迫下地幹活以後，她的脾氣變得更加暴躁難馴了，有時候幾乎接近瘋狂。爲此，雷格里對她頗有幾分畏懼心理。當雷格里把年輕貌美、嬌柔的艾米麗帶回家以後，凱西那顆殘留女性溫情的心一下子變得支離破碎了，盛怒之下，她站到那女孩的一邊，同雷格里發生了激烈的爭吵。雷格里一氣之下發誓，她要是再鬧事，就會讓她去田裡幹一整天的活兒。凱西驕傲而毫不在乎地說她寧願去幹活兒，於是就像我們前面講過的那樣，她爲了宣布她是多麼輕視他的這種威脅，到地裡幹了一天的活兒。

雷格里這一整天都憂心忡忡，因爲他無法抹去凱西在他腦海中的陰影。在她走進過秤間交棉花筐子的時候，他多麼希望她能讓步，所以他用緩和而略帶蔑視的口吻對她說話，而她卻絲毫沒有要與他重新修好的意思，依舊以尖銳、生硬的語氣回答他。對於善良的湯姆遭到殘暴的虐待再次讓她胸中燃起怒火，她決定要譴責他的罪行，爲湯姆討回公道。

「我真希望你能懂一點兒禮貌，凱西，」雷格里說：「這樣你的行爲要體面些。」

「你是怎樣對待那些農奴的呢？你居然還敢說體面！你居然只是爲了發洩你那鬼脾氣，愚蠢得在最忙的時候打傷了一個最最能幹的人！」

「我的確很蠢，才會讓這樣的事情發生，」雷格里只好承認今天的失誤，「但是假如他不聽勸說，還在大家面前對我大談什麼仁慈道德，表現他的鬼決心，那就必須要好好地教訓他。」

「你覺得你能制服得了他嗎？」

「制服不了他嗎？」雷格里一邊說一邊激動地站起來，「我倒是想看看他究竟可以撐多長時間？他是第一個想跟我作對的黑奴，除非他是用毫無感覺而堅硬的金剛做的，否則我一定要打斷他身上的每根骨頭不可，絕不會讓他有好日子過的！」

碰巧這時候，桑博開門進來了。他鞠了個躬，把紙包中的一個東西交給雷格里。

雷格里問道，「喂，什麼啊，你這狗東西？」

「小心點兒！老爺，是個有魔力的東西！」

「到底是什麼？」

「是黑奴從女巫那裡求的東西，他用一條黑線綁著掛在脖子上。這樣他們在挨打的時候就不會感覺到疼了。」

像所有殘暴而又迷信的人一樣，雷格里非常相信神靈。他慢慢打開紙包，卻看到裡面的一塊銀元和一些長長的發著亮光的金色鬈髮，這綹頭髮就像是一個活物一樣纏住了雷格里的手指。

「他娘的！」他突然憤怒地大叫了起來，一邊使勁兒用腳跺了一下地板，一邊用力扯那綹頭髮，但頭髮就像帶了電一樣，燒到了他的手。

「這是哪裡弄來的？快拿走！燒了！燒了！」他尖聲喊道，把頭髮從手上一把扯下來扔到火裡。「你拿它到這裡幹什麼啊？」

桑博站在那裡，嚇得完全沒了主意，厚厚的嘴巴張著，不知所措地呆住了。凱西剛想走出房間，這時也停住了腳步，非常驚訝地望著雷格里。

「聽著，再也不允許你們把這種鬼東西帶到這裡來了！」說完，他對桑博揮了揮拳頭，桑博馬上退向門口，雷格里接著把掉在地上的那塊銀元撿起來，透過玻璃扔向窗外，銀元擊碎玻璃，消失在這茫茫的夜色中。

桑博僥倖逃了出去。他離開後，雷格里在椅子上坐下，開始不高興地啜飲那杯潘趣酒，好像對剛才的失態很有些難爲情。凱西趁他不注意的時候溜了出去，然後就去照顧那苦命的湯姆，這些我們前邊已經講過了。

雷格里爲什麼會這樣呢？這麼普通的一綹金髮爲什麼會有這種魔力，居然把這個做盡所有惡事的壞蛋嚇得暴跳如雷、驚慌失措呢？那麼請跟我一起看看他的童年時代吧。

這個連上帝都不放在眼裡的人，現在已經變得無情而又殘暴，但是他曾經也是在母親的呵護下長大的，也曾受過聖水的洗禮。在他還是個小孩的時候，他的母親——一位金髮婦女常常會帶著他去教堂，踏著禮拜的鐘聲替他祈禱，虔誠地唱著讚美詩，向上帝禱告。

那個溫和的女人幾乎耗盡了所有的心血使他成爲一個正直的人，可是雷格里和父親一樣，天性暴躁偏執，而且不把母親的教誨當回事，不聽母親的所有勸告，年齡很小的時候，就離開她，去很遠的海邊自謀生路。後來他只回去過一回，而他那善良慈祥的母親卻無時無刻不在熱切地眷戀著他；把自己全部的思想感情都傾注在她唯一的兒子身上；同時，每天都在虔誠地祈禱，希望上帝能讓她的孽子改邪歸正，做一個好人。

雷格里曾經有過一次贖罪的機會，那時仁慈的天使正在呼喚他，天使拉住了他的手，他開始變得有了一些人性，心裡已經有所悔悟，但同時也在進行激烈地鬥爭，然而最後還是邪惡佔了上風。之後，罪惡完全吞噬了他，他又開始肆無忌憚地做壞事，用最殘忍的方式對待他人，以求得到心理上的平衡。他每天酗酒，罵人，變得比以前更加野蠻和殘暴。

一天晚上，他母親爲喚醒他的良知，無奈而痛苦地跪倒在他面前，而他卻一腳把她踹開，她頓時昏倒在地，雷格里卻沒有理會，不停謾罵詛咒登上了他的輪船。

後來，有一個晚上，雷格里正在和一些醉鬼喝酒的時候，有人給他送來一封信，他打開信封，從裡邊掉出一綹長髮，這綹頭髮纏住了他的手指。信中說，他母親已經離開了人世，臨終前她真心爲他祝福，而且寬恕了他的所有惡行。這是他最後一次聽到母親的消息。

邪惡是一種來自地獄的妖術，它是那麼駭人聽聞，能夠讓最美好、最善良、最仁慈的東西變成可怕猙獰的妖魔。對烈格雷來說，母親的慈愛猶如一道有罪的判決，令他內心極度內疚和不安。她那臨死前的祈禱在雷格里罪惡而兇狠的心裡變成了可怕的東西，帶給他的是無盡的恐懼，是對最後的審判和狂怒的聲討的恐懼。

雷格里把母親的那小綹金髮和那封信燒掉了，當他看到它們在火焰裡發出嘶嘶聲和劈啪聲的時候，他卻想起了地獄之火，想起了終歸要接受神靈的最終審判——魔鬼般的地獄之火將會永不停息地燃燒著他。他試著用玩樂、狂飲、咒罵來忘掉那段可怕的經歷。但是深夜時分，夜色卻常常會使那些作惡的人不由自主地想起自己所做的壞事，他看到母親面容憔悴，站在他的面前，用那柔軟的金髮纏住了他的手指，所以雷格里嚇得從床上跳起來，全身直冒冷汗。

也許你會覺得奇怪，爲什麼在同一本福音書裡，有人看到的是上帝的愛，有人看到的卻是毀滅一切的熊熊大火呢？一旦你追究其中的因果就不難明白，對那些幹盡壞事，執迷不悟的人來說，最偉大的愛在他面前也變成了有罪的判決，極端痛苦難耐的折磨。

「活見鬼！」雷格里慢慢地飲著酒說：「他是從什麼地方弄來的那綹頭髮？假如不是像……哎！我還以爲自己已經忘記了母親的事。媽的，難道是我太寂寞、太孤單？我得去叫艾米麗，那臭娘們大概還在恨我吧！不行，我管不了那麼多了，我現在就要把她叫來不可。」

雷格里起身走出起居室，外面是一條寬闊的走廊，那裡原本有座螺旋上升的樓梯，但是現在通道又黑又髒，堆放著亂糟糟的大木箱和一些已經廢棄的東西。樓梯上沒有鋪地毯，在黑暗中好像不知道要通向何處！慘白的月光透過窗戶照在地上，映出各種形狀的陰影，籠罩著這裡的空氣好像地窖一般潮濕和陰冷。

突然，雷格里聽到有人在唱歌，他在樓梯口停了下來。在這陰暗潮濕的舊宅子中，歌聲顯得那麼淒慘而又悠揚，好像是冤魂的哭嚎一樣，可能是他的神經太敏感、太緊張了。聽啊！那是什麼聲音？

一個狂放的聲音正在唱一首在奴隸中非常流行的讚美詩：

啊，那時你將感到悲哀，悲哀，悲哀，

啊，基督最後審判席上你將感到悲哀！

「那個討厭的小丫頭又在裝神弄鬼！」雷格里說，「我一定要把她掐死的。艾米麗！艾米麗！」他大聲叫道，但是回答他的仍然只有從四面牆裡傳來的回音。

那甜美的聲音還在唱著：

在那裡父母子女將分離！
在那裡父母子女將分離！
永不再能相聚！

最後兩句歌清晰而響亮地迴蕩在空空的廳堂裡。

啊，那時我們將感到悲哀，悲哀，悲哀，
啊，基督的最後審判，會使你也感到悲哀！

雷格里不再叫了，他不敢向別人求助，雖然害怕讓他的心臟狂烈地跳動著，額頭上沁滿了冷汗，冥冥之中，他彷彿覺得有一團白霧正漸漸靠近，那奇怪的東西就在眼前，發出幽幽的光芒，天啊！如果撒手西歸的母親的冤魂突然來到我面前，那該怎麼辦呀?!雷格里想到這裡，不禁全身發顫。

當他拖著腳步磕磕碰碰地回到起居室坐下後，喃喃自語道：「從現在開始，我再也不要看見那東西了！我還以爲裡面是什麼好東西呢？我一定是中了邪了，是的！從那時開始我就一直在魂不守舍地冒冷汗！他從哪裡弄來的那綹頭髮？我明明在許多年以前就把它燒掉了！我不相信頭髮也會有冤魂，那樣豈不是天大的一個笑話嗎?!」

啊，雷格里，那縷金髮確實有魔法，每一根頭髮都在揭示著你的罪惡，偉大的主會綁住你那殘忍的雙手，讓它們再也不能對無依無靠的農奴進行更兇狠的壓迫和殘害！

雷格里一邊跺腳，一邊對狗吹了一聲哨子，「起來！你們也醒過來陪陪我啊！」但是那些狗只是迷迷糊糊地睜開一隻眼睛看了看他，很快就又閉上了。

「我要叫昆都和桑博過來，讓他們跳一個歡快的舞，唱唱歌，這樣就能驅走這可怕的邪念了。」雷格里邊說邊戴上帽子，到走廊上吹了聲口哨，像平常一樣召喚他那兩個黑人監工。

往常雷格里心情好的時候，常常把這兩個人叫到他的臥室裡，用威士忌酒把他們灌得精神抖擻，然後就讓他們不停地給他表演跳舞、唱歌、打架之類的節目，至於要表演什麼節目那要看他的心情。

當凱西探望湯姆後，返回家時已是深夜，這時她聽到從客廳裡傳來混雜的喧囂聲、吠叫聲以及什麼東西翻倒的聲音。她忍不住靠近通往起居室的臺階，往窗戶裡一看，只見雷格里和那兩名監工正在大叫大唱，他們斜躺在地，喝得大醉，踢翻了椅子，還對視著做各種可笑猙獰的鬼臉，這一幕真讓人噁心。

凱西把纖細而修長的小手放到窗戶的遮光簾上，眼睛一眨不眨地盯著他們，又大又黑的眼睛裡閃爍出極度蔑視和強烈憤懣的光芒。她不由得自言自語道：「爲世界除掉這個禍害，難道是一件錯事嗎？」

她調轉身子，迅速地離開了現場。她溜到後門，上樓輕輕地敲響了艾米麗的門。

chapter 36

凱西和艾米麗

凱西推門走進了艾米麗的房間，只見她正坐在離門最遠的那個角落裡，渾身發抖，看來她是真的被嚇壞了。當凱西靠近她的時候，她像彈簧一樣從地上一躍而起，瞪著那雙恐慌的大眼睛。

她一看是凱西來了，立刻飛奔過來，一把抓住凱西緊緊地抱住說道：「噢，凱西，是你呀！我這個晚上都快嚇死了，太好了，你來了，我真是太高興了，你沒進來時，我還以爲是他來了呢！噢，凱西，整個晚上那種奇怪的聲音嚇壞我了。」

凱西冷冷地說：「我也聽到了，這種聲音我聽得太多了。」

「噢！凱西，我們逃走吧。你在這裡待那麼久，一定知道從哪裡可以逃出去，只要能離開這個鬼地方，不管去哪兒都行，即便我們逃到沼澤地裡和蟒蛇住在一塊都沒關係。難道我們真的要在這個鬼地方待上一輩子嗎？」艾米麗盯著凱西，希望得到回答。

「我沒有辦法！我們除非選擇墳墓，否則真的無處可逃。」凱西平靜地說。

她不放棄，不死心地問道：「你曾經試過嗎？」

「那麼多人都嘗試過了，我見得太多，也知道逃走會有的下場。」凱西說。

艾米麗著急地說：「我寧願每天啃樹皮，在沼澤地住下來，寧願和毒蛇住在一起，被蛇吞噬，也不願意遭受他的折磨。」

「好多人與你的想法都一樣，」凱西回答說：「但是即便你逃到沼澤地裡，你也不一定就能待在那裡，你不知道那兩條惡狗有多麼厲害，不用多久牠們就會找到你。然後把你帶回來，然後，然後再……就不用我說了吧。」

「然後會怎麼樣呢？會殺掉我嗎？」那女孩疑惑而又擔心地盯著凱西，急切地問道。

凱西說：「你難道不相信他什麼都幹得出來嗎？他曾在西印度群島待過一段時間，向海盜們學過許多整人的招數，要是你一定讓我說出那些我在這兒親眼目睹的事情，你可能會嚇得連魂都要丟了。有時候他把這些恐怖的例子說給別的奴隸們聽，我常常會聽到因爲過分驚恐而發出的慘叫聲，這種聲音至今令我難忘，久久在我的腦海裡盤旋不去。離這裡不遠，是奴隸住的地方，房子後面有一棵非常大的黑色古樹，樹幹空了，裡面裝著都是黑色的灰塵。你要是想知道究竟是怎麼回事，可以去向那些住在附近的農奴們打聽打聽，我保證沒有一個人敢告訴你。」

「噓，我怎麼總是聽不明白呢？你講這些是什麼意思呀？」

「我無法跟你說清楚，你也最好別想知道這些事。聽著，那位幫助別人的不幸的湯姆，假如第二天他還不改改他的死心眼的話，到底會有怎樣的災難降臨在他頭上，恐怕只有上帝知道了。」

「太恐怖了！」艾米麗不由得尖叫起來，臉色也嚇得蒼白，說道：「哦！凱西，你告訴我，告訴我該如何是好呢？」

「聽我的話，不要去激怒他，不要直接反對他，做自己力所能及的事，然後再用詛咒和不屑來阻止他。」

「有時他會逼我去喝那討厭的白蘭地酒，而我做不到。」艾米麗說。

「我勸你最好要喝下一點兒！」凱西說，「以前我也很厭惡喝酒，但是現在沒有酒喝的時候，我才知道這世界上比酒更難以下嚥的東西太多了。人嘛！你總是要擁有些什麼——好好享用，這樣你才不枉在世上走一回。」

「我還是個小女孩的時候，母親就警告過我，讓我永遠不要碰那東西。」艾米麗說。

「你媽媽警告過你！就算你媽媽這麼教育你，那又有什麼用呢？」凱西很難讓聲音保持平靜，顫抖著聲音說：「母親保護不了孩子們，她們被當作商品一樣從一個人的手裡賣到另一個人的手裡，她們的身體歸花錢的買主所有，她們的靈魂也不屬於她。事實就是這樣，我勸你還是喝些白蘭地，哪怕是違心的！這樣，你就會省去很多災難，一切事情也就不會顯得那麼淒慘了。」

「噢！你會可憐我嗎，凱西？」

「我可憐你，誰來可憐我啊！我原本也有女兒，但是現在只有上帝才知道她到底在哪裡，生活是不是幸福？我擔心她總有一天會重蹈她母親的覆轍，而她沒出生的女兒也註定還是逃避不了這種命運。這種厄運是周而復始、永無窮盡的。」凱西說這話時，臉上平靜地近乎無情。

艾米麗雙手合十，嘆道：「我真希望自己從來沒有降生到這個罪惡的世界上來！」

「不只是你，我也曾經這麼想過，」凱西接著說：「但是現在，這一切對我而言似乎都已經習以為常了，如果不是我太膽小的話，我早就選擇死亡了。」

她的眼睛一眨也不眨地望著窗外，臉上流露出憂鬱沉重的表情，這種表情在她沉思中常常會呈現出來。

艾米麗發表自己的見解道：「自己選擇死亡是最愚蠢的。」

「你說的算什麼理由？事實上，自殺不會比我們活著每天幹的事情更有罪呀！我還在教會學校念書時，那些老師們總是向我們說這樣的道理，這讓我對死亡有一種說不清的恐懼。假如死亡真的能讓我們從災難中逃脫的話，那麼，又有什麼不可以呢？」

艾米麗回過頭，用手掩面嗚咽著。

在凱西和艾米麗進行這場談話的時候，雷格里已經喝得酩酊大醉，早就在自己的客廳裡昏睡過去。

事實上，他可不是一個嗜酒如命的酒鬼。他非常珍惜自己強壯的體魄，也知道如此幾次酒精的刺激對他而言並無大礙，可是假如對一個體質稍差的人來說，恐怕不僅僅會有損健康甚至會有生命危險。聰明的雷格里把這個「謹慎」的信條牢記在心中，所以他並不允許自己常常過量飲酒，使自己神志不清，他需要一顆完全清醒的頭腦去鎮壓統治他的奴隸們。

可是今晚例外，那縷可怕的金色頭髮死死地纏住了他，他需要把它從腦海裡驅走，所以他多喝了幾杯，迷迷糊糊地打發走那兩個監工後，他就重重地摔在一把高背扶手的木椅上昏睡過去。他不知道，這讓他討厭恐懼的靈魂竟然也會跑到他的夢境中來，而且其情景很像是因果報應的最後審判。

雷格里正做著一個奇怪的夢，在他的夢境中，有一個臉色灰白、蒙著白紗的婦人站在他的面前，一隻冰冷的手搭在他的肩膀上，即使隔著層面紗，她那一顰一笑仍能讓雷格里清楚地認出她是誰。他不由自主地打了個寒戰，全身上下直打哆嗦。

然後，他覺得那綹頭髮又一次纏住了他的手指，還在慢慢地向他的脖子移動，最後居然慢慢勒緊，使他幾乎不能呼吸了。再後來，又有很多奇奇怪怪的聲音縈繞在他耳邊，他簡直無法忍受那些惡毒的咒語。他看到自己掉進了地獄，一群惡鬼把他懸吊在懸崖邊的一棵枯樹上。

他嚇壞了，拚命地抓住樹枝大聲呼喊「救命」，但沒有人理會他，深淵裡一下子伸出許多雙魔鬼般的黑手，想要把他拖下去。就在這時，凱西出現了，她把他用力地推了下去。而此時，那虛幻的戴面紗的婦人摘掉了面紗，又一次出現在他面前，天哪！他終於看清楚了，那正是他的母親——生他、養他的親人啊！然而她並沒有幫他，卻一言不發地轉身走開了，而他在鬼哭狼嚎的尖叫聲中慢慢地下墜，下墜，下墜——終於，雷格里突然驚醒了，他一下子跳了起來。

東方慢慢地透出了一絲光亮，照在這屋子裡。晨星還沒有退隱，璀璨奪目的星星睜著無數雙明亮的大眼睛看著這個惡棍。

噢！新的一天又開始了，世界是多麼聖潔、多麼美麗啊！黎明就要來到了，她好像在對這惡貫滿盈的壞蛋說：「喂！好好地追求上帝那至高無上的榮耀吧！你還有彌補自己罪行的最後一次機會！」

世界上所有的人，無論他身居何處，也無論他說何種語言，都能聽到這樣的召喚。但是，雷格里這個罪大惡極的惡棍卻好像根本聽不到。

他一覺醒來，就一刻不停地開始咒罵。這時金色的陽光灑向大地，朝霞已經映紅了半邊天空，可這樣美麗的早上對他來說，一點意義都不存在。他像禽獸一樣無情，什麼都不看，對這一切毫不在意。他步伐不穩，晃晃悠悠地走過去倒了一杯白蘭地，喝了一大口。

然後，對剛剛進來的凱西說：「昨天晚上我真是難受死了！」

凱西不懷好意地說：「是嗎？但願你能多經歷幾個這樣的晚上。」

「臭女人，說這話，你到底想暗示我什麼？」

「難道你自己心裡不清楚嗎？喂！西蒙，我向你提個建議。」她接著說。

「去你的，你能給我提什麼有用的建議？」

凱西一邊動手收拾屋裡亂七八糟的東西，一邊平靜地說：「我勸你最好離湯姆遠一些。」

「這與你有關嗎？」

「這當然和我不相干，不管你對他怎麼樣，我都不會有什麼損失；但假如你好好想一想，花了一千二百美元的高價才買來個能幹的奴隸，難道你只是想在農忙的時候出口氣嗎？這樣做划算嗎？我已經盡我的最大努力爲你去照顧他了。」

「你去照看他了？誰允許你去的，這關你什麼事啊？」

「當然不關我的事，只是爲什麼我一番好意去幫你照顧奴隸，替你省下幾千美元，你卻用這種口氣和我說話呢？我真爲你感到難過，難道你想賣到市場的棉花不如別人多嗎？」凱西裝作滿不在乎的樣子，繼續說著，「想想湯普金斯在你面前那股得意洋洋的樣子，你卻垂頭喪氣像個被打敗的公雞，只好乖乖地付給他錢，到那時，你就知道誰對誰錯了。你說是嗎？不信，咱們就走著瞧吧！」

雷格里和別的莊園主一樣，他的心裡還有一個願望——那就是在一年的收成之後，和周圍鎮上的一些莊園主打賭。凱西利用他這種求勝的心理，用自己的聰明才智，撥動了那根唯一能讓他心動的弦。

「你說的不無道理，我就依你的，暫且放過他，」雷格里停了一會兒接著說：「但他必須要到這裡來向我認錯，懇請我放過他，並且還要他保證以後都乖乖地聽我的話。」

「我保證他一定不會這麼做。」凱西回道。

「你說什麼？他爲什麼不肯這麼做？」

「是的，我敢肯定他不會這麼做的。」凱西又說。

「你給我說清楚點！我想知道這是爲什麼？」雷格里蔑視地說。

「他認爲自己做得對，他在心裡就是這麼想的，所以他一定不會向你認錯的。」

「去他娘的，他心裡怎麼想我才不管呢！我是他的主人，他是我的奴隸，他必須得聽我的，說些讓我高興的話才對，要不——」

雷格里停頓了一下。

「要不，你就再把他往死裡揍上一頓，讓他在這整個農忙季節裡都不能下地幹活；然後你再心甘情願地在這次棉花收成上的打賭上輸掉。」

「不過，他終歸不能堅持很久——他會屈服的，我太明白黑奴的那種心態了，用不了多久，他就會像條狗那樣，爬到我面前懇求我的原諒。」

「你簡直是大錯特錯！西蒙，你根本不瞭解他，你可以一根一根敲碎他身上所有的骨頭，把他扯成碎片，但你絕不可能讓他在你面前認錯，請求你的寬恕。他不會的。」

「你就等著瞧吧！他現在在哪兒？」雷格里問道，然後大步走了出去。

凱西回答道：「在堆放雜物的那個房間裡。」

儘管雷格里在和凱西說話時，態度強硬，始終堅持主見，但是在他跨出門檻的那一刻，心裡卻像潮水般波濤洶湧——極不平靜。

對他而言，這是之前從來沒有出現過的事。他必須說，凱西的話在他心裡產生了很大的影響，他害怕凱西出現在他的夢境裡，害怕她一本正經的勸告會變爲現實。所有的疑慮和擔心都讓他決定，他要悄悄地和湯姆見面，然後恐嚇他一番；同時他也決定，假如苦刑不能讓湯姆屈服，那麼，等到農忙之後再來跟他算總帳。

湯姆躺在那間破屋子裡，黎明的曙光從狹窄的窗戶投射了進來，晨星漸漸隱沒在遙遠的天邊，伴隨著莊嚴神聖的話語：「我是上帝的傳人，我是大衛的根，我是聖潔的晨星。[96]」凱西不同尋常的經歷和暗示並沒有使湯姆氣餒，相反，他感到體內升起一股動力，他覺得天堂在向他召喚。黎明和黑暗交替之際，他覺得自己已經走在了死亡的邊緣，馬上就要到他嚮往已久的沒有壓迫、沒有苦難的美妙世界中去了。

想到壯觀宏偉的寶座，想到光芒萬丈的彩虹，想到許許多多仁慈的天使，想到棕櫚、豎琴和桂冠和那些鮮花美酒……而如此美妙的一切，只要他到了天堂之後，就可以全部呈現在自己面前。想到這些，他不再恐慌，也不再難過了，他的心因欣喜而激動得顫抖；所以，在他聽到那個殘忍地傷害他的主人的腳步聲時，他沒有絲毫地害怕和退縮。

雷格里用力地踢了他一腳說道：「起來！死傢伙！你終於還是醒過來了！我之前就警告過你，要給你點顏色看看。感覺還好嗎？嘿嘿嘿！你那身賤骨頭快要撐不住了吧！現在你還想給我講什麼仁義的大道理嗎？想跟我鬥，恐怕你到死的時候還不知道自己錯在哪裡，嗯！你還敢不服從我嗎？」

湯姆沉默不語，也根本沒有起來的意思。

「畜生，你別給我裝死？還不快給我起來！」雷格里又踢了他一腳詛咒道。

96.《聖經．新約．啟示錄》第二十二章第十六節。

湯姆滿身是傷，渾身的骨頭都像散了架似的，他拼命地想站起來，然而一個踉蹌又跌了下去。看到湯姆憔悴虛弱的樣子，雷格里不由得露出了得意的奸笑。

「喂，起來呀！湯姆！今天早上你怎麼變得這麼遲鈍呀？你看你這副病怏怏的樣子，難不成是昨天晚上著涼了吧！」

湯姆使出了渾身力氣，終於勉強站了起來，面對雷格里，神色出奇的坦然和鎮定。

「有你的！算你有種，我想昨天晚上滋味不好受吧！」雷格里上下打量著湯姆說道：「想和我玩那套把戲，你也太不自量力了，還不快給我跪下，請求我的寬恕，這樣的話，我可能還會考慮放你一馬。」

湯姆紋絲不動地站在那裡。

雷格里揮動馬鞭對著湯姆身上一陣猛抽，惡狠狠地說道：「畜生，你給我立刻跪下！」

「主人，想要我向您下跪承認錯誤，我真的無法做到，」湯姆平靜如水，「我覺得自己是對的，假如以後再有同樣的事情發生，我仍然會這麼做。無論你用怎麼樣的方式逼迫我，我都不會對那個可憐的女人下毒手。」

「是嗎？那你知道我下一步將會用什麼方式對待你嗎？湯姆！我警告你，昨天你受的懲罰根本算不了什麼，只不過是傷及皮毛，現在，就請你發揮你的想像力，好好想想被人掛在樹枝上用火慢慢燒烤的滋味吧！那樣會不會更難過呢？跟我鬥，找死！」

「雷格里老爺！我知道您做得出來，你也肯定下得了手，但是，您只能處死我的身體，您永遠都無法處死我的靈魂，在我升入天堂之後，你就再也不能處罰我，那麼，我將會在上帝面前得到永生。」湯姆一邊慢慢說道，一邊十指交叉放在胸前祈禱。

「永生！」雷格里聽到這兩個字，就像是被蠍子螫了一下，渾身劇痛。他氣得一句話都說不出來，只能用眼睛惡狠狠地瞪著湯姆，而湯姆面色平靜，好像一個沒有任何苦難完全獲得自由的人，他用輕鬆明快的語調繼續說道：

「我是您的奴隸，從你用金錢把我買下的那一刻開始，你就完全擁有了我的身體，我願意做你最忠誠的奴僕，一刻不停地為你幹活，直到去世。但是，你卻無法擁有我的靈魂。我信仰上帝，並把他的宗旨放在至高的地位上，它決不向任何粗鄙的凡人屈服。無論我是死是活，我都會始終如一地這麼做。雷格里老爺，您可以用鞭子把我打死，用火把我燒死，我都不會埋怨您，相反我還會因此而感激你，因此而高興，因為你讓我去了我最嚮往的地方，提前讓我到達了天堂的聖地。」

「即便是這樣，我還是會讓你在這之前就向我屈服的！不信的話，咱們就走著瞧吧。」雷格里氣急敗壞地說道。

「總會有人向我伸出援手的，你別指望可以讓我屈服！」湯姆回答道。

「你別白日做夢了，誰會想要幫助你？」雷格里諷刺道。

「那就是上帝——萬能的救世主！」湯姆肯定地說。

雷格里一拳把湯姆打倒在地上，怒斥道：「他媽的，你去死吧！」

就在這時候，一隻柔軟而又冰冷的手輕輕地搭在雷格里的肩膀上。他轉過頭去，原來是凱西，這讓他不禁又想起了昨天晚上做的那個噩夢，腦海裡再次浮現出那個令他驚慌失措的場面，那棵枯樹，懸崖，惡鬼和凱西推他的雙手，還有那位蒙著面紗的奇怪女人。這些都讓雷格里的心感到一陣陣地悸動，心情久久不能平靜。

凱西用法語對他說：「爲什麼非要去惹他，你這個蠢貨！之前我是怎麼告訴你的？驗證了吧！他肯定不會向你認錯的，就是打死他也沒有用。現在，就讓我來照看他吧！早點讓他康復，也好再回到田裡給你摘棉花。」

傳說，陸地行走的犀牛和水裡游的鱷魚身上都有一層厚厚的盔甲來保護自己，盔甲堅韌無比，但牠們身上卻存在一個致命的缺點，那也是敵人最容易攻擊牠們的地方。雷格里也和這些不敬神靈、殘酷無情的人一樣，有他的致命弱點——對所有妖魔鬼怪都有一種莫名的驚慌和恐懼。雷格里轉身走了過去，他決定暫時不理會這個事情了。

他很不情願地說：「好吧，就按你說的那樣去做吧。」又轉過身氣呼呼地對湯姆說道：「湯姆，你給我好好聽著，現在正是農忙時節，人手不夠，所以我暫時饒了你。聽著！這絕對不是姑息你，我早晚會接著跟你算這筆帳。我勸你最好放聰明點。等秋收過後，我再在你這張欠揍的黑皮身上討還。」說完雷格里就轉身離開了。

凱西關心地問道：「沒想到你還會給他來這套，這次算你走運，我可憐的朋友，他沒有忘記，總有一天他還會找你算這筆帳的。現在你感覺稍微好些了嗎？」

「上帝，真感謝您讓我從這次的災難中逃脫了，是您派來了天使，堵住了獅子的血盆大口。」湯姆固執地要謝謝她。

「雖然災難沒有再次降臨到你的頭上，但你已經惹火他了，這次算你走運，這種恨意根本不會消失，它會像血吸蟲一樣吸附在你的血液裡，一點一點地吸乾你的血，讓你最終在憂鬱中死去才會作罷。我太瞭解他了。」凱西說完這些，終於垂下了頭。

chapter 37 自由

不管人們是如何莊嚴地把他捧到聖壇的位子上，
只要他踏入英國——神聖的國土，
信仰連同聖壇都會從空中墜落到塵埃裡；
但他仍然會堅忍不拔地站在那兒，
直到世界上不可逆轉的解放浪潮得以釋放，
直到民主和自由來到人間。

——柯倫[97]

我們暫且把湯姆放在傷害他的人那裡，轉過頭去去追溯喬治和他妻子的命運。我們之前說到他們的時候，他們還在路邊一些好心的村民們那裡。

在教友會裡，湯姆．洛科躺在教友的一張整潔舒適的床上，而且翻來覆去地不停呻吟，多卡斯大嬸像母親一樣細心照顧他，但大嬸很快就發現他像一頭發瘋的野牛一樣難以馴服。

請想像有個相貌出眾、身材高挑的女人，寬闊而乾淨的額頭下面是一雙圓溜溜的褐色眼睛，

97. 柯倫（一七五〇—一八一七），愛爾蘭法官，上文引自他所著的《英國法律》。

銀白色的鬈髮梳在兩旁，上邊戴著一頂漂亮潔淨的平紋絲帽子，而且胸前別著一塊雪白的棉紗手帕，她在屋裡輕輕地來回走動著，手臂的擺動和她身上穿著的閃閃發光白色絲綢衣服摩擦發出輕輕的窸窣聲。

「見鬼了！」湯姆．洛科一邊罵道，一邊把被子一腳蹬開。

多卡斯大嬸一邊給他把被子蓋好，一邊說：「湯姆，以後請你不要再用這種口氣說話。」

「好啊，老奶奶，我要是能控制住自己的話，就不會再這麼說話了，」湯姆說：「可是天氣這麼熱，幾乎讓人忍不住想大聲罵人！」

這時，多卡斯掀開一床被子，拿來一床薄被，又把邊上蓋得嚴嚴實實，直把湯姆裹得好像是一隻蝶蛹。她一邊熟練地做著這些事，一邊高聲說道：「親愛的朋友，請注意一下你的待人方式。我希望你不要這麼怨天尤人。」

「活見鬼，」湯姆說：「我為什麼還要去想那些事呢？我最應該擺脫的就是那個了，見鬼去吧！」湯姆說著，忽然在床上翻了個身，然後床上的被子又亂糟糟地不成個樣子了。

「那個男的和女的是不是都還在這裡？」停頓了一會兒後，他很不情願地拉著臉說。

「是的。還在這裡！」多卡斯說。

「還是讓他們趕緊出發往北去湖邊[98]吧，」湯姆說，「而且愈快愈好！」

「他們應該會這麼做的。」多卡斯大嬸邊平靜地織著手裡的毛衣邊說道。

「你聽著，」湯姆說，「我們在桑達斯基有熟人，他們幫我們監視船隻。我現在把一切事情都說出來也就不用害怕了，我很希望他們能擺脫魔爪，把馬克斯氣死。那可惡的狗東西，讓他見鬼去！」

98. 指美國和加拿大交界處的五大湖。

「湯姆！」多卡斯氣憤地說。

「告訴你吧，仁慈的老奶奶，你假如把我慾急了，我肯定會發瘋的，」湯姆說：「提到那個女人，記得讓他們給她化妝一下，改變她的形象，因為桑達斯基現在已經貼出她的畫像了。」

多卡斯用她特有的冷靜說：「我們會小心留意這件事的。」

對湯姆．洛科，我們打算只說這麼多了，不過，最好還是順便交代一下，湯姆除了那些病痛之外，又患上了風濕病，他在那個教友會人家裡整整待了三周才休養好，病癒之後，性格卻變得憂鬱和沉默起來，住在一個很清靜的村莊裡，再也不追逃奴了，把才能都用在狩獵上，竟然在那個地方成了當地一個捕獵的強手。

湯姆對教友會的信徒一直都很尊敬，他經常說：「多善良的人們啊，想讓我皈依教友會，但是結果卻沒有讓我做出一絲改變。不過老兄，他們照看病人的本事真是很高，是的。而且他們做的肉湯和各種小菜實在美味極了！」

因為湯姆告訴他們說，在桑達斯基有人會打聽他們的行蹤，大家一致認為讓他們分開走應該會更安全一些。吉姆和他的老母親被第一批送走了，過了一兩天，喬治、伊麗莎與他們的孩子又在夜幕降臨時被悄悄地用馬車送往桑達斯基，住在一個十分熱情的人家，打算乘坐過湖的船隻，繼續他們的最後一段行程。

可怕的黑夜就要結束了，自由的晨星在他們眼前閃耀著明亮的光芒。自由！多麼讓人震驚的字眼啊！它是什麼？難道它僅僅是一個名字，是一個為修辭而使用的美麗詞彙嗎？美國的民眾們，這詞能不讓你們的血液為之沸騰嗎？就是因為它，你們的父輩們曾灑過多少熱血，流過多少眼淚，他們曾經為偉大的、善良的母親們獻出了自己最傑出、最高尚的親人的性命！

對一個國家而言，自由是光榮寶貴的東西，對一個人而言難道不是同樣光榮而寶貴嗎？一個國家獲得自由難道不是全國所有的民眾都獲得自由嗎？對來自非洲的年輕人來說，臉上略帶一絲淡淡的傳統膚色、雙臂抱在寬厚的胸前、又黑又亮的眼睛裡閃耀著怒火坐在那裡，自由又是什麼呢？

對喬治・哈里斯而言，自由究竟是什麼？對於你的父輩而言，自由是一個國家獨立存在的標誌。對他而言，自由就是一個人作爲人而不是作爲某種牲畜而存在的權利；保護與教育自己孩子的權利；是把親愛的妻子真正作爲妻子，保護她不去受到一切外在的非法暴力迫害的權利；是擁有自己的尊嚴、信仰、家庭而不受任何侵犯的權利。

當喬治用手靜靜地支著頭，若有所思地看著妻子爲了能順利逃走而穿上男人的衣服時，他心中冒出來的就是這些想法。

「趕快開始吧，」她站在鏡子前面，一邊解開那頭烏黑濃密、光滑亮麗的鬈髮，一邊說：「我說，喬治，的確有些殘忍，是嗎？」她開玩笑似的說著，然後抓起一大把，接著說：「想剪掉這些頭髮？」

喬治無奈地笑了笑，沒有說話。

伊麗莎轉身注視著鏡子裡的自己，剪刀一張一合，頭髮就一綹一綹地從頭上滑落下來。

「好了，這就像樣了，」她邊說邊順手拿起一個梳子，「現在再稍微修一下就行了。」

她轉身看著丈夫，漲紅了臉笑著說：「瞧，難道我不是一個英俊瀟灑、年輕力壯的小夥子嗎？」

「無論怎麼打扮，你都很好看。」喬治面色有些沉重。

「那你爲什麼還要這樣擔憂呀？」伊麗莎一條腿跪在地上，把手和喬治的手重疊在一起問：

「他們說，只需要二十四個小時，也就是在湖上走一個晝夜，我們就可以到加拿大了。到那時，啊，到那時！」

「啊，伊麗莎！」喬治說著把她摟過來，「我們就要自由了啊！如今我的命運全部糾結在一點上，自由離我們那麼近，幾乎都可以看到，假如再次失去的話，我不敢想像，我再也不希望我們過以前的那種生活了，伊麗莎。」

「不要害怕，不要這樣不開心！」妻子很有信心地說，「上帝假如不想解救我們的話，就不可能讓我們走得這麼遠，我好像可以感覺到他就在我們身邊，喬治。」

「你真的是一個被神靈庇佑的女人，伊麗莎！」喬治說完把她摟得更緊了，「但是，告訴我！我們真的可以獲得主的恩典嗎？這些年來所有的苦難與不幸都可以結束了嗎？我們真的可以得到自由嗎？」

「喬治，我堅信一定能，」伊麗莎說著舉目仰望蒼天，纖長濃黑的睫毛上閃爍著激情與希望的淚水，「我心裡能夠感受到神聖的上帝會在今天，把我們從奴隸制的枷鎖下解救出來！」

「我相信你，伊麗莎，」喬治一邊說一邊猛地站了起來，「我同意你的說法，嗯，完全沒錯，來，讓我們一起走吧。」

他讓伊麗莎往後退了一步，滿眼愛慕地望著她說：「你真是個英俊的年輕小夥子，那頭捲曲而整齊的短髮很適合你。戴好帽子，嗯，稍微向一邊歪一些，我覺得你今天特別漂亮，但是我們應當上車了，不知史密斯太太給哈利打扮好了沒有？」

這時候門開了，一個相貌出眾、氣質典雅的中年婦女拉著男扮女裝的小哈利走了進來。

「他現在可是一個非常漂亮的小女孩啦，」伊麗莎把哈利轉了幾圈，說：「你看，我們叫他哈利特，這個名字不錯吧？」

那個小男孩站在那兒一言不發，一本正經地注視著穿著稀奇古怪的男人衣服的媽媽，他的雙眼由黑亮的鬈髮下膽怯地望著她。

「可愛的哈利，你還能認出媽媽嗎？」伊麗莎一邊向他伸出溫暖的雙手，一邊問。孩子羞怯地使勁抓住那個中年婦人。

「別這樣，伊麗莎，你明知道他不能和你在一起，為什麼還要逗他呢？」

「我知道這是很愚蠢的行為，」伊麗莎說：「但是讓他就這樣離開，我還真是無法接受。好了，我的大衣在哪兒？男人是怎樣披大衣的呢，喬治？」

「應該是這樣。」丈夫說著給她做起示範，把大衣披到自己肩上。

「是不是這樣，」伊麗莎一邊說，一邊像丈夫那樣走路，「我必須把腳步放重，擺出一副風度翩翩的氣質向前走。」

「你這樣太做作了，」喬治說，「謙虛而樸實的年輕人也不少，你如果扮成這個角色我想應該要容易許多。」

「這兒還有雙手套，」伊麗莎說：「看，戴上它就根本看不出這是一雙女人的手。」

「依我之見，你最好一直戴著，」喬治說：「你那雙白淨小巧的手會讓我們都暴露的。行了，史密斯太太，你要記住，你是我們的姑姑，你現在的任務是要我們把你護送回加拿大，可不要忘了！」

史密斯太太說：「我聽說早就有人去了湖邊，向所有定期班輪的船長們打過招呼，讓他們注意一對帶著孩子的夫婦。」

「是嗎？」喬治說，「假如我與他們碰上，肯定會向他們通報。」

這時，一輛出租馬車停在門口，招待這些逃亡者的家庭成員都圍了上來，和他們告別。

他們完全是按照湯姆·洛科的話做的，史密斯太太是一個氣質高雅的加拿大女人，她剛好準備回家，而喬治一家也恰好要逃到加拿大去，於是她裝扮成小哈利的姑姑。爲了讓孩子對她產生感情，所以最後這兩天，哈利的一切都是由她來照料，靠著糖果、餅乾之類的零食和無盡的關愛，孩子和她相處得很好，完全融合在一起了。

出租馬車靠近碼頭，兩個年輕人越過跳板，伊麗莎讓史密斯太太挽住自己的胳膊，喬治照看行李，一群人上了船。

不一會兒，喬治在船長的辦公室前辦手續時，聽到身邊兩個人在說話：「我注意看了所有坐上這艘船的人，我敢肯定那些人沒在這船上。」

這話是船上的管理員說的，正是我們的老朋友馬克斯在和他說話，他憑著自己那特有的權利，徑直追到桑達斯基州來尋找能夠供他侵吞的獵物。馬克斯說：「那個女人與白人基本沒有區別，那個男人是一個膚色較淺的混血兒，他的一隻手上有一個很深的紅印。」

喬治有些不安地拿過船票，找零錢的那隻手稍微顫抖了一下，但是他鎮定自若地轉過身子，滿不在乎地看了一眼那個正在喋喋不休的人的臉，然後不慌不忙地走向船的另一邊，伊麗莎正站在那兒等著他。

史密斯太太帶著小哈利走進女乘客的船艙裡，在那裡，許多女乘客都對這個美麗的略微帶些黑色皮膚的假女孩兒讚不絕口，對她的迷人容貌很感興趣。

沒過多久，起航的笛聲響了起來，喬治終於看到馬克斯離開跳板到了岸上；當輪船開遠不再回頭的時候，他才若有所思地深深吸了一口氣。

這一天，天氣十分晴朗，伊利湖那藍色的湖水起伏不定，在陽光下有韻律地閃動著。迎面吹來陣陣清風，那只飽經風浪的輪船一路劈波斬浪，勇敢地朝加拿大行駛而去。

哦，一個人的心中埋藏著什麼？一個人們還不知道的世界啊！當喬治和身邊靦腆的同伴在船的甲板上輕鬆地散著步時，誰會想到此刻他心裡翻騰著的想法呢？那似乎將要來臨的莫大幸福簡直讓他們太興奮、太高興了，甚至興奮得好像根本不會實現一樣，他們不敢相信這一切，他們的心每時每刻都在顫動著，非常擔心，唯恐發生什麼，把這來之不易的幸福從他們手裡奪去。

不過時間匆匆而過，輪船依然朝著前方行駛，那莊嚴而氣派的英國海岸終於清晰而完整地出現在人們的視線中，這是一個具有強大魔力的海岸，只要踏上去就會解除奴隸制所有的咒語，不管這咒語是用什麼方式或是怎樣的語氣發出來的，也不管是按照哪個國家的法律而獲得許可，所有的一切都可以化為烏有。

當輪船來到加拿大的小城阿默斯特堡時，喬治與妻子手挽著手站在一起，他們此時的呼吸變得又短促又粗重，充滿了淚水的眼睛模糊了。他一言不發，只是緊緊地抓著在他胳膊上發顫的那隻小手。

突然，鈴聲打破了這沉默，船停了下來。他根本不知道自己在做什麼，只知道把行李收拾好，把自己的家人聚集在一起，最後上了岸。他們默默地站在那兒紋絲不動，直到船上所有的旅客都離去，夫妻兩個才流出了喜悅的淚水，互相擁抱，抱著疑惑迷茫的兒子，跪拜在地，以謝在天之父！

就像是絕處逢生，
墓穴的屍衣猛得變成了天國的錦袍；

在和罪惡的國度、七情六欲的爭鬥中，
獲救者來到了自由純潔的國度；
那裡死神和地獄的鐐銬都將被解除。
當上帝之手轉動著金色的鑰匙，
當上帝的聲音告訴他們，歡慶吧，你的靈魂已獲得自由。
此時凡人的靈魂就獲得了永生。

在史密斯太太的帶領下，這小小的隊伍很快就來到了一個熱情的傳教士的住所，這個傳教士是受基督教慈善機構的派遣而來到這兒，目的就是為了給經常逃往這裡尋求庇護的無家可歸的逃亡者提供幫助和服務的。

在他們得到自由的第一天，誰能夠體會到他們那種享受天恩的幸福感呢？難道自由感不是比生活中別的任何感覺都更加崇高、更加美好嗎？說話、呼吸、活動、進出都不會受到監督，而且不會再受到任何威脅！當上帝賜予人類的權利獲得法律充分的認可，自由人可以酣然入睡，這種幸福誰能用語言表達呢？

作為一個母親看著孩子的臉，這一時刻對母親來說，是多自豪、多欣慰啊，想起之前經歷的風風雨雨，更覺得非常珍愛！享有這麼厚重的天恩，想要酣睡真的不太可能！但是這對夫妻沒有一點兒值錢的東西，沒有房屋瓦片、甚至一無所有，他們只有田間盛開的花朵和空中飛來飛去的鳥兒。但是他們高興得難以入眠。

「啊，奪走別人自由的人們，你們該如何來面對上帝？面對你們自己的良心呢？」

chapter 38 勝利

感謝上帝，是他賜予我們勝利[99]。

我們中間的所有人，在生活中受到任意擺佈，在這樣的情形下，就會感到生不如死。作為一位殉道者，就算面對肉體帶來的折磨，甚至死的威脅，同樣可以在死神面前找到自信。那些飽經滄桑的事蹟和震顫的熱情使他克服了種種困難，接踵而來的是天國榮耀和那永恆不滅的精神寫照。

生活還是需要日復一日地過下去，日子不得不在這卑微、絕望、低賤的奴役生活中消遣著時光，每一根神經都疲憊不堪，每一個細胞都漸漸沉睡——這種在精神上的折磨，這種在生命深處日復一日地的折磨，才算得上是對於男人和女人的真正的考驗。

湯姆站在他的主人面前，聽著他的威脅恐嚇，此刻他不得不相信這是屬於自己的最後時刻，於是他變得勇敢了。他認為自己承受酷刑不會有問題，他堅信自己可以戰勝所有困難，甚至感覺自己離天堂也不過一步之遙了，他與上帝同在。雷格里走開的時候，他心血澎湃的感覺蕩然無

99.《聖經．新約．哥林多前書》第十五章第五十七節。

存，立刻感覺身上的傷口疼痛難忍，四肢已經沒有了知覺。甚至感到自己在別人眼裡抬不起頭、地位低下、又毫無指望，他的思緒被悲涼佔據了，這一天簡直慢得讓人無法忍受。

湯姆的傷口還沒有全部恢復，雷格里便一再要求他到地裡做工。苦不堪言的生活讓人無法忍受，況且那個狼心狗肺的壞東西又在打他的壞主意，使出所有殘暴的招數去攻擊他，這些讓湯姆更加痛苦。

我們當中的任何一個人，只要嘗試過痛苦的滋味，就會知道痛苦會讓人產生暴跳如雷的壞脾氣。即使有萬能的神藥來救助我們，事情也不會改變。湯姆目睹所有夥伴們的粗暴脾氣和放肆無禮的行爲，而他們自己卻對此不以爲然。甚至，一直以來他們還覺得自己是個友善的人，在同樣的痛苦煎熬和摧殘下，也不得不受到阻礙，不易繼續了。開始他還以爲可以在閒暇時間看看《聖經》，但是在雷格里的莊園裡，根本就沒有空閒這個詞的存在。在農活最繁忙的時候，雷格里自然而然會把自己身邊的所有人手都派去，讓他們像台機器一樣不停勞作，甚至連星期日也不會放過。他爲何這樣做呢？因爲只有這樣，他才能收到更多的棉花，才能夠在跟其他人打賭的時候勝出，假如累死幾個黑奴，他會不以爲然地買更加年輕力壯的勞動能手。

剛開始幾天，當幹完地裡的活疲憊不堪的回來後，湯姆還利用那微弱的火光翻看一下《聖經》。可是當他受過各種各樣的摧殘之後，回來時已經筋疲力盡了，他掙扎著想讀《聖經》，卻發現已經頭暈眼花，所以也就只有像那些人那樣倒下便睡。

一直以來就這樣支撐著他的宗教信仰和來自心中的那份平靜，如今卻被靈魂的激蕩和絕望的沮喪所替代。難道這有什麼稀奇嗎？在那千姿百態的人生旅途中，有一個無法接受的問題一直在他身邊不停地演變著：好人靈魂慘遭摧殘，壞人卻每次都能獲勝，挺胸闊步的生活，上帝卻絲毫沒有反應。

在歷經磨難之後，湯姆的軀體痛苦地掙扎了幾個星期，又連著好幾個月的摧殘。讓他記起了奧菲利亞小姐曾送給他一位肯塔基親友的信，於是便真心祝福著，懇求仁慈的上帝可以給他派來救兵。他抱著一種試試的信念等待著，日夜期盼，祈禱上帝能奇蹟般的給他派來救兵。當他終於領悟到不會有人來時，發現這是毫無結果的等待時，他的心靈深處又冒出這樣一種想法：信仰上帝是根本沒有作用的，他早已經被上帝所遺棄。他偶爾也會遇到凱西，有時他被叫到主人們所住的地方，就看到表情憂鬱的艾米麗，但是他與她們兩個卻從來沒有交談過，因爲，他沒有時間與任何人交談。

這個夜晚，湯姆垂頭喪氣地在一堆柴火邊坐著，身邊只有粗糧餅來充當晚餐。他又添了些柴火，儘量使火燒得更旺，接著又從口袋裡掏出那本破舊的《聖經》。有些精彩的地方他做過標記，那些時常讓他的靈魂異常興奮的句子依舊在那兒——全部是些始祖、先知、詩人與聖人們講的話。從它們出現那天開始就在激勵著人類，它們代表著專門爲上帝作證的人的心聲。它們還會一直伴隨在我們的生命之中，永遠被我們銘記在心。此刻這些話已經失去力量了嗎？還是那衰敗的視力和麻木的感覺再也無法感應到這上帝的啓示了呢？湯姆深深地嘆了口氣，把《聖經》放回口袋。突然他被一陣嘶啞的怪笑聲驚動，他仰起頭，卻發現雷格里早已站在他的對面。

「是你！這個死東西！」他說，「你是不是感到自己的宗教快不靈驗了？我早就知道了，直到現在我才讓你那又蠢又笨的腦袋瓜明白這一點，真是悲哀。」

這樣殘酷的諷刺比嚴刑拷打、寒冷、饑餓和赤身裸體示眾還要痛苦，湯姆唯有沉默不語。

「他媽的，你可真是個窩囊廢，」雷格里叫道：「當初我買下你的時候，本來想好好對待你。

你本來可以比桑博或昆都他們過得還要快活些，就不用像現在一樣，隔三差五就會受苦受罰挨打挨罵。你完全可以自由自在，挺起胸膛，甚至還能揍揍其他的黑奴，或者還可以時常喝上一杯上好的熱威士忌酒。是啊！湯姆，難道你還沒認識到自己應該放聰明些嗎？還不趕快把那本沒用的破書扔到柴火中去，以後就跟著我混吧！」

「上帝是絕對不會同意這樣做的！」湯姆滿懷信心，意志堅定地說道。

「你認命吧，上帝是絕對不會幫你的。假如祂誠心幫你的話，今天你就不會落在我的手中！湯姆，你這狗屁宗教根本就是欺騙人的謊言。我可是瞭解得一清二楚，你要是明智的話，還是來投靠我，我可是能數得上的有名人物，跟著我肯定能做出一番大事業！」雷格里肯定地說。

「不可能，主人，」湯姆說：「我永遠不會改變自己的信仰，無論上帝是否救我，我都會一心一意信賴祂，直到我的生命結束的那一刻。」

「那你就是世界上最傻的人了！」雷格里說著，向湯姆嘲諷地吐了吐舌頭，又不懷好意地踢了他一腳。「沒關係，你遲早都會向我屈服的，看你到時候還嘴硬！」說完，他調頭就走。

當沉重的心理壓力達到人所能承受的極限時，人們會馬上想辦法來擺脫這種壓力。當苦難來到的時候，往往需要巨大的歡樂與勇氣來鼓勵自己，湯姆現在正是如此。主人不敬神靈的百般嘲諷，更是讓他早已失落的心靈增添了許多傷痕，他的情緒十分低落。即便是他那意志堅定的手仍然死死地抓住那塊永恆的岩石，但這種對生活的憧憬卻是沒有結果的、沒有目標的。

湯姆無奈地靠在火邊，似乎不知該做什麼才好。一瞬間，他身邊所發生的一切都變得虛無縹緲了。這時，一個頭戴刑法帽子、受盡折磨、渾身血淋淋的人浮現在他眼前。湯姆驚訝的注視著那嚴肅而緊繃的臉，那雙似乎有神卻又帶憂鬱的眼睛深深地打動了湯姆的心。他的靈魂慢慢張開，他內心的苦水被感情激蕩著，奔流著，他默默地伸出了雙手，面向前方跪了下去。

這千奇百態變化著的場面，那刺目的魔法變成了一道道燦爛的光芒，在耀眼奪目的光輝裡，他似乎看到有一張慈祥的面孔在注視著他。一個聲音在他耳邊迴蕩：「勝利者，我要賜給他寶座，與我同坐在一起，就像我獲勝了，我的父親賜我同他坐在寶座上一樣[100]。」

湯姆忘記了自己到底在那裡躺了多久。當他完全清醒過來時，爐火已經完全熄滅了，他的衣服也已被潮濕的寒氣打濕。可怕的時刻已經過去，他不由得升起一股發自內心的喜悅，以後再也不會感覺到世間的寒冷、饑餓和令人絕望的屈辱了。在他的靈魂深處，自從他誕生的那一刻起，塵世的一切希望與幸福幾乎與他無緣，所以他把全部的真情真意都毫無保留地貢獻給了仁慈的上帝。

湯姆抬起頭看了看掛在天邊的星星，那群默默無聞卻永恆存在的傢伙總在黑暗來臨時俯瞰人類！湯姆不由得開始歌唱，唱起了從前在快樂的日子裡常常歌頌勝利的那首讚美詩，雄厚的歌喉打破了寂靜的夜空，他似乎充滿著激情，動情地唱道：

到地球似雪般融化時，
太陽的光輝不再照耀萬物；
萬能的上帝在呼喚我，
他永遠不會把我拋棄。
在生命即將走到盡頭，

100.《聖經．新約．啟示錄》第三章第二十一節。

肉體和靈魂都將化為虛有；
我仍然享受寧靜，快樂，
在那神奇的天國之鄉。
我們將會在天國生活萬年之久，
幸福仍然會像旭日一般高高升起；
我們讚美上帝的心情如初，
正如我們剛剛跨進天國。

所有瞭解黑奴宗教歷史的人都知道，對奴隸故事的描述是極爲常見的。因爲他們往往都是親口敘述自己淒慘的身世，所以故事常常感人甚深，催人淚下。心理學家曾經說過，有這樣一種類似現象：當一個人幻想和情感的排斥心理難以壓抑的時候，他常常會不自覺地命令自身外部感官爲其效力，極力把一些虛幻的想像構思成鮮明具體的個體。有誰能夠預想到萬能的神靈會如何利用我們這種潛在的力量呢！又有誰能預估出這種力量對那些可憐人起著多大的鼓舞和激勵作用呢？假如一位被眾人遺忘的苦命的黑奴相信上帝總有一天會出現並跟他談話，誰又敢斥責他的這種想法呢？書上明明白白地寫著，仁慈的耶穌無處不在，無時不有，祂的使命不就是爲了解救人類的苦難，爲了慰藉世間那千千萬萬受迫害的靈魂嗎？

黎明的曙光灑向大地，喚醒了辛苦一天仍在沉睡中的人們，他們又要開始下地幹活了。在這群衣衫襤褸、疲憊不堪的可憐人當中，卻有一位踏著輕鬆明快的步子，他似乎忘記了自己現在身居何處，況且需要不斷地辛苦勞作。因爲比起他腳下踏著的這片土地，他對上帝的信仰更要踏實和堅定。他在心裡不停地呼喚，雷格里，來吧！使出你最狠的招式吧！極度的苦刑、殘暴、屈辱和窮困只會讓他更早的回到上帝身邊，做一位仁慈的神父或是一名聖明的君主。

自那以後，這位被欺壓的奴隸像脫胎換骨一般，一種不容侵犯的氣氛保護著他的心靈，而那神奇的救世主則成了他心目中最美好的神聖殿堂。他忘掉了塵世所有的悲哀和遺憾，不再祈求世俗所謂的渴望和希冀，面對世俗的誘惑，他心如止水。那顆因受盡欺凌而傷痕累累的心，經過這麼久地苦苦掙扎，已經和神靈的意志完全融爲一體了。生命中剩下的旅途是那麼短促，而天國幸福的召喚離他卻如此之近。因此，即便是人間最深重的苦痛，也無法再傷害他的靈魂了。

他不同尋常的反應，吸引了所有人的注意。他的靈魂好像又回到原來那個快樂的人身上。此時他的態度是那麼安詳平靜，似乎任何苦刑、屈辱都無法傷害到他了。

「難道湯姆是鬼魂附體呀？」雷格里對桑博說道：「前幾天他還一臉頹廢的樣子，今天卻這麼神氣活現。」

「主人，我也不明白他究竟在想些什麼？難道是想伺機逃跑？」

「哦，是嗎？但願這樣！我倒是很希望讓他逃跑一次，好讓他嘗試下被抓回來遭受苦刑的滋味。桑博，你說呢？」雷格里冷笑道。

「對，嘿！嘿！嘿！主人說得對！」桑博討好地說：「看著他掉到沼澤地裡，滿身是泥，被獵狗追得四處亂跑，那才叫有趣呢！天啊！上次我們抓莫莉的時候，把我都高興壞了。現在想想，假如那時不是我趕跑了獵狗的話，說不定她早就被撕成碎片，全身上下全是疤痕了呢？」

「我想恐怕她是要帶著這些疤痕入地獄了，」雷格里接著說，「哦，桑博，給我記住了！從今天開始你要好好看管他，只要他有任何想逃跑的意圖，你就要立刻想辦法制止他。把他給我看好了。」

「您放心，主人，這件事就包在我身上了！假如他是一隻狡猾的狐狸，我就是主人手下忠誠的獵人。嘿！嘿！嘿！」桑博獰笑道。

聽桑博說完之後，雷格里就騎著馬去附近的城鎮了。晚上，他回來之後，覺得必須要去奴隸們住的地方看看，就掉轉馬頭，向奴隸的住處走去。

這天晚上的夜色很美，銀灰的月光照在高大的楝樹上，把它的影子拉得細長，印在一片青翠的草地上，四周的景物清晰可辨，非常寂靜，讓人不忍心打破這種靜謐的安逸氣氛。當雷格里快要走到奴隸居住區的時候，忽然聽到從裡面傳來了一陣高昂的歌聲。這在自己的莊園是非常稀有的事，他不禁停下了腳步側耳細聽。只聽到有一個男高音在唱歌，聲音非常悅耳。

當我在天國的宮闕，
找到我的官銜，我就可以對恐懼揮手再見，
擦乾我流淚的雙眼。
就算整個地球都對我攻擊，
對著我的胸口放出浸著劇毒的利箭，
我仍然可以笑對撒旦喜怒容顏，
坦然地面對全世界的不公平。
即使苦難像洪水般洶湧，
即使憂患像暴風雨般傾盆而下，

我只自己能夠重建家園，
我的上帝、天堂和萬有世界。

「哦！」雷格里恍然大悟道，「我現在終於明白他的想法了！這該死的讚美詩，完全腐蝕了他的靈魂！你這個死傢伙，給我閉嘴！」

他快步走到湯姆面前，揚起馬鞭威脅道：「你真夠大膽的，大家都在休息，你卻還敢大聲吵鬧！假如不想被我打死的話，最好現在就閉上那張烏鴉嘴，滾回去休息！」

「主人，好的！我馬上就回去睡覺。」湯姆欣然地回答道，很高興地服從了雷格里的命令，邁著大步往房間裡走去。

湯姆隨意安詳的表情，卻深深觸怒了雷格里。他追上去，對著他的頭部和胸部一陣猛抽。

「你這頭蠢豬，聽著，這下你還高興嗎？」雷格里痛罵道。

鞭子抽在湯姆的身上，但他卻再也感覺不到那種深深的傷痛，軀體上的懲罰再也無法傷及他的靈魂，他再也不像以前那麼痛苦了。湯姆呆呆地站在那裡，絲毫沒有懼怕，雷格里非常明白，自己用來懲治黑奴們的鐵腕政策對湯姆來說已經毫無用處了。

當湯姆轉身走進屬於他的那間小屋，雷格里迅速調轉馬頭，與此同時，他的眼神中閃出了一絲光亮，這種光亮通常會讓他本性的善良復蘇。他心裡清楚，是上帝站在湯姆和他面前，保護著那位受難者啊！

想到這裡，他忍不住咒罵起來，開始詛咒上帝。他真是非常討厭那個一言不發的湯姆，不管受到怎麼樣的懲罰、欺凌、虐待、威脅和恥辱，他都能沉得住氣，一聲不吭。這反而加重了他的憤怒，怨恨和不滿的情緒，就像是昔日他的救世主惹怒了魔鬼的靈魂，使得殘暴的魔鬼發出這樣的怨恨：「屬於納薩雷特人的耶穌主啊！我做什麼干你何事？你爲了向世人宣告你的仁慈，來懲罰我了嗎？」[101]

湯姆對別人也充滿了憐憫和同情。在他看來，痛苦已經顯得不那麼重要了，他急切地渴望可以跟那些可憐人分享上帝給予自己的那份難能可貴的安寧與幸福，希望可以帶給他們一點點的幸運和安寧。在他身邊這種機會不是很多，但是在去地裡幹活和從地裡返回的路途中，在幹活的時候，湯姆總是尋找各種恰當的機會，盡可能地幫助那些病弱、疲憊不堪的可憐人。

起初他這種看似愚昧的做法很讓那些人費解，因爲長期遭受暴力欺凌已把他們變得麻木不仁，但是湯姆並沒有因他們的遲鈍麻木而動搖自己的意志，他把這種做法堅持了一天又一天，一個月又一個月，終於有一天，他們那些昏睡已久、麻木不仁的頭腦開始蘇醒了，有了一點反應。

很顯然，原本善良的人們被他的善心、樂於助人深深感染了，他總是那麼謙讓，那麼無私，每當碰上有東西分發下來的好日子，他總是去得最遲，拿得最少，還總是不忘把自己那份少得可憐的食物分給別的可憐人；在地裡幹活時，他會冒著挨打的風險，把自己的棉花塞到分量不足的人的籃子裡；在寒冷的冬夜，他會無私地把自己那床破毯子鋪到因患病而凍得發抖的婦女身上。

儘管湯姆知道自己這樣做仍然會受到那位暴君的懲罰，他卻從來不痛罵詛咒，這就是他與其他人不相同的地方。當農忙季節過去以後，他們終於獲得了片刻的安寧，有權隨意支配屬於他們的快樂週末了。

101.《聖經．新約．馬太福音》第八章第二十九節。

這段日子，許多人時常會聚在湯姆周圍，聽湯姆念一段讚美詩，講述上帝的福音。他們總是特別高興能在那裡聚會，一起祈禱，一起祝願，一起聽他講道，但是雷格里反對他們這種做法，所以他曾多次擾亂聚會，企圖打消他們這種念頭，他在心裡面時時刻刻都在詛咒他們。所以，每當有好消息，他們只能悄悄地從一個人那裡傳到另一個人那裡。這些被世人遺忘的苦命人，他們的生命只是一條通往茫茫無歸路的黑暗旅程，所以，在聽說有幸福的天國和慈悲的天主時，他們掩飾不住從心底發出的歡喜。

傳教士們曾經說過，無論是世界上的哪一個民族，都不會像非洲人那麼熱切那麼虔誠地崇拜上帝。毫無援助和毫無依靠是他們信任上帝的前提條件，這一原理恰恰是非洲人與生俱來的本性，其他的民族很難有這種觀念。人們時常發現，只要有一顆隨意灑落真理的種子播在這些難民當中，它們就會很自然地生根發芽，頑強地發展下去，其繁盛的程度會令那些有名望的文明人側目，使其自慚形穢。

至於那個可憐的混血女人，強加在她身上的災難和殘酷的迫害，幾乎使她徹底忘記了自己本能的善良和希望。在幹完活回來的路途中，她意外地聽見了一位地位卑微的傳教士在唱讚美詩，朗誦《聖經》上的一些段落，暫態間她覺得體內注入了一種興奮劑，喚醒了她沉睡已久的精神。凱西好像處於半瘋癲半沉睡的狀態，感受到湯姆那謙遜和善的心靈，她也深受影響，覺得日趨不平衡的心靈暫時得到了撫慰，於是她的情緒變得比以前平靜多了。

凱西一生遭遇了數不清的厄運，她歷經的痛苦折磨使她幾近絕望、瘋狂。她常常在心裡暗自下決心，一定要用自己的智慧親自殺死那惡魔，讓他備受折磨，就像他殘忍地傷害他人和摧殘自己那樣。

有一天晚上，大家都已睡熟，湯姆卻忽然間驚醒了過來。他看著周圍沉睡著的人們，無意中透過圓木板中那當作窗戶使用的小洞時，他驚住了，這時他看到了一雙閃耀著狂野和復仇火焰的眼睛，那是凱西，她向他做了個手勢，示意讓他出來。

湯姆走出了房間，這時已經午夜一兩點鐘左右了，月光像泉水一般潑在凱西那雙清澈見底的大眼睛上，周圍一片寂靜。湯姆發現現在的凱西與平時很不一樣，呆滯絕望的眼神不見了，取而代之的是閃爍著奇異的興奮的光芒。

「湯姆，到這邊來！我有話要和你說。」她用那雙小手死死地攥著湯姆的臂膀，用力地拽著他往前走。那雙小手好像是用鋼筋鐵骨鑄成的，有用不完的力氣。

「凱西太太，你究竟要說什麼啊！」湯姆奇怪地問道。

「我問你，你想重新獲得自由嗎？」

「太太，當上帝賜給我自由的時候，我就自由了。」湯姆並不知道凱西話外的意思。

「湯姆，今天夜裡你就有機會真正獲得自由了，」凱西突然提高了聲音，繼續說道，「快跟我來吧！」

湯姆卻猶豫不決了。

「快點！快點走呀！」她那雙黑白分明的大眼睛，閃耀著希望的光芒，並且用興奮的口氣說，「他現在正睡得像個死豬呢，一時半會兒是不會醒過來的。我在他的白蘭地酒裡面倒了些安眠藥，現在藥力已經起作用了。我真後悔自己沒有多放幾顆進去，要不然就不用來叫你了。可現在，做完這些之後，我已經沒有一點力氣了，胳膊也開始發軟，快跟我來，後門沒有鎖，那裡有把斧頭，他的房門正開著。快點，來，跟著我！」

「太太，你不可以這樣的。」湯姆堅決地停住了自己的腳步，並且用力拉著她的手，也不讓她繼續朝前走。

「不為你自己想，也為那些苦命的人想想呀！」凱西憤怒地說，「我們現在趁著黑夜，把大家都放走，然後藏到那塊沼澤地裡去，只要成功渡過，我們便可安全地遷移到一座美麗的小島，大家在一塊兒過著美滿幸福的生活。以前，我聽別人說有人曾這麼做過，我真的希望可以過上那種幸福的生活。」

「不行的，我們絕對不可以這麼做，那可是會遭報應的。」湯姆肯定地說：「我寧可在這受苦受難，就算是砍斷我自己的右手也不做這種事情。」

「你不做，那就看我做吧！」凱西轉身想走。

「凱西太太，求您看在上帝賜予你生命的面子上，千萬不要出賣自己的靈魂吧！」湯姆跪到地上誠懇地說：「一旦你把靈魂甘願賣給罪惡的魔鬼，你就會給自己帶來罪惡呀！出賣了靈魂就等於出賣了一切。上帝賜給我們善良的本性，並不是叫我們去報仇，我們必須忍耐暫時的苦難，等待上帝給我們好的安排！」

「等待！等待！我已經受夠了。」凱西痛苦地喊道：「難道我沒有等待嗎？從我踏入這個莊園第一天開始，我就一直在忍耐，在折磨苦痛中等待。但是他沒有一點回心轉意的想法，每天都有很多可憐人受到他的迫害。日復一日，年復一年，這種無休無止的摧殘只會榨乾你所有的血汗直到你在痛苦中死去。上帝祂不會責怪我的，如果祂真要怪罪我的話，我不會推脫責任。至於可惡的雷格里，我一定會讓他死在我手裡。」

「不可以，不能這麼做呀！」湯姆用力拉住她的手，因為太用力，那雙手被拽得一陣痙攣。湯姆接著說道：「你千萬不可以這樣做呀！你這隻迷途的小羔羊。仁慈的上帝寧願讓自己流血流淚，也不願意讓他人受罪；即使是對待祂的敵人，祂也仍然如此。上帝啊！請您睜眼看看我們吧！給我們幫助，讓我們沿著你走的那條路去愛別人，也愛我們的敵人吧！」

「去愛我們的敵人！但凡有感情的人類都沒辦法做到。」凱西斬釘截鐵地說。

「太太，你說得很對！是的，但凡有感情的人類都很難做到這一點，然而上帝賜予我們博大的愛心，那才是勝利。」湯姆略微抬了下頭然後說道：「不管我們在什麼時候，只要想到怎麼去善待別人，超越時空地去愛、去祈禱、去感化時，戰爭和矛盾也就無處可存，勝利就會來到，功績將歸於我們偉大的上帝！」

說完這些，湯姆的眼睛潮濕了，他哽咽著抬頭看著夜空，無比的虔誠。

啊！非洲！你是最後一個被上帝呼喚的民族啊！你這次被召去戴上充滿荊棘的帽子，要去流血流汗，要受摧殘拷打，背起苦難的十字架。這所有的一切都是你的功勞啊！當基督來到人間的時候，你會因爲這些和他一起爲君的。

湯姆那柔和的聲音，深厚的情感和明亮的淚光，就像甘露一樣灑落到那可憐女人極度不安的心靈上。她目光裡那邪惡的火焰慢慢熄滅了，接著出現的是非常柔和的光芒。她低著頭默默注視著湯姆，就在她說話時，湯姆也能看出她的心情在漸漸平靜下來。

「難道我沒有告訴過你，魔鬼一直在我們身邊嗎？噢，湯姆，我根本沒辦法請求——但是我是多麼的希望自己可以擺脫妖魔的折磨啊！自打我的孩子被賣掉以後，我再也沒請求過了。你的做法沒錯，我也肯定它是對的。但就在我想要祈禱的時候，我心中早就被滿腔的仇恨佔據了！我沒辦法祈禱啊！我心裡只有詛咒和憤恨！」

「受苦受難的人啊！」湯姆憐憫地說，「撒旦想起你了，他會像挑選王妃一樣選中你。讓我代替你向上帝感恩吧。噢！凱西太太，向我們崇敬的上帝耶穌請求幫助吧！祂就是爲了撫慰所有悲痛的世人，治癒所有受傷的靈魂才到人間來的。」

凱西靜靜地站在那裡，一連串的眼淚從她那雙低垂的黑眼珠裡不住地向下滑落。

「凱西太太，」湯姆默默地盯了她許久，接著左思右想地開了口，「如果你能從這裡逃走——如果真的實現了的話，我倒想幫助你和艾米麗這麼做。也就是說，不要流血、也不要受傷，只要不是這樣就可以。」

「湯姆，你不想和我們一起逃走嗎？」

「我不能這麼做，」湯姆說道：「過去我曾經有這種打算，但自從上帝給了我這項使命，祝福我留在你們這些苦難的人之中。我之所以留下來，就是要和他們待在一起，讓這十字架一直陪伴我直到生命的最後一刻。但你們就不一樣了，這裡對你們來說是個火坑，你們一定想逃走，如果你們能從這裡逃走，那就走得越遠越好。」

「除了死著出去，我實在是想不到還有什麼辦法可以讓我們活著出去。」凱西說：「那些飛禽走獸都能找到屬於自己的一席之地，甚至就連鱷魚或者毒蛇都可以找到一個安身之地，安安穩穩地躺著休息，但我們卻無處可去，即便是我們躲到了沼澤地裡最隱蔽的地方，他們那討厭的狗也會追溯腳印把我們找到。世上那些奇奇怪怪的事物都和我們過不去，就連跟隨在身邊的畜生也是這樣。我們又能逃到哪裡去呢？」

湯姆一聲不吭。後來他終於說道：「上帝把但以理[102]從獅子的口中救了出來；從熊熊燃燒的烈火中救出他的女兒[103]；他在海灘上散步，喝退了海風[104]。他直到現在還這樣活著，他一定會來拯救你們的，這些我可以保證。嘗試一下吧！我會盡我最大的能力爲你們祈禱的。」

這樣的想法是多麼讓人懷疑多麼奇怪啊！一直以來都被人遺忘，就像毫無用處的石頭一樣被人踩在腳下的想法，一時間像被人鑒定出來的寶貝似的，放射出耀眼奪目的光芒。

凱西時常因爲想著各種逃走的辦法而把時間拋在腦後，最後又覺得它們僅可能是腦海中的一個想法，又把它們全盤否定了。但就在這時，她腦子裡突然閃過一個計策，其真正的做法原來可以這麼簡單，卻還是那麼行得通，這念頭讓她的心裡點燃希望之火。

「湯姆，我肯定會搏上一搏的！」她大聲叫道。

「主啊！」湯姆說，「上帝會幫助你們的！主與你們同在！」

---

102. 見《舊約・但以理書》第六章。
103. 見《舊約・但以理書》第三章。
104. 見《新約・馬太福音》第十四章。

chapter 39 計策

惡人看不到前面的路，自己不知為何會跌倒。[105]

和別人的那些樓房的閣樓一樣，雷格里莊園上宅子的閣樓同樣寬敞空曠。那上面一層佈滿了灰塵，蜘蛛網隨處可見，一些東西東倒西歪的到處堆在那裡。

這莊園的上一任主人——那個富翁從國外買回了很多漂亮的高檔傢俱，當時這房子還很是豪華。他們搬走之後，帶走了一部分傢俱，剩下沒帶走的那部分就都被扔在一些無人居住的小房間和閣樓上面。閣樓的牆壁旁豎著曾經用來裝運傢俱的大包裝箱，閣樓上面還有一扇小窗戶，那黑洞洞的、積滿了灰塵的窗櫺中，白天的時候會射進來一些微弱的光線，照射在沾滿厚厚灰塵的桌子和那些曾經豪華講究的高背椅子上。總而言之，這是個非常陰森、暗淡的地方。它不但看起來很可怕，很恐怖，而且給那些黑人傳奇故事染上幾分恐怖迷信的氣氛。

事實上，在那上面確實也曾真真實實發生過恐怖的事。大約是幾年前，有一個黑人婦女招致了雷格里的不滿，被囚禁在閣樓裡好些時間。我們也不知道那上面究竟發生過什麼事情，黑人們

105.《聖經．舊約．箴言》第四章第十九節。

也常常在背後竊竊私語。有一天，那個苦命女人的屍體被從閣樓裡拖下來，埋掉了。傳說自從那件事情之後，閣樓上就常常有混亂的拳腳聲和咒罵聲，混雜著絕望的哭喊聲和呻吟聲。一次，雷格里碰巧聽到有人正在談論此事，於是他大發脾氣，還警告大家道，假如再有人敢提起閣樓裡的事情，就把這個人也放在上面關幾天，讓他徹底弄明白上面到底發生了什麼事情。雷格里這樣說，無疑是恐嚇人不再提起這件事情，但卻無法阻止人們心裡對這件事情產生懷疑。

慢慢地，通往閣樓的樓梯、就連通向樓梯的必經之道也沒有人敢上了；因爲大家都望而生畏，聽說後來也就敬而遠之了。凱西突然想起雷格里極度迷信的弱點，決定利用他的這種心理來達到她和那些不幸的難友們重新獲得自由的目的。

凱西的房間就處於這個神秘閣樓的下面，有一天，她瞞著雷格里，獨自把房間裡的傢俱和日常用品一件不留地搬到離閣樓很遠的一個房間裡。雷格里剛從外面遛馬回來，就看到下人們正賣力地搬東西。

「哎，凱西，」雷格里驚訝地說，「你搬東西幹什麼？」

「噢！也沒什麼事，我就是想換一個房間。」凱西堅定地說。

「那是爲什麼？」雷格里問。

「沒什麼，就是想換一下。」凱西回答。

「別給我打馬虎眼兒！到底爲什麼？」

「我只是想安安穩穩地睡一覺。」

「睡一覺！難道有什麼東西妨礙你睡覺了嗎？」

「你要是願意聽的話，那我就告訴你。」凱西冷冷地說。

「你這賤女人！快說！」雷格里忍不住說。

「哦！沒事，我不會影響你睡覺的，就是有一些呻吟聲，在閣樓地上滾動和扭打的聲音，一直從晚上十二點折騰到第二天早上！」

「閣樓裡面有人嗎？」雷格里強裝笑臉，緊張地問道：「誰呀，凱西？」

凱西睜大那雙洞悉一切的又黑又亮的眼睛，死死地盯著雷格里的臉，她這種神情彷彿刺透了他的骨頭。「是呀，是誰呀？西蒙，我還希望你能告訴我呢，現在看來你也不知道。」

雷格里大聲叫罵起來，暴怒著揮起馬鞭向她抽去，但是她向後一躲，溜到房門裡，探頭說道：「假如你睡在那個房間裡，你就會瞭解事情的真相。你最好還是住進去試一試！」說完，她關上門，並迅速地鎖上了。

雷格里像發瘋般怒吼著詛咒著，威脅說要把門撞開；但是很顯然他放棄了這種想法，神色慌亂地走進客廳裡。凱西看到她這一箭已經射中了要害，從那時開始，她就不時採用許多裝神弄鬼的辦法，造成一連串影響。

凱西在閣樓木板上的一個洞裡塞了一個破瓶口，塞的角度剛剛好讓風吹入洞口的時候，就會發出一種令人毛骨悚然的悲鳴聲，風大時，就會變成一種十分淒慘的叫聲，那些迷信而又愚昧的人聽到後無異於地獄之神索命的號聲。

僕人們也會不時聽到這些恐怖的聲音，那個鬼怪故事又再次繪聲繪色地出現了，宅子裡瀰漫著迷信的、令人不寒而慄的陰森氣氛，儘管誰都不敢對雷格里提起這件事情，但是他覺得這種陰森的氣氛每時每刻都像空氣一樣包圍著他。

在世間，詛咒神靈的人正是最迷信的人。基督徒因一個公正、慈祥、喜歡賜給人們幸福的上帝所存在，那心如止水的平和心態使人們毫不瞭解的空靈世界也充滿了正義與光明。但是對一個完全無視上帝的人，正如一位希伯來詩人說的那樣，幽靈世界是一片「黑暗和死亡之地」，那裡混沌一片，根本沒有秩序和黑白之分。對於那些不尊敬上帝的人來說，不論是人間還是地獄都可能是妖魔出現的地方，到處都是陰森和可怕的鬼怪。

雷格里在和湯姆的接觸中被喚醒了那沉睡已久的道德觀，但是又被內心深處的邪惡勢力壓制回去了；不過他那陰暗的心理世界仍然會因對每句話、每句祈禱或者每首讚美詩所引起的迷信的恐懼而驚慌不安。

他這種特殊的影響力來自凱西。他擁有她、統治她，是她的暴君；他知道她被自己牢牢地掌握著，根本無法得到人們的幫助，更不能復仇；但是事實上，即使是一個最冷酷的男人與一個有影響力的女人共同生活後，也必定會受到她影響力的感染。他剛買她的時候，就像她所說的那樣，她還是一個有著良好教養的優雅女性，而他卻毫無顧忌、殘忍地隨意踐踏她的肉體和靈魂。時間久了，肉體上的摧殘與令人墮落的各種影響讓她善良的心變得越來越狠，這一切點燃了她心裡憤怒的火花，從某種程度上說，她也是他的主人，所以他既害怕她，又狠毒地欺凌她。

從她的言談舉止被籠罩上了怪誕、奇異與想像不到的神秘色彩，呈現出不太正常的狀態之後，這一影響就愈來愈明顯了。

兩天之後的一個夜晚，雷格里正坐在破舊客廳中閃著火光的爐火邊，爐火搖搖晃晃地把自己的影子投射到房間中的每件東西上。這個晚上，狂風肆虐，在這種時候，這個搖搖欲墜的舊房子常常會發出各種奇怪的聲音。百葉窗嗒嗒作響，窗子咯吱咯吱，風怒吼著發出很大的聲音從房頂的煙囪中直竄進來，偶爾還會使濃黑的煙塵和爐灰捲起，好像有許多妖魔鬼怪在追趕一樣。

雷格里在那裡整理舊帳、讀報紙已經有幾個小時了，而凱西坐在角落裡悶悶不樂地看著火光出神。雷格里放下報紙，看到桌子上放著的一本舊書，他以前見凱西看過這本書，所以就拿起來翻了一遍。這是一本專門描寫鬼怪傳說的故事集，裡面寫著鬼故事、神怪故事、血腥的殘殺等等，印刷和插圖都非常粗糙恐怖，但是卻有不可抵擋的吸引力，讓人居然還有些愛不釋手。

雷格里不停地發出呸呸的聲音，卻還是翻了一頁又一頁，過了一會兒，突然大吼一聲把書扔掉了。

「你不會相信這世界上有鬼吧，凱西？」他邊問邊拿起火鉗來撥弄火苗，「我還以為你是一個有膽量的女人，不會因為一點點聲音就嚇壞了呢。」

「我是否膽大與你有何相干？」凱西不高興地說。

「有些老朋友總是拿從前一些妖魔鬼怪的故事來嚇唬我，」雷格里說：「卻都沒有讓我害怕過。我告訴你吧，我膽子大著呢，這種無聊的東西是怎麼也不會嚇倒我的。」

凱西坐在黑暗的牆角裡兇狠地瞪著他，她眼中有一種黯淡的神色，雷格里看到以後總是會沒有來由地害怕。

雷格里說：「只是風和老鼠弄出的一些怪聲音。可惡的老鼠們，我從前在船艙裡聽到過老鼠的聲音，牠們鬧的時候動靜可大了；而那無形的風──天哪，你說風聲怎麼會這麼奇怪、這麼可怕。」

凱西心裡明白雷格里被她看得很是不安，所以她沉默著，只是坐在那裡，像以前那樣用神秘的眼神死死地盯著他。

「哎。說話啊，你這個臭婆娘，你覺得我說的對嗎？」雷格里說。

「老鼠會跑到樓下，穿過過道，把你已經上了鎖的大門打開嗎？」凱西說：「老鼠會慢慢地接近你的床頭，伸出那好像魔鬼一般的爪子，就像這樣，是嗎？」

凱西的眼睛一眨不眨地盯著雷格里的臉，而他就像正在做噩夢一樣看著她，當她把她冰涼的手放在他手裡時，他不禁向後退了一步，咒罵道：「你這話什麼意思，蠢貨？沒有人會這麼做吧？」

「噢。是的，肯定沒有，我說有這樣的事情了嗎？」凱西說，臉上露出了譏諷的表情。

「但是，到底有沒有，你親眼見過嗎？我說，凱西，怎麼了，你快給我說啊！」

「你要是真想知道的話，就自己到那個房間裡去睡上一夜。」凱西說。

「凱西，你確定它是從閣樓裡面傳出來的嗎？」

「它，它指的是什麼？」凱西問。

「明知故問，就是你剛才說的──」

凱西不悅地說：「我剛才什麼都沒有對你說。」

雷格里在房間裡心不在焉地踱來踱去。

「我會把此事調查清楚的，今晚就弄清楚，我要帶上手槍。」

「就這樣吧，」凱西說：「睡在那個房間裡，我真想看見你這麼做。就這樣做，開槍吧！」

雷格里忍不住跺著腳大罵起來。

「你詛咒我？」凱西說：「難道你不怕有人聽到嗎，聽，什麼聲音啊？」

「什麼聲音？」雷格里驚慌地問。

牆角裡那只笨重的荷蘭老鐘緩緩地敲了十二下。不知為什麼，雷格里竟一動不動地站在那裡一言不發，他覺得一陣莫名的恐懼；而凱西正站在那兒用譏諷的目光望著他，嘴裡還一聲一聲地數著鐘聲。

「好，剛好十二點，現在我們就等著看後面的好戲吧。」凱西說著，轉身打開通向走廊的大門，站在那裡好像在聽著什麼聲音。

「什麼聲音？」她一邊說著一邊伸出一根手指，指向一個方向。

「那只是風聲而已，」雷格里說：「你不知道外面風很大嗎？」

「西蒙，來，」凱西一邊輕輕地說，一邊抓著他的手帶他下樓，「你知道這是什麼聲音嗎？聽！」

閣樓上傳來一陣發瘋似的叫聲，雷格里臉色變得蒼白，雙腿直打戰。

「你還是帶上槍吧！」凱西苦笑道，而雷格里卻十分恐懼。

「你現在必須要仔細調查一下此事了，我看你還是馬上上去吧，他們正在吵鬧呢。」

雷格里咒罵道：「我才不去呢！」

「為什麼不去？你不是說沒有鬼嗎？來啊！」說完，凱西笑著輕快地跑到了彎曲的樓梯上，回頭望著雷格里喊道：「快點上來啊！」

「我看你一定是魔鬼生出來的！」雷格里說：「妖婆，你回來，回來，凱西！你給我回來！」

但是凱西瘋狂地大笑著，大步流星地朝前走去。

他聽到她打開通向閣樓那道門的聲音。一陣狂風襲來，手裡的蠟燭吹滅了，隨之而來的是那更加奇怪也更加恐怖的叫聲，好像就在他耳邊迴響一樣。

雷格里感覺好像有魔鬼追趕著他，驚慌中逃進了客廳，不一會兒凱西也跟著回來，她面色慘白、冷酷、沉著，就像一個復仇之神，眼睛裡冒出報復的火焰。

「你現在相信了嗎？」她說。

「你這可惡的巫婆，凱西！」雷格里說。

「怎麼了？幹嘛那麼生氣，」凱西說：「我只是去樓上關門罷了。那座閣樓到底是怎麼回事，西蒙？」她問。

「這和你沒有關係！」雷格里說。

「啊，是嗎？那就太好了，」凱西說，「不管怎麼說，如今我擺脫了那魔鬼般的糾纏我非常開心。」

原來，當晚凱西預料到一定會颳風，就跑到上面去把閣樓的窗戶打開。她一打開門，風自然會就竄過來把蠟燭給吹滅了。

此事說明了凱西是怎樣要弄雷格里的。最後雷格里寧願把頭伸到獅子嘴裡也絕不到閣樓上去查看調查。

與此同時，每到深夜，當人們都睡熟之後，凱西就慢慢地、小心翼翼地在閣樓上去儲存足以維持一段日子的食物；她又把自己與艾米麗的衣服一件件地都拿到閣樓上。當一切都準備好了之後，她們就只需要等待機會到來，好實現她們的計畫。

雷格里心情好的時候，凱西就哄他一起去了一次附近那個位於紅河岸邊的小鎮。凱西用幾乎令人難以置信的記憶力記住了路上的每個轉彎，並在心裡默默算好了走完這段路需要花費的時間。

當所有的行動時機都已成熟的時候，讀者也許很願意看一下幕後的詳情和最後逃跑的情況吧。

快到傍晚時，雷格里還沒有從附近的一個農場上回來。這些天，凱西變得比原來溫和了許多，顯然雷格里和她的關係非常融洽。這時，我們可以看見她和艾米麗正忙著在艾米麗的屋裡收拾兩個小包袱。

「好吧，這兩個包袱可真大，」凱西說，「把帽子戴好，我們動身吧，現在正是時候。」

「好的，現在他們還能看清楚我們嗎？」艾米麗說。

「我就是想讓他們看到，」凱西肯定地說：「難道你不知道他們不管怎樣都會追上我們嗎？我是這樣計畫的，我們從後門偷偷溜出去，從他們所住的村子旁邊跑過去，這樣桑博和昆都就一定會看到我們，他們就會立刻追趕，然後我們藏到沼澤裡去，這時他們就會停止追捕，回大宅子裡去報信，準備放狗等事；而在這時，他們經常亂作一團彼此妨礙，我們兩個就沿著通向上房背面的小河悄悄溜回來，直到後門跟前。這樣那些狗肯定聞不出來，因爲水裡是留不下任何氣味的。

「那時人們都會到房子外邊去找我們，我們就從後門上到閣樓裡去，我已經在一個大包裝箱裡鋪好了一張非常舒服的床，我們要準備在閣樓上住上很長一段時間，因爲你不知道，雷格里會全力追捕我們，還會召集其他種植園的老監工，大範圍地搜捕我們，把沼澤地的每寸土地都搜一遍。他曾經大誇海口地說沒有一個黑奴能從他手裡逃走，所以我們就讓他慢慢地去找吧。」

「凱西，你想得真周到！」艾米麗說，「幸虧是你，不然還有誰能想到這麼天衣無縫的計畫呢？」

凱西的眼睛裡沒有不滿，更沒有喜悅，有的只是孤注一擲的鎮定。

「出發！」凱西說完，把手伸向艾米麗。

這兩個逃跑的人悄悄地溜出上房，穿過愈來愈沉重的暮色快速地從下面跑過。一輪新月就像銀色的圓盤，略微推遲了夜幕的降臨。

果然不出凱西所料，當她們跑到環繞在種植園周圍的沼澤邊緣時，就聽見了喝令她們停住的聲音，然而叫的人並非桑博，而是雷格里本人，他破口大罵著，對她們窮追不捨。

聽到他的吶喊聲，膽小的艾米麗差點就要崩潰了，她緊張地抓住凱西的胳膊說：「啊，我快暈倒了，凱西！」

「你現在不可以暈倒，否則我會殺掉你！」凱西邊說邊拿出一把閃著寒光的小匕首，放在艾米麗的面前。

這個轉移注意力的辦法很有效，艾米麗沒有暈過去，而是與她一起鑽到了一片像迷宮一般的沼澤地裡，沼澤地又深又黑，雷格里想在沒有別人幫助的情況下，一個人追上她們是不可能的。

「嘿！」他惡狠狠地笑道：「她們現在八成是掉到陷阱裡了，這兩個不要臉的賤貨！她們休想逃走。她們一定會後悔的！」

「喂！我說，昆都！桑博！大家快點過來啊！」雷格里走到黑奴的住所高聲叫道。這時候人們剛剛收工回來。「沼澤裡有兩個想要逃跑的人，誰要是能把她們捉回來，就獎勵五塊錢。把狗放出來！把小虎、凶神和別的狗都給我放出來！」

這個消息立刻引起了一片轟動，許多人都興奮地站出來主動表示願意為他效力，有的人是想得到那五塊的賞金，有的人則是因膽小、奉承的奴性，這是奴隸制所造成的最悲慘也最無奈的一個結局。有的人去拿火把與松節，還有的去牽狗；有的人跑向這邊，有的人跑向另一邊，那些獵狗兇猛而嘶啞的叫聲為這混亂不堪的場面增添了幾分熱鬧。

「老爺，要是逮不到她們，能開槍嗎？」桑博一邊接過主人遞給他的一支來福槍，一邊問。

「當然可以，可以向凱西開槍，她就應該是這個下場，但是別朝那丫頭開槍，」雷格里說，「好了，夥計們！抓住人的獎賞五塊錢！幹得漂亮點兒！每個人都犒勞一杯酒喝。」

這幫人舉著燃燒的火把，浩浩蕩蕩地直奔沼澤地去，宅子裡的僕人也都遠遠地跟著上房的僕役們，所以當凱西與艾米麗偷偷地抄後路回來時，整個房子裡竟然空無一人。

追趕她們的人的喊叫聲和呼嘯聲還迴蕩在夜空中，凱西和艾米麗從客廳的窗子裡望去，舉著火把的隊伍正從沼澤邊上慢慢散開來。

「看啊，」艾米麗邊說邊給凱西指了指，「搜尋開始了！你看那火光到處飛舞！你聽，狗叫聲！聽到了嗎？假如我們還在沼澤裡，是絕對不可能逃走的。啊，求求你，我們抓緊時間藏起來吧！快！」

「別慌張，」凱西鎮定地說：「他們都在外邊找我們，這就是他們晚上消遣時間的活動啊！我們一會兒再到樓上去也不遲。現在，」她說著，從雷格里匆忙中丟下的上衣衣兜中從容不迫地掏出一把鑰匙，「我現在就拿些錢當我們的路費。」

她拉開書桌的抽屜，從裡邊取出一些鈔票，快速地數了數。

「啊！我們不能這樣做！」艾米麗說。

「不能這樣？」凱西說，「爲什麼？難不成你希望我們在沼澤裡餓死。別說傻話了，拿這些錢當路費，我們才能逃到自由之州。有錢什麼事情都能辦到，小姐。」她一邊說一邊把錢裝進口袋裡。

「那是偷啊。」艾米麗輕輕地說。

「偷！」凱西不屑一顧地笑著說，「那些偷人家靈魂與肉體的人沒有資格教育我們。這些錢全部是偷來的，從饑餓、窮困、流血流汗的苦命人那裡偷的，他爲了增加自己的財富，這些人就要不停地幹，直到死的那一天。噢，算啦，還是走吧，我們現在去閣樓裡吧，我在那裡存了一些蠟燭和書，可以打發時間。你放心，他們是絕對不會到上邊去找我們的，假如他們來，我們就裝神弄鬼。」

艾米麗進到閣樓裡以後，她看見以前裝傢俱的一隻碩大的木箱被放倒在地，口朝著牆（其實是房檐）放在那裡。凱西點亮了一個小油燈，兩個人從屋頂鑽到箱子裡，在裡邊安頓了下來。箱子裡備好了兩套被褥和幾個枕頭，旁邊的一個盒子裡還放著許多蠟燭、食物和她們上路時需要的衣物，凱西已經把它們都打好了包袱。

「好了，」凱西把油燈掛在箱壁的掛鉤上說，她在木箱壁上釘這個鉤子就是爲了方便掛油燈。「現在這裡就是我們的家了。你覺得這個地方怎麼樣？」

「你肯定他們不會到閣樓上來檢查嗎？」

「我倒要看看西蒙．雷格里是不是敢來，」凱西說，「他們絕不敢來，他躲還躲不及呢。要說那些僕人，他們寧願待在那裡被槍打死也絕不敢到這兒來。」

艾米麗這才放心，靠到了枕頭上。接著，她又十分幼稚地問：「凱西，你剛才說要殺掉我是爲什麼啊？」

凱西回答說：「我說這個是爲了不讓你暈過去，倒挺管用。現在告訴你，艾米麗，無論以後出現什麼事情，你一定要下定決心不讓自己暈過去，假如我沒有阻止你，也許你現在已經在那個壞蛋手上了呢。」

艾米麗不禁打了一個冷戰。

好一會兒工夫，兩人都沉默著，凱西埋頭看著一本法文書，而艾米麗筋疲力盡地睡著了。一陣狗叫聲、馬蹄聲和叫喊聲把她吵醒了，她輕輕地叫了一聲，有氣無力地坐起身來。

「別怕，只是搜捕咱們的人回來了，」凱西鎮定自若地說：「沒事，你從這個小孔裡看外面，你沒看到他們都在那下面嗎？西蒙今天晚上只能就此作罷了。你看他那馬全身都是泥，他肯定去沼澤裡找過；那些狗看起來也都垂頭喪氣的。我偉大的先生啊，你可能還要不停地找下去吧，只可惜獵物並不在那裡呀。」

「噓，不要說話！」艾米麗說：「假如他們聽到了該怎麼辦呢？」

「假如他們真可以聽到什麼的話，那就更要躲開這裡了，」凱西說：「沒有危險，我們不管怎麼吵鬧都行，這只會給他們增加緊張。」

最後，寂靜的午夜籠罩了整個宅子。雷格里埋怨著自己的壞運氣，嘟囔著說第二天一定要狠狠地報復，就上床睡了。

chapter 40 殉道者

請不要說上帝遺忘了正義！
生活失去了原來的樂趣——
破碎的心臟鮮血直流，
受盡人間欺辱走向死亡！
上帝記下了每日的悲傷，
每一滴苦澀的眼淚都記錄在案！
萬年天國的祈福將償還
他的兒女在這裡的一切辛酸苦痛。
——布萊恩特[106]

漫長的跋涉總有盡頭，漆黑的夜晚總會變成黎明。光陰似箭，它毅然決然，一刻不停地向前，永遠逝去，永遠催生著邪惡者的白晝化爲無窮無盡的黑夜，也催生著正義者的黑夜化爲永恆

106. 布萊恩特（一七九四——一八七八），美國詩人。

的白晝。在奴役的峽谷之中，我們追隨著我們卑微的朋友跋涉了那麼長的一段路程。開始時，我們看到了享受鮮花盛開、安逸舒適、恩寵有加的片片田野，隨即就經歷了那與親人生離死別的心碎時分。

後來，我們和他一起，在春光明媚的島上等待著。那裡，慷慨無私的人們用一朵朵鮮花，遮蓋起了他身披的鐐銬枷鎖。最後，我們又隨著他，歷經了那人世間最後一線希望。之後在深夜逝去的時刻，我們又看見，在塵世黑暗的深淵裡，那肉眼無法目睹的天上神地，用燦爛星光燃燒起了耐人琢磨的新的輝煌。

此刻，一陣陣超越凡世的和煦微風吹拂之處，啓明星高掛在層巒疊嶂的頂峰，預告著白晝的大門即將開啓。

凱西和艾米麗的逃跑，把脾氣原本乖戾粗暴的雷格里激怒到了不可復加的地步。不出人們所料，他把滿腔怒火發洩到了毫無自衛的湯姆身上。雷格里在奴隸們面前，氣急敗壞地發佈這個消息時，湯姆眼睛裡驀然噴射出的光芒，以及他忽然高高揚起的雙手，都讓雷格里看在眼裡。

他知道，湯姆沒有參加追趕，自己心裡原本打算逼迫湯姆參與進來，但是最近，由於他勒令湯姆去參與任何非人道行動時，都領略過他那寧折不屈的精神，所以在匆忙之間不願意停下來同他發生不必要的衝突。

因此，湯姆和幾個跟他學會祈禱的黑人滯留在人群後邊，爲逃亡者的逃脫奉獻自己的祈禱。

當心灰意冷、受到挫敗的雷格里回到家裡時，在他心裡，對這個奴隸長期醞釀著的仇恨，就可怕的聚集起來，一發不可收拾。自從把這個人買來以後，他不是一直都在堅定不移地、不可抗拒地和自己作對嗎？儘管沉默不語，但他內心深處不是存在一個精靈，就像地獄之火在熊熊燃燒嗎？

「我恨他！」有天夜裡，雷格里坐在床上，說：「我恨他！難道他不是我的嗎？難道我不能對他想幹什麼就幹什麼嗎？我不知道誰能阻攔我！」雷格里握緊拳頭晃了晃，好像手裡有什麼東西，都能夠捏成麵粉一樣。

不過，湯姆那麼忠厚老實，又是個難能可貴的奴僕。雖然雷格里爲此更加痛恨，但是，這種考慮對他來說仍然有種約束力。

第二天早上，他什麼話都不說，只是從附近幾個種植園裡糾合了一些人，牽著獵狗，扛著大槍，把整個沼澤都圍了起來，他決定要認認真真地搜查一遍。假如搜查成功，那就不說了；要是不成功，他就會熱血沸騰、咬緊鋼牙，把湯姆召喚到面前，到那時一定要把那傢伙治得服服貼貼，再不然——他內心深處傳來一陣可怕的耳語，心裡卻同意了耳語所出的主意。

他斷言，奴隸就是爲了主子的利益而生存的。當一個人暴怒得快要發狂時，他會心甘情願，眼睜睜把自己的靈魂出賣給魔鬼，來達到自己的目的，還怎麼會顧及別人的肉體？

「喏，」第二天，凱西透過閣樓的小孔觀察著說：「今天的搜捕又快開始啦！」

房前的空地上，三四個騎馬的人正在奔騰跳躍著，一兩群奇模怪樣的獵狗正跟牽著牠們的黑人掙扎著，牠們之間也在互相對著狂吠亂叫。

這群人中，大多是雷格里附近鎮子上酒館裡的相識，還有兩個是附近種植園的監工，他們都是因爲對這次搜捕感興趣，才趕來幫忙的。

這一尊尊兇神惡煞，這世上恐怕再也找不到比他們更面目猙獰的人了。雷格里非常慷慨，正用白蘭地挨個招待他們和不同種植園派遣來執行這項任務的黑人，因爲每逢這樣請人過來幫忙，也要在黑人中間辦得儘量像過個什麼節日一樣熱鬧。

凱西把耳朵貼在小孔上。晨風剛好正朝著上房吹過來，所以她聽得見人們大部分的談話內容。她聽著聽著，嚴峻肅穆而陰鬱的臉上，泛起了尖刻的嘲諷神情。只聽見他們在研究著獵狗的長處，劃分地段，下達如何開槍的命令，以及捕到以後怎樣處置等等。

凱西抽身回來，雙手合十，向上望著，說：「哦，偉大的上帝！是啊，我們都是罪人。但是我們又比世上的這些人多做了什麼壞事，應該受到這樣殘酷的對待呢？」她說著話，臉上的神情流露出懇切的真摯。

「孩子，假如不是爲了你，」她看著艾米麗說：「我真想出去，讓他們隨便什麼人開槍打死我才謝天謝地呢。自由對我究竟有什麼用處？它能把我那被賣掉的孩子還給我嗎？它能讓我回復我原先的樣子嗎？」

稍帶著純真稚氣的艾米麗，對凱西陰鬱的心情感到有些害怕。她好像惶惑不解，所以並不回答，只是握住凱西的手，輕輕撫摸著。

「不要這樣！」凱西想要把手抽回來，「你要這樣，我會愛上你的，但我已經下定決心永遠不再喜愛什麼東西了！」

「可憐的凱西！」艾米麗說：「千萬不要這麼想！假如救世主給我們自由，也許會把你女兒還給你的。起碼，我就像你的女兒一樣。我知道，我是再也不能見到媽媽了！無論你愛不愛我，凱西，我都愛你！」

孩子般的、溫柔的情緒感染了凱西，她坐在艾米麗身旁，摟著她的脖子，撫摸著她那棕色的柔發。艾米麗望著那雙此時含著淚水的柔和目光，驚異她的眼睛竟如此美麗。

「哦，艾米麗，」凱西說，「我期盼著自己的孩子，如饑似渴地期盼著，幾乎是望眼欲穿！你看，這裡！」她拍打著胸脯說：「這裡空空落落，淒淒涼涼的！要是上帝能把孩子還給我，那我願意一生一世向上帝祈禱。」

「你一定要信奉祂，凱西，」艾米麗說，「祂是我們的天父啊！」

「可祂對我們充滿了怒氣，」凱西說，「氣得甚至離開了我們。」

「沒有，凱西！祂對我們是仁慈的！」艾米麗說：「我們把希望寄託在祂身上吧，我總是懷著希望的。」

搜捕持續了很長一段時間。熱鬧而徹底，但仍然一無所獲。雷格里既沮喪又困頓，翻身下了馬。凱西帶著極爲譏諷和歡欣的神情，向下望著他。

「喂，昆都，」雷格里四腳八叉地躺在起居室裡，說：「你給我把那個湯姆押到這裡來，趕快！這個硬骨頭就是這整個事情的後臺。我要在這張老黑皮身上查清楚事情的底細，或者知道這事情的原委。」

雖然桑博和昆都彼此忌恨，但對湯姆的痛恨卻都到了刻骨銘心的地步，所以，兩人在這件事情上可謂心心相印。想當初，雷格里告訴他們，購買湯姆，就是爲了在自己出門時讓他當總監工，這惹得兩人非常惱怒；而後，眼看湯姆遭到主人的反感和白眼，這種惱怒在兩人的奴性心態中就更是有增無減，因此昆都非常高興地邁步離開，去執行命令了。

湯姆懷著某種可怕的預感聽到了主人的傳喚，因爲他知道逃亡者全部的逃跑計畫以及她們現在藏身之處，也瞭解他要面對的這個人，生性殘暴，蠻橫專權；然而，他對上帝懷著強烈信念，寧可失去性命，也絕不會出賣無助無依的人們。

他把籃子放在田壟旁邊，仰望上天，說：「我把靈魂寄予你手中！你拯救了我，哦，偉大的上帝救主！」接著，就溫順地讓昆都粗魯殘暴地抓住了他。

「嗨，嗨，」大塊頭的昆都一面拉著他走，一面說：「這一下你算撞到槍眼上了！我敢說，老爺現在正發火呢！你無論如何也跑不掉了！告訴你吧，你逃不掉了，是的！居然幫著主人的黑鬼子們逃跑，看你怎麼還有臉見主人！會把你怎麼樣，咱就等著瞧吧！」

這些粗魯的話語，湯姆一句也聽不進去！相反，一個更高的聲音說著：「那殺身之後，他們再不能做什麼，不要害怕。[107]」這個可憐的人身上的肌肉和神經都隨著這些話震顫，好像是受到了上帝手指的觸摸，感覺千萬條靈魂都集於一身。他在路上走著，旁邊的樹叢花木和奴隸們的小屋，以及他受到凌辱的整個景象，都旋轉著，一陣風似的從他身旁掠去，彷彿掠過田野景色疾駛而去的車子。他的心在祈禱著，天國的家鄉已經快要到達，解脫的時刻近在咫尺了。

「好哇，湯姆！」雷格里走上前來，在一陣無法釋然的狂怒中，用力抓住湯姆的外套領子，咬牙切齒地說，「我非宰了你不可，你知道爲什麼嗎?!」

「不知道，老爺。」湯姆語氣十分平靜。

雷格里兇狠而又冷酷得叫人可怕，「我剛剛——下了——決心，湯姆，除非你把你知道的關於那兩個女人的事情告訴我！」

湯姆站在那裡，一言不發。

「聾了嗎？」雷格里像一頭被激怒的獅子一樣，跺著腳咆哮起來，「給我說！」

107. 《聖經‧新約‧路加福音》第十二章第四節。

湯姆語氣緩慢而鎮定，說話慢條斯理：「我沒什麼可說的，老爺。」

「你敢給我說不知道，你這個黑皮基督徒？」雷格里說。

湯姆仍然默不作聲。

「說呀！」雷格里的聲音像雷電霹靂，然後就狂怒地打著湯姆，「到底知不知道？」

「我知道，老爺，但是我什麼都不能說，您讓我死了吧！」

雷格里猛地出了一口氣，抓住湯姆胳膊，把臉幾乎貼在湯姆臉上，強忍著怒火，用令人恐懼的聲音說：「你給我聽清楚了，湯姆！你以爲上一次我放過了你，我這一次也會放過你嗎？可這一回，不管賠多少錢，我都鐵了心了。你一直違背我，現在我必須要制服你，再不然就殺了你！你不說，後果就是那樣，我要數數你身上到底有多少滴血，讓你的血一滴滴向外流，直到你認輸！」

湯姆抬頭看著主人，說：「老爺，如果你生病有災或是快要死去，我願意用我的血救你的性命。只要我這個可憐人的鮮血能夠拯救你寶貴的靈魂，我都會在所不惜，把全部鮮血都貢獻出來，就像救世主把自己的血賜給我一樣。哦，老爺！別給你的靈魂再增加什麼罪惡了吧！與其說這傷害了我，倒不如說是傷害了你自己！你盡情作惡吧，我的苦難馬上就會過去；但是，要是你不悔罪，你的苦難是無邊無際的！」

彷彿在暴風驟雨的間斷裡，一段奇異的仙樂來臨，這場情感的真實流露，一時間讓人們啞口無言。雷格里驚慌失色，呆呆地望著湯姆。屋內鴉雀無聲，只清晰地聽到那只舊鐘的滴答聲。它在悄悄計算著對這顆鐵石心腸發出慈悲的最後時限以及考驗時間。

可惜，這只是轉瞬即逝的事情。雷格里稍一躊躇，心裡浮現出一絲搖擺不定的悔改衝動，接著，他那邪惡的念頭又以數十倍的瘋狂出現在心裡。他暴跳如雷，一下子把湯姆打翻在地。

殘暴的血腥場面既震撼了我們的視覺，又震撼了我們的心靈。人敢於做出事情，別人卻不忍心去看去聽。同胞和教友所遭受的苦難，哪怕在密室裡也無法給我們講述，因爲這會讓我們的心靈痛苦難堪！嗚呼，但是，我的國家呀，這些事情卻是在你法律的庇護下做出來的！哦，基督呀！你的教會眼睜睜地看著這些場面，卻一言不發！

然而，在很久很久以前，有一個人，他的苦難卻把羞辱折磨人的殘酷刑具，變成了盛譽、榮耀和永恆生命的象徵[108]。只要是他的精神所在的地方，屈辱的鞭笞、欺凌和流血，都使基督徒最後的抵抗，變得同樣的榮耀。

漫漫長夜，在破敗小屋裡忍受毆打和殘暴皮鞭的那個黑人，懷著勇敢和仁愛精神的那個黑人，難道就孤立無援嗎？

不是的！他身邊站著只有他自己才能看到的一個人，那就是「仿若上帝之子[109]」的人。

誘惑者也正在他身邊。前者專橫跋扈，憤怒暴躁，無時無刻不在逼迫後者，靠出賣無辜的人們來躲避痛苦。但是，那顆真誠而勇敢的心卻矗立在永恆的岩石上巍然不動。正像他的救世主一樣，他明白，要想拯救別人，就無法拯救自己。因此，哪怕是最極端的暴行，除了讓他表示神聖信念或者祈禱之外，都絕對不能讓他開口講話。

「老爺，他快不行了。」湯姆的堅忍不拔使桑博不由自主地受到了感染。

「給我打下去！一直打到他認輸爲止！打呀！打呀！」雷格里怒吼道：「只要他不老實交代，

108. 指十字架。
109. 指耶穌。

我要讓他流乾身體最後一滴血！」

湯姆無力地睜開眼睛，望了望主人。他說：「你這個可憐的傢伙！除了這個，你是那麼軟弱。我用自己全部的心靈饒恕你！」然後，湯姆完全昏厥過去。

「我看他要完蛋了，」雷格里走上去看著湯姆，「是的，他完了！哼，他終於閉上嘴了，真是讓人解恨！」

是的，雷格里，這沒有錯。但是，誰又能使你靈魂中的聲音閉上嘴呢？你那靈魂裡，沒有祈禱，沒有悔悟，更沒有希望，裡面那永遠熊熊燃燒的火焰已經再也無法撲滅了！

但是湯姆還沒有死去。他所說的神聖話語和他所做的虔誠祈禱，使這兩個殘暴的黑人的心靈無比震撼，他們意識到自己成了對他施加暴行的工具，所以，等雷格里一走開，兩人就把他抬下來，愚蠢無知地讓他蘇醒過來，好像那是對他的一種恩惠。

「說實在的，咱們做的事可真是罪過呀！」桑博說，「希望能只記在老爺帳上，別記在咱們帳上就好了。」

兩人幫他清洗了傷口，又用一些舊棉花給他準備了一張簡陋的床鋪，讓他躺在上面；然後其中一個又溜回客廳，假裝說是身子累了，自己想喝點酒，向雷格里討了一杯白蘭地，然後端回來，硬灌進湯姆喉嚨裡。

昆都說，「哦，湯姆！剛才我們對你真是罪過呀！」

「我心裡完全原諒你們倆！」湯姆有氣無力地說。

「噢，你告訴我們，湯姆，耶穌是誰？」桑博問：「就是那個今天晚上一直站在你旁邊支持你的那個耶穌！他到底是什麼人？」

這一番話又喚醒了那個不斷昏厥、不斷衰竭的靈魂。他講述了有關神奇耶穌的幾句激勵人心的話，談到了他的永世長存，他的生死經歷，以及他救贖眾生的力量。

兩個粗野的黑人大聲哭泣起來。

「我怎麼從來都沒聽過呢？」桑博說：「不過，我真的相信！沒辦法不信哪！救世主耶穌，饒恕我們吧！」

「可憐的人啊！」湯姆說：「如果你們可以信仰耶穌，我願意忍受一切的苦難！哦，救世主！我請求您把這兩個靈魂賜給我吧！」

於是，祈禱得到了滿足！

chapter 41 小主人

大道兩邊種著楝樹，過了兩天，一位年輕人駕著一輛輕便四輪馬車從旁邊駛過；他匆忙把韁繩扔到馬脖子上，然後立刻跳下馬車，去找他所要找的種植園主。

來的這位年輕人正是喬治．謝爾比；爲了講明他是怎麼來這兒的，我們必須再細細地講述一下。

奧菲利亞小姐給謝爾比太太寫了一封長信，非常不幸的是，信被某個偏僻的郵局給耽擱了，到謝爾比太太手上已經是兩個月之後的事了；所以，非常清楚，在她收到信之前，湯姆在離她非常遠的紅河上游的那片沼澤區裡已經杳無音信了。

謝爾比太太對信中提到的關於湯姆的情況尤其關心，然而她不可能立即做出什麼行動。她丈夫躺在病床上，這時她正悉心照顧已經病重的丈夫，他正在發高燒。而且神志不清。

喬治少爺已是一位身材魁梧的青年，是母親身旁的得力助手，也是接管丈夫事務方面的唯一依靠。奧菲利亞小姐做事很小心，連辦理聖克萊爾事務的律師的名字都告訴他們了，所以，在當時非常著急的情況下，他們只能給律師寫信來打聽湯姆的情況。謝爾比先生幾天後忽然離開人世，這讓他們不得不在很長的一段時間內去辦理比這更爲重要的喪事。

謝爾比先生指定妻子是他遺囑中所有財產的唯一繼承人，這說明他非常相信妻子的能力；接著，她很快就有許多非常繁瑣的事情要辦。

謝爾比太太用她所有的精力投入到辦理這些瑣碎的事情上。她與喬治花了很長時間來收帳查帳，出賣家業，償還債務；謝爾比太太下定決心不管是什麼結果，都必須把家業整理得非常清楚。在這段時間內，他們接到了奧菲利亞小姐介紹的那個律師的答覆，說他對於湯姆的事情什麼都不知道，說從他被公開拍賣掉之後，除去接到賣他而獲得的錢以外，別的事情他一概不知。

這讓喬治與謝爾比太太非常擔心，過了將近六個多月。喬治恰巧替母親到南方去辦一些事情，就決定去一趟新奧爾良，進一步打探關於湯姆的情況，期望關於湯姆的行蹤能夠有新發現，然後再把他贖回來。

喬治差不多找了幾個月，但事情毫無進展；後來是出於偶然，讓他在新奧爾良碰到一個人，正好清楚他迫切想知道的消息。接著，我們這個小主人公便把口袋裝滿錢，坐船來到紅河上游，發誓一定要找到他的老朋友，而且要把他贖回來。

沒過多久，他被帶到一個院子裡，在那個客廳裡見到了雷格里。雷格里招待這個陌生人的時候非常無禮。

「據我所知，」年輕人開口說，「你在新奧爾良時買了一名黑奴，他叫湯姆，他曾給我父親當過奴隸，我來是想知道能不能把他贖回去。」

雷格里的臉色低沉下來，怒氣衝天地說：「是的，我的確買了這個奴隸，但是我真他媽的上當了！再也沒有比這狗東西更難應付、更放肆、更無禮的人了。他竟然敢慫恿我的黑鬼逃跑，以致連我的兩個婆娘都逃走了，每一個都值八百到一千塊錢！他承認自己做了這樣的事情，然而當我讓他說出她們的去向時，他站起身來說他對此不太清楚，而且永遠都不可能告訴我；於是我狠狠地打了他一頓，那是我生來打黑鬼最厲害的一次，但是他仍然閉口不說。我想他快要堅持不住了，但是或許他能夠挺得住。」

「他現在在什麼地方？」喬治迫不及待地問，「馬上讓我見見他。」

年輕人面頰緋紅，雙眼直冒金星，但是穩重地一句話都沒有說。

「他在那個棚子中。」一個小黑奴牽著喬治的馬，聽到喬治的問話以後答道。

雷格里狠狠地踹了喬治一腳，嘴裡還在咒罵。喬治一言不發地轉過身向那個棚子走去。

自從遭受了那不幸的痛打之後，湯姆已經臥床兩天了。他沒有感覺到疼，因為他身上的一切感覺神經都被破壞，變得麻木了。他大多數時間都處於昏迷狀態，而且紋絲不動地躺在床上。當深夜悄悄來臨的時候，孤獨無助的黑奴們為了報答他的情意，曾經利用他們極少的休息時間悄悄地去探望過他。這些可憐的奴隸們什麼都不能給他，只有一杯涼水，然而充滿了誠意。

在那老實而毫無感覺的臉上也曾流下過淚水，這是可憐而愚昧的異教徒們最近懺悔時流下的淚水，湯姆在即將離開人世時的愛心和堅強使他們醒悟了，讓他們能夠懺悔；他們同時也向剛剛找到的救世主悲哀地禱告，雖然他們除去知道救世主的名字之外一無所知，然而對因愚昧而又迫切的心裡的禱告他是一定會聽的。

凱西曾經從她藏身的地方悄悄地溜出來，不經意間聽見了湯姆為她和艾米麗所做的犧牲，冒著可能被抓到的危險，前天晚上探望了湯姆。這滿懷深情的人用僅有的一點力氣所說的最後幾句話，把這個鬱悶而又無助的女人深深地打動了，那極其漫長而冷漠的絕望，還有那封凍的歲月也都消失了，她滿臉淚水地為他祈禱。

在喬治進入湯姆所在的那個棚子裡的時候，頓時感到天暈地旋，非常難過。

「這是真的嗎？這絕不可能！」他邊說邊在他身邊跪下，「湯姆叔叔，我那讓人可憐的、苦命的老朋友啊！」

奄奄一息的人的耳鼓被這悲哀的聲音中所特有的一種東西給穿透了。湯姆略微動了動頭，面帶笑容地對他說：「耶穌把瀕死之人的病榻變得猶如羽絨枕頭一般柔軟。」

年輕人彎腰望著他那可憐的老朋友，那讓人敬重的男子漢的淚水從他的眼睛裡滑落下來。

「噢，親愛的湯姆叔叔。你快醒醒吧！哪怕只說一句話！你看啊，喬治少爺來看你了，你最愛的小喬治少爺啊！難道你不認識我了？」

「親愛的喬治少爺！」湯姆說著睜開了雙眼，聲音十分低沉地說，「親愛的喬治少爺！」他似乎有些受寵若驚、不知所措了。

漸漸地，他心裡好像充滿了這種想法，那雙麻木而呆滯的雙眸放出了光芒，視線慢慢聚集，整個臉上都露出了笑容，粗大的手合攏起來，淚水從臉上滑落下來，掉到了地上。

「感謝上帝！這——這——這就是我想要看到的！每個人都還記得我。這讓我整個身心都有一些安慰；我心裡非常高興！如今即便死了，我也毫無怨言！感謝上帝吧，我的靈魂！」

「你不能死！你不會死的！千萬別死！我來是要把你贖回去並帶你回家。」喬治迫切、激動地說。

「噢，親愛的喬治少爺，你來晚了，上帝早已把我贖回，並帶我回家，我熱切地期望能去，天堂一定比肯塔基好得多！」

「噢，你一定不能死！我會傷心死的！想到你所受的痛苦我會非常難過，並且還是躺在這樣一個破棚子中！讓人可憐、苦命的人啊！」

「不要把我稱作一個苦命的人！」湯姆神情嚴肅地說：「以前的我是一個苦命的人，然而這些都已經離開我了。如今我已經來到天國門口，快到裡邊去了！唉，親愛的喬治少爺！天堂已經降臨！我已經勝利了——這勝利是上帝賜給我的！主的名字永遠光榮！」

湯姆不停地說著什麼，這些話的力量、熱情和主宰力讓喬治肅然起敬，他坐在那兒靜靜地凝望著湯姆。

湯姆緊緊地握著他的手，繼續說：「你千萬別把我現在的模樣告訴克洛，那個可憐的女人。她聽到以後心裡肯定會非常難受，你就只對她說，你看到我已經進了天國，我沒有更多的時間等她了。告訴她不管在哪兒，上帝都永遠與我同在，把一切都變得非常輕鬆、簡單。噢，還有那些可憐的孩子們和小娃娃！我無數次地想起他們，心都要碎了！讓他們都知道，都跟我走，跟我走啊！代我向老爺與善良的太太問好，以及莊園裡的每個人！你不知道，我愛他們每一個人！我愛每個角落裡的每個人！我心中只有愛！噢！親愛的喬治少爺！能夠做一名基督徒是多幸福的事呀！」

此刻，雷格里散步走到了破草棚門口，裝作一切都無所謂的頑固樣子向裡邊瞥了一眼，然後就轉身走了。

「老魔鬼！」喬治滿腔怒火地說：「總有一天，小鬼也會找這個老魔鬼算帳的，到那時，我心裡才去掉一塊心病呢。」

「噢，千萬別說這種話，啊，你一定不要說這種話！」湯姆緊緊地握著他的手說：「他是一個可憐人，想到這些都讓人有些害怕！啊！只要他肯懺悔，現在就能得到上帝的饒恕，但是我擔心他永遠都不會懺悔！」

「我倒希望他這樣！」喬治說，「我可不希望下次是在天堂和他見面！」

「不要說了，親愛的喬治少爺，這樣說讓我感到不安！你千萬不能這麼想，他沒有真正地傷害過我，他只是爲我把天國之門打開了而已！」

看見小主人的快樂，使這位即將死去的人產生了一股巨大的力量，但此刻那股力量已經慢慢地消失了，他閉上雙眼，馬上要離開了，臉上現出的那種神秘而嚴肅的神情，證明另一個世界將要來臨。

他艱難地呼吸著，寬闊的胸膛沉重地一起一伏，臉上露出了勝利者的驕傲與愉悅。

「有誰——誰——有誰能夠讓我們與基督的仁愛分開呢？」他臨終之前竭力抗爭，但是無濟於事，十分虛弱地說出了這最後幾句話，然後就永遠地閉上了雙眼，含笑離開了人世。

喬治神色嚴肅、紋絲不動地坐在那兒。他好像覺得那個小屋已經成了他心中的聖地；當他爲死者合上已經失去光澤的眼睛，站起身來的時候，心裡只有一個信念，即他誠實的老朋友曾說過的：「能夠做一名基督徒是多幸福的事呀！」

他轉過身來，看見雷格里正陰沉著臉站在他的身後。

湯姆死時情景裡所有濃重的哀傷情緒，讓這怒火沖天的年輕人沒有把滿腔的怒火發洩出來，喬治只感覺那個人的出現讓他很厭煩，一心只想立即躲開他，最好的辦法是不搭理他。

他那雙烏黑的眼睛銳利地盯著雷格里，指著湯姆的屍體簡單地說：「你已經把他身上的血汗榨乾了，這個屍體我需要給你多少錢？我必須把它帶走，像模像樣地埋葬他。」

「我不賣已經死了的黑鬼，」雷格里固執地說：「你樂意什麼時候埋葬他，隨便埋在什麼地方都可以。」

「朋友們，」喬治用威嚴的語氣對兩三個看著湯姆屍體的黑奴說：「幫我把他抬到我的馬車裡，再幫我找一把鐵鍬來。」

有一名黑奴跑去把鐵鏟取來，另外兩個人和喬治一起把屍體放到馬車上。

喬治不想再看雷格里，更沒有心思與他說話。雷格里並未阻止喬治的吩咐，只是站在那兒冷冷地吹口哨，露出一副什麼都無所謂的神態。他陰沉著臉，緊跟他們走到門外停放著的馬車旁邊。

喬治把自己的外套鋪在馬車上，然後把車座移走，以便讓地方寬敞些，讓他們小心翼翼地把屍體放在自己的外套上。隨後他轉過身來直盯著雷格里，假裝非常平靜地對雷格里說：

「我還從來沒有和你說過我對這個殘暴事件的看法，現在時機和地點都不對。然而，先生，我絕不會讓這個無辜者白白死去的，我會宣布這起兇殺案。我找到法官以後，就會對你進行指控，讓此事得到公正的裁決！」

「非常歡迎！」雷格里說著，一邊不屑一顧地打著響指。「我真想看到你會這麼做。你到哪裡去找見證人？又拿什麼證據來證實你的指控？你現在就可以去！」

喬治馬上看出他這種公然蔑視的力量所在。在這所種植園中沒有一個白人，但是在南方的法院中，黑人的證詞是毫無價值的。這時候，他感覺自己發自內心的憤怒好像要衝破整個天宇，但是這種虛弱無力的悲哀一點兒用處都沒有。

「只是為了這樣一個死去的黑鬼，用得著這樣興師動眾嗎？」雷格里說。

這話像投進炸藥庫裡的火花一樣！謹慎向來不是這個肯塔基青年的內在美德，喬治轉過身來，滿腔怒火地一拳把雷格里打倒在地。他居高臨下地站在那兒看著雷格里，那種滿腔憤怒、不容侵犯的氣概，說他是與他同名的英國勇士的化身毫不過分。

但是對某些人而言，被打倒肯定是有好處的。倘若有個人能夠勇猛地把他們打倒在地，他們好像會馬上對這個人產生敬意；雷格里就屬於這種人。所以他由地上爬起來，拍掉身上的塵土之後，臉上露出了明顯的恭敬之情，眼睛望著緩緩駛去的馬車，直至馬車在他眼中完全消失，一句話都沒說。

喬治在不屬於雷格里的種植園的地方，看到一個土質較乾的沙丘，上邊長著幾棵旺盛的樹，他們就在那裡給湯姆挖了一個墳。

「拿掉您的外套嗎，先生？」黑奴們把墳挖好以後問。

「不，把它和他一同埋了！我如今能夠給他的只有這件外套了，苦命的湯姆，你把它和我的祝福一起帶走吧！」

湯姆的屍體被他們抬放到墳墓裡，兩個黑奴默默地往墳墓裡填土，很快就堆起了一座墳墓，然後在上面鋪了一層厚厚的綠草皮。

「你們可以回去了，朋友們。」喬治說著，在每個人的手中放了一枚二角五分的銀幣，然而他們磨磨蹭蹭地不肯離去。

「請少爺把我們買下吧。」有一個黑奴說。

「我們肯定會對您永遠忠心的。」另外一個黑奴說。

「先生，這兒的生活很不好過。」先前那個說：「懇求您了，先生，把我們買下吧！」

「我不能，我沒有這個能力！」喬治艱難地揮手讓他們趕快走，「這絕不可能！」

兩個可憐的傢伙沒有再繼續請求，一言不發地走開了。

「永恆的上帝，請你作證！」喬治在他苦命的朋友的墳前跪下說：「噢！求你作證：從此刻開始，我會盡其所能地讓這個充滿血腥的奴隸制在我的國家裡徹底毀滅！」

我們朋友的墳墓上沒有墓碑。他不需要墓碑!他的上帝知道他在什麼地方,當天堂來臨的時候,他會讓他復活並且與上帝同在;上帝的光華和榮耀,也會讓他的靈魂不朽。請別對他惋惜!如此的生與死並非爲了讓人們可憐!上帝的最大光榮並不體現在萬能的財富上,而是大公無私、歷經磨難的愛!

上帝召集去與他共患難、隱辱負重地跟隨他背負自己十字架的人,是最幸福的人。有關此類的人,在《聖經》裡面是這樣寫的:「哀慟的人有福了,因爲他們必得安慰。」

chapter 42

真正的鬼故事

由於某種奇異的緣故，在這段時間裡，雷格里莊園裡的僕人們都在傳播著鬼故事。

僕人們總是交頭接耳、繪聲繪色地說：在夜深人靜的時候會聽見從閣樓的樓梯上傳來腳步聲，穿過廊道，在宅子中徘徊遊蕩。樓上過道兩旁的門雖然鎖了，但鎖也是白鎖，阻擋不住它的腳步。那鬼口袋中裝著萬能鑰匙，具有有史以來鬼所特有的從鑰匙孔中鑽入鑽出的特權，用讓人想像不到的自由從鑰匙孔中出來，就這樣逍遙自在、無拘無束地遊蕩。

目擊者對此鬼的外貌做了各種描述，導致意見不一致的原因是：不論黑人當中有什麼樣的習慣（據我們所瞭解的，白人當中也有），只要遇到這種情況就習慣性地閉上眼睛，用毯子、內衣等等，能夠拿來遮蓋的東西蒙住頭臉。當然，大家都明白，當肉眼離開競技場的時候，靈魂的眼睛自然一切都看不到了，所以事後有關此鬼的樣子便繪聲繪色地被別人描述了出來，每種都有人賭咒發誓地說很像那個鬼。

就像通常描繪的一樣，除去鬼魂所有的共同特徵以外，也就是身上披著慘白的屍布，這些畫像彼此沒有任何相似的地方。這些可憐的黑奴們根本不瞭解古代史，他們不知道莎士比亞曾描述過這種外貌：

披著裹屍單的鬼魂
曾在羅馬的街巷中哭泣。
——莎士比亞《哈姆雷特．第一幕．第一場》

然而他們在這方面居然那麼一致，的確是性靈學上的奇妙現象，因此請研究性靈學的有關人士加以重視。

無論如何，我們都有理由相信，在一致認爲有鬼魂出現的時刻，的確有一個身披白袍的高大的身影在雷格里的宅院裡遊蕩。穿門過戶，在宅子中四處徘徊，忽隱忽現，隨後走到冷寂的樓梯上，去那可怕的閣樓裡。等天亮的時候，人們卻發現樓道的門像往常一樣，關得嚴嚴實實，而且也鎖得很牢。

雷格里不會沒有聽說過這些議論，雖然大家竭力欺瞞他，讓他心裡更覺得不安。他喝白蘭地比以前喝得多了，白天總是昂著頭，大罵黑奴。但是他噩夢連連，怕去睡覺。湯姆的屍體被抬走的當天夜裡，他騎馬去附近的小鎮上喝酒，而且喝得爛醉如泥，回家後已經疲憊不堪，他拔出鑰匙，鎖好門，而後上床睡了。

無論一個人怎樣想方設法讓自己的靈魂平靜下來，對壞人而言，有一個靈魂的確是一件可怕的，令人不安的事。有誰知道靈魂的邊界在哪兒呢？也沒有人清楚它那可怕的可能性，那些能夠讓它害怕和發顫的罪惡行徑，它既沒有辦法叫人忘掉，又不能在活著的時候擺脫這一切！鎖上門，把鬼拒之門外，而自己心中有鬼的時候，卻沒有勇氣去獨自面對，即使這個鬼的聲音在心裡激蕩，上邊還堆滿了繁瑣的事務，卻還像尖銳、淒厲的號聲一樣，像這樣的人是何等的愚蠢啊！

即使這樣，雷格里仍然鎖好屋門，又用一把椅子在裡面頂住。他在床頭點燃了一個徹夜長明的燈，還藏了一支手槍。他認真地檢查了窗子上的搭扣與栓子，嘟囔著「我不怕鬼怪和他手下的鬼們」，便很快上床睡了。

是的，他睡熟了，因為他的確很累，睡得非常沉。但是在他的夢裡出現了一個陰影，一個恐怖的陰影。他害怕地感覺到有個讓人毛骨悚然的影子掛在他頭上，他以為是他母親的屍體，然而凱西把它拿在手中，高高懸著讓他看。他聽到了混亂不堪的尖叫聲與哀嘆聲，而他很清醒地知道自己是在睡覺，掙扎著想從夢裡醒來。

他在半睡半醒中感覺有一個影子進入他的屋裡。他知道門慢慢地開了，但是手腳絲毫都不能動彈。最後他一驚翻了個身：門的確沒有關，他看到有一隻手把那盞夜燈給熄滅了。

這是一個天色陰霾、月光黯淡的夜晚，他看到一個白影子從門口輕輕地飄進來！他聽到了鬼的屍衣輕輕抖落的聲音。它一動也不動地站在他床邊，一隻冰涼的手擱在他的手腕上，一個陰森的低沉的聲音重複了三遍：「來呀！來呀！來呀！」當他嚇得全身冒汗地躺在那兒的時候，鬼影不知在什麼時候消失了！

他既不清楚它是何時消失的，也不清楚是怎麼離開這個房間的。他從床上跳下來，用力拉了拉門，房門仍然緊閉著，而且鎖得嚴嚴實實。他暈倒在地上。

從此，雷格里更頻繁地喝酒。他不再有節制地、小心地喝酒，而是不顧死活地肆意喝起酒來。

沒過多久，那個地方都在傳言他已身患重病，快要死了。過度飲酒讓他得了這種致命的疾病，好像把來世應該遭受的報應帶到了今世一樣。

誰都不能忍受瀰漫著的恐怖氣氛，他經常胡言亂語，尖聲叫喊，說他看見了這個那個，把聽到這些話的人嚇得血液都快停止流動了。直至死前還說有一個冷漠的、慘白色的影子站在他床邊，對他說：「來呀！來呀！來呀！」

事也湊巧，白色的鬼影子來到雷格里面前的當晚，人們早晨起床後瞧見宅子門敞著，幾個黑奴曾看到兩個白影悄悄地穿過林蔭路飄向大路。

凱西和艾米麗到天將要亮的時候，才在距城很近的一小片樹叢中停下歇息。

凱西是一身西班牙血統的克里奧爾[110]貴婦的打扮：身上穿著黑衣服，頭上戴著小黑帽，臉頰被一塊厚厚的印花面紗遮住了。她們說好在逃亡的時候，她裝扮成一個克里奧爾貴婦，艾米麗則假裝是她的女僕。

凱西的幼年是在上流家庭裡度過的，舉手投足間所表現出來的風姿、舉止和風度和她的設想很相稱，她還保存著以前的漂亮衣服和珠寶，完全可以讓她更好地扮演這個角色。

她在城郊看到有賣皮箱的，於是稍事停留買了一個好看的皮箱，讓他們給她沿路送去。這樣，一名僕人給她用小車推著箱子，艾米麗拿著旅行袋與各種小包緊隨其後，凱西則像一個雍容高雅的婦人一樣來到一個小旅館前。

她到了之後，喬治·謝爾比最先引起了她的注意，他正住在這家旅店中等待下一班的航船。

凱西曾從閣樓的小洞中偷偷地看到這個年輕人，見他帶走湯姆的屍體，也看見他與雷格里發生的紛爭，心中不禁暗自喝彩。後來當她在天黑後假扮鬼魂的模樣，輕輕地在院子裡來回走動的時候，有時也會由黑奴們的議論中猜到他是一個怎樣的人，與湯姆是什麼關係。所以當她知道他

110. 美國路易斯安那州西班牙的後裔。

與自己一樣也在等下一班船的時候，很快就產生了信任。

凱西的姿容舉止、言談與闊綽讓她在旅館中沒有引起一點懷疑。主要的一點，也就是花錢上，出手闊綽的人，人們通常不去尋究底細，對於這點，凱西在籌錢的時候早就料到了。

黃昏時聽說船來了，喬治用肯塔基人特有的殷勤扶著凱西上船，並且還想盡一切辦法把她安置在一間很舒服的特等艙裡。行駛途中，凱西一直在找藉口，說自己的身體不適合睡在床上，離不開船艙，女僕非常忠心、全心全意地侍候她。

他們抵達密西西比河以後，喬治得知那個萍水相逢的夫人也與自己同路去河上游，於是請求給她在同一艘船上預訂了豪華艙的船票。這一行三人安全地轉乘到豪華的「辛辛那提號」輪船上，輪船開足馬力，乘風破浪向上游駛去。

凱西的身體已經好多了。她可以去欄杆旁稍坐一會兒，當去餐廳就餐時，船裡的人紛紛議論著這位夫人當年肯定是一個十分嬌媚、儀態萬方的美女。

喬治第一眼看到她時，就敏感地覺得好像和她似曾相識，這樣的感覺一直無法解釋，他經常不由自主地看她一眼，無時無刻都在觀察她，不管吃飯的時候，還是坐在船艙的時候，她都發現那個年輕人在專注地看著自己；而當她的臉上浮現出她覺得他在看她時，年輕人便會很有禮貌地把目光轉移開。

凱西感到憂慮，她以為他對她起了疑心，最後她完全依賴他，並決定把自己的親身經歷全部都說出來。

對於一個從雷格里的種植園上逃走的人而言，喬治是非常憐憫的，他一想到或者談起這個地方便覺得厭惡。他發誓他會盡全力保護她們，幫她們安全脫離險境。

凱西隔壁的船艙住著一位名叫德都的法國太太，還帶著一個十分美貌大約十二歲的小女兒。這位太太從喬治的言談中知道他是從肯塔基州來的之後，便好像有想和他結識的意思。她那美麗的小女兒在這一點上幫了她很大的忙，在船上的半個月行程中，她是一個愛湊熱鬧的小精靈，沒有比這個活潑的小女孩更能夠讓人解悶的了。

她的船艙門口經常放著喬治的椅子，凱西坐在欄杆內側，能夠聽到兩人的對話。

德都夫人非常詳細地打聽肯塔基，她說她曾經住在那個地方。喬治出乎意料地發現她的舊居地和自己的家離得很近，而她對他家鄉的人與事特別熟悉，這讓他不禁暗暗驚訝。

一天，德都夫人向他問道：「你知道在你家鄉附近有一個名叫哈里斯的人嗎？」

「離我父親的莊園不遠的地方、住著一個叫這個名字的老頭，」喬治說：「但是我們平時與他沒有什麼聯繫。」

「他可能是一位大地主吧。」從德都夫人的言語和表情來看，她好像不願被人覺察到她對這件事極其關心。

「是的。」喬治說，對她的表情感到十分驚訝。

「你知道他曾有過——或許你聽說過他有一個混血黑奴，叫喬治吧？」

「噢，知道！喬治．哈里斯，我與他非常熟悉，我媽媽的一個女僕就是被他娶為妻子，不過他如今已經逃往加拿大了。」

「真的嗎？」德都夫人連忙說：「感謝上帝保佑他！」

喬治一副疑惑不解的樣子，德都夫人雙手捧著頭，大聲哭泣起來。

「他就是我弟弟呀。」她說。

「夫人！」喬治很驚訝地說。

「不錯，」德都夫人神色高傲地抬起頭，拭去淚水說，「謝爾比先生，喬治．哈里斯就是我弟弟！」

「這真讓我有些糊塗了！」喬治說完把椅子向後推了一兩步，雙眼直視著德都夫人。

「他很小的時候，我就被賣到南方去了，」她說：「一個慷慨大度的人把我買下後，帶我去了西印度群島，讓我得到自由，與我結婚，沒過多久他就死了，我如今到肯塔基去，是爲了看看能不能找到弟弟，以便爲他贖身。」

「我曾聽他說過，自己有一個姐姐叫艾米麗，但是被人賣到南方去了。」喬治說。

「是的，那就是我！」德都夫人說，「描述一下他是一個怎樣的——」

「一個很出色的年輕人，」喬治回答說，「雖然萬惡的奴隸制壓在他身上，但是從智力和道德上說他都是一個出類拔萃的人。我非常瞭解他，這點你是知道的，」他說，「那是由於他娶了我們家的一個女僕。」

「那個女僕怎麼樣呀？」德都夫人迫不及待地問。

「她是一個很不錯的女人，」喬治說，「一個美麗、聰明、頭腦機靈的女孩，十分虔誠，我母親就像對自己的親生女兒一樣撫養她，教育她。她會讀會寫，會縫會繡，而且唱歌很動聽。」

「她是在你們家出生的嗎？」德都夫人問。

「不，是父親有一次到新奧爾良去的時候買回來送給母親的禮物，當時她只有八九歲，父親從來都不願透露他到底花了多少錢給母親買下她的，但是前段時間我們收拾他的文書檔案時，看到了那張賣身契。他的確出了非常高的價錢，想想那是因爲她太漂亮了。」

喬治始終背對著凱西坐在那兒，所以當他說這些故事細節的時候，並沒有看到她臉部那種聚精會神的表情。

他說到這兒時，凱西碰了碰他的胳膊，她的臉因關切而變得慘白，她問：「你知道賣她的人叫什麼嗎？」

「我想想，一個叫西蒙斯的男人，我還記得賣身契上簽的就是這個名字。」

「噢，天哪！」凱西尖叫一聲，暈倒在船板的地上。

喬治與德都夫人都驚慌萬分，他們並不知道凱西為什麼昏倒，但是出於仁義之心都開始忙活起來；客艙裡的女乘客聽說有人暈倒後，全都跑到船艙門口，把豪華客艙的門口堵得連空氣都不流通了。總而言之，能夠想到的、能夠去做的都做了。

啊！可憐的凱西！在她恢復知覺後就轉身面對牆壁，像孩子似的大哭起來。或許，身為人母的能體會到她的內心吧！或許你體會不到，但是就在此時，她感覺到上帝對她施予了同情，她快要和自己的女兒見面了，——幾個月後，她確實見到了女兒——到那時——但是我們今天就談論的確有點兒過早了。

chapter 43

結局

下面即將接近故事的尾聲。和其他的年輕人一樣，喬治·謝爾比一方面是出於仁慈，一方面是被這種事情的浪漫色彩所吸引，而真心真意地將伊麗莎的賣身契寄給了凱西，賣身契上的日期和姓名都和她腦海裡的一模一樣，所以對這個女孩就是自己的女兒這個事實沒有絲毫的懷疑，於是她現在所要做的，就是怎樣去尋覓逃亡者的所在之處。

命運安排德都夫人和凱西相見，她們馬上出發奔赴加拿大，到各個收容站（收容站收容那些從奴隸制下逃亡的人）尋訪打探。她們歷盡千辛萬苦，終於在阿默斯特堡找到了喬治與伊麗莎一家，剛到加拿大的時候，曾暫住過他家的那個傳教士爲他打聽到線索，並一直追蹤到蒙特利爾。

早在五年前，喬治與伊麗莎就已經重獲自由了，現在喬治在一個很有聲望的機械師開的一家工廠中找到一份非常穩定的工作，掙的錢足夠養家糊口，現在他們又多了一個女兒。

小哈利目前在一所很有名的學校讀書，他是一個英俊、聰明的孩子，學習方面進步也非常快。

阿默斯特堡站（就是喬治剛到加拿大的時候收留他的地方）那個和善的傳教士對德都夫人與凱西所講述的情況非常感興趣，於是他同意了德都夫人的請求，同她們一起到蒙特利爾尋找，並且他還願意承擔一切費用。

時間正好是黃昏，呈現在眼前的景象是蒙特利爾郊區一套乾淨、整潔的房子。壁爐中的火劈哩啪啦地響著，茶桌上鋪著一張潔白的桌布，看來是準備用晚飯了。房間的一個角落裡有一張鋪著綠色桌布的寫字桌，上面排滿了整整一書架圖書。桌子上邊有紙和筆，還有一個已翻開的寫字本。

這兒就是喬治的小書房了。他在當年那段艱苦的歲月裡激發起的強烈進取心和上進心，如今還在引領他把全部的業餘時間都用於自我提升。此刻他正端坐在桌前，專心致志地看著一本家裡的藏書，手裡還不時做著筆記。

「喬治，快過來，」伊麗莎說，「一整天都沒在家，也不和我說說話，快把書放下，我在準備茶點呢！」

媽媽的話音剛落，小伊麗莎就遵照著媽媽的話，搖頭晃腦地向爸爸走來，想要把那本書從他手裡搶過來，然後自己拿著書坐到他的膝蓋上。

喬治一邊說著：「噢，你這個小機靈鬼！」一邊做出了讓步。在這種情形下，誰能不順從呢？

「好啦。」伊麗莎一邊切麵包一邊說著。

雖然只是幾年的光陰，卻使她看起來成熟了許多，身材也顯得有些豐腴，這樣倒使她更像是一個家庭主婦。很明顯，她內心非常滿足和幸福，女人需要的不就是這些嗎？

「哈利，今天的數學題做好了嗎？」喬治摸著兒子的頭問。

雖然哈利頭上的長鬈髮不見了，可是睫毛和眼睛都像從前一樣永遠不會改變，那漂亮高聳的前額還像以前一樣光潔無比。在他回答爸爸的話時，臉上泛起了陣陣紅暈，「都做好了，而且全是我自己做的，爸爸，我沒有請求任何人的幫助。」

「好極了，兒子，」父親高興地說：「凡事都要靠自己，你以後的機會可比你苦命的爸爸多得多了。」

這時候，敲門聲響了，伊麗莎走過去開門，她高興地說：「哎喲，原來是你啊？」丈夫聞聲也出來了，他們熱烈地歡迎阿默斯特堡這個善良的牧師，還有兩個與他一起來的女人，進屋後，伊麗莎請他們幾人坐下。

原來事情是這樣的：這位牧師想了一個小小的計畫，而且以下的事情都必須要按照這個計畫進行。他們途中還小心翼翼地叮囑著對方，一定要按計劃行事，千萬不能暴露機密。

可是，當這個好心的先生剛打手勢請女士們都坐下，拿出手帕暗示要按計劃向大家說明的時候，德都夫人忽然緊緊地摟住喬治的脖子，說：

「喬治，噢，難道你真的不認識我了嗎？我是你姐姐艾米麗啊！」

這個突如其來的情況頓時破壞了所有的計畫，秘密一下子全部暴露出來了！這個善良的先生非常無奈！

凱西仍然平靜地坐著，她原本是可以扮演好她的角色的，但是小伊麗莎突然出現在她面前，身材、相貌、鬈髮和輪廓都跟她離散的女兒完全一樣。小傢伙抬頭看著她的臉，凱西不禁一把抱住她，而且使勁兒把她摟到懷中說：「小寶貝，我就是你的母親啊！」此時，她堅信眼前的小女孩就是自己的親生女兒。

說實話，要按部就班地執行原計劃並不容易，不過這個好心的牧師最終還是讓所有的人都平靜下來，說了他事先安排的非常成功的開場白，聽眾都在他面前低聲抽泣，那種情景絕對能使古往今來所有的演說家都感到欣慰。

他們全都跪在地上，心地善良的牧師開始祈禱，因為所有的人心情都很激動，不得不在充滿愛的懷抱的上帝面前說出來，大夥兒的心情才能夠平靜下來。

祈禱結束後，心裡充滿了對神聖的上帝的尊崇和信賴，因爲是上帝用這種人類不可預想的方式把他們從危難之中拯救出來而團聚在一起的，大夥兒站起身來，重新團聚的一家人彼此擁抱。

在那些流亡到加拿大的人當中，有一位傳教士的筆記本裡記著比小說更離奇也更真實的故事。當一種使人們骨肉分離的制度占盡上風時，怎麼可能不發生這種悲劇呢？這個避難者的天堂，就像天國之岸一樣，經常能讓失散已久的親人重逢；而令人感動得無法形容的是，每個初到這個地方的人都會受到相同命運的人的熱烈歡迎和招待，因爲他們可能會帶來一些仍在奴隸制的束縛下不得相見的母親、兒女、姐妹或者親人的消息。

這裡的英雄故事比死亡和酷刑的威脅故事還要多得多，逃亡者常常寧願冒著酷刑和死亡的危險，也要前去危機四伏的地方營救母親、姐妹或者妻兒。

有一位傳教士曾經對我們說，有位年輕人被捕獲兩次，而他的勇敢行爲也遭受了相當殘忍的酷刑，但是他最後還是成功逃跑了；當我們聽見別人讀他寫給朋友的信時，他說他仍然想回去，把妹妹也帶出來。這個年輕人是一名英雄人物呢，還是一個罪人，我善良的讀者啊！難道你爲了自己的姐妹不會犧牲自己嗎？你能因此而責怪他嗎？

可是，看看我們的朋友吧，他們剛才因偶然重逢而喜極而泣，現在正流著眼淚親熱地圍坐在桌子前，氣氛慢慢地恢復平靜之後相當融洽。只是凱西不住地使勁兒摟抱懷中的小伊麗莎，這讓小傢伙感到很奇怪，而小傢伙更困惑的是，她執意不讓小傢伙往她嘴裡面塞糕點，說她已經吃了比任何點心都要好的東西。

確實，在這兩三天裡，凱西就像變了一個人似的，我們可能再也看不到從前的她了，溫和信任已經替代了她臉上那種蒼白憔悴的神情；她似乎一下子與自己的親人融在了一起，她也深深地愛著這兩個孩子，就好像她的心一直都在等待著他們。

事實上，與重逢的女兒相比，她的愛似乎更自然地傾向小伊麗莎，這是因為她與她曾經失去的孩子的姿態、相貌幾乎一模一樣。小傢伙成了母女倆最好的紐帶，透過小伊麗莎，母女兩人慢慢熟悉，也在默默關愛著。因為伊麗莎經常閱讀《聖經》，擁有虔誠的信仰，所以她可以為母親那支離破碎、疲憊不堪的心指點迷津；凱西馬上誠心誠意地接受了指引，成為一名虔誠的基督徒。

一兩天後，德都夫人把自己的經歷更詳細地告訴了自己的弟弟。原來，丈夫死後留給她一筆數目龐大的遺產，她慷慨地提出要和家人一起來分享這筆財富。當她問喬治如何能夠更好地使用這筆錢時，喬治說：「姐姐，讓我去上學吧，這一直以來都是我的心願，只有這樣，我才覺得我能夠有所作為。」

經過深思熟慮之後，他們就帶著艾米麗一塊兒乘船去了法國。之後在法國住了幾年。

而在他們搭乘的到法國的輪船上，船上的大副被艾米麗美麗的容貌迷倒了，他在輪船到達海港不久就正式娶她為妻了。

而喬治在一所法國大學裡讀了四年書，通過勤奮努力的學習，他接受了完善的教育。後來，法國發生了動亂，一家人為了避禍又回到加拿大。

喬治在法國接受了良好的教育以後，成了一個很有素養的人。他的情感和才華在他寫給一位朋友的信裡已經得到完美表現：

對於自己未來的前程我是有些困惑的。確實，正如你向我說的那樣，我的膚色很淺，我可以像白人一樣生活在美國，而且妻子與家裡其他成員的膚色也並不明顯，但是說真的，我並不願意這麼做。

我的心絲毫不在父親的種族那一邊，反而是在母親的種族那邊。對我的父親而言，我只是一匹好馬或是一條好狗；但是對我那可憐又傷心的母親來說，我是她最親愛的孩子。儘管在她被殘忍的賣掉之後，骨肉分離的我們都沒能再見一面，但是我知道她是深愛著我的。我的良心時刻都在提醒我這一點。每當我想起母親遭受的磨難，想起自己兒時所忍受的罪，想起我頑強妻子的不幸，想起在新奧爾良奴隸市場上我那被賣掉的姐姐……雖然我不想有違背基督教教義的想法，但是我還是要說，而且希望你可以原諒我這麼說：我不想成為一個假冒的美國人，並且和他們生活在一起。

受壓迫的、被奴役的非洲民族是與我的命運緊密地連在一塊兒的；如果有可能的話，我願意皮膚變得更黑一點兒，而不是變淺。

我心裡那麼渴望可以獲得一個非洲國家的國籍。在我的夢想中，自己會是一個獨立、強大的民族中的一員。但是我能去哪裡找這樣一個民族呢？不是海地，因為海地人民沒有基本素質，所以流水絕不會超過它的源頭。這歸因於海地的民族性，它是一個溫順、膽怯、柔弱的民族。顯而易見，對於這樣民族要幹出一番偉大的事業不知道要等多少年了。

可是，我又該去哪裡尋找呢？在非洲沿海，我看見了一個共和國，一個由出類拔萃的人們所組成的共和國，其中很多人是靠頑強的努力與自我教育才擺脫奴隸制的。他們經歷了一個不充分的準備階段之後，總算成為一個在世界上得到認可的國家——包括英國和法國的認可。那是我將要去，並且是我應該去的國度。

當我還在法國的時候，曾懷著很大的興趣研究美國黑人同胞的歷史。我看到廢奴派與殖民派之間的鬥爭，獲得了遠處局外對殖民主義者與廢奴主義者的印象，倘若是一個參與者的話，我是想像不到這種感覺的。雖然你們反對我，可你們在那個場景中也必然會那樣想的。

我清楚，利比亞[111]為了達到他們不可告人的目的，在我們之間可能曾經採取各種手段製造事端，他們還可能用一些非正當的手段來達到識破這些陰謀的目的。我認為，關鍵在於，我們必須建立一個屬於自己的國家。

在如今這種年代，很容易建立一個國家，而且，一個國家成立所需要的有關教科文和國計民生等重要解決方案都有現成的，也用不著去重新摸索，只需要付諸行動。讓我們為了這個新事業，團結一心，貢獻自己的力量，輝煌的非洲大陸便會呈現在我們以及我們的子孫後代面前。我們的國家將會掀起基督精神與文明的浪潮並且襲捲到非洲海岸，在那裡建立眾多富強的共和國，讓這些共和國猶如雨後春筍一樣快速成長，而且永存於世。

可能大家會說我拋棄了那些曾經同甘共苦的弟兄們呢？我覺得是沒有的。倘若我一生當中有一分一秒離棄了他們，那就請上帝拋棄我！可是我僅憑一個人的力量不可能斬斷他們身上的鎖鏈做到這些。可如果讓我代表一個國家在國際會議上擁有發言權，為自己辯護、抗爭、呼籲和為自己民族的事業而爭辯，就可以做到個人無法做到的事。

我相信總會有一天，歐洲會成為自由國度的聯合體。在那裡，農奴制以及一切不公平、壓迫奴役人的現象都會被剷除。加入那些國家也能像法國和英國那樣承認我們的獨立，那我們將

111. 一八一二年「美國殖民會」在今蒙羅維亞建立美國黑人移民區，一八二四年命名為利比亞，一八四七年七月宣告獨立，建立共和國。

會在自由國家的會議上為這個被壓迫和被奴役的民族呼籲，等到那時，宣揚開明與自由的美國就不得不從它的國徽上去掉左邊那道橫槓[112]，因為在世界各國面前這是它恥辱的標記，對於美國和黑人同胞而言更是真實的隱患。

然而，你可能會對我說，我們的同胞在美國這個共和國中，與從德國、愛爾蘭、瑞典來的移民一樣，擁有居住在美國的權利。當然也可以說有吧。我們原本就應該自由地交往，而且完全不應該受階級與膚色的約束、按照各自的才能和實力提升其社會地位。那些拒絕給予我們這種自由權利的人，違背了他們公開發表人人平等的言論。

特別是，應該允許我們居住在美國。我們應該要比普通人享有更多的權利：因為我們是受到傷害的民族，因為我們有權要求彌補。可是我並不需要這樣的權利，我只需要一個屬於我自己的民族和國家。在我眼中，非洲民族有許多優良特徵，而且在基督精神與世界文明下會發揚光大。儘管這一特徵與盎格魯·撒克遜民族不同，可是在精神上會被證實是更具魅力的。

當世界處在戰亂和衝突的初始時期，人類命運為盎格魯·撒克遜民族所掌控時，它鎮定、嚴肅而又富有活力的品質很適合肩負這一使命；但是作為一名基督徒，我將等待另外一個時代的出現，我深信我們已經處在這個時代的前沿了，我希望現在震動世界的災難與苦痛只不過是安寧和平的世界誕生之前的陣痛。

我一直堅信非洲應該在基督指導的精神下向前發展。即使他們不是高高在上的發號施令，也是一個寬容和善良的民族。他們是在被傷害與被侮辱的情況下聽到召喚的，因此更應當記住

112. 歐洲封建時代，貴族的盾徽中間有橫杠是私生子或其他恥辱的標誌，這裡是對農奴制的種族歧視而言。

寬容和愛的原則，他們也正是靠這種精神取得勝利的，他們的使命就是把這種愛與寬容的精神傳播到非洲的每一個角落。

我必須承認自己是不具備這種高尚精神的，因為我血液裡有一半流淌的是撒克遜血液；不過在我身旁，有一個傳播福音的傳教士，那就是我美麗溫柔的妻子；當我彷徨無助時，她那善良和寬容的精神始終都能讓我從困惑、徘徊中重歸正途，我聽到了來自基督的傳喚與叮囑，我更不會忘記我們民族的偉大使命。我要以一個具有基督精神的傳播者、一個基督的信奉者的身分去尋找我的國家──上帝指定的充滿榮耀的非洲！在內心深處，我常常將這種光榮的語言用在她身上：「雖然你被厭惡、被遺棄，甚至無人經過，我卻使你變為永遠的榮耀，成為歷代的歡樂！」

你大概會認為我是一個狂熱分子，你會告訴我，對於我正準備做的事業並沒有經過深思熟慮；可是我真的非常認真地考慮過，而且估計了我會因此而付出多大的代價。我去賴比瑞亞，不是去一個神奇的喜樂之地，而是去工作。我要用自己的雙手工作：無論遇到多麼大的困難都始終會做下去，直到死亡的到來。這便是我去那裡的目的，我想我是不會讓人失望的。

不管你對我的計畫有何想法，都請你相信我，而且請相信，不管我做什麼，我都是全心全意為了大眾的。

喬治．哈里斯

大約幾周以後，喬治與妻子、兒女、姐姐和岳母就一起踏上了去非洲的路途。要是我們沒估計錯的話，人們一定還會聽見他的消息。

除了關於奧菲利亞小姐與托蒲賽的幾句話以及獻給喬治·謝爾比的最後一章離別的場景以外，至於其他人物，我們就不多贅述了。

奧菲利亞小姐把托蒲賽帶到佛蒙特的家裡，新英格蘭人習慣用「一家人」來形容那些嚴謹、嚴肅的人──的確非常驚訝。那「一家人」起初覺得對他們這個有條不紊的家庭而言，托蒲賽是既古怪又多餘的人；可是奧菲利亞小姐在對托蒲賽的教育職責上是如此盡心盡責，成績顯著，所以家人和鄰居們不久就喜歡上了這個孩子。

等她成年之後，根據她的需要，托蒲賽接受了洗禮，成爲當地的一名基督徒。因爲她的積極熱情和才華智慧，她總是希望自己能夠做點什麼，後來就被舉薦到非洲的一個教會任職，還得到了高度的認可。

據說，她兒時所表現出的種種行爲，說明她的智慧和充沛的精力是與生俱來的，如今真的順利而積極地用到了教育事業上，來培育自己種族的孩子。

附言：作為母親，你們將會很欣慰地看到：通過德都夫人的多方尋找，凱西的兒子不久也被找到了。他是一個精力旺盛的年輕人，要比他的母親早逃出幾年，之後被北方受壓迫的人們所收留，而後又接受了教育。很快他就會到非洲找尋自己的親人了。

chapter 44 被解救的人們

喬治・謝爾比給母親寫了一封短信，紙上那僅有的幾行字只報告了他的歸期。他幾次都想把老朋友逝世的消息寫出來，卻總是禁不住淚流滿面，哽咽得難以下筆，每次都是擦著淚水，撕碎信紙，然後找一個地方讓自己平靜下來。

這一天，謝爾比家的院子充滿著歡樂祥和的氣氛，熱鬧非常，準備迎接喬治少爺的歸來。

謝爾比太太面帶笑容，從容地坐在廳堂裡，壁爐裡燃著用核桃木生成的火焰，火苗舞動，驅走了深秋的寒氣。暮色漸深，屋子裡卻喜洋洋地充滿了暖意。晚餐桌上杯盤晶亮，潔淨整齊，我們的朋友克洛大嬸正在餐桌旁忙忙碌碌。

她頭上高高地頂著漿得很挺的頭巾，穿著印花的新衣服，繫著雪白的圍裙，她黝黑的面龐上洋溢著興奮的笑容。克洛在餐桌旁時不時地擺弄著杯盤，久久不肯離去，只是想找機會和太太說上幾句話。

「哦，這麼擺怎麼樣？看上去還可以吧？」她說，「我把少爺的座位放到靠近爐火的地方，他喜歡暖和點的位子。呀，糟啦，莎莉怎麼還沒把最好的茶壺擺出來呢，就是在耶誕節時喬治少爺送給太太的那個新茶壺，我去把它拿出來吧。對了，少爺來信了吧？」

「我接到信了，克洛，他說回家時再詳細跟大家談。」

「少爺就是這個脾氣，什麼事情都要自己親自宣布才行，我對他這性子印象很深。我真搞不明白，白人的耐性怎麼就那麼好，寫信又累又慢，卻偏要把所有的事都寫下來！」

謝爾比太太臉上露出了笑容。

「我想，我家那老頭子肯定認不出我們那兩個兒子和女兒了，哦，波莉都長成大女孩了，又善良又活潑！她也到這裡來了，正在廚房烙餅呢。我做了湯姆以前最喜歡吃的餅，就是他離開家的那天早上吃的那種餅！」

聽了這話，太太不禁深深嘆了口氣，心裡異常沉重。接到喬治的來信以後她一直很不安心，就是害怕兒子隻言片語的背後隱藏著什麼不好的消息。

克洛急切地問：「太太，你把錢取回來了嗎？」

「都取回來了。」

「我要把自己在『高家糕點鋪』賺的錢給老頭子看看。老闆對我說：『克洛，你要是能多待一陣子該多好啊！』我回答他：『老爺，真是太謝謝你了，我也非常願意在這裡工作，可我的丈夫要回來了，再說，我家太太也離不開我呀。她再也不願意和我分開啦。』鍾斯老闆真是好人，太太。」

克洛固執地要太太幫她把自己賺的錢都存起來，好讓湯姆看看她是多麼能幹。太太答應了她，按她的意思都存了下來。

「湯姆肯定不認識波莉了，唉！五年過去啦！波莉那時才剛剛能站穩，還不太會走路呢。她總是跌跌撞撞地，把老頭子逗得高興得不得了。唉！」

這時車輪聲漸漸地近了。

「喬治少爺回來了！」克洛猛地撲到窗前。

謝爾比太太跑到樓道入口處，被他兒子猛地抱住了。暮色深沉，克洛站在那裡，看著外面漆黑的夜晚。

「可憐的克洛嬸嬸！」喬治把她粗大黝黑的手掌握在手裡，說：「即便是傾家蕩產，我也會把湯姆贖回來的，但是他已經永遠地離開我們了，去了天堂。」

太太悲痛地叫了一聲，克洛卻沒有哭，也不說話。

大家走到餐廳裡，克洛賺的錢仍然在桌子上放著。

克洛拿起錢，雙手不停地顫抖著，她把錢放到太太手裡，說：「我再也不想再聽到這些事了，也不想看到這些錢了。我早就知道，被賣到種植園裡去，早晚會被他們折磨死的！」

克洛轉身朝外面走去，她的背影看上去既驕傲又堅強。太太追上去握住她的手，拉她坐到一把椅子上，自己坐在她身旁。

「可憐的克洛啊！」她說。

克洛把頭倚在太太的肩上，忍不住開始哭泣：「太太，請原諒我吧，我整顆心都碎了啊！」

太太滿臉是淚水，說道：「我明白，雖然我不能安慰你，可是基督能醫治傷心的人，撫慰他們心中的創傷。」

人們都在哭泣著，誰都沒說話。喬治坐在克洛身邊，抓著她的手，講述湯姆死去時的情景。他飽含深情，把湯姆的遺言說給大家聽。

大概一個月後的一天上午，謝爾比莊園的全部奴隸都聚集在廳堂裡，聽少爺講話。

讓人驚喜的是，他的手裡竟然拿著許多契約書，那是莊園每一個奴隸的自由證書。每個人都歡喜地叫喊著、哭泣著，他念著他們的名字，把證書分發到每個人手中。但是很多人圍在他身邊懇求著不肯離去，他們神情焦慮，甚至要把證書還給少爺。

「少爺，我們現在的生活已經很好了，什麼都不缺，很自由，我們不想離開少爺和太太，也不願意離開莊園裡的朋友們。」

「朋友們啊，」等大家靜下來，喬治說：「你們並不一定要離開我，莊園裡仍然需要很多人來工作，宅子裡也需要傭人。但是你們現在都是自由人了，按照我們的約定，你們可以給我幹活，而我付給你們工錢，這樣做還有一個很大的好處，那就是一旦我欠債或者我死去了——這兩種情況都隨時有可能發生——你們就不會被別人抓去做奴隸。以後我會繼續經營管理莊園，我要教給你們知識，教大家學習如何行使自己作爲一個自由者的權利，我希望大家努力工作和學習，讓知識澆灌你們。我以上帝的名義起誓，一定誠懇待人，並信守諾言，教導你們學習。朋友們，爲你們此時獲得的自由感謝上帝吧！」

有一位德高望重的老人，他的雙目失明，頭髮花白，此刻他站起身來，用顫抖的雙手高舉向天空，大聲說道：「感謝上帝！」然後老人唱起感恩的讚美詩，大家也都跪了下來。

這聲音發自肺腑，是那麼動人心弦。就是用最悠揚的琴聲、鐘聲和炮聲爲襯托的讚美詩，也不能具有如此強烈的感染力！

他們又站起來身來，有個黑人唱了一首衛理公會的讚美詩，他的附錄部分有兩句歌詞是這麼寫的：

自由的時刻已經到來，

獲得救贖的罪人啊，趕快回家吧！

正當人們相互祝賀時，喬治說：「你們還記得善良的老湯姆叔叔嗎？」

喬治描述了湯姆臨逝世時的情景，並轉達了湯姆對他們的祝福。然後他又說道：

「啊！親愛的朋友們，就是在他的墳墓前，我向神聖的上帝起誓：我絕不會再擁有一個黑奴，只要有可能，我就會想盡所有的辦法還給他們自由；更不會有人會像湯姆叔叔那樣，遭遇妻離子散，以至最後慘死他鄉。所以，當你們歡呼雀躍的時候，你們應該想到並感謝那個擁有一顆至誠之心的老人，並且要好好地照顧他的妻兒，以報答他的恩情。不管何時，當你們看到湯姆叔叔的小屋時，把這個小屋看成是一塊紀念碑，想想你們自己所得到的自由，讓你們每時每刻都想著要學習忠厚、誠信、忠貞不渝的基督精神，做一個像他那樣的基督徒，願他的精神鼓勵你們奮鬥，並跟隨著他的步伐勇敢向前。」

chapter 45

尾聲

我時常收到從全國各地寄來的信件，向我詢問我整個故事的真實性，在此我將詳細地答覆大家。

故事中涉及的種種情節是真實可靠的，而且很多事情曾經是我或我的朋友親眼所見。書裡的人物大部分也都是我和我的親友們見過的人的原型，而且很多話都是我親耳聽到的或者別人轉述的原話。

湯姆叔叔堅定、虔誠的性格是根據我的見聞所塑造的。伊麗莎的性情也是根據現實生活而描述出來的。有一些含有傳奇色彩和悲劇性的故事情節也都有事實可循；而那位母親踩著浮冰渡過俄亥俄河的故事是眾人皆知的事。

第十九章中「老泊露」的事件，是作者一位在新奧爾良一家商店裡做會計工作的兄弟親眼見到的。至於作者描述的另一個形象——雷格里，作者的兄弟曾到雷格里的種植園去收帳，他敘述說：「雷格里讓我摸他那像錘子一般的拳頭，他說，那正是『打黑奴鍛煉出來的鐵拳』。我離開他的種植園時，就像是離開了魔鬼的巢穴。」

全國每一寸土地都上演過湯姆這樣的悲劇，數都數不清，如今還有一些健在的目擊者也可以作證。在南方的法庭上，只要是控訴白人的案件，黑人的證詞就是完全無效的。他們的法規就是這樣。因此可以想像，只要一個奴隸主的殘酷和暴虐上升到極點，並且會因此而失去一個奴隸，而對手卻恰巧是一個決不屈服、頑強至極的奴隸時，就很有可能發生這樣的悲劇了。事實上，除非主人心地善良，否則怎樣都保障不了奴隸生命的安全。

有時候，這類殘酷的事件被外人得知，他們的評論卻往往比事件本身更令人不齒。他們說：「這種事情偶爾有可能會發生，但並不能代表全部。」

假如新英格蘭法律明文規定：如果一個老闆可以隨意摧殘學徒，偶爾也允許他把學徒折磨至死，卻不必受到法律制裁的話，那麼人們是不是還能以如此冷淡平和的心情來看待這一事件呢？他們是否還會說：「這類事情只是偶爾才會發生，並不能代表普遍的情況？」正是因爲他本身這種固有的不公正心態才導致了奴隸制的存在！

許多令人不齒的事件發生在「珍珠」號被攔截以後。公開拍賣混血女孩就是最爲卑鄙無恥的勾當。賀瑞斯．曼先生作爲此案的辯護律師，曾講述過這件事情：

「一八四八年『珍珠』號輪船起航遠行，船上來自哥倫比亞的七十六個黑人試圖從船上逃走。我充當他們的辯護律師。這些逃亡者之中，有很多年輕漂亮的女孩子，她們的氣質和身材都非常好，贏得了乘客們的高度讚賞。伊莉莎白．拉塞爾就是其中的一個，然而不幸就降臨在她的身上，她被奴隸販子捕獲，將要被送到新奧爾良的拍賣市場。

「看到如此美麗可愛的女孩子身陷厄運，人們都不由得憐惜嗟嘆，他們爲了贖回她的自由，紛紛籌錢，贖金總額達到了一千八百美元，而他們自己身上卻已經所剩無幾。可恨的是那些奴隸販子卻絲毫不爲所動，仍然要把她運到新奧爾良。幸運的是，這姑娘走到半路就身患重病，不治身亡。她的死亡使前路即將遭受的苦海全部免除。

「這些人中間還有兩個姓艾德蒙森的姐妹，在她們即將被押送到新奧爾良拍賣市場之前，堂姐去旅店尋找主人，求他發發慈悲，放走她們，可那個無恥的奴隸販子居然花言巧語地說，今後她們會有漂亮衣服穿戴，有豪華的傢俱使用；假如連這些榮華富貴都要捨棄，真是太不識抬舉了。堂姐回答說：『是的，今生今世也許可以享受富貴，但是死後又會有什麼結局呢？』她們最終還是在拍賣市場上被賣掉了。後來，聽說有人又把她們用高額贖金救了回來。」

從賀瑞斯·曼先生的這段話中，可看出艾米麗和凱西的經歷在現實生活中也是相當普遍的事。同樣，在現實人物中，聖克萊爾樂善好施的品質也有影跡可循。下面這個故事就完全可以證明這一點：

幾年前，有位年輕的南方貴族帶著男僕來到辛辛那提州。雖然這個男僕對從小侍奉的主人情深義厚，卻還是趁機逃跑了，被一位教友會教徒收留在家裡。因為這位教徒一向以收容逃亡的黑奴而聞名，主人在找到線索時，就前往拜訪他。

這位年輕貴族向來對這位隨身侍僕南森十分寬厚仁慈，而且對僕人的忠誠也堅信不疑，卻萬萬沒料到他竟會逃走，所以他很生氣，他斷定僕人一定是受了別人的誘惑，才使他產生了叛逃的心理。

他去拜訪了這位教徒，教徒向他談了自己的看法。貴族慢慢平靜下來，因為這是自己以前從來沒有聽到過的。他說，假如他的奴隸可以當面告訴他，他需要自由，我就一定會給他的。於是主僕二人再次見面，貴族問南森對他有什麼不滿的地方，或者有什麼不好的地方使他產生了逃跑的念頭。南森回答：「不，少爺。你對我總是那麼仁慈寬厚。」

「可是你為什麼還要逃走呢？」

「少爺，或許有一天你會出事，或許你會死，到那時候，我不知道自己的命運會被誰掌握，也不知道最終又會成為誰的奴僕，所以我渴望得到自由。」

年輕的貴族想了想，說：「要是換了我，南森，我也會像你這樣做的。好吧，我現在就給你自由。」

他給南森寫了自由證書，然後請教徒幫他保存一筆錢，並合理支配，留給他的僕人將來使用，好幫助他能夠重新開始新的生活。他還給南森寫了一封滿懷善意和鼓勵之情的信。作者也曾親眼目睹過這封信。

但願我能夠公正地評議慷慨、仁慈的南方貴族，因為這些人的存在，使我們對人類還抱有希望。但是品質如此優秀的人是否隨處可見呢？試問每一個熟知人世的人：這個問題該如何回答呢？

許多年來，我一直刻意不去看關於奴隸制的書籍，也不願意談論這個問題。因為探討奴隸制是非常痛苦的，我相信隨著社會的進步，文明的發展，奴隸制必將消亡。但我聽說某些善良仁義之士認為應當讓逃亡的奴隸重新受到奴役和制約，而且把這個看做是他們應盡的義務。這個觀點令我十分驚奇。

我在北方自由的土地上聽到種種傳言，那些德高望重、善良的人們終日在討論著這項義務，並且認為基督徒有責任來努力實現它。凡是擁有這種觀點的基督徒和人們都非常無知，他們根本就沒有看清楚奴隸制究竟是什麼。假如他們知道奴隸制的本質，就決然不會持有這種看法。正是出於這一點，我萌生了描述奴隸制的想法，想儘量用寫實而又生動的筆墨向讀者揭開奴隸制的面紗。書中所寫的仁善之處，可能會讓大家欣慰；但是誰又知道在那死一般的深不見底的黑暗中，有多少罪惡是人們看不到的！

我向南方貴族中品格高尚的人們誠摯地致敬；我向你們發出我心底的呼聲：你們那堅定、寬容、高貴的品質是久經考驗的，你們對奴隸制的隱患和罪惡也必定感觸很深。你們是否會覺得，我書中描述的淒慘和苦難遠遠比不上現實生活中的殘酷？奴隸制不就是這副醜惡的面目嗎？就連奴隸在法庭上作證的資格都被奴隸制剝奪，這難道不是縱容奴隸主們的暴虐行爲嗎？

人類怎能擁有逃避責任的特權？難道沒有人可以預料到奴隸制背後隱藏的禍患嗎？在善良正直的人們中間存在著共識，同樣，在那些惡棍、暴徒中間難道就不存在另一種共性嗎？奴隸制容許殘暴的惡徒和真正的紳士貴族一樣擁有數量眾多的奴隸，難道那些正義高尚的人佔據了這個世界的大多數嗎？

美國法律白紙黑字寫道，買賣黑奴是違法的強盜行爲，但是，在這塊土地上卻產生了規模甚是宏大的奴隸交易市場，它是與奴隸制度同生同發展的。它所帶來的一幕幕傷痛和悲劇，難道能夠說得盡嗎？

我在書中只是輕微地描摹了這個民族的痛苦：多少人因爲家庭破碎，心靈受到摧殘和折磨！這種痛苦是如此悲哀和無助，甚至會讓人瀕臨崩潰的邊緣。許多在世的老人仍然留有過去淒慘的回憶：迫於奴隸制的壓榨和冷酷行徑，有的母親甚至逼於無奈而殺死自己的親生骨肉，然後自殺以從生離之痛中逃脫。基督教義和美國政局的立場都在包庇著奴隸主階級，那麼，沿海地區發生的一幕幕悲劇，我們還怎麼能夠說得完呢？

我呼籲，請美國的公民們關注此事，並且爲這個苦難的民族盡一份自己的力量。試問在漫漫冬夜偎依在溫暖的壁爐旁悠閒地讀著書的佛蒙特、新罕布夏、麻塞諸塞州、康乃狄克各州的農民朋友們，生活在緬因州強壯、英勇、慷慨的船主和船員們，在你們看來，這是你們該鼓勵和支持的事嗎？還有俄亥俄州愜意、富裕的農民們，草原上各州的人們，紐約州英勇、善良的人們，試問你們會支持這樣的事嗎？

美國的母親們，因爲你們深愛著自己的兒女，所以學會了憐憫，學會了愛其他人。你們對自己的孩子飽含深情，在他們的搖籃旁，你們曾經度過了一段最美好、最聖潔的時光。想想在孩子們成長的歲月裡，你們引導他們奮發向上；想想你們爲他們的成長而焦慮不安；想一想你們曾向上帝祈禱，讓他們永遠公正、善良時的虔誠吧。爲了這一切，我誠摯地懇請你們也可憐可憐那些母親吧。她們也和你們一樣，深愛著自己的骨肉，但是在法律上，她們卻沒有了教導、愛護自己骨肉的權利。

所有的母親們，想想你們的孩子生病時的痛苦吧，想想他們面對死亡時的眼神，想想他們去世時絕望的哭泣吧，這一切都讓你們肝腸寸斷，卻無力挽回他們的生命。當你們站在空空的嬰兒室中，看到他曾酣睡過的搖籃和生前的用具時，那種切骨的痛楚將終生滲透在你們的靈魂中。我懇請你們——偉大的母親，給那些可憐的母親一絲憐憫吧。萬惡的奴隸制導演了一幕幕悲劇，試問，這是你們應該維護、默許和贊成的事情嗎？

其實，美國自由的人們始終對奴隸制抱有寬容的態度，而且自己也蓄養黑奴，在縱容奴隸制的合法化，我是多麼希望這並不是事實啊！他們卻犯下了怎樣的罪惡啊！難道自由州的人們不能對奴隸制施加一些有益的影響嗎？

假如自由州的人們能明理公正，正確引導自己的孩子，那麼，他們的子女就不可能成爲殘暴的臭名昭著的奴隸主，就不會允許奴隸主貴族們在美國的土地上肆虐橫行，更不會允許這些奴隸主在交易場所裡買賣黑奴，把人的身心當做商品一樣來賺取錢財，許多黑奴輾轉於北方的各個城市，不斷地被買賣交易。是的，南方貴族們應該被指責縱容了奴隸制的罪惡，難道其他地方的人就不應該承擔這項罪名嗎？北方城市的男人、母親和基督徒們，你們也應該看清楚自身的過錯，而不應該只把所有的譴責都對準南方人。

無論男人還是女人，只要能夠對全人類的整體利益持有正直、平等的態度，他就可以為人類造福。每個人都具有獨立的判斷力來審視自己能夠做出多大程度的努力，至少可以讓自己的憐憫心和正義感在四周的同情氛圍中傳播開。所以，請你們反省一下自己的情感吧！你的情感是否和基督精神一樣偉大聖潔，或者是受狡詐冷漠的社會現實影響而變得有所偏頗？

除此之外，北方的基督徒們，你們還擁有祈禱的強大力量啊！你們向上帝祈禱，是出於遵守基督教的教規還是由於篤信祂的萬能呢？你們既然可以替國內外所有的非教會人士祈禱，那麼也請你們為那些處境淒慘的基督徒向上帝禱告吧！這些處境淒慘的人是否能提高自身的宗教修養，自己是無法決定的，而是要看他的主人是否仁慈；只有上帝賦予他們足夠的品質和力量，使他們敢於為道義而獻身，他們才有可能維護自己的宗教道德。除此之外，別無他法。

不過還有另一種奇蹟發生。許多被迫背井離鄉的奴隸們有幸得到上天的幫助，來到自由州的沿海地區，從奴隸制的黑暗地獄中逃脫。他們脫身於一個缺乏人倫道德和基督教義、貧乏混亂的制度，所以這些人從來沒有接受過完善的教育。他們意志力薄弱，需要你們的幫助，需要向你們求教基督精神和文化知識。

啊，你們這些基督的信徒啊！難道你們不應該為處在水深火熱中的非洲民族盡一份自己的力量，來彌補給他們造成的莫大傷害嗎？難道美國的學校和教會機構應該拒絕黑人嗎？難道教會可以無視黑人民族無助的呼聲和求救的雙手嗎？難道黑人不應該向基督申訴他們所受的欺凌和屈辱嗎？難道基督可以容忍種種迫使他們逃離國家的暴虐行徑嗎？假如這種局面不能扭轉過來，那麼等待著美國的，將會是隱患滋生的嚴重後果。只有公正無私、慈悲憫懷的上帝才能主宰萬事萬物的命運，想到這些，美國人難道不恐懼嗎？

你們是不是仍舊宣稱：「美國不需要他們！讓黑奴們滾回非洲去！」

上帝高瞻遠矚，在非洲爲他們安置了一個避難所。但是教會並不能因爲這一令人稍微有些欣慰的舉措就拋卻拯救黑人民族的責任，關心這個陷入苦難的民族是基督教會的使命和責任。

剛剛脫身於奴隸制的黑人並沒有簡單的爲人處世的經驗，更沒有豐富的社會閱歷，甚至他們仍然還處在半野蠻狀態。許多黑奴都選擇逃離南方，來到北方的自由土地上尋求生存。北方的基督教會應該收留這些苦命的逃亡者，讓他們沐浴在基督的慈愛之中，爲他們提供接受共和主義教育和學校教育的機會；當他們的道德水準和文化素養脫離半野蠻狀態時，再讓他們返回自己的家園，用自己的知識和智慧來建設非洲海岸。

少數北方人一直在堅持幫助黑奴接受教育，並且也取得了一些成效，在美國湧現出一批卓越的人物：他們出身奴隸階層，但是後來慢慢贏得了名譽和財富，並得到了良好的教育，他們自身的能力和稟賦都得到了充分發展。

他們雖然身處困境，卻成功地培養出了自己的優秀品質。他們具有超凡的忍耐精神，並且善良誠實。爲了解救被踐踏和被凌辱的同胞們，他們不惜拋頭顱、灑熱血，犧牲自己的生命。在悲慘的生活環境下成長的黑人能夠具有這樣卓越的天賦，實在令人驚嘆。

我居住的地區，和幾個奴隸制橫行的州相毗鄰，有許多機會去接觸那些曾經淪爲黑奴的人們。我家裡也曾有過黑奴，但是因爲沒有學校肯接收他們，爲了讓他們也能接受教育，我讓他們和我的孩子一起在家裡讀書聽課。有些黑奴到加拿大從事傳教工作，他們也知道類似的情況，與我所瞭解的自由黑人的情況是一致的。

獲得自由的黑人總是會把受教育放在最重要的位置。他們爲了使兒女將來能接受比較系統的教育，往往不惜代價，殫精竭慮。據黑人們的老師和我自己的感受，黑人接受新事物的能力很強，資質相當不錯，辛辛那提市的慈善人士捐資創建了幾所招收黑人的學校，他們成績都十分優異，表現也非常出色。

斯托教授曾執教於俄亥俄州雷恩神學院，他向我提供了一些關於自由黑人的資料。資料中提到的黑人，現在都住在辛辛那提，這些資料證明了一個鐵的事實：即使黑人種族得不到特殊教育，他們卓越的才能仍然會展現出來。

在此，我列出他們姓氏的第一個字母。再次強調，這些黑人現在都居住在辛辛那提。

B——浸禮會信徒，傢俱製造廠商，已在辛辛那提居住二十餘年，家產一萬美元，都是自己經營所得。

C——長老會信徒，純正的黑色人種，年輕時從非洲被販賣到美國，在新奧爾良奴隸市場上被拍賣，後來攢下六百美元爲自己贖身，現已獲得自由十五年。印第安那州許多農場均爲他所有，家產大約一萬五千到兩萬美元。

K——浸禮會信徒，約四十歲，純正的黑色人種；經營房地產生意，家產約三萬美元；他獲得自由後的第六年，籌得一千八百美元爲他的親人贖身；其主人逝世後贈給他一筆數目可觀的遺產，K先生勤勉經營，家產日益雄厚。

G——約三十歲，純正黑色人種，煤炭經營商人，財產大約一萬八千美元。心地善良，且很有紳士風度。他曾經兩次爲自己贖身，第一次贖身慘遭欺騙，損失了一千六百美元。他做奴僕時常常付錢給主人以爭取自由時間，利用這些可供自己支配的時間來做生意賺錢。

W——肯塔基州人，浸禮會主事，四分之三黑人血統，從事服務生和理髮師兩種職業。他和家人的贖金超過三千美元，均由他自己一人支付；已獲得自由十九年，資產二萬餘美元。

D——肯塔基州人，四分之三黑人血統，剛剛逝世，享年六十歲；他是一個粉刷匠，獲得自由九年，包括爲自己及其家人贖身的數額，共支付贖金一千五百美元。家產約六千美元。

「除了G先生之外，以上所提到的其他人都和我是多年的相識，這些資料完全沒有半點虛假。」斯托教授說。

記憶中，父親曾雇用過一個老婆婆爲家裡洗衣，她女兒很是勤快，後來和一個奴隸成爲夫妻。爲了給丈夫贖身，這個年輕女人勤儉持家，很快就爲丈夫存下了九百美元。她把這些贖金付給主人，只需再付一百美元就可以使丈夫獲得自由了。然而不幸的是，就在此時她的丈夫死去了，九百美元也被主人吞掉，絲毫沒有退還給她。

黑奴在重獲自由之後，他們身上固有的勤懇、忠誠和隱忍的品質就會顯露出來。這樣的事例數不勝數，上面提到的，只是極少數的幾個例子罷了。

這些人都是在困窘艱難的處境中振奮、掙扎，最終獲得了可觀的財產，並且得以立足於世。俄亥俄州的法律規定有色人種不能享有選舉權，在最近幾年裡，黑人才獲得了在白人訴訟案裡出庭作證的權利。不但在俄亥俄州，我們在美國的其他州裡常常也能看到這樣的例子。許多剛剛掙脫奴隸枷鎖的奴隸們，就可以贏得一定的社會地位；他們充沛的精力和可敬的進取心促使他們迅速走向勝利和成功。教士彭寧頓、編輯道格拉斯和沃德，都是很著名的優秀人物。

在磨難重重的環境裡，災難深重的黑人民族尚可以取得如此不凡的成績，那麼假如教會施予他們基督的光輝，他們將會創造怎樣偉大卓越的成就啊！

當今局勢動盪，不時會有某種勢力撼動著整個世界。美國是否就能處於安全之中呢？對於一個缺乏正義而且也不準備伸張正義的國家來說，必定存在著可怕的隱患。

那麼，這種可能導致動盪的最可能的因素是什麼呢？也就是它，在全世界各族人民心目中激起的追求自由和平等的信念。

時代已經顯示了它的預兆，這就是上帝的旨意。上帝親自統治的國家即將出現，在這個國度裡神的意圖也將被實現，正如生活在天堂裡一樣。

但是誰可以如此耐心地等待上帝顯示神威的那一天的到來呢？「當這一天來臨時，上帝會降臨在我們之中，譴責所有欺凌孤寡的惡徒、欠債的無賴，還有寄人籬下、不思勞作的懶漢。他將懲治所有壓迫者，使他們得到應有的懲罰。」[113] 難道這些嚴厲的詞句不是針對某個存在眾多不公平現象的國家的嗎？基督的信徒們！當你們每日祈求天國來臨的時候，難道你們忘記了那個預言是把被赦免者與報應可怕地連在一起的日子嗎？

但是，上帝還是給了我們一個挽救祖國的機會。南方和北方在上帝面前同樣有罪，基督教會面對上帝也犯下了很嚴重的罪過。美國要想得到拯救，不能依靠彼此勾結來維護暴虐和邪惡，也不能依靠奴隸制來獲益享受，得救的唯一辦法就是伸張正義、懺悔和對處境困難階層的憐憫與同

113.《聖經・舊約・瑪拉基書》第三章及第四章有關段落。

情。質地堅實的磨刀石必定會沉入海底[114]，這是一條亙古不變的規律。所有邪惡與殘酷的行爲必將受到萬能的上帝的懲罰，這更是一條無可變更的、已確定了的嚴厲法規！

114.典出《聖經·新約·馬太福音》第十八章第六節：「凡是讓我的信徒跌倒的人，不如把磨刀石拴在他的脖子上，把他沉到海底去。」

經典新版世界名著：6

湯姆叔叔的小屋【全新譯校】

作者：〔美〕斯托夫人
譯者：王岩
發行人：陳曉林
出版所：風雲時代出版股份有限公司
地址：10576台北市民生東路五段178號7樓之3
電話：(02) 2756-0949
傳真：(02) 2765-3799
執行主編：朱墨菲
美術設計：吳宗潔
行銷企劃：林安莉
業務總監：張瑋鳳

初版日期：2019年5月
版權授權：鄭紅峰
ISBN：978-986-352-696-4

風雲書網：http://www.eastbooks.com.tw
官方部落格：http://eastbooks.pixnet.net/blog
Facebook：http://www.facebook.com/h7560949
E-mail：h7560949@ms15.hinet.net
劃撥帳號：12043291
戶名：風雲時代出版股份有限公司

風雲發行所：33373桃園市龜山區公西村2鄰復興街304巷96號
電話：(03) 318-1378
傳真：(03) 318-1378
法律顧問：永然法律事務所 李永然律師
北辰著作權事務所 蕭雄淋律師

行政院新聞局局版台業字第3595號 營利事業統一編號22759935
©2019 by Storm & Stress Publishing Co.Printed in Taiwan
◎ 如有缺頁或裝訂錯誤，請退回本社更換

定價：490元

版權所有 翻印必究

國家圖書館出版品預行編目資料

湯姆叔叔的小屋 / 斯托夫人著. -- 初版. -- 臺北市：風雲時代, 2019.03 面； 公分

ISBN 978-986-352-696-4(平裝)

874.59 108003041

風雲時代

風雲時代 風雲時代 風雲時代 風雲時代 風雲時代 風雲時代 風雲時代
時代 風雲時代 風雲時代 風雲時代 風雲時代 風雲時代 風雲時代
風雲時代 風雲時代 風雲時代 風雲時代 風雲時代 風雲時代 風雲時代
時代 風雲時代 風雲時代 風雲時代 風雲時代 風雲時代 風雲時代
風雲時代 風雲時代 風雲時代 風雲時代 風雲時代 風雲時代 風雲時代
時代 風雲時代 風雲時代 風雲時代 風雲時代 風雲時代 風雲時代
風雲時代 風雲時代 風雲時代 風雲時代 風雲時代 風雲時代 風雲時代
時代 風雲時代 風雲時代 風雲時代 風雲時代 風雲時代 風雲時代
風雲時代 風雲時代 風雲時代 風雲時代 風雲時代 風雲時代 風雲時代
時代 風雲時代 風雲時代 風雲時代 風雲時代 風雲時代 風雲時代
風雲時代 風雲時代 風雲時代 風雲時代 風雲時代 風雲時代 風雲時代
時代 風雲時代 風雲時代 風雲時代 風雲時代 風雲時代 風雲時代
風雲時代 風雲時代 風雲時代 風雲時代 風雲時代 風雲時代 風雲時代
時代 風雲時代 風雲時代 風雲時代 風雲時代 風雲時代 風雲時代
風雲時代 風雲時代 風雲時代 風雲時代 風雲時代 風雲時代 風雲時代
時代 風雲時代 風雲時代 風雲時代 風雲時代 風雲時代 風雲時代
風雲時代 風雲時代 風雲時代 風雲時代 風雲時代 風雲時代 風雲時代
時代 風雲時代 風雲時代 風雲時代 風雲時代 風雲時代 風雲時代
風雲時代 風雲時代 風雲時代 風雲時代 風雲時代 風雲時代 風雲時代
時代 風雲時代 風雲時代 風雲時代 風雲時代 風雲時代 風雲時代
風雲時代 風雲時代 風雲時代 風雲時代 風雲時代 風雲時代 風雲時代
時代 風雲時代 風雲時代 風雲時代 風雲時代 風雲時代 風雲時代
風雲時代 風雲時代 風雲時代 風雲時代 風雲時代 風雲時代 風雲時代
時代 風雲時代 風雲時代 風雲時代 風雲時代 風雲時代 風雲時代
風雲時代 風雲時代 風雲時代 風雲時代 風雲時代 風雲時代 風雲時代
時代 風雲時代 風雲時代 風雲時代 風雲時代 風雲時代 風雲時代
風雲時代 風雲時代 風雲時代 風雲時代 風雲時代 風雲時代 風雲時代
時代 風雲時代 風雲時代 風雲時代 風雲時代 風雲時代 風雲時代
風雲時代 風雲時代 風雲時代 風雲時代 風雲時代 風雲時代 風雲時代
時代 風雲時代 風雲時代 風雲時代 風雲時代 風雲時代 風雲時代
風雲時代 風雲時代 風雲時代 風雲時代 風雲時代 風雲時代 風雲時代
時代 風雲時代 風雲時代 風雲時代 風雲時代 風雲時代 風雲時代
風雲時代 風雲時代 風雲時代 風雲時代 風雲時代 風雲時代 風雲時代
時代 風雲時代 風雲時代 風雲時代 風雲時代 風雲時代 風雲時代
風雲時代 風雲時代 風雲時代 風雲時代 風雲時代 風雲時代 風雲時代
時代 風雲時代 風雲時代 風雲時代 風雲時代 風雲時代 風雲時代
風雲時代 風雲時代 風雲時代 風雲時代 風雲時代 風雲時代 風雲時代
時代 風雲時代 風雲時代 風雲時代 風雲時代 風雲時代 風雲時代
風雲時代 風雲時代 風雲時代 風雲時代 風雲時代 風雲時代 風雲時代
時代 風雲時代 風雲時代 風雲時代 風雲時代 風雲時代 風雲時代
風雲時代 風雲時代 風雲時代 風雲時代 風雲時代 風雲時代 風雲時代
時代 風雲時代 風雲時代 風雲時代 風雲時代 風雲時代 風雲時代
風雲時代 風雲時代 風雲時代 風雲時代 風雲時代 風雲時代 風雲時代